Christine Kabus

# Das Licht der Fjorde



atb aufbau taschenbuch

Christine Kabus, 1964 in Würzburg geboren und in Freiburg aufgewachsen, arbeitete nach ihrem Studium der Germanistik und Geschichte zunächst einige Jahre als Dramaturgin und Lektorin bei verschiedenen Film- und Theaterproduktionen, bevor sie sich 2003 als Drehbuchautorin selbstständig machte. 2013 wurde ihr erster Roman veröffentlicht. Im Aufbau Taschenbuch sind ihre Romane »Die Zeit der Birken« und »Die Birken der Freiheit« erschienen.

1941: Seitdem Solveig als Schreibkraft und Übersetzerin für die deutschen Besatzer arbeitet, befindet sie sich immer wieder in einem Zwiespalt. Sie möchte sich dem Widerstand anschließen, doch erst, als sie den jungen Ingenieur Roar kennenlernt, erkennt sie, wie sie die geheimen Informationen nutzen kann, auf die sie im Reichskommissariat in Stavanger Zugriff erhält. Hals über Kopf verliebt sie sich in Roar, doch weder er noch sie ahnen, welche Gefahr ihnen und ihrer Liebe droht …
1970: Noch ehe Lizzy erstmals Fuß auf norwegischen Boden setzt, hat sie die Nase voll von dem Land, das ihr neues Zuhause werden soll. Warum hat ihr Vater das Angebot seines Arbeitsgebers angenommen, ihn nach dem Ölfund vor der Küste Stavangers zurück in seine alte Heimat zu versetzen? Anstatt mit ihrer besten Freundin in Kalifornien aufs College zu gehen, kommt sich Lizzy im beschaulichen Stavanger fehl am Platze vor – bis sie dem jungen Taucher Erik begegnet und immer mehr über die wahren Gründe erfährt, die ihren Vater zurück nach Norwegen geführt haben …

CHRISTINE KABUS

# Das Licht der Fjorde

ROMAN

atb aufbau taschenbuch

MIX
Papier | Fördert gute Waldnutzung
FSC® C083411

ISBN 978-3-7466-4005-1

Aufbau Taschenbuch ist eine Marke
der Aufbau Verlage GmbH & Co. KG

1. Auflage 2024

www.aufbau-verlage.de
10969 Berlin, Prinzenstraße 85

Umschlaggestaltung www.buerosued.de, München
unter Verwendung eines Motivs von
© Elisabeth Ansley / Trevillion Images
Satz Greiner & Reichel, Köln
Druck und Binden CPI books GmbH, Leck, Germany

Printed in Germany

*Für Shahnaz*
*Du wirst immer einen Platz*
*in meinem Herzen haben.*

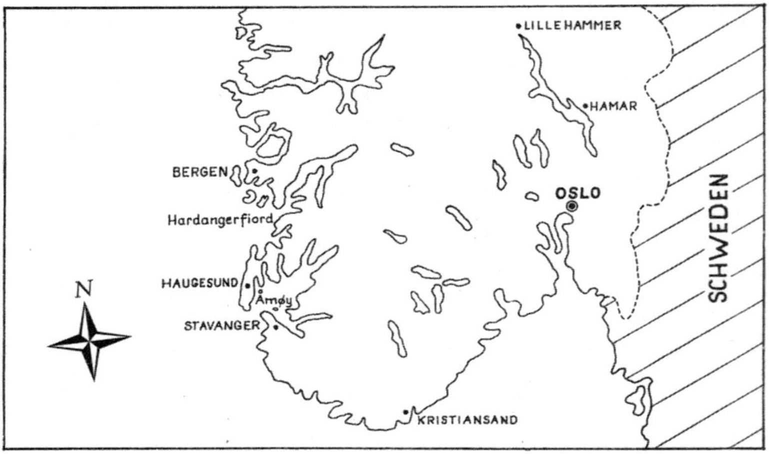
LILLEHAMMER
HAMAR
BERGEN
OSLO
Hardangerfiord
SCHWEDEN
N
HAUGESUND
Åmøy
STAVANGER
KRISTIANSAND

*Det er det du gjør og ikke det du sier som viser hvem du egentlig er.*

Was du machst und nicht, was du sagst,
zeigt, wer du eigentlich bist.

# Prolog

Sie stand in einigen Metern Entfernung zwischen den Baumstämmen und winkte ihn zu sich. »Ich komme!«, rief er. Er konnte es kaum erwarten, sie in seine Arme zu schließen und ihre Lippen auf den seinen zu spüren. Doch als er zu ihr laufen wollte, verweigerten ihm seine Füße den Dienst. Sie stemmten sich tief und unbeweglich in den weichen Waldboden, während die vertraute Gestalt sich umdrehte und langsam entfernte. Er zerrte an seinen Beinen. »Bitte, bleib! Warte auf mich!« In seine Worte mischte sich höhnisches Gelächter. Er spürte, wie er von hinten an der Schulter gepackt wurde. Er bot all seine Kraft auf, um sich aus dem Griff zu winden, sich loszureißen und der entschwindenden Gestalt zu folgen. Vergebens. Es gab kein Entrinnen.

Mit einem Aufschrei fuhr der junge Mann hoch, stieß mit dem Kopf gegen etwas Hartes und riss die Augen auf. Er rieb sich die Stirn und brauchte einen Atemzug lang, um sich zurechtzufinden. Graues Dämmerlicht sickerte durch das Fenster am Ende des Ganges. Schnarchen, Stöhnen und Husten erfüllten die Baracke, in der rund siebzig Männer in dreietagigen Pritschenbetten untergebracht waren. Er sank zurück auf das seinige und starrte zur Holzplanke hoch, auf der der Häftling über ihm lag. In wenigen Augenblicken würde ein Kapo die Tür aufstoßen und sie zum Morgenappell hinaustreiben. Er schloss die Augen und versuchte, das Bohren des Hungers in seinem Bauch und das Jucken der Flohbisse zu ignorieren, von denen sein ausgemergelter Körper übersät war. Welchem Kommando er an diesem Tag wohl zugeteilt werden würde? Er verzog den Mund. Sowohl das Steinehauen und -schleppen als auch die Erdarbeiten waren Schwerstarbeit.

Die Hoffnung, für vergleichsweise leichtere Dienste eingesetzt zu werden, hatte er schnell begraben. Als einer der NN-Gefangenen gehörte er zu den Insassen, die als besonders widerständig galten. Sie sollten komplett »verschwinden« – was nichts anderes bedeutete, als sie durch Knochenarbeit zu töten. Aus diesem Grund wurden sie nicht in der Küche, dem Krankenrevier, der Wäscherei oder in einer der Werkstätten eingesetzt. Erst recht blieben ihnen »privilegierte« Tätigkeiten in der SS-Verwaltung als Schreiber, Übersetzer, Friseure, Reinigungskräfte oder als Musiker im Lagerorchester verwehrt. Der Plan ging auf. Tag für Tag forderte die Plackerei im Steinbruch oder beim Ausheben der Stollen mehrere Todesopfer unter den von Unterernährung, Krankheiten und Verletzungen geschwächten Männern, die obendrein von den Kapos immer wieder mit Knüppeln malträtiert wurden.

Er biss die Zähne aufeinander. Nein, mich kriegen die nicht klein, versprach er sich. Ich werde das hier überleben!

Zwei Dinge ließen ihn durchhalten und auch in dunkelsten Stunden an ein Ende des Horrors glauben: Erstens der Wunsch, seine Liebste wiederzusehen und endlich das Leben mit ihr zu beginnen, von dem sie beide so oft geträumt hatten. Und zweitens, und dieses Gefühl gab ihm fast noch mehr Antrieb: glühender Hass. Weniger auf seine unmittelbaren Peiniger, die SS-Wachmänner und ihre Schergen, die Kapos. Auch wenn der junge Mann diese zutiefst verabscheute, so galt sein Hass vor allem dem oder den Menschen, denen er seine trostlose Lage verdankte. Seit seiner Festnahme beherrschte ihn eine Frage: Wie war er ins Visier der Deutschen geraten? Warum hatten sie ihm an jenem Abend aufgelauert?

War es möglich, dass er das Opfer einer Verwechslung war? Etwa zur gleichen Zeit wie er waren landesweit mehrere Personen wegen des Hortens von Waffen, Munition und Sprengstoff gefangen genommen und einige Monate später zusammen mit ihm als sogenannte Nacht-und-Nebel-Häftlinge in Natzweiler eingeliefert worden. Dazu passten die Vorwürfe, die die deutsche Sicherheitspolizei gegen ihn erhoben hatte. In den endlosen Verhören in Grini, dem Polizeihäftlingslager in der Nähe von Oslo, war er zu seiner Überraschung bezichtigt worden, sich als Schmuggler von Gewehren, Pistolen und anderen Handfeuerwaffen betätigt zu haben, die von England heimlich nach Norwegen gebracht wurden, um die dortigen Widerstandskämpfer auszustatten. Auch am Tag seiner Verhaftung sei er in dieser Mission unterwegs gewesen. Die Revolver samt Munition, die man in seiner Unterkunft gefunden hatte, waren seinen Anklägern Beweis genug gewesen. Für eine Verwechslung sprach, dass die Nazis nichts von seiner eigentlichen Tätigkeit im Widerstand wussten.

Je mehr er darüber nachdachte, umso weniger überzeugte ihn allerdings diese These. Nicht zuletzt, weil er noch nie eine Waffe besessen hatte. Mittlerweile gab es für ihn nur eine stichhaltige Erklärung: Jemand hatte ihn angeschwärzt und ihm die Revolver untergeschoben. Aber wer? Und warum? War es der Vorarbeiter gewesen? Der Mann hatte sich einen schweren Patzer geleistet und versucht, die Sache einem anderem in die Schuhe zu schieben – was er verhindert hatte. Gut möglich, dass der Vorarbeiter aus Rache zur Staatspolizei gelaufen war. Zumal er kein Geheimnis daraus machte, dass ihn die Ideologie der Nazis begeisterte. Als Anhänger Vidkun Quislings war er kurz nach der Besatzung Norwegens in dessen nationalsozialistische Partei Nasjonal Samling eingetreten. Ihm waren eine solche Verleumdung und die dazu nötige Skrupellosigkeit zuzutrauen.

Hundegebell und das Schrillen einer Trillerpfeife rissen ihn aus seinen Überlegungen. Seine Hand tastete unwillkürlich nach dem Steinchen, das er in den Saum seiner zerschlissenen Jacke eingenäht hatte. Wie durch ein Wunder war es bei all den Verlegungen und Transporten nie verloren gegangen oder bei einer der unzähligen Durchsuchungen seiner Sachen konfisziert worden. In den Augen der Deutschen war es gewiss nur ein wertloser Kiesel. Zum Glück ahnten sie nicht, welche Bedeutung der unscheinbare rötlich-orangene Stein für ihn hatte. Er war das Unterpfand ihrer Liebe, das Einzige, was ihm von ihr geblieben war, nachdem man ihm das Amulett mit ihrem Porträt abgenommen hatte.

Er atmete tief durch, kletterte aus seiner Koje und folgte den anderen Häftlingen nach draußen, wo ein weiterer Tag in dieser von Menschen erschaffenen Hölle auf ihn wartete.

# 1

*Stavanger, Januar 1970*

Lizzy fror. Sie zog die Schultern hoch und trottete mit gesenktem Kopf hinter ihrer Mutter her, die von der Gangway des Flugzeugs über die Landebahn zum Abfertigungsgebäude lief, auf dem in großen Lettern *Stavanger Lufthavn* stand. In den Pfützen auf dem Asphalt spiegelten sich die Positionsleuchten der Passagiermaschine der British European Airways und das Licht, das aus den Fenstern des Terminals und des Towers schien. Pünktlich um 15:30 Uhr waren sie in Sola gelandet, und Lizzy hatte zum ersten Mal in ihrem siebzehnjährigen Leben europäischen Boden betreten. Der kurze Aufenthalt im Heathrow Airport zählte für sie nicht. Eine Windböe, die ihr feine Graupelkörner ins Gesicht blies, ließ sie erschauern und ihre Schritte beschleunigen. Nur schnell ins Warme!

Ihr fünf Jahre jüngerer Bruder Chris sprang ihnen voraus. Bereits auf dem Flug über die Nordsee hatte es ihn kaum auf seinem Sitzplatz gehalten. Alle zehn Minuten hatte er sich erkundigt, wann sie endlich ankämen und sich die Stupsnase an dem kleinen Fenster platt gedrückt, um als Erster einen Blick auf ihre neue Heimat zu erhaschen.

Lizzy war genervt von seiner Begeisterung, die ihr schonungslos vor Augen führte, wie unglücklich und sauer sie selbst über diese Reise war. Wie konnte sich Chris nur so schnell mit dem Verlust seines bisherigen Lebens abfinden? Er ließ doch auch gute Freunde, vertraute Orte und nicht zuletzt die Los Angeles Rams zurück. Als glühender Fan der NFL-Footballmannschaft hatte er in den letzten drei Jahren kein einziges ihrer Spiele verpasst und trug auch in diesem Moment die navy-blaue Schirmmütze mit dem stilisierten gelben Widderkopf. Machte ihm der

Abschied von alledem wirklich nichts aus? Oder verarbeitete er seinen Kummer nur anders als sie und tröstete sich mit den neuen Abenteuern, die auf ihn warteten?

Nachdem ihr Bruder hatte einsehen müssen, dass hinter der von Regentröpfchen bedeckten Scheibe nur das dunkle Grau der Wolken waberte, in die sie eine Stunde nach ihrem Start in London hineingeflogen waren, hatte er sich darauf verlegt, die Stewardess mit Fragen zu technischen Details der Maschine sowie über Flughöhe, Geschwindigkeit oder Außentemperatur zu löchern. Als die junge Frau von einem anderen Passagier gerufen worden war, hatte Chris sich von seiner Mutter Cathleen den Reiseführer *Your Guide to Norway* geben lassen und versucht, seine Schwester für das skandinavische Land zu begeistern: »Wusstest du, dass es in Norwegen Bären, Luchse und Wölfe gibt?« Oder: »Hättest du gedacht, dass zwischen dem nördlichsten und dem südlichsten Punkt 1752 Kilometer liegen? Das ist ungefähr die gleiche Entfernung wie zwischen …«

Lizzy hatte ihn mit eisigen Blicken zum Verstummen gebracht und sich demonstrativ hinter den Seiten der aktuellen Ausgabe des »Teen Magazine« verschanzt, einer der Jugend-Zeitschriften, mit denen sie sich vor dem Abflug in Denver eingedeckt hatte. Wer wusste schon, wann und ob überhaupt sie in diesem von Hinterwäldlern bevölkerten Norwegen die Gelegenheit bekommen würde, amerikanische Magazine zu erwerben.

Die Januarausgabe war dem Thema Stewardess gewidmet, und auf dem Cover war das Model Jill Twiddy zu sehen, das mit verzücktem Augenaufschlag gen Himmel blickte. Lizzy hatte nach dem Ende der Highschool im vergangenen Sommer kurz mit dem Gedanken gespielt, Flugbegleiterin zu werden. Seit sie als kleines Mädchen mit ihren Eltern von ihrem damaligen Zuhause in Florida nach Denver zu ihren Großeltern mütterlicherseits geflogen war, wollte sie Pilotin werden. Es schien ihr der herrlichste Beruf der Welt zu sein. Zum einen, weil er die Möglichkeit bot, die entlegensten Länder und Kulturen besuchen zu können, ohne teure Reisen dorthin unternehmen zu müssen. Nach Langstreckenflügen hatten die Flugzeugcrews meistens mehrere Tage Urlaub und so die Gelegenheit, die exotischsten Orte zu erkunden, wobei es Lizzy in erster Linie südliche Gefilde angetan hätten. Zum anderen aber – und das war für Lizzy der entscheidende Punkt – würde er ihren Traum vom Fliegen zumindest ein Stück weit erfüllen. Dieses wundervolle Gefühl der Schwerelosigkeit, sich in die Luft schwingen zu können und vom Wind tragen zu lassen – so, wie sie es aus ihren nächtlichen Träumen kannte. Ein Gefühl der Freiheit, das sie in ähnlicher Form im Wasser erlebte und das zu ihrer Leidenschaft fürs Schwimmen geführt hatte.

Als Lizzy mit der Zeit klar wurde, dass ihr als Frau eine Piloten-Karriere in der kommerziellen Luftfahrt verwehrt war, hatte sie sich damit getröstet, als Stewardess ihren Wunschtraum wenigstens teilweise verwirklichen zu können. Sie hatte die Idee jedoch schnell wieder verworfen. Abgesehen davon, dass sie direkt nach dem Schulabschluss ein Jahr zu jung für eine Bewerbung gewesen war, hatte Lizzy viele der zu erfüllenden Bedingungen abstoßend gefunden. Die Radio-Spots mit Jobangeboten für Flugbegleiterinnen hatten sich angehört, als ginge es um den Aufruf zu einer Miss-Wahl. Die Airline steckte ihre Flugbegleiterinnen nicht nur in pink-orangefarbene Miniröcke mit passenden Hotpants und halbhohen Stiefeln, sondern hielt sie auch dazu an, orangefarbenen Lippenstift, falsche Wimpern und Eyeliner zu tragen.

Lizzy war mit ihren ein Meter siebzig zwar in der vorgeschriebenen Größenskala, die geforderte sehr schlanke Linie mit schmaler Taille konnte sie dagegen nicht vorweisen. Sie war nicht dick, hatte jedoch einen stämmigen, und – dank ihres jahrelangen Schwimmtrainings – muskulösen Körper, der sich in den vorgeschriebenen figurbetonten Outfits nicht gut gemacht hätte.

Lizzy hasste ohnehin eng anliegende Kleidung, in der sie kaum Bewegungsfreiheit hatte. Sie bevorzugte bequem sitzende Jeans, selbst gebatikte Blusen und weite Röcke.

Letztendlich aber waren es vor allem zahlreiche weitere Vorschriften, die Lizzy von diesem Berufswunsch abgebracht hatten. So wurde das weibliche Kabinenpersonal spätestens mit 35 Jahren zum Dienst am Boden verdonnert, während die männlichen Angestellten bis über das 60. Lebensjahr hinaus an Bord arbeiten durften. Viele Airlines hatten eine Vertragsklausel mit einem Heiratsverbot für Flugbegleiterinnen. Und bei den hawaiianischen Aloha Airlines mussten diese auch das In-Flight-Entertainment bestreiten und während des Flugs singen, Hula tanzen und Ukulele spielen.

Lizzy fand diese Gängelungen demütigend. Warum wurden Frauen nahezu immer auf dienende Tätigkeiten reduziert? Warum war ihnen der Zugang zu vielen Berufen gar nicht erst möglich? Und weshalb schien alle Welt zu glauben, dass Frauen nichts anderes erstrebenswert fanden, als die Herren der Schöpfung zu verwöhnen und zu beglücken? Sei es nun als Ehefrau, die sich um das Wohl der Familie und den Haushalt kümmerte, oder in Berufen, in denen Service und Betreuung in allen möglichen Facetten im Vordergrund standen. Es war so ungerecht! Warum waren – von wenigen Ausnahmen abgesehen – nur Männer Ingenieure, Wissenschaftler, Dirigenten oder eben Piloten?

»Dad ist nicht da!«

Mit diesem Ruf kam ihnen Chris entgegengerannt, als Lizzy und ihre Mutter gerade das Terminal betraten.

»Bist du sicher?«

Cathleen rückte das lachsfarbene Pillboxhütchen zurecht, das auf ihrer am Hinterkopf hochtoupierten Frisur thronte. Nach vorne liefen ihre schulterlangen Haare in einer sanften Außenwelle aus und umrahmten ihr ovales Gesicht mit den flächigen

Zügen und dunklen Augen – ein Erbe der Cheyenne-Frau, die ihr Großvater einst geheiratet hatte. Lizzy hatte die gleichen glatten schwarzen Haare, die bei ihr bis zur Taille reichten. Die hellgrauen Augen mit der dunklen Umrandung dagegen waren ein Erbe ihres Vaters Roger. Ihr Bruder kam mit seinen rotblonden Locken, den grünen Augen und den Sommersprossen ganz nach seinem Großvater, dessen Wurzeln in Irland lagen.

»Seht mal«, sagte Lizzy mit Blick auf eine Handvoll Menschen, die hinter einer Absperrung standen. »Ich glaube, damit sind wir gemeint.« Sie zeigte auf einen Mann in dunklem Anzug, weißem Hemd, Krawatte und Schirmmütze, der ein Schild hochhielt und die ankommenden Passagiere musterte.

*Family COLE* stand auf der Pappe. Der Mann hob grüßend die Hand. Lizzy nickte ihm zu und stellte sich zu ihrer Mutter und Chris in die kurze Schlange, die sich vor der Passkontrolle gebildet hatte. Vor ihnen warteten zwei Damen, die bordeauxfarbene eingebundene Pässe in den Händen hielten. In der Mitte prangte in Goldprägung ein dreieckiges Wappen mit einem auf den Hinterbeinen stehenden, gekrönten Löwen, der mit den Vordertatzen eine langstielige Axt hielt. Auf der abgerundeten Spitze des Wappens thronte eine Krone. Lizzy beugte sich unauffällig nach vorn und las über dem Emblem die Worte *NORGE*, *NOREG* und *NORWAY*. Dabei ertappte sie sich, wie sie gebannt der Unterhaltung der Frauen lauschte. Sie verstand zwar kein Wort, fand die Sprache jedoch faszinierend. Sie klang melodisch, als würden die beiden eher singen als sprechen.

Wenige Minuten später passierten sie mit ihrem Handgepäck die Absperrung. Die großen Koffer mit ihrer Kleidung hatten sie vorausgeschickt, zusammen mit einigen Kisten, in denen Cathleen persönliche Gegenstände, Bücher, Schallplatten, Fotoalben und andere Dinge verstaut hatte, die sie in ihr neues Zuhause begleiten sollten.

Lizzy war es schwergefallen, ihr Zimmer aufzugeben und sich von ihren geliebten Möbeln trennen zu müssen. Erst zum letzten Geburtstag hatte sie den halbkugelförmigen Ball Chair mit roten Polstern bekommen, der schon lange auf ihrer Wunschliste gestanden hatte. Zusammen mit ihren anderen sperrigen Besitztümern lagerte er nun auf unbestimmte Zeit im Keller von Grandma und Grandpa, bis sich geklärt hätte, für wie lange die Coles ihre Zelte in Norwegen aufschlagen würden und ob es sich lohnte, die Sachen nachzuholen.

Es war das erste Mal, dass die Familie nicht innerhalb der Vereinigten Staaten umzog, und Roger Cole von seinem Arbeitgeber, der Phillips Petroleum Company, in ein anderes Land versetzt wurde. Während Roger bereits vor Silvester nach Stavanger aufgebrochen war, wo ihn dringende Aufgaben erwarteten, hatten seine Frau Cathleen und die beiden Kinder noch einen Abstecher nach Denver gemacht. Auch wenn ihre Großeltern nie in derselben Stadt gelebt hatten wie Lizzy, waren sie seit jeher ein wichtiger Teil ihres Lebens. Sie kamen oft zu Besuch und freuten sich, wenn zumindest die Kinder und Cathleen einen Großteil der Sommer- und Winterferien bei ihnen verbrachten. Die Vorstellung, dass nun ein ganzer Ozean zwischen ihnen lag, fand Lizzy beklemmend. Wann würden sie sich wiedersehen?

»Welcome, Mrs. Cole.«

Der Mann mit dem Pappschild trat zu ihnen und tippte mit der Hand an die Mütze, über deren Lackschirm das Emblem der Firma Phillips prangte: ein schwarz umrandetes Wappenschild mit dem Firmennamen in Großbuchstaben, darunter in einem roten Feld die Ziffer 66. »I am here to pick you and your children up and drive you to the hotel.«

Er hob den Ton am Ende der Sätze ein wenig an, was seinen Willkommensgruß wie eine Frage klingen ließ. Ansonsten war sein Englisch fehlerfrei. Lizzy, die ihn aus der Ferne wegen seines förmlichen Anzugs für einen gestandenen Mann gehalten hatte, erkannte, dass er wohl erst Anfang zwanzig war, also nur ein paar Jahre älter als sie.

»Ins Hotel?« Cathleen hob die Brauen.

Gleichzeitig erkundigte sich Chris, warum sein Vater nicht da war.

Lizzy hatte den Eindruck, dass dem Chauffeur die Fragen unangenehm waren. Er wich ihren Blicken aus und zog ein gefaltetes Papier aus seiner Brusttasche, das er Lizzys Mutter reichte. Gleich darauf griff er nach den Reisetaschen und lief rasch zu einer Glastür, hinter der ein Parkplatz lag. Cathleen überflog derweil die Zeilen auf dem Briefbogen. Lizzy, die sie aufmerksam beobachtete, sah, wie sie die Lippen zusammenpresste.

»Von Dad?«, fragte sie. »Was schreibt er?«

»Dass es ihm schrecklich leidtut, uns nicht persönlich abholen zu können«, antwortete ihre Mutter, sichtlich um einen entspannten Ton bemüht. »Er will versuchen, zum Abendessen im Hotel zu sein.«

»Wir wohnen in einem Hotel?« Chris' Augen weiteten sich. »Hoffentlich hat es einen Swimmingpool.« Er rannte dem Chauffeur hinterher.

»Wieso gehen wir ins Hotel?«, fragte Lizzy. »Wollte Dad nicht eine möblierte Wohnung oder ein Haus für uns organisieren?«

»Das war der Plan.« Cathleen zuckte mit den Schultern. »Vermutlich war er da zu optimistisch. Schließlich hatte er ja nur wenige Tage Zeit für die Suche. Wenn er überhaupt dazu kam. Er scheint ja von seiner Arbeit voll in Beschlag genommen zu sein.« Sie straffte sich und ging zum Ausgang.

Lizzy runzelte die Stirn. Sie konnte sich nicht erinnern, dass ihr Vater sie jemals nicht persönlich in Empfang genommen hatte, wenn sie getrennt von ihm an einen neuen Wohnort gereist oder aus den Ferien bei den Großeltern zurückgekommen waren. Jedes Mal hatte er – mit einem großen Blumenstrauß für seine Frau und Süßigkeiten für die Kinder – am Flughafen, Bahnhof oder an einer Busstation gestanden und sie mit großem Hallo begrüßt. Vor allem aber hatte er stets vorab Bescheid gegeben, wenn sich an ihren Absprachen etwas Grundlegendes änderte.

Lizzy verengte die Augen. Warum hatte er Mom nicht angerufen und ihr gesagt, dass er noch keine dauerhafte Bleibe für uns gefunden hat? Zumindest ein Telegramm hätte er schicken können. Lizzy schluckte und fragte sich, ob das ein schlechtes Vorzeichen für ihren Aufenthalt in Norwegen war. Sei nicht albern, wies sie sich im selben Atemzug zurecht. Mom liegt sicher richtig. Dad hat einfach extrem viel um die Ohren. Lizzy rückte ihre Umhängetasche zurecht und folgte den anderen.

Draußen war die Dämmerung, in der sie gelandet waren, inzwischen in Dunkelheit übergegangen. Finsternis mitten am Tag. Lizzy schob die Unterlippe vor. In Los Angeles, wo es jetzt 7 Uhr war, ging gerade die Sonne auf. Sie würde erst um 17 Uhr wieder untergehen, während sie in Stavanger im Januar maximal sechseinhalb Stunden lang schien. Wenn man sie denn überhaupt zu Gesicht bekam. Dass die Winter in dieser Stadt an Norwegens Westküste lang sowie sehr windig wären, und der Himmel überwiegend wolkenverhangen, hatte Chris aus einem der Reiseführer vorgelesen. Außerdem sei es das ganze Jahr über nass.

So wie in diesem Moment, als sie über den Platz hinter dem Terminal lief. In ihre Nase stiegen der Gestank des Auspuffgases eines anfahrenden Pkws, dazu der harzige Rauchgeruch eines Holzfeuers sowie eine herbe Note, die sie nicht zuordnen konnte. Lizzy hielt kurz inne, fuhr sich mit der Zunge über die Lippen und schmeckte bitteres Salz. Das muss vom Meer kommen, dachte sie und lief weiter. Auf dem Parkplatz standen nur wenige Autos. Vor einem schwarzen Wagen, den Lizzy an dem Stern auf der Motorhaube als Mercedes erkannte, standen Chris und der Chauffeur in ein lebhaftes Gespräch vertieft, ihre Mutter hatte bereits auf dem Beifahrersitz Platz genommen.

»Lizzy, sieh mal, was für ein tolles Auto die Firma Dad zur Verfügung stellt.« Ihr kleiner Bruder strahlte übers ganze Gesicht. »Das ist ein brandneuer 280 SE aus dem letzten Jahr, Baureihe W108.«

»Aha«, brummte Lizzy. »Ist mir egal. Hauptsache er fährt und ist geheizt.«

Der Chauffeur öffnete ihr die hintere Tür. Täuschte sie sich, oder verbiss er sich ein Grinsen? Unverschämter Bursche, dachte Lizzy, kniff die Lippen zusammen und stieg ein. Nachdem auch Chris auf der Rückbank saß, ließ der Chauffeur den Motor an und fuhr vom Parkplatz auf eine Straße, die Richtung Nordwesten führte. Im Wagen herrschte Schweigen.

»Möchten Sie vielleicht ein bisschen Musik hören?«, erkundigte sich der Chauffeur nach einer Weile bei Cathleen.

Diese nickte mit abwesendem Gesichtsausdruck. An was denkt Mom wohl gerade?, fragte sich Lizzy. Ist sie sauer auf Dad? Sie musterte ihre Mutter aufmerksam, konnte deren Miene jedoch nicht deuten. Aus dem Autoradio, in das ein Kassettenspieler integriert war, tönte der karibisch anmutenden Keyboard-Riff, der den Song »Sugar, Sugar« von den Archies einleitete. Die Firma lässt sich wirklich nicht lumpen, stellte Lizzy fest. Alles auf dem neuesten Stand der Technik. Chris gähnte herzhaft, kuschelte sich an ihre Schulter und nickte ein. Lizzy beneidete ihn um die Gabe, in fast jeder Lage sofort Schlaf zu finden. Sie legte einen Arm um ihn und sah aus dem Seitenfenster, hinter dem in der Dunkelheit schneebedeckte Wiesen und Felder schimmerten. Ab und zu schienen Lichtpunkte auf, die vermutlich von erleuchteten Fenstern vereinzelter Gehöfte und kleiner Siedlungen stammten. Als sie den Kopf wendete, um die andere Seite zu betrachten, bemerkte sie, dass der Chauffeur sie im Rückspiegel musterte.

Was glotzt der so? Lizzy senkte rasch die Augen, beugte sich über ihre Umhängetasche, die sie zu ihren Füßen abgestellt hatte, und zog eine Ausgabe des »YM Magazine« heraus, das sie bislang noch nicht gelesen hatte. Keine gute Idee. Das Covergirl, die Sängerin Jackie De Shannon, erinnerte sie mit ihren großen, dichtbewimperten Augen sowie der dunkelblonden Mähne und dem Pony, das bis zu den Brauen reichte, an ihre beste Freundin Shirley.

Und jetzt erklang auch noch die erste Strophe von John Denvers Folksong »Leaving on a Jet Plane«, dessen Einspielung durch das Trio Peter, Paul & Mary zum Jahreswechsel den ersten Platz in den US-Charts erreicht hatte. Und offensichtlich auch in Norwegen bekannt war.

*All my bags are packed I'm ready to go*
*I'm standin' here outside your door*
*I hate to wake you up to say goodbye*

War wirklich erst eine knappe Woche vergangen, seit sie Shirley das letzte Mal gesehen hatte? Seit sie sich auf der Highschool angefreundet hatten, war in den vergangenen fünf Jahren kaum ein Tag vergangen, an dem sie sich nicht gesehen hatten. Ende Januar hatten sie ihre achtzehnten Geburtstage gemeinsam feiern wollen. Der Gedanke an die geplatzte Doppelparty verstärkte ihre Traurigkeit. Lizzy summte kaum hörbar die Melodie des Refrains mit und zwinkerte die Tränen weg, die ihr in die Augen gestiegen waren.

*I'm leavin' on a jet plane*
*I don't know when I'll be back again*
*Oh babe, I hate to go*

# 2

*Stavanger, Mai 1941*

Die Glocke von St. Petri schlug zur halben Stunde, als Solveig von der Vinkelgata, in der sie mit ihren Eltern wohnte, in die Langgata einbog. Auch diese Straße war von Ein- bis Zweifamilienhäusern geprägt, die auf Steinsockeln ruhten und mit weiß getünchten Holzpaneelen verschalt waren. Die Sonne, die bereits um fünf Uhr aufgegangen war, strahlte am Himmel. Es versprach, ein heißer Tag zu werden, sobald sich der Wind wie an den vorigen Tagen am späten Vormittag legen würde. Solveig schaute zu den Wölkchen hinauf, die von einer frischen Brise vom offenen Meer her nach Osten getrieben wurden und atmete tief ein. Die Neunzehnjährige liebte den herben Geruch nach Salz und Tang, in den sich eine Rauchnote von den Fischfabriken am Hafen sowie der süße Duft eines blühenden Fliederbusches mischten, der über den Gartenzaun eines Grundstücks wucherte.

An der nächsten Kreuzung verharrte Solveig einen Moment lang, ließ ihre Augen die Pedersgata hinabwandern und hielt nach Kindern Ausschau, die von den Schulen des Viertels zum Nytorget liefen. Dort würden sie sich an die Spitze der Musikkapellen stellen und mit ihnen zum Marktplatz am Vågen, dem innerstädtischen Hafenbecken, marschieren, wo sie auf die Gruppen der anderen Stadtviertel treffen würden. Nach der Ansprache des Bürgermeisters, die den Verfassungstag um acht Uhr offiziell einläutete, würden alle zum Gottesdienst in die Domkirche St. Svithun strömen.

Die beiden Glockenschläge verklangen, erneut legte sich Stille über die Straßen. Erst in diesem Moment wurde Solveig bewusst, dass auch dieses Jahr keine hellen Kinderstimmen, Hurra-Rufe,

Trommelwirbel und Blasmusik an ihre Ohren dringen würden. Die Deutschen hatten den 17. Mai zu einem gewöhnlichen Arbeitstag erklärt und sowohl den Umzug als auch die anschließenden Feierlichkeiten und insbesondere das Singen der Nationalhymne unter Androhung drakonischer Strafen untersagt. Immerhin hatte Reichskommissar Josef Terboven in diesem Jahr das Beflaggungsverbot teilweise gelockert.

Solveig setzte ihren Weg fort. Während sie die Straße hinunterlief, wanderten ihre Gedanken zum Mai 1939, wo sie zum vorläufig letzten Mal den Nationaltag gefeiert hatten. Wie sehr hatte sie sich damals auf das kommende Jahr gefreut, in dem sie und ihre Mitschüler sich als *russ* – frischgebackene Abiturienten – mit roten Mützen und schleifengeschmückten Bambusstöcken in den *barnetog* einreihen, in Kuhhörner blasen und grölen würden:

*Chickelacke, chickelacke, show, show, show!*
*Bummelacke, bummelacke, bow, bow, bow!*
*Chickelacke, bummelacke, jazz bom bøh!*
*Julekake, julekake, hjembakt brød!*
*Wœœœœœ!*

Der Überfall der Deutschen Wehrmacht am 9. April 1940 hatte ihnen einen Strich durch die Rechnung gemacht. Aber Solveig und ihren Klassenkameraden war ohnehin nicht nach ausgelassenem Feiern zumute gewesen. Der Schock, in den Krieg hineingezogen und besetzt zu werden, hatte nicht nur die Abiturienten in ein lähmendes Gefühlschaos aus Empörung, Angst und Ratlosigkeit gestürzt. Die meisten Norweger – sofern sie nicht Anhänger von Vidkun Quisling und seiner faschistischen Partei waren – waren in den ersten Tagen der Besatzung verunsichert gewesen. Anders als im ebenfalls neutralen Dänemark, das zur selben Zeit überrollt worden war, hatten sich der norwegische König und seine Regierung geweigert, mit den Deutschen zu kooperieren und einen Status des Landes als eine Art Musterprotektorat von Hitlers Tausendjährigem Reich anzuerkennen. Auch eine Abdankung lehnte Haakon VII. ab. Stattdessen waren er, seine Familie und die Staatsminister aus Oslo zunächst in den Norden des Landes und schließlich nach England geflohen. Seine Streitkräfte kämpften noch zwei Monate lang erbittert gegen die Invasoren, bevor sie am 10. Juni 1940 vor der erdrückenden deutschen Übermacht kapitulieren mussten. König Haakon VII. hatte derweil in London mit seinem Kabinett eine Exilregierung etabliert und propagierte seitdem unermüdlich den Widerstand gegen die Besatzer seines Vaterlandes.

Solveig überquerte den Nytorget, den ehemaligen Pferdemarkt. Gegenüber der im neoromanischen Stil gebauten Petrikirche verließ gerade ein Dutzend Polizisten ihr Revier, das sich seit ein paar Jahren in der ehemaligen Petrischule befand. Sie waren vermutlich von den Deutschen aufgefordert worden, für die Einhaltung der Verbote am Nationalfeiertag zu sorgen und Störenfriede dingfest zu machen. Die Ordnungshüter waren bei Weitem nicht die Einzigen, die mit oder für die Besatzer arbeiteten.

Aus Sicht ihrer im Exil lebenden Landsleute mochte es einfach sein, sie hatten eine genaue Vorstellung davon, wie sich »anständige« Norweger zu verhalten hatten: Wenn man sich nicht getraute, den Besatzern offen die Stirn zu bieten, sollte man wenigstens den Kontakt mit ihnen nach Möglichkeit vermeiden und keinen Zweifel daran aufkommen lassen, dass man den Tag herbeisehnte, an dem sie verschwinden würden. Der schien jedoch in weite Ferne gerückt. Die anhaltenden Erfolge der Wehrmacht an allen Fronten führten bei vielen Norwegern zu der Überzeugung, noch lange unter der deutschen Herrschaft leben und sich wohl oder übel mit ihr arrangieren zu müssen. Solveig fragte sich außerdem, wie man sich von den Deutschen fernhalten sollte, wenn sie einem buchstäblich an jeder Straßenecke, in öffentlichen Verkehrsmitteln, in Geschäften, im Kino, am Badestrand sowie anderen Freizeitstätten und vor allem bei der Arbeit begegneten.

Anfangs hatten sich Solveigs Familie sowie die meisten ihrer Freunde und Bekannten bemüht, sich nicht mit dem Feind »gemeinzumachen«. Auf Dauer war es schlechterdings unmöglich, diese Haltung beizubehalten. In Stavanger, dem Verwaltungszentrum der Provinz Rogaland, waren besonders viele Deutsche stationiert. Die Stadt, die seit 1937 über einen modernen Flughafen verfügte, war neben Oslo einer der fünf Orte gewesen, der im Zuge der »Weserübung« vom Wasser und aus der Luft angegriffen und binnen Stunden erobert worden war. Die Deutschen hatten umgehend die Kontrolle über die Infrastruktur der Stadt übernommen – vom Telefonamt, der Telegrafenzentrale sowie der Post über Hafen- und Zollbehörde bis hin zum Gaswerk. Später wurden Hunderte Soldaten sowie Verwaltungsbeamte dauerhaft in der Stadt stationiert. Trotz der unvermeidlichen Interessenkonflikte wurden sie mit der Zeit oft nicht mehr in erster Linie als Feinde wahrgenommen, sondern vor allem auch als Arbeitgeber, Kollegen, Kunden und Geschäftspartner, Mieter, Nachbarn, Bekannte und sogar als Freunde.

So wie Afra in den vergangenen sechs Monaten für mich zu einer Freundin geworden ist, dachte Solveig und sah das runde Gesicht mit den Grübchen und den zu Schnecken über den Ohren gerollten, dunkelbraunen Zöpfen vor sich. Die junge Bayerin war als »Blitzmädel« nach Norwegen geschickt worden. So nannten die Deutschen die Nachrichtenhelferinnen wegen des Blitz-Emblems, das auf deren schnittigen Schiffchen-Mützen und Uniformjacken gestickt war. Afra arbeitete in der Fernmeldezentrale der Wehrmacht-Stabstelle von Stavanger. War Solveig eine Verräterin, weil sie Afra in ihr Herz geschlossen hatte? Und wie vertrug sich das mit ihrem Bedürfnis, den Widerstand zu unterstützen? Diese Fragen hatten sie am Anfang umgetrieben. Auf die erste hatte Solveig mittlerweile eine eindeutige Antwort gefunden: In Bezug auf Afra zählten für sie nicht deren Nationalität, sondern einzig die Verbundenheit und Vertrautheit, die sie auf Anhieb verspürt hatte, als sie der drei Jahre Älteren zum ersten Mal begegnet war. Sie konnten schließlich nichts für die Umstände, unter denen sie sich kennengelernt hatten. Niemand wäre doch auf die Idee gekommen, Tante Märta zu verurteilen, die vierzig Jahre zuvor einen Deutschen geheiratet hatte. Genauso hätten sich Solveig und Afra zu Friedenszeiten über den Weg laufen können, ohne dass jemand daran Anstoß genommen hätte. Dass der Krieg für ein anderes Szenario gesorgt hatte, war nicht ihre Schuld.

Mittlerweile hatte Solveig den Marktplatz erreicht. Gegenüber der Domkirche, der ältesten Kathedrale des Landes, die ihre ursprüngliche Gestalt weitgehend beibehalten hatte, lag das Areal des Kongsgård. Vor den beiden Schilderhäuschen rechts und links der Einfahrt stand je ein Soldat mit umgehängtem Gewehr. Solveig blieb einige Schritte von ihnen entfernt stehen und kramte in ihrer Tasche nach dem Passagierschein, der sie berechtigte, das Gelände zu betreten. Obwohl die meisten der zur Torwache abkommandierten jungen Gefreiten keineswegs bedrohlich wirkten, löste ihr Anblick in Solveig nach wie vor ein Gefühl der Beklemmung aus. Allmorgendlich vergegenwärtigte er ihr, dass sich die Deutschen durchaus als das sahen, was sie in den Augen der meisten Norweger waren: unwillkommene Besatzer, die gut daran taten, wachsam zu sein.

Solveigs Jahrgang war vorerst der letzte gewesen, der in der Katedralskole unterrichtet worden war. Kurz nach ihrem Einmarsch hatten die Deutschen das Anwesen am Breiavatnet beschlagnahmt. Die Schüler mussten derweil in provisorische Klassenzimmer ausweichen, die im Kultur- und Naturgeschichtlichen Museum und dem Haus der Klubselskap für sie bereitgestellt worden waren. Solveigs alte Schule war nur eines von vielen Gebäuden, die sich die Deutschen unter den Nagel gerissen hatten. Das renommierte »Grand Hotel« diente ihnen zur Unterbringung illustrer Gäste und für Feierlichkeiten, das Zollamt am Hafen wurde vom Stab der Marine genutzt, die Geheime Feldpolizei und die Feldgendarmen waren nur einen Steinwurf entfernt in mehreren Häusern stationiert, Staffelunterkünfte befanden sich unter anderem in der Kampenskole, der Svithunskole und am Løkkeveien gegenüber dem Folkehuset, in der alten Turnhalle und dem Bethania Bethaus. Nur die 200 Mann starke Kompanie der Luftwaffe war weiter außerhalb in drei Kasernen untergebracht, die am Fuße des Ullandhaugen standen, auf dem die Deutschen eine Flugabwehrbatterie und Funkmasten installiert hatten.

Den Kongsgård, einen stattlichen Wirtschaftshof aus dem Mittelalter, in dem einst Könige, Bischöfe und Amtsleute residiert hatten, bevor er 1826 zur Schule umfunktioniert worden war, hatten die »Kommandatur Seeverteidigung« sowie die Wehrmachtsleitung für sich beansprucht. Auch die zivile Verwaltung, eine Außenstelle des Reichskommissariats in Oslo, hatte Büros zugeteilt bekommen – und in einem davon stand Solveigs Schreibtisch.

Das Thema »Arbeiten für die Deutschen« hatte in ihrer Familie zu hitzigen Diskussionen geführt. Es waren in erster Linie ihre Großeltern mütterlicherseits, die sich schwertaten mit dem Gedanken, Geschäfte mit den Besatzern ihres Vaterlandes zu machen. Für Solveigs Mutter Tuva, die von klein auf einen tief im Pietismus wurzelnden Arbeitsethos eingeimpft bekommen hatte, war es jedoch selbstverständlich, dass ihre Tochter nach dem Ende der Schule eine Stelle suchen sollte, um ihren Teil zum Haushalt beizutragen und für die Aussteuer zu sparen. Müßiggang kam im Weltbild von Tuva Lund nicht vor. Und da die neuen Herren im Lande ein schier unstillbares Verlangen nach helfenden Händen hatten, in der Regel anständige Löhne zahlten und der zuvor vielerorts darbenden Wirtschaft auf die Sprünge halfen, lag es auf der Hand, dass Solveig sich in das Heer der Norweger einreihte, die für die Deutschen arbeiteten.

Auch die Werft ihres Vaters, die in den letzten Jahren vor dem Krieg immer kurz am Konkurs vorbeigeschrammt war, erlebte einen Aufschwung. Die Auftragsbücher füllten sich dank der deutschen Marine, die ehemalige Walfänger und Fischkutter zu Vorpostenbooten und Minensuchschiffen umrüsten ließ. Erling Lund hatte seinen Abscheu, mit den Besatzern zu kooperieren, rasch mit dem ihm eigenen Pragmatismus überwunden. Im Gegensatz zu anderen Unternehmen würde er keine Zwangsarbeiter beschäftigen und vor allem sähe er es nicht ein, die lukrativen Aufträge der Konkurrenz zu überlassen, während er und die Seinen in kümmerlichen Verhältnissen darben müssten.

Solveig drückte die schwere Tür des Hauptgebäudes auf und schlüpfte in die Eingangshalle, von der aus eine große Treppe in die oberen Stockwerke sowie Flure in die Seitenflügel führten. Auch ein Dreivierteljahr nach ihrem ersten Arbeitstag mutete es sie noch immer seltsam an, wenn sie ihre ehemalige Schule betrat und dort nicht Kindergeschrei, Gelächter, Fußgetrappel und Pausenklingeln zu hören. Stattdessen herrschte auf den Gängen weitgehend Ruhe. Aus manchen der Büros drangen gedämpftes Schreibmaschinengeklapper, Telefonklingeln und Stimmen, ab und zu hörte man das Quietschen der mit Aktenordnern beladenen Rollwägelchen, die durch die Flure geschoben wurden. Nur der Geruch nach Bohnerwachs war noch der gleiche wie zu ihrer Schulzeit. War seither wirklich erst ein Jahr vergangen? Es fühlte sich viel länger an. Wie die Erinnerung aus einem anderen Leben in einer vergangenen Welt.

Im ersten Stock blieb Solveig kurz im Foyer stehen und betrachtete sich in der Spiegelung eines der dort aufgehängten verglasten Ölgemälde, auf denen die früheren Direktoren porträtiert waren – eine alte Angewohnheit aus Schultagen. Hatte sie damals geprüft, ob ihre Zopfschleifen nach dem wilden Fangenspielen in der Pause noch hielten oder in der Sonne weitere Sommersprossen auf Stirn und Nase dazugekommen waren, begutachtete sie nun ihren locker im Nacken aufgedrehten Dutt und steckte eine blonde Haarsträhne fest, die sich zu lösen drohte. Sie trug ein taubenblaues knielanges Kleid mit Faltenrock, aufgenähten Taschen und einem schmalen Gürtel.

Ihr Chef legte großen Wert auf das tadellose Äußere seiner Mitarbeiter, an dem sich seiner Meinung nach die innere Haltung ablesen ließ. Erst vor wenigen Tagen hatte er seinen Buchhalter vor versammelter Belegschaft zusammengestaucht, weil dieser mit einem zerknitterten Hemd zur Arbeit erschienen war. Der arme Mann hatte die Standpauke wie ein gemaßregelter Schuljunge über sich ergehen lassen. Dabei war er um einiges älter als der Dienststellenleiter.

»Fräulein Lund!«

Solveig zuckte zusammen. Wenn man vom Teufel spricht, fuhr es ihr durch den Kopf, als sie die Stimme ihres Vorgesetzten hörte, der ihren Namen auch nach neun Monaten nicht *Lünn* aussprach, sondern *Lunt*. Rasch drehte sie sich zu Herrn Möller um, einem drahtigen Mittdreißiger, der mit einem Meter fünfundsiebzig so groß wie sie selbst war. Sein schütteres Haar hatte er auch an diesem Morgen sorgfältig mit Pomade nach hinten gekämmt und mit einem – wie mit dem Lineal gezogenen – Seitenscheitel frisiert. Die glatt rasierten Wangen, die aufrechte Haltung sowie die unbewegte Miene vervollständigten in Solveigs Augen das Paradebild eines deutschen Soldaten – wenn er nicht Zivil getragen hätte.

»Ich erwarte Sie später in meinem Büro«, fuhr er fort. »Bis Dienstschluss um vier bin ich wieder zurück.« Er nickte ihr zu und entfernte sich in Richtung Treppe.

Solveig wandte sich zu einem Gang, über dessen Portal ein großes rotes Blechschild angebracht war. Unter einem weißen Adler mit ausgebreiteten Schwingen, der ein von einem Eichenlaubkranz umrahmtes Hakenkreuz in seinen Krallen hielt, war zu lesen:

***Reichskommissariat***
***Für die besetzten norwegischen Gebiete***
***Dienststelle Stavanger***

Solveig lief zu dem Zimmer, das sie sich mit Frau Sandvik teilte, einer weiteren norwegischen Schreibkraft. Ihre beiden Tische standen einander gegenüber, an drei Wänden umgeben von deckenhohen Regalen, in denen überwiegend Aktenordner untergebracht waren. Ein Drittel des ehemaligen Klassenraums hatten die neuen Herren mittels einer Wand aus Holzplatten abtrennen lassen. Es war das Reich der deutschen Sekretärin des Chefs, dessen Büro hinter einer dick gepolsterten Tür lag, die eigens für ihn in die Wand zum angrenzenden Eckzimmer eingebaut worden war, dem schönsten Raum der Abteilung. Drei Fenster boten Ausblicke in den Innenhof, zum Dom sowie auf den Marktplatz.

Solveig öffnete die Tür zur Schreibstube und stutzte. Sie hatte ihre vierzigjährige Kollegin erwartet, die beinahe jeden Morgen eine gute Viertelstunde vor Dienstbeginn erschien. Anfangs hatte Solveig geglaubt, Frau Sandvik wolle sich mit ihrer Überpünktlichkeit bei Herrn Möller einschmeicheln. Bald jedoch fand sie heraus, dass die Gute einfach nur ihrem ewig nörgelnden Ehemann entfliehen und im Büro in Ruhe frühstücken wollte – nicht zuletzt, weil es hier meist noch »echten« Kaffee gab und nicht das

Gebräu, das unter anderem aus gerösteten Gerstenkörnern, Brotrinden oder Zichorien, den Wurzeln der Wegwarte, hergestellt wurde. Auch Solveigs Familie griff wie die meisten ihrer Landsleute auf solche Ersatzstoffe zurück, seit Kaffeebohnen wie viele andere Lebensmittel zur streng rationierten Mangelware zählten.

Der Raum war leer, durch die offen stehende Tür zum Vorzimmer drangen jedoch mehrere Stimmen. Neugierig folgte Solveig ihrem Klang und entdeckte im Büro des Dienststellenleiters Frau Sandvik inmitten eines Grüppchens Angestellter, von denen sie einige nur flüchtig vom Sehen kannte. Sie alle standen vor dem Fenster, von dem aus sich eine unverstellte Sicht auf den Marktplatz bot.

»Was gibt's denn da Interessantes?«, erkundigte sich Solveig.

»Sie kriegen sie nicht nach oben.«

Frau Sandvik, eine untersetzte Brünette mit einer Vorliebe für gerade geschnittene wadenlange Röcke und gerüschte Blusen mit Puffärmeln, drehte sich zu ihr, trat beiseite und deutete auf den Fahnenmast. Er stand am oberen Ende des Torget neben dem Granitsockel mit der überlebensgroßen Bronzestatue des Stavanger Dichters Alexander Kielland, der mit dem Rücken zu ihnen über den Platz Richtung Hafenbecken schaute. Seine schriftstellerischen Werke waren geprägt von gesellschaftspolitischen Themen wie Generationenkonflikten, Frauenfragen, sozialer Ungleichheit, religiöser Heuchelei und bürgerliche Doppelmoral, die er mit satirischem Ton anprangerte.

Um ihn herum hatte sich ein Trupp von Mitgliedern des Hird versammelt, der paramilitärischen Kampforganisation der Nasjonal Samling, die sich am Vorbild der deutschen Sturmabteilungen orientierte. Offensichtlich waren sie angetreten, um die norwegische Fahne zu hissen – wie jedes Jahr am 17. Mai, an dem 1933 die NS, die Nationale Vereinigung, gegründet worden war. Seitdem wurde der Nationaltag von Vidkun Quisling und seinen

Anhängern genutzt, die eigene Bedeutsamkeit mit Aufmärschen, Fackelzügen, Reden und militärischen Schauübungen zu feiern.

Irgendetwas schien den geregelten Ablauf zu stören. Die Flagge hing auf halber Höhe und ließ sich augenscheinlich weder weiter nach oben noch zurück zum Boden ziehen. Der Anführer fuchtelte hektisch mit den Armen und bellte Befehle. Vergebens versuchten die Uniformierten, die Schaulustigen zum Weitergehen zu bewegen, die sich um sie scharten. Auch Solveig verspürte Schadenfreude. Verstohlen schielte sie zu dem deutschen Buchhalter, den sie unter den Anwesenden am Fenster ausgemacht hatte. Mit finsterer Miene verfolgte er das Geschehen auf dem Marktplatz und knurrte etwas, das wie »verdammte *norskes*« und »Sabotage« klang. Solveig wechselte einen Blick mit Frau Sandvik, die ihr kaum merklich zublinzelte. Solveig senkte rasch den Kopf und kämpfte gegen das Glucksen an, das ihr in die Kehle stieg. Es war einfach zu komisch, dass ausgerechnet überzeugte Nazis an diesem Tag die Fahne auf halbmast setzten und damit dem ausdrücklichen Verbot des Reichskommissars zuwiderhandelten, der aufmüpfige Norweger daran hindern wollte, ihren Widerwillen gegen die Besatzung ihres Vaterlandes mit diesem Trauerzeichen zu demonstrieren.

»Darf ich erfahren, was hier vorgeht?«

Nicht nur Solveig zuckte zusammen. Auch die anderen drehten sich mit schuldbewussten Mienen um. Fräulein Schmitt, die deutsche Sekretärin, stand auf der Schwelle zum Vorzimmer, schaute streng von einem zum anderen und machte eine scheuchende Handbewegung. Solveig warf einen letzten Blick aus dem Fenster und fragte sich, wer so mutig gewesen war, die Fahnenstange am wichtigsten Platz der Stadt zu manipulieren. Ich würde mich das nie getrauen, stellte sie fest. Es muss ein gutes Gefühl sein, sich nicht von seinen Ängsten kleinhalten zu lassen und das zu tun, was man für richtig hält. Ob ich je diesen Mut aufbringen werde?

# 3

*Stavanger, Januar 1970*

»Wach auf!«

Die Aufforderung wurde von einem Rütteln an ihrer Schulter begleitet, das Lizzy aus dem Schlaf riss. Ihr Bruder kniete vor ihrem Bett. Geblendet vom Schein der Wandlampe über dem Kopfende, die er angeschaltet hatte, schloss sie ihre Augen. »Verschwinde!« Sie wollte sich auf die andere Seite drehen. Erneut spürte sie seine Hand.

»Dad ist weg.«

Die Beunruhigung in seiner Stimme ließ sie innehalten. »Weg? Was meinst du damit?« Sie blinzelte und richtete sich halb auf. »Wie spät ist es überhaupt?«

»Halb acht.«

»Spinnst du?«, fauchte Lizzy. »Ich hätte locker noch eine Stunde schlafen können. Mom hat doch gesagt, dass wir erst um neun Uhr frühstücken.«

»Aber ohne Dad.«

»Klar, er hat ja gesagt, dass er heute zeitig rausmuss.« Sie funkelte ihren Bruder an. »Und auch, dass wir in Ruhe ausschlafen können.«

»Ich weiß. Deswegen bin ich ja extra früh aufgestanden. Um ihn wenigstens noch kurz zu sehen. Aber er war schon weg.« Chris' Unterlippe bebte. »Gestern Abend kam er auch erst kurz vor dem Schlafengehen. Obwohl er versprochen hatte, mit uns zu essen.« Er schniefte und fuhr leise fort: »Warum will er nicht mit uns zusammen sein? Hat er uns nicht mehr lieb?«

»Red keinen Unsinn! Dad hat eben viel Arbeit. Und jetzt lass mich weiterschlafen.« Lizzy schaltete die Leselampe aus.

»Du bist so gemein!« Chris sprang auf. »Genau wie Mom.« Er rannte aus dem Zimmer und schlug die Tür zu.

Lizzy schloss die Augen, öffnete sie jedoch im gleichen Atemzug wieder. An Schlaf war nicht mehr zu denken. Sie war genervt und zugleich schuldbewusst. Du hättest Chris nicht so abbügeln dürfen, meldete sich ihr Gewissen. Er scheint tatsächlich zu glauben, Dad hätte kein Interesse mehr an uns. Lizzy knipste das Licht wieder an. Die Frage ihres Bruders ging ihr näher, als ihr lieb war. Die diffuse Furcht vom Vortag, das ungewohnte Verhalten ihres Vaters könne schwerwiegendere Gründe als beruflichen Stress haben, beschlich sie erneut. Nur nicht darüber nachgrübeln, befahl sie sich. Das zieht dich nur runter. Sie schwang sich aus dem Bett, holte die mit dem Logo des Hotels versehene Schreibmappe von einem schmalen Tisch an der Wand, schlüpfte zurück unter die Daunendecke und setzte sich mit dem Rücken ans Kopfende gelehnt hin.

Die Vorhänge vor dem großen Fenster waren noch zugezogen, von draußen drang lediglich ein kaum wahrnehmbarer Lichtschein ins Zimmer. Die Sonne ging hier erst gegen halb zehn Uhr auf. Wenn ich sie bei dem trüben Schmuddelwetter überhaupt zu Gesicht bekomme, dachte Lizzy und beugte sich über den Briefblock.

*Atlantic Hotel, Donnerstag, 8. Januar 1970*

*Liebe Shirley,*
*was würde ich darum geben, jetzt mit Dir reden zu können! Ich vermisse Dich so sehr! Die Vorstellung, dass ein ganzer Ozean zwischen uns liegt, ist schrecklich. Gerade jetzt, wo ich Deinen Trost und Rat besonders dringend brauche. Du glaubst nicht, wie besch… es mir gerade geht. Es läuft einfach alles schief.*

*Erstens wohnen wir in einem Hotel. Was ja noch einigermaßen okay wäre, wenn ich mir nicht das Zimmer mit Chris teilen müsste. Ist das nicht die Höhe? Mom will, dass ich »ein Auge auf ihn habe« und dafür sorge, dass mein lieber kleiner Bruder keinen Unsinn anstellt. Das kann sie sich abschminken, aber so was von! Ich bin doch nicht sein Babysitter!*

*Zweitens ist Stavanger ein ödes Nest, das obendrein zu den verregnetsten Orten Norwegens gehört. Ich komme mir vor, als sei ich in einem Pippi-Langstrumpf-Buch gelandet – total verschlafen und mit »pittoresken« Holzhäusern und Kopfsteinpflaster-Gässchen. Es gibt hier zwar ein paar modernere Gebäude (u. a. unser Hotel, das elf Stockwerke hat), aber für unsere Verhältnisse ist Stavanger ein absolutes Kaff. Dabei ist es mit seinen 80 000 Einwohnern die viertgrößte Stadt Norwegens! Stell dir vor, insgesamt leben nur ungefähr 3,8 Millionen Menschen in diesem Land. Also nur eine Million mehr als in Los Angeles! In dem schmalen Informations-Bändchen, das von der größten Tageszeitung »Aftenposten« in verschiedenen Sprachen für Touristen herausgegeben wird, steht über Stavanger nur, dass es führend auf dem Gebiet der Konservenindustrie und des Schiffsbaus sei und einen Dom aus dem 12. Jahrhundert habe. Geht's noch trister?*

*Du hattest mir beim Abschied den gut gemeinten Rat gegeben, nicht vorschnell zu urteilen, und mich daran erinnert, dass ich dazu neige, an unbekannten Orten zu fremdeln, mich dann aber doch meistens schnell eingewöhne. Aber hier habe ich wenig Hoffnung, dass es so kommen wird. Wie trostlos Stavanger ist, habe ich sogar schwarz auf weiß aus objektiver Quelle. Auch wenn die Verfasserin sicher nicht die Absicht hatte, diesen Eindruck zu vermitteln. In »Your Guide to Norway« von Doddy Hay wird die Stadt auf zwei Seiten abgehandelt, bevor Ausflüge in die Umgebung beschrieben werden – und fast eine ganze davon verwendet die Autorin dazu, sich über ein Denkmal auszulassen, das einer Entenfamilie (!) gewidmet ist. Also, wenn das nicht Bände spricht.*

*Das »Atlantic Hotel« ist zwar ganz okay, aber halt unpersönlich und kein Zuhause. Das wird es aber wohl eine Weile sein müssen. Es steht nämlich in den Sternen, wann wir ein Haus oder zumindest eine Wohnung bekommen. Wir sind bei Weitem nicht die einzigen Amerikaner, die hier ein neues Dach über dem Kopf suchen. Seit Phillips Petroleum am Tag vor Heiligabend in der Nordsee auf eine ergiebige Erdölquelle gestoßen ist, herrscht hier Goldgräberstimmung. Jahrelang hat man vergeblich nach dem Öl gesucht. Andere Unternehmen wie Shell haben schon im Herbst das Handtuch geworfen und begonnen, ihre Leute abzuziehen. Nur Dads Firma wollte noch eine allerletzte Bohrung durchführen und wurde prompt fündig. Und jetzt ist Stavanger für die Branche the place to be … Für mich aber nicht! Ich finde es einfach nur grässlich hier.*

*Ach Shirley, ich habe solches Heimweh! Wenn ich richtig rechne, ist es bei Dir jetzt elf Uhr nachts, also noch Mittwoch. Komische Vorstellung: Du legst Dich gerade in »meinem Gestern« ins Bett, während ich in »Deinem Morgen« in einen neuen Tag starte, an dem ich mich am liebsten in den nächsten Flieger zurück nach L. A. setzen würde. Warum mussten sie das blöde Öl entdecken und ausgerechnet Dad herschicken? Weil er Norwegisch spricht und sich hier auskennt, soll er als Projektingenieur die Schnittstelle zwischen Phillips und hiesigen Subunternehmen bilden.*

Lizzy hielt inne und ließ den Kugelschreiber sinken. Ihre Gedanken schweiften zu dem Mittagessen kurz nach den Weihnachtsfeiertagen, an dem ihr Vater seiner Familie von seiner Versetzung nach Norwegen erzählt hatte. Während ihrer Mutter der ungewöhnlich kurzfristig angesetzte Umzug zu schaffen machte und Chris sauer war, weil er den Super Bowl der Football League verpassen würde, war Lizzy im ersten Augenblick vor allem erstaunt über die Gründe, aus denen Phillips ihren Dad nach Stavanger schickte.

Sie wusste zwar von seinen skandinavischen Wurzeln, hatte jedoch angenommen, dass er das Land seiner Ahnen gar nicht kannte. Lizzy hatte ihre Großeltern väterlicherseits, die früh verstorben waren, nie kennengelernt und erst vor Kurzem erfahren, dass sie Norwegen nie verlassen hatten. Dass ihr Sohn ohne sie erst als Erwachsener nach Amerika gekommen war, war ihr ebenso neu gewesen. Aber wann genau und aus welchem Grund – darüber hatte ihr Vater (zumindest ihr gegenüber) nie ein Wort verloren. So wie er nie von seinem norwegischen Leben erzählte. Er gab zwar gelegentlich Anekdoten aus seiner Kindheit und Jugend zum Besten, im Nachhinein war Lizzy jedoch aufgefallen, dass er sie nie konkret verortet hatte. Dazu kam, dass ihr Vater nie das geringste Interesse bekundet hatte, in seine alte Heimat zurückzukehren, und sei es nur für einen Urlaub, um seiner Familie die Stätten seiner frühen Jahre zu zeigen. Ebenso wenig konnte Lizzy sich daran erinnern, dass er jemals norwegisch mit ihr oder Chris gesprochen hätte. Was also steckte hinter dem Sinneswandel? Warum wollte ihr Vater zurück nach Norwegen?

Lizzy beugte sich über den Briefblock und schrieb weiter.

*Vielleicht liegt es ja an meiner schlechten Laune, dass ich gerade alles eher negativ sehe. Aber ich werde das Gefühl nicht los, dass mit Dad irgendetwas nicht stimmt. Wir haben ihn gestern nur sehr spät am Abend gesehen, obwohl er eigentlich mit uns zu Abend essen wollte. Er freut sich angeblich riesig, uns endlich wieder bei sich zu haben. Was ihn aber nicht davon abgehalten hat, heute noch vor dem Frühstück wieder zu verschwinden. Natürlich ist mir klar, dass er wahnsinnig viel zu tun hat und eine große Verantwortung trägt. Trotzdem beschleicht mich der Ver-*

*dacht, dass die Arbeit ein Vorwand sein könnte, sich bei uns rarzumachen. WARUM??? DAS ist die Frage!*

*Von Mom weiß ich mittlerweile, dass er die Versetzung hätte ablehnen können. Er hätte auch keine Probleme, bei einer anderen Ölfirma einen Job zu bekommen. Schließlich gab es in der Vergangenheit schon ein paar Versuche von anderen Unternehmen, ihn abzuwerben. Aber anscheinend wollte er unbedingt hierher. Den Grund konnte mir Mom nicht nennen. Sie ist ihm (natürlich) wie immer fraglos gefolgt nach dem Motto »Mein Zuhause ist da, wo meine Familie ist«. Aber ich bin mir sicher, dass nicht nur ich glücklicher wäre, wenn Dad anders entschieden hätte. (Wieso ist das eigentlich so? Ich meine, warum wird von Frauen in der Regel immer noch erwartet, dass sie ihr Leben nach den Wünschen und Vorgaben ihres Mannes ausrichten???)*

*Ich kann nur hoffen, dass nichts*

Die Tür wurde aufgerissen, Chris stürmte herein und ließ sich auf einen der beiden Sessel plumpsen. Lizzy, die vor Schreck mit dem Stift ausgerutscht war und einen dicken Strich quer über das Papier gezogen hatte, bedachte ihren Bruder mit einem wütenden Blick.

»Uff, und ich dachte schon, ich bin zu spät.« Er grinste. »Du bist ja noch nicht mal angezogen.«

Lizzy schaute zum zusammenklappbaren Reisewecker auf ihrem Nachttisch. Gleich neun Uhr – die verabredete Zeit, um die ihre Mutter sie zum Frühstück abholen wollte. Sie sprang aus dem Bett, schnappte sich das Kleiderbündel, das sie sich am Vorabend zurechtgelegt hatte, und verzog sich ins Badezimmer. Zum Glück scheint Chris die Abwesenheit von Dad nicht mehr so schwerzunehmen, dachte sie. Oder täuschte sie sich, und er vermittelte nur nach außen diesen Eindruck?

»Ist echt okay, der Laden«, hörte sie Chris rufen, während sie sich die Zähne putzte. »Hat zwar kein Schwimmbad, aber einen Fitnessraum. Außerdem einen Kicker, eine Tischtennisplatte und sogar …«

Der Rest seiner Ausführungen ging im Rauschen der Dusche unter, die Lizzy anstellte. Als sie kurz darauf wieder ins Schlafzimmer kam, fand sie ihre Mutter vor, die die Vorhänge aufgezogen hatte und neben Chris vor dem Panoramafenster stand, das nach Osten ging. Vom sechsten Stock, in dem sich das Zimmer befand, bot sich eine gute Aussicht über die Stadt und die dahinter aufragenden Berge. Direkt unter ihnen lag ein Teich inmitten eines Parks. Lizzy warf einen flüchtigen Blick hinaus und stellte fest, dass der Regen über Nacht in Schnee übergegangen war. Die kahlen Zweige der Bäume an der Uferpromenade und die Dächer der Häuser auf der anderen Seite des kleinen Sees waren von einer weißen Schicht bedeckt. Viele Fenster waren erleuchtet, und eine große Kirche linker Hand am nördlichen Ufer wurde von mehreren Scheinwerfern angestrahlt. Das musste die Domkirche sein, die der junge Chauffeur am Vortag erwähnt hatte.

»Und da hinten auf dem Hügel siehst du den Valbergtårnet«, erklärte Chris seiner Mutter gerade und deutete auf einen achteckigen Turm. »Früher hat da ein Feuerwächter gewohnt, der Alarm schlagen sollte, wenn irgendwo ein Brand ausbrach. Jetzt dient er als Aussichtsturm. Und als Werkstatt für einen Töpfermeister.«

»Du kennst dich ja schon richtig gut aus.« Cathleen Cole, die einen legeren Hosenanzug mit einem Rollkragenpullover aus dünner Wolle trug, zauste ihrem Sohn das Haar.

»Wieso weißt du das?«, fragte Lizzy, während sie sich einen Schal aus lilafarbener Seide um den Kopf band, um die Haare aus der Stirn zu halten. »Hast du etwa den Reiseführer auswendig gelernt?« Sie sah ihn argwöhnisch an. »Kleiner Streber«, setzte sie leise hinzu.

»Nö, da steht das nicht drin«, antwortete Chris, ohne auf die Beleidigung einzugehen. »Das hat mir Rieden gesagt.«

»Rieden?«, fragten Lizzy und ihre Mutter gleichzeitig.

»Was für ein seltsamer Name«, schob Letztere nach.

»Vielleicht spreche ich ihn falsch aus«, sagte Chris. »Sie arbeitet hier als Zimmermädchen. Auf ihrem Namensschild stand R E I D U N.« Er zuckte die Schultern. »Jedenfalls ist sie echt nett. Hat mir sogar einen Schokoriegel geschenkt, weil ich solchen Kohldampf hatte.« Er zog ein zerknittertes, rot-gelb-grünes Einwickelpapier aus der Tasche, auf dem in dicken Großbuchstaben *Kvikk Lunsj* stand.

Nicht zum ersten Mal gestand sich Lizzy ein, dass sie die Gabe ihres Bruders, unbefangen auf fremde Menschen zuzugehen und deren Zuneigung zu gewinnen, bewunderte und zuweilen beneidete. Sie selbst tat sich damit sehr viel schwerer.

»Ich kann übrigens schon ein bisschen Norwegisch«, verkündete Chris. »Ist gar nicht so schwer. *Kvikk lunsj* bedeutet schnelle Mahlzeit, also *quick lunch*. *Takk* heißt danke und *frokost* Frühstück.«

»*Speaking of*, lasst uns in den Speisesaal gehen«, sagte Cathleen. »Nachher holt uns jemand ab, um uns ein bisschen herumzuführen und wichtige Anlaufpunkte in der Stadt zu zeigen.«

»Kann das nicht Dad machen?« Chris schob die Unterlippe vor. »Warum hat er überhaupt keine Zeit für uns? Hätte er sich nicht wenigstens heute ein paar Stunden freinehmen können?«

Lizzy wartete mit angehaltenem Atem auf die Antwort ihrer Mutter. Sie selbst hatte sich nicht getraut, diese Fragen zu stellen.

»Aber das weißt du doch.« In Cathleens Stimme schwang ein Hauch Unmut. »Dein Vater muss …«

»Ja, schon kapiert«, schnitt Chris ihr das Wort ab. »Er hat einen Haufen Arbeit. Aber sonst hat er sich doch auch immer freischaufeln können.«

»Chris hat recht«, sagte Lizzy, bevor ihre Mutter etwas erwidern konnte. »Dieses Mal ist es wirklich anders. Das muss dir doch auch auffallen.«

Cathleen wich ihrem Blick aus. Die Traurigkeit in ihren Augen hielt Lizzy davon ab, weiter in sie zu dringen.

»Na ja, egal«, fuhr sie rasch fort und sah Chris beschwörend an. »Heute Abend können wir unser Wiedersehen dann richtig feiern. Da will uns Dad doch in dieses Fischrestaurant ausführen.« Sie streifte den lila-grün-orangenen Ringelpullover über, den ihre Großmutter ihr zu Weihnachten gestrickt hatte, und ging zur Tür. »Lasst uns frühstücken.«

Auf dem Weg zum Speisesaal kreisten ihre Gedanken erneut um die Frage, ob bei ihren Eltern alles in Ordnung war. Bis zur Abreise ihres Vaters hatte sie nichts bemerkt, was auf einen Streit oder gar eine Zerrüttung ihrer Beziehung hingedeutet hätte. Im Gegenteil, an Weihnachten hatte Roger Cole seine Frau mit eigens für sie angefertigten Ohrringen mit braunen Rauchquarzen überrascht – eine Hommage an ihre dunklen Augen, die er so liebte. Und ein paar Tage später hatte er sich mit einer innigen Umarmung samt schier endlosem Kuss von ihr verabschiedet, bevor er ins Taxi zum Flughafen gestiegen war. Diese Beobachtungen ließen für Lizzy nur einen Schluss zu: Der Auslöser für seine Veränderung lag in der Zeit, die er allein in Stavanger verbracht hatte. Aber was konnte das sein? Lizzy war überzeugt, dass es nicht allein seine Arbeit war, die ihn über Gebühr in Anspruch nahm. Ich werde es herausfinden, versprach sie sich selbst. Falls sich nicht alles in Wohlgefallen auflöst, und er heute Abend wieder ganz der Alte ist.

# 4

*Stavanger, Mai 1941*

Als Solveig ihren Kollegen zurück ins Büro folgte, fiel ihr die Aufforderung des Dienststellenleiters wieder ein, der sie später in seinem Büro erwartete. Warum wollte er mit ihr sprechen? Zum Chef zitiert zu werden, verhieß in der Regel nichts Gutes. Immerhin hatte er offenbar nicht vor, sie im Beisein der anderen herunterzuputzen. Solveig verzog den Mund. Ein schwacher Trost. Ein Stapel Berichte, der auf ihrem Schreibtisch darauf wartete, von ihr abgetippt zu werden, beendete jedoch vorerst ihre Grübelei darüber, was sie sich in letzter Zeit womöglich hatte zuschulden kommen lassen.

In der Mittagspause eilte sie in die Klubbgata, die nur wenige Gehminuten entfernt von der Kongsgata abzweigte, einer breiten, vom Bahnhof bogenförmig entlang des Ostufers des Breiavatnet um Dom und Kongsgård verlaufende Straße, die in den Marktplatz mündete. Vor ihrem Ziel, einem Kolonialwarengeschäft, hatte sich – wie von ihr befürchtet – eine lange Schlange gebildet. Solveig war nicht die Einzige, die in der Hoffnung gekommen war, etwas von dem Sonderkontingent Mandeln zu ergattern, das dem Händler laut dem Buschfunk an diesem Mittag geliefert werden sollte. Seit zahlreiche Lebensmittel streng rationiert und nur gegen die Vorlage von Bezugskarten ausgegeben wurden – sofern sie überhaupt noch im Handel erhältlich waren –, hatte auch Allert Middelthon sein Sortiment deutlich einschränken müssen.

Tuva Lund hatte ihre Tochter gebeten, ihr Mandeln und nach Möglichkeit auch noch Bohnenkaffee mitzubringen, dessen Bestand sie schon geraume Zeit nicht hatte aufstocken können. Am

Abend erwartete die Familie anlässlich des Nationalfeiertags Gäste zum Essen. Solveigs Mutter wollte zum Nachtisch echten Kaffee reichen und nicht auf das Ersatzgebräu zurückgreifen müssen. Herzstück des Desserts sollte eine mit Erdbeeren, Heidelbeeren und Sahne – den Farben der norwegischen Flagge – dekorierte Torte werden. Außerdem wollte Tuva ihren berühmten *fyrstekake* servieren, bei dem blanchierte Mandeln die wichtigste Rolle bei der Füllung spielten.

Seit Wochen setzte sie alle Hebel in Bewegung, einen Vorrat an »guten« Zutaten anzulegen. Mittlerweile hatte sie eine ausreichende Menge Zucker und Eier sowie reines Weizenmehl gehortet. Besonders Letzteres war schwer zu beschaffen. Allzu oft musste man sich mit »Terboven-Mehl« begnügen, wie der Volksmund das mit gemahlener Kreide gestreckte Mehl nannte, das einen bitteren Beigeschmack hatte. Mandeln jedoch waren das Einzige, was Solveigs Mutter bislang nicht hatte auftreiben können. Sie befürchtete, stattdessen bei der Zubereitung des Fürstenkuchens auf mit Bittermandelöl aromatisierte Kartoffeln angewiesen zu sein.

Solveig stellte sich hinter zwei Frauen, die sich mit gesenkten Stimmen über die missglückte Flaggenhissung auf dem Marktplatz unterhielten. Offenbar hatte es noch ein Nachspiel mit der Polizei gegeben, die auf Anweisung der Deutschen der vermeintlichen Provokation ein Ende bereiten und die Verantwortlichen festnehmen sollte. Es hatte wohl eine Weile gedauert, bis das Missverständnis aufgeklärt war und die linientreuen Hirdler glaubhaft versichern konnten, die Fahne nicht mit Absicht auf halbmast gezogen zu haben, sondern Opfer eines perfiden Sabotageaktes geworden zu sein.

»Wer auch immer die Fahnenstange manipuliert hat«, sagte die größere der beiden Frauen, »ich hoffe sehr, dass er ungeschoren davonkommt.«

»Ja, das hoffe ich auch«, antwortete ihre Bekannte. »Andernfalls müsste er mit einer strengen Strafe rechnen.«

Unwillkürlich nickte Solveig mit dem Kopf. Erst wenige Wochen zuvor hatte sie hautnah miterlebt, wie es solchen »kriminellen Elementen« ergehen konnte. Ein Angestellter ihres Vaters hatte kurz vor dem Jahrestag des deutschen Einmarsches in der Werft Flugblätter ausgelegt, auf denen unter anderem gestanden hatte:

*An alle Norweger: Lasst den 9. April einen nationalen Trauertag sein zum Gedenken an unsere Gefallenen und unsere verlorene Freiheit. Daher rufen wir Euch auf zu 2 Minuten Stille um 12 Uhr. Gott bewahre König und Vaterland!*

Dem Werftarbeiter war seine Aktion, die von einem unbekannten Denunzianten der deutschen Sicherheitspolizei gemeldet worden war, mit einer dreimonatigen Zuchthausstrafe teuer zu stehen gekommen. Dabei hatte er seine Kollegen noch nicht einmal zu der halbstündigen Arbeitsniederlegung aufgefordert, wie sie in anderen Betrieben auf ähnlichen Flugschriften verbreitet worden waren.

»Grüß dich, Solveig.«

Solveig schreckte aus ihren Gedanken hoch. Sie hatte weder das Schrumpfen der Schlange vor ihr, die vielen neuen Wartenden hinter sich noch das Auftauchen von Afra bemerkt. Die junge Deutsche, die wie gewöhnlich ihre graue Uniform mit dem aufgestickten gelben Blitzabzeichen trug, sprach – wie fast alle ihre Landsleute – den Namen ihrer norwegischen Freundin *Sollweig* und nicht *Suulvai* aus.

»Afra, was für eine Überraschung!«, antwortete Solveig auf Deutsch. »Ich dachte, du wärst noch auf deiner Schulung.« Sie küsste ihre Freundin auf die Wange. Dabei nahm sie wahr, dass die beiden Frauen vor ihr verstummt waren und sie misstrauisch musterten.

»Wäre ich eigentlich auch«, sagte Afra in dem weichen Tonfall mit dem rollenden R, der ihre bayerische Herkunft verriet, und den Solveig so charmant fand.

Umso befremdeter war sie gewesen, als Afra ihr einmal anvertraut hatte, sich dafür zu schämen. Im Klosterinternat, das sie nach der Volksschule dank ihrer guten Noten und der Fürsprache des Dorfpfarrers hatte besuchen dürfen, war ihr der Dialekt wortwörtlich aus dem Leib geprügelt worden – zu ihrem Besten. Sprache galt den Nonnen als Werkzeug des Denkens, und nur wer des Hochdeutschen mächtig war, konnte seinen Intellekt schärfen. Mundart dagegen zeugte in ihren Augen von minderen Geistesgaben und Beschränktheit und stand so einer höheren Bildung und Anerkennung in der Gesellschaft im Weg. Afra fühlte sich seitdem entwurzelt. Ihre Familie – in der sie die bislang Einzige mit einem höheren Schulabschluss war – hatte sie im Verdacht, sich für etwas Besseres zu halten. Sie selbst dagegen litt darunter, dass es ihr nie gelungen war, den bairischen Zungenschlag loszuwerden.

Solveig konnte nicht verstehen, dass Mundarten in Deutschland ein schlechtes Ansehen hatten. In Norwegen gab es zwar zwei offizielle Schriftsprachen, eine verbindliche Hochsprache dagegen existierte nicht. Die zahlreichen Dialekte waren nicht verpönt, im Gegenteil, die meisten ihrer Landsleute waren stolz auf ihre Mundart und verstanden diese als wesentlichen Teil ihrer Identität.

»Unser Ausbilder musste überraschend wegen irgendeiner dringenden Angelegenheit einen Tag früher weg«, erklärte Afra. »Da hab ich dann den Nachtzug genommen, um pünktlich in der Früh zum Dienst zu erscheinen.«

»Wie hat dir denn Oslo gefallen?« Solveig sah Afra neugierig an.

»Von der Stadt hab ich leider nicht so viel gesehen«, antwortete Afra. »Der Unterricht hat uns ziemlich auf Trab gehalten. Es war sehr interessant, und ich hab viel gelernt.« Sie gähnte. »Aber jetzt bin ich froh, wieder hier zu sein.«

»Bist du eigentlich zufällig vorbeigekommen?«

Afra schüttelte den Kopf. »Deine Kollegin hat mir gesagt, wo ich dich finden kann. Ich wollte dich nämlich fragen, ob du Lust hast, morgen ...«

»He, hinten anstellen wie alle!«

Der Ruf unterbrach ihr Gespräch. Solveig drehte sich nach dem Nörgler um, einem älteren Mann, der Afra wütend anfunkelte und zum Ende der Warteschlange zeigte. Am Hemdkragen hatte er eine Anstecknadel mit einer Zwei-Øre-Münze befestigt. Das auf diese Geldstücke geprägte Monogramm von König Haakon – *H7* – galt den Norwegern als Zeichen des Widerstands gegen die deutsche Besatzung sowie der Solidarität mit ihrem König. Die norwegische Polizei hatte diesen »Missbrauch« von Münzen in Zeitungsannoncen ausdrücklich verboten, was jedoch viele Bürger nicht davon abhielt, das Namenszeichen ihres Monarchen auf ihre Kleidung zu sticken oder Münzen als Anhänger oder andere Schmuckstücke zu tragen. Solche Bekundungen der patriotischen Gesinnung führten zu einem beständigen Katz-und-Maus-Spiel mit den Behörden. Im Winter hatten viele Norweger *nisseluer*, rote Zipfelmützen, als Widerstandssymbole getragen – was umgehend untersagt wurde. Daraufhin hatten sich viele Büroklammern an ihre Kleidung geheftet und mit dieser praktischen Erfindung ihres Landsmanns Johan Vaaler zum Ausdruck gebracht: »Wir halten zusammen.« Auch das wurde verboten ebenso wie das Tragen von Trauerbinden oder den Farben der Nationalflagge. Es war ein aussichtsloser Kampf der deutschen Besatzer. Sobald ein Symbol auf dem Verbots-Index landete, tauchte ein neues auf.

»Glaubt wohl, sie hätte Sonderrechte, nur weil sie dem sogenannten Herrenvolk angehört«, schimpfte der Mann weiter. »Unverschämt ist das!« Er sah sich Beifall heischend um.

Die Verachtung in seiner Stimme sowie das zustimmende Gemurmel anderer Wartender versetzten Solveig einen Stich. Da war er wieder, der Zwiespalt, der ihr zu schaffen machte. Auf der einen Seite teilte sie den sehnlichen Wunsch nach der Befreiung ihres Landes, auf der anderen Seite konnte sie den pauschalen Hass auf alle Deutschen nicht verstehen.

Afra schaute zu Boden und drehte mit betretener Miene an einem Knopf ihres Jacketts.

»Hör nicht auf diese Dummköpfe«, raunte Solveig ihr zu und wandte sich an den Nörgler. »Sie möchte gar nicht in den Laden. Sie brauchen also keine Angst haben, dass sie Ihnen Ihre kostbare Zeit stehlen wird.« Sie bedachte den Mann mit einem eisigen Blick. »Außerdem stünde Ihnen ein bisschen mehr Freundlichkeit gut zu Gesicht.«

»Das wird ja immer besser«, knurrte er. »Jetzt muss ich mich auch noch von einer Kollaborateurin belehren lassen.«

Solveig beschloss, die harsche Entgegnung, die ihr auf der Zunge lag, herunterzuschlucken. Mit Leuten wie diesem Meckerfritzen zu streiten, war Energieverschwendung.

»Was wolltest du mich fragen?« Sie hakte sich bei Afra unter, die nach wie vor so aussah, als würde sie sich am liebsten in Luft auflösen.

»Ob du Lust hast, morgen Nachmittag mit uns ins Café und anschließend ins Kino zu gehen.«

»Was läuft denn?«

»Wir wollen uns *Auf Wiedersehn, Franziska* von Helmut Käutner ansehen«, antwortete sie. »Der ist brandneu.«

»Worum geht's in dem Film?«

»Ehrlich gesagt, weiß ich das gar nicht so genau.« Afra grinste verlegen. »Ich hab nur mitbekommen, dass Marianne Hoppe die Hauptrolle spielt.« Sie stockte kurz. »Und dass die Außenaufnahmen in Burghausen gedreht wurden.«

»Ist das nicht eine Stadt in der Nähe von dem Dorf, aus dem du kommst?«, erinnerte Solveig sich.

Afra nickte. Ein sehnsüchtiger Ausdruck flog über ihr Gesicht.

»Dann will ich den Film unbedingt sehen.« Solveig drückte Afras Arm. »Allein schon, um einen Eindruck von der Gegend zu bekommen, in der du aufgewachsen bist.«

Sie wusste, dass ihre Freundin stark unter Heimweh litt. Dennoch bereute Afra ihre Entscheidung nicht, sich freiwillig zum Dienst bei der Wehrmacht gemeldet zu haben. Dieser Schritt hatte ihr die einmalige Gelegenheit geboten, eine solide Ausbildung zu machen und etwas von der Welt zu sehen – beides Dinge, die ihr die ärmlichen Verhältnisse, in denen ihre Eltern und die zahlreichen Geschwister lebten, nicht bieten konnten. Vor allem aber hätte sie sonst auch nie die Bekanntschaft von Kurt gemacht, einem jungen Soldaten, der in Stavanger stationiert war. Er stammte aus dem Ruhrgebiet und war ebenfalls zum ersten Mal weiter als 50 Kilometer von seiner Vaterstadt entfernt.

»Pfundig.« Afra strahlte Solveig an. »Ich besorg die Karten. Wir treffen uns um vier im ›Kult Kafé‹ beim Filmtheater in der Sølvberggata.« Sie stockte kurz. »Es ist dir doch recht, dass Kurt auch … Ich meine, fühlst du dich da nicht wie das fünfte Rad …«

»Aber nein!« Solveig schmunzelte. »Ich weiß doch, wie selten ihr beide euch sehen könnt.«

»Ich hab trotzdem ein schlechtes Gewissen«, sagte Afra. »Weil wir dich schon auch als Tarnung benutzen.«

»Mach dir nicht so viele Gedanken. Ich freue mich doch, wenn ich dem jungen Liebesglück ein bisschen helfen kann.« Sie zwinkerte Afra zu. »Außerdem mag ich deinen Kurt und finde es dämlich, dass ihr euch nicht offen zueinander bekennen dürft.«

»Die Wehrmachtsleitung ist da nicht strenger als andere Arbeitgeber«, sagte Afra mit einem Achselzucken. »Beziehungen zwischen Angestellten werden nun einmal nicht gern gesehen.«

Mittlerweile hatten sie die Tür zum Laden fast erreicht. Gerade gingen die beiden Frauen vor ihnen hinein.

»Ich mach mich dann mal wieder auf den Weg«, sagte Afra und löste ihren Arm aus Solveigs.

»Wir sehen uns morgen.« Solveig drückte Afra kurz an sich und stellte sich auf die Schwelle des Geschäfts, dessen Raum vor der Verkaufstheke mit fünf Kunden übervoll war.

»Endlich sind wir wieder unter uns«, zischelte eine der beiden Frauen vor ihr. »Da atmet es sich doch gleich viel leichter.«

»Na ja, Vorsicht ist immer noch geboten.« Die andere musterte Solveig mit demonstrativem Argwohn.

Diese hielt dem Blick stand, bis die Frau die Augen senkte. Solveig hätte sie gern darauf hingewiesen, dass ihre Bemerkung nicht nur gemein, sondern vor allem dumm war. Von Afra und ihr ging nun wirklich keine Gefahr aus. Bei der Kundin, die gerade an den Ladentisch getreten war und Bezugsmarken vorlegte, bestand dagegen viel mehr Grund zur Sorge vor Denunziation. An diesem Tag trug sie ein wadenlanges Kleid aus gestreiftem Kattun und einen schmalkrempigen Hut mit Schleife. Am 1. Mai hatte Solveig die Frau jedoch in der Uniform des *kvinnehird* gesehen: einem dunkelgrünen Kostüm mit braunem Gürtel, gelbweißer Bluse und schwarzem Schlips sowie einer Schiffchenmütze mit Adleremblem. Die einreihige Jacke hatte auf dem linken Oberarm das Abzeichen der NS, ein gelbes Sonnenkreuz auf rotem Grund, das beim Hird zusätzlich zwei nach oben gerichtete Schwerter zeigte. Die Frau hatte bei dem von der Ortsgruppe der Quisling-Partei organisierten Umzug anlässlich des »Nationalen Tag des norwegischen Volkes« die Formation des Frauenhird angeführt.

1934 war der paramilitärische Hird aus seiner Vorläuferorganisation, der Spesialavdeling (SA), hervorgegangen. Der Geschichtslehrer hatte Solveig und ihren Mitschülern damals erklärt, dass das Word *hird* vermutlich auf das altnordische *hirð* zurückging, mit dem im Mittelalter das Gefolge oder die Leibwache eines Herrschers bezeichnet worden war. Es war nicht die einzige Anleihe aus der »nordischen Vorzeit«, die den rechtsradikalen Nationalisten als Bezugspunkt diente. Auch das Sonnenkreuz stammte aus dieser vorchristlichen Epoche.

Die männlichen Mitglieder des *hird* galten als die politischen und ideologischen Soldaten des Nasjonal Samling, dienten aber hauptsächlich als Wächter bei offiziellen Treffen und Reden der Partei, um diese vor Angriffen des politischen Gegners, den Kommunisten und Sozialisten, zu schützen. Die Frauen hatten im selben Jahr in Stavanger, wo es zu der Zeit einen verhältnismäßig hohen Anteil an NS-Wählern gegeben hatte, den *kvinnehird* gegründet. Solveig erinnerte sich noch gut daran, wie sie sich zusammen mit ihren Klassenkameradinnen über das martialische Auftreten der Hirdler lustig gemacht und sie nachgeäfft hatte, wenn sie singend durch Stavangers Straßen marschierten. Rund sechs Jahre später wusste Solveig von mindestens drei ehemaligen Mitschülerinnen, dass sie in der Zwischenzeit dem *kvinnehirden* beigetreten waren.

Auch im Freundes- und Bekanntenkreis ihrer Eltern gab es einige Leute, die in den vergangenen zwölf Monaten das Parteibuch der Nasjonal Samling beantragt hatten. Die wenigsten von ihnen hatten diesen Schritt wohl aus ideologischer Überzeugung gemacht. Für die meisten war der Anreiz beruflicher Natur: So erhielten ausschließlich NS-Mitglieder Zugang zu gut dotierten Posten in Verwaltung, Polizei und anderen staatlichen Behörden. Solveig konnte diese Haltung zwar verstehen, fand sie aber moralisch zutiefst verwerflich. Es war eine Sache, sich notgedrungen mit den Besatzern zu arrangieren. Eine ganz andere war es dagegen in ihren Augen, Vidkun Quisling und seine Gefolgsleute zu unterstützen. Das war nicht nur Verrat an der demokratischen Verfassung und der legal gewählten Exilregierung. Das war Verrat am König!

# 5

*Stavanger, Januar 1970*

Auf der Schwelle zum Frühstücksraum kam Lizzy, Chris und Cathleen eine füllige Dame in einem altrosa Kostüm und hochtoupierter Frisur entgegen, in der ein farblich zur Kleidung passender Haarkamm steckte.

»Ihr müsst die Coles sein«, sagte sie mit einem strahlenden Lächeln. »Ich freue mich sehr, euch kennenzulernen.«

Die Fingernägel der Hand, die sie Lizzys Mutter hinstreckte, waren im gleichen Roséton lackiert, mit dem sie auch die Lippen dezent geschminkt hatte.

»Ich bin Rebecka Miller, aber nennt mich bitte Becky, so wie alle«, sprudelte sie weiter. »Mein Mann ist ein Arbeitskollege von eurem Dad«, erklärte sie, als sie Chris und Lizzy die Hände schüttelte. »Ich dachte, wir stärken uns gemeinsam, bevor ich euch ein bisschen herumführe. Das Frühstücksbüfett hier ist legendär.«

Sie deutete auf einen langen Tisch in der Mitte des Speisesaals, auf dem dicht an dicht Körbe mit Brötchen und verschiedensten Brotsorten, Schüsseln mit Müsli, Quark und Obstkompott, Platten mit Schinken, kalten Braten, Fleischbällchen und Wurstwaren, Töpfe mit Essiggurken, Schalen mit frischen Muscheln und Garnelen sowie geräucherten oder mit Salz- beziehungsweise Essiglake marinierten Fischen, Holzbretter mit diversen Käsesorten nebst Salaten, Remouladen- und Senfsaucen, unzählige Marmeladen- und Honiggläser sowie große Kannen mit Milch und Fruchtsäften standen.

»Wahnsinn!« Chris riss die Augen auf und rannte zu dem Büfett.

»Wer soll das denn alles essen?« Lizzy sah sich in dem Raum um, der nur spärlich besetzt war.

»Das *koldtbord* ist quasi das Ehrenschild eines Hotels, das auf sich hält«, erklärte Becky und lotste Lizzy und ihre Mutter zu einem Tisch am Fenster. »Außerdem sollte man sich morgens eine gute Grundlage für den Tag verschaffen. Die nächste größere Mahlzeit heißt zwar *middag*, wird aber erst gegen fünf Uhr nachmittags serviert. Ein Mittagessen mit warmen Gerichten kennen die *norskies* nicht, da gibt es allenfalls ein paar belegte Brote.«

Als sie Platz genommen hatten, eilte eine Kellnerin herbei und erkundigte sich nach ihren Getränkewünschen. Kaum war sie wieder entschwunden, beugte sich Lizzys Mutter, die bislang kein Wort gesagt hatte, zu Becky Miller. »Wissen Sie, wie lange wir ungefähr auf ein eigenes Haus oder eine Wohnung warten müssen?«

Lizzy sah ihre Mutter erstaunt an. Es sah dieser nicht ähnlich, einer wildfremden Person gegenüber mit der Tür ins Haus zu fallen. Die Frage musste sie schon sehr quälen. Na ja, eigentlich ist das kein Wunder, überlegte sie. Mom hat sich nach all unseren Umzügen in fremde Städte immer umgehend in die Einrichtung des neuen Zuhauses gestürzt. Nun war ihr zum ersten Mal dieses tröstliche Ritual verwehrt.

»Ein paar Wochen wird es wohl leider dauern, *my dear*«, antwortete Becky. »Die Baugenehmigungen werden zwar sehr unbürokratisch und kurzfristig erteilt, aber bis dann alles …«

»Verstehe.« Lizzys Mutter machte eine abwinkende Handbewegung. »Dann müssen wir uns eben gedulden.« Die Enttäuschung in ihren Augen strafte den munteren Ton Lügen, um den sie sich sichtlich bemühte.

»Ach, *honey*, ich weiß genau, wie Ihnen zumute ist. Ich kann mich noch gut an meine erste Zeit hier erinnern.« Becky rümpfte die Nase. »Es war scheußlich. Dabei hatte ich noch das Glück, im Sommer hergekommen zu sein.« Sie tätschelte Cathleens Hand. »Aber Sie werden sich im Nu heimisch fühlen. Dafür werden meine Freundinnen und ich schon sorgen. Wir Petroleum-Ehefrauen halten nämlich zusammen und laden uns regelmäßig reihum ein. Gleich morgen treffen wir uns bei Conny Parker zu Kaffee und Kuchen, um die Überraschungsparty zum 50. Geburtstag ihres Mannes miteinander zu planen. Wir würden uns sehr freuen, wenn Sie auch kommen, *darling.*«

»Vielen Dank, das mache ich sehr gern.«

Erneut versetzte die Reaktion ihrer Mutter Lizzy in Erstaunen. Zum einen schien es diese nicht zu stören, mit Kosenamen angeredet zu werden, was sie sonst verabscheute. Zum anderen hatte Lizzy mit einer höflichen Zurückweisung von Beckys Einladung gerechnet. Cathleen Cole hielt nicht viel von Damenkränzchen und machte einen Bogen um Bridge-Spielrunden oder Bowling-Abende. Lediglich bei Wohltätigkeitsbazaren und anderen gemeinnützigen Veranstaltungen engagierte sie sich. Ansonsten pflegte sie einige handverlesene Freundschaften und genoss es vor allem, ihre »familienfreie Zeit« mit Lesen zu verbringen.

»Du und dein Bruder seid natürlich auch herzlich willkommen, *sweetheart*«, fuhr Becky an Lizzy gewandt fort.

»Das ist aber nett«, sagte Cathleen. »Nicht wahr?« Sie sah ihre Kinder an. »Da lernt ihr gleich ein paar Gleichaltrige kennen und werdet bestimmt schnell neue Freunde finden.«

Lizzy zwang sich zu lächeln. Ich will keine neuen Freunde, dachte sie. Ich habe Shirley und die anderen, mit denen ich in zwei Wochen meinen achtzehnten Geburtstag feiern wollte. Was soll ich hier? Wie konnte Dad uns das nur antun? Mom ist auch kreuzunglücklich. Entsetzt bemerkte sie, dass ihre Unterlippe zu zittern begann. Sie sprang auf.

»Ich hol mir mal was zu essen«, nuschelte sie und eilte zum Büfett.

Mein Gott, ist das peinlich, schoss es ihr durch den Kopf. Ich führe mich auf wie ein Kleinkind. Sie ballte die Fäuste. Es ist doch ganz einfach, überlegte sie weiter: Ich werde nicht hier bleiben. Ich werde nach L. A. zurückkehren und mit Shirley weiter aufs College gehen. Deren Eltern sind sicher einverstanden, wenn ich eine Weile bei ihnen wohne. Oder ich könnte zu Grandma und Grandpa ziehen, da gibt's auch Colleges und Universitäten. Dagegen können Mom und Dad nun wirklich nichts einwenden.

Lizzy wunderte sich, wieso sie nicht schon früher darauf gekommen war. Ihr Vater hatte sie alle schlichtweg überrollt und kaum Zeit gelassen, in Ruhe nachzudenken. Lizzy legte die Stirn in Falten. Sie würde diesen Fehler so schnell wie möglich korrigieren. Ihre Eltern konnten sie nicht zwingen, in diesem schrecklichen Land zu bleiben. Sie hatten kein Recht, ihr Leben zu ruinieren.

Die Aussicht, ihre Zukunft selbst in die Hand zu nehmen, hob Lizzys Laune und weckte ihren Appetit. Sie grinste Chris zu, der ihr mit einem voll beladenen Teller entgegenkam, und inspizierte das Frühstücksangebot.

»Keine Sorge, *darling*, mit Sehenswürdigkeiten und Vorträgen über die Stadtgeschichte werde ich euch nicht langweilen«, sagte Becky Miller gerade zu Chris, als Lizzy an den Tisch zurückkehrte und sich neben ihre Mutter setzte. »Ich bin für die praktischen Alltagsdinge zuständig. Wenn ihr zum Beispiel einen Gottesdienst auf Englisch besuchen wollt.« Sie drehte sich zu Cathleen. »Wir haben gute Kontakte zur hiesigen Methodisten-Kirche. Dort wird sonntags die Predigt immer zweisprachig gehalten. Außerdem stellt uns die Gemeinde Kellerräume zur Verfügung, wo unsere Kinder die Sonntagsschule besuchen können.«

»Apropos Schule«, sagte Cathleen mit Blick auf ihren Sohn. »Es gibt hier ja eine amerikanische Privatschule. Da würde ich gern als Erstes vorbeischauen und Chris anmelden.«

Becky nickte. »Wir haben zwar noch kein eigenes Gebäude, können aber Klassenzimmer in anderen Schulen nutzen, zum Beispiel in der Svithunskole. Von hier sind es keine fünfzehn Minuten zu Fuß dorthin.« Sie trank einen Schluck Kaffee. »Und wenn hier tatsächlich so etwas wie ein norwegisches Dallas entstehen sollte, werden wir uns dafür starkmachen, eine eigene Schule zu bauen. Der Bedarf ist bereits jetzt enorm.«

Sie schob ihren Stuhl nach hinten. »Wir beide sollten uns auch etwas vom Büfett holen.« Sie nickte Cathleen zu und stand auf.

»Mom, ich will lieber auf eine norwegische Schule«, sagte Chris.

Cathleen sah ihren Sohn verdutzt an. »Wie kommst du auf einmal darauf? Daheim hatten wir doch besprochen …«

»Ich hab's mir anders überlegt. Ich bin schließlich nicht mehr in Amerika, sondern hier und möchte …«

»Aber du kannst die Sprache doch gar nicht. Wie willst du da …«

»Das mit dem Norwegischen kriege ich schon hin.« Chris sah seine Mutter bittend an. »Ich werde ordentlich pauken, versprochen!«

»Lass uns heute Abend darüber sprechen«, antwortete diese nach einer winzigen Pause. »Wenn dein Vater dabei ist.« Sie folgte Becky Miller.

»Wieso willst du nicht auf die Amerikanische Schule?«, erkundigte sich Lizzy. »Willst du es riskieren, den Anschluss zu verlieren?«

»Hä, welchen Anschluss?«

»Die amerikanischen Lehrer hier richten sich doch sehr wahrscheinlich nach unseren Lehrplänen. Und wenn wir dann wieder nach Hause zurückkehren, bist du in etwa auf dem gleichen …«

»Wir haben doch keine Ahnung, wie lang wir hierbleiben«, warf Chris ein.

»Hoffentlich nur kurz«, rutschte es Lizzy heraus. »Außerdem findest du auf der Amerikanischen Schule bestimmt schneller neue Freunde als auf einer norwegischen.«

»Wieso das denn?« Chris sah sie mit hochgezogenen Brauen an.

Lizzy zuckte die Schultern. Weil die Einwohner in den Reiseführern durchweg als eigenbrötlerisch, dickköpfig und sehr zurückhaltend, um nicht zu sagen unhöflich, beschrieben werden, lag es ihr auf der Zunge. Die Begeisterung, mit der ihr Bruder von seiner Begegnung mit dem Zimmermädchen berichtet hatte, und die Tatsache, dass er bereits am Vortag auf Anhieb mit dem Chauffeur ins Gespräch gekommen war, ließen sie auf ihren Einwand verzichten. Vielleicht sind die jüngeren Einheimischen ja aufgeschlossener, überlegte sie.

»Ich will so schnell wie möglich Dads Sprache lernen und sein Land kennenlernen«, erklärte Chris. »Schließlich bin ich zur Hälfte Norweger.« Er sah Lizzy direkt in die Augen. »Du übrigens auch.«

»Und wenn schon.« Lizzy zuckte mit den Schultern. »Die können mir alle gestohlen bleiben.«

Bevor Chris etwas erwidern konnte, kehrten die beiden Frauen an den Tisch zurück.

»Becky ist eine wahre Goldgrube«, sagte Cathleen zu Lizzy und Chris. »Bis zum Rand gefüllt mit unschätzbarem Wissen.« Sie drehte sich zu Becky. »Wir hatten vor unserem Abflug kaum Zeit. Mein Mann wurde sehr kurzfristig hierhergeschickt.«

»Ich freue mich, wenn ich ein bisschen helfen kann.« Becky lächelte einladend. »Sie können mich gern jederzeit mit Ihren Fragen löchern.«

»Da fällt mir gleich die nächste ein«, sagte Cathleen. »Wohin wenden wir uns, wenn wir ärztliche Hilfe benötigen?«

»Die wichtigsten Anlaufstellen und Telefonnummern habe ich Ihnen hier zusammengestellt«, sagte Becky und zog einen Notizzettel aus ihrer Handtasche. »Ah, fast hätte ich das Wichtigste vergessen, *honey.*« Sie kramte erneut in ihrer Tasche und legte einen Zeitungsausschnitt auf den Tisch. »Es gibt hier einen Laden, in dem man Produkte aus den USA kaufen kann.«

Lizzy warf einen Blick darauf. Unter einem Bild, auf dem das Innere eines Lebensmittelgeschäftes zu sehen war, stand:

A. MIDDELTHON
We deliver all over the town – »THE PLACE
WHERE AMERICANS MEET«
Importers of american foods. Directly from USA
Bøndernes Hus – Telephone 24 689–26 877

»Unter uns: Die hiesige Küche ist manchmal doch recht speziell«, sprach Becky mit gedämpfter Stimme weiter. »Ich lebe jetzt schon fast drei Jahre hier, aber an Dinge wie gegorenen Fisch, Blutpudding oder im Ganzen servierte Schafsköpfe kann ich mich nicht gewöhnen, da läuft es mir kalt den Rücken runter.« Sie schüttelte sich. »Glücklicherweise haben wir aber Allert Middelthon und seinen Sohn. Die haben schnell erkannt, was uns hier am meisten abgeht. Und wenn sie etwas nicht im Angebot haben, kann man es bestellen. Dann setzen sie alle Hebel in Bewegung, um es aus den USA herbeizuschaffen und kurze Zeit …«

»Gibt es in dem Laden auch Tacos?«, unterbrach Chris sie.

»Das ist sein Lieblingsessen«, erklärte Cathleen und zauste ihrem Sohn das Haar.

»Selbstverständlich haben die Tacos, *sweetheart.*« Becky lächelte breit. »Und Tortillachips, Salsadips, Hershey's Schokolade, Barbecue-Saucen, Jif Peanutbutter, Kuchenfertigmischungen, Dosensuppen und sogar parfümierte Pampers-Windeln. Aber die braucht ihr ja nicht mehr.« Sie zwinkerte Lizzy zu. »Oder noch nicht. Hier hat sich schon so manches Pärchen gefunden. Erst letzten November hat sich die Tochter von den Johnsons mit einem jungen Norweger verlobt.«

Lizzy konnte sich nur mit Mühe ein abfälliges Schnauben verkneifen. Das ist nun wirklich das Letzte, was mir passieren wird, dachte sie. Ich werde keinen Tag länger als unbedingt nötig hier verbringen.

»Hast du denn schon Pläne, was du machen willst?«, fragte Becky. »Deine Mutter hat mir erzählt, dass du letzten Sommer die Highschool abgeschlossen hast.«

»Keine Ahnung«, brummte Lizzy und biss in eine Brotscheibe, die sie mit Schinken und sauren Gurkenscheiben belegt hatte.

»In Los Angeles war unsere Große zuletzt auf einem College«, sagte Cathleen.

»Und genau da will ich wieder hin«, flüsterte Lizzy ihr zu. »Ich werde schließlich bald achtzehn und kann allein …«

»Das sehen dein Vater und ich anders«, entgegnete ihre Mutter leise. »Sehr ernst war es dir mit dem Studium nicht gerade. Wenn ich mich recht erinnere, warst du mehr auf Protesten gegen den Vietnamkrieg unterwegs als in den Vorlesungen.«

»In Stavanger gibt es leider wenige Möglichkeiten, sich fortzubilden«, sagte Becky, bevor Lizzy etwas erwidern konnte. »Eine Option wäre ein zweijähriges Betriebswirtschaftsstudium an der frisch gegründeten Rogaland Hochschule.«

»Das klingt doch gar nicht schlecht.« Cathleen sah ihre Tochter fragend an. »Da könntest du eine solide Grundlage für viele Berufe erwerben.«

Lizzy verzog den Mund. Sie war wütend auf ihre Mutter, die ihr vor Augen geführt hatte, was sie gern verdrängte: Sie hatte im Grunde keinen Plan, welchen beruflichen Weg sie einschlagen wollte. Vergangenen Sommer hatte sie sich gemeinsam mit Shirley auf dem California State College eingeschrieben, wo sie das Herbstquartal von Ende September bis Mitte Dezember absolviert hatte. Trotzdem hatte sie das College selten von innen gesehen und mehr an Demonstrationen und Sit-ins der Friedensaktivisten als an Seminaren und Vorlesungen teilgenommen, da hatte ihre Mutter recht.

Abgesehen von ihrer Überzeugung, das martialische Vorgehen der USA sei unmoralisch und dem Bedürfnis, ihren Teil dazu beizutragen, das sinnlose Sterben von Abertausenden amerikanischen Soldaten und das entsetzliche Leiden der einheimischen Bevölkerung zu beenden, war Lizzy unsicher, ob sie tatsächlich studieren wollte. Sie glaubte, es tun zu müssen, weil ihre Eltern beide an der Uni gewesen waren – auch wenn ihre Mutter ihren Beruf als Lehrerin aufgegeben hatte, sobald die Kinder kamen.

»Vielleicht wäre eine praxisnahe Ausbildung für dich interessanter?« Becky sah sie mit einem aufmunternden Lächeln an. »Da gäbe es zum Beispiel eine wunderbare Möglichkeit im ›Sola Hotel‹, einem sehr renommierten Haus mit gutem Restaurant direkt an einem wunderschönen Strand. Dort wird seit zwanzig Jahren eine Fachausbildung angeboten. Der junge Norweger, den ich gerade erwähnt habe, hat dort eine Lehre gemacht und in höchsten Tönen davon geschwärmt.« Sie tätschelte Lizzy, die mit gerunzelter Stirn lauschte, den Arm. »Im Winter wird theoretisches Wissen vermittelt, also alles über Organisation, Buchhaltung, Betriebsabläufe und den notwendigen gastronomischen Aspekten von der Ernährungstheorie bis zur Erstellung von Speisekarten, und nicht zu vergessen dem Kochunterricht. In der Sommersaison, wenn das Hotel geöffnet hat, können die Schüler dann das Erlernte in der Praxis anwenden.« Sie sah Lizzy erwartungsvoll an. »Was meinst du? Das macht doch einen vielversprechenden Eindruck.«

Lizzy zuckte kaum merklich die Achseln und rang sich ein Lächeln ab, während ihre Mutter Becky herzlich dankte.

»Aber das ist doch selbstverständlich, *honey*«, meinte diese. »Wir wollen schließlich, dass ihr alle euch hier wohlfühlt und schnell einlebt.«

Da kannste lange warten, dachte Lizzy und starrte missmutig auf ihren Teller. Der Appetit war ihr vergangen.

»Ich hole mir noch etwas Käse.« Cathleen rückte ihren Stuhl zurück.

Lizzy sprang auf. »Das kann ich gern machen«, sagte sie, froh über den Vorwand, sich vorerst weiteren Fragen zu ihrem beruflichen Werdegang entziehen zu können.

»Das ist aber lieb von dir.« Ihre Mutter lächelte. »Ich hätte gern zwei Scheiben von dem Jarlsberg. Das ist der mit der gelben Rinde und den Löchern.«

»Eine gute Wahl«, sagte Becky. »Der hat einen angenehm milden, nussigen Geschmack.«

Lizzy ging zu dem Büfetttisch, nahm einen kleinen Teller und stellte sich vor das Holzbrett, auf dem mehrere Stücke diverser Hartkäsesorten lagen. Den von ihrer Mutter gewünschten Jarlsberg entdeckte sie sofort, ein Messer dagegen fehlte. Stattdessen waren neben jedem Laib merkwürdig geformte Werkzeuge mit Holzgriffen platziert, in denen breite, oben abgerundete Edelstahlscheiben steckten mit einem schmalen Schlitz knapp oberhalb der Halterung. Lizzy drehte das Gerät ratlos in der Hand. Wie sollte sie damit Scheiben abschneiden? Den Versuch, mit dem runden Ende einen halbwegs gleichmäßigen Streifen hinzubekommen, gab sie schnell auf und begnügte sich damit, kleine Brocken aus dem Laib zu bohren.

»Der arme Käse. Der muss ja wirklich was Schlimmes angestellt haben, wenn du ihm so zusetzt.«

Lizzy fuhr herum und sah sich dem Chauffeur gegenüber, der sie am Vortag am Flughafen abgeholt hatte. Er trug wieder den dunklen Anzug und die Schirmmütze mit dem Phillips-Logo.

Na klasse, dachte sie. Der und sein spöttisches Grinsen haben mir noch gefehlt.

»Was kann ich dafür, dass die hier nur diese komischen, stumpfen Messer hinlegen?«

»Das sind keine Messer, sondern Käsehobel.« Er deutete auf die geschliffene Spalte. »Darf ich?« Er nahm Lizzy das Gerät aus der Hand, setzte es mit der schmalen Öffnung ans obere Ende des Käses, zog es nach unten und legte eine ebenmäßige Scheibe auf den Teller. »Jetzt du.« Er hielt Lizzy den Hobel hin. »Nicht zu fest drücken, sonst wird sie zu dick. Und gegen Ende ein bisschen nach oben ziehen, sonst bricht …«

Lizzy schnappte sich den Teller, drehte sich brüsk um und ließ den Chauffeur stehen. Am liebsten wäre sie aus dem Raum gerannt und hätte Zuflucht in ihrem Zimmer gesucht. Es war alles so peinlich! Und ausgerechnet dieser arrogante Schnösel war Zeuge ihres Versagens geworden. Nein, die Blöße gibst du dir nicht, befahl sie sich. Sonst bildet der sich noch wer-weiß-was ein. Sie richtete sich auf, warf ihre lange Mähne zurück und ging zu ihrem Tisch.

# 6

*Stavanger, Mai 1941*

Seit dem frühen Nachmittag ließ Solveig ihre Augen in immer kürzeren Abständen zu der Wanduhr über der Tür schweifen und lauschte angestrengt, ob auf dem Flur die Stimme des Dienststellenleiters zu hören war. Während sie die Listen mit den für den April von der Wehrmacht angeforderten Milchprodukten mit den tatsächlich von den Molkereien abgelieferten abglich, grübelte sie über die möglichen Gründe für ihre Einbestellung nach.

In der vergangenen Woche hatte sie sich morgens einmal um eine Viertelstunde verspätet, weil sie ihren Passierschein vergessen hatte und auf halbem Weg zur Arbeit nach Hause zurückgekehrt war, um ihn zu holen. Auch nach einer Mittagspause war sie letztens etwas zu spät wieder an ihrem Arbeitsplatz erschienen; da hatte sie sich mit Afra verplaudert. Solveig hatte angenommen, dass Herr Möller diese Unpünktlichkeiten nicht bemerkt hatte, weil er an beiden Tagen geschäftlich unterwegs gewesen war. Hat ihm Fräulein Schmitt das gesteckt?, fragte sie sich. Ausschließen konnte sie es nicht. Solveig hatte die deutsche Sekretärin schon eine Weile im Verdacht, in ihr eine Konkurrentin um die Gunst des Chefs zu sehen. Aber würde dieser sie deswegen gleich zu einem offiziellen Gespräch einbestellen? Das war doch eher unwahrscheinlich. Solveig zog die Stirn kraus. War ihr vielleicht ein schwerwiegender Fehler bei einem Bericht unterlaufen? Oder noch schlimmer: Unterstellte Herr Möller ihr irgendeine illegale Tätigkeit oder Sabotage? Weil jemand sie angeschwärzt hatte? Sie wäre nicht das erste Opfer einer Verleumdung, mit der sich manche ihrer Landsleute an verhassten Nachbarn oder anderen Feinden rächten.

Kurz vor vier Uhr kam Fräulein Schmitt aus ihrem Zimmer und stellte sich neben Solveigs Tisch.

»Gerade hat Herr Möller angerufen«, sagte sie. »Die Besprechungen in Haugesund haben doch länger gedauert als gedacht. Er wird über Nacht dort bleiben.«

Solveig atmete erleichtert aus. Ein kaum merkliches Naserümpfen verriet ihr, was die Sekretärin von dieser Planänderung hielt. Es wäre nicht das erste Mal, dass die Herren ein berufliches Treffen mit einem der vergnüglichen Abende ausklingen ließen, die in den meisten Fällen zu regelrechten Gelagen ausuferten. So sehr Fräulein Schmitt ihren Chef sonst schätzte, bei diesem Punkt haderte sie mit ihm. Als glühende Verehrerin des Führers, der strikter Abstinenzler war, empfand sie Alkoholkonsum – insbesondere bei offiziellen Vertretern des Deutschen Reichs – als Affront. Solveig dagegen hatte schnell verstanden, dass Herr Möller sich weniger aus Lust am Besäufnis an solchen geselligen Runden beteiligte, sondern weil er nicht als suspekter Außenseiter gelten wollte. Um in den Kreisen von Militär, SS, Sicherheitsdiensten und Reichskommissariat ernstgenommen zu werden, musste er gern trinken und viel vertragen. Außerdem diente Alkoholkonsum gegenüber der norwegischen Bevölkerung, die seit der Besatzung nur beschränkten Zugang zu hochwertigen Spirituosen hatte, als Machtsymbol.

»Ich soll Ihnen ausrichten, dass er dann gleich am Montagmorgen mit Ihnen reden möchte«, fuhr Fräulein Schmitt fort und musterte Solveig mit kaum verhohlener Neugier.

Ganz offensichtlich hat der Chef sie nicht in Kenntnis darüber gesetzt, weswegen er mich einbestellt hat, dachte Solveig. Dabei bildete sie sich viel darauf ein, als rechte Hand und enge Vertraute des Dienststellenleiters zu gelten, und ließ keine Gelegenheit aus, die anderen Angestellten mal mehr, mal weniger subtil darauf hinzuweisen.

Solveig dankte ihr für die Information und verkniff sich ein Grinsen. Mit einem knappen Nicken kehrte Fräulein Schmitt in ihr Zimmer zurück.

»Weswegen will der Chef mit Ihnen reden?«, fragte Frau Sandvik, sobald sich die Tür zum Vorzimmer geschlossen hatte.

»Das wüsste ich auch zu gern«, antwortete Solveig. »Heute früh hat er nur gesagt, dass er mich kurz vor Dienstschluss in seinem Büro erwartet.«

»O weh, hoffentlich ist es nichts Schlimmes.« Ihre Kollegin sah sie mitfühlend an. »Wenn der einen mal auf dem Kieker hat ...«

»Ich werde es bald genug erfahren«, sagte Solveig.

Frau Sandvik beugte sich über ihren Tisch und dämpfte ihre Stimme. »Falls Herr Möller wirklich sauer auf Sie ist, was ich mir zwar beim besten Willen nicht vorstellen kann, kühlt sich sein Unmut bis übermorgen gewiss ab.« Sie richtete sich wieder auf und schaute auf die Wanduhr. »Ah, endlich, Feierabend.« Sie deckte ihre Schreibmaschine mit der Schutzhülle aus grauem Wachstuch ab und legte ein paar Blätter in einen Aktendeckel. »Was meinen Sie, wollen wir zur Feier des Tages noch auf einen Sprung ins ›Bolla‹ gehen? Ich habe noch Bezugskarten für Sahne. Wir könnten uns eine heiße Schokolade gönnen.«

Die Konditorei der Familie Warland am Skagen zählte zu den Cafés in Laufweite zum Kongsgård, in die die beiden Kolleginnen gelegentlich in der Mittagspause gingen.

»Das ist sehr lieb von Ihnen.« Solveig stand auf. »Aber heute geht es leider nicht. Ich muss mich sputen. Meine Mutter wartet sicher schon ungeduldig auf mich. Besser gesagt auf die Mandeln, die ich ihr besorgt habe.«

»Natürlich!« Frau Sandvik schlug sich mit der Hand vor die Stirn. »Sie hatten ja erwähnt, dass Ihre Eltern ein Essen geben.« Sie setzte sich ihren Strohhut auf, der passend zu ihrer zartlila

Bluse mit künstlichen Veilchen verziert war. »Dann wünsche ich Ihnen einen schönen Abend.«

»Danke, ich Ihnen ebenfalls. Und einen gemütlichen Sonntag.«

Die folgenden Stunden verbrachte Solveig in der Küche und half ihrer Mutter bei der Vorbereitung des festlichen Menüs. Tuva, die etwas kleiner und zierlicher als ihre Tochter war und dieser das blonde Haar und die goldbraunen Augen unter geschwungenen Brauen vererbt hatte, schnitt Gemüse klein. Solveig rührte derweil eine Mehlschwitze an, die Grundlage für eine Kressesuppe, die es als Vorspeise geben sollte.

Anfang der dreißiger Jahre hatte Erling seiner Frau ihren lang gehegten Wunsch erfüllt, elfenbeinweiße Schleiflackmöbel für die Küche angeschafft und diese nach den modernsten Standards umgestalten lassen. Die Wände waren damals bis auf eine Höhe von einem Meter fünfzig mit hellblauen Kacheln bedeckt worden, der Boden mit etwas größeren schwarzen und weißen Steinplatten. Vor dem Fenster, das zur Straße hinausging, stand ein Tisch mit drei schlichten Stühlen, an der Wand links davon befanden sich der Gasherd, ein hüfthoher Arbeitstisch, die Spüle sowie ein kleiner Schrank mit isolierten Wänden und einem Behälter für Eis, in dem auch im Sommer verderbliche Lebensmittel kühl gehalten werden konnten.

Die gegenüberliegende Seite wurde von einem wuchtigen Büfettschrank mit abgerundeten Ecken dominiert – dem Herzstück von Tuvas Reich. In einer Hälfte des unteren Teils waren das Alltags-Geschirr untergebracht, Töpfe, Pfannen, Siebe und Rührschüsseln in der anderen. Darüber befanden sich Schubladen für Besteck und kleinere Utensilien. Auf der Ablagefläche zwischen Unter- und Oberschrank standen ein Radio, die Kaffeemühle und der Brotkasten. In den oberen Schrankteilen waren haltbare

Lebensmittel, Gewürze sowie einfache Wassergläser und Becher verstaut.

Zum Leidwesen von Solveigs Mutter war es ihr nicht gelungen, den Rinderbraten zu bekommen, den sie als Hauptgericht mit Kartoffelklößen und Kohlrabi geplant hatte. Stattdessen sollte es nun Kaninchen geben – aus dem Stall ihrer Eltern, den diese sich kurz nach der Besatzung zugelegt hatten. Die beiden wohnten in einem der kleinen Holzhäuser auf der westlichen Seite des Vågen in der Øvre Strandgata. Waren früher die Blumenbeete, die sie in ihrem Gärtchen angelegt hatten, ihr ganzer Stolz gewesen, hatten sie nun jeden Fitzel Erde mit Gemüsen, Salaten, Kartoffeln und Beeren bepflanzt. Sogar das Holzspalier am Zaun zur Straße hin, an dem in Vorkriegszeiten eine prächtige Rose gerankt hatte, diente nun als Kletterhilfe für Erbsen und Gurken.

Auch Solveigs Mutter zog Nutzpflanzen für den Bedarf der Familie sowie zum Tauschen. In Ermangelung eines Gartens bei ihrem Wohnhaus in der Vinkelgata hatte Erling Lund seiner Frau eine Ecke auf dem Gelände seiner Werft, die auf Sølyst im Byfjord lag, mit einem Zaun abtrennen lassen. Die kleine Insel war vom Bootsanleger nahe des Kontors im Østre Havn, in dem Solveigs Vater seine Bücher führte, mit einem Außenborder in wenigen Minuten zu erreichen.

Während Tuva Rücken und Keulen der Kaninchen, die sie zwei Tage lang in Essigwasser eingelegt hatte, zusammen mit gewürfelten Zwiebeln, Karotten und Selleriewurzeln in eine Kasserolle legte, begann Solveig mit der Zubereitung des *grunnlovdessert*, das ihre Mutter traditionell als Nachspeise zur Feier am 17. Mai reichte. Bereits am Abend zuvor hatte sie den Rhabarber mit Kartoffelmehl zu einer Grütze eingekocht. Nun wollte sie sich an die Vanillecreme machen und öffnete die Tür des Büfettschranks. Solveig holte die schmale Blechschachtel, in dem die Vanilleschoten aufbewahrt wurden, und öffnete sie.

»Oh, haben wir keine mehr?« Sie hielt ihrer Mutter die leere Dose hin.

»Leider nicht, die letzte habe ich für den Geburtstagskuchen deines Vaters aufgebraucht.« Sie seufzte. »Ich hatte gehofft, noch rechtzeitig wenigstens eine auftreiben zu können, aber es …«

»Es wird auch ohne prima schmecken«, sagte Solveig schnell, stellte die Schachtel zurück und weichte einige Gelatineblätter in kaltem Wasser ein.

»Wie könnte es? Es fehlt ja auch an Sahne.« Ihre Mutter schüttelte mit bekümmerter Miene den Kopf. »Und an ausreichend Eiern«, ergänzte sie mit Blick auf ein Körbchen, in dem fünf Eier lagen. »Normalerweise gehört doch die doppelte Menge in …« Sie unterbrach sich und zuckte mit den Schultern. »Es hilft ja nichts.«

Solveig trennte die Eier und schlug die Dotter mit Zucker zu einer luftigen Masse auf, bevor sie Milch aufkochen ließ, diese mit dem Eierschaum vermengte und begann, das Ganze unter ständigem Quirlen zu erhitzen.

»Pass auf, dass es nicht zu heiß wird«, sagte Tuva. »Sonst stockt die Masse.« Sie warf einen prüfenden Blick in den Topf. »Und immer fleißig rühren, damit die Creme schön sämig wird.«

Solveig unterdrückte das genervte »Aber das tu ich doch«, das ihr auf der Zunge lag. Nach einer Weile hob sie den Topf von der Platte, presste das Wasser aus den Gelatineblättern, löste sie in der heißen Creme auf und stellte diese zum Abkühlen in die Speisekammer, die neben der Küche auf der Nordseite des Hauses lag. Anschließend stellte sie zehn bauchige Gläser auf ein Tablett.

»Zwei kannst du wegnehmen«, sagte ihre Mutter, die eben die Kasserolle ins Ofenrohr schob. »Dein Vater hat vorhin angerufen. Die Hansens haben abgesagt. Sie sind heute Nacht Großeltern geworden und wollen ihr Enkelchen besuchen.«

Das Ehepaar Hansen zählte – wie die anderen geladenen Gäste – zu den ältesten Freunden ihrer Eltern.

»Nein, lass sie bitte drauf«, sagte eine tiefe Stimme.

Solveig drehte sich zur Tür, in der ihr Vater stand. Der Mittfünfziger hatte eine untersetzte Statur und rundliche, glatt rasierte Gesichtszüge. Sein dunkles Haar hatte sich mit den Jahren kaum gelichtet und war nur an den Schläfen etwas ergraut.

»Erling, ich hab dich gar nicht kommen hören.« Tuva sah ihn mit gerunzelter Stirn an. »Wieso soll …«

»Ich habe Ersatz eingeladen«, erklärte Erling mit heiterer Miene.

Es passt Mutter gar nicht, so überfallen zu werden, schoss es Solveig durch den Kopf, als sie deren zusammengepressten Lippen sah. Und Vater tut wie gewöhnlich so, als würde er es nicht bemerken.

»Wen denn, wenn ich fragen darf?« Tuvas Stimme klang eisig.

»Unsere beiden neuen Ingenieure«, antwortete ihr Mann. »Ich wollte sie euch ohnehin demnächst vorstellen. Warum also nicht diese günstige Gelegenheit ergreifen?«

»Weil wir stets nur unsere engsten Freunde am 17. Mai einladen«, antwortete Tuva und verschränkte die Arme vor der Brust.

Außer den Hansens waren das der Tuchfabrikant Endresen und seine Frau, der Apotheker Kvan nebst Gattin sowie Solveigs Patentante Ingvill. Die beste Freundin ihrer Mutter war schon seit vielen Jahren Witwe und wie Tuva Ende vierzig. Die beiden kannten sich seit der gemeinsamen Schulzeit.

Erling trat auf seine Frau zu. »Ich finde, deine Kochkünste haben neue Verehrer verdient.« Er fasste sie um die Taille. »Außerdem sind es zwei ausgesprochen nette Burschen. Du wirst sie mögen«, fuhr er fort und küsste sie auf die Nasenspitze.

Tuva wurde rot. »Nicht doch«, murmelte sie mit Blick auf Solveig, die die Szene amüsiert verfolgte.

»Unsere Tochter ist kein kleines Mädchen mehr«, erwiderte Erling und zwinkerte Solveig zu. »Aber nun will ich euch nicht weiter stören.« Er ließ seine Frau los und verließ die Küche.

Tuva zupfte ihre Schürze zurecht. »Dein Vater führt sich zuweilen auf wie ein kleiner Junge.« Der weiche Tonfall strafte das tadelnde Kopfschütteln Lügen, mit dem sie ihm nachschaute.

Solveig unterdrückte ein Grinsen und verteilte das säuerliche Kompott, zu dem sie weich gedünstete Dörrpflaumen als süßen Kontrast beigefügt hatte, in die Gläser. Darauf häufte sie jeweils eine Schicht der Eiercreme und verzierte diese mit den restlichen Trockenpflaumen und gerösteten Mandelsplittern. Auf die laut Rezept vorgesehenen Sahnetupfer musste sie verzichten, der Süßrahm war zur Gänze für die Zubereitung der Nationaltagstorte verbraucht worden.

Kurz vor acht Uhr trafen die ersten Gäste ein, die ihr Vater in Empfang nahm. An den Stimmen erkannte Solveig, dass die beiden Ehepaare zusammen gekommen waren. Rasch beendete sie ihre Toilette, die zur Feier des Tages aus einer weißen Bluse mit leicht gepufften, ellbogenlangen Ärmeln und einem dunkelblauen Godetrock bestand, in dessen fließenden Stoff im unteren Teil keilförmige Stoffteile aus hellerem Blau eingenäht waren. Dazu trug sie die silbernen Riemchenpumps mit zweifingerhohen Absätzen, die sie zum Abiturball geschenkt bekommen hatte, der wegen des deutschen Einmarschs ins Wasser gefallen war.

Solveig warf einen letzten prüfenden Blick in den Spiegel ihres Kleiderschranks, der in einem fensterlosen Raum neben ihrem Schlafzimmer stand, und lief auf den Flur hinaus. Wieder ging die Türklingel.

»Ich geh schon«, rief sie und eilte die Treppe hinunter – in Erwartung ihrer Patentante, auf die sie sich besonders freute. Sie hatte Ingvill, die Freunde in Trondheim besucht hatte, einige Wochen lang nicht gesehen.

Gleich darauf sah sie sich zwei jungen Männern gegenüber. Beide hatten schwarze Anzüge, weiße Hemden, silbergraue Seidenkrawatten und dunkelgraue Fedora-Hüte an, deren Krempen längs der Krone nach unten geknickt und an den Vorderseiten an beiden Seiten eingekniffen waren. Ratlos sah Solveig von einem zum anderen.

»Guten Abend«, sagte der Kleinere der beiden. Er lüftete seinen Hut, unter dem kurz geschnittenes, strohblondes Haar zum Vorschein kam. Er trug ein schmales Oberlippenbärtchen, das Solveig an das von Clark Gable erinnerte, den sie zuletzt als Rhett Butler im Film »Vom Winde verweht« gesehen hatte. Er lächelte sie an und musterte sie mit seinen blauen Augen.

Der andere überragte Solveig um einen halben Kopf und hatte eine muskulöse Statur. Unter seinen braunen Locken, die ihm einen Tick zu lang in die Stirn fielen, leuchteten hellgraue Augen, die Solveig an einen Wolf denken ließen.

Nach wie vor brachte sie keinen Ton heraus. Erst nach einem Atemzug wurde ihr klar, dass die beiden die von ihrem Vater angekündigten Ingenieure sein mussten. Er hatte zwar durchaus erwähnt, dass sie erst vor Kurzem ihr Studium abgeschlossen hatten. Dennoch hatte Solveig sich unwillkürlich zwei gesetzte Herren vorgestellt, ein bisschen steif, unscheinbar und unbeholfen – und keine zwanzigjährigen Junggesellen.

»Ah, da sind Sie ja!«

Solveigs Vater war hinter ihr erschienen und bat die jungen Männer mit einer einladenden Handbewegung ins Haus.

»Mit meiner Tochter haben Sie sich ja bereits bekannt gemacht.« Er drehte sich zu Solveig und sprach leiser weiter. »Deine Mutter bittet dich, nach dem Kaninchenbraten zu sehen und die Häppchen für den Begrüßungsumtrunk zu holen.«

Bevor Solveig erwähnen konnte, dass sie sich keineswegs bekannt gemacht hatten, fasste ihr Vater die Ingenieure jeweils an einer Schulter und führte sie ins Wohnzimmer, wo der Aperitif gereicht wurde. Wie peinlich, dachte Solveig. Jetzt denken die sicher, ich wäre ein unbeholfenes Trampeltier, das keinen Benimm hat. Oder, schlimmer noch, dass ich eine arrogante Zicke bin, die nicht jeden begrüßt.

Das Eintreffen von Ingvill, die ihrer Patentochter bereits von der Straße her zuwinkte, hinderte Solveig daran, ihrem Vater und seinen neuen Mitarbeitern zu folgen und das Versäumnis nachzuholen. Sie lief zu ihrer Patin, die auch an diesem Tag eines ihrer geliebten, weit geschnittenen Reformkleider angezogen hatte. Sie scherte sich nicht um aktuelle Modetrends, ließ sich seit Jahren die Haare zu einem Bubikopf frisieren und liebte es, ihre breitkrempigen Hüte mit üppigen Bouquets aus Seidenblumen zu schmücken. Anlässlich des Nationaltages waren es Klatschmohn, Maiglöckchen sowie Kornblumen.

Ingvill drückte Solveig fest an ihre Brust und bat sie, ihr die fünf Stufen zum Haus hinaufzuhelfen.

»Ach, Kind«, keuchte sie. »Altwerden ist kein Spaß.«

»Du bist doch nicht alt«, protestierte Solveig.

»Das sehen meine Hüftgelenke anders.« Ingvill blieb auf der obersten Stufe stehen und fächelte sich mit der Hand Luft zu. »Und obendrein noch diese Hitze.« Sie schüttelte sich. »Aber nun verrate mir: Wer sind die beiden jungen Herren, die gerade eben gekommen sind? Deine Mutter hatte gar nicht erwähnt, dass unsere Runde so attraktiven Zuwachs bekommen hat.« Sie sah Solveig neugierig an. »Ich liege sicher nicht falsch, wenn ich vermute, dass einer deinem Herzen besonders nahesteht?«

»Aber nein, wie kommst du denn darauf?« Solveig machte eine abwehrende Handbewegung. »Ich kenne noch nicht einmal ihre Namen.«

»Oh, entschuldige.« Ingvill sah ihre Patentochter zerknirscht an. »Da habe ich wohl einen voreiligen Schluss gezogen. Ich dachte nur, weil sich der eine nach dir umgedreht hat und so … besonders geguckt hat.« Sie zuckte mit den Schultern. »Ich sagte ja, ich werde alt.«

Nach mir umgeschaut? Welcher denn? Solveig verbiss sich die Fragen, bat Ingvill, zu den anderen in den Salon zu gehen, und eilte in die Küche. Die Bemerkung ihrer Patin irritierte sie. Sie selbst hatte kaum mehr als einen flüchtigen Eindruck von den Ingenieuren erhaschen können. Was konnte da Ingvill, die die beiden nur von Weitem gesehen hatte, schon groß erkannt haben? Andererseits verfügte ihre Patentante über ein feines Gespür für zwischenmenschliche Schwingungen.

Na, und wenn schon, meldete sich Solveigs Vernunftstimme. Dann hat halt einer geschaut. Das hat vermutlich rein gar nichts zu bedeuten. Außerdem weißt du doch, dass Ingvill an jeder Ecke einen Amor erwartet, der mit seinen Pfeilen um sich schießt.

Während Solveig das Fleisch mit der Sauce begoss, in der es schmurgelte, stellte sie zu ihrer eigenen Verwunderung fest, dass es ihr keineswegs gleichgültig war, ob der Blick etwas zu bedeuten gehabt hatte. Nicht, wenn er von demjenigen stammte, von dem sie hoffte, dass er sich nach ihr umgedreht hatte.

# 7

*Stavanger, Januar 1970*

Nachdem sich Lizzy wieder neben ihre Mutter gesetzt hatte, verfolgte sie aus den Augenwinkeln, wie der junge Chauffeur sich am Büfett ein Rosinenbrötchen und einen Apfel schnappte. Ganz schön dreist der Kerl, dachte sie und schaute zu einem Kellner, der eben eine Schale mit Obstsalat auf dem langen Tisch abstellte. Ihre Erwartung, er werde den Dieb zurechtweisen oder zumindest mit einem vorwurfsvollen Blick bedenken, erfüllte sich nicht. Im Gegenteil, er nickte dem jungen Mann mit einem freundlichen Lächeln zu.

»*Good morning, Mr. Trencher*«, rief dieser und winkte einem Hotelgast zu, der ein paar Tische entfernt von ihnen saß und einen Berg Rühreier mit Speck in sich hineinschaufelte. »*I'll wait for you outside.*«

Zu Lizzys Erleichterung verließ er den Speisesaal auf direktem Weg. Becky, die ins Gespräch mit Cathleen vertieft gewesen war, blickte auf.

»Ts, ts, ts«, machte sie. »Immer auf den letzten Drücker.« Sie wies mit dem Kinn zu Mr. Trencher. »Es ist nicht das erste Mal, dass er unser aller Lieblingsfahrer zappeln lässt.« Sie verzog den Mund. »Dabei sollte gerade er mit gutem Beispiel vorangehen, schließlich ist er Abteilungsleiter. Und Pünktlichkeit ist eine Frage des Respekts, die jedem gebührt.«

Wenig später beendeten sie ihr Frühstück und begaben sich ins Foyer.

Lizzy zupfte ihre Mutter am Ärmel. »Kann ich nicht hierbleiben?«, wisperte sie und schaute sehnsüchtig zum Aufzug. Sie hätte viel darum gegeben, sich auf ihr Zimmer zurückzuziehen, den Brief an Shirley zu Ende zu schreiben und sich anschließend in die Welt der Mafia entführen zu lassen. Shirley hatte Lizzy das frisch erschienene Buch *Der Pate* von Mario Puzo zum Abschied geschenkt. »Ich hab's mir auch gekauft«, hatte sie gemeint. »Wenn ich es lese, werde ich mir vorstellen, dass du auch gerade darin schmökerst. Dann werde ich mich dir nahe fühlen.«

»Untersteh dich«, zischte Cathleen. »Es ist so freundlich von Becky, uns ihre Zeit zu opfern. Und es ist doch auch für dich wichtig, dich möglichst bald in Stavanger orientieren zu können.«

*Nö, finde ich nicht.* Lizzy schluckte die Entgegnung hinunter und verzichtete angesichts der strengen Miene ihrer Mutter auf weitere Vorstöße. Stattdessen trottete sie betont langsam in die Lobby. Der Aufbruch zu ihrem ersten Erkundungsgang verzögerte sich indes. Chris hatte Schal und Mütze vergessen, ohne die ihn Cathleen nicht der winterlichen Kälte aussetzen wollte. Murrend folgte er ihrer Aufforderung, die Sachen aus dem Zimmer zu holen. Lizzy verfluchte die Schusseligkeit ihres kleinen Bruders, als sie den Chauffeur entdeckte, der sich in einer Ecke der Lobby mit einer jungen Frau unterhielt. Unauffällig versuchte sie sich hinter ihrer Mutter zu verstecken. Lizzys Hoffnung, eine weitere Begegnung zu vermeiden, wurde jedoch keine drei Atemzüge später zunichtegemacht.

»Hello, *sweetheart!*«, rief Becky fröhlich. »Lässt Mr. Trencher Sie mal wieder warten.«

Lizzy erstarrte. Komm schon, Chris, beeil dich, beschwor sie diesen innerlich und schielte zum Aufzug.

»Guten Morgen, Mrs. Miller«, hörte sie die Stimme des Chauffeurs in ihrem Rücken. »Wie ich sehe, sind Sie heute wieder als Stadtführerin für Newcomer unterwegs und zeigen den Coles wichtige Anlaufstellen.«

»So ist es«, sagte Becky. »Ihr habt also schon Bekanntschaft miteinander gemacht«, stellte sie an Cathleen gewendet fest.

»Er hat uns gestern am Flughafen abgeholt«, antwortete diese und stupste Lizzy in die Seite, die nach wie vor bemüht war, den Chauffeur zu ignorieren. »Was ist bloß los mit dir?«, zischte ihre Mutter tonlos. »Hast du gar keine Manieren mehr?«

Lizzy drehte sich um und nuschelte ein kaum hörbares »Hallo«.

»Mrs. Cole, wir wollten Sie etwas fragen«, sagte der Fahrer und winkte der jungen Frau auffordernd zu, die in der Ecke stehen geblieben war. »*Kom igjen!*«, rief er, als sie keine Anstalten machte, sich zu ihnen zu gesellen. »Sie ist etwas schüchtern«, erklärte er.

Sie wünscht sich genau wie ich weit fort von hier, schoss es Lizzy durch den Kopf. Sie musterte die junge Frau, die sie auf etwa ihr Alter schätzte, mit erwachendem Interesse. Zögernd setzte sich diese in Bewegung und drehte mit verlegener Miene an einem Knopf ihres Mantels aus grobem grauen Webstoff, der der unmodischen Länge bis über die Knie und den fadenscheinigen Stellen an den Ellbogen nach zu schließen bereits gut zehn Jahre in Gebrauch war. Dazu trug sie eine selbst gestrickte Mütze mit Bommel und einen Schal aus der gleichen blau-grünen Wolle, den sie mehrfach um den Hals gewickelt hatte.

Ob das wohl seine Freundin ist?, fragte sich Lizzy. Und um was könnten sie Mom bitten wollen?

»Reidun würde Sie und Ihre Familie gern begleiten, Mrs. Cole«, beantwortete der Chauffeur ihre letzte Frage.

»Uns begleiten?« Cathleen sah ihn ratlos an. »Wohin?«

Der Chauffeur fasste die junge Frau an der Hand, zog sie neben sich und nickte ihr aufmunternd zu.

»Ähm, also … ich …«, stammelte sie und räusperte sich. »Ich möchte mich um einen Studienplatz für Journalistik bewerben«, redete sie in flüssigem Englisch weiter. »Dafür muss ich unter anderem eine Reportage über ein aktuelles Thema schreiben. Ich habe da sofort an die amerikanischen Ölarbeiter und ihre Familien gedacht, die in nächster Zeit voraussichtlich wieder vermehrt nach Stavanger kommen werden.« Ihre Stimme wurde fester, und ihre grünbraunen Augen begannen zu leuchten. »Mir schwebt ein hautnaher Bericht vor, quasi von der Ankunft über die ersten Schritte in der neuen Umgebung, die Eindrücke von Land, Leuten, Sprache und Essen, bis hin zu erfüllten, aber auch enttäuschten Erwartungen.«

»Was für eine großartige Idee, *honey*!« Becky Miller klatschte in die Hände. »Sie sollten den Artikel unbedingt auch dem ›Stavanger Aftenblad‹ anbieten. Man könnte eine ganze Serie daraus machen.« Sie strahlte Cathleen und Lizzy an. »Und für uns Expats wäre es eine wunderbare Gelegenheit, die Sicht der anderen kennenzulernen und uns über unsere Erfahrungen auszutauschen.«

Lizzy bemerkte, wie ihre Mutter sich versteifte. Sie konnte sich lebhaft vorstellen, was in ihr vorging. Allein der Gedanke, einem wildfremden Menschen intime Einblicke in ihr Privatleben gewähren zu lassen, war für sie zweifellos abschreckend. Diese obendrein gedruckt einer größeren Leserschaft preiszugeben, war für sie eine Zumutung, der sie gewiss eine Absage erteilen würde.

Die junge Norwegerin bemerkte offenbar, dass ihr Ansinnen nur bei Becky auf ungeteilte Begeisterung stieß. »Entschuldigen Sie«, murmelte sie und schlug die Augen nieder. »Ich wollte Sie nicht überrumpeln.« Sie machte einen Schritt rückwärts. »*Det var ingen god idé*«, flüsterte sie dem Chauffeur mit vorwurfsvollem Ton zu.

»Huhu, *Rieden*!« Chris war mittlerweile zurück und zu ihnen gerannt. »Ich hätte dich beinah nicht wieder erkannt, mit Mütze und Mantel«, sprudelte er weiter. »Ist deine Schicht zu Ende?« Ohne eine Antwort abzuwarten, drehte er sich zu seiner Mutter und Lizzy. »*Rieden* ist das nette Zimmermädchen, das mir den leckeren Schokoriegel geschenkt hat.« Er stutzte kurz, als er den Chauffeur dicht neben ihr entdeckte. »Ihr kennt euch? Bist du ihr Freund?«

Lizzy hätte ihren kleinen Bruder am liebsten am Ohr gezogen. Manchmal benahm er sich einfach unmöglich, so aufdringlich und hemmungslos neugierig. Wobei sie sich dabei ertappte, gespannt auf die Antwort auf seine letzte Frage zu warten. Unwillkürlich schweifte ihr Blick zu dem Chauffeur, dessen Mundwinkel amüsiert zuckten. Die junge Frau machte ebenfalls einen erheiterten Eindruck. Sie haben die gleichen grünbraunen Augen, stellte Lizzy fest.

»Nein, sie ist meine Schwester.«

»Erik ist mein Bruder«, antworteten die beiden gleichzeitig.

»Übrigens wird ihr Name nicht *Rieden* sondern *Raidün* ausgesprochen«, fügte Erik hinzu.

»Sorry«, sagte Chris. »Ich hatte ihn nur auf ihrem Namensschildchen gelesen.« Er sah Eriks Schwester fragend an. »Hab ich das richtig gehört? Du willst über uns schreiben?«

»Äh, nein, … ich … das war nur so ein Gedan…«

»Aber das ist doch eine super Idee!« Chris hüpfte von einem Bein aufs andere. »Wie aufregend! Wir würden in die Zeitung kommen!«

»Das wohl eher nicht«, sagte Erik. »Reidun ist ja noch keine Reporterin. Sie will sich mit dem Artikel an der *Journalisthøgskole* in Oslo bewerben, die eine einjährige Ausbildung für angehende Journalisten anbietet.«

»Verstehe.« Chris verzog für den Bruchteil einer Sekunde den Mund, fand aber sogleich zu seiner guten Laune zurück. »Wir helfen ihr natürlich sehr gern, nicht wahr, Mom?«

Er schaute sie mit seinem treuherzigen Welpenblick an. Das kleine Biest, dachte Lizzy. Er weiß genau, dass Mom diesem Gesichtsausdruck kaum widerstehen kann.

Auch dieses Mal hatte Chris Erfolg. Lizzy konnte förmlich sehen, wie ihre Mutter dahinschmolz. Nach einem winzigen Zögern nickte sie, strich ihrem Sohn eine Haarsträhne aus der Stirn und wandte sich an Reidun. »Sie können gern mit uns kommen, wenn Mrs. Miller uns herumführt.«

»Juchu!«, rief Chris.

»Allerdings möchte ich erst noch mit meinem Mann sprechen, ob es auch für ihn in Ordnung ist, wenn Sie über uns schreiben«, fuhr Cathleen fort. »Dann können wir überlegen, wie wir uns in Ihre Reportage einbringen.«

Becky führte die Coles zunächst zum Bahnhof, wo sie ein Fahrplanbuch für Zugverbindungen sowie Buslinien besorgten, mit denen sie Ziele in der näheren und weiteren Umgebung erreichen konnten. Anschließend ging es auf der Uferpromenade ums südliche Ende des kleinen Sees und hinauf Richtung Klubbgata. Dort war Middelthons Geschäft in den Arkaden untergebracht, einer Ladenpassage im Erdgeschoss des Bøndernes Hus, einem von mehreren hoch aufragenden Geschäftsgebäuden, die laut Becky in den letzten Jahren in dieser Straße errichtet worden waren.

Becky und Cathleen liefen vorneweg, gefolgt von Chris und Reidun. Lizzy bildete die Nachhut und trödelte mit hochgezogenen Schultern und gesenktem Kopf hinter den anderen her. Ein böiger Wind fegte ihr die feinen Schneekristalle ins Gesicht, die aus dem grau verhangenen Himmel rieselten. In der Luft lag der Geruch von Holzfeuern, Räucheraromen, Autoabgasen sowie eine frostige Note. Auf der Kongsgata, die parallel zum Uferweg verlief, herrschte lebhafter Verkehr, dessen Brummen die Stimmen von Chris und Reidun untermalte.

Lizzys Bruder löcherte die Norwegerin mit Fragen, die sie bereitwillig beantwortete. Am brennendsten interessierte ihn, ob es in Stavanger eine gute Fußballmannschaft gab.

»Und ob«, sagte Reidun. »Der Viking Fotballklubb. Der wurde schon 1899 gegründet. Die Vikings werden auch *De mørkeblå* genannt. Weil sie ein dunkelblaues Trikot tragen.

»Blau?«, hakte Chris nach. »Das ist auch die Farbe der Los Angeles Rams. Die sind, äh … die waren meine Lieblingsmannschaft.«

»Na, wenn das kein Zeichen ist.« Reidun zwinkerte Chris zu. »Letztes Jahr sind die Vikings nach einer Durststrecke endlich wieder in die *Eliteserien* aufgestiegen, also die erste Liga.«

»Das entspricht vermutlich der *National Football League*.«

»Ich denke schon«, sagte Reidun. »Allerdings spielen die Vikings nicht American Football, sondern Soccer.«

»Soccer«, echote Chris und ließ die Schultern hängen.

Lizzy musste grinsen. Wie die meisten Football-Begeisterten hielt er diese Sportart für Kinderkram mit seltsamen Regeln.

»Mir ist schon klar, dass das etwas ganz anderes ist«, sagte Reidun mit einem mitfühlenden Lächeln. »Aber ich bin mir sicher, dass du es spannend finden wirst, wenn du erst einmal live im Stadion dabei warst.«

»Gibt's hier denn ein richtiges?«, rutschte es Chris heraus.

»Na ja, ich weiß natürlich nicht, was für dich ein richtiges Stadion ist«, sagte Reidun »Als unseres 1917 eingeweiht wurde, hatte es als erstes in Norwegen einen Rasenplatz. Und die Tribüne hat 10 000 Sitze. Es gab aber auch schon Spiele mit deutlich mehr Zuschauern.«

Lizzy erwartete ein müdes Lächeln ihres Bruders. Die Rams spielten schließlich im Los Angeles Memorial Coliseum, das knapp 80 000 Zuschauern Platz bot, also alle Einwohner von Stavanger hätte aufnehmen können.

»Du kennst dich aber gut aus«, stellte er stattdessen mit Bewunderung in der Stimme fest. »Meine Schwester interessiert sich nicht die Bohne für …«

»Ich ehrlich gesagt auch nicht wirklich«, fiel ihm Reidun ins Wort und drehte sich zu Lizzy, die während der letzten Sätze näher zu den beiden aufgeschlossen hatte. »Aber wenn man tagein, tagaus von einem fußballverrückten Bruder beschallt wird, bleiben ein paar Infos hängen.« Sie lächelte Lizzy mit einem Augenrollen zu. »Ab Ende April, wenn die Saison beginnt, rennt er zu jedem Heimspiel.« Sie wendete sich wieder an Chris. »Erik hat eine Dauerkarte und nimmt dich bestimmt gern mal mit, wenn einer seiner Kumpel keine Zeit hat.«

Chris' Miene hellte sich vollends auf. Die Aussicht, bald ein Stadion besuchen zu können, versöhnte ihn offenbar mit dem Verzicht auf seinen Lieblingssport. In Los Angeles hätte er bis September auf den Beginn der neuen NFL-Season warten müssen und auch dann hätte er nur vereinzelt ein Spiel in *The Grand Old Lady*, wie das Coliseum im Volksmund hieß, verfolgen können. Für seinen Vater waren Sonntage für Unternehmungen mit der ganzen Familie reserviert – und da die Footballteams traditionell an Sonntagnachmittagen gegeneinander antraten, waren Stadionbesuche für Chris ein seltenes Vergnügen.

Wie es hier wohl sein wird? Lizzy ließ sich erneut ein paar Schritte zurückfallen. Wird Dad sich von nun an auch an den Wochenenden rarmachen, weil er längere Zeiten am Stück offshore arbeiten muss? Sie zog die Stirn kraus. Das wäre schrecklich. Aber doch eher unwahrscheinlich, überlegte sie weiter. Er ist schließlich für die Koordination und Planung von Bauvorhaben zuständig. Dafür muss er doch vor allem mit den ansässigen Firmen und Werkstätten verhandeln und eher selten wie die Arbeiter zu wochenlangen Schichten auf eine Bohrinsel. Zum Glück sehen wir ihn heute Abend, dann wird sich das hoffentlich alles klären, beendete Lizzy ihre Grübelei und sah einem der Wölkchen nach, die sich beim Ausatmen vor ihrem Mund bildeten und in der feuchtkalten Luft noch einen Moment lang vor ihr schwebten.

Lizzy hatte derart kaltes Wetter nur bei Aufenthalten in den Bergen von Colorado kennengelernt. Dort besaßen Shirleys Eltern ein kleines Blockhaus, das der Familie im Winter als Feriendomizil diente. Ach Shirley, seufzte sie innerlich. Wenn alles nach Plan gelaufen wäre, würden wir jetzt zusammensitzen, die Gästeliste für unsere Geburtstagsparty schreiben, uns Gedanken über die Dekoration machen, Musik auswählen und auf Kassetten überspielen und Rezepte für verschiedene Salsadips ausprobieren.

»Seht mal!«

Chris' Ruf holte Lizzy in die Gegenwart zurück. Er war vor der Bronzefigur einer großen Antilope mit langen, nach hinten gebogenen Hörnern stehen geblieben, die auf die Hinterbeine aufgebäumt zu einem Drehsprung ansetzte.

»Warum steht hier ein Denkmal für die norwegischen Auswanderer?« Chris deutete auf die englische Inschrift an einer Seite des Granitsockels, laut der die Skulptur den norwegischen Männern und Frauen gewidmet war, die am Aufbau Amerikas mitgewirkt hatten.

»Weil die ersten von ihnen von Stavanger aus 1825 in See stachen, um in den USA eine neue Heimat zu finden«, antwortete Reidun.

»Verstehe.« Chris betrachtete die Skulptur mit gerunzelter Stirn. »Aber warum ausgerechnet eine Antilope? In Amerika gibt's keine. Und hier doch auch nicht, oder?«

Reidun schüttelte den Kopf.

»Hm«, machte Chris. »Vielleicht hat der Künstler Amerika mit Afrika verwechselt. Sind ja beides Kontinente, die mit A anfangen.«

»Lustige Vorstellung.« Reidun grinste. »Als Kind dachte ich, dass es eine Anspielung auf die norwegischen Missionare sein könnte, die zum Beispiel auf Madagaskar tätig waren.« Sie zuckte die Schultern. »Was aber auch nicht wirklich passt.«

»Soviel ich weiß, war es keine Auftragsarbeit«, sagte Becky. »Ich vermute, die hiesigen Stadtväter haben die Skulptur gekauft, weil der Künstler, Marshall Fredericks, skandinavische Wurzeln hat.«

»Oder weil die *Springende Gazelle* sein berühmtestes Werk ist«, meinte Cathleen. »Allein in den USA stehen Abgüsse davon an mehreren Orten. Zum Beispiel in Michigan und Detroit.«

»Jetzt, wo Sie es sagen, *honey*!« Becky tippte sich mit der flachen Hand gegen die Stirn. »Ich habe mich die ganze Zeit gefragt, wo ich diese Antilope schon einmal gesehen habe. Jetzt ist es mir wieder eingefallen. Es war in West Palm Beach, Florida.« Ein verträumter Ausdruck flog über ihr Gesicht. »Da waren mein Mann und ich in den Flitterwochen.«

»Vielleicht war die Skulptur aber auch einfach ein günstiges Schnäppchen und hat gar keine tiefere Bedeutung«, murmelte Lizzy. Ein Kichern ließ sie den Kopf drehen.

»Die Erklärung gefällt mir am besten«, flüsterte Reidun. »Die Wahrheit ist, dass der Künstler diesen Abguss 1958 unserem König Olav V. als Zeichen der norwegisch-amerikanischen Freundschaft geschenkt hat«, fuhr sie lauter fort.

»Dann wollte er vielleicht sein Atelier ausmisten und war froh, auf diese Weise eins von den Viechern loszuwerden«, lästerte Lizzy weiter.

Reidun prustete los. Lizzy merkte, wie auch in ihr ein Glucksen aufstieg. Der verschmitzt-verschwörerische Gesichtsausdruck der jungen Norwegerin ließ das letzte Eis schmelzen. Lizzy stimmte in ihr Gelächter ein. Die verständnislosen Blicke der anderen wirkten wie Öl auf das Feuer ihrer Heiterkeit. Sie hielten sich die Seiten und konnten sich eine Minute lang nicht beruhigen.

Zum ersten Mal seit ihrem Abschied von Amerika fühlte sich Lizzy leicht und fröhlich. Es tat so gut, endlich wieder mit jemandem zu lachen. Vielleicht wird es hier doch nicht so schlimm, schoss es ihr durch den Kopf. Vielleicht lässt es sich hier aushalten, wenn es noch mehr Leute wie Reidun gibt. Schon seltsam, dass ausgerechnet sie die Schwester von Erik, dem Schnösel, ist. Zum Glück ist sie ganz anders als er. Auch wenn sie sich äußerlich sehr ähneln, dachte sie, als sie in Reiduns grünbraune Augen blickte und dabei unwillkürlich deren Bruder vor sich sah.

# 8

*Stavanger, Mai 1941*

Zehn Minuten nach der Ankunft der Gäste trat Solveig – beladen mit einem großen Tablett, auf dem sich hauchdünn gehobelte Hammelkeule, mundgerecht geschnittene geräucherte Fischstückchen sowie mit Kümmelfrischkäse belegtes *flatbrød* türmten – ins Wohnzimmer. Im Gegensatz zur Küche atmete es mit seinen schweren Mahagonimöbeln den Geist des vorigen Jahrhunderts. Es waren Erbstücke von Erling Lunds Eltern, die noch vor Solveigs Geburt von der Spanischen Grippe dahingerafft worden waren.

Vor dem gemauerten Kamin an der einen Schmalseite, über dessen Sims die gemalten Porträts der beiden Verstorbenen hingen, waren zwei wuchtige Ledersessel platziert, rechter Hand daneben thronte ein Röhrenradio mit Holzummantelung auf einem Schränkchen. Gegenüber der Feuerstelle waren ein dreisitziges Sofa und fünf mit demselben dunkelgrünen Samtstoff bezogene Stühle um einen ovalen Tisch mit Marmorplatte gruppiert. Ein Vitrineneckschrank, hinter dessen Scheiben verschieden geformte und geschliffene Gläser, Karaffen und Dekantierflaschen schimmerten, rundete die Einrichtung ab. Das nach hinten zum Nachbargrundstück gehende Speisezimmer war durch eine verglaste, zweiflügelige Schiebetür erreichbar, die beiden Fenster zur Straße wurden von lindgrünen bodenlangen Damastvorhängen gerahmt, die mit dicken Kordeln an den Seiten zusammengerafft waren.

Ingvill, die auf einem der Ledersessel Platz genommen hatte, wurde von Solveigs Mutter und den beiden anderen Frauen umringt, Erling Lund stand mit deren Ehemännern, dem Tuchfabrikanten Endresen und dem Apotheker Kvan, sowie den beiden jungen Ingenieuren auf dem Orientteppich in der Mitte des Salons. Solveig stellte ihre Last auf der polierten Tischplatte ab, die auf einem massiven Mittelfuß in Form einer Lyra ruhte. Ihr Vater dankte ihr mit einem Kopfnicken und deutete auf ein rundes Silbertablett mit zehn Schnapsgläschen und einer Kristallkaraffe, in der eine goldbraune Flüssigkeit funkelte. Zur Feier des Tages hatte er eine Flasche *Gammel Reserve Aquavit* aus dem Keller geholt, die dort neben ein paar Weinen aus der Vorkriegszeit in den mittlerweile beinahe leeren Regalen auf ihren Einsatz bei besonderen Anlässen gewartet hatte.

Solveig folgte seiner stummen Aufforderung, füllte die Gläser und machte mit dem Tablett die Runde. Ihre Mutter reichte derweil die Teller mit den Häppchen herum.

»Wir hatten noch gar keine Gelegenheit, uns vorzustellen«, sagte der blonde Ingenieur mit dem Oberlippenbärtchen, als Solveig zu ihm kam und bedachte sie mit einem strahlenden Lächeln. »Das ist mein Studienfreund Roar Kjøl.« Er legte seinem Kollegen die Hand auf die Schulter. »Und meine Wenigkeit: Nils Pettersen.«

Solveig erwiderte sein Lächeln und hielt den beiden das Tablett hin. Roar Kjøl strich sich eine gelockte Tolle aus der Stirn, deren Farbe Solveig an den warmen Ton von Kirschholz erinnerte, nahm sich ein Gläschen, dankte ihr mit einem kurzen Nicken und drehte sich wieder zu ihrem Vater, bevor sie etwas sagen konnte.

»Wie Ihre Augen, Fräulein Lund«, hörte sie Nils Pettersens leise Stimme. Er hatte sich ebenfalls bedient und hielt sein Glas ins Sonnenlicht, das durchs Fenster schien. »Genauso golden.«

Solveig schaute verlegen zur Seite und machte unwillkürlich einen Schritt rückwärts. Das Tablett geriet in Schieflage, die verbliebenen Gläser kamen ins Rutschen. Im letzten Moment gelang es ihr, das Gleichgewicht wiederzufinden. Sie ging weiter und kredenzte ihrem Vater und seinen beiden Freunden die Gläschen mit Aquavit, dessen Duft nach Kümmel, Lakritz und einer fruchtig-herben Note ihr in die Nase stieg und sie benommen machte. Wobei vielleicht doch eher das unerwartete Kompliment von Nils Pettersen die Ursache war. Oder lag es an dem unergründlichen Gesichtsausdruck seines Freundes, mit dem er sie angesehen hatte? So schnell der winzige Moment verflogen war: der intensive Blick war Solveig durch und durch gegangen.

Sie nahm das letzte Glas, setzte das Tablett auf dem Tisch ab und stellte sich daneben – bereit, bei Bedarf nachzuschenken oder sich anderweitig nützlich zu machen. Sie war froh, für einen Moment durchatmen zu können. Die Damen hatten die Köpfe zusammengesteckt und unterhielten sich mit gedämpften Stimmen. Den Satzfetzen nach zu schließen, die Solveig gelegentlich aufschnappte, gaben sie sich gegenseitig Tipps, welche Waren, die längst aus den Regalen der Geschäfte verschwunden waren, bei wem unter der Hand zu bekommen waren, und was derzeit auf dem Schwarzmarkt als Gegenwert verlangt wurde. Die Herren setzten ein Gespräch fort, das sie bei Solveigs Erscheinen unterbrochen hatten.

»Unter anderen Umständen würde ich nicht zögern, mich für euren Eintritt in unseren *Klubben* starkzumachen und für euch zu bürgen«, sagte Erling Lund zu den beiden Ingenieuren. »Aber jetzt stehen wir buchstäblich auf der Straße und müssen uns neue Räumlichkeiten suchen.« Er verzog grimmig das Gesicht.

»Was meinst du damit?« Endresen, ein drahtiger Mittfünfziger in einem tadellos sitzenden, maßgeschneiderten Anzug, sah ihn verblüfft an.

»Stimmt, du weißt es noch gar nicht, du warst ja eine Woche unterwegs«, sagte Erling, »Die *tyskes* haben unser Club-Haus requiriert und nutzen es jetzt als Offizierskasino.«

»Das ist ja wohl die Höhe!« Der Tuchfabrikant schnaubte. »Als ob es nicht Einschränkung genug wäre, dass wir tagsüber die Schüler der Kongsgårdskole aufnehmen müssen.«

»Nicht zu vergessen den Verzicht auf warme Mahlzeiten. Wegen der vermaledeiten Rationierungen«, brummte der Apotheker, ein rundlicher Herr mit Backenbart. »Was kommt als Nächstes?«

Die drei Freunde sahen sich kopfschüttelnd an.

Solveig wusste, wie viel ihnen und insbesondere ihrem Vater die Mitgliedschaft in der altehrwürdigen Clubgesellschaft bedeutete, die ein stattliches Gebäude aus dem 18. Jahrhundert am Kleiven besaß. Vor der Besatzung hatte er dort mindestens einmal in der Woche diniert und die abendlichen Männerrunden ausgekostet.

»Gibt es denn schon einen anderen Ort, an dem wir uns treffen können?«, fragte Endresen.

»Årstad hat seine Fühler in verschiedene Richtungen ausgestreckt«, antwortete Solveigs Vater. »Er ist zuversichtlich, dass wir bei der Handelsvereinigung in der Kongsgata unterschlüpfen können.« Er bemerkte den fragenden Blick von Nils Pettersen, der das Gespräch mit sichtlichem Interesse verfolgte. »Edvard Årstad ist Anwalt am Obersten Gericht und unser Vorstand«, erklärte er.

»Auch wenn die Zeiten gerade widrig sind, wäre es uns eine große Ehre, Ihrem Club anzugehören«, sagte Nils mit einer leichten Verbeugung. »Nicht wahr?« Er berührte Roar Kjøl am Arm.

Dieser nickte mit einem unverbindlichen Lächeln. Solveig hatte den Eindruck, dass er in Gedanken weit weg war. Oder den Wunsch seines Kollegen nicht teilte. Was wohl in ihm vorgeht?, fragte sie sich und wunderte sich im selben Atemzug über ihr Interesse an diesem ihr unbekannten Menschen.

»Ich fürchte, es ist nur eine Frage der Zeit, dass sich die Herren Besatzer auch dieses Gebäude unter den Nagel reißen«, sagte Apotheker Kvan.

»Das halte ich auch für wahrscheinlich«, pflichtete ihm Endresen bei. »Es macht schließlich ordentlich was her.« Er wandte sich an die beiden Ingenieure. »Bis vor vier Jahren war die Handelskammer in einem recht bescheidenen Anwesen in der Kirkegata ansässig«, erklärte er. »Doch dann haben wir Geschäftsleute uns endlich ein neues Gebäude gegönnt, das mit allem erdenklichen Komfort ausgestattet ist. Angefangen bei einer automatischen Ölheizungsanlage und einer modernen Restaurantküche über diverse behagliche Aufenthaltsräume, einer gut bestückten Bibliothek, einer Kegelbahn im Keller bis hin zum riesigen Ballsaal im vierten Stock.«

»Nicht zu vergessen das Billardzimmer«, ergänzte Solveigs Vater. »Und natürlich die grandiose Aussicht von der Dachterrasse auf den Dom samt Markt und Hafen.«

Ein dezentes Händeklatschen beendete die Unterhaltung der Herren. Solveigs Mutter bat die Anwesenden zu Tisch. Dieser war an gewöhnlichen Tagen rund und bot vier Personen bequem Platz. An diesem Abend nahm er fast die gesamte Länge des Raumes ein, nachdem Solveig und ihre Mutter ihn ausgezogen und sechs weitere Stühle dazu gestellt hatten. An der Stirnseite links neben der Schiebetür hing über einer hüfthohen Anrichte ein Ölgemälde des Landschaftsmalers Adelsteen Normann, das einen Fjord bei Sonnenuntergang zeigte. An der Wand gegenüber verlieh ein großer Spiegel mit verschnörkeltem Goldrahmen dem Zimmer mehr Tiefe.

Tuva Lund dirigierte die Gäste zu den Stühlen: Die beiden »Neuen« rechts und links von ihrem eigenen Stammplatz am Kopfende vor der Anrichte; ihr Mann wurde am anderen Ende des Tisches von den Gattinnen seiner Freunde flankiert, die jeweils ihre Männer neben sich hatten; Ingvill war mit dem Rücken zum Fenster zwischen Tuchfabrikant Endresen und Roar Kjøl platziert. Solveig servierte die Kressesuppe und setzte sich anschließend auf den Stuhl zwischen Nils Pettersen und dem Apotheker, der sie umgehend in ein Gespräch verwickelte und damit dem blonden Ingenieur zuvorkam, der sich im selben Moment zu ihr gedreht hatte.

»Sie werden sich ja nun bald nach einer neuen Arbeit umsehen müssen«, begann Herr Kvan und musterte sie mit einer Mischung aus Mitgefühl und Sensationslust.

Solveig ließ ihren Löffel sinken und schaute ihn entgeistert an. Ist es das, was mir der Chef am Montag mitteilen wird?, durchfuhr es sie. Meine Kündigung? Wie kann mir unwissentlich ein derart schlimmer Fehler unterlaufen sein, dass er sich zu diesem drastischen Schritt entschließt? Aber warum weiß seine Sekretärin nichts davon, dafür aber ein Außenstehender?

»Entschuldigen Sie, ich wollte Sie nicht in Verlegenheit bringen«, schob der Apotheker nach, als Solveig ihn nach wie vor stumm anstarrte. »Es ist nur … ein Bekannter aus Kristiansand hat mir neulich erzählt, dass die dortige Dienststelle des Reichskommissariats alles daransetzt, ihren Zuständigkeitsbereich zu erweitern und sich die Stavangersche einzuverleiben.«

Solveig atmete aus und schüttelte den Kopf, während sie von Erleichterung durchflutet wurde.

»Nicht?« Der Apotheker strich über seinen Backenbart.

»Doch, der Dienststellenleiter in Kristiansand hat durchaus solche Ambitionen. Wie übrigens auch sein Kollege in Bergen«, antwortete Solveig. »Stavanger ist wirtschaftlich gut aufgestellt, das weckt Begehrlichkeiten. Aber unser Büroleiter wird sich nicht so einfach vertreiben lassen.«

Vor Solveigs innerem Auge erschien die wutentbrannte Miene von Herrn Möller, mit der dieser einige Wochen zuvor nach einem Telefonat aus seinem Zimmer gestürmt war. Sie hatte ihn selten derart aufgebracht erlebt. »Das hat Methode!«, hatte er geknurrt. »Dabei wäre es ein Leichtes, die Einflussbereiche eindeutig festzulegen. Aber nein, in Oslo ist man ja der Meinung, Machtgerangel und Zuständigkeitsstreitigkeiten seien die wesentliche Triebkraft in einem dynamischen und schlagkräftigen Besatzungsapparat.«

Es war nicht das erste Mal gewesen, dass sich ihr Chef über die in seinen Augen fragwürdige Haltung von Josef Terboven aufregte. Dessen Weigerung, die Kompetenzen klar zu regeln, betraf nicht nur das Verhältnis der Außenstellen des Reichskommissariats untereinander und zu anderen deutschen Institutionen, sondern auch gegenüber der norwegischen Verwaltung, deren Vertreter zum Teil der Meinung waren, Herr Möller sei ihnen gegenüber nicht weisungsbefugt. Er hatte sich zwar bisher immer durchsetzen und seine Autorität festigen können, allerdings unter hohem Zeitaufwand und dem Einsatz großer Mengen Tabakwaren und ausländischer Spirituosen wie Cognac oder Portwein, an die die Norweger kaum noch herankamen. Ein klärendes Machtwort vom Reichskommissar hätte Herrn Möller geholfen, sich ganz auf seine eigentlichen Aufgaben konzentrieren und sie effizient erledigen zu können.

»Ah, da bin ich ja beruhigt«, sagte Herr Kvan.

In Solveigs Ohren klang es ein wenig enttäuscht. Sie unterdrückte ein Schmunzeln. Von ihrem Vater wusste sie, dass sein Freund Klatschgeschichten liebte – insbesondere solche, in denen die Deutschen sich gegenseitig bekriegten oder mit ihrem Benehmen Anlass zu Spott und Häme gaben. Erlings Warnungen, er könne sich mit der Verbreitung solcher Anekdoten eines Tages zu weit aus dem Fenster lehnen und ins Visier der Besatzer geraten, schlug der Apotheker in den Wind.

Dank eines stummen Winks ihrer Mutter, die geleerten Suppenteller einzusammeln, konnte sich Solveig vorerst weiteren Fragen von Herrn Kvan entziehen.

»Darf ich Ihnen behilflich sein?«, fragte Nils Pettersen, schob seinen Stuhl zurück und war im Begriff, sich zu erheben.

»Das ist wirklich sehr freundlich«, sagte Tuva Lund, bevor Solveig reagieren konnte. »Aber das kommt nicht infrage. Sie sind schließlich unser Gast. Wo kämen wir hin, wenn …«

»Verzeihen Sie bitte, ich wollte niemanden brüskieren«, unterbrach sie der Ingenieur. »Ich dachte nur, dass ich Ihrer Tochter ein wenig zur Hand gehen könnte.« Er äugte zu Solveig und verzog sein Gesicht kaum wahrnehmbar zu einem Ausdruck des Bedauerns.

Diese griff nach seinem Teller. Dabei bemerkte sie, dass Roar Kjøl, der ihr schräg gegenübersaß und sich bislang angeregt mit ihrer Patentante unterhalten hatte, die Szene mit belustigter Miene beobachtete. Was er wohl denkt?, fragte sich Solveig und erschrak, als er ihr direkt in die Augen schaute. Mit einem Scheppern stellte sie die Teller ineinander, senkte den Blick und spürte, wie ihr heiß wurde.

»Das weiß ich doch«, hörte sie ihre Mutter zu Nils Pettersen sagen und sah, wie sie dessen Unterarm kurz tätschelte. »Sie haben wirklich eine gute Kinderstube genossen.«

Solveig zog die Stirn kraus. Ihre Mutter neigte nicht dazu, fremden Menschen gegenüber binnen so kurzer Zeit Zutraulichkeit an den Tag zu legen. Dieser Pettersen hat sie regelrecht um den Finger gewickelt, schoss es ihr in den Sinn, während sie aufstand.

»Der Chef Ihrer Tochter darf sich glücklich schätzen, eine so aufmerksame und fleißige Mitarbeiterin zu haben«, wechselte der blonde Ingenieur das Thema.

Die Entgegnung: »Woher wollen Sie wissen, ob mein Chef mit mir zufrieden ist?«, blieb Solveig im Hals stecken, als Nils Pettersen sich zu ihrer Mutter herüberbeugte. »Sie kommt ganz nach Ihnen, gnädige Frau, wenn ich mir die Bemerkung erlauben darf.« Er deutete eine leichte Verneigung an. »Wenn ich es nicht besser wüsste, würde ich Sie für die ältere Schwester halten.«

»Jetzt übertreiben Sie aber maßlos«, rief Tuva und hob in einer abwehrenden Geste die Hände. Ihr erfreutes Lächeln strafte den missbilligenden Ton Lügen.

Was ist nur in sie gefahren, dachte Solveig und schielte unwillkürlich zu Roar Kjøl, der wieder seine unergründliche Miene aufgesetzt hatte. Ob ihm das anbiedernde Verhalten seines Freundes peinlich ist?, überlegte sie, während sie die Runde um den Tisch machte und anschließend den Tellerstapel in die Küche brachte. Schon seltsam, wie unterschiedlich die beiden sind.

Als Solveig mit einem großen Tablett mit dem Hauptgang zurückkehrte und es auf der Anrichte hinter ihrer Mutter ablud, hörte sie, dass sich deren Unterhaltung mit Nils Pettersen nach wie vor um sie drehte. Er hatte sich offenbar nach ihrer Arbeit erkundigt und fand es bemerkenswert, dass sie nicht wie das Gros ihrer norwegischen Geschlechtsgenossinnen als Köchin, Näherin, Putzfrau oder Wäscherin bei der Wehrmacht angestellt war, sondern in der deutschen Zivilverwaltung.

Tuva teilte ihm voller Stolz mit, dass ihre Tochter schon in der Schule sehr gut in Deutsch gewesen war, auch dank der umfangreichen Lektüre, die sie von ihrer Tante geschenkt bekam. »Meine Schwägerin ist mit einem Hamburger verheiratet und lebt mit diesem seit vierzig Jahren in dessen Heimat«, erklärte die Mutter. »Mag sein, dass auch dieser Umstand zu Solveigs Einstellung beigetragen hat.«

»Mit Verlaub, das denke ich nicht«, widersprach Pettersen. »Ich bin sicher, dass allein die guten Leistungen Ihrer Tochter für sie gesprochen haben.«

Solveig tat so, als sei sie voll und ganz mit dem Tranchieren des Kaninchens beschäftigt. Das erneute Kompliment des jungen Ingenieurs verwirrte sie. Sie fühlte sich geschmeichelt, obwohl er nun zum zweiten Mal eine Behauptung aufgestellt hatte, für die er keinerlei Belege hatte. Ein Zitat des russischen Dichters Fjodor Dostojewski fiel ihr ein, das sie in dessen Roman *Schuld und Sühne* gelesen hatte: »Und mag die Schmeichelei noch so plump sein, es wird doch unbedingt mindestens die Hälfte als Wahrheit geglaubt.«

Im selben Moment stellte sie fest, dass es ihr viel wichtiger war zu erfahren, wie sein Freund zu ihrer Tätigkeit in deutschen Diensten stand. Unauffällig drehte sie den Kopf zu ihm und begegnete dem Blick ihrer Patentante, die ihr zublinzelte. Offensichtlich hatte sie ihre Verunsicherung gespürt. Im nächsten Atemzug hörte Solveig sie die Frage stellen, die ihr unter den Nägeln brannte.

»Ist es für Sie moralisch verwerflich, für die Deutschen zu arbeiten?«

Solveig wartete mit angehaltenem Atem auf die Antwort, während sie die Schüsseln mit den Kartoffelklößen und Gemüsen auf den Tisch stellte.

»Aber nein, wie könnte ich das verurteilen?« Roar Kjøl klang verwundert. »Ich selbst habe meine Stelle auf der Werft letzten Endes ebenfalls den Besatzern zu verdanken. Ohne deren Aufträge hätte Herr Lund keine neuen Leute anstellen können.« Er machte eine winzige Pause und sprach leiser weiter. »Außerdem weiß man ja nie, ob sich eine Arbeit wie die Ihrer Patentochter nicht eines Tages noch in anderer Hinsicht als nützlich erweist.«

Ein Räuspern ihrer Mutter schreckte Solveig auf und erinnerte sie an ihre Pflichten als Haustochter. Höchste Zeit, mit dem zerlegten Kaninchenbraten die Runde um den Tisch zu machen. Rasch holte sie die Platte von der Anrichte. Sie hätte viel darum gegeben, zu ergründen, was Roar Kjøl mit seiner kryptischen Andeutung gemeint hatte. Ich muss nachher unbedingt Ingvill fragen, beschloss Solveig und überhörte geflissentlich die Stimme in sich, die sie davor warnte, sich zu viele Gedanken über jemanden zu machen, der sich allem Anschein nach nicht sonderlich für sie interessierte.

Was man von seinem Freund nicht behaupten konnte. Wie lange er mich wohl schon beobachtet?, fragte sie sich, als sie bei einem zufälligen Blick in den Spiegel an der Wand hinter dem Platz ihres Vaters bemerkte, dass Nils Pettersens Augen auf ihr ruhten. Mit einem Anflug des Bedauerns stellte Solveig fest, dass Roar Kjøl wieder ins Gespräch mit ihrer Patentante vertieft war und ihr keine Beachtung schenkte. Solveig schluckte ihre Enttäuschung hinunter, straffte sich und schenkte dem blonden Ingenieur ein Lächeln, das dieser strahlend erwiderte.

# 9

*Stavanger, Januar 1970*

»Daddy!«

Mit diesem Jauchzer stürzte Chris zu seinem Vater, der soeben die Lobby des »Atlantic Hotels« betreten hatte. Roger Cole, ein hochgewachsener Mittfünfziger mit raspelkurzen Haaren und glatt rasierten Wangen, drückte seinen Sohn an sich, schaute sich über dessen Kopf hinweg suchend um, entdeckte seine Frau und Lizzy, die sich aus ihren Sesseln vor der Fensterfront erhoben hatten und eilte zu ihnen.

»Endlich!«, rief er und breitete seine Arme aus.

Einen Atemzug später presste sich Lizzy an seine Brust und sog mit geschlossenen Augen seinen vertrauten Geruch ein, in den sich der Lederduft seines Blousons, ein zitroniger Hauch seines »Ice Blue«-Aftershaves, Zigarettenrauch sowie eine frostige Note mischten, die er von draußen mitbrachte. Ihre Befürchtung der letzten Tage, ihr Vater könnte sich seiner Familie entfremdet haben, löste sich in Luft auf. Er erwiderte ihre Umarmung genauso innig wie immer. Und auch der Kuss, mit dem er anschließend ihre Mutter begrüßte, war alles andere als flüchtig und veranlasste ihren kleinen Bruder, das Gesicht zu verziehen und sich angeekelt zu schütteln.

»Entschuldigt bitte, dass ihr so lange auf mich warten musstet«, sagte Roger, nachdem er sich von seiner Frau gelöst hatte. »Und ich meine nicht nur heute Abend. Es tut mir wahnsinnig leid, dass ich bislang kaum Zeit für euch hatte.«

Cathleen schmiegte sich an ihn und streichelte seine Brust. »Jetzt bist du ja da«, sagte sie leise.

Das Aufleuchten ihrer Augen, in denen zugleich Tränen schimmerten, und das glückliche Lächeln auf ihrem Gesicht rührten Lizzy an. Sie muss ihn furchtbar vermisst haben, schoss es ihr durch den Kopf. Und ihm ist Mom genauso abgegangen, stellte sie fest, als sie beobachtete, wie ihr Vater sie an sich zog, seine Nase in ihrem Haar versenkte und dabei etwas murmelte, das Cathleen kaum merklich erröten ließ.

Einen Atemzug später steuerte er auf die Tür zum hauseigenen Restaurant »Mortepumpen« zu, das laut dem Hotelprospekt Fischgerichte und andere landestypische Spezialitäten anbot.

»Wow, cool!«, entfuhr es Chris beim Anblick des Gastraumes.

Bei dessen Gestaltung hatte sich der Architekt vom ältesten Stadtviertel Stavangers inspirieren lassen und etliche Fassaden der alten Holzhäuschen originalgetreu nachgebildet. Straßenlaternen zwischen den Tischen sowie Girlanden mit ehemaligen Petroleumleuchten, in die nun Glühbirnen geschraubt waren, erhellten den Raum. Ein Kellner führte sie zu dem von Roger reservierten Tisch direkt vor einem gemauerten ovalen Wasserbecken, in dem einige Speisefische und Hummer schwammen und ihres Schicksals harrten.

»Wie sieht dein Terminkalender in nächster Zeit aus?«, fragte Cathleen, als Roger ihr einen Stuhl zurechtrückte. »Ich hoffe, du kannst jetzt eine Weile in Stavanger bei uns bleiben?«

Lizzy sah ihren Vater erwartungsvoll an. Die Frage hatte auch ihr auf der Zunge gelegen.

»Das ist die ehemalige öffentliche Wasserzapfstelle, nach der das Lokal benannt wurde«, verkündete Chris, bevor sein Vater antworten konnte, und deutete auf den Pumpschwengel an der Kopfseite des Trogs. »Das Wasser kommt durch eine Rohrleitung aus dem Vågen hierher. Das ist das Hafenbecken hinterm Dom.«

Lizzy warf ihm einen genervten Blick zu. Roger klopfte Chris auf die Schulter und setzte sich seiner Frau gegenüber an den Tisch.

»Die *Mortapumpå* stand bis 1866 auf dem Marktplatz«, erklärte er ihr und schlug die Speisekarte auf.

Lizzy sah, dass ihre Mutter kaum merklich die Stirn runzelte. Das Leuchten in ihren Augen war erloschen, sie machte einen angespannten Eindruck. Kein Wunder, dachte Lizzy, es hat sich ja einiges angestaut, was sie klären möchte. Das müsste Dad doch wissen. Und warum beantwortet er ihre Frage nicht, wann er wieder wegmuss?

»Eigentlich hieß sie Mortvedts Pumpe«, ergänzte Chris. »Weil sie in der Nähe des Hauses von …«

»Kannst du mal aufhören, ständig klugzuscheißen«, zischte Lizzy. »Es gibt schließlich Wichtigeres als …«

»Du bist ja schon bestens informiert«, lobte Roger seinen Sohn im selben Moment. »*Mortepomper* war übrigens zu der Zeit auch ein Spitzname für die Einwohner von Stavanger, die damals oft Rotaugen aßen, von denen es im Meer rund um die Stadt große Vorkommen gegeben hat. Auf Norwegisch heißen diese Fische nämlich *mort*.«

»Ich dachte, der Spitzname für die Leute hier wäre *siddiser*«, sagte Chris. »Das stand zumindest im Reiseführer.«

»Das ist ja alles sehr interessant«, begann Cathleen. »Aber ich würde jetzt gern …«

»Das stimmt«, antwortete Roger seinem Sohn. »Es ist vermutlich eine Verballhornung des englischen *citizen*. Die hiesigen Seeleute haben sich in Amerika Anfang des Jahrhunderts als *sitizen* oder *cittissen from Stavanger*, also Bürger aus Stavanger vorgestellt.«

»Ach so?« Chris zog die Stirn kraus. »Ich hab gelesen, dass *siddis* vom Wort *iddis* kommt.« Er drehte sich zu seiner Mutter und Lizzy. »So werden im Dialekt hier die Etiketten auf den Konservendosen bezeichnet. In Stavanger gibt es nämlich total viele Fischfabriken, in denen …«

»Darf ich Ihnen schon etwas zum Trinken bringen?« Der Kellner war an ihren Tisch getreten und zückte einen Notizblock.

Lizzy, die drauf und dran gewesen war, ihren Bruder mit einem gezielten Tritt gegen das Schienbein zum Schweigen zu bringen, ließ sich gegen die Rücklehne ihres Stuhls fallen und verfolgte mit finsterer Miene, wie ihr Vater Chris anerkennend auf die Schulter klopfte, bevor er die Getränke bestellte und sich kurz mit dem Ober auf Norwegisch unterhielt. Dabei zog er ein Päckchen Camel aus der Brusttasche seines Jacketts, schnippte sich eine Zigarette heraus und zündete sie mit dem silbernen Feuerzeug an, das ihm Cathleen zu Weihnachten geschenkt hatte.

Chris grinste Lizzy triumphierend an und streckte ihr die Zunge heraus. Sie verschränkte die Arme vor der Brust und fragte sich, wieso ihr Vater seinen Sohn auch noch ermutigte. Chris war auf dem besten Weg, ein unerträglicher Besserwisser zu werden. Sie schaute zu ihrer Mutter, die sich weiterhin vergeblich bemühte, den Blick ihres Mannes einzufangen, nachdem der Kellner gegangen war, und Chris weitere Einzelheiten über die Besonderheiten des Hotels zum Besten gab.

Warum tut Dad so, als würde er Moms Versuche, seine Aufmerksamkeit zu erhalten, nicht bemerken? Lizzy spürte, wie sich ihr Herzschlag beschleunigte. Ist er am Ende froh über das belanglose Geplänkel mit Chris? Weil es Mom davon abhält, ernstere Themen anzuschneiden?

Lizzy verengte die Augen. Da war es wieder: das Gefühl, dass irgendetwas nicht stimmte. Dass ihr Vater zwar körperlich anwesend war, zugleich aber auf eine – für sie nicht klar benennbare – Weise fremd und nicht zu ihnen gehörig wirkte. Oder bildete sie sich das nur ein? Weil sie ihn zum ersten Mal in dem Umfeld erlebte, in dem er aufgewachsen war. Weil es ungewohnt war, ihren Vater flüssig in einer fremden Sprache parlieren zu hören. Weil er seine norwegische Heimat viele Jahre lang nie erwähnt hatte, und ihr weder bekannt war, wann genau er nach Amerika ausgewandert war, noch was die Rückkehr in sein Geburtsland in ihm ausgelöst hatte. Weil sich vermeintliche Gewissheiten auflösten und sie Zweifel hatte, ob sie ihn wirklich kannte – sofern das bei anderen Menschen überhaupt möglich war.

»Was bedeutet *reinsdyrbiff?*«, erkundigte sich Chris, der mittlerweile die Speisekarte studierte.

»Rentiersteak«, antwortete Roger.

»Was?« Chris sah ihn mit weit aufgerissenen Augen an. »Die essen hier Rudolph the Red-Nosed-Reindeer?«

Sein entgeisterter Gesichtsausdruck ließ Lizzy grinsen. »Oh, nicht nur das. Die Norweger verspeisen auch Flipper.«

»Du lügst!« Chris wurde blass und sah seinen Vater flehend an.

»Ich fürchte, das stimmt«, antwortete dieser. »Delfine stehen zwar hier in der Gegend nicht unbedingt auf der Speisekarte. Walfleisch jedoch gilt vielen nach wie vor als Delikatesse.«

»Nicht zu vergessen niedliche Robben«, schob Lizzy nach. »Die landen hier auch gern mal im Kochtopf.«

»Du bist so was von gemein!«

»Ich? Wieso? Ich geb nur wieder, was ich gelesen habe. Seltsam, dass Herr Neunmalklug das nicht auch weiß.«

Chris öffnete den Mund.

»Hört sofort auf zu streiten!«, rief Cathleen. »Ich will unseren ersten Abend hier zu viert in Frieden verbringen.« Ihre Stimme klang brüchig. »Außerdem sollten wir darüber sprechen, wie wir in …«

»Eure Mutter hat recht«, sagte Roger rasch und drückte seine Kippe im Aschenbecher aus. »Lasst uns den Abend genießen. Was möchtet ihr essen? Wir könnten zusammen eine große gemischte Fischplatte mit Gemüsen und Bratkartoffeln als Beilagen nehmen, die hat mir der Ober besonders empfohlen. Und als Nachtisch steht heute Karamellpudding auf der Tageskarte.«

Lizzy und Chris nickten zustimmend, ihre Mutter rang sich ein Lächeln ab und murmelte: »Klingt gut.«

»So, und nun müsst ihr mir endlich erzählen, was ich in den letzten Tagen alles verpasst habe«, sagte Roger, nachdem er die Bestellung aufgegeben hatte.

Das würde mich bei dir viel mehr interessieren, lag es Lizzy auf der Zunge. Sie schielte zu ihrer Mutter. Ihr geht es gewiss genauso.

»Stell dir vor, Reidun will über uns schreiben«, rief Chris, bevor Cathleen oder Lizzy das Wort ergreifen konnten.

»Wer ist Reidun?« Roger sah seine Frau mit hochgezogenen Brauen an. »Und was will sie schreiben?«

»Reidun ist die Schwester von dem Chauffeur, der uns vom Flughafen abgeholt hat«, antwortete Cathleen. »Sie möchte Journalistik studieren und würde gern für die Bewerbung unsere ersten Schritte hier begleiten und als Reportage dokumentieren.«

»Aha.« Roger fuhr sich durch die Haare. »Wäre dir das denn recht?«

»Ich war, ehrlich gesagt, zuerst skeptisch«, sagte Cathleen. »Aber zum einen wird das Ganze nicht veröffentlicht, schon gar nicht ohne unsere ausdrückliche Zustimmung. Zum anderen ist Reidun eine ausgesprochen sympathische junge Frau, zurückhaltend und freundlich.« Sie nickte ihren Kindern zu. »Wir würden ihr gern helfen. Aber natürlich nur, wenn du ebenfalls einverstanden bist.«

Roger zuckte die Schultern. »Mir soll's recht sein.« Er lächelte seine Frau an. »Eigentlich sogar eine prima Idee. Als Einheimische kann euch Reidun sicher viele Dinge zeigen und erklären, die …«

»Eigentlich hatte ich gehofft, dass du … dass wir mit dir …«

»Ich weiß, Liebling«, unterbrach er sie. »Glaub mir, ich würde nichts lieber tun, als euch herumzuführen und überhaupt viel mehr Zeit mit euch zu verbringen. Aber hier geht's wirklich rund. Alle stehen enorm unter Druck, alles muss möglichst gleichzeitig und sofort erledigt werden.« Er hob die Hände. »Und ich fürchte, das wird eine ganze Weile so bleiben.«

Es klang aufrichtig. Dennoch wurde Lizzy das Gefühl nicht los, dass ihr Vater nicht die ganze Wahrheit sagte. Dass er mit etwas hinterm Berg hielt, das ihn umtrieb und das nichts mit seiner Arbeit zu tun hatte. Im Gesicht ihrer Mutter, in dem sich in die Enttäuschung ein Hauch Skepsis mischte, sah sie ihren Eindruck gespiegelt. Ich wäre zu gern nachher Mäuschen, wenn die beiden in ihrem Zimmer allein sind, dachte Lizzy. Da wird sie das Thema garantiert noch einmal anschneiden und die Fragen stellen, die sie vor uns Kindern nicht diskutieren möchte.

»Apropos Studium«, hörte sie ihren Vater sagen. »Hast du dir schon Gedanken gemacht, wie es für dich weitergehen könnte?«

Die Frage riss Lizzy aus ihren Grübeleien.

»Äh … was?« Sie sah ihn ratlos an.

»Die Erwähnung von Reiduns Studienplänen hat mich daran erinnert, dass noch offen ist, wie deine weitere Ausbildung aussehen könnte.« Er wechselte einen Blick mit seiner Frau. »Mit dem College war es dir ja nicht so ernst.«

Lizzy verdrehte genervt die Augen. War ja klar, dass ihr das noch ewig vorgeworfen würde.

»Becky Miller hat uns erzählt, dass hier gerade eine Hochschule für Betriebswirtschaft eröffnet hat«, sagte Cathleen zu ihrem Mann. »Und dass es im ›Sola‹ die Möglichkeit gibt, eine Hotelfachlehre zu absolvieren.«

»Vielleicht ist es gar keine schlechte Idee, wenn du erst einmal eine Ausbildung machst. Dann hättest du eine solide Grundlage. Und studieren kannst du im Anschluss immer noch.« Roger sah Lizzy forschend an. »Was meinst du?«

Lizzy zuckte die Achseln. »Warum fragst du überhaupt?«, nuschelte sie und senkte die Augen. »Mom hat mir schon gesteckt, dass meine Wünsche bei dem Thema eh nicht interessieren.«

Schweigen. Sie schluckte trocken und machte sich auf eine scharfe Erwiderung gefasst. Sie versteifte sich und begegnete dem Blick ihres Vaters, der sie aufmerksam musterte.

»Du vermisst doch sicher das Schwimmen«, sagte er nach einer gefühlten Ewigkeit.

Lizzy hob verdutzt die Brauen. Wie kam er jetzt darauf? Doch er hatte ins Schwarze getroffen, keine Frage. Sie nickte und spürte, wie sich ihr Hals verengte. Das war ihr Dad! Der manches Mal früher als sie selbst bemerkte, wie es in ihr aussah, und der ihre Bedürfnisse zuweilen besser zu kennen schien als sie. Im Trubel der Feiertage, der Umzugsvorbereitungen und Abschiede sowie der Reise war ihr gar nicht aufgefallen, wie sehr ihr in den vergangenen drei Wochen die regelmäßigen Besuche des Hallenbades gefehlt hatten, in dem sie seit fünf Jahren in der Jugendmannschaft des Los Angeles Athletic Clubs trainierte.

»Hier gibt es auch einen Schwimm-Verein, den SSC Svømmeklubb«, sprach Roger weiter. »Das neue Hallenbad ist zwar noch im Bau, es gibt aber ein beheiztes Freibad, das auch im Winter geöffnet ist. Außerdem nutzt der Verein Schulbäder für Schwimmkurse und Fortbildungen.« Er lächelte Lizzy an. »Und hier könntest du ins Spiel kommen. Ich hab nämlich gehört, dass sie für das neue Bad in der Auglendschule noch Lehrer für Anfänger suchen.«

»Du meinst, sie könnte dort jobben?«, fragte Cathleen. »Das wäre doch großartig, oder?«, fuhr sie an ihre Tochter gewandt fort. »Du würdest Geld verdienen und hättest Zeit, dir in Ruhe über deine Berufswünsche klar zu werden.«

»Klingt echt nicht schlecht.« Lizzy setzte sich aufrechter hin und bemerkte, dass ihre Eltern sich anlächelten.

Sie spürte, wie sich ihr Zwerchfell entspannte und sich Erleichterung in ihr ausbreitete. Sie hatte sich umsonst Sorgen gemacht, alles war gut. Ihr Vater hatte sich tatsächlich nur wegen der vielen Arbeit rargemacht und nicht, weil er nicht mit ihnen zusammen sein wollte. Als hätte er ihre Gedanken gelesen, griff er in diesem Moment über den Tisch und drückte die Hand ihrer Mutter.

»Mir ist bewusst, dass ich dir gerade viel zumute«, sagte er mit zärtlicher Stimme. »Du hattest dir das alles hier sicher anders vorgestellt. Mit eigenem Haus und mehr …«

»Schon in Ordnung«, fiel Cathleen ihm ins Wort. »Ich weiß doch, dass es nicht deine Schuld ist. Ich werde schon etwas finden, um mich zu beschäftigen und nützlich zu machen. Ich könnte zum Beispiel an der Amerikanischen Schule unterrichten. Becky Miller hat angedeutet, dass es dort Bedarf an Lehrern gibt.«

Das Erscheinen des Kellners, der das Essen brachte, unterbrach das Gespräch.

»Stichwort Amerikanische Schule«, nahm Roger den Faden wieder auf, als sich der Ober entfernt hatte. »Da sollten wir Chris möglichst bald anmelden.«

»Er möchte gern eine norwegische Schule besuchen«, antwortete Cathleen.

»Am liebsten die gleiche wie Dad«, rief Chris.

Lizzy sah, wie sich ihr Vater versteifte und seine Miene versteinerte.

»Ich bin nicht in Stavanger aufgewachsen«, sagte er, hörbar um einen beiläufigen Ton bemüht.

»Nicht? Wo dann?«, fragte Chris neugierig. Dem Gesichtsausdruck ihrer Mutter nach zu schließen, wartete diese ebenso gespannt wie ihre Kinder auf die Antwort.

Roger machte eine abwinkende Handbewegung. »In einem kleinen Ort oben im Norden. Nicht weiter der Rede wert.« Er griff nach dem Servierbesteck auf der Fischplatte. »Darf ich euch auftun?«

Lizzys Zuversicht, mit der sie noch wenige Augenblicke zuvor in die Zukunft geblickt hatte, war augenblicklich verflogen. Warum machte ihr Vater nach wie vor ein Geheimnis aus seinem Leben vor seiner Zeit in Amerika? Warum war das Thema für ihn und damit auch für seine Familie tabu? Was hatte er zu verbergen? Lizzy stach ihre Gabel in ein Stück Karotte. Ich werde das nicht auf sich beruhen lassen, beschloss sie. Ich werde nicht lockerlassen, bis ich herausgefunden habe, was Dad uns nicht erzählen will.

# 10

*Stavanger, Mai 1941*

»Dürfen wir Ihre Tochter vielleicht morgen Nachmittag zu einem kleinen Ausflug entführen?«, fragte Nils Pettersen, nachdem er Solveigs Eltern, die vor der offenen Eingangstür standen, für die Einladung gedankt hatte.

Es war kurz vor Mitternacht, die lang anhaltende Dämmerung nach dem Sonnenuntergang gegen zehn Uhr war in Finsternis übergegangen. Auch diese Nacht wurde wegen der strikten Verdunkelungsvorschriften der Besatzer weder von Straßenlaternen noch von erleuchteten Fenstern erhellt. Als einzige Lichtpunkte funkelten unzählige Sterne am klaren Himmel.

Roar Kjøl war bereits hinaus auf den Treppenabsatz getreten, als sich sein Freund mit seiner Frage an die Gastgeber wandte. Die Ehepaare Endresen und Kvan hatten sich kurz zuvor verabschiedet und ihren Heimweg angetreten, Solveig stand im Flur vor der Garderobe und half ihrer Patentante in den Mantel.

»Das müssen Sie meine Tochter schon selbst fragen«, antwortete Erling Lund.

»Was für eine reizende Idee«, sagte seine Frau gleichzeitig und bedachte Nils Pettersen mit einem entzückten Lächeln. »Nicht wahr, Solveig?«

Diese lugte verstohlen hinaus zu Roar Kjøl, der zu ihrer Enttäuschung keine Anstalten machte, das Ansinnen seines Freundes zu unterstützen.

»Ihr könntet zum Beispiel mit dem Dampfer nach …«

»Morgen bin ich schon mit einer befreundeten Kollegin im Café beim Sølvberg-Kino verabredet«, warf Solveig ein. »Wir wollen uns einen Film …«

»Was für eine Kollegin?« Tuva Lund musterte ihre Tochter argwöhnisch. »Warum hast du sie nie erwähnt?«

Solveig stöhnte innerlich auf. Da passte sie einmal nicht auf, verplapperte sich und hatte prompt die Neugier ihrer Mutter geweckt, die nun vermutlich keine Ruhe geben würde, bis sie diese befriedigt hatte. Wobei momentan alles darauf hindeutete, dass in nächster Zeit ein anderes Thema im Vordergrund stehen würde: ob sich Nils Pettersen als ernst zu nehmender Bewerber um Solveigs Gunst entpuppte. Was für Solveig eine mindestens ebenso unangenehme Aussicht war.

»Kannst du diese Verabredung nicht verschieben?«, schob Tuva nach.

Solveig schüttelte den Kopf. »Sie hat schon die Karten besorgt.«

Ihre Mutter verzog unwillig das Gesicht.

»Hätten Sie etwas dagegen, wenn wir uns anschließen, Fräulein Lund?« Der blonde Ingenieur ließ nicht locker. »Im Kino waren wir schon ewig nicht mehr.« Er sah seinen Freund auffordernd an. »Das wäre doch eine nette Gelegenheit.«

Roar Kjøl brummte etwas, das klang wie: »Wollen uns keinesfalls aufdrängen.«

»Aber woher denn!«, rief Tuva. »Ins Kino kann man doch auch zu mehreren gehen.« Sie warf Solveig einen beschwörenden Blick zu. »Und Plätze sind sicher auch noch ausreichend vorhanden. Schließlich zieht es die meisten sonntags bei dem schönen Wetter eher nach draußen.«

Solveig nickte vage und rang sich ein Lächeln ab. Mein Gott, ist das peinlich, dachte sie. Was ist nur in sie gefahren? Will sie mich um jeden Preis verkuppeln?

»Fein, dann sehen wir uns morgen.« Nils Pettersen strahlte Solveig an und folgte seinem Freund, der bereits auf dem Weg zur Straße war.

»So ein charmanter junger Mann.« Tuva drehte sich zu Solveig. »Du hättest dich ruhig etwas entgegenkommender zeigen können.«

»Das hast du ja übernommen«, sagte Erling, der die Szene stumm verfolgt hatte. »Ich könnte direkt eifersüchtig werden.« Er grinste spöttisch.

»Du redest dummes Zeug!« Seine Frau schnaubte und wandte sich an Solveigs Patentante. »Findest du nicht auch, dass Herr Pettersen ein besonders gewinnendes Wesen hat?«

»Er legt sich in der Tat mächtig ins Zeug«, antwortete Ingvill und ging zur Tür. »Und es besteht kein Zweifel, dass er ein Auge auf eine gewisse junge Frau geworfen hat.« Sie zwinkerte Solveig zu, die verlegen an einer Haarsträhne zupfte.

»Begleitest du deine Patin noch nach Hause?«, fragte Erling.

»Selbstverständlich.« Solveig hakte sich bei Ingvill unter, stützte sie beim Hinabsteigen der Treppenstufen und lief mit ihr vor zur Langgata.

»Ich bin wieder einmal beeindruckt von deinem feinen Gespür«, begann sie das Gespräch, sobald sie außer Hörweite ihres Elternhauses waren. »Du hast tatsächlich richtiggelegen, als du vorhin bei deiner Ankunft schon von Weitem erkannt hast, dass Herr Pettersen mich …«

»Herr Pettersen?« Ingvill blieb an der Kreuzung zur Pedersgata stehen. »Den hatte ich nicht gemeint. Und er war es auch nicht, der sich nach dir umgeschaut hatte.«

»Nicht?« Solveig spürte, wie ihr Herz einen Hüpfer machte.

»Sein Freund mag sehr viel zurückhaltender sein«, antwortete Ingvill, »aber ich könnte schwören, dass du ihn alles andere als kaltlässt.« Sie tätschelte Solveigs Arm.

Diese räusperte sich und wollte nachbohren, warum ihre Patin davon überzeugt war. Zumal in ihren Augen nichts darauf hinwies, dass Roar Kjøl sich sonderlich für sie interessierte.

Doch Ingvill war bereits beim nächsten Thema. »Verrätst du mir, wer diese befreundete Kollegin ist, von der du deiner Mutter nichts erzählen willst?« Sie setzte sich wieder in Bewegung.

Mittlerweile hatten sich Solveigs Augen an die Dunkelheit gewöhnt. Sie und ihre Patentante hielten sich in der Mitte der Fahrbahn, die sich zu dieser späten Stunde wie leer gefegt vor ihnen erstreckte und nicht von den zwei- bis dreistöckigen Häusern verschattet wurde.

»Dir entgeht wirklich nichts«, murmelte Solveig.

»Ist sie Deutsche?«, fragte Ingvill. »Hast du etwa deswegen Bedenken? Man sollte doch meinen, dass gerade deine Eltern in der Hinsicht tolerant sind. Schließlich sind die Deutschen wichtige Auftrag…«, sie unterbrach sich. »Außer deine Freundin ist … Ich nehme doch an, dass du nicht mit einer eingefleischten Hitleranhängerin …«

»Oh, nein«, rief Solveig. »Das ist nicht der Grund, warum ich Afra zu Hause nie erwähnt habe.«

»Afra? Ein ungewöhnlicher Name.«

»Ihre Eltern haben sie nach einer bayerischen Heiligen benannt.«

»Ah, verstehe!« Ingvill verengte die Augen. »Deine Freundin ist katholisch.«

»Genau.« Solveig verzog den Mund. »Du kennst ja meine Mutter. Für sie sind die Papisten schlimmer als überzeugte Nazis. So grotesk das auch ist.«

»Ich weiß. Das ist einer der wenigen Punkte, deretwegen wir uns schon zu Schulzeiten in die Haare bekommen haben.« Ingvill zuckte die Schultern. »Ich halte ja auch nichts vom Zölibat oder dem Gedanken, dass der Papst unfehlbar ist, aber bei Tuva geht die Ablehnung deutlich tiefer.«

»Hure von Babylon«, warf Solveig ein. »Stell dir vor, so hat sie die katholische Kirche neulich bezeichnet.«

»Und sie ist beileibe nicht die Einzige, die alles Katholische für die Inkarnation des Bösen hält«, sagte Ingvill.

»Ja, leider«, pflichtete Solveig ihr bei und hörte die Stimme ihres Großvaters Ola, der bei jeder sich bietenden Gelegenheit den Tag verfluchte, an dem die katholische Gemeinde von Stavanger die Erlaubnis erhalten hatte, ein bescheidenes Kirchlein im Drachenstil am Løkkeveien zu bauen. Ein besonderer Dorn im Auge war für Ola Smed, dass das Gotteshaus dem Heiligen gewidmet war, nach dem auch der Dom benannt war: Sankt Svithun, dem Schutzpatron von Stavanger.

»Ich begreife nicht, wie ansonsten herzensgute Menschen wie Oma und Opa bei dem Thema Konfessionszugehörigkeit so verbohrt sein können.« Solveig schüttelte den Kopf. »Ich bin jedenfalls überzeugt, dass es Gott vollkommen gleichgültig ist, nach welchem Ritus man ihn anbetet. Hauptsache, wir befolgen seine Gebote der Nächstenliebe und gehen respektvoll miteinander und mit der Schöpfung um.«

»Es wäre schön, wenn mehr Menschen so denken würden.« Ingvill drückte Solveigs Arm. »Dann gäbe es viel weniger Hass und Gewalt auf der Welt.«

Solveig nickte und dachte an ein Gespräch zurück, das sie kurz vor Ostern mit Afra geführt hatte. Damals hatte diese gerade erfahren, dass ihr Antrag auf Gewährung eines Heimaturlaubs über die Feiertage abgelehnt worden war. Solveig, die wusste, wie sehr ihre Freundin ihre Familie vermisste, hätte sie gern zum Festessen zu sich nach Hause eingeladen. »Leider würde ich dir damit einen Bärendienst erweisen«, hatte sie beschämt eingestanden. »Mein Vater würde dich gewiss mit offenen Armen empfangen, aber meine Mutter …«

»… möchte nicht, dass der Feind mit am Tisch sitzt«, hatte Afra ihren Satz beendet und hinzugefügt, dass sie das verstehen könne. Ihr würde es vermutlich nicht anders gehen, wenn ihre

Heimat von einer fremden Armee besetzt wäre. Umso dankbarer sei sie, dass Solveig in ihr den Menschen sähe und nicht nur eine Angehörige der Okkupationsmacht. Es war Solveig schwergefallen, Afra den wahren Grund für die Ablehnung ihrer Mutter zu offenbaren. Zu ihrer Überraschung hatte ihre Freundin weder befremdet noch verletzt reagiert. »Wenn meine Familie wüsste, dass ich mit Kurt heimlich verlobt bin, wäre der Teufel los«, hatte sie gesagt. »Er ist nämlich nicht nur überzeugter Sozialist, sondern obendrein Atheist.« Auf Solveigs Frage, ob ihr als gläubiger Christin Letzteres nicht zu schaffen machte, hatte Afra erklärt, dass es ihr anfangs tatsächlich arg gewesen sei, dass Kurt nicht an Gott glaubte. Doch sie habe schnell erkannt, dass ihm die in der Bibel beschworenen Werte genauso viel bedeuteten wie ihr. »Kurt stört sich im Grunde in erster Linie an den starren Ritualen, der Hierarchie und vor allem an der Verlogenheit, mit der die Kirche beziehungsweise ihre Vertreter immer wieder ihre eigenen Ideale mit Füßen treten. Das widert ihn an.«

Mittlerweile waren Ingvill und Solveig in die Bratteberggata abgebogen, die nach einigen Metern in die Høgsfjordgata mündete, an der die Sankt Johannes Kirke lag. Der im neoromanischen Stil gestaltete, hell verputzte Backsteinbau hatte ein langes Mittelschiff, flankiert von zwei deutlich niedrigeren Seitenschiffen, und bot über tausend Gottesdienstbesuchern Sitzplätze. Im breiten, der Straße zugewandten Turm mit steilem Spitzdach befand sich das Eingangsportal, dem gegenüber an der Ecke zur Sandsgata das eingeschossige Haus stand, in dem Solveigs Patentante seit dem Tod ihres Mannes allein wohnte.

»Vielen Dank, dass du mich noch heimgebracht hast«, sagte sie, nachdem sie die die Tür aufgeschlossen und Solveig zum Abschied umarmt hatte. »Ich bin gespannt, ob ein gewisser Ingenieur morgen seinen Freund begleiten und bei deinem Treffen mit Afra mit von der Partie sein wird.«

Das bin ich auch, dachte Solveig und war froh, dass in der Dunkelheit die Röte nicht zu sehen war, die ihr ins Gesicht stieg.

»Ich weiß nicht recht«, murmelte sie. »Was, wenn sie sich daran stören, dass Afra Deutsche ist? Und ihr Verlobter Kurt wird ja auch kommen. Der ist Soldat.«

»Mach dir nicht so viele Gedanken«, sagte Ingvill. »Herrn Pettersen ist das bestimmt gleichgültig, solange sie ihn nicht daran hindern, um dich herumzuscharwenzeln. Und ich müsste mich schon sehr in Herrn Kjøl täuschen, wenn er daran Anstoß nehmen würde.«

Sie tätschelte Solveigs Wange und verschwand im Inneren ihres Hauses, bevor diese fragen konnte, was sie ihrer Sache so sicher machte. Sowohl was die Unvoreingenommenheit der Ingenieure betraf als auch Roar Kjøls vermeintliches Interesse für sie. An Letzterem hatte sie starke Zweifel, so sehr sie es sich auch wünschte. Sie hätte viel darum gegeben, sich den jungen Mann mit den unergründlichen Wolfsaugen aus dem Kopf schlagen zu können und sich nicht in Gefühle hineinzusteigern, die vermutlich nicht erwidert wurden. Mit einem Seufzen trat sie den Heimweg an und wusste, dass sie in den wenigen Stunden bis zum Frühstück vor dem Sonntagsgottesdienst kaum Schlaf finden würde.

Am Sonntagnachmittag machte sich Solveig kurz vor vier Uhr auf den Weg zum Sølvberg, der auf der östlichen der beiden Halbinseln lag, die das Hafenbecken des Vågen einrahmten. 1927 war hier das erste kommunale Filmtheater eröffnet worden. Der im neoklassizistischen Stil gestaltete Neubau aus roten Ziegelsteinen, Granitsockel und zwei imposanten Säulen am Eingang wirkte inmitten der alten, größtenteils heruntergekommenen Holzhäuser wie ein Fremdkörper. Nachdem sich das Kino von Anfang an großer Beliebtheit erfreute und gute Gewinne erzielte, beschloss der Stadtrat zehn Jahre später, die umliegenden Straßenzüge zu renovieren und das Filmtheater in ein modernes Kultur- und Verwaltungsensemble zu integrieren. Der Einmarsch der Deutschen und die Besetzung der Stadt hatten die Realisierung dieser Pläne jedoch zum Erliegen gebracht.

Als Solveig auf den gepflasterten Platz vor dem Sølvbergteatret einbog, drangen zornige Stimmen an ihr Ohr. Sie kamen von den Tischen, die der Betreiber des »Kult Kafés« an schönen Tagen draußen aufstellte. Beim Näherkommen erkannte Solveig, dass Afra an einem davon saß und von drei norwegischen Burschen bedrängt wurde. Die junge Bayerin, die laut den Anordnungen ihres Dienstherren angehalten war, auch in ihrer Freizeit ihre Uniform zu tragen, war auf den ersten Blick als Angehörige der Wehrmacht zu erkennen und hatte als solche offenbar den Unmut der drei Norweger hervorgerufen.

Solveig beschleunigte ihre Schritte und wollte ihrer Freundin beistehen. Gleichzeitig sah sie, wie Kurt aus dem Gebäude trat, der misslichen Lage seiner Verlobten gewahr wurde, mit einem grimmigen Gesichtsausdruck zu ihr stürzte und sich schützend vor sie stellte.

»Lasst sie gefälligst in Frieden!«, hörte Solveig ihn rufen.

»Ah, noch ein Nazi-Schwein«, brüllte einer der Burschen, ballte die Faust und baute sich vor Kurt auf, der einen Kopf kleiner und wesentlich schmächtiger war. Afra saß mit aufgerissenen Augen auf ihrem Stuhl, offensichtlich vor Schreck erstarrt.

Die beiden anderen Norweger bückten sich leicht schwankend und versuchten, Pflastersteine aus dem Boden zu lösen. Als ihnen das nicht gelang, griffen sie sich zwei leere Flaschen von einem der Tische und stellten sich neben den Rädelsführer. Kurt machte keine Anstalten, das Feld zu räumen.

Solveig sah vor ihrem inneren Auge schon Afras Verlobten unter Schlägen und Tritten blutüberströmt zusammenbrechen. Gegen die drei Norweger hatte er keine Chance. Hilfesuchend sah sie sich um. Die anderen Gäste verfolgten die Auseinandersetzung mit unverhohlener Neugier, schienen jedoch nicht gewillt, schlichtend einzugreifen. Im Gegenteil, Bemerkungen wie »Endlich zeigt denen mal einer, dass sie hier nicht erwünscht sind« oder »Bravo, jagt sie davon!«, machten klar, dass die drei Burschen einen Nerv getroffen hatten.

Solveig kam sich vor wie auf dem sprichwörtlichen Pulverfass, bei dem ein Funke genügte, um es zur Explosion zu bringen. Im Inneren des Cafés forderte eine Frauenstimme jemanden auf, umgehend die Polizei anzurufen. Panik stieg in Solveig auf. In die Sorge um Afra und Kurt mischte sich Angst vor den Konsequenzen, die den drei Norwegern drohten: Die norwegischen Polizisten würden die Störenfriede festnehmen und den Deutschen übergeben, da Wehrmachtsangehörige in das Geschehen verwickelt waren. Seit sich derartige Übergriffe in den letzten Monaten häuften, verhängten die Besatzer zur Abschreckung immer rigidere Strafen. Bei tätlichen Angriffen verschwanden die Übeltäter häufig jahrelang in Zuchthäusern oder Konzentrationslagern.

Solveig öffnete den Mund, wollte die Burschen beruhigen und ihnen klarmachen, welche schwerwiegenden Folgen ihr aggressives Verhalten haben würde. Bis auf ein ersticktes Krächzen brachte sie jedoch keinen Ton heraus. Sie berührte den Rädelsführer am Arm. Er fuhr herum und stierte sie aus blutunterlaufenen Augen an. Die Alkoholfahne, die ihr entgegenschlug, bestätigte Solveigs Verdacht, dass die drei einiges getrunken hatten.

»Halt dich da raus!« Er schubste sie weg und drehte sich wieder zu Kurt.

Solveig stolperte zwei Schritte rückwärts und prallte gegen einen Körper. Im nächsten Moment wurde sie sanft an den Schultern gefasst und zur Seite geschoben.

»Dass ihr euch nicht schämt!« Roar Kjøl trat den drei Burschen gegenüber und sah ihnen ruhig in die wutverzerrten Gesichter. »Ihr geht jetzt besser nach Hause und schlaft euren Rausch aus!«

»Sagt wer?« Der Anführer musterte den Ingenieur mit abfälliger Miene. »Wir lassen uns doch nichts von einem dreckigen Kollob… Kollaba…«, lallte er und spuckte aus.

Solveig sah, dass sich Afra wie in Zeitlupe von ihrem Stuhl erhob. Kurt legte den Arm um sie, führte sie Richtung Kinoeingang und bedeutete Solveig mit einer Handbewegung, ihnen zu folgen. Diese widerstand dem Drang, sich außer Reichweite der aufgebrachten Burschen zu bringen, die Roar umringten und allem Anschein nach kurz davor waren, sich auf ihn zu stürzen. Auch wenn sie nicht viel würde ausrichten können, sie brachte es nicht fertig, ihn ihm Stich zu lassen.

»Roar, lass es gut sein!«

Solveig schaute sich um und entdeckte Nils Pettersen, der in einigen Schritten Entfernung stehen geblieben war und seinem Freund hektische Zeichen machte, wegzugehen.

Roar ging nicht darauf ein. Mit unbewegter Miene hielt er dem Blick der drei Burschen stand. Solveig hielt den Atem an. Sie wusste nicht, ob sie seinen Mut bewundern oder seine Sturheit verdammen sollte, die die Wut seiner Widersacher immer weiter anstachelte. Am liebsten hätte sie sich die Augen zugehalten, wie sie es als Kind getan hatte, wenn es sie vor einem Anblick grauste.

# 11

*Stavanger, Januar 1970*

Das graue Schneeregen-Wetter, das Lizzy bei ihrer Ankunft in Stavanger begrüßt hatte, dauerte auch in den folgenden Tagen an und machte längeren Aufenthalten im Freien einen Strich durch die Rechnung. Gleichgültig, in wie viele Schichten Pullover, Wollsocken, Schals und Jacken sie sich hüllte, Lizzy war nach spätestens einer Viertelstunde durchgefroren. Die feuchte Kälte kroch in die Kleidung, ließ sie klamm werden und kaum noch Schutz gegen den böigen Seewind bieten.

Das war der eine Grund, aus dem sich Lizzys Bedauern in Grenzen hielt, dass Reidun ihren Plan, Familie Cole auf ihren ersten Schritten in der neuen Heimat für ihre Reportage zu begleiten, vorerst nicht umsetzen konnte. Eigentlich war sie in der Woche für die Morgenschicht eingeteilt und hätte nachmittags freigehabt. Wegen einer erkrankten Kollegin hatte sie jedoch ihre Dienstzeiten verlängern müssen und würde im Ausgleich dafür später ein paar Tage freibekommen.

Der andere Grund wog schwerer: Das Schmuddelwetter verschaffte Lizzy einen willkommenen Vorwand, sich so oft es ging zum Lesen zurückzuziehen. Beim Eintauchen in die Geschichten fiktionaler oder realer Personen und deren Schicksale gelang es ihr, die eigene Wirklichkeit für eine Weile auszublenden. Zu vergessen, dass der Umzug nach Norwegen eine sehr viel tiefere Zäsur in ihrem Leben bedeutete, als sie es im Vorhinein für möglich gehalten hätte. Es waren nicht in erster Linie die fremde Sprache, das raue Klima, die kurzen Tage, an denen es wegen der dichten Wolkendecke obendrein nie richtig hell wurde, oder die zwar komfortable, aber unpersönliche Hotelatmosphäre, die sie fremdeln ließen. Auch nicht die Sehnsucht nach ihren Großeltern, Shirley und ihrer Freundesclique. Es war vielmehr das ihr unerklärliche Verhalten ihres Vaters, der in diesem Land ein anderer zu sein schien. Ob er selbst damit gerechnet hatte, was die Rückkehr in seine alte Heimat in ihm auslösen würde? Oder war genau das der Grund, aus dem er diesen Schritt all die Jahre vermieden hatte? Was aber hatte ihn jetzt dazu bewogen?

Lizzys Vorhaben, der Sache auf den Grund zu gehen, war durch seine erneute Abwesenheit auf Eis gelegt. Bereits am Tag nach ihrem gemeinsamen Abendessen im »Mortepumpen« war er zu einem kurzfristigen Termin zur Firmenzentrale in Oslo aufgebrochen und anschließend nach einem Zwischenstopp in Stavanger zu einem Offshore-Einsatz geschickt worden. Bei den allabendlichen Telefonaten und seinem kurzen Besuch hatte Lizzy ihn als abwesend erlebt, als sei er durch eine milchige Glasscheibe von ihnen getrennt, nicht willens oder in der Lage, Teil der Familie zu sein und dieser wieder ihren gewohnten Platz in seinem Leben einzuräumen. Er war wie ein Phantom.

Auch an diesem Freitag hatte sich Lizzy am späten Vormittag mit einem Buch auf ihr Zimmer verkrochen, das sie bis zur Rückkehr ihres kleinen Bruders aus der Schule gegen drei Uhr für sich allein haben würde. Unter die Tagesdecke ihres Bettes gekuschelt, war sie in *Westwärts mit der Nacht* von Beryl Markham vertieft. Die britische Pilotin gehörte wie Amelia Earhart, Elly Beinhorn und andere Flugpionierinnen zu den Vorbildern, die Lizzy ermutigten, ihren Traum vom Fliegen nicht aufzugeben. Die Ausgabe war schon ganz zerfleddert, Lizzy hätte nicht sagen können, wie oft sie in den vergangenen Jahren die Erinnerungen gelesen hatte, in denen die Autorin ihr turbulentes Leben Revue passieren ließ. Inspiriert zu der Autobiographie hatte sie ihr knapp zweitägiger Flug, bei dem sie 1936 als erster Mensch allein den Atlantik von Ost nach West überquert hatte. Obwohl das Unternehmen mit einer Bruchlandung in Nova Scotia endete, hatte Beryl Markham ihr Ziel erreicht: den Beweis zu erbringen, dass eine direkte Flugverbindung von London nach New York möglich war.

Als Lizzy das Buch das letzte Mal gelesen hatte, war sie vor allem von den anschaulichen Beschreibungen der Naturschönheiten Kenias und der abenteuerlichen Kindheit der Autorin fasziniert gewesen. Deren Vater war nach der Trennung von seiner Ehefrau, die mit dem älteren Sohn in England zurückblieb, 1904 mit der zweijährigen Beryl in die damalige Empire-Kolonie Britisch-Ostafrika gezogen und hatte Rennpferde gezüchtet. Seine Tochter wuchs größtenteils in Obhut der Einheimischen auf, lernte deren Sprache, ging später mit den jungen Nandi-Kriegern als »barfüßige Göre auf Wildschweinjagd« und überlebte auf einem ihrer Ausflüge im Busch nur knapp den Angriff eines Löwen.

An diesem Nachmittag fühlte sich Lizzy vor allem der etwas älteren Beryl nahe, die in ihrem Alter gewesen war, als die Farm ihres Vaters pleiteging und er in Peru einen Neuanfang versuchte. Seine Tochter jedoch blieb in dem von ihr heiß geliebten Afrika und bestritt ihren Lebensunterhalt fortan als gefragte Trainerin von Rennpferden. Es war Lizzy ein Rätsel, wie Beryls Vater seine minderjährige Tochter allein in ungesicherten Verhältnissen zurücklassen konnte. Hatte er keine Angst um sie gehabt? Vermisste er sie nicht? Unwillkürlich schob sich das Gesicht ihres eigenen Vaters vor Lizzys inneres Auge. Der war zwar nicht ohne seine Familie auf einen anderen Kontinent gezogen, verhielt sich aber so, als ob ihn Welten von seiner Familie trennten. Das Gefühl, nichts dagegen unternehmen zu können, machte Lizzy zunehmend zu schaffen.

Ob und wie Chris die Veränderung seines Vaters wahrnahm, konnte sie schwer einschätzen. Ihr Bruder fühlte sich allem Anschein nach pudelwohl in der neuen Umgebung. Binnen kürzester Zeit hatte er sich mit zwei Klassenkameraden in der Storhaug Skole angefreundet, die er seit Anfang der Woche besuchte, und eignete sich in rasantem Tempo die fremde Sprache an. Ihre Mutter jedoch litt sichtlich unter dem distanzierten Verhalten ihres Mannes, auch wenn sie sich vor ihren Kindern alle Mühe gab, unbeschwert und zuversichtlich zu erscheinen. Außerdem versuchte sie sich abzulenken, indem sie sich mit Becky Miller und deren Freundinnen traf und mit ihnen Pläne schmiedete, wie sich die »Erdölfrauen« noch besser vernetzen und einander unter die Arme greifen konnten. Lizzy dagegen flüchtete so oft es ging in die Lektüre von Romanen oder – wie an diesem Tag – in die Biographie der berühmten Pilotin Beryl Markham, die Anfang der dreißiger Jahre ihre Passion für die Fliegerei entdeckt hatte. Ein Klopfen riss Lizzy aus einer Szene, in der der Motor von Beryls Flugzeug mitten über dem Atlantik aussetzte. Noch während sie ein unwilliges »Herein« nuschelte, wurde die Klinke heruntergedrückt, und ihre Mutter steckte den Kopf ins Zimmer.

»Ist Chris hier?«

»Nö«, antwortete Lizzy und sah wieder ins Buch.

»Er müsste längst von der Schule zurücksein«, fuhr ihre Mutter fort. »Ich hab ihm tausendmal gesagt, dass er heute pünktlich sein muss.«

»Wahrscheinlich hat er keine Lust auf seinen Zahnarzttermin«, sagte Lizzy.

»Mag sein, er muss trotzdem hin. Sonst wird's nur noch schlimmer.« Cathleen stellte sich vor Lizzys Bett. »Geh ihn bitte suchen.«

Lizzy schob die Unterlippe vor. »Wieso muss ich ständig hinter der kleinen Nervensäge herrennen?«

»Übertreib nicht so. Du liegst seit Tagen auf der faulen Haut«, stellte Cathleen fest und deutete auf die Bücher, die sich auf

Lizzys Nachttisch stapelten. »Das tut dir gar nicht gut. Du solltest endlich in die Gänge kommen und dich …«

»Ach, lass mich doch in Ruhe!«, brauste Lizzy auf. »Ich will mich hier nicht eingewöhnen.«

»Was fällt dir ein?« Zwischen Cathleens Brauen bildeten sich zwei Furchen. »So redest du nicht mit …«

»Ich will mein altes Leben zurück!«, schnitt Lizzy ihr das Wort ab und verschränkte die Arme vor der Brust. »Und erzähl mir nicht, dass es dir nicht ebenso geht. Ich sehe doch, dass du hier kreuzunglücklich bist und mehr als ein Hühnchen mit Dad …«

»Genug!« Ihre Mutter wurde blass.

»Wenn es doch wahr ist. Darf ich jetzt nicht mal mehr sagen, was …«

»Elizabeth Cole, Schluss jetzt! Du tust, was ich dir sage.« Cathleen zog die Tagesdecke weg. »Auf der Stelle!«

Ihre versteinerte Miene, der scharfe Ton und die Verwendung ihres vollen Namens machten Lizzy klar, dass sie den Bogen überspannt hatte und eine weitere Eskalation vermeiden sollte – so sehr es sie auch in den Fingern juckte, ihrem Frust Ausdruck zu verleihen. Sie stöhnte übertrieben, stand auf und schlüpfte in ihre Schuhe.

»Und wo, bitte schön, soll ich Chris suchen? Ich kann ja schlecht die ganze Stadt …«

»Das wird nicht nötig sein«, sagte ihre Mutter. »Ich nehme an, dass er mal wieder das Mittagessen nicht abwarten kann und sich unten beim Küchenpersonal etwas zustecken lässt.«

Diese Vermutung bestätigte sich nicht. Lizzy fand ihren Bruder weder in der Küche noch in der Lese- und Fernsehecke oder dem Spielzimmer, wie er den Raum nannte, in dem es einen Kicker, eine Tischtennisplatte sowie eine Dartscheibe gab, an der er gern seine Treffsicherheit trainierte. Lizzy kehrte in ihr Zimmer zurück, zog sich ihre mit Lammfell gefütterte Jacke an und beschloss, zur knapp einen Kilometer entfernten Storhaug Schule zu laufen – in der Hoffnung, ihren Bruder auf dem Weg dorthin aufzugabeln. Vor dem Hotel traf sie auf Reidun, die sie mit einem strahlenden Lächeln begrüßte.

»Wie schön, dich zu sehen. Ich wollte ohnehin später bei euch vorbeischauen und fragen, was ihr am Wochenende vorhabt. Da habe ich nämlich frei. Und mich bei der Gelegenheit auch erkundigen, wie es euch in den letzten Tagen ergangen ist.« Sie sah Lizzy fragend an.

»Danke, gut«, antwortete Lizzy automatisch. Als sie Reiduns skeptischen Gesichtsausdruck bemerkte, schob sie nach: »Na ja, um ehrlich zu sein, bin ich gerade ziemlich genervt. Muss mal wieder *the little pest* suchen.«

»Die *Pest* suchen?« Reidun stutzte. »Hilf mir auf die Sprünge. Im Norwegischen bedeutet das Wort Seuche.«

»Ich meine Chris. Den kleinen Quälgeist.«

»Ah.« Reidun grinste. »Ja, Brüder können einem ganz schön auf die Nerven gehen.«

»Sei froh, dass deiner älter ist, und du nicht auf ihn aufpassen musst.« Lizzy verdrehte die Augen. »Keine Ahnung, wo sich meiner wieder rumtreibt.«

»Ich kann dir vielleicht weiterhelfen«, sagte Reidun. »Vor zehn Minuten hab ich ihn beim ›Pro dykk‹ gesehen. Vielleicht ist er noch dort.«

»Pro dykk?«

»Das ist ein Geschäft für Taucherzubehör, nicht allzu weit von hier. In der Øvre Holmegata 32. Ich würd dich ja gern hinführen, aber meine Pause ist vorbei.« Reidun verzog bedauernd den Mund. »Du musst einfach zum Dom vorlaufen und von dort der Kirkegata bis fast zum Ende folgen. Und dann nach rechts in die Øvre Holmegata abbiegen.«

»Danke dir«, sagte Lizzy. »Die Kirkegata ist doch die Straße, auf der wir mit Becky Miller nach dem Besuch bei Middelthons zum Kino am Sølvberget gegangen sind, richtig?«

»Ganz genau«, antwortete Reidun. »Also, bis später.«

Sie lächelte und verschwand im Hotel. Lizzy schaute ihr einen Moment lang nach und fragte sich, was Chris zu diesem Taucherladen getrieben hatte, der weitab von seinem Schulweg lag. Und warum Reidun dort gewesen war.

»Na, egal«, murmelte sie, zog sich die Kapuze tief in die Stirn und lief los. Hauptsache, sie würde ihren Bruder schnell finden, aus dem scheußlichen Nieselregen rauskommen und dann in Ruhe weiterlesen können.

Knapp zehn Minuten darauf spähte Lizzy durch das große, dreigeteilte Schaufenster, das neben der Treppe zur Tür von »Pro dykk« bis zum Steinfundament des einstöckigen Hauses reichte, das wie seine Nachbarn mit von der Witterung ergrauten Holzpaneelen verschalt war. Zu den ausgestellten Waren zählten unter anderem Taucheranzüge aus Gummi und Neopren, Gasflaschen, Tarierwesten und Flossen. Das Innere des Ladens war mit Kiefernholzplatten ausgekleidet, an die Regale geschraubt waren für kleineres Taucherzubehör wie Brillen, Atemregler, Tiefenmessgeräte, wasserdichte Armbanduhren und Taschenlampen, Gaskartuschen sowie weitere Utensilien, deren Funktionen sich Lizzy nicht erschlossen. In einer Ecke befand sich eine Sitzecke mit einem kleinen Tisch und drei Stühlen. Auf einem davon entdeckte sie Chris, der gebannt an den Lippen eines schnauzbärtigen Mannes mit rotblonden Haaren und Koteletten hing, der hinter dem Verkaufstresen stand und vermutlich der Geschäftsinhaber war. Zwei weitere Männer saßen mit dem Rücken zum Fenster, ein Junge in Chris' Alter hatte auf einer Kiste Platz genommen.

Lizzy hob die Hand und versuchte winkend, die Aufmerksamkeit ihres Bruders zu erregen. Als er sie bemerkte, zuckte er zusammen und wandte sich rasch ab.

»Na warte«, zischte sie und stürmte in das Geschäft.

Das Schrillen der Türglocke und der kalte Luftzug, der hereinströmte, ließen alle Anwesenden ihre Köpfe zu Lizzy drehen, die mitten in der Bewegung erstarrte und spürte, wie ihr das Blut ins Gesicht schoss. Chris rutschte von seinem Stuhl und duckte sich hinter dessen Lehne.

»Hi! Das ist aber eine nette Überraschung.«

Einer der beiden Männer, die am Tisch saßen, sprang auf und strahlte sie an. Lizzys Augen weiteten sich, als sie sah, dass es Erik war. Ohne seine Chauffeur-Uniform hätte sie ihn beinahe nicht erkannt. Er trug Jeans und einen selbst gestrickten dunkelgrauen Norwegerpullover, gemustert mit stilisierten Schneekristallen und achtzackigen Sternen in Weiß und Rot. Es waren jedoch vor allem seine Haare, die bislang immer unter der Schirmmütze verborgen gewesen waren, die sein Äußeres stark veränderten. Er hatte dunkelbraune Locken, die ihm in die Stirn fielen und seinen Zügen einen verwegenen Touch verliehen.

»Ist das deine Schwester?« Der andere Mann, den Lizzy ungefähr zehn Jahre älter als sich selbst schätzte, sah ihren Bruder fragend an und stand ebenfalls auf. Er überragte Erik, der etwa so groß wie sie war, um einen Kopf, hatte kurze blonde Haare und hellbraune Augen.

Chris nickte und schielte mit schuldbewusster Miene zu Lizzy.

»Hi, ich bin Ole«, sagte der Blonde, der wie Erik flüssig Englisch sprach. »Schön, dich kennenzulernen. Gerade vorhin haben wir von dir gesprochen.«

»Von mir?« Lizzy starrte ihn an.

»Reidun war hier«, erklärte Erik. »Hat mir frisch geräucherte Fische von daheim vorbeigebracht.« Er deutete auf einen mit einem Geschirrtuch abgedeckten Korb.

»Und zu mir hat sie gesagt, dass sie dich und Mom fragen will, ob ihr auch Lust auf einen Ausflug nach Åmøy hättet.« Chris traute sich aus seiner Deckung. »Das ist die Insel, wo sie und ihre Eltern wohnen. In einem echten Fischerhaus. Sie haben auch Ziegen und Hühner. Und natürlich ein Boot.«

»Wir könnten am Sonntag alle zusammen rausfahren«, sagte Erik. »Ole und ich müssen eh demnächst dorthin und Beize holen.«

»Wir renovieren nämlich gerade ein altes Holzhaus«, erklärte Ole. »Und Eriks Onkel hat uns netterweise ein paar Eimer umsonst angeboten.«

Lizzy sah benommen von einem zum anderen. Es fiel ihr schwer, sich auf die Worte zu konzentrieren.

»Was meinst du?« Erik sah sie erwartungsvoll an. »Kommt ihr mit?«

»Also ich auf jeden Fall«, rief Chris.

»Du kommst jetzt erst mal mit mir.« Lizzy fiel wieder ein, weswegen sie hier war. »Mom wartet. Wenn wir uns nicht sputen, kannst du dich auf ein Donnerwetter gefasst machen, das sich gewaschen hat.«

»Och menno«, maulte Chris. »Muss das sein? Der Zahn tut schon gar nicht mehr weh.«

»Das glaubst auch nur du.« Lizzy sah ihn streng an. »Komm jetzt.«

»Aber Herr Svendsen hat gerade so spannend von seiner gefährlichen Arbeit als Seeminenräumer erzählt.« Chris deutete auf den schnurrbärtigen Mann hinter dem Verkaufstresen. »Er war nämlich Taucher beim Militär. Da kam er oft in brenzlige …«

»Für dich wird's auch gleich brenzlig, wenn du …«, begann Lizzy.

Gleichzeitig sagte Ole zu Chris: »Du wirst noch viele Gelegenheiten haben, mehr Geschichten zu hören. Nicht wahr, Einar?«

»Aber klar doch«, antwortete der Ladeninhaber. »Ihr seid alle immer willkommen.« Er machte eine umfassende Handbewegung. *»Knut, du bør også gå hjem«*, sagte er zu dem Jungen auf der Kiste, der die Unterhaltung stumm verfolgt hatte, und deutete auf die Wanduhr über der Tür, die zu einem Nebenraum führte. *»Foreldrene dine venter sikkert allerede. Det er tid for lunsj.«*

Knut, ein schlaksiger Rotschopf mit hellgrünen Augen, schaute auf die Uhr, zuckte zusammen, sprang auf und rannte zur Tür. Auf der Schwelle drehte er sich zu Chris, rief: *»Vi sees på skolen på mandag«*, und verließ den Laden.

»Komm jetzt!« Lizzy packte ihren Bruder am Arm. »In einer halben Stunde ist dein Termin.«

Chris stemmte seine Füße in den Boden. Lizzy sah sich bereits, wie sie ihn aus dem Geschäft schleifte. Ihre Wut auf ihn und ihre Mutter flammte wieder auf. Es war so peinlich! Noch dazu vor Publikum.

»Wir Taucher haben einen Kodex«, sagte Ole. »Wenn man eine Aufgabe hat, zieht man die durch. Auch wenn sie unangenehm ist. Und man schaut, was das eigene Handeln für die anderen im Team bedeuten kann.« Er sah Chris freundlich an. »Ich bin sicher, du willst nicht, dass deine Schwester deinetwegen Ärger bekommt.«

Zu Lizzys Überraschung gab Chris seinen Widerstand auf der Stelle auf. Er straffte sich, nickte Ole mit wichtiger Miene zu und ging zur Tür. Fehlt noch, dass Chris salutiert, schoss es ihr durch den Kopf. Ole hat genau den richtigen Knopf bei ihm gedrückt.

»Danke«, sagte sie leise und folgte ihrem Bruder.

»Bis ganz bald, hoffe ich«, rief Erik ihr nach.

Lizzys Herz machte einen Hüpfer. Sie stolperte die drei Stufen zum Gehsteig hinunter und spürte, wie ihr Ärger verflog und sich ihr Mund unwillkürlich zu einem Lächeln verzog.

# 12

*Stavanger, Mai 1941*

Im nächsten Moment kam es Solveig so vor, als wäre sie Teil eines Films, bei dessen Vorführung versehentlich der Hebel für den Zeitraffer betätigt worden war. Der Anführer der drei angetrunkenen Norweger holte mit der Faust aus, während seine Kumpane die Flaschen hoben und einen Schritt auf Roar Kjøl zumachten, der schützend die Arme vor sein Gesicht hochriss. Solveig hörte einen zornigen Schrei, den sie erst einen Sekundenbruchteil später als ihren eigenen erkannte. Die vier Männer erstarrten in der Bewegung. Mit dem nächsten Atemzug stürmte sie mit einem Stuhl auf den mittleren Burschen zu, keilte ihn mit den Stuhlbeinen ein und drückte ihn weg. Er strauchelte und ging rücklings zu Boden. Gleichzeitig stürzte sich Roar auf die beiden anderen Angreifer, entwand ihnen die Flaschen, packte sie an ihren Jackenkrägen und stieß ihre Köpfe gegeneinander. Kurt nahm einen der beiden in den Schwitzkasten, Roar verdrehte dem anderen einen Arm auf den Rücken, Afra kam Solveig zu Hilfe. Gemeinsam pressten sie den Stuhl, zwischen dessen Beinen der Rädelsführer eingeklemmt auf dem Pflaster lag, hinunter und hinderten diesen am Aufstehen. Einen Atemzug lang herrschte Stille. Die Rufe, mit denen einige der anderen Gäste anfangs die drei Burschen angefeuert hatten, waren längst verstummt.

»Gebt ihr jetzt Frieden?«, fragte Roar. »Ich an eurer Stelle würde verschwinden, bevor es zu spät ist.«

Er deutete mit dem Kopf Richtung Steinkargata, der Straße, auf der die Polizei vom Nytorget aus kommend eintreffen würde. Solveig lauschte und machte das Geräusch von im Gleichschritt marschierenden Absätzen aus, die sich näherten.

Die drei Burschen knirschten mit den Zähnen, fluchten und verzogen grimmig die Gesichter, unternahmen jedoch keine weiteren Versuche, sich zu wehren. Solveig hatte den Eindruck, dass die Überrumpelung sie ernüchtert hatte.

»Gut«, fuhr Roar fort. »Dann macht, dass ihr wegkommt.« Er ließ den Arm seines Gegners los.

Kurt, Afra und Solveig gaben dessen Kumpane frei. Die drei rappelten sich auf und verschwanden um die Ecke des Kinos.

»Schnell, setzt euch«, sagte Roar.

Er winkte auch Nils herbei, der sich nach wie vor ein paar Schritte abseitshielt. Erst in diesem Moment wurde Solveig klar, dass er ihnen nicht beigesprungen war und geholfen hatte. Roar stellte den Stuhl, mit dem Solveig und Afra den einen Angreifer gebändigt hatten, zurück an den Tisch und nahm Platz. Kaum waren die anderen seiner Aufforderung gefolgt, tauchte ein Trupp Polizisten auf, angeführt von einem Hauptmann, dessen höherer Rang an den drei sternförmigen Abzeichen auf seinen Schultern abzulesen war.

Die Uniformierten marschierten zum Café, in dessen Tür der Besitzer und seine Frau erschienen. Die Ratlosigkeit auf deren Gesichtern verriet Solveig, dass ihnen das abrupte Ende der Auseinandersetzung entgangen war, deretwegen sie die Ordnungshüter gerufen hatten. Suchend ließ die Wirtin ihre Augen über die Tische der Gäste schweifen und deutete auf Afra.

Solveig bemerkte, wie diese blass wurde und sich bekreuzigte – eine Geste, die sie sich so gut es ging abgewöhnt hatte. Und das nicht erst im protestantischen Norwegen. Während ihrer Ausbildung in der Gießener »Heeresschule für Nachrichtenhelferinnen« war sie von den anderen angehenden Blitzmädeln gehänselt oder misstrauisch beäugt worden, wenn sie das Kreuzzeichen machte. Manchen war es der Beweis für Afras bäurische Rückständigkeit, andere beargwöhnten es als Ausdruck ihrer Ablehnung der NS-Ideologie, wenn nicht gar als Bekundung ihrer regimekritischen Haltung. Afra hatte Solveig anvertraut, dass es ihr schwerfiel, auf diese Handbewegung zu verzichten, die ihr in Momenten der Angst, der Erleichterung nach überstandener Gefahr oder der Dankbarkeit die Gewissheit gab, in Gottes Hand geborgen zu sein.

Der Hauptmann kam zu ihrem Tisch.

»Man hat Sie belästigt?«, fragte er Afra in holprigem Deutsch.

»Alles in bester Ordnung«, kam Roar ihr zuvor. »Es gab nur ein kleines Missverständnis, das wir schnell klären konnten. Es tut uns leid, dass Sie sich umsonst herbemüht haben.«

Afra und Kurt nickten zustimmend. Der Polizist runzelte die Stirn und musterte die anderen Cafébesucher, die zu Solveigs Erleichterung seinem Blick auswichen und keine Anstalten machten, sich einzumischen und Roars Behauptung zu widersprechen. Nach kurzem Zögern befahl der Hauptmann seinen Männern abzurücken und ermahnte die Wirtsleute, künftig auf vorschnelle Alarmierungen der Polizei zu verzichten.

»Puh, das war knapp!« Afra ließ sich gegen die Lehne ihres Stuhls fallen. »Vielen Dank für eure Hilfe!«

»Dem kann ich mich nur anschließen«, sagte Kurt. Er streckte Roar seine Hand hin. »Wir hatten noch gar keine Gelegenheit, uns vorzustellen. Ich heiße Kurt Schulze. Aber bitte gern nur Kurt und du.«

»Sehr gern. Schließlich haben wir gerade gemeinsam gekämpft.« Roar schüttelte die Hand. »Ich bin Roar.«

»Ich mag mir gar nicht erst vorstellen, was passiert wäre, wenn du nicht so beherzt eingegriffen hättest«, sagte Kurt.

»Ich war ja nicht allein, sondern hatte prima Unterstützung durch eine sehr mutige Mitstreiterin«, antwortete Roar und lächelte Solveig zu. »Ohne sie …«

»… hätte das Ganze auch krachend in die Hose gehen können«, murmelte Nils und sah seinen Freund vorwurfsvoll an.

»Mit deinen leichtsinnigen Aktionen bringst du dich und andere eines Tages noch in Teufels Küche.« Er beugte sich zu Solveig. »Es ging alles so schnell. Sonst wäre ich Ihnen selbstverständlich zu Hilfe gekommen. Ich hoffe, Sie halten mich jetzt nicht für einen Feigling oder denken, dass …« Er stockte. »Fräulein Lund, geht es Ihnen gut?«

»Wie bitte?« Solveig zuckte zusammen. »Äh, was haben Sie ge… doch, ja, es geht mir gut«, stammelte sie.

Sogar ganz wunderbar, ergänzte sie bei sich. Wenn es kein Traum war, dass Roar sie beide soeben in einem Satz erwähnt und ihr dabei tief in die Augen geschaut hatte. Solveig spürte ein Kribbeln in ihrem Bauch. Sollte ihre Patentante doch richtiggelegen haben?

»Das ist eine gute Idee. Was meinst du, Solveig?«

Erneut schrak diese aus ihren Gedanken auf.

»Nach der Aufregung tut uns eine Ablenkung sicher gut«, erklärte Afra. »Oder ist dir die Lust auf Kino vergangen?«

»Ja … äh, ich meine Nein«, stotterte Solveig. »Ich möchte *Auf Wiedersehn, Franziska* auf jeden Fall sehen.«

»Na, dann sollten wir uns sputen«, sagte Kurt. »Es fängt gleich an.«

Die Vorstellung war – ungeachtet des schönen Wetters – fast vollständig ausverkauft. Die Platzanweiserin zeigte ihnen im vorderen Drittel des Zuschauerraums am Rand einer Reihe noch drei nebeneinander liegende freie Plätze, zwei weitere etwas weiter vorn.

Afra bat Solveig flüsternd, sich zu ihr und Kurt zu setzen. »Du weißt schon, falls Kameraden oder gar Vorgesetzte von ihm hier sind. Wir wollen nicht riskieren, dass …« Sie unterbrach sich. »Aber wenn du vielleicht lieber bei deinen neuen Bekannten …«

Solveig schüttelte den Kopf, setzte sich rasch auf den inneren der drei Plätze und zog ihre Freundin neben sich. Kurt ließ sich auf der anderen Seite am Gang nieder.

»Ich dachte nur, weil der Blonde offensichtlich großes Interesse an dir hat und sicher gern neben dir sitzen würde«, erklärte Afra mit Blick auf Nils Pettersen, auf dessen Gesicht sich Enttäuschung ausbreitete.

Solveig zuckte die Schultern und verkniff sich die Bemerkung, dass sie viel lieber gewusst hätte, ob Roar, der bereits zu den beiden anderen freien Plätzen vorausgegangen war und seinem Freund ungeduldig winkte, gern mit Afra getauscht hätte. Es ist besser, dass es nicht so gekommen ist, stellte die Vernunftstimme in ihr fest.

Kaum hatte Nils Platz genommen, erloschen im Zuschauerraum die Lichter. Auf der Leinwand erschien die Steinskulptur eines Adlers im Strahlenkranz und im Takt von Trompetenstößen der Schriftzug *DIE DEUTSCHE WOCHENSCHAU*. Die aktuelle Ausgabe begann mit einem Bericht über die »Glanzleistung unserer Pioniere«, die eine Behelfsbrücke über die Donau bauten, gefolgt von Bildern aus der Festung Belgrads, in der die jüdische Bevölkerung der Stadt nach der Bombardierung die Trümmer wegräumen musste. Später flimmerten Bilder von Wehrmachtssoldaten auf der Akropolis in Athen über die Leinwand – als Beleg für die erfolgreiche Eroberung Griechenlands –, denen sich Impressionen vom Afrika-Feldzug sowie von Luftangriffen auf das englische Liverpool anschlossen.

Das alles wurde wie gewohnt vom Schauspieler Harry Giese kommentiert, dessen volltönende Stimme Solveig mittlerweile unter Hunderten erkannt hätte. Musikstücke, die heroisch klangen, untermalten die Erfolge der deutschen Soldaten.

Solveig konnte sich kaum auf die Informationen konzentrieren, zu sehr war sie mit der Frage beschäftigt, was wohl in Roar Kjøl vorgehen mochte, dessen Halbprofil sie im Dämmerlicht zwei Reihen vor sich erkennen konnte. Nach der erfolgreichen Vertreibung der drei Burschen hatte sie geglaubt, dass auch er sich zu ihr hingezogen fühlte. Ein paar Atemzüge lang war da eine Verbundenheit gewesen, die sich in dem intensiven Blick manifestiert hatte, der ihr Innerstes zu ergründen schien. In seinen Augen hatte sie ein Interesse wahrgenommen, das hatte sie zumindest angenommen. Mittlerweile war sich Solveig jedoch nicht mehr sicher, ob sie sich das nicht doch nur eingebildet hatte. Seit sie das Kino betreten hatten, machte er wieder den unnahbaren Eindruck auf sie, der sie bereits am Vorabend verunsichert hatte. Kein einziges Mal hatte er sich nach ihr umgedreht, auch in der kurzen Pause, die der Filmvorführer zum Wechsel der Rollen benötigte, machte er keine Anstalten dazu.

»Der mit den Locken hat es dir mächtig angetan, nicht wahr?«

Das Wispern von Afras Stimme an ihrem Ohr machte Solveig bewusst, dass sie seit Minuten unverwandt zu Roar starrte. Sie hatte weder mitbekommen, dass ihre Freundin sie aufmerksam betrachtete, noch, dass Kurt ihr eine Blechdose mit Fruchtbonbons hinhielt. Solveig errötete, schlug die Augen nieder und steckte sich mit einem gemurmelten »Dankeschön« einen Drops in den Mund.

»Er sieht wirklich gut aus und ist sehr beherzt«, flüsterte Afra weiter.

»Sollte ich eifersüchtig sein?« Kurt beugte sich zu ihnen und sah seine Verlobte mit gespieltem Tadel an.

»Kindskopf«, gab diese zurück und zauste ihm das kurze, aus der Stirn in einer weichen Tolle zurückgekämmte Haar. Wie bei den meisten deutschen Soldaten war es über den Ohren und im Nacken koppelbreit abrasiert. Anfangs hatte Solveig einen modischen Trend hinter dieser Frisur vermutet, mittlerweile wusste sie jedoch, dass es sich um eine Vorschrift der Wehrmacht handelte, damit Gasmaske und Stahlhelm gut saßen.

»Aber findest du nicht, dass dieser Roar etwas Geheimnisvolles an sich hat?«, fuhr Afra an Solveig gewandt fort. »So ganz schlau werde ich nicht aus ihm.«

Solveig nuschelte etwas, das als vage Zustimmung verstanden werden konnte. Es war ihr ein bisschen unangenehm, dass ihre Freundin genau den Punkt getroffen hatte, der sie selbst umtrieb.

»Vielleicht ist er aber auch einfach nur einer von der ruhigen Sorte.« Afra zuckte die Achseln. »Bei uns gibt es das Sprichwort: ›Stille Wasser sind tief‹.«

»*Det stille vann har den dype grunn*, so heißt es auch bei uns«, antwortete Solveig leise. »Und bevor du fragst: Ja, ich wüsste zu gern, was sich am Grund dieses Gewässers befindet.«

»Und ob er sich auch für dich interessiert«, stellte Afra fest. »So wie sein Freund.«

Solveig hob den Kopf und sah, dass sich Nils zu ihr gedreht hatte. Zu ihrer Erleichterung wurde das Pausenlicht in diesem Moment ausgeschaltet, und die Vorstellung ging weiter.

Im Anschluss an die Wochenschau mussten sich die Zuschauer vor dem Hauptfilm noch einen sogenannten Kulturfilm ansehen. Auch in Stavanger waren die Kinobetreiber seit der Besetzung verpflichtet, vor dem Spielfilm nicht nur die aktuelle Wochenschau, sondern auch einen Sachfilm zu zeigen. Bei diesem in der Regel maximal halbstündigen Format handelte es sich um unterhaltsam verpackte Dokumentations- oder Lehrfilme, die nicht selten aber unverkennbar propagandistischen Charakter hatten. An diesem Nachmittag wurde *Weltraumschiff I startet* gezeigt. Die (laut Untertitel) *Technische Fantasie* war als vermeintlich real stattfindende Berichterstattung rund um den Flug einer in der Zeppelin'schen Luftschiffwerft am Bodensee gebauten Rakete gestaltet. Nachdem zunächst historische und technische Details der Raketentechnik erläutert worden waren, sauste das bemannte Raumschiff über eine kilometerlange Sprungschanze ins

All und landete Tage später nach der Umrundung des Mondes wieder sicher auf der Erde. Mit der Einblendung von Schlagzeilen aus aller Welt, die das Ereignis feierten, und der Verheißung, bald werde auch der Mars kein unerreichbares Ziel mehr sein, endete die fiktive Reportage. Im Zuschauerraum brandete Applaus auf.

»Das sah so echt aus«, sagte Afra und sprach damit aus, was vermutlich viele im Publikum empfanden. Auch Solveig war beeindruckt von den Lichteffekten und Modellbauten, die sie zeitweise hatten vergessen lassen, keine reale Berichterstattung zu verfolgen.

»Wir müssen nachher unbedingt die beiden Ingenieure fragen, für wie machbar sie diese Vision halten«, sagte Kurt. »Es wäre doch großartig, wenn es tatsächlich gelänge, andere Planeten zu erkunden.«

»Ich weiß nicht.« Afra zuckte die Schultern. »Mir reicht es vollkommen, sie von unten zu betrachten. Außerdem gibt es auf unserer Erde noch mehr als genug Unbekanntes zu entdecken.«

Solveig gab ihr im Stillen recht. Sie liebte den Anblick des Mondes und der Sterne. Sie vermittelten ihr ein Gefühl der Geborgenheit – auch wenn ihr bewusst war, dass es sich bei den meisten lediglich um kahle Gesteinsbrocken handelte. Ob Roar sie deswegen auslachen würde?

»Wenn ich groß bin, werde ich in den Weltraum fliegen«, verkündete ein kleiner Junge, der in der Reihe vor ihnen saß.

»Ich auch!«, rief seine Schwester.

»Du? Ganz sicher nicht!«, antwortete er.

»Warum nicht?«

»Du bist ein Mädchen. Die können so was nicht.«

»Na, na, na!« Roar hatte sich zu den beiden umgedreht. »Noch nie von Dagny Berger aus Asker gehört? Die hat 1927 ihre Fluglizenz erworben und wurde die erste weibliche Pilotin Norwegens. Und sie ist nur eine von vielen Frauen, die prima Fliegerinnen waren und sind. Warum sollten die nicht auch eine Mondrakete steuern können wie ihre männlichen Kollegen?«

»Siehste«, sagte das kleine Mädchen und streckte seinem Bruder die Zunge heraus.

Bevor sich Roar wieder nach vorn drehte, schweiften seine Augen kurz zu Solveig und ein winziges Lächeln zuckte in seinen Mundwinkeln. Ihr Atem stockte. Hatte er bewusst zu ihr geschaut? Hör sofort auf damit, schimpfte sie mit sich. Konzentrier dich lieber auf den Film. Sie richtete den Blick auf die Leinwand, auf der eben der Titel und die Namen der wichtigsten Schauspieler erschienen.

Bei der Anfangsszene, in der sich die beiden Hauptdarsteller Marianne Hoppe und Hans Söhnker ein Katz-und-Maus-Spiel in den mittelalterlichen Gassen von Burghausen lieferten, seufzte Afra tief auf.

Solveig fasste nach ihrer Hand. »Heimweh?«, flüsterte sie.

Afra nickte. »Heute besonders stark. Es ist doch Muttertag. Wenn ich zu Hause wäre, hätte ich meiner Mutti ihren Lieblingskuchen gebacken. Und vielleicht wären wir zur Feier des Tages zum Gottesdienst in St. Jakob gefahren.« Sie deutete auf die große Kirche, in die sich die Filmheldin soeben vor ihrem Verfolger geflüchtet hatte. »Ich weiß nicht einmal, ob sie mein Päckchen rechtzeitig bekommen hat und wie es ihr …«

Ein gezischtes »Scht!« hinter ihnen brachte sie zum Verstummen. Solveig drückte die Hand ihrer Freundin. In Norwegen wurde der Tag zu Ehren der Mütter bereits am zweiten Sonntag im Februar gefeiert und war auch in ihrer Familie ein besonderes Datum. Unwillkürlich wanderten ihre Augen zu Roar. Was für ein Verhältnis hatte er wohl zu seinen Eltern? Vermisste er sie und würde sie gern öfter sehen?

Von ihrem Vater wusste Solveig, dass neu angestellte Mitarbeiter frühestens nach einem halben Jahr ihren ersten Urlaub nehmen konnten. Wenn Roars Familie nicht in der Nähe wohnte, würde er erst in der Weihnachtszeit nach Hause reisen können. Ob dort eine Verlobte auf ihn wartete? Der Gedanke war aus dem Nichts gekommen. Solveig versteifte sich. War das der Grund für seine Zurückhaltung? War sein Herz bereits vergeben? Sie schluckte trocken.

## 13

*Stavanger, Januar 1970*

»Ach, Ma, ich weiß nicht mehr weiter.«

Lizzy fror ein, die Hand noch auf der Klinke der Tür, die sie eben einen Spaltbreit geöffnet hatte. Sie verharrte vor dem Zimmer ihrer Eltern – in der anderen Hand eine Schachtel Zigaretten, die sie für ihre Mutter hatte besorgen sollen. Cathleen stand mit dem Rücken zu ihrer Tochter vor dem Fenster, hielt den Telefonhörer an ihr Ohr und presste ihre Stirn gegen die Scheibe. Sie hatte sich an diesem Samstag direkt nach dem Frühstück mit Kopfschmerzen zurückgezogen, den geplanten Shoppingbummel mit Becky Miller abgesagt und Lizzy gebeten, ihr ein Päckchen ihrer Lieblingsmarke Kent zu kaufen, die in Norwegen unter dem Namen Barclays gehandelt wurde.

Alles drei Punkte, die Lizzy irritierend, ja, besorgniserregend fand. Zum einen rauchte Cathleen normalerweise nur gelegentlich »zur Gesellschaft« mit ihrem Mann nach dem Essen, zum anderen sah es ihr nicht ähnlich, eine Verabredung kurzfristig platzen zu lassen, ganz zu schweigen davon, dass sie sich stattdessen verkroch und mitten am Tage hinlegte. Das widersprach ihrem Leitspruch, den sie auch ihren Kindern von jeher einbläute, sich niemals gehen zu lassen.

Vor allem anderen aber die Tatsache, dass ihre Mom zu nachtschlafender Zeit ihre Eltern anrief (in Denver war es schließlich bereits weit nach Mitternacht) ließ Lizzys Alarmglocken schrillen.

»Was soll ich bloß tun?«, fuhr Cathleen fort. »Es macht mich schier wahnsinnig, nicht zu wissen …« Sie hielt inne. »Ja, ich weiß. Vor ein paar Wochen hätte ich es auch nicht für möglich gehalten, so etwas auch nur eine Sekunde lang zu denken.« Wieder lauschte sie. »Es ist ja nicht nur dieser ominöse Briefumschlag. Er spricht neuerdings im Schlaf. Besser gesagt scheint er jemanden zu rufen. Das hat er früher nie getan.«

Erneut stellte Lizzys Großmutter am anderen Ende der Leitung eine Frage.

»Keine Ahnung, es war norwegisch«, antwortete Cathleen. »Natürlich kann es eine ganz harmlose Erklärung geben. Wenn er sich nicht auch sonst anders verhalten würde, käme ich doch gar nicht auf die Idee.« Sie löste sich von der Fensterscheibe und sank auf einen Stuhl.

Lizzy, die mit angehaltenem Atem hinter der Tür die Ohren spitzte, zog diese behutsam etwas mehr zu und hoffte, dass ihre Mutter sie weiterhin nicht bemerken würde.

»Ma, das traue ich mich, ehrlich gesagt, nicht«, sagte diese. »Ich hab Angst, dass er mir ausweicht oder mich gar anlügt. Das würde ich nicht ertragen.« Sie rieb sich die Schläfe. »Außerdem ist er ja kaum da. Gestern kam er spät von einem Offshore-Einsatz, heute früh ist er gleich wieder weggefahren. Da bleibt keine Zeit für längere Gespräche.« Sie seufzte. »Ach, ich vermisse dich so sehr. Am liebsten würde ich die Kinder schnappen und den nächsten Flieger zu euch …« Sie ließ die Schultern hängen. »Ja, natürlich. Das würde das Problem nicht lösen. Und ich weiß auch, dass ich nicht davor weglaufen kann. Aber ich fühle mich so wahnsinnig allein.« Ihre Stimme zitterte.

Lizzy war drauf und dran, zu ihr zu eilen und sie in den Arm zu nehmen. Es war lange her, dass sie ihre Mutter das letzte Mal derart verzweifelt gesehen hatte. Vor drei Jahren, als bei Grandpa ein Tumor diagnostiziert worden war, hatte Lizzy sie zuletzt so traurig erlebt. Gottlob hatte die Therapie gut anschlagen.

Lizzy unterdrückte den Impuls, ihre Mutter zu trösten. Es wäre Mom sehr unangenehm, wenn sie spitzkriegt, dass ich sie so sehe, dachte sie. Außerdem wäre sie verletzt und empört, dass ich sie belauscht und ihre Privatsphäre verletzt habe. Das kann sie überhaupt nicht leiden.

»Danke fürs Zuhören.« Cathleen schniefte in ein Taschentuch. »Ich muss jetzt Schluss machen. Lizzy kann jederzeit auftauchen … Ja, natürlich. Und du grüßt Dad bitte ganz lieb von uns. Bis bald, Ma.« Sie legte den Hörer auf den Apparat, der neben ihrer Bettseite auf dem Nachttisch stand.

Lizzy zählte langsam bis zehn, bevor sie laut an die Tür klopfte und nach dem »Herein« ihrer Mutter ins Zimmer trat. Diese hatte sich mittlerweile auf dem Bett ausgestreckt und ihre Schlafmaske auf die Stirn gesetzt.

»Kann ich sonst noch was für dich tun?«, fragte Lizzy und legte die Zigarettenschachtel auf den Nachttisch neben den Aschenbecher. »Brauchst du eine Kopfwehtablette? Oder soll ich dir in der Küche einen Tee bestellen?«

»Danke, das ist lieb von dir.« Cathleen schüttelte den Kopf. »Aber ich brauche nur etwas Ruhe.«

Lizzy verharrte einen Atemzug unschlüssig vor dem Bett. Sollte sie nachhaken? Durchblicken lassen, dass auch ihr das veränderte Verhalten ihres Vaters aufgefallen war?

»Mach dir bitte keine Sorgen«, sagte ihre Mutter. »Es ist alles in Ordnung.« Sie lächelte Lizzy zu und zog die Schlafmaske über die Augen.

Lizzy zog die Brauen hoch, verzichtete jedoch darauf, weiter in ihre Mutter zu dringen. »*All in due time* – alles zu seiner Zeit«, würde ihre Grandma jetzt sagen und ihr raten, sich in Geduld zu üben und eine günstigere Gelegenheit für ein Gespräch zu wählen. So schwer ihr das auch fallen mochte.

Leise verließ Lizzy das Zimmer und kehrte an ihren Schreibtisch zurück, auf dem ein angefangener Brief an Shirley auf sie wartete. Ihre Freundin hatte ihr ausführlich auf ihren ersten Bericht aus der neuen Heimat geantwortet, von ihren letzten Erlebnissen erzählt und mehrfach betont, wie sehr sie Lizzys nächster Post entgegenfieberte.

*Liebe Shirley, da bin ich wieder. Vorhin wurde ich beim Schreiben unterbrochen, weil ich für Mom Zigaretten besorgen musste. Als ich sie ihr brachte, wurde ich zufällig Mithörerin eines Telefonats, das sie mit ihrer Mutter führte. Jaaa, ich weiß, man soll nicht lauschen. Aber ich muss zugeben, dass ich es keine Sekunde bereue. Denn es hat meinen Verdacht, dass bei meinen Eltern irgendwas schiefläuft, leider bestätigt. Stell dir vor, Mom hält es für möglich, dass Dad fremdgeht! Sie war völlig verzweifelt, als sie Grandma ihr Herz ausgeschüttet hat. Mir gegenüber hat sie allerdings keine Minute später so getan, als sei alles in Ordnung. Schon möglich, dass Mom glaubt, uns Kinder »schonen« zu müssen und denkt, wir würden die Wahrheit nicht gebacken bekommen. Aber ich bin fast achtzehn! Und auch Chris ist zu alt, um belogen zu werden.*

*(Ist man eigentlich jemals zu jung für die Wahrheit? Ich gelobe hiermit jedenfalls feierlich, meine Kinder niemals zu belügen!)*

*Wenn bei Mom und Dad etwas im Argen liegt, werden wir es zwangsläufig früher oder später spitzkriegen. Und wie wollen sie dann erklären, dass sie uns zuvor keinen reinen Wein eingeschenkt haben?*

*Egal, viel wichtiger ist jetzt die Frage, was da im Busch ist. Den Bruchstücken zufolge, die ich vom Telefonat zwischen Mom und Grandma mitbekommen habe, hält meine Mutter es wie gesagt für möglich, dass eine andere Frau im Spiel ist. Das würde in der Tat einiges erklären. Vielleicht eine alte Liebe? Es scheint da einen Brief zu geben, der vielleicht Licht ins Dunkel bringt. Ich MUSS und WERDE das herausfinden. Und wenn ich dafür verbotenerweise die Sachen meines Vaters durchsuchen muss. Selbst schuld, wenn er sich so geheimnisvoll gibt und uns (vor allem natürlich Mom) ausweicht. Da kann man doch nur misstrauisch werden, oder? Ich weiß, dass ich diese Ungewissheit auf Dauer nicht ertragen kann. Selbst wenn die Wahrheit noch so schmerzhaft sein sollte.*

Lizzy hielt inne und kaute auf dem Ende des Kugelschreibers herum. War sie wirklich bereit, im schlimmsten Fall herauszufinden, dass ihr Vater fremdging und sich vielleicht von seiner Frau scheiden lassen wollte? Was unweigerlich dazu führen würde, dass Cathleen mit ihr und Chris nach Amerika zurückkehren würde. Lizzy schluckte trocken. Wir würden Dad vermutlich nur noch alle Jubeljahre sehen. Der Gedanke schnürte ihr die Kehle zu. Trotzdem muss ich es tun, wurde es ihr im selben Augenblick klar. Besser, selbst aktiv werden, als untätig abzuwarten, bis die Bombe platzt. Jetzt sei nicht so negativ, schalt ihre Vernunftstimme. Bislang sind das doch alles nur vage Vermutungen und mehrdeutige Hinweise. Lizzy atmete aus. Umso wichtiger war es, so bald wie möglich mehr Informationen zu beschaffen.

Sie warf den Kugelschreiber auf den Briefblock und sprang auf. »Sorry, Shirley, ich schreib dir später weiter. Jetzt muss ich erst mal einen klaren Kopf bekommen und dazu brauch ich Bewegung.« Lizzy angelte ihre Sporttasche vom Schrank, stopfte Schwimmanzug, Badekappe, Schwimmbrille und ein Handtuch hinein und lief hinunter zur Rezeption. Dort gab sie den Zimmerschlüssel ab sowie eine Notiz für ihren Bruder, der nach dem Frühstück zu einer Schnupperstunde der Jugendfußballmannschaft der Stavanger Vikings aufgebrochen war.

*Hi Chris,*
*bin im Gamlingen Schwimmbad und am frühen Nachmittag zurück. Stör Mom bitte nicht, sie liegt mit Kopfschmerzen im Bett.*
*Mach keine Dummheiten!*
*Bis nachher*
*Lizzy*

Eine Stunde später köpfte sie von einem der sechs Betonstartklötze ins 25 Meter lange Becken des Freiluftbads am Ufer des Mosvatnet, eines südwestlich vom Zentrum gelegenen Sees, den sie vom Hauptbahnhof mit dem Bus erreicht hatte. Das 1957 gebaute Schwimmbad lag direkt neben einem Umspannwerk, dessen überschüssige Wärme das Wasser auf 28 Grad Celsius aufheizte. Die gefühlte Temperatur war höher, stand sie doch im Kontrast zu der gerade mal zwei Grad über null kalten Luft. Immerhin hatte der Dauerregen aufgehört, und der Wind riss zuweilen Löcher in die grauen Wolken, die tief über der Landschaft hingen. Die Kälte ließ feine Nebelschwaden über dem Becken wabern.

Lizzy glitt durchs Wasser, mal kraulend, mal Rücken oder Brust schwimmend. Zu ihrer Freude hatte sie eine der Bahnen für sich allein und musste nicht darauf achten, Zusammenstöße mit anderen Badegästen zu vermeiden. Nach einer Weile nahm sie ihre Umgebung nur mehr unterbewusst wahr. Die Welt bestand lediglich aus dem warmen Nass, den gleichmäßigen Bewegungen ihrer Arme und Beine und ihren Atemzügen. Das Karussell ihrer Gedanken stand still.

Lizzy hätte nicht sagen können, wie viele Bahnen sie geschwommen war, als sie bei einer Wendung am Beckenende aus ihrer Selbstvergessenheit geholt wurde. Zunächst war es nur eine Wahrnehmung aus dem Augenwinkel, eine flüchtige Irritation: Eine Gestalt kauerte unbeweglich am Grund des zwei Meter tiefen Pools in einer Ecke. Als Lizzy den Mann auch bei der nächsten Kehre dort bemerkte, war ihre Aufmerksamkeit endgültig geweckt. Brauchte er Hilfe? Hatte er das Bewusstsein verloren? Als sie eben ihre Bahn verlassen hatte und zu ihm hinuntertauchen wollte, stieß er sich ab, stieg senkrecht zur Oberfläche auf und holte Luft. Lizzy atmete erleichtert aus und kehrte zu ihrer Bahn zurück. Weit kam sie nicht. Eine flüchtige Berührung an der Schulter ließ sie herumfahren.

»Was zum Teu…«, stieß sie hervor, bekam einen Schwall Wasser in den Mund und hustete.

»Hi, Lizzy! Tut mir leid, ich wollte dich nicht erschrecken.«

Lizzy hätte sich fast zum zweiten Mal verschluckt, als sie Erik erkannte. Sie hielt sich am Beckenrand fest und setzte sich ihre Schwimmbrille auf die Stirn.

»An dir ist echt eine Wassernixe verloren gegangen«, fuhr er fort und stellte sich neben sie auf den schmalen Absatz im Wasser. »Ich dachte immer, dass ich ganz passabel schwimme. Aber mit dir kann ich nicht mithalten.« In seiner Stimme schwang Bewunderung mit.

»Äh … danke«, nuschelte Lizzy. Sein Lob machte sie verlegen.

»Du solltest unbedingt bei Wettkämpfen antreten.«

»In den USA hab ich das. Für den Los Angeles Athletic Club.«

»Na, dann würde sich der Stavanger Svømmeklubb riesig freuen, wenn du in sein Team kommst.« Erik strahlte sie an. »Erst neulich hat mir der Trainer gesagt, dass sie dringend gute Leute suchen.«

»Bist du auch in der Mannschaft?«

Erik schüttelte den Kopf.

Schade, dachte Lizzy. »Warum nicht? Wenn der Trainer doch …«

»Mir fehlt schlicht die Zeit«, erklärte Erik.

»Also schwimmst du nur zum Vergnügen.« Lizzy biss sich auf die Oberlippe. Das klang so von oben herab.

»Wie man's nimmt«, antwortete er. »Ich mach mich hier fit fürs Tauchen.«

»Ah, jetzt versteh ich, was du vorhin in der Ecke getrieben hast. Du hast das Luftanhalten geübt.«

Erik nickte.

»Wie lange schaffst du es?« Lizzy deutete auf die wasserdichte Taucheruhr an seinem Handgelenk.

»Eine Minute und 45 Sekunden.«

»Wow, beeindruckend!«

»Geht so«, sagte Erik. »Als Berufstaucher sollte ich mindestens zwei Minuten die Luft anhalten können.«

»Du bist Taucher?« Lizzy sah ihn erstaunt an. »Ich dachte, du bist fest als Chauffeur angestellt.«

»Bin ich auch. Noch jedenfalls«, antwortete er. »Aber um richtig Kohle zu verdienen, ist das der falsche Beruf. Deshalb wollen Ole und ich bei der Phillips Petroleum Company anheuern. Die suchen gerade wie verrückt Taucher.«

»Deshalb wart ihr im ›Pro dykk‹«, stellte Lizzy mehr für sich fest. Sie musterte ihn neugierig. »Da muss man aber ganz schön tief runter.«

»Ja, man wird mit einer Tauchkapsel bis zu siebzig Meter unter den Meeresspiegel gebracht. Bevor man dann aussteigt und seine Aufgabe erledigt.«

»Boah, das ist heftig«, rief Lizzy. »Es wird ja schon ab vierzig Metern gefährlich.« Von ihrem Vater wusste sie, dass ab dieser Tiefe der Sauerstoff durch den steigenden Druck toxisch wurde. Stellte man nicht rechtzeitig auf ein bekömmlicheres Gasgemisch um, konnte der Taucher die Orientierung verlieren oder gar ohnmächtig werden. »Also, für mich wäre das nichts. Ich würde vermutlich ruckzuck Platzangst kriegen in so einer Kapsel. Allein zu wissen, dass man nicht einfach die Tür aufmachen und rausgehen kann. Oder die Möglichkeit hat, schnell wieder aufzutauchen, weil man erst noch in eine Dekompressionskammer muss, um den Körper dem Umgebungsdruck anzugleichen.«

»Du kennst dich ja bestens aus«, stellte Erik fest.

»Bestens sicher nicht. Aber so einiges habe ich im Lauf der Jahre aufgeschnappt. Mein Vater hat schließlich immer wieder mit Öltauchern zu tun.« Sie zögerte kurz. »Hast du denn keine Angst?«

»Doch schon. Aber was tut man nicht alles, um sich seinen Lebenstraum zu erfüllen.« Erik grinste. »Klingt ganz schön pathetisch, ich weiß.«

»Kommt auf den Traum an«, sagte Lizzy.

»Ich will Hubschrauberpilot werden und mit Ole ein Transportunternehmen gründen. Da brauchen wir 'ne Menge Startkapital und …« Er unterbrach sich. »Was schaust du so? Ist das derart verrückt?«

»Aber nein, ganz im Gegenteil!« Lizzy schüttelte den Kopf. »Es ist nur … Ich hab genau den gleichen Traum, also, Pilotin zu werden. Seit ich denken kann, habe ich jeden Abend vor dem Schlafengehen gebetet, dass mir über Nacht Flügel wachsen und ich mich endlich in die Luft schwingen und …« Sie verstummte und kicherte verlegen.

»Ich weiß, was du meinst.« Erik sah ihr in die Augen. »Ich habe als kleiner Junge in klaren Nächten oft ewig in den Himmel gestarrt, um ja keine Sternschnuppe zu verpassen. Denn ich wünschte mir nichts mehr, als mich in einen Vogel zu verwandeln.«

Lizzy erwiderte seinen Blick, verlor sich einen Atemzug lang im warmen Grünbraun seiner Augen.

»Lass mich raten«, sagte er leise. »Deshalb bist du so gern im Wasser. Weil es einem dieses Gefühl der Schwerelosigkeit gibt.«

Lizzy nickte stumm. Erik drehte sich auf den Rücken und deutete mit der Hand nach oben. Lizzy folgte der Bewegung mit den

Augen und entdeckte hoch über ihnen einen Seeadler, der über dem Mosvatnet seine Kreise zog.

»Sich einmal so in die Lüfte schwingen zu können«, begann Erik.

»Und vom Wind tragen zu lassen«, setzte Lizzy den Satz fort.

»Das muss ein unbeschreibliches Gefühl der Freiheit sein«, sagte Erik und sprach damit aus, was Lizzy im selben Moment gedacht hatte.

Rücklings nebeneinander im Wasser liegend, beobachteten sie den Vogel, der sich immer höher hinaufschraubte. Lizzy wagte kaum, sich zu bewegen, wollte den Zauber dieses Augenblicks nicht zerstören – dieses unbeschreibliche Glücksgefühl, das sie durchströmte und sie bis in die kleinste Faser ihres Körpers erfüllte. Die ersten Liedzeilen eines Songs von The Drifters kamen ihr in den Sinn: *This magic moment, so different and so new.* Der Texter muss sich genau so gefühlt haben wie ich jetzt, dachte Lizzy und summte leise die Melodie.

# 14

*Stavanger, Mai 1941*

»Sie ist so elegant«, flüsterte Afra, als Marianne Hoppes Gesicht ein letztes Mal auf der Leinwand erschien, bevor diese schwarz wurde und das Wort *Ende* eingeblendet wurde. »Ich kann verstehen, dass sie einen großen Reiz auf Männer ausübt.«

»Mich lässt sie buchstäblich kalt«, sagte Kurt leise und fasste nach Afras Hand. »Was ich von dir nicht behaupten kann.«

»Ach, geh weiter, du Charmeur.« Afra schlug Kurt plänkelnd auf die Finger.

»Ich meine es ernst«, erklärte er. »Ihre Schönheit ist mir zu makellos. Als wäre ihr Gesicht aus Marmor. Wie bei einer griechischen Statue.«

Solveig stimmte ihm im Stillen zu, fragte sich jedoch zugleich, ob Roar diese Ansicht teilte. Und wie eine Frau aussehen musste, um ihm zu gefallen. Unwillkürlich fasste sie an ihre Stirn. Ob ihn meine Sommersprossen stören? Sei nicht albern, schalt sie sich. Glaubst du im Ernst, dass solche Äußerlichkeiten darüber entscheiden, ob er Gefühle für eine Frau entwickelt?

Die Lampen im Zuschauerraum wurden angeschaltet, und der Saal begann sich zu leeren.

»Hättet ihr Lust, noch irgendwo einzukehren?«, fragte Kurt, als sie vor dem Kino standen.

»Sehr gern«, antwortete Nils. »Das wäre doch ein schöner Ausklang des Tages.«

»Das finde ich auch«, stimmte ihm Afra zu.

»Was meinen Sie, Fräulein Lund?«, erkundigte sich Nils.

»Kommst du auch mit?«, fragte Afra gleichzeitig und sah Solveig erwartungsvoll an.

»Wie bitte?« In Gedanken war Solveig noch bei dem Schicksal der Filmheldin, die zunächst ein beschauliches Dasein bei ihrem verwitweten Vater führte. Als sie sich in den umtriebigen »Wochenschau«-Fotoreporter Michael verliebte, erwiderte der zwar ihre Gefühle, konnte sich aber trotz der beiden gemeinsamen Kinder, die sie im Lauf der Zeit bekamen, nicht dazu überwinden, sesshaft zu werden. Immer wieder trieben ihn sein Fernweh und die Suche nach neuen Abenteuern hinaus in die weite Welt. Erst als sein Kollege und bester Freund 1939 auf dem Kriegsschauplatz in China in seinen Armen starb und ihm vor Augen führte, wie unerfüllt und leer das Leben letztendlich war, wenn es nur aus der Jagd nach sensationellen Bildern und flüchtigen Affären bestand, beschloss Michael, fortan bei seiner Familie zu bleiben. Jetzt aber war es Franziska, die ihn fortschickte mit der Aufforderung, seine Pflicht als Kriegsreporter für Deutschland zu erfüllen, das kurz zuvor in Polen einmarschiert war.

»Kommst du noch mit?«, wiederholte Afra ihre Frage. »Auf ein Getränk?«

»Sehr gern«, antwortete Solveig, nachdem sie sich mit einem unauffälligen Blick zu Roar überzeugt hatte, dass er Kurts Vorschlag offenbar ebenfalls zugestimmt hatte. »Wir könnten unser Glück im ›Parkcafé‹ versuchen.«

»Prima Idee!«, rief Afra. Sie hakte Solveig unter und schlug den Weg hinunter zum Domplatz ein. »Wie hat dir denn nun der Film gefallen?« erkundigte sie sich.

»Eigentlich gut«, antwortete Solveig. »Allerdings tat ich mich zunehmend schwer, die Haltung von Franziska nachzuvollziehen. Genauer gesagt, ab dem Moment, als sie in Michaels Haus zieht und dort als ewig Wartende versauert.«

»Das hat mich ebenfalls gestört«, sagte Afra. »Es war irgendwie nicht stimmig. Anfangs tritt sie ja sehr selbstbewusst auf und gibt sich ohne falsche Scham ihren Gefühlen für Michael hin –

obwohl sie davon ausgeht, dass es nur eine flüchtige Liebelei sein wird. Das hat mir imponiert.«

»Genau, das war erfrischend modern. Genauso ihr Entschluss, ihr abgesichertes Leben in ihrer Heimatstadt zu verlassen, nach Berlin zu gehen und sich auf eigene Beine zu stellen.«

»Das fand ich auch famos«, sagte Afra. »Zumal ihr Vater sie zu gern als Ehefrau von diesem Christoph gesehen hätte, der sie seit Jahren anhimmelt. Das hätte ja auch wunderbar gepasst. Aber sie hat sich einfach darüber hinweggesetzt.«

»Umso weniger hab ich verstanden, wieso sie das alles aufgibt und sich Michaels Eskapaden jahrelang gefallen lässt.« Solveig schüttelte den Kopf.

»Sie liebt ihn eben«, sagte eine Stimme in ihrem Rücken.

Solveig drehte sich um und stellte fest, dass Nils, den sie einige Schritte hinter ihnen im Gespräch mit Roar und Kurt über die technische Machbarkeit eines bemannten Raketenflugs ins Weltall wähnte, zu ihr und Afra aufgeschlossen hatte.

»Also bitte! Das ist doch keine …« Solveig unterbrach sich und fuhr ruhiger fort: »Diese Dulderrolle wirkte bei ihr einfach sehr aufgesetzt. Zumal ja nicht nur sie selbst unter Michaels unstetem Leben leidet, sondern auch die Kinder. Die wünschen sich ja sogar diesen Langweiler Christoph als Vater.«

»Der ist wenigstens immer da und kümmert sich«, erwiderte Nils. »Und so langweilig ist er nun auch wieder nicht. Schließlich …«

»Seht mal!«

Seine weiteren Ausführungen wurden von Afras Ruf unterbunden, die einen freien Tisch auf der Terrasse des Cafés am Ostufer des Breiatvatnet entdeckt hatte. Kaum hatten sie Platz genommen, kam eine Kellnerin herbei, bei der sie Orangenlimonade bestellten.

Kurt hob die Hand, bevor sie wieder entschwinden konnte.

»*Vær så snill, har De fortsatt kake?*«, erkundigte er sich. Er sprach die Worte so, wie sie geschrieben wurden und mit einem harten Akzent, den viele Deutsche hatten – sofern sie sich überhaupt die Mühe machten, die Landessprache zu lernen.

Kurt zog ein gefaltetes dunkelrosa Papier aus der Brusttasche seiner Uniformjacke. »Ich habe noch Bezugsmarken«, erklärte er den anderen und entfaltete den Bogen, auf dem oben *Kakekort for tyske militære – Kuchenkarte für die deutsche Wehrmacht* stand. Unter der zweisprachigen Erklärung, welche Sorten Gebäck in welchen Mengen bezogen werden konnten, befanden sich noch zehn Marken. Wie alle Lebensmittelkarten war auch diese vom *Forsyningsdepartementet*, dem norwegischen Versorgungsamt, ausgegeben worden, das 1939 kurz nach Ausbruch des Krieges zur Sicherstellung der Versorgung der Bevölkerung mit Nahrung, Treibstoff, Kleidung und anderen wichtigen Alltagsgütern gegründet worden war. Nach der Besatzung war die Abteilung »Proviantierung und Rationierung« auch für die deutschen Soldaten zuständig, die zum Unmut der Norweger einige Privilegien genossen – insbesondere bei Luxusgütern wie Kaffee, Tabakwaren, Alkohol und Süßwaren, mit denen sie sehr viel reichlicher bedacht wurden.

Die Kellnerin schüttelte den Kopf und meinte, dass der Kuchen bereits ausverkauft sei. Sie könnten aber Waffeln mit Apfelmus haben. Auch etwas Eiscreme sei noch übrig. Kurt bat sie, das Verfügbare zu bringen.

»Ich hoffe, das ist euch recht«, sagte er, als die Bedienung davoneilte. »Ich möchte euch einladen. Als kleines Dankeschön für eure Hilfe vorhin.«

Nils, der über Eck mit Solveig saß, beugte sich zu ihr. »Er ist mir zuvorgekommen«, sagte er leise. »Eigentlich hätte ich ihnen gern etwas spendieren …«

»Um noch mal auf vorhin zurückzukommen«, redete Afra dazwischen, die neben Solveig mit Blick aufs Wasser saß. »Schön und gut, dass Franziska ihren Michael liebt. Aber finden Sie es in Ordnung, dass er konstant ihre Bedürfnisse ignoriert? Bevor er seine Einberufung erhält, gibt es ja keinen zwingenden Grund, ständig monatelang ins Ausland zu gehen.«

»Es wird sogar ausdrücklich erwähnt, dass er auch zu Hause gut bezahlte Aufträge bekommen könnte«, sprang Solveig ihrer Freundin bei – froh über die Ablenkung von Nils' neuerlichen Avancen, die sie in Verlegenheit stürzten.

»Vergesst nicht, dass diese zahlreichen Abschiedsszenen die heutige Alltagswirklichkeit vieler deutscher Frauen widerspiegelt, deren Männer und Söhne in den Krieg müssen«, warf Roar ein, der Solveig gegenübersaß. »Ich denke, da musste der Regisseur ein Zugeständnis an die Nazi-Propaganda machen.«

»Auf Franziska trifft das aber erst ganz am Ende zu«, sagte Kurt. »Als Michael seinen Einberufungsbefehl erhält. Da nehme ich es ihr ab, dass sie bereit ist, geduldig auf seine Rückkehr zu warten und so ihre Pflicht fürs Vaterland zu erfüllen.«

»Die verlangt ja, dass man persönliche Gefühle zu Gunsten eines übergeordneten Ganzen zurückzustellen hat«, sagte Nils.

»Ha! Als ob diese Pflicht nur im Warten bestünde«, rief Afra. »Die Frauen müssen ebenfalls große Opfer und Leistungen erbringen, damit ihre Männer überhaupt in den Krieg ziehen können. Von wegen Heimchen am beschützten Herde!«

»Du hast vollkommen recht«, sagte Kurt. »Das, was uns da weisgemacht werden soll, ist verlogen. Um nicht zu sagen zynisch.«

Solveig nickte. Es war nicht das erste Mal, dass sich Afras Verlobter über den Widerspruch aufregte, der zwischen dem offiziell von den Nazis gezeichneten Bild der Frau und deren Realität klaffte. Seit Beginn des Krieges bestand der Alltag der meisten Frauen nicht nur daraus, sich um die Kinder kümmern, sondern sie waren gezwungen, die Soldaten in der Heimat zu ersetzen und ihre Arbeiten zu verrichten. Ohne sie wäre das öffentliche Leben größtenteils zum Erliegen gekommen, die Fließbänder in den Betrieben und insbesondere natürlich in der Rüstungsindustrie hätten stillgestanden, und die Landwirtschaft wäre brachgelegen. Und in Sicherheit befanden sich die Frauen keineswegs, sondern zunehmend in Lebensgefahr durch die Bombenangriffe der Alliierten.

»Aber das ist ja nicht das eigentliche Problem von Franziska«, sagte Afra. »Sie leidet doch vor allem darunter, dass es mit Michaels Gefühlen für sie, all seinen gegenteiligen Beteuerungen zum Trotz, nicht weit her zu sein scheint.«

»Genau«, pflichtete Solveig ihr bei. »Die Liebe der beiden ist doch über lange Strecken eine äußerst einseitige Angelegenheit.«

»Michael bekommt ja mit, wie sehr Franziska unter seinen langen Abwesenheiten leidet. Und dennoch schert er sich nicht darum.« Afra suchte Kurts Blick. »Ich glaube nicht, dass man sich so verhält, wenn man jemanden wirklich liebt.«

»Das sehe ich genauso!« Ihr Verlobter drückte ihr im Schutz der Tischplatte die Hand.

Solveig schielte unauffällig zu Roar und versuchte, seinen Gesichtsausdruck zu deuten. Wie bewertete er das Verhalten von Michael? Konnte er es gut nachvollziehen, weil er vielleicht auch so ein Mensch mit Hummeln im Hintern war, den es nicht lange an einem Ort hielt? Und der sich nicht gern fest band, sondern lieber von einer Affäre zur nächsten flatterte? Der von einer Frau erwartete, dass sie seinen Freiheitsdrang nicht behinderte?

»Ich finde, Franziska bringt es ganz gut auf den Punkt«, meinte Roar. »Als Michael beteuert, dass er sie liebt, antwortet sie: ›Du liebst ja gar nicht mich, du liebst meine Liebe.‹« Er zuckte die Achseln. »Warum sie dennoch bei ihm bleibt, ist mir schleierhaft.«

»Vielleicht glaubt sie, dass ihre Liebe für beide ausreicht«, sagte Nils.

Roar verzog das Gesicht und wollte offensichtlich etwas entgegnen, wurde jedoch vom Erscheinen der Kellnerin unterbrochen, die ihnen fünf Flaschen *Solo appelsinbrus* mit Strohhalmen, einen Stapel Waffeln, eine Schale mit Apfelmus und eine mit Eis sowie Teller und Besteck brachte.

»Ich für meinen Teil fand es befremdlich, wie sich Franziska entwickelt«, nahm Roar den Faden wieder auf, sobald die Bedienung sich entfernte. »Dass sie trotz ihres Selbstbewusstseins dann doch als wartende Frau in der Stube am Fenster endet, ihren Pflichten als Mutter nachkommend, die ihre eigenen Bedürfnisse allem anderen unterordnet. Und vor allem einsam ist.«

Er sieht es genau wie ich, stellte Solveig fest und spürte, wie sich ihre Mundwinkel zu einem Lächeln hoben.

»Tja, das Schiller'sche Ideal von der ›drinnen züchtig waltenden Hausfrau‹ ist halt doch noch tief verwurzelt.« Kurt grinste spöttisch.

»Musstet ihr das auch auswendig lernen?«, fragte Solveig ihre Freundin. »Das Gedicht von der Glocke?«

»Was? Wurdet ihr etwa ebenfalls damit gepiesackt?« Afra sah Solveig ungläubig an.

»O ja, unsere Deutschlehrerin hat nicht geruht, bis wir alle Strophen aufsagen konnten.« Solveig rollte mit den Augen.

»Unser Lehrer ebenfalls nicht«, sagte Roar. Er warf sich in Pose, streckte einen Arm aus und deklamierte:

»*Und drinnen waltet*
*Die züchtige Hausfrau,*
*Die Mutter der Kinder,*
*Und herrschet weise*
*Im häuslichen Kreise.*
Und so weiter und so fort.«

Afra, Solveig und Kurt klatschten Beifall, Nils verzog säuerlich das Gesicht.

Roar nahm den Applaus grinsend mit einer übertriebenen Verneigung entgegen, wurde aber sofort wieder ernst. »Ich fand die Stelle schon als Schüler befremdlich. Höchste Zeit, sich von dieser antiquierten Sichtweise zu verabschieden«, sagte er. »Warum sollen Frauen nicht ebenso wie Männer ihr Glück draußen in der weiten Welt suchen, wenn sie Lust darauf haben?« Er hielt kurz inne. »Am schönsten ist es natürlich, wenn man gemeinsam losziehen kann«, fuhr er leiser fort und schaute Solveig in die Augen.

Diese verschluckte sich fast an ihrer Limonade, und ihr Herzschlag beschleunigte sich. Verlegen senkte sie den Kopf, bereute es im selben Atemzug und hob ihn wieder. Roar hatte seinen Blick jedoch bereits wieder von ihr abgewendet und sich zu Nils gedreht, der ihm offenbar eine Frage gestellt hatte. Solveig biss sich in die Unterlippe und verwünschte ihre Schüchternheit. Denkt er jetzt, dass ich kein Interesse an ihm habe? Oder erwartet er sogar, dass ich auf ihn zugehe?, überlegte sie. So abwegig erschien ihr das nicht, schließlich hatte Roar das Verhalten der Filmheldin imponiert, die ihrem Michael deutlich zeigte, was sie für ihn empfand.

Solveig tunkte ein Waffelstück in die Schale mit dem Apfelmus. Warum war es bei aller Fortschrittlichkeit immer noch selbstverständlich, dass der Mann in Liebesdingen die Initiative ergriff und sich der weibliche Part eher passiv verhielt? Zumindest kannte sie kein Paar, bei dem die Frau den ersten Schritt unternommen hatte.

Nils und Roar standen auf. »Entschuldigt uns«, sagte Letzterer. »Nils hat mich gerade daran erinnert, dass morgen in der Früh eine wichtige Besprechung mit Herrn Lund stattfindet, für die noch einiges vorbereitet werden muss.«

»Oh, wie schade!«, rief Afra. »Es war gerade so interessant.«

»Mir wäre das auch fast durchgerutscht.« Nils wandte sich an Solveig. »Die angenehme Gesellschaft hat mich die Zeit vergessen lassen. Aber wir wollen auf keinen Fall Ihren Vater enttäuschen.«

Solveig nickte automatisch.

»Ich hoffe, wir können bald mal wieder etwas zusammen unternehmen«, sagte Kurt und schüttelte Roars Hand. »Es hat mich sehr gefreut, dich kennenzulernen.«

»Ganz meinerseits.« Roar nickte Afra und Solveig zum Abschied kurz zu und folgte Nils, der sich bereits ein paar Schritte Richtung Kongsgata entfernt hatte.

»Das war jetzt aber ein überstürzter Aufbruch.« Afra sah den beiden mit einem Stirnrunzeln nach. »Für mich klang das irgendwie nach einem Vorwand.«

»Ich glaube, Nils tut sich schwer, wenn sein Freund so viel Aufmerksamkeit bekommt«, sagte Kurt.

»Den Eindruck hatte ich auch«, murmelte Solveig und hatte den genervten Gesichtsausdruck von Nils vor Augen, mit dem dieser Roars Gedichtsvortrag verfolgt hatte. Von ihrem Vater hatte Solveig mittlerweile erfahren, dass er Nils Pettersen vor allem auf Betreiben von Roar Kjøl eingestellt hatte, der sich für seinen Kommilitonen starkgemacht hatte. Erling Lund war durchaus zufrieden mit Pettersens Arbeit, die dieser zuverlässig und akkurat verrichtete. Seinem Freund konnte er jedoch nicht das Wasser reichen. Roar Kjøl hatte laut Solveigs Vater »wirklich was auf dem Kasten« und war für die Werft eine unschätzbare Bereicherung mit seinem Ideenreichtum und seinen innovativen Denkansätzen. Auch als Menschen schätzte Erling Lund den begabten Ingenieur, nicht zuletzt, weil er seinem Freund Nils gegenüber so loyal war. Gut möglich, dass dieser mit seiner Rolle als zweite Geige haderte und deshalb auf anderen Gebieten versuchte, seinen Freund auszustechen.

»Mir tut es vor allem leid für dich«, sagte Afra leise zu Solveig. »Ich könnte mir vorstellen, dass du gern noch etwas länger mit …«

»Ach, ich glaube nicht, dass er besonderes Interesse an mir hat«, fiel ihr Solveig ins Wort und hoffte, dass ihre Enttäuschung nicht allzu offensichtlich war.

»Ich nehme an, ihr sprecht von Roar?« Kurt sah sie fragend an. »Ich müsste mich sehr täuschen, wenn nicht das Gegenteil zutreffen würde.«

»Das dachte ich bislang auch«, sagte Afra. »Aber beim Abschied …«

»… hat er mich kaum eines Blickes gewürdigt«, brach es aus Solveig heraus.

»Vielleicht hält er sich zurück, um dich nicht in Verlegenheit zu bringen«, sagte Kurt.

Afra und Solveig sahen ihn verblüfft an.

»Nun ja, immerhin bist du die Tochter seines Arbeitgebers«, erklärte er. »Es könnte sein, dass er es nicht angemessen findet, mit dir anzubandeln.«

»Hm, möglich«, sagte Afra und zog die Stirn kraus. »Für seinen Freund scheint das allerdings keine Rolle zu spielen.« Sie sah Solveig nachdenklich an. »Du könntest ein bisschen mit Nils flirten, um Roar eifersüchtig zu machen. Dann überwindet er vielleicht sein …«

»Entschuldige, das halte ich für keine gute Idee«, platzte Solveig dazwischen. »Wobei ich gestehen muss, dass mir der Gedanke auch schon kam. Aber erstens will ich Nils keine falschen Hoffnungen machen. Zweitens finde ich solche ›taktischen‹ Manöver fragwürdig. Und drittens will ich auf keinen Fall einen Keil in die Freundschaft der beiden Männer treiben.«

»Du hast recht«, sagte Afra. »Der Schuss könnte leicht nach hinten losgehen. Und ich würde so einen Ratschlag an deiner

Stelle wohl ebenso wenig beherzigen.« Sie lächelte zerknirscht. »Ich hab ja auch leicht reden. Kurt hat schon bei unserer ersten Begegnung klargemacht, dass er mich unbedingt näher kennenlernen wollte.«

»Was du zu meinem großen Glück erwidert hast.« Kurt drückte kurz Afras Hand.

»So wie bei Franziska und Michael im Film«, sagte Solveig. »Allerdings mit dem entscheidenden Unterschied, dass du niemals freiwillig von Afra weggehen würdest und es dir ernst ist mit ihr.«

Afra und Kurt tauschten einen innigen Blick und nickten.

Solveig unterdrückte beim Anblick der Harmonie des Paares ein Seufzen. Warum musste für sie alles so kompliziert sein? Warum sendete Roar widersprüchliche Signale, die sie in Verwirrung stürzten? Würde es enden, bevor es richtig begonnen hatte? So wie in dem Lied, das sie vorhin im Film gehört hatte?

*Wir suchen oft das Glück am falschen Ort,*
*doch wenn wir's merken, dann ist es zu spät,*
*dann ist die Liebe, dann ist der Traum vom großen Glück*
*schon längst im Wind verweht.*

## 15

*Stavanger, Januar 1970*

*Liebe Shirley, mittlerweile ist es Sonntagmorgen. Seit ich den Brief gestern Vormittag angefangen habe, scheinen weit mehr als nur vierundzwanzig Stunden vergangen zu sein. Ständig kommt mir Dina Washingtons Song in den Sinn:*

*What a difference a day made*
*Twenty-four little hours*
*Brought the sun and the flowers*
*Where there used to be rain.*

*Es ist sooo viel passiert …*

*Zunächst zu meiner Mission »Licht ins Geheimnisdunkel bringen«: Ich war zwar erfolgreich (was die Suche nach dem Briefumschlag angeht, den Mom im Gespräch mit Grandma erwähnt hat), allerdings bin ich – zumindest im Augenblick – nicht klüger als zuvor. Er ist nämlich leer. Immerhin habe ich nun die Adresse der Absenderin, einer gewissen Lena Haugen, die hier in Stavanger wohnt. Da der Umschlag stark zerknittert ist, gehe ich davon aus, dass Mom ihn aus dem Papierkorb gefischt hat. Oder hat sie ihn vor Wut zerknüllt und später wieder glatt gestrichen? Egal, jedenfalls habe ich ihn in ihrer Nachttischschublade gefunden. Die ich übrigens ganz »legal« geöffnet habe. Als ich gestern Abend nach Mom geschaut habe, nahm sie gerade ein Bad und hat mich gebeten, ihr eine Schlaftablette zu bringen, die sie in besagter Schublade aufbewahrt. Ich habe mir die Absenderadresse notiert, weiß aber noch nicht, wie ich in der Angelegenheit weiter vorgehen soll. Einfach bei der Frau klin-*

*geln? Und dann? Was ist, wenn sie kein Englisch spricht? Außerdem kann ich sie ja schlecht zwischen Tür und Angel fragen, ob sie was mit meinem Dad hat. Da muss ich mir wohl noch ein paar Gedanken machen.*

*Um ehrlich zu sein, ich hab gerade anderes im Kopf. Besser gesagt im Bauch, denn in dem tanzen die sprichwörtlichen Schmetterlinge. Du glaubst nicht, wer gestern im Schwimmbad war. Nur, um mich zu sehen: Erik Halvorsen, der Bruder von Reidun.*

Lizzy ließ den Kugelschreiber auf die Schreibtischplatte sinken und lächelte bei der Erinnerung an Erik, dem sie nicht – wie von ihr angenommen – zufällig im Gamlingen begegnet war. Er hatte im Hotel nach ihr gefragt und von ihrem Bruder erfahren, dass sie zum Schwimmen gegangen war. Obwohl er nur eine knappe Stunde bis zu seinem nächsten Chauffeur-Einsatz gehabt hatte, war er ihr gefolgt. Er wollte sie vor dem Ausflug mit Ole und Chris nach Austre Åmøy zu seinen Eltern und Reidun am nächsten Tag wenigstens kurz allein sehen. Sein Geständnis und vor allem die Unbefangenheit, mit der er es geäußert hatte, ließen Lizzys Herz auch jetzt wieder höherschlagen. Sie beugte sich wieder über den Briefblock.

*Ich sehe, wie du ungläubig auf die letzte Zeile schaust. Schließlich hatte ich noch in meinem letzten Brief über Erik hergezogen und ihn als ausgemachtes Ekel hingestellt – wofür ich mich jetzt schäme, und mich vor allem wundere, wie ich jemals so von ihm denken konnte. Er ist so anders als die Jungs, mit denen wir bislang zu tun hatten und über die wir uns oft genug aufgeregt haben. Ich denke da zum Beispiel an die Clique um Joe Travis an der Highschool, der nichts wichtiger war, als sich bloß nichts »zu vergeben«, was auch immer sie darunter verstanden. Und die natürlich nur Augen für ebenso coole Mädchen hatten, die stets wie aus dem Ei gepellt aussahen und immer perfekt gestylt waren.*

*Erik ist vollkommen anders. Wenn er sich für etwas begeistert oder etwas doof findet, dann sagt und zeigt er das ganz offen. Ob ihn jemand deswegen für uncool halten könnte, ist ihm piepegal. Ebenso wenig schert er sich darum, wie andere sein Outfit und überhaupt sein Aussehen bewerten. Ich glaube, das liegt daran, dass er weiß, was er will. Er scheint es nicht nötig zu haben, sich Bestätigung von außen zu holen. So wirkt es zumindest. Ich kann ja nicht in ihn hineinschauen und habe noch wenig Zeit mit ihm verbracht. Trotzdem kommt es mir so vor, als würde ich ihn schon ewig kennen. Ich war ja schon ein paarmal verknallt. Aber was ich für Erik empfinde, ist damit nicht mal ansatzweise zu vergleichen.*

Wieder hielt Lizzy inne, lehnte sich auf dem Stuhl zurück und sah Eriks leuchtende Augen vor sich, mit denen er ihr von seinem Traum vom Fliegen erzählt hatte. Und den Blick, als er sich von ihr verabschiedet hatte. Unwillkürlich hob sie die Hand an die Wange, die er flüchtig berührt hatte, bevor er das Schwimmbecken verließ. Selbst bei der bloßen Erinnerung daran durchlief sie ein Schauer. Sie überflog die letzten Zeilen ihres Briefes und fragte sich, wie Shirley wohl auf die Neuigkeiten reagieren würde. Sie wollte eben weiterschreiben, als ein lautes Schrillen sie zusammenzucken ließ. Es dauerte einen Moment, bis Lizzy die Quelle des Lärms ausmachte: der Wecker auf dem Nachttisch von Chris. Dieser fuhr aus dem Schlaf hoch, patschte mit der Hand auf das Metallgehäuse und stellte das Klingeln ab.

»Bist du irre?« Lizzy funkelte ihren Bruder entrüstet an. »Ich hätte fast einen Herzinfarkt bekommen. Warum zum Teufel stellst du dir an einem Sonntag den …«

»Schon vergessen? Wir sind verabredet«, rief Chris und sprang aus dem Bett.

»Ich weiß. Um neun am Hafen.« Lizzy sah auf die Uhr. »Es ist gerade mal halb acht. Ich hätte dich schon noch rechtzeitig geweckt.«

Chris schüttelte den Kopf. »Jetzt ist gerade noch genug Zeit zum Duschen, Anziehen und vor allem fürs Frühstück«, stellte er fest und rannte zum Badezimmer. »Heute gibt's doch frische *lefse*. Die will ich auf keinen Fall verpassen.«

»Du Naschkatze.« Lizzy schmunzelte. »Hätt' ich mir gleich denken können, dass es ums Essen geht.«

Seit Tagen freute sich ihr Bruder auf die Pfannkuchen, die im »Atlantic Hotel« sonntags mit Zimt, karamellisiertem Zucker und verschiedenen Obstkompotten gereicht wurden.

»Reidun hat gemeint, die *lefse* hier wären besonders gut. Solltest du dir auch nicht entgehen lassen.« Chris verschwand im Badezimmer.

Lizzy verzog den Mund. Allein der Gedanke, etwas essen zu sollen, schnürte ihr die Kehle zu. Dazu war sie viel zu aufgeregt. Sie stand auf und stellte sich vor die Hälfte des Kleiderschranks, in dem ihre Sachen verstaut waren.

»Was soll ich bloß anziehen?«, murmelte sie.

Kurz vor neun trafen Lizzy und Chris am Strandkaien ein, wo sich der Anleger für Fähren und Linienschiffe befand. Ihre Mutter nahm nicht an dem Ausflug nach Åmøy teil. Sie fühlte sich nach wie vor angeschlagen und hatte sich nach dem Frühstück wieder in ihr Zimmer zurückgezogen. Lizzy stellte mit einem Anflug von schlechtem Gewissen fest, insgeheim froh zu sein, dass ihre Mutter nicht mit von der Partie war. Es hätte sie befangen gemacht, in ihrer Gegenwart mit Erik zu sprechen. Sie kam sich auch so schon wie ein Nervenbündel vor.

Ole und Erik standen bereits vor der Einstiegsrampe der »MS Hidle«, einem kleinen Linienschiff der Stavangerske Dampskibsselskab. Unten gab es einen Frachtraum, der mittels einer Kranwinde am Bug be- und entladen werden konnte. Raum für bis zu vier Pkws bot achtern das Autodeck, mittschiffs befanden sich übereinander zwei kleine Aufenthaltssalons für die Passagiere.

Erik entdeckte Lizzy und ihren Bruder als Erster und hob die Hand. Chris winkte zurück und rannte die letzten Meter. Während Lizzy noch überlegte, wie sie Erik begrüßen sollte, kam er ihr entgegen und drückte ihr einen Kuss auf die Wange.

»Ich konnte es kaum erwarten, dich wiederzusehen.« Er sah ihr in die Augen.

Lizzy spürte, wie sich ihr Mund zu einem breiten Lächeln verzog und die Unsicherheit von ihr abfiel.

»Kommt ihr?«, rief Ole. »Das Schiff legt gleich ab.«

Eine Minute später wurde der Motor der »MS Hidle« gestartet, während sich Lizzy und die anderen im oberen Aufenthaltsraum auf eine Bank am Fenster setzten, das eine gute Aussicht bot: Zunächst auf die langsam zurückweichende Stadt mit der markanten achteckigen Silhouette des Valbergtårnet und den riesigen Getreidesilos im Hafenbereich, später auf die unzähligen Inseln und Schären im Byfjord, zwischen denen das Schiff hindurchglitt.

»Eine Øre für deine Gedanken«, sagte Erik, der neben ihr saß. »Du schaust so versonnen.«

»Ich wusste nicht, wie schön es hier ist«, antwortete Lizzy leise. »Bisher schien mir alles nur grau, kalt und abweisend.«

»Kein Wunder, ihr seid ja in der unfreundlichsten Jahreszeit hergezogen. Warte nur, bis der Frühling kommt. Dann ist es hier wirklich bombastisch. Vor allem in den Bergen.« Er deutete Richtung Nordosten auf in der Ferne aufragende Gebirgszüge.

»Ist da nicht irgendwo auch der Lysefjord mit dem Preikestolen?«, erkundigte sich Chris.

»Ja, allerdings etwas weiter südlich«, antwortete Ole.

»Preikestol bedeutet Predigtstuhl«, erklärte Chris seiner Schwester mit wichtiger Miene. »Weil er aussieht wie …«

»… eine Kanzel, die über 600 Meter senkrecht über dem Fjord aufragt«, vollendete Lizzy seine Ausführung und dachte an die begeisterte Beschreibung im Norwegenführer von Doddy Hay, in dem sie das Felsplateau als eines der spektakulärsten Wanderziele des Landes anpries.

»Dahin müssen wir unbedingt einen Ausflug machen, sobald es das Wetter erlaubt«, sagte Erik. »Der Anstieg hat es zwar in sich. Aber er lohnt sich. Von da oben hat man einen Wahnsinnsblick auf den Fjord und die umliegenden Berge.« Er sah ihr in die Augen und sprach mit gesenkter Stimme weiter: »Mit dir dort oben den Sonnenuntergang erleben – das wäre gigantisch.«

Er macht Pläne für uns, stellte Lizzy fest und spürte ein Kribbeln im Bauch. Bevor sie antworten konnte, wechselte ihr Bruder das Thema.

»Wandern ist doch öde«, rief er. »Ich würd ja viel lieber mal auf die ›Ocean Viking‹ mitfliegen. So eine Bohrinsel ist viel spannender.«

Während Erik und Ole die Fragen von Chris zu ihrem ersten Tauchgang beantworteten, den sie in Kürze für die Phillips Petroleum Company machen sollten, versank Lizzy in den Anblick der Inseln mit ihren schneebedeckten Wiesen und Wäldchen, zwischen denen hie und da einsame Gehöfte oder Dörfchen zu sehen waren. Es kam ihr so vor, als hätte jemand eine Gardine zur Seite gezogen, die ihr zuvor die Sicht auf ihre Umgebung verschleiert hatte. Das Wetter war zwar nach wie vor ungemütlich: Ein strammer Wind jagte graue Wolkenfetzen über den Himmel und ließ die Kälte noch frostiger wirken – dennoch schien es Lizzy, als sei die Welt heller und freundlicher als an den vorangegangenen Tagen. Oder lag es daran, dass Erik beiläufig sein Knie gegen ihres drückte? Lizzy wagte kaum, sich zu bewegen, um die Berührung nicht zu unterbrechen. Sie hätte noch ewig so sitzen bleiben können und war etwas enttäuscht, als das Schiff nach einer knappen Stunde die fünfzehn Kilometer nördlich von Stavanger gelegene Insel erreichte, auf deren östlichen Teil die Familie Halvorsen seit Generationen ansässig war. Ihr Haus stand oberhalb einer Bucht mit Bootsanleger, den die »MS Hidle« auf ihrer Route zu einigen Küstenorten und bewohnten Inseln anfuhr.

»Ich würde gern noch kurz bei meinem Onkel vorbeischauen«, sagte Erik, als sie von Bord gingen. »Dann können wir ihn fragen, ob er uns ein Schleifgerät für die Dielenböden leiht.«

»Sehen wir ihn nicht ohnehin später?« Ole hob die Brauen. »Er hat doch angeboten, uns und die Beize-Kanister mit seinem Motorboot nach Stavanger zurückzufahren. Und wir sollten deine Leute nicht zu lang warten lassen. Sonst denken sie noch, wir hätten das Schiff verpasst.«

»Ja, schon.« Erik zuckte die Achseln. »Ich dachte nur … ach, egal.«

Lizzy musterte ihn unauffällig. Wenn sie sich nicht täuschte, legte er keinen großen Wert darauf, sein Elternhaus aufzusuchen. Schon bei der Einfahrt in die Bucht war ihr aufgefallen, dass er sich anspannte und flach atmete. Während sie über den Grund dafür rätselte, rief ihr Bruder: »Och, bitte, lasst uns zu diesem Onkel gehen. Das ist doch der Bootsbauer, nicht wahr?« Chris sah Ole mit glänzenden Augen an. »Wenigstens kurz. Ich würde sooo gern seine …«

Ole hob die Hand. »Überredet.« Er grinste und schlug einen Weg am Ufer ein.

Ansgar Halvorsen betrieb unweit des Stegs eine Reparaturwerkstatt, in der er gerade seinem Steckenpferd frönte: dem originalgetreuen Nachbau eines Wikingerruderbootes. Eine Bleistiftskizze, die die verschiedenen Arbeitsschritte bebilderte, war an die Tür der Werkstatt gepinnt, vom Schiff existierten erst das Spanten-Skelett und der typische Bug mit dem Drachenkopf.

Eriks Onkel, ein hagerer Mittvierziger, steckte das Stemmeisen in den Gürtel seines Lederschurzes und begrüßte sie mit festem Händedruck. Als sein Neffe ihm Lizzy als frisch zugezogene Amerikanerin vorstellte, wechselte er mühelos ins Englische und erklärte ihr, unter seinen Kunden wäre einige ihrer Landsleute, die sich von ihm ihre Privatboote richten ließen.

»Ja, mein Onkel genießt weit über die Insel hinaus einen guten Ruf«, sagte Erik. Er deutete auf das Wikingerschiff. »Das hat ja ganz schöne Fortschritte gemacht, seit ich es das letzte Mal gesehen habe.«

»Kein Wunder, hast dich ja lang nicht blicken lassen«, antwortete Ansgar Halvorsen und sah seinen Neffen prüfend an, verzichtete jedoch auf einen weiteren Kommentar, als dieser seinem Blick auswich und etwas von »zu viel Arbeit« nuschelte. Sein Onkel zuckte die Achseln, zog eine Blechdose aus der Brusttasche seiner Joppe und entnahm ihr ein kleines Tütchen, das er sich unter die Oberlippe klemmte. »Wollt ihr auch?« Er hielt ihnen die Dose hin.

»Das ist *snus*«, erklärte Ole, als er Lizzys ratlosen Gesichtsausdruck bemerkte. »Gemahlener, aromatisierter Tabak. Nicht zu verwechseln mit Kautabak.«

Chris, der derweil das Boot umrundet und inspiziert hatte, kehrte zurück und begann, Eriks Onkel mit Fragen zur Bauweise und den alten Handwerkstechniken zu löchern.

»Warum bleibst du nicht hier und gehst mir ein wenig zur Hand?«, schlug dieser vor. »Dann kann ich dir in Ruhe alles erklären.«

»Darf ich?« Chris sah Lizzy bittend an.

»Wir sind ja nicht weit entfernt«, sagte Ole, als Lizzy unschlüssig die Lippen schürzte. Er deutete auf ein Dach, das am Hang über ein paar Büschen hervorlugte. »Chris kann jederzeit zu uns stoßen.«

»Also gut.« Lizzy nickte ihrem Bruder zu, der vor Freude in die Hände klatschte. »Aber geh Herrn Halvorsen nicht allzu sehr auf die Nerven.«

Chris zog ihr eine Grimasse und beugte sich über einen Tisch, auf dem diverse Sägen, Hämmer, Zangen, Hobel und andere Werkzeuge ausgebreitet waren.

»Na, dann wollen wir mal«, murmelte Erik und rieb sich den Nacken.

Sein Vorhaben, nach dem Schleifgerät zu fragen, hatte er offensichtlich vergessen. Wieder fiel Lizzy seine Anspannung auf. Sie vermutete, dass ihm die Begegnung mit seinen Eltern im Magen lag. Reidun hatte angedeutet, dass diese nicht glücklich über die Entscheidung ihres Sohnes waren, mit der Familientradition zu brechen und kein Fischer zu werden. Mit einem Augenrollen hatte sie hinzugefügt, dass dafür nun alle Hoffnungen auf ihr ruhten. »Besser gesagt auf meinem Zukünftigen. Es ist für meine Eltern natürlich unvorstellbar, dass eine Frau das Unternehmen weiterführen könnte. Also erwarten sie, dass ich ihnen in den nächsten Jahren einen tüchtigen Fischer als Schwiegersohn präsentiere.«

Lizzy folgte Ole und Erik auf einem Trampelpfad am Hang zum Grundstück der Halvorsens hinauf. Beim Anblick des schlichten, weiß getünchten Holzhauses mit seinem Sockel aus grauen Feldsteinen und dem Schieferschindeldach kam Lizzy sich vor, als wäre sie mit einer Zeitmaschine hundert Jahre in die Vergangenheit gereist. Neben dem Wohnhaus gehörten noch ein Stall für ein paar Ziegen und Hühner, ein gemauerter Räucherofen, Gestelle zum Aufhängen der Fischernetze, ein Klohäuschen sowie ein Gemüsegarten zum Anwesen der Halvorsens.

Reidun und ihre Mutter empfingen sie auf der Schwelle des Hauses. Sigrid Halvorsen, eine feingliedrige Frau mit hellblondem

Haar, das sie zu einem dicken Zopf geflochten und um den Kopf gewunden hatte, bat ihre Tochter, für sie zu dolmetschen und entschuldigte sich bei Lizzy, sich nicht auf Englisch mit ihr unterhalten zu können. Als ihr Mann und sie in die Schule gegangen seien, hätten die Kinder noch Deutsch als Fremdsprache gelernt.

Wenn Lizzy nicht von Reidun gewusst hätte, dass ihre Mütter beide 48 Jahre alt waren, hätte sie Sigrid Halvorsen um einiges älter geschätzt. Das lag nicht nur an den aufgerauten, mit Schwielen bedeckten Händen und den tiefen Falten, die sich in die Stirn eingefurcht hatten. Es war die Ausstrahlung, etwas Müdes in den Augen, eine Erschöpfung, die von lebenslanger schwerer körperlicher Arbeit kündete.

Nachdem Lizzy ihre Stiefel im Flur ausgezogen hatte – eine Sitte, die es laut Becky Miller in Norwegen beim Betreten von privatem Wohnraum peinlichst zu beherzigen galt –, folgte sie Sigrid Halvorsens Aufforderung, sich in die Wohnstube zu begeben. Die Wände dort bestanden aus unbehandelten Holzbalken, und die Decke war so niedrig, dass Ole seinen Kopf einziehen musste. Das Mobiliar sah handgeschreinert aus. Neben einem winzigen Fenster befand sich der Esstisch mit Eckbank, darüber hing ein Wandregal mit zwei Fächern, in denen ein paar schwarz eingebundene Bibeln und Gesangsbücher, eine Keramikvase, eine mit Blumen bemalte Spanschachtel sowie eine gerahmte Fotografie, auf der eine größere Gruppe posierte, untergebracht waren. In einer Ecke stand ein gusseiserner Ofen. Die Wand dem Fenster gegenüber wurde fast in Gänze von einem Schrank verdeckt, der ebenfalls mit Blumenmustern verziert war.

Von Reidun wusste Lizzy, dass in der Küche nur kaltes Wasser aus dem Hahn floss und sowohl der Herd als auch der Ofen in der Stube mit Holz befeuert wurde. Die Schlafkammern wurden nicht beheizt. Das Haus erinnerte Lizzy an die Blockhütte, die Shirleys Familie in den Bergen von Colorado im Winter als Feriendomizil diente. Die Zeit dort, fern der Zivilisation und dem Trubel der Großstadt, hatte sie immer genossen. Auf fließendes warmes Wasser oder andere moderne Annehmlichkeiten ihres Alltags jedoch dauerhaft zu verzichten, konnte sich Lizzy bei aller Liebe nicht vorstellen.

Frau Halvorsen bat sie mit einer Geste, auf der Eckbank Platz zu nehmen und ließ Reidun fragen, ob sie ihr Kaffee anbieten dürfe. Als Lizzy bejahte, verließ die Mutter den Raum und forderte ihre Tochter mit einer Geste auf, ihr zu folgen.

»Das ist nun also mein grandioses Elternhaus«, sagte Erik, der neben Ole auf der Bank saß, mit sarkastischem Unterton.

Lizzy schluckte trocken und schlug die Augen nieder. Waren ihr ihre Gedanken so deutlich vom Gesicht abzulesen? Hoffentlich hält er mich jetzt nicht für überheblich und glaubt, dass ich auf ihn und seine Familie herabschaue, weil sie so …

»Denk dir bitte nichts«, unterbrach Erik ihr Selbstgespräch. »Es hat ja seinen Grund, warum weder Reidun noch ich dieses Familienerbe antreten und unseren Lebensunterhalt als Fischer verdienen wollen. Abgesehen von den einfachen Verhältnissen ist so ein Dasein schlicht aus der Zeit gefallen.«

»Das stimmt leider«, sagte Ole. »Seit Jahren bleiben in Küstennähe die riesigen Heringsschwärme aus, die einst den Fischern und den Konservenfabriken, die sie belieferten, ein gutes Auskommen gesichert haben.«

»Meine Schwester und ich sind beileibe nicht die einzigen jungen Leute, die sich andere Verdienstmöglichkeiten suchen und ihren Heimatorten den Rücken kehren. Auch viele ältere Inselbewohner sehen sich gezwungen, andere Berufe zu ergreifen.« Er grinste schief. »Aber versuch mal, das meinem Vater zu verklickern.«

Wie aufs Stichwort wurde die Tür geöffnet, und ein Mann trat ein, der unverkennbar der ältere Bruder von Ansgar Halvorsen war. Abgesehen von der Statur, die bei Reiduns Vater untersetzt und stämmig war, und den bereits ergrauten Haaren, fand Lizzy die Ähnlichkeit verblüffend: die gleichen eisblauen Augen und buschigen Brauen, der wettergegerbte Teint sowie die behaarten Handrücken.

Torvald Halvorsen streifte Lizzy mit einem flüchtigen Blick, begrüßte Ole mit einem knappen Nicken, stellte sich am Kopfende des Tisches hinter einen Stuhl, umfasste dessen Lehne und richtete in strengem Ton eine Frage an Erik. Offenbar fiel dessen Antwort nicht zu seiner Zufriedenheit aus, denn er begann, auf seinen Sohn einzuschimpfen.

Lizzy wand sich verlegen auf ihrem Sitzplatz. Sie hatte den Eindruck, dass es Erik äußerst unangenehm war, dass sein Vater ohne Rücksicht auf sie lospolterte, noch dazu in einer Sprache, die sie nicht verstand – zumindest bis zu der Stelle, an der Herr Halvorsen knurrte: *»Amerikanerne har ikke god innflytelse på deg.«*

Lizzy fror ein. *Ikke god* hieß »nicht gut«. Und *innflytelse* klang sehr ähnlich wie *influence*. Herr Halvorsen war offenbar der Ansicht, dass sie, die Amerikanerin, einen schlechten Einfluss auf seinen Sohn hatte. Und der zuckte nur mit den Schultern und machte keine Anstalten, seinem Vater zu widersprechen. Die Enttäuschung schnürte ihr die Kehle zu. Lizzy sprang auf, verließ mit einem gemurmelten »Muss mal das stille Örtchen aufsuchen« das Zimmer, schlüpfte im Flur in ihre Stiefel und rannte aus dem Haus. Schwer atmend blieb sie an der ein Meter hohen Feldsteinmauer stehen, die das Grundstück umgab.

Sie fühlte sich ernüchtert. Erik wusste doch, wie sein Vater tickte, und dass er sie nicht in seinem Haus willkommen heißen würde. Oder hatte er sie mit Bedacht als eine Art Puffer eingesetzt in der Hoffnung, ihre Anwesenheit würde seinen Vater davon abhalten, ihm eine Szene zu machen? Lizzy schnaubte. Nun, der Schuss war eindeutig nach hinten losgegangen.

Fröstelnd schlang sie die Arme um ihren Oberkörper und bedauerte es, nicht an ihre gefütterte Jacke gedacht zu haben, die Reidun an die Garderobe im Hausflur gehängt hatte. Am liebsten wäre sie auf der Stelle zurück nach Stavanger gefahren. Aber nun saß sie auf dieser vermaledeiten Insel fest, das nächste Linienschiff Richtung Stadt würde erst in einigen Stunden kommen.

# 16

*Stavanger, Mai 1941*

Am Montagmorgen saß Solveig wie auf glühenden Kohlen an ihrem Schreibtisch und musste sich zwingen, nicht ständig auf die Tür zum Büro der Sekretärin zu starren und sich zu fragen, wann diese sich öffnen und Fräulein Schmitt sie zum Chef rufen würde. Nur mit halbem Ohr verfolgte sie das Gespräch ihrer Kollegin mit Herrn Moen, einem norwegischen Mitarbeiter der Poststelle, der auf seiner Runde durchs Haus gern ein Schwätzchen mit ihnen hielt, »wenn die Luft rein« war. An diesem Tag drehte sich alles um den Nationalfeiertag. Zwar war es in Stavanger und Umgebung weitgehend ruhig geblieben, dennoch hatte es auch hier vereinzelt illegale Aktionen wie Arbeitsniederlegungen, Schulschwänzen und spontane Demonstrationen gegeben. Außerdem waren hie und da Wände mit Slogans wie »Lang lebe der König« oder »Freiheit für Norwegen« bemalt worden. Mit gesenkten Stimmen tauschten sich Frau Sandvik und Herr Moen über diese Zeichen des Widerstands und die Gegenmaßnahmen aus.

»Meine Nachbarin hat gesehen, wie Hird-Leute auf dem Eiganes Friedhof einen Kranz und Blumen entfernt haben, die jemand auf dem Grab eines britischen Soldaten niedergelegt hat, der bei den Kämpfen letztes Jahr hier gefallen ist«, erzählte Solveigs Kollegin. »Und mir selbst sind auf dem Weg zum Gottesdienst einige Kinder begegnet, die Fähnchen geschwenkt und *Vi ere en Nation, vi med* gesungen haben. Ich kann nur hoffen, dass sie keinen Polizisten oder anderen Ordnungshütern in die Arme gelaufen sind.«

»Kinder werden sie doch hoffentlich nicht belangen«, warf Solveig ein, der es bei dem Gedanken kalt den Rücken hinunterlief. Wie oft hatte sie selbst als kleines Mädchen mit Inbrunst den *Smaagutternes Nationalsang* geschmettert, der auch den Kleinen zugestand, ein wichtiger Teil des norwegischen Volkes zu sein.

»Das vielleicht nicht. Aber ihre Eltern oder Lehrer vermutlich schon«, meinte Frau Sandvik und zog ein gefaltetes Blatt aus ihrer Jackentasche. »Das habe ich gestern auf der Straße gefunden.« Sie strich es glatt und hielt es Herrn Moen hin. »Mein Mann meinte, das könnte von einem englischen Flugzeug in der Nacht zum Sonntag abgeworfen worden sein.«

»Gut möglich«, sagte Herr Moen, nachdem er einen Blick darauf geworfen hatte. »Es wäre ja nicht das erste Mal, dass sich unser König aus dem Exil auf diese Weise an uns wendet.«

»Was steht denn drauf?«, fragte Solveig, froh, sich von dem bevorstehenden Gespräch mit dem Chef ablenken zu können.

»Ein Gruß von König Haakon anlässlich des 127. Jahrestages unseres Grundgesetzes«, antwortete Frau Sandvik und las den letzten Absatz vor: »›Deshalb möchte ich nur sagen: Haltet durch! Verlieren Sie nicht den Mut, und seien Sie versichert, dass Norwegen wieder frei und unabhängig werden wird, wenn wir alle weiterhin unsere Pflicht und unser Möglichstes tun, um unser Ziel in der jetzt geführten Schlacht zu erreichen.‹« Sie seufzte, wischte sich über die Augen und räusperte sich. »Außerdem ist das Gedicht von Nordahl Grieg zum 17. Mai abgedruckt.«

»Ah, ich erinnere mich«, sagte Solveig. »Das hat der Autor doch letztes Jahr im Radio vorgetragen.«

»Genau. Von Tromsø aus.« Herr Moen nickte ihr zu. »Das war ja zu der Zeit noch nicht von den Deutschen eingenommen worden.«

»Wer hätte damals gedacht, dass wir heute …«, begann Frau Sandvik, brach jedoch jäh ab, als sich die Tür zum Vorzimmer des Dienststellenleiters öffnete, und Fräulein Schmitt auf der Schwelle erschien.

Herr Moen murmelte einen Gruß und verließ mit seinem Rollwagen, auf dem sich Briefsendungen und Zeitungen stapelten, das Büro.

»Fräulein Lund, kommen Sie bitte. Herr Möller erwartet Sie.« Die Sekretärin kehrte in ihr Zimmer zurück.

Solveig schluckte trocken, stand auf und folgte ihr.

»Viel Glück«, wisperte Frau Sandvik.

Herr Möller saß hinter seinem Schreibtisch, einem wuchtigen Trumm mit einer Bürogarnitur aus schwarz-grau gemasertem Marmor, bestehend aus Tuschefass, Stiftehalter, Löschroller, Aschenbecher und Briefständer. Der Sockel der Tischlampe war aus dem gleichen Stein, ebenso das Gehäuse einer kleinen Standuhr. Zwei Telefone – eines für den internen Gebrauch, das andere für Auswärtsgespräche – komplettierten die Ausstattung. Die Wand hinter dem Schreibtisch wurde von einer riesigen Europakarte verdeckt, auf der Fräulein Schmitt jeden Tag den Frontverlauf mit Fähnchen aktualisierte sowie eingenommene Städte und Gebiete markierte. In einer Ecke thronte auf einem verschließbaren Aktenschrank, in dem die Ordner mit den als Geheimsachen eingestuften Dokumenten untergebracht waren, ein Radiogerät. Gegenüber standen vier Ledersessel um ein Tischchen vor einer Vitrine mit der »Hausbar«, die stets gut bestückt war mit erlesenen Tropfen, unter anderem aus dem besetzten Frankreich. Herr Möller genoss es, damit seine norwegischen Besucher zu beeindrucken, etwa wenn die Honoratioren der Stadt mit ihren Anliegen bei ihm vorsprachen oder wegen Unstimmigkeiten zu ihm zitiert wurden. Nach der Devise ›Solange es mit Zuckerbrot geht, lasse ich die Peitsche stecken‹ verzichtete er nach Möglichkeit auf Strafen und rigide Anordnungen, wie sie in anderen Distrikten an der Tagesordnung waren. Er vertraute vielmehr auf Diplomatie und Überzeugungsarbeit – unterstützt von der ein oder anderen Zigarre, Bohnenkaffee und vor allem geistigen Getränken, zu denen die meisten Norweger kaum noch Zugang hatten.

»Bitte, nehmen Sie Platz.« Herr Möller deutete auf den Stuhl, der vor dem Schreibtisch stand.

Solveig folgte seiner Aufforderung, strich sich den Rock glatt und bemühte sich, ruhig durchzuatmen.

»Ich mache es kurz«, begann Herr Möller.

Solveigs Hände krampften sich auf ihrem Schoß ineinander. Was kam als Nächstes? Eine Rüge? Eine ausgewachsene Standpauke? Gar ihre Entlassung?

»Ich sehe mich vor eine Entscheidung gestellt, die mir nicht leichtfällt«, fuhr ihr Chef fort. »Denn schließlich sind Sie mein bestes norwegisches Pferd im Stall.«

Solveig sah ihn überrascht an.

»Darum hoffe ich, dass Sie uns weiterhin unterstützen werden und nicht ganz zum SD wechseln. Was man dort zweifellos begrüßen würde, sobald man Ihre Qualitäten kennengelernt hat.«

»Ich … ich fürchte, ich verstehe nicht«, stotterte Solveig.

»Entschuldigen Sie bitte, wie könnten Sie auch.« Herr Möller setzte sich aufrechter. »Sie haben sicher mitbekommen, dass hier im Frühling eine Kommandostelle des Sicherheitsdienstes eingerichtet wurde.«

Solveig nickte. »Oben im ehemaligen Altersheim am Eiganesveien.«

Vor ihrem geistigen Auge erschien das empörte Gesicht ihrer Großmutter Miri, die in dieser Zweckentfremdung einmal mehr die menschenverachtende Haltung der Nazis bewiesen sah, die nicht davor zurückschreckten, Alte und Pflegebedürftige auf die Straße zu setzen.

»Der SD ist unter anderem für die Erstellung der *Meldungen aus Norwegen* zuständig«, erklärte Herr Möller. »Diese speisen sich nicht nur aus den *Geheimen Lageberichten von Sicherheits-*

*dienst und Sicherheitspolizei*, sondern auch aus Rapporten der norwegischen Polizei und anderer Behörden sowie von Informanten. Und hier kommen Sie ins Spiel.«

Solveig hielt den Atem an. Ihre Augen weiteten sich. Wollte man sie als Informantin anwerben?

»SS-Obersturmbannführer Heinrich Jennessen, der die Dienststelle leitet, braucht dringend eine zuverlässige norwegische Kraft, die gut Deutsch spricht. Sie soll bei Gesprächen mit Einheimischen als Dolmetscherin und Protokollantin fungieren sowie die Berichte der hiesigen Unternehmen und Verwaltungsstellen übersetzen. Jennessen hat mich vor ein paar Tagen gefragt, ob ich ihm jemand Geeigneten und vor allem Vertrauenswürdigen zur Verfügung stellen könnte.« Herr Möller stützte seine Ellbogen auf die Tischplatte, legte die Fingerspitzen zu einer Pyramide aneinander und schaute Solveig an. »Da habe ich sofort an Sie gedacht.«

Solveig spürte, wie ihr das Blut in die Wangen stieg. Sie fühlte sich geschmeichelt und haderte im selben Moment damit. Da war sie wieder, diese innere Zerrissenheit, die sie quälte, seit sie für das Reichskommissariat arbeitete.

»Ich gebe unumwunden zu, dass mich dieses Ansinnen in einen Zwiespalt stürzt«, drang die Stimme ihres Chefs in ihre Gedanken. »Einerseits würde diese Amtshilfe meine Position gegenüber dem SD enorm stärken. Schließlich wäre mir Jennessen einen Gefallen schuldig. Andererseits möchte ich Sie, wie schon gesagt, ungern verlieren. Ihr Einverständnis vorausgesetzt, würde ich daher gern vorschlagen, dass Sie zweimal pro Woche für den Obersturmbannführer und seine Leute zur Verfügung stehen.« Er schaute sie prüfend an. »Wäre das in Ordnung?«

Solveig nickte unwillkürlich.

»Prima! Ich wusste, dass ich auf Sie zählen kann.« Herr Möller stand auf und streckte ihr seine Rechte hin. »Vielen Dank. Am besten, Sie stellen sich sofort beim SD vor. Dann können Sie bei der Gelegenheit bitte auch ein paar Akten dorthin mitnehmen, die Jennessen angefordert hat.«

Benommen schüttelte Solveig seine Hand und nahm einen kleinen Stapel mit Pappdeckeln entgegen, den er ihr reichte.

»Den Rest des Tages haben Sie frei. Als kleines Dankeschön für Ihre Kooperationsbereitschaft«, fuhr Herr Möller fort. »Ich veranlasse umgehend die Erledigung des bürokratischen Krams.« Er ging zur Tür, hielt sie Solveig auf und bat seine Sekretärin zum Diktat zu sich.

»Du meine Güte!« Frau Sandvik sprang von ihrem Stuhl auf, eilte zu Solveig und fasste sie am Oberarm. »Sie sind ja ganz blass. War es so schlimm?«

Solveig schüttelte den Kopf, doch ihre Kollegin musterte sie mit Skepsis im Blick.

»Wirklich, Herr Möller hat nicht mit mir geschimpft. Ganz im Gegenteil.«

»Hat er Ihnen etwa ein unmoralisches Angebot gemacht?« Frau Sandvik sah sie alarmiert an. »Er wäre ja nicht der erste Chef, der seine Position missbraucht und …«

»Aber nein, wo denken Sie hin«, fiel ihr Solveig ins Wort. »Er möchte nur, dass ich zweimal pro Woche in der neuen Dienststelle des Sicherheitsdienstes arbeite. Der dortige Leiter hat ihn um Unterstützung gebeten.« Solveig hob die Dokumente hoch. »Ich muss mich auch sofort auf den Weg machen und die vorbeibringen.« Sie ging zum Garderobenständer und nahm ihre Jacke vom Bügel. »Ich erzähl Ihnen morgen alles haarklein, versprochen.«

Ehe Frau Sandvik nachhaken und sie mit den Fragen, die ihr sichtlich auf den Nägeln brannten, löchern konnte, lief Solveig auf den Flur. Sie brauchte jetzt dringend ein paar Augenblicke für sich, musste die Ereignisse der letzten Minuten verdauen und sich innerlich wappnen für das bevorstehende Gespräch mit dem SS-Obersturmbannführer, der ihr zweiter Chef sein würde. Ihr jetziger schien sich ja sehr sicher gewesen zu sein, dass sie seinem Vorschlag zustimmen würde. Solveig runzelte die Stirn. Wie hätte er reagiert, wenn ich mich geweigert hätte? Und was passiert, wenn ich es mir doch noch anders überlege? Solveig presste die Lippen aufeinander, beschloss, eine endgültige Entscheidung auf später zu verschieben, und lenkte ihre Schritte Richtung Westen nach Eiganes, einem Stadtviertel, das von den schmucken Villen der wohlhabenderen Bürger geprägt war.

Vier Jahre zuvor war dort das Solvang Omsorgshjem am Eiganesveien Ecke Wesselsgata eröffnet worden – erbaut im Stil des Funktionalismus, den der Architekt auch bei weiteren mehrstöckigen Gebäuden in Stavanger angewandt hatte. Mit ihren schlichten, von großen Fenstern dominierten Fassaden, flachen Dächern, und gerundeten Anbauten stachen sie aus dem gewohnten Stadtbild heraus und verliehen ihm ein modernes Gepräge.

Keine Stunde später befand sich Solveig bereits wieder auf dem Rückweg ins Zentrum. Obersturmbannführer Heinrich Jennessen war auf dem Sprung zu einer Unterredung gewesen und hatte sie nach einer kurzen Begrüßung seinem Büroleiter, einem fülligen Mittvierziger, anvertraut. Auch Herr Nägele war ein Mitglied der SS. Während auf dem Kragenspiegel seines Vorgesetzten neben den SS-Runen vier quadratische Aluminiumplaketten aufgenäht waren, zierten seinen lediglich drei, was ihn vom Rang her als Sturmführer auswies. Er hatte Solveig auf einer der vier Etagen des einstigen Altersheims herumgeführt, auf der sich nun die Büros für die Mitarbeiter sowie ein Besprechungsraum und ein Verhörzimmer befanden.

Beim Abschied hatte Herr Nägele mit unübersehbarem Wohlgefallen festgestellt, dass Solveig mit ihren blonden Haaren und den ebenmäßigen Gesichtszügen dem »nordischen Ideal« entsprach. Und wenn Herr Möller nicht zu viel versprochen hätte, zeugten auch ihr Fleiß und ihre Zuverlässigkeit von einer Gesinnung, die der arischen Herrenrasse, zu der sich die Norweger zählen durften, würdig war. Schwankend zwischen einem Lachanfall und entrüstetem Schnauben, hatte Solveig ihm wortlos zugehört und sich den Arbeitsvertrag in die Hand drücken lassen, den ihr Vater als ihr Vormund unterzeichnen musste.

Während Solveig den Eiganesveien Richtung Breiavatnet hinunterlief, ließ sie die Begegnung mit dem Büroleiter Revue passieren. Es war hauptsächlich dessen Aufforderung, der Partei Vidkun Quislings beizutreten, die ihr zu schaffen machte. Eine Mitgliedschaft bei der Nasjonal Samling würde als Zeichen der Loyalität gewertet und sei ihrer weiteren Karriere dienlich. Solveig wusste, dass sich in diesen Monaten sehr viele ihrer Landsleute zu diesem Schritt entschlossen. Weniger aus politischer Überzeugung als aus pragmatischen Überlegungen heraus. Angesichts der Erfolge der deutschen Wehrmacht gingen sie davon aus, sich noch lange mit der Besatzung abfinden zu müssen. Viele Norweger rechneten zudem damit, dass die Deutschen über kurz oder lang dem Drängen Vidkun Quislings nachgeben und ihm die Regierungsgeschäfte überlassen würden – freilich in enger Anbindung an das Deutsche Reich. Die Nationale Vereinigung würde auch dann die einzig zugelassene Partei bleiben. Da lag es nahe, sich mit der Situation zu arrangieren und das Beste daraus zu machen. Es bedeutete ja keineswegs, dass man die rassistische Ideologie der Nazis teilte oder sich an Aktionen beteiligte, die man verabscheute.

Solveig beschloss, ihren Vater um Rat zu fragen, den sie um diese Zeit mit hoher Wahrscheinlichkeit in seinem Kontor im Østre Havn antreffen würde. In ihr sträubte sich alles gegen die Vorstellung, in die NS einzutreten. Aber war sie nicht spätestens seit ihrem ersten Arbeitstag bei den Deutschen in Widersprüche verstrickt? War es nicht an der Zeit, wenigstens im Kleinen gegen die Besatzer zu opponieren? War es vielleicht ein Wink des Schicksals, dass ihr diese neue Position angeboten wurde? Dort hatte sie Zugang zu vertraulichen Akten und konnte diese Verfassern von illegalen Zeitschriften oder Flugblättern zuspielen.

Als Solveig von der Nygata in die Verksgata einbog, kam ihr Roars kryptische Bemerkung in den Sinn, die er beim Abendessen am 17. Mai gegenüber ihrer Tante gemacht hatte: »Man weiß ja nie, ob sich eine Arbeit wie die Ihrer Patentochter nicht eines Tages noch in anderer Hinsicht als nützlich erweist.« Hatte er am Ende auf ein solches Szenario angespielt? War er gar selbst im Widerstand tätig? Der Gedanke ließ Solveigs Herz schneller schlagen und bestärkte sie in ihrem Vorhaben, sich für die Freiheit ihres Landes zu engagieren. Es fühlte sich richtig an – auch wenn sich umgehend ihre ängstliche Stimme meldete, die von den unzähligen Fallstricken warnte und ihr abriet, sich in Gefahr zu bringen. »Nein, damit ist Schluss!«

»Womit ist Schluss?«

Solveig, die mittlerweile vor dem dreistöckigen Gebäude angelangt war, in dem ihr Vater zwei Etagen angemietet hatte, zuckte zusammen. Sie hatte nicht bemerkt, dass sie den letzten Satz laut ausgesprochen hatte. Die Haustür war von innen geöffnet worden, und sie sah sich Roar Kjøl gegenüber. Ihr Herz machte einen Satz, während ihr das Blut ins Gesicht schoss und sich ihr Kopf leer anfühlte. Wortlos starrte sie ihn an und wünschte sich einen Souffleur herbei, der ihr eine halbwegs geistreiche Bemerkung einflüsterte.

# 17

*Stavanger, Januar 1970*

»Lizzy, warte!«, rief eine Männerstimme.

Lizzy, die beschlossen hatte, hinunter zur Werkstatt von Ansgar Halvorsen zu laufen und eben das Gattertor in der Feldsteinmauer öffnen wollte, hielt inne. War Erik ihr nachgelaufen? Sie hielt die Luft an, drehte sich um und sah Ole, der vom Haus her zu ihr kam. Enttäuscht atmete sie aus und blinzelte eine Träne weg.

»Du wirst dich noch erkälten.« Er hielt ihr ihre Jacke hin.

Lizzy schlüpfte hinein. Ihre Finger waren bereits so klamm, dass sie den Reißverschluss nicht richtig zu fassen bekam. Ohne Umschweife ging Ole vor ihr in die Hocke und half ihr. Seine fürsorgliche Geste war so beiläufig, dass sie sich nicht beschämt oder wie ein Kleinkind vorkam.

»Eriks Vater kann sehr harsch sein«, sagte er, als er sich wieder aufrichtete. »Besonders bei dem Thema. Das ist sozusagen sein rotes Tuch. Tut mir leid, dass du …«

»Aber wieso glaubt er, dass ich nicht gut für Erik bin?«, brach es aus Lizzy heraus.

Ole stutzte. »Wie kommst du denn darauf?«

»Er hat doch gesagt, ich hätte einen schlechten Einfluss auf ihn.«

Ole sah sie erstaunt an.

»Ich habe zwar so gut wie nichts von dem Gespräch verstanden«, fuhr Lizzy fort. »Aber die Stelle, als er was von *amerikanerne*, *ikke god* und *infl…*«

»Aber nein, damit hat er doch nicht dich gemeint!«, rief Ole. »Er hat dich vermutlich nicht mal richtig wahrgenommen, geschweige denn mitbekommen, dass du aus den USA kommst oder was du für Erik bedeu…«

»Seine Frau wusste aber, wer ich bin«, warf Lizzy ein. »Reidun muss den beiden doch erklärt haben, wer unsere Familie ist, und warum sie uns eingeladen hat.«

»Oh, ihrer Mutter schon. Aber ihrem Vater eher nicht.«

Lizzy zog die Stirn kraus und öffnete den Mund.

»Ich erklär's dir, aber lass uns erst aus diesem Wind gehen. Du siehst schon ganz durchgefroren aus.«

»Ehrlich gesagt, will ich jetzt nicht so gern zurück ins Haus.«

»Hatte ich auch nicht vor.« Ole deutete auf den Stall. »Da drin riecht es zwar etwas streng. Aber es ist warm.«

Er öffnete die Tür zu dem fensterlosen Schuppen. Ein Schwall warmer Luft drang heraus, geschwängert von einem Gemisch aus süßem Heuduft und dem Geruch nach Stroh, muffigem Staub sowie Mist – dominiert von einer stechenden Ammoniaknote. Lizzy brauchte einen Moment, bis sich ihre Augen an das Dämmerlicht gewöhnt hatten und sie die Verursacher des Raschelns, Gackerns und der Mäh-Laute ausmachen konnte, mit denen sie begrüßt wurden.

Eine Hälfte des Raums war durch eine hüfthohe Bretterwand abgetrennt, hinter der mehrere weiße Ziegen im Stroh lagen oder standen. Gegenüber waren hinter einem engmaschigen Drahtgitter ein Dutzend Hühner untergebracht, die auf einer langen Querstange oder auf dem mit Sand betreuten Boden saßen. Ole setzte sich auf einen der Strohballen, die in einer Ecke aufgestapelt waren, und klopfte mit der Hand auf einen zweiten, auf dem Lizzy Platz nahm.

»Sorry, dass ich einfach abgehauen bin.« Sie sah Ole zerknirscht an. »Das war ganz schön kindisch und …«

»Musst dich nicht entschuldigen«, unterbrach Ole sie. »Die Situation war echt unangenehm.«

Erneut durchflutete Lizzy ein warmes Gefühl der Dankbarkeit. Oles verständnisvolle Art und sein Einfühlungsvermögen taten ihr gut. Sie konnte verstehen, warum Chris ihn als eine Art älteren Bruder empfand, zu dem er aufschaute.

»Also, wie tickt Familie Halvorsen?«, begann Ole. »Erst mal zu Reidun. Wie ich schon sagte, wird sie ihrer Mutter von euch berichtet haben. Wobei ich nicht glaube, dass sie auch von der Reportage erzählt hat, die sie schreiben möchte.«

Lizzy nickte. »Weil sie ihr Vorhaben, sich bei einer Journalistenschule zu bewerben, noch möglichst geheim hält. Sie wird es ihren Eltern erst stecken, wenn sie angenommen wurde.«

»Genau, sie will sie vor vollendete Tatsachen stellen.« Ole rieb sich das Kinn. »Erik dagegen hält nichts hinterm Berg, auch wenn das zu heftigen Konflikten führt. Wobei ich denke, dass ihm nicht klar war, wie nachtragend sein Vater ist. Besser gesagt, wie wenig er nach wie vor bereit ist, Eriks Pläne zu akzeptieren.«

»Das hast du mit dem Thema gemeint, das für ihn ein rotes Tuch ist?«

»Ja, das ist ein Teil davon. Ganz allgemein hadert Torvald mit den Veränderungen der letzten Jahre.«

»Das habt ihr vorhin schon erwähnt. Das Ausbleiben der Heringsschwärme und damit das Wegbrechen der Lebensgrundlage für die Küstenfischer.«

»Dafür kann man aber niemanden verantwortlich machen«, sagte Ole. »Deswegen hat sich Torvald auf die Amerikaner eingeschossen. Sie sind für ihn die Verkörperung allen Übels.«

»Verstehe, der schlechte Einfluss bezog sich auf sie.«

Ole nickte. »Und insbesondere auf die US-Erdölfirmen und ihre Angestellten, die die Norweger mit ihrem *american way of life* ihrer Tradition und Kultur entfremden.« Er hob die Schultern. »Torvald hat gehofft, dass kein Öl gefunden wird und alles wieder zum Alten zurückkehrt.«

»Auch wenn das gar nicht möglich ist, weil man als Fischer nicht mehr genug verdienen kann?«

Ole hob die Schultern. »Weiter draußen auf dem Meer gibt es durchaus noch große Heringsbestände. Aber dazu braucht man natürlich ein hochseetaugliches Schiff. Eriks Eltern haben dazu nicht das nötige Kapital. Deswegen erwartet Torvald von seinem Sohn, dass er seinen Lohn in einen modernen Trawler investiert.«

»Und nicht in euer geplantes Helikopterprojekt.« Lizzy verzog den Mund. »Ganz schön vertrackt.« Nach einer kurzen Pause fragte sie: »Wie stehen eigentlich deine Eltern zu euren Plänen? Unterstützen sie dich?«

»Meine Mutter schon«, antwortete Ole. »Meinem Vater ist es herzlich egal, was ich mache.«

»Oh!« Lizzy hob eine Hand vor den Mund. »Das muss dich sehr …« Angesichts der Traurigkeit in seinen Augen verstummte sie.

»Manchmal wünschte ich mir fast, er würde mit mir streiten. So wie Torvald mit Erik«, sagte Ole leise. »Weil ich seine Erwartungen nicht erfülle oder ihn sonst wie verärgere. Denn das würde bedeuten, dass er mich wahrnimmt.«

»Das klingt trostlos«, murmelte Lizzy und versuchte sich vorzustellen, wie es sich anfühlen würde, wenn ihr Vater keinerlei Interesse an ihr oder ihrem Bruder hätte. »Hast du denn Geschwister, mit denen er anders umgeht?«

Ole schüttelte den Kopf.

Bevor Lizzy fragen konnte, ob er eine Vermutung hatte, was hinter dem Verhalten seines Vaters steckte, wurde die Tür geöffnet.

»Hier seid ihr!« Erik kam herein. »Gott sei Dank! Ich hatte schon befürchtet, dass du weg bist«, sagte er zu Lizzy. »Es tut mir wahnsinnig leid, dass du diesen dämlichen Streit mitbekommen hast.« Er setzte sich neben sie. »Ich dachte, das Thema hätten wir abgehakt. Offenbar habe ich unterschätzt, wie stur mein Vater sein kann.«

»Dasselbe würde er wohl von dir sagen.« Ole schlug Erik mit einem Grinsen auf die Schulter und stand auf. »Ich lass euch jetzt mal allein.« Er nickte ihnen zu und verließ den Stall.

»Wollen wir einen kleinen Spaziergang machen?« Erik erhob sich ebenfalls. »Ich könnte etwas Bewegung zum Runterkommen gut vertragen.«

»Gern. Aber was ist mit deiner Mutter und Reidun? Ist es nicht unhöflich … Ich meine, sie machen doch extra Kaffee für uns und …«

»Die verstehen das schon«, entgegnete Erik, reichte Lizzy die Hand und zog sie hoch.

Die Berührung und die unerwartete Nähe, als sie ihm direkt gegenüberstand, machten sie schwindelig.

»Komm, ich möchte dir etwas zeigen.« Erik drehte sich zur Tür, ohne ihre Hand freizugeben.

Lizzy stolperte ihm hinterher. Die kalte Luft, die ihr beim Verlassen des Stalls entgegenwehte, vertrieb den Schwindel. Ihre Finger umschlossen fest Eriks Hand, stumm liefen sie knapp hundert Meter am Hang entlang auf einem kaum erkennbaren Pfad, der hinter einigen Büschen vor einer frei liegenden Felsfläche endete.

»Hierhin bin ich schon als kleiner Junge geflüchtet, wenn mich mein Vater mal wieder ausgeschimpft hat, oder ich allein sein wollte, um ungestört nachzudenken«, sagte Erik. »Hast ja gesehen, wie beengt es bei uns zu Hause ist. Da gibt es wenig Rückzugsmöglichkeiten.«

»Da sind ja Zeichnungen drauf«, rief Lizzy und deutete auf in den Fels geritzte Symbole.

Die meisten Motive waren mit roter Farbe ausgemalt. Lizzy erkannte spiralförmige Muster, ein paar Strichmännchen, Äxte, stilisierte Fische sowie ein paar Vertiefungen, deren Bedeutung sich ihr nicht erschloss. In erster Linie aber gab es sehr viele Boote in allen möglichen Variationen.

»Ja, das macht den Ort so einzigartig«, sagte Erik. »Das sind *helleristninger* aus der Bronzezeit.«

»*Helleristninger*«, wiederholte Lizzy. »Ich nehme an, dass das die Bezeichnung für Petroglyphen ist?«

»Genau. *Helle* bedeutet Steinplatte, und *ristning* kommt vom Wort *risse*, also ritzen«, erklärte Erik.

»Bringst du mir deine Sprache bei?«, rutschte es Lizzy heraus. »Ich möchte endlich Norwegisch lernen. Schließlich bin ich halbe Norwegerin.«

»Dann stimmt es also?« Erik sah sie neugierig an. »Dein Bruder hat mal fallen lassen, dass euer Vater als junger Mann in die Staaten ausgewandert ist.«

Lizzy nickte.

»Ich bin jedenfalls sehr froh, dass er zurückgekehrt ist«, sagte Erik. »Und dich mitgebracht hat«, fügte er leiser hinzu.

»Das … das bin ich auch«, stammelte Lizzy, in deren Bauch es anfing zu kribbeln.

»Weißt du, woher dein Vater stammt?«

»Leider nicht«, antwortete Lizzy. »Er macht ein großes Geheimnis aus seiner Vergangenheit. Zumindest, was den norwegischen Teil angeht. Bis vor Kurzem habe ich nicht mal gewusst, dass er nicht in Amerika aufgewachsen ist.«

»Lass mich raten. Du willst mehr erfahren?«

»Darauf kannst du wetten. Schließlich ist es doch wichtig, zu wissen, wo man seine Wurzeln hat.«

An diesem Tag, an dem sie Reidun und Eriks Zuhause kennenlernte, war es Lizzy zum ersten Mal richtig bewusst geworden, dass sie wegen der ständigen Umzüge ihrer Familie keinen tiefen Bezug zu einer bestimmten Gegend hatte, die sie als ihre Heimat hätte bezeichnen können. Selbst die Eltern ihrer Mutter waren erst seit dreißig Jahren in Denver sesshaft. Lizzys Großvater war als Baby aus Irland mit seinen Eltern eingewandert, die sich in Amerika als Wanderarbeiter durchgeschlagen hatten. Seine Frau hatte keine Verbindung mehr zu ihren indigenen Wurzeln. Ihre Mutter war eine Cheyenne-Frau gewesen, und das Einzige, was Lizzy über ihre Urgroßmutter wusste, war, dass sie nach dem frühen Tod ihrer Eltern in einem Waisenhaus aufgewachsen war, wo man sie ihrer Herkunft entfremdet hatte. Grandma wusste nicht einmal genau, welchem Stammesteil ihre Mutter angehört hatte und wo dieser ansässig gewesen war, bevor seine Reste in ein Reservat umgesiedelt wurden.

»Die Frage musste ich mir nie stellen«, unterbrach Erik ihre Gedanken. »Unsere Familie lebt hier schon seit Ewigkeiten. Seit Urzeiten waren wir Fischer, Bootsbauer oder Matrosen auf Handelsschiffen.« Er deutete auf die Schiffssymbole auf dem Felsen. »Meeresleute, wie unsere Vorfahren vor Tausenden Jahren.«

»Deshalb ist dein Vater so sauer auf dich? Weil du diese Tradition nicht fortsetzt?«

Erik nickte.

»Wobei das ja streng genommen gar nicht stimmt«, sagte Lizzy. »Schließlich wirst du als Taucher und später als Helikopterpilot ebenfalls offshore tätig sein.«

»Stimmt, so hatte ich das noch gar nicht gesehen. Leider zählt das für meinen Vater nicht. Für ihn bin ich ein Verräter.« Er kniff die Lippen zusammen. »Lass uns lieber mit dem Unterricht beginnen«, fuhr er nach einer Pause fort. »Das ist ein *skip*«, sagte er und deutete auf die Darstellung eines Exemplars auf dem Felsen, das gut einen Meter lang war. »Die kleineren stellen vermutlich Ruderboote dar, also *robåter.*«

Lizzy sprach ihm die Worte nach, ebenso das Wort für Sonne, die durch spiralförmige Kreise symbolisiert wurde.

»Ein bisschen mehr *sol* könnte ich jetzt auch gut vertragen.« Sie zog fröstelnd die Schultern hoch, nachdem ihr eine Windböe in den Kragen gefahren war.

Erik unterbrach seine Erklärungen und nahm seinen Schal ab. »*Dette er et skjerf*«, sagte er und wickelte ihn um ihre Ohren und den Hals.

Lizzys Herz begann schneller zu schlagen. Das Zittern, das ihren Körper erfasste, rührte nicht von der Kälte. Erik stand direkt vor ihr, sein Gesicht war ihrem ganz nahe.

Er nahm ihre Hände in seine. »*Hånd*«, sagte er, bevor er sie nacheinander an seine Lippen führte. Anschließend strich er zart über den Ansatz ihrer Haare, die unter dem Schal hervorlugten. »*Hår*«, sagte er, beugte sich weiter zu ihr, murmelte »*nese*«, hauchte einen Kuss auf ihre Nasenspitze und sah ihr in die Augen.

Lizzy erbebte. Zögernd streckte sie die Hand aus und tippte gegen sein Kinn.

»*Hake*«, sagte Erik.

Sie wiederholte das Wort, bevor sie mit einem Finger die Kontur seines Ohrs entlangfuhr.

»*Det er et øre.*« Eriks Stimme klang rau.

Lizzy strich über seine Wange.

»*Kinn*«, erklärte Erik.

Als Lizzy es nachsprach, umfasste er ihren Kopf, zog ihn sanft zu sich und streifte mit seinen Lippen ihre Augenbrauen. Flatternd schlossen sich ihre Lider, während sie ihr Gesicht hob und ihren Mund dem seinen näherte. Zwei, drei Atemzüge lang verharrten sie, sogen den Duft des anderen ein, bevor ihre Lippen zueinanderfanden. Wieder überlief ein Schauer Lizzys Körper. Sie legte ihre Arme um Erik und drückte sich fester an ihn.

»Iiih, ist das eklig!«

Lizzy und Erik zuckten zusammen. Vor ihnen stand Chris und schüttelte sich demonstrativ. »Wir suchen schon überall nach euch.« Er sah Erik vorwurfsvoll an. »Deine Mom und Reidun machen sich Sorgen, wo ihr abgeblieben seid.« Er drehte sich zu seiner Schwester. »Außerdem haben sie extra für dich Waffeln gebacken. Und ihr knutscht hier rum.«

Lizzy funkelte Chris wütend an. Wie schaffte er es nur, immer im unpassendsten Moment aufzukreuzen? Am liebsten hätte sie ihn zum Teufel gejagt.

Erik legte einen Arm um ihre Schultern. »Lass ihn«, sagte er ihr ins Ohr. »Wir werden noch viele Gelegenheiten finden, deine Norwegischkenntnisse um weitere Köperteile zu erweitern.«

Lizzys Herz begann, schneller zu schlagen. Die Wut auf ihren Bruder verrauchte, vertrieben von der freudigen Erregung, die von ihr Besitz nahm.

# 18

*Stavanger, Mai 1941*

»Solveig, du kommst wie gerufen!« Erling Lund war Roar auf dem Fuße gefolgt, trat zu ihnen auf den Gehsteig und strahlte seine Tochter an. »Gerade haben wir von dir gesprochen.«

Solveig schielte zu Roar und schlug rasch die Augen nieder, als sie die seinen auf sich gerichtet sah.

»Ich muss sagen, ich bin sehr stolz auf dich«, fuhr ihr Vater fort. »Wir sollten das am Mittwochabend zusammen in Oslo begießen. Mit Glück haben wir bis dahin noch einen weiteren Grund zum Anstoßen.«

Solveig hob den Kopf. »Wie bitte? Was sollten wir begießen? Und wieso ausgerechnet übermorgen in Oslo?«

»Du wirst uns«, Erling deutete auf den jungen Ingenieur und sich, »dorthin begleiten.«

»Ich? Warum? Ich verstehe nur Bahnhof«, stammelte Solveig. »Außerdem … ich glaube nicht, dass ich so kurzfristig freibekomme.«

»Doch, doch.« Erling Lund strich sich mit einem zufriedenen Lächeln übers Kinn. »Bis Freitag hast du Urlaub und musst erst wieder am Samstag ins Büro. Ich habe das eben am Telefon mit Herrn Möller geklärt.«

»Du hast was?« Solveig hob befremdet die Brauen.

»Und bei der Gelegenheit hat er mir von der Anfrage seines Kollegen vom Sicherheitsdienst erzählt und den wichtigen Aufgaben, die du dort haben wirst«, sprach ihr Vater weiter. »Dein Chef hält sehr große Stücke auf dich.«

Wieder spürte Solveig, wie ihr das Blut in die Wangen stieg. Es machte sie verlegen, in Roars Gegenwart gelobt zu werden, zumal für etwas, dessen sie sich im Grunde ihres Herzens schämte. Sie traute sich nicht, ihn anzusehen aus Angst, in seinem Gesicht Missbilligung oder gar Verachtung zu entdecken.

»Weshalb soll ich euch denn begleiten?«, wechselte sie das Thema, und hoffte, ihren Vater von weiteren Anpreisungen abzuhalten.

»Ich bemühe mich gerade bei der Kriegsmarine um einen bedeutenden Auftrag zur Optimierung der Ausrüstung von Vorpostenbooten und Minensuchschiffen«, antwortete dieser. »Heute früh hat mir Herr Kjøl einen ersten Kostenvoranschlag, eine Liste mit den benötigten Materialien sowie einen ungefähren Zeitplan unterbreitet.«

»War das die wichtige Besprechung, auf die Nils Pettersen gestern angespielt hat?« Solveig schaute zu Roar. Wieder stellte sie fest, dass seine Augen auf ihr ruhten – mit dem unergründlichen Ausdruck, der sie nicht zum ersten Mal verunsicherte. »Wo ist Ihr Kollege überhaupt? War er denn nicht bei der Besprechung dabei?«

»Nein, warum sollte er?«, sagte ihr Vater, bevor Roar antworten konnte.

Solveig stutzte. Aus Nils Pettersens Mund hatte es geklungen, als sei der Termin und dessen Vorbereitung für ihn ebenso bedeutsam wie für seinen Freund. Schließlich hatte er Roar daran erinnert und zum Aufbruch gedrängt. Afras Verdacht, er habe einen Vorwand gesucht, war offenbar zutreffend gewesen. Außerdem hat Nils die Gelegenheit genutzt, sich wichtig zu machen, stellte Solveig fest. Wie Roar das wohl findet? Stört er sich daran, dass sich sein Freund derart in den Vordergrund spielt? Nein, vermutlich ist es ihm gleichgültig, beantwortete sie sich ihre Frage. Er macht zumindest den Eindruck, als stünde er über solchen Dingen.

Erling Lund räusperte sich. »Wo war ich stehengeblieben? Ach ja, als Nächstes geht es darum, bei den Deutschen die erforderlichen Gelder lockerzumachen. Es handelt sich um eine ziemlich große Investition, deswegen rechne ich mit einigen Bedenken. Da unsere Werft nicht zu den mächtigen Platzhirschen gehört, trauen uns wohl manche Entscheidungsträger die Bewältigung des Auftrags nicht zu.« Er spannte seine Kiefermuskeln an. »Es stimmt natürlich, dass es sehr viel größere Schiffsbauer gibt. Aber die haben nicht das Ass im Ärmel, das ich zu bieten habe.« Erling Lund legte seine Hand auf Roars Schulter. »Und zwar das Genie dieses jungen Mannes, der eine großartige Erfindung gemacht hat: eine Entwässerungspumpe, die man bei laufender Fahrt warten und reparieren kann. Die jetzigen Modelle müssen dafür ja komplett ausgebaut und auseinandergenommen werden. So geht zum Beispiel bei Verfolgungen oder unter Beschuss wertvolle Zeit verloren. Seine Erfindung soll Herr Kjøl den Herren im Osloer Ministerium selbst unterbreiten.«

Solveig bemerkte, wie Roar sich versteifte und eine abwinkende Handbewegung machte. Ich bin offenbar nicht die Einzige, die Vaters überschwängliche Art in Verlegenheit stürzt, stellte sie fest. So undurchdringlich ist sein Panzer also doch nicht. Die Erkenntnis ermutigte sie, Roar zuzulächeln. Zu ihrer Freude antwortete er mit einem kaum merklichen Achselzucken und Augenrollen.

»Ich verstehe immer noch nicht, wozu ihr mich braucht«, sagte Solveig zu ihrem Vater.

»Als Assistentin. Zum Übersetzen und Protokollieren.«

Solveig zog die Stirn kraus. »Aber Herr Kjøl spricht hervorragend Deutsch. Und du bist doch bislang auch wunderbar ohne Dolmetscherin zurechtgekommen.«

»Bei Alltagsgesprächen, gewiss. Bei komplexen Verhandlungen eher nicht.« Erling Lund rieb sich den Nacken. »Natürlich werde ich die Verträge, so sie denn zustande kommen, später von einem Anwalt prüfen lassen. Aber um ehrlich zu sein, es geht vor allem darum, Eindruck zu schinden. Die Deutschen neigen dazu, uns als Bittsteller zu sehen, denen sie ihre Bedingungen aufzwingen können. Deshalb habe ich beschlossen, nicht den vorgesehenen Weg einer schriftlichen Bewerbung zu gehen, sondern mich direkt ans Ministerium zu wenden und persönlich mit dem Zuständigen zu sprechen. Am Mittwochvormittag habe ich dort einen Termin. Begleitet von meinem fähigsten Ingenieur und einer kompetenten Sekretärin. Ich kann doch auf dich zählen?« Erling Lund sah seine Tochter an. »Oder spricht etwas dagegen, dass du mit uns nach Oslo fährst?«

Solveig schüttelte den Kopf und rang sich ein Lächeln ab.

»Fein, dann wäre das geklärt.« Ihr Vater rieb sich die Hände. »Kommst du mit nach Hause zu einem kleinen Imbiss?«

»Nein, ich möchte den freien Nachmittag für ein paar Erledigungen nutzen«, schwindelte Solveig, die sich danach sehnte, allein zu sein und in Ruhe nachzudenken.

»Gut, dann sehen wir uns gegen Abend.« Er wandte sich zu Roar. »Und wir gehen nachher noch mal die Unterlagen durch. Ich fürchte, da müssen Sie noch einiges ergänzen und prüfen. Bis wir morgen am Vormittag losfahren, muss alles hieb- und stichfest sein. Wir wollen uns ja nicht blamieren.«

»Selbstverständlich«, sagte Roar. »Zur Not lege ich eine Nachtschicht ein.«

»Mir ist bewusst, dass ich Ihnen einiges abverlange. Allein schon die Strapazen der langen Hin- und Rückfahrt.«

Das unternehmungslustige Funkeln in Erling Lunds Augen strafte den entschuldigenden Tonfall Lügen. Solveig wusste, wie sehr ihr Vater solche Herausforderungen liebte, die das Risiko des Scheiterns in sich bargen – auch wenn er sich stets bemühte, den besonnenen, vorsichtigen Geschäftsmann herauszukehren.

Solveig nickte den beiden Männern zu und lief ohne bestimmtes Ziel die Verksgata weiter Richtung Svankeviken und Nordkronen, wo die riesigen Getreidesilos und Lagerhallen an den Verladekais aufragten und das Bild der östlichen Hafengebiete prägten. Von ihrer Umgebung nahm sie kaum etwas wahr, zu versunken war sie in ihre Grübeleien. Wie bereits bei ihrem Gespräch mit ihrem Chef fühlte sie sich nun von ihrem Vater überrumpelt und in eine Lage manövriert, in der für sie entschieden und ihr Einverständnis vorausgesetzt wurde. Sie haderte damit, dass ihr Vater Herrn Möller ohne vorherige Rücksprache mit ihr kontaktiert hatte. Zwar war er ihr Vormund und bis zu ihrer Volljährigkeit zuständig für vertragliche, geschäftliche und andere »offizielle« Angelegenheiten, die sie betrafen. Dennoch hätte Solveig sich gewünscht, wie ein erwachsener Mensch behandelt und vorab nach ihrer Einwilligung gefragt zu werden. Schließlich war sie fast zwanzig Jahre alt, verdiente ihr eigenes Geld und zahlte ihren Teil in die Haushaltskasse ein.

Ich bin doch kein Arbeitstier, das man nach Belieben ausleiht oder weiterverscherbelt, dachte Solveig. Im Grunde behandelt Vater mich nicht anders als Herr Möller. Sie schürzte die Lippen. Inwieweit gestand er ihr das Recht zu, ihr Leben selbstbestimmt zu führen? Wie würde er reagieren, wenn sie sich seinen Wünschen widersetzte? Zum zweiten Mal an diesem Tag sah sich Solveig vor diese Frage gestellt.

Sie blieb stehen. Mittlerweile hatte sie die Stelle erreicht, an der die Verksgata in die Banegata mündete. Diese lief auf eine imposante Windmühle zu, die vor über hundert Jahren zum Kornmahlen errichtet worden war. Dieser Tage diente sie zum Zerkleinern von Baumrinde, die beim Gerben von Tierhäuten verwendet wurde. Während Solveig noch überlegte, ob sie weiter zum Hafenbecken Spilderhaugen und dem noch unbebauten Gelände hinter der Lervig Brauerei am Wasser laufen oder ins Zentrum zurückkehren und tatsächlich ein paar Dinge einkaufen sollte, die sie für die Reise nach Oslo benötigte, lenkten sich nähernde

Schritte in ihrem Rücken ihre Aufmerksamkeit auf sich. Es war Roar Kjøl, der ihr hinterhereilte und leicht außer Atem vor ihr zum Stehen kam.

»Entschuldigen Sie, ich möchte mich nicht aufdrängen. Aber ich hatte den Eindruck, dass Sie gerade ziemlich überfahren worden sind. Mir war nicht klar, dass Ihr Vater Sie noch gar nicht in seine Pläne eingeweiht hatte.«

Solveig sah ihn verdattert an.

»Ich kann gut verstehen, dass Ihnen das gegen den Strich geht«, erklärte er. »Ich mag es nämlich auch nicht, wenn man über meinen Kopf hinweg Dinge beschließt, die mich betreffen.«

»Danke«, murmelte Solveig und verfluchte ihre Sprachlosigkeit, in die sie in Roars Gegenwart immer wieder verfiel. »Mein Vater meint es ja nicht böse«, schob sie nach.

»Gewiss nicht. Er liebt Sie aufrichtig.« Er hielt kurz inne. »Aber, wenn ich das sagen darf: Ihr Vater ist eben in erster Linie Geschäftsmann und denkt vor allem im Kosten-Nutzen-Schema. Und er ist bei aller Aufgeschlossenheit ein Mann der alten Schule und sieht in Frauen in erster Linie Hausfrauen und Mütter, Männer dagegen als Entscheider und Familienvorstände.«

Und Sie? Finden Sie das auch?, lag es Solveig auf der Zunge.

»Was ich jedoch eigentlich sagen wollte«, kam ihr Roar zuvor. »Ich würde mich freuen, wenn Sie mitkommen.«

Solveigs Herzschlag beschleunigte sich. Ihr Mund fühlte sich ausgedörrt an. Sag was!, schrie es in ihr. Vor ihrem inneren Auge blitzte das Gesicht der Filmfigur Franziska auf, deren selbstbewusstes Bekenntnis zu ihren Gefühlen Roar imponiert hatte. Sie wäre in dieser Situation nicht stumm wie ein Fisch geblieben, sondern hätte mit einer schlagfertigen Antwort gekontert.

»Sollten wir nicht längst beim Du sein?«, platzte Solveig mit dem Erstbesten heraus, das ihr in den Sinn kam. »Oder war das so ein Männerding, als Kurt das nach der Auseinandersetzung mit den Trunkenbolden vor dem Kino angeboten hat?«

»Für mich sicher nicht.« In Roars Augen blitzte es auf. »Ganz im Gegenteil. Ich hätte mir in dem Moment keinen besseren Kampfgefährten vorstellen können als dich.« Er sah sie aufmerksam an. »Ehrlich gesagt, ich hatte nicht den Eindruck, dass es dir recht gewesen wäre, wenn ich dich duze. Du wirkst oft so unnahbar.«

»Ich?« Solveigs Augen weiteten sich. Zugleich spürte sie, wie ihr ein Glucksen in die Kehle stieg. Das war verrückt! Auf den Gedanken, Roar könne ihr Verhalten derart falsch interpretieren, wäre sie niemals gekommen. Los, zeig ihm, dass er dir nicht gleichgültig ist, forderte die forsche Stimme in ihr und brachte die zagende Seite, die sich vor einer Zurückweisung fürchtete, zum Schweigen.

»Mir ging es umgekehrt genauso«, sagte Solveig und schaute Roar direkt in die Augen. »Ich hatte ebenfalls das Gefühl, dass du mir ausweichst.«

»Da haben wir also noch etwas gemeinsam. Wir machen uns zu viele unnötige Gedanken.« Ein verschmitzter Ausdruck huschte über sein Gesicht. »Wobei es grundsätzlich nicht verkehrt ist, bei gewissen Dingen gut zu überlegen und abzuwägen«, fuhr er ernster fort. »Vor allem, wenn auch andere davon betroffen sein könnten.«

Solveig war drauf und dran, ihn zu fragen, was er mit »noch etwas gemeinsam« meinte und ob die »gewissen Dinge« vielleicht illegale Aktivitäten gegen die Deutschen waren. Falls Roar sich tatsächlich im Untergrund engagierte, war seine bisherige Zurückhaltung möglicherweise auch der Sorge geschuldet, sie in Gefahr zu bringen. Die Deutschen pflegten nach Verhaftungen von Verdächtigen deren Angehörige und nahestehende Personen gründlich zu überprüfen und bei erwiesener Schuld des Angeklagten als abschreckende Maßnahme ebenfalls zu bestrafen, auch wenn sie nicht an dessen Aktionen beteiligt gewesen waren.

Solveig drängte es, Roar in ihre Überlegungen einzuweihen, wie sie sich am besten im Widerstand einbringen konnte. Ihre Stimme, die sie zur Vorsicht mahnte, hielt sie jedoch davon ab. Nicht, weil sie an Roars Gesinnung zweifelte oder es gar für möglich hielt, dass er sie verraten könnte. Sie selbst war es, der sie nicht über den Weg traute. Wollte sie das vielleicht nur aus Trotz tun, um der Bevormundung durch Männer wie ihren Vater und Herrn Möller etwas entgegenzusetzen? Das wäre keine tragfähige Grundlage. Außerdem musste auch sie vermeiden, andere zu gefährden. Sie würde es sich nie verzeihen, wenn ihretwegen ihre Familie in Sippenhaft genommen würde und leiden müsste.

»Dann sehen wir uns also morgen am Bahnhof?«

Roars Frage ließ Solveig unwillkürlich nicken. Sie erwiderte das erfreute Lächeln, zu dem sich seine Lippen verzogen. Die Aussicht auf den gemeinsamen Ausflug nach Oslo machte sie glücklich. Auch wenn das Geschäftliche im Vordergrund stehen würde, bot er die Gelegenheit, Roar besser kennenzulernen.

# 19

*Stavanger, Januar 1970*

*Atlantic Hotel, Sonntag, 25. 01. 1970*

*Liebe Shirley,*
*zu meiner Freude hat sich die Post dieses Mal richtig ins Zeug gelegt, Deine Antwort auf meinen Brief vom letzten Sonntag kam schon gestern bei mir an. Vielen Dank für die tollen Fotos von Deinem Skiurlaub. Bei dem Gedanken an die wundervollen Tage, die wir letztes Jahr gemeinsam in Eurem gemütlichen Blockhaus verbracht haben, wurde ich ganz wehmütig. Übrigens liegt Ihr mit einer* hytta *in den Bergen voll auf der Linie der Norweger. Die lieben ihr* friluftsliv *(wörtlich Freiluftleben, also ein Leben in der freien Natur) über alles, und die meisten haben ein Ferienhäuschen oder eben eine Hütte, die möglichst einsam gelegen sein sollte – entweder wie bei Deiner Familie im Gebirge oder an oder sogar in einem Gewässer. Manche Norweger sind nämlich stolze Besitzer einer der unzähligen Kleinstinseln, die es hier an der Küste oder in den Fjorden gibt.*

*»Jetzt komm endlich zum Wesentlichen«, höre ich Dich ungeduldig murren. Denn Du hast mich ja ausdrücklichst gebeten, Dir haarklein zu erzählen, wie es bei Erik und mir weitergegangen ist, nachdem wir uns vor einer Woche das erste Mal geküsst hatten.*

Lizzy lehnte sich im Stuhl vor dem Schreibtisch zurück, schloss kurz die Augen und rief sich den Moment auf dem Feld mit den Felszeichnungen ins Gedächtnis, bevor ihr kleiner Bruder dazwischengeplatzt war. Sie spürte Eriks Lippen auf ihren und glaubte für den Bruchteil einer Sekunde, seinen Duft in der Nase zu haben. Mit einem Seufzen beugte sie sich wieder über den Briefblock.

*Leider kann ich Dir wenig Neues berichten, weil ich Erik seither nicht mehr gesehen habe. Er musste nämlich direkt nach dem letzten Wochenende zu seinem ersten Offshore-Einsatz aufbrechen. Wann er genau zurückkommt, weiß ich nicht. Das hängt unter anderem vom Wetter ab. Aber zehn Tage wird seine Schicht ziemlich sicher dauern. Drück mir bitte die Daumen, dass er es zu meinem Geburtstag am kommenden Samstag schafft. Ich bin völlig durch den Wind. Einerseits platze ich fast vor Glück, andererseits halte ich Eriks Abwesenheit kaum aus. Wie konnte ich all die Jahre ohne ihn leben? Es ist so gemein! Ausgerechnet jetzt muss er so lange fort.*

*Um mich wenigstens zeitweise abzulenken (spätestens nachts ist es damit allerdings Essig), besuche ich einen Sprachkurs, den Becky Miller für interessierte Öl-Frauen und deren Kids organisiert hat. Norwegisch ist – was die Grammatik angeht – an sich nicht allzu schwer, und viele Wörter haben dieselbe Bedeutung wie im Englischen, werden allerdings meistens ganz anders ausgesprochen und betont. Z. B. wird Person zu* pehr-shuun. *Zudem gibt es zahlreiche weitere Fallstricke, unter anderem ändern sich die Artikel je nach Geschlecht des Wortes, man muss sich also merken, ob etwas weiblich, männlich oder sächlich ist. Die bestimmten Artikel werden an das Substantiv angehängt, beispielsweise bei Kind –* barn *sagt man:* barnet, *wörtlich übersetzt also Kinddas. Sehr strange! Am meisten kämpfe ich jedoch mit der Aussprache. So wird Oslo, die Hauptstadt, zum Beispiel* Uschluu *genannt.*

*Natürlich kann ich bislang nur ein paar Brocken, doch demnächst werde ich den Rat von unserer Lehrerin Frau Holm befolgen und mir norwegische Übersetzungen englischsprachiger*

Kinder- und Jugendbücher besorgen, die ich von früher kenne. Für den Anfang werde ich mir wohl den Trollmannen fra Oz (also den Zauberer von Oz) aus der Bibliothek ausleihen oder Alice im Wunderland, wobei die Heldin hier seltsamerweise Else heißt. Sobald ich mich einigermaßen verständigen kann, will ich mich dann als Schwimmlehrerin beim SSC Svømmeklubb bewerben.

Viele sind es nicht, die Norwegisch lernen wollen. Ich habe den Eindruck, dass die meisten Ehefrauen, die ihren Männern hierher gefolgt sind, in einer Art »US-Blase« leben. Während die Arbeiter auf den Bohrinseln zwangsläufig mit Kollegen aus unterschiedlichsten Ländern zusammen sind, bleiben ihre Frauen eher unter sich. Ihr Bedürfnis, in engeren Kontakt mit den Einheimischen zu treten, scheint nicht sehr ausgeprägt zu sein. Meine Mom ist da keine Ausnahme. Sie hängt jetzt meistens mit Becky Miller und deren Freundinnen ab und bereitet sich gerade darauf vor, als Lehrerin in der Amerikanischen Schule anzufangen. Sie ist schon ganz aufgeregt, schließlich ist es eine Ewigkeit her, dass sie vor einer Klasse gestanden und Unterricht gegeben hat. Ich finde es toll, dass sie wieder ihren alten Job machen will. Allerdings mache ich mir nach wie vor Sorgen, was zwischen ihr und Dad los ist. Mom tut so, als sei alles in Butter. Dad bekommen wir kaum zu Gesicht – und ich werde den Verdacht nicht los, dass er irgendwie froh ist, so viel um die Ohren zu haben. Wenn er mal kurz bei uns reinschneit (meistens für einen Tag, manchmal auch nur ein paar Stunden), ist er zwar sehr lieb, aber mit dem Kopf eindeutig woanders. Angeblich bei der Arbeit, wo wirklich die Hölle los ist. Das haben mir Erik und Ole bestätigt. Seit das Öl sprudelt, herrscht eine unglaubliche Betriebsamkeit und Hektik.

Aber ich kenne doch meinen Dad. Es gab in den letzten Jahren immer mal wieder sehr stressige Zeiten, in denen er perma-

*nent auf Achse war. Aber selbst dann hat er immer wieder dafür gesorgt, zwischendurch freie Tage rauszuschlagen, die er mit uns verbringen konnte. Und zudem war er dann total präsent – gleichgültig, wie anstrengend und fordernd sein Job auch war. Dieses Mal jedoch ist alles anders. Ich erkenne ihn kaum wieder.*

Ein Klopfen an der Tür unterbrach Lizzy. Ihre Mutter kam herein.

»Hast du Lust, mit mir und Becky zu frühstücken und anschließend zum Gottesdienst zu gehen?«

»Oh, ist es schon so spät?« Lizzy sprang auf.

»Es ist erst kurz nach neun, du kannst dich also in Ruhe fertig machen«, antwortete Cathleen. »Ich gehe schon nach unten. Ich will Becky nicht warten lassen.«

»Mom, warte! Ich, äh, ... ich bin mit Reidun verabredet. Sie will nach dem Gottesdienst im Gemeindehaus der Baptisten, denen ihre Familie angehört, ins Bethania gehen. Dort wird ein Film über die Bohrplattform ›Ocean Viking‹ gezeigt, vermutlich, um neue Arbeiter anzuwerben.«

Lizzy öffnete ihren Teil des Kleiderschranks und holte einen dunkelblauen Pullover mit V-Ausschnitt heraus.

»Das wäre doch auch für Chris interessant«, sagte Cathleen. Ihre Augen wanderten zum Bett ihres Jüngsten, dessen Kissen und Decke zerwühlt waren. »Wo steckt er überhaupt? Er ist doch sonst sonntags nicht so früh unterwegs. Ist er noch im Bad?«

»Nein, er hat sich ganz in der Früh mit seinem Freund Knut und dessen Familie getroffen. Die nehmen ihn zum Skilanglaufen mit.«

»Was sind denn das für neue Sitten?« Cathleen runzelte die Stirn. »Er hätte mir wenigstens Bescheid geben müssen, wenn er es schon nicht für nötig hält, mich um Erlaubnis zu fragen.«

»Das wollte er ja«, verteidigte Lizzy ihren Bruder. »Aber gestern schlief er bereits, als du von dem Bingo-Abend zurückgekommen bist. Und heute früh warst du dann noch nicht wach, als er aufgebrochen ist.«

Lizzy verkniff sich eine Bemerkung. Chris hatte durchaus versucht, sich von ihr zu verabschieden. Normalerweise war Cathleen frühmorgens auf der Stelle hellwach, wenn man nur leise ihren Namen sagte. Unter dem Einfluss der Schlafmittel, die sie neuerdings nahm, hätte man jedoch die sprichwörtliche Kanone neben ihr abfeuern können, ohne sie mit dem Lärm zu wecken. Auch das war ein Punkt, der Lizzy beunruhigte und ihr zeigte, dass es höchste Zeit, endlich herauszufinden, was zwischen ihren Eltern in Schieflage geraten war.

»Bist du nicht viel zu früh dran?«, beendete Cathleens Frage Lizzys Überlegungen. »Du sagtest doch, dass du Reidun erst nach dem Gottesdienst ...«

»Sie hat mich gefragt, ob ich Lust hätte, sie und ihre Mutter zuvor zum Gottesdienst der Baptisten zu begleiten.«

»Wo du kein Wort verstehen wirst.« Cathleen hob die Brauen. »Willst du nicht doch lieber unseren amerikanischen ...«

»Sei mir bitte nicht böse, Mom«, unterbrach Lizzy ihre Mutter. »Aber ich möchte einfach mehr über die Leute hier und ihre Mentalität erfahren.«

Und vor allem über die Welt, aus der Erik kommt, fügte sie im Stillen hinzu, während sie den Pullover überstreifte und seinen Sitz im Spiegel prüfte, der in der Schranktür angeschraubt war. Auch wenn Erik selbst nicht so viel mit der tiefen Religiosität seiner Mutter anfangen konnte, war er doch von klein auf davon geprägt worden.

»Der Glaube scheint hier eine besonders große Rolle zu spielen«, fuhr Lizzy an ihre Mutter gewandt fort. »Denk nur an die unzähligen Gemeinde- und Bethäuser in der Bergelandgata.« Sie setzte sich auf den Rand ihres Bettes und zog ihre Winterstiefeletten an.

»Stimmt«, sagte ihre Mutter. »Becky hat mal erwähnt, dass die Straße deshalb auch Bethusgata genannt wird.«

»Kein Wunder, sie steht ja quasi unter einem christlichen Motto. Ich meine die Leuchtreklame *Jesus, verdens lys* an einem der Gebäude«, erklärte Lizzy, als sie den ratlosen Ausdruck auf dem Gesicht ihrer Mutter bemerkte.

»Die ist mir natürlich auch schon aufgefallen«, sagte diese. »Allerdings muss ich gestehen, dass ich die Bedeutung nicht kenne.«

»Jesus, Licht der Welt«, antwortete Lizzy. »Weiß ich von Reidun. Das Haus, an dem sie 1926 angebracht wurde, gehörte ursprünglich der Apostolischen Gemeinde, die aber längst woanders untergekommen ist.«

»So lange gibt es das Schild schon?«

Lizzy nickte. »Ist wohl eine der ersten Leuchtreklamen Norwegens gewesen.« Sie stand auf und nahm ihre Lammfelljacke vom Haken neben der Tür. »Angeblich soll es früher mal nicht weit davon eine Reklametafel von einem Glühbirnenhersteller gegeben haben mit der Aufschrift: *Osram lyser bedre*, also: Osram leuchtet besser.« Lizzy grinste. »Das fanden wohl nicht alle Siddiser lustig.« Sie wickelte sich einen Schal um den Hals. »Wann beehrt uns Dad eigentlich mal wieder mit seiner Anwesenheit?«, erkundigte sie sich in beiläufigem Ton und schielte zu ihrer Mutter, die prompt mit den Achseln zuckte.

»Keine Ahnung. Er hat versprochen, mich heute Nachmittag anzurufen. Wenn er durchkommt. Der Empfang ist ja oft genug sehr schlecht.«

»Wie hältst du das bloß aus?«, rutschte es Lizzy heraus. »Vermisst du ihn nicht schrecklich?«

»So wie du deinen Erik?«

Lizzy nickte, wich dem Blick ihrer Mutter aus und hoffte, dass diese keine weiteren Fragen zu dem Thema stellen würde. Wenn es nach ihr gegangen wäre, hätte sie das Aufregende und Neue, das sich da zwischen ihr und Erik entspann, gern noch ein Weilchen für sich behalten – zumindest so lange, bis sie ihn wiedersehen würde und sich in seinen Armen davon überzeugen konnte, dass sie das alles nicht nur in einem wunderschönen Traum erlebt hatte. Ihr kleiner Bruder hatte ihr allerdings einen Strich durch die Rechnung gemacht und die Neuigkeit nach dem Ausflug sofort brühwarm ihrer Mutter verkündet.

»Natürlich fehlt mir dein Vater.« Cathleen reichte Lizzy deren Strickmütze und strich ihr liebevoll übers Haar. »Aber es gehört nun einmal zu seiner Arbeit, dass er immer wieder fort von uns ist.«

»Klar, weiß ich doch. Aber du musst zugeben, dass es hier besonders heftig ist«, sagte Lizzy. »Er lässt sich kaum noch blicken. Wie kannst du das nur …«

»Ich muss jetzt los.« Das Gesicht ihrer Mutter hatte sich verschlossen. Sie ging zur Tür. »Sehen wir uns gegen fünf zum Essen? Mit deinem Bruder ist ja wohl eher nicht zu rechnen.«

Lizzy biss sich kurz auf die Lippe. Es fiel ihr zunehmend schwer, die ständigen Ausweichmanöver ihrer Mutter hinzunehmen. Es wurmte sie, von dieser wie ein Baby behandelt zu werden, das von den Problemen der Erwachsenen verschont werden musste. Warum waren die meisten Leute – inklusive ihrer Eltern – der Ansicht, Kinder würden nicht mitbekommen, wenn der Haussegen schief hing? Auch wenn sie vielleicht nicht alles begriffen, das Gespür für Stimmungen und latente Konflikte war bei den meisten gut ausgeprägt. Allerdings hatte Lizzy spätestens in den letzten Wochen verstanden, dass es keinen Sinn hatte, ihre Mutter zu bedrängen. Sie zog sich dann nur noch weiter in ihr Schneckenhaus zurück.

Lizzy nickte. »Chris will bei Knut schlafen und morgen von dort aus zur Schule gehen.«

Es war nicht das erste Mal, dass ihr Bruder bei seinem Freund übernachtete. Sie hatte den Eindruck, dass er so viel Zeit wie möglich fern vom Hotel verbrachte und führte das auf seine Enttäuschung über die ständige Abwesenheit seines Vaters zurück, gepaart mit einem unbewussten Groll auf seine Mutter, die er offenbar dafür verantwortlich machte.

Cathleen nickte Lizzy zu und verließ das Zimmer. Diese wollte ihr folgen, hielt jedoch inne, legte Handschuhe und Mütze aufs Bett und setzte sich an den Schreibtisch.

*Liebe Shirley, gerade hatte ich ein kurzes Gespräch mit Mom. Dabei ist mir klar geworden, dass ich ein wichtiges Vorhaben sträflich vernachlässigt habe: nämlich Licht ins Dunkel zu bringen, was es mit dem an Dad adressierten leeren Umschlag auf sich hat, den ich neulich im Nachttisch von Mom gefunden hatte. Ich muss unbedingt herausfinden, wer diese ominöse Lena Haugen ist und vor allem, ob sie der Grund für Dads seltsames Verhalten ist. Da mir nichts Schlaues einfällt, wie ich anders weiterkomme, werde ich mir auf der Stelle ein Herz fassen und einfach zu der Anschrift gehen. Was ich sagen will, wenn ich Frau Haugen gegenüberstehe? Gute Frage! Mir wird vor Ort schon irgendetwas einfallen. Wünsch mir Glück und drück mir die Daumen. Fortsetzung folgt …*

Lizzys Blick auf die Uhr zeigte ihr, dass ihr noch gut anderthalb Stunden blieben, bis im Bethania-Saal der Film über die Ölplattform »Ocean Viking« vorgeführt werden würde. Den geplanten Gottesdienstbesuch mit Reidun und deren Mutter dagegen musste sie sausen lassen. Wenn die Sigurdsgata nicht allzu weit außerhalb des Zentrums lag, würde die Zeit ausreichen, um vor der Filmvorführung dorthin zu laufen. Sie kramte den Stadtplan, den sie sich angeschafft hatte, aus der Schreibtischschublade und fand die Straße in Våland, einem Stadtteil südwestlich des Bahnhofs. Sie faltete die Karte zusammen und stopfte sie in ihre Umhängetasche.

Während Lizzy wenig später zunächst zum hinter dem Bahnhof gelegenen Rogaland Theater lief und von dort der Muségata nach Süden folgte, überlegte sie, wie sie Frau Haugen gegenübertreten sollte. Nachdem sie einige Vorwände als unplausibel oder zu kompliziert verworfen hatte, beschloss sie, auf ausgefeilte Strategien zu verzichten. Stattdessen wollte sie sich ohne Umschweife als die Tochter von Roger Cole vorstellen und Frau Haugen auf den Kopf zu sagen, dass sie es nicht hinnehmen würde, ihre Familie von einer Fremden zerstören zu lassen. Falls sie mit ihrem Verdacht richtiglag, würde die Reaktion der Frau entsprechend entlarvend ausfallen.

Was natürlich nur funktioniert, wenn Lena Haugen Englisch spricht, schoss es Lizzy in den Kopf. Sie blieb stehen. Mittlerweile hatte sie einen kleinen Park erreicht, der zum Krankenhaus gehörte. Erst in diesem Moment bemerkte sie, dass sich die letzten Regenwolken verzogen hatten und der Himmel in tiefem Blau über ihr leuchtete. Zum ersten Mal seit ihrer Ankunft präsentierte sich ihr die Stadt im Sonnenschein. Lizzy setzte sich auf eine der Bänke, die unter den Bäumen aufgestellt waren, und hielt ihr Gesicht für einen Moment in die wärmenden Strahlen, bevor sie ihr Englisch-Norwegisch-Wörterbuch, einen Kugelschreiber sowie ein Notizblöckchen aus der Tasche kramte und sich ein paar Sätze zurechtschusterte, von denen sie hoffte, dass sie ihr Anliegen einigermaßen verständlich vermitteln würden.

Zehn Minuten später hatte sie ihr Ziel erreicht und stand an einer Straßenecke vor einem zweistöckigen Steinhaus mit Walmdach und einem Erker. Sie atmete tief durch und drückte auf den Klingelknopf über dem Messingschild, auf dem *Haugen* eingraviert war. Kurz darauf wurde die Tür schwungvoll aufgerissen –

von einem etwa dreißigjährigen Mann, der ein kleines Mädchen auf dem Arm hatte.

Lizzy machte einen Schritt zurück. »Äh, sorry! Ich meine … *unnskyld*«, stammelte sie und blätterte hektisch in dem Wörterbuch. »*Jeg … leter etter fru Haugen.*« Sie deutete auf das Türschild.

»*Ah, du mener fru Haugen*«, sagte der Mann nach kurzem Stutzen und betonte den Namen, den Lizzy offensichtlich falsch ausgesprochen hatte. Er stellte die Kleine auf dem Boden ab und schickte sie mit einer Handbewegung ins Innere des Hauses zurück.

Zu Lizzys Erleichterung sprach er auf Englisch weiter und erklärte, dass Lena Haugen zwar die Besitzerin des Hauses sei, selbst jedoch in Oslo wohne und ihm und seiner Familie das Haus vermietet habe, nachdem ihr Vater, der darin gelebt hatte, im Herbst des vergangenen Jahres gestorben war. Sie hatte ihn wohl zuletzt gepflegt und einige Wochen bei ihm gewohnt. Lizzy nickte unwillkürlich. Die Zeitangabe stimmte mit dem Datumsstempel auf dem Umschlag überein.

»Könnten Sie mir die Adresse von Frau Haugen in Oslo geben?«, fragte sie.

Auf dem Gesicht des Mannes erschien ein argwöhnischer Ausdruck.

Mach schon!, befahl sich Lizzy. Überleg dir was, bevor er dich abwimmelt. »Ich bin extra aus den USA hergekommen, um Frau Haugen zu sehen. Lena ist eine Großcousine von mir, der ich im Namen ihres nach Amerika ausgewanderten und dort kürzlich verstorbenen Bruders dessen letzte Grüße ausrichten und ein Erbstück persönlich überreichen soll.«

Lizzy war selbst erstaunt, wie leicht ihr die Lügengeschichte über die Lippen floss. Und vor allem, wie bereitwillig der Mann sie schluckte. Er notierte ihr nicht nur die Osloer Anschrift von Frau Haugen, sondern erwähnte ungefragt, dass sie ledig und im

Wirtschaftsministerium tätig war. Vor allem aber lobte er Lizzys rührendes Engagement über den grünen Klee. Es war ganz offensichtlich, dass er so ein Verhalten nicht bei einer Amerikanerin erwartet hätte, die er vermutlich alle für oberflächlich und egoistisch hielt. Nachdem er ihr viel Glück für ihre Mission gewünscht und sich verabschiedet hatte, machte sich Lizzy auf den Weg zur Vaisenhusgata 37, wo sich der Bethania-Saal befand.

Die Freude über ihren erfolgreichen Ausflug verflüchtigte sich im Nu. Hatten die angeblichen Dienstfahrten, die ihren Vater des Öfteren nach Oslo führten, einen ganz anderen Hintergrund? Besuchte er dort seine Geliebte? Lag er in diesem Augenblick in deren Armen? Lizzy schluckte trocken. Die Vorstellung verursachte ihr Übelkeit. Einen Atemzug lang spielte sie mit dem Gedanken, die Suche abzubrechen und keine schlafenden Hunde zu wecken.

»Nein!«, sagte sie laut. »Das ist auch keine Lösung.«

So verführerisch es sein mochte, die Sache auf sich beruhen zu lassen, Lizzy kannte sich gut genug: Das Geheimnis ihres Vaters würde sie so lange umtreiben, bis sie es gelöst hätte.

# 20

*Oslo, Mai 1941*

Das Pfeifsignal, mit dem die Lokomotive früh am Mittwochmorgen in die Østbanestasjon einfuhr, riss Solveig aus dem Schlaf. Behutsam schob sie den Kopf des kleinen Jungen weg, der auf ihren Bauch gesunken war, dehnte ihre verspannten Glieder und stand auf. Sie zog ihre Reisetasche, die sie unter dem Sitz verstaut hatte, hervor, verabschiedete sich von der ebenfalls im Aufbruch begriffenen Familie, mit der sie die vergangenen zehn Stunden das Abteil geteilt hatte, und verließ den Nachtzug. Auf dem Bahnsteig hielt sie nach ihrem Vater und Roar Ausschau, die auf der letzten Reiseetappe zum Osloer Hauptbahnhof ab Kristiansand von ihr getrennt gewesen waren.

Die Provinzhauptstadt von Agder an Norwegens Südküste war der vorläufige Endpunkt der Sørlandsbanen, die dereinst Stavanger mit der knapp 600 Kilometer entfernten Hauptstadt verbinden sollte. Bis alle Streckenabschnitte fertiggestellt waren, mussten die Reisenden jedoch zunächst die Jærbanen nach Egersund nehmen, wo sie in die Flekkefjordbanen zum gleichnamigen Zielbahnhof umstiegen. Nach kurzem Aufenthalt waren 120 Kilometer mit einem Autobus der Post nach Kristiansand gefolgt, wo sie am Vorabend um acht Uhr wieder in die Eisenbahn umgestiegen waren.

Angesichts des Ansturms unzähliger Wehrmachtssoldaten, die dort beladen mit Marschgepäck im Nu fast alle Abteile und die Gänge in Beschlag genommen hatten, war schnell klar gewesen, dass Solveig, ihr Vater und Roar keine Chance hatten, weiterhin zusammenzubleiben. Umso erleichterter war Erling Lund gewesen, wenigstens für seine Tochter einen Unterschlupf bei einer siebenköpfigen Familie aus Søgne zu finden. Die Eltern waren seiner Bitte bereitwillig nachgekommen und hatten ihre Kinder aufgefordert, etwas zusammenzurücken – hatten sie doch für Erlings mit gesenkter Stimme geäußerten Sorge, Solveig könne ganz auf sich gestellt von den Soldaten bedrängt werden, vollstes Verständnis. Schließlich hätten sie ebenfalls um jeden Preis verhindern wollen, dass ihre beiden älteren Töchter, die nur wenig jünger als Solveig waren, allein stundenlang eingepfercht zwischen kraftstrotzenden Jungmännern saßen, die bereits auf dem Bahnsteig begehrliche Blicke auf die Mädchen geworfen und sie mit anerkennenden Pfiffen »beehrt« hatten.

Solveig, die zunächst verschnupft über diese neuerliche Bevormundung gewesen war, hatte sich schnell glücklich geschätzt, etwas beengt zwar, aber immerhin sitzend die Nacht verbringen zu können. Zudem gestand sie sich ein, im Grunde erleichtert zu sein über die räumliche Trennung von Roar. Im Beisein ihres Vaters hatte sie sich während der ersten beiden Abschnitte ihrer Reise in den Waggons der regionalen Schmalspurbahnen kaum getraut, ihn anzusehen oder in ein Gespräch zu verwickeln – aus Sorge, ihre Gefühle für den jungen Angestellten zu offenbaren. Roar hatte seine undurchdringliche Miene aufgesetzt, seine angespannten Kiefermuskeln und verstohlenen Blicke in ihre Richtung hatten Solveig jedoch gezeigt, dass auch er alles andere als gelassen war – eine Feststellung, die ihr Zwerchfell ins Flattern gebracht hatte.

Auf dem Bahnsteig in Oslo herrschte lautstarkes, unübersichtliches Gedrängel. Aussteigende Passagiere mischten sich mit Wartenden, die Angehörige oder Freunde abholen wollten, Gepäckträger zwängten ihre Sackkarren zwischen den Grüppchen hindurch, die Luft war erfüllt von Willkommensgrüßen, dem Weinen eines Kindes, das seine Mutter aus den Augen verloren hatte, den zackigen Kommandos eines Kompanieführers, der seine Soldaten zum geordneten Abmarsch versammelte sowie den Rufen eines Zeitungsjungen, der die Morgenausgabe der »Aftenposten« mit deren Schlagzeilen *Englische Tankerflotte lichtet sich – 33 000 Bruttoregistertonnen von deutschem U-Boot versenkt* und *Menschenjagd in Ägypten – Verbrechen des britischen Geheimdienstes* bewarb.

Solveig presste ihre Reisetasche vor die Brust, stellte sich auf die Zehenspitzen und versuchte, im Gewusel ihren Vater und Roar ausfindig zu machen. Schnell sah sie ein, dass es ein vergebliches Unterfangen war, und beschloss, zum Hotel zu laufen, in dem ihr Vater Zimmer reserviert hatte, und dort auf die beiden zu warten.

Auf dem Platz vor dem Bahnhofsgebäude herrschte ebenfalls reges Treiben. Über dem dreiteiligen Eingangsportal war eine riesige Stoffbahn aufgespannt, auf der ein eckiger Adler mit ausgebreiteten Schwingen auf einem von Eichenlaub umkränzten Hakenkreuz sitzend abgebildet war. Solveig wartete ab, bis ein Trupp berittener Soldaten vorbeigetrabt war, bevor sie über den Platz zur Karl Johans Gata lief, die vom Bahnhof in gerader Linie und gesäumt von zahlreichen Geschäften, Restaurants, Lichtspielhäusern, Hotels und Cafés hinauf zum Königsschloss führte.

Auch Oslos Prachtstraße war von der Anwesenheit der Besatzer geprägt. Abgesehen von den an allen öffentlichen Gebäuden gehissten roten Flaggen mit schwarzen Hakenkreuzen in weißen Kreisen, unzähligen deutsch-norwegischen Anschlägen mit Verboten, Anordnungen und Hinweisen auf Veranstaltungen sowie großformatigen Propagandaplakaten waren es vor allem die Massen von Uniformierten auf den Gehwegen und Militärfahrzeugen auf der Straße, die Solveig ins Auge stachen.

Knapp zehn Jahre zuvor war Solveig zum ersten und bislang einzigen Mal in Oslo gewesen, wobei sie damals wenig von der

Stadt gesehen hatte. Bei dem Ausflug mit ihrer Schulklasse waren sie bereits an der Station Skarpsno am Ufer des Oslofjords ausgestiegen und mit der Fähre zur Halbinsel Bygdøy übergesetzt, wo das Volksmuseum mit seiner riesigen Freifläche zahlreichen historischen Gebäuden aus dem gesamten Land Platz bot – angefangen bei verwitterten Heustadeln und einfachen Tagelöhnerkaten über prächtige Bauernhäuser sowie einer Stabkirche bis hin zu Fachwerkhäusern der Altstadt von Kristiania, wie Norwegens Hauptstadt bis 1924 genannt worden war. Anschließend waren Solveig und ihre Mitschüler vom Königsschloss die Karl Johans Gata hinunter zum Hauptbahnhof gelaufen und von dort zu einer Jugendherberge im Umland gefahren, wo sie den Rest der Klassenfahrt verbracht hatten. Von der Stadt waren Solveig damals weniger die repräsentativen Gebäude an Oslos berühmter Geschäftsstraße in Erinnerung geblieben als vielmehr die Auslage eines Spielwarengeschäfts, an dessen Schaufenster sich Solveig und die anderen die Kinder die Nasen platt gedrückt hatten.

Nach zehn Minuten erreichte sie das Stortinget. Als sie nach links in die Rosenkrantzgata einbog, fiel ihr ein Banner ins Auge, das quer über dem halbrunden Portalbau des Parlaments aufgespannt war und in großen Lettern verkündete: *Deutschland siegt an allen Fronten.* Auf dem Dach wehte eine riesige Hakenkreuzfahne. Von ihrem Chef wusste Solveig, dass sowohl das Reichskommissariat unter Josef Terboven als auch die höheren SS- und Polizeiführer in diesem symbolträchtigen Gebäude ihre Büros eingerichtet hatten.

Während sie die Stortingsgata an einer länglichen Grünanlage entlanglief, hörte Solveig zu ihrer Verwunderung an diesem gewöhnlichen Werktag laute Orchestermusik. Hinter einigen Büschen entdeckte sie einen hölzernen Pavillon, in dem eine Militärkapelle spielte. Unter den Zuhörern, die von den beschwingten Rhythmen der Marschmelodien angelockt worden waren, überwogen auch hier wieder die Soldaten.

»Man könnte meinen, es gäbe hier irgendwo ein Nest«, hörte Solveig eine vertraute Stimme in ihrem Rücken.

Sie drehte sich um und sah sich Roar gegenüber, der spöttisch grinste.

»Eine regelrechte Invasion«, knurrte ihr Vater, der neben ihm stand. »Was die nur alle hier wollen? So überlaufen von Deutschen habe ich Oslo noch nie ... Entschuldige«, unterbrach er sich und berührte Solveigs Oberarm. »Ich habe dich noch gar nicht begrüßt. Dabei bin ich sehr erleichtert, dich zu sehen. Ich hatte schon Sorge, dass du im Getümmel verloren gegangen bist.« Er sah sie aufmerksam an. »Hast du die Fahrt einigermaßen gut überstanden?«

»Sicher besser als ihr«, antwortete Solveig mit Blick auf die bläulichen Schatten unter den Augen ihres Vaters und die zerzausten Haare von Roar. »Die Familie in meinem Abteil war wirklich nett, und ich konnte sogar wider Erwarten ganz gut schlafen.«

»Fein!« Erling Lund umfasste ihren Ellbogen. »Lasst uns ins Hotel gehen. Ich möchte mich noch umziehen und eine Kleinigkeit essen, bevor wir zu unserem Termin bei der Marine aufbrechen.«

Zu seinem Leidwesen war das »Grand Hotel« gegenüber dem Storting, in dem er bei seinen Aufenthalten in der Hauptstadt abzusteigen pflegte, bis aufs letzte Zimmer ausgebucht gewesen – hauptsächlich von »wichtigen Nazigrößen aus dem Reich«, wie ihm bei seiner telefonischen Anfrage erklärt worden war. Stattdessen hatte Solveigs Vater Zimmer im wenige Meter entfernten Hotel »Continental« reserviert, das direkt gegenüber dem Nationaltheater an der Stortingsgata lag, und dem »Grand Hotel« an Komfort und prächtiger Ausstattung – zumindest in Solveigs Augen – durchaus das Wasser reichen konnte. Auch hier waren die Suiten und größeren Räume von hochgestellten deutschen Amtspersonen und Wehrmachtsoffizieren belegt.

Ein älterer Hoteldiener nahm sich des Gepäcks von Erling Lund und Roar an, deren Zimmer im zweiten Stock lagen, ein junger Page geleitete Solveig eine Etage höher. Er machte einen aufgekratzten Eindruck und lieferte ihr ungefragt die Erklärung für seine Aufregung: Ihr sei doch sicher die festliche Ausstaffierung des Hauptbahnhofs aufgefallen. Und im Studenterlunden Park hätte sie vielleicht das Militärorchester gehört, das für den gleichen Anlass probte, nämlich den Besuch von Heinrich Himmler.

»Stellen Sie sich vor, der Reichsführer SS wird heute Nachmittag die Norges SS vereidigen, den ersten rein norwegischen Zweig der Schutzstaffel«, sagte er mit leuchtenden Augen. »Gar nicht weit von hier in der ehemaligen Freimaurerloge. Da ist jetzt eine Kaserne drin.«

Solveig musterte ihn verstohlen. Er schien sich nicht daran zu stören, dass die Besatzer auch diese alteingesessene Institution nicht nur enteignet, sondern darüber hinaus aufgelöst hatten. Von ihrem Vater wusste sie, dass viele Freimaurer, die in den Augen der Nazis mit dem »internationalen Judentum« paktierten und eine Weltordnung vertraten, die mit der ihren nicht vereinbar war, verhaftet und einige sogar hingerichtet worden waren.

Der Page blieb stehen, öffnete die Tür zu Solveigs Zimmer und ließ ihr den Vortritt. »Hoffentlich bekomme ich dieses Mal frei und kann einen Blick auf ihn erhaschen«, sprudelte er weiter. »Als Himmler im Januar nach Oslo gekommen ist, um die ersten Mitglieder der SS-Standarte Nordland persönlich zu verpflichten, musste ich nämlich arbeiten.« Der Junge, den Solveig auf fünfzehn Jahre schätzte, verzog missmutig das Gesicht.

Zu ihrem Befremden glühte er förmlich vor Begeisterung für die NS-Ideologie und vertraute ihr an, sein größter Wunsch sei es, ebenfalls der SS beizutreten, und dass er den Tag herbeisehnte, an dem er endlich alt genug dafür war. Solveig verzichtete darauf, ihre kritischen Gedanken dazu zu äußern. Abgesehen davon, dass es sehr wahrscheinlich vergebliche Liebesmüh war, den Jungen auf die verbrecherischen Machenschaften dieser Organisation hinzuweisen, drängte es sie, sich frisch zu machen, bevor sie sich mit ihrem Vater und Roar auf den Weg zum Drammensveien 111 machte, wo die deutsche Marine ihr Hauptquartier in einer beschlagnahmten Villa eingerichtet hatte.

»Das lief ja noch besser als gedacht!«, rief Erling Lund, als sie drei Stunden später das Marinehauptquartier verließen und zur Straßenbahnhaltestelle liefen. Er rieb sich die Hände. »Und das habe ich nicht zuletzt euch beiden zu verdanken. Ihr wart großartig, vielen Dank! Heute Abend werden wir den neuen Auftrag für die Werft gebührend feiern.« Er unterdrückte ein Gähnen. »Aber jetzt muss ich mich dringend aufs Ohr legen. Die schlaflose Nacht steckt mir in den Knochen.« Er lächelte spitzbübisch. »Und ihr jungen Leute seid sicher froh, wenn ihr den alten Knacker für ein Weilchen los seid.«

Solveig schoss das Blut in die Wangen. Hatte ihr Vater trotz ihrer Vorsicht bemerkt, was sie für seinen Ingenieur empfand? Wie sehr sie sich danach sehnte, allein mit Roar durch eine Grünanlage zu schlendern, einen Stadtbummel zu machen oder in einem Café in der Sonne zu sitzen und endlich die Gelegenheit zu haben, ihn näher kennenzulernen? Und wenn es sich so verhielt, hatte er offensichtlich nichts dagegen einzuwenden. Solveigs Herzschlag beschleunigte sich. Roar mit Einwilligung ihres Vaters näherzukommen, erfüllte einen Wunsch, den sie sich kaum zu denken getraut hatte. Zu sicher war sie gewesen, er würde es nicht gutheißen, wenn seine Tochter mit einem seiner Angestellten anbandelte.

»Froh bin ich zwar nicht«, antwortete Roar. »Aber ich muss in der Tat noch etwas erledigen. Da kommt mir die Zeit bis zum Essen sehr gelegen.«

Solveig schluckte. Die Enttäuschung ballte sich wie ein Klumpen in ihrem Magen zusammen. Selbst schuld, schalt sie sich. Hättest eben nicht blind davon ausgehen sollen, dass es ihm genauso wichtig wie dir ist, ungestört Zeit miteinander zu verbringen.

Aber warum hat er dann vorgestern gesagt, dass er sich auf die gemeinsame Fahrt nach Oslo freut?, fragte ein Stimmchen in ihr. Das habe ich mir doch nicht eingebildet. Solveig schluckte. Verdammt! Warum war es so schwer, schlau aus diesem Mann zu werden? Spielte er mit ihr? Der Klumpen in ihrem Bauch verhärtete sich.

Mittlerweile hatten sie die Haltestelle erreicht, der sich eine Tram näherte.

»Fährst du mit zurück ins Zentrum?«, erkundigte sich ihr Vater.

Solveig schüttelte den Kopf. »Ich denke, ich werde das herrliche Wetter nutzen und mir die Skulpturen im Frogner Park ansehen.« Sie zwang sich zu einem Lächeln. »Der ist ja nicht weit von hier.«

»Gute Idee«, sagte Erling. »Dann sehen wir uns alle gegen sechs Uhr zum Essen im Hotel. Um halb neun beginnt dann die Uraufführung der Revue *Det skal lyse igjen over byen*, für die ich uns noch Karten organisieren konnte. Das ›Chat noir‹ liegt gleich ums Eck vom ›Continental‹, ist also bequem zu erreichen. Und anschließend sehen wir, wie und wo wir den Abend ausklingen lassen.« Er stieg in die Straßenbahn.

»Bis heute Abend also«, sagte Roar zu Solveig und machte so das Fünkchen Hoffnung zunichte, das ihr eingeflüstert hatte, er habe die Erledigung erfunden, weil er ohne Wissen ihres Vaters mir ihr etwas unternehmen wollte. Er lächelte ihr zu, überquerte die Fahrbahn und verschwand in der Hafrsfjordgata Richtung Norden.

Perplex schaute sie ihm nach. Wie von selbst setzten sich ihre Füße nach ein paar Sekunden in Bewegung und folgten ihm. Was war für Roar so wichtig, dass er sie einfach stehen ließ – noch dazu ohne Erklärung? In ihre Enttäuschung mischte sich Trotz. Wenn er sie mit widersprüchlichen Aussagen und Verhaltensweisen verunsicherte, brauchte er sich nicht wundern, dass sie herausfinden wollte, was dahintersteckte. Und falls er sie bemerken sollte, konnte sie ohne zu lügen behaupten, auf dem Weg zum Frogner Park zu sein, der am Ende der Straße lag.

Trotzdem wäre es schrecklich peinlich, wenn er mich ertappt, dachte sie und verfluchte den von weiß getünchten Holzlattenzäunen gesäumten Gehweg, der keinerlei Deckung bot. Solveig wechselte die Straßenseite. Roar hatte indes eine Kreuzung erreicht und musste abwarten, bis das Pferdegespann eines Kohlenhändlers an ihm vorübergerumpelt war. Solveig verlangsamte ihre Schritte. Roar trat ungeduldig von einem Fuß auf den anderen und drehte den Kopf. Solveig sah sich erschrocken um, drückte ohne nachzudenken die Klinke eines hüfthohen Türchens in einem der Gatter herunter, trat in den dahinterliegenden Vorgarten und duckte sich. Im nächsten Moment ertönte lautes Gebell, und ein drahtiger Hund sauste um die Ecke des Hauses. Mit einem Satz hechtete Solveig zurück auf den Gehsteig und schlug die Gartentür zu, an der der Hund hochsprang und sie wütend anknurrte. Mit weichen Knien entfernte sich Solveig von dem Grundstück und schaute mit klopfendem Herzen zu der Stelle, an der Roar zuletzt gestanden hatte. Erleichtert atmete sie aus, als sie sah, dass er die Kreuzung mittlerweile überquert hatte und zügigen Schritts weiterlief. Solveig tupfte sich mit einem Taschentuch die Stirn und nahm die Verfolgung wieder auf.

Wie wirst du damit klarkommen, wenn Roar eine Frau besucht?, meldete sich die kritische Stimme in ihr zu Wort. Wie willst du ihm dann in Zukunft begegnen? Solveig blieb stehen. So gern sie es getan hätte, sie konnte diese Frage nicht ignorieren. Schließlich hatte Roar bis vor Kurzem an der Uni in Oslo studiert. Es wäre eher erstaunlich gewesen, wenn er keine Freundin oder gar Verlobte zurückgelassen hätte, als er als frischgebackener Ingenieur nach Stavanger umgezogen war, um seine erste Stelle an der Lund-Werft anzutreten.

Für einen Rückzieher ist es zu spät, hielt sie dagegen. Ich muss wissen, woran ich bin. Nichts ist schwerer auszuhalten als Ungewissheit. Solveig setzte sich wieder in Bewegung und eilte zur nächsten Kreuzung, an der Roar in eine Seitenstraße abgebogen war.

# 21

*Stavanger, Januar 1970*

*»Happy birthday to you. Happy birthday to you.«*

Der Gesang drang durch die Wolldecke, die Lizzy sich über den Kopf gezogen hatte, als sie Stimmen auf dem Flur vor der Tür hörte. Sie wollte allein sein und von niemandem daran erinnert werden, dass heute »ihr« Tag war. Nach dem Frühstück hatte sie sich wieder auf ihr Bett verzogen und hinter *At Bertram's Hotel*, dem neuesten Miss-Marple-Krimi von Agatha Christie, verschanzt.

Es versprach, der grässlichste Geburtstag ihres bisherigen Lebens zu werden: Ihre beste Freundin war in unerreichbarer Ferne, ihr Vater trieb sich irgendwo auf einer seiner vermaledeiten Dienstreisen herum, und ihre Mutter nervte sie mit ihrer bemühten Fröhlichkeit, die schwerer zu ertragen war, als wenn sie ihren Frust über die ständige Abwesenheit ihres Mannes offen gezeigt hätte. Vor allem aber: Erik steckte nach wie vor auf der Bohrinsel fest, von der im Augenblick wegen eines schweren Sturms kein Fortkommen war. Anfang der Woche hatte Lizzy noch freudig auf den 31. Januar hingefiebert. Erik hatte ihr von Reidun, mit der er kurz telefoniert hatte, liebe Grüße ausrichten lassen und sich zuversichtlich gezeigt, zum Wochenende aufs Festland zurückkehren zu können.

*»Happy birthday, dear Lizzy, happy birthday to you!«*

Lizzy horchte auf. In die hellen Stimmen ihrer Mutter und von Chris hatte sich eine tiefere gemischt. Sie zog die Decke herunter und sah, dass ihr Vater neben den beiden anderen stand.

»Dad!« Lizzy sprang aus dem Bett und flog ihm um den Hals. Er schloss die Arme um sie und drückte sie fest an sich. Lizzy spürte, wie ihre Kehle eng wurde und Tränen in ihre Augen stiegen. »Ich hab dich so vermisst.«

»Tut mir leid, dass ich es nicht früher geschafft habe«, sagte Roger und löste sich sanft aus der Umarmung.

»Wir alle drei sind froh, dass du da bist«, sagte seine Frau. »Wie lange kannst du denn dieses Mal bleiben?«

»Weiß ich noch nicht genau«, antwortete Roger und wich ihrem Blick aus. »Aber jetzt lasst uns Lizzys Geburtstag feiern. Was haltet ihr von einem Kinobesuch?« Er sah auf die Uhr. »Um vier könnten wir zum Beispiel in das Filmmusical *Hello, Dolly!* gehen. Oder in den neuesten James Bond, *On Her Majesty's Secret Service,* der läuft auch gerade.«

»Au ja«, rief Chris. »Der soll super sein.«

Na klasse, dachte Lizzy. Im Kino muss Dad nicht reden und braucht nicht befürchten, dass Themen auf den Tisch kommen, die ihm unangenehm sind.

»Kino?« Ihre Mutter zog die Stirn kraus. »Ich weiß nicht, ob das …«

»Keine Sorge wegen der Sprache«, fiel ihr Roger ins Wort. »Englische und amerikanische Filme werden hier im Original mit Untertiteln gezeigt.«

»Ich weiß«, sagte Cathleen und schaute zu Lizzy. »Ich könnte mir nur vorstellen, dass unsere Große heute Lust auf …«

»Apropos Große«, unterbrach Roger sie erneut und wandte sich an Lizzy. »Volljährig bist du zwar noch nicht, aber …«

»Hier in Norwegen musst du nur noch zwei Jahre darauf warten«, rief Chris dazwischen. »Und nicht, bis du einundzwanzig wirst, wie in Kalifornien.«

»Richtig, Herr Naseweis.« Roger wuschelte seinem Sohn durchs Haar und sprach an Lizzy gewendet weiter: »Aber immerhin kannst du jetzt den Führerschein machen. Den würden wir dir gern zum Geburtstag schenken.«

»Cool!«, rief Chris. »Dann kannst du mich zum Fußballtraining fahren.«

»Ein guter Grund, die Lizenz nicht zu erwerben.« Lizzy schnaubte. »Und überhaupt, wir haben ja gar kein Auto.«

»Noch nicht«, sagte ihr Vater. »Aber spätestens, wenn wir unser eigenes Haus beziehen, werden wir uns eins zulegen. Also, was meinst du?«

Lizzy zuckte die Schultern.

»Hast du denn einen anderen Wunsch?«

»Keine Ahnung«, murmelte sie. Das, was ich mir am meisten wünsche, kannst beziehungsweise willst du nicht erfüllen, fügte sie im Stillen hinzu. Nämlich erstens: Erik herbeizaubern. Und zweitens: endlich mit der Heimlichtuerei aufhören.

»Was ist los mit dir?« Roger Cole sah seine Tochter irritiert an »So kenn ich dich gar nicht.«

»Kein Wunder, wie sollst du mich auch kennen, wenn du nie da bist«, brach es aus Lizzy heraus. »Außerdem sagt das genau der Richtige«, fuhr sie fort, ohne dem beschwörenden Blick ihrer Mutter Beachtung zu schenken. »Du bist es doch, der wie ausgetauscht ist, seit wir hier sind. Willst du uns nicht endlich sagen, was dich umtreibt?«

»Elizabeth!« Der strenge Ton strafte den flehenden Ausdruck in Cathleens Gesicht Lügen.

»Sorry, Mom, aber mir reicht's!«, rief Lizzy, zerrte ihre gefütterte Jacke vom Garderobenhaken und schnappte sich die darunter stehenden Stiefel. »Und dir doch auch, wenn du ehrlich bist.« Sie riss die Tür auf, stürmte aus dem Zimmer, rannte zum Treppenhaus, hielt kurz inne, um in Stiefel und Jacke zu schlüpfen und sprang, zwei Stufen auf einmal nehmend, hinunter ins Foyer.

»Hi, Lizzy«, rief eine helle Stimme hinter ihr. »Zu dir wollte ich gerade.«

Lizzy stoppte kurz vor der Eingangstür und entdeckte Reidun, die vor dem Aufzug gewartet hatte und nun zu ihr kam.

»Herzlichen Glückwunsch zum Geburtstag!«

»Danke«, nuschelte Lizzy.

So sehr sie sich sonst freute, Reidun zu treffen, in diesem Moment wäre sie am liebsten wortlos weitergelaufen. Sie wollte allein sein und vor allem das Hotel so schnell wie möglich verlassen. Für den Fall, dass ihr ihre Eltern folgten oder Chris geschickt hatten, um sie zurückzuholen.

»Alles in Ordnung bei dir?« Reidun musterte sie aufmerksam. »Du siehst aufgewühlt aus.«

»Ach, es ist einfach nicht mein Tag heute.« Lizzy setzte sich Richtung Tür in Bewegung. »Nimm's mir bitte nicht krumm, aber ich …«

»Hättest du vielleicht Lust, mich zu begleiten?«, fragte Reidun. »Ich muss bei einer Bekannten was für meine Eltern abholen.«

Lizzy sah sie verblüfft an. Sie hatte damit gerechnet, dass Reidun weiter in sie dringen würde und wissen wollte, was sie bedrückte. Nicht zum ersten Mal war sie beeindruckt von deren Feingefühl. Sie schien immer genau zu wissen, wann sie sich besser zurückhielt.

»Ich will mich gewiss nicht aufdrängen«, fuhr Reidun fort. »Aber ich würde mich freuen. Wir haben uns schließlich in den vergangenen Tagen kaum gesehen.«

Lizzy gab sich einen Ruck und nickte.

»Fein.«

Reidun strahlte sie an, hielt ihr die Tür auf und wandte sich auf der Straße vor dem Hotel nach links. Die Ausläufer des Sturmtiefs über der Nordsee, das laut dem Wetterbericht im Februar für viel Schnee und sehr kalte Temperaturen sorgen würde, machten sich bereits bemerkbar. Es war zwar noch trocken, im starken Wind fühlte sich die Luft jedoch kälter an als die fünf Grad über null, die das Außenthermometer im Hotel angezeigt hatte. Im Grunde war Lizzy froh über Reiduns Vorschlag. Bei ihrer überstürzten Flucht hatte sie nicht daran gedacht, Geld für den Besuch eines Cafés, Museums oder eines anderen beheizten Plätzchens einzustecken und wäre in der Kälte bald zur Umkehr gezwungen gewesen. Anders als in den USA gab es auch keine Möglichkeit, sich bei einem Ladenbummel aufzuwärmen, da die Geschäfte in Norwegen samstags bereits mittags schlossen.

»Ist es weit?«, erkundigte sie sich und zog die Schultern hoch.

Reidun schüttelte den Kopf. »Wenn du magst, würde ich dich anschließend gern zu Kaffee und Kuchen einladen.«

»Musst du denn nicht nach Hause?«

»Nein, ich hab heute Spätschicht im Hotel. Bis dahin ist noch viel Zeit.«

»Dann nehme ich dein Angebot sehr gern an«, sagte Lizzy.

Reidun führte sie zur westlichen Seite des Vågen in die Nedre Strandgata, die beim Rosenkildehus ihren Anfang nahm, einem zweistöckigen ehemaligen Kaufmannsanwesen aus Stein, das seine besseren Zeiten hinter sich hatte und nun etwas heruntergekommen aussah. Kurz darauf passierten sie einen gemauerten, vergitterten Brunnenzugang. Laut Reidun fasste er eine Quelle ein, deren Qualität bereits im Mittelalter als besonders gut bekannt gewesen war und nicht nur von den Anwohnern zur Wasserversorgung, sondern auch von vielen Seeleuten zur Proviantierung ihrer Schiffe genutzt worden war. Wenige Schritte später bogen sie nach links in die schmalere Øvre Strandgata ein, die auf halber Höhe des Hügels verlief.

»Wie kommst du eigentlich mit deiner Reportage voran?«, erkundigte sich Lizzy, während sie das kopfsteingepflasterte Sträßchen hinaufliefen, das rechts und links von überwiegend einstöckigen Holzhäusern gesäumt wurde. Bei den meisten blätterte die einst weiße Farbe ab, die Stufen vor den Türen bröckelten, und viele machten mit ihren schief in den Angeln hängenden Fensterläden, fehlenden Dachschindeln und Lücken in den Lattenzäunen einen unbewohnten Eindruck.

»Ganz gut«, antwortete Reidun. »Ich würde nur gern mehr Zeit dafür haben. Aber im Hotel ist gerade viel los.« Sie verzog kurz das Gesicht, zuckte mit den Schultern und sprach mit einem Lächeln weiter: »Vor zwei Tagen hatte ich Gelegenheit, deinen Bruder zum Fußballtraining zu begleiten. Wirklich beeindruckend, wie rasch er sich hier eingewöhnt.«

»Ja, er war von Anfang an der Einzige von uns, der sich in Stavanger so schnell wie möglich heimisch fühlen wollte.«

»Na, bei dir hat sich in der Hinsicht doch auch einiges getan.« Reidun grinste verschmitzt. »Die Liebe ist nun mal der stärkste Integrationsmotor.«

Lizzy kicherte verlegen.

»Eure Mutter dagegen tut sich eher schwer, hier wirklich anzukommen, nicht wahr?«, fragte sie nach kurzem Zögern.

»Stimmt, sie würde lieber heut als morgen in die USA zurückkehren.«

»Das tut mir leid«, meinte Reidun. »Das Leben hier in Norwegen bedeutet sicher eine große Umstellung, da …«

»Es liegt nicht am Land«, rutschte es Lizzy heraus. »Sondern an meinem … ach, vergiss es. Ist gerade ziemlich kompliziert bei uns«, murmelte sie.

»Verstehe. Darum deine Flucht«, sagte Reidun leise. »Mir ist auch manchmal nach Davonlaufen.« Sie seufzte.

Lizzy drückte kurz ihren Arm. Sie rechnete es Reidun hoch an, dass sie nicht weiter nachhakte.

»So, da wären wir.«

Reidun blieb vor einem der Häuschen stehen. Im Gegensatz zu seinen Nachbarn strahlte es in frischem Weiß, die Fenster waren blank geputzt, und auf dem Dach zeugten schwarze Schieferschindeln zwischen älteren grau-verwitterten von Reparaturarbeiten. Reidun betätigte die Türglocke und trat beiseite, gleich darauf wurde die Tür aufgerissen.

»Überraschung!«, schallte es Lizzy mehrstimmig entgegen.

Verdattert machte sie einen Schritt nach hinten, während ein halbes Dutzend bunte Luftschlangen auf sie zusegelten und sich um ihren Kopf und Oberkörper ringelten. Im nächsten Augenblick wurde sie von mehreren Armen hochgehoben und dreimal unter Hurra-Rufen in die Höhe geworfen und wieder aufgefangen. Erst beim zweiten Mal entdeckte sie zwei bekannte Gesichter unter den jungen Leuten, die sie hochleben ließen. Ein Jauchzen stieg ihr in die Kehle, die gleichzeitig eng wurde. Sie zwinkerte eine Träne weg und überzeugte sich, dass da tatsächlich Ole und Erik standen. Kann man vielleicht doch vor Glück platzen?, schoss es ihr in den Sinn.

»Erik!«, rief sie, nachdem sie wieder sicheren Boden unter den Füßen hatte. »Was machst du denn hier? Ich dachte, du wärst noch …«

»Das solltest du ja auch glauben.« Lachend zog Erik sie an sich. »Sonst wäre es ja keine Überraschung gewesen.«

»Halt mich bitte ganz fest«, flüsterte sie ihm ins Ohr. »Sonst zerspringe ich.«

Erik drückte sie ein, zwei Atemzüge an sich.

»Ich bin wahnsinnig froh, dass wir doch noch nach Hause geflogen werden konnten«, sagte er, als sie sich voneinander lösten. »Und dass heute alles nach Plan gelaufen ist.« Er nickte seiner Schwester zu. »Gut gemacht!«

»Ich hab nicht das Geringste geahnt«, sagte Lizzy. »Reidun, du hast es echt faustdick hinter den Ohren«, fuhr sie mit gespieltem Tadel fort.

Ole und die anderen – zwei bärtige Männer zwischen Mitte und Ende zwanzig, die sich sehr ähnlich sahen, und eine jüngere

Frau – fassten einander an den Händen, bildeten einen Kreis um Lizzy, in den sie auch Erik und Reicun hineinzogen, und stimmten ein Lied an:

*Hurra for deg som fyller ditt år!*
*Ja, deg vil vi gratulere!*
*Alle i ring omkring deg vi står,*
*og se, nå vil vi marsjere.*
*Bukke, nikke, neie, snu oss omkring,*
*danse for deg med hopp og sprett og spring.*
*Ønske deg av hjerte alle gode ting!*
*Og si meg så, hva vil du mere?*
*Gratulere!*

Ein »Hurra« auf dich zu deinem Geburtstag!
Ja, dir wollen wir gratulieren!
Wir stehen alle im Kreis um dich,
und jetzt wollen wir marschieren.
Bücken, nicken, knicksen, drehen uns im Kreis,
tanzen für dich mit Hüpfen und Springen,
wünschen dir von Herzen alles Gute!
Nun sage mir, was willst du mehr?
Wir gratulieren!

Bei »*marsjere*« setzten sich die Sänger in Bewegung, machten bei der nächsten Zeile die beschriebenen Bewegungen und tanzten hüpfend, springend und sich um sich selbst drehend um Lizzy herum. Diese war zunächst peinlich berührt, derart im Mittelpunkt zu stehen. Das sichtliche Vergnügen, das ihre Gratulanten ausstrahlten, steckte sie jedoch schnell an. Sie klatschte rhythmisch in die Hände und spürte, wie sich ihre Mundwinkel zu einem breiten Lächeln hoben.

»So, jetzt aber schnell ins Warme«, rief Ole nach dem letzten *Gratulere* und machte eine scheuchende Handbewegung Richtung Haustür.

Lizzy ließ die anderen vorausgehen und warf sich Erik in die Arme, der sie fest an sich drückte.

»Endlich«, flüsterte er ihr ins Ohr. »Du glaubst nicht, wie sehr ich mich auf diesen Augenblick gefreut habe.«

»Und ich erst.« Lizzy löste sich etwas von ihm und küsste ihn. »Das ist das wundervollste Geburtstagsgeschenk, das ich mir vorstellen kann.«

Hand in Hand folgten sie den anderen, die sich in der Küche rechts des schmalen Flurs versammelt hatten. Linker Hand führte eine steile Stiege in die obere Etage, am Ende des Gangs befand sich die Wohnstube.

»Das ist also das Haus, das Ole und du renoviert.« Lizzy sah sich neugierig um. »Wie seid ihr denn daran gekommen?«

»Es gehört Oles Familie, stand aber schon länger leer«, antwortete Erik. »Kleine Schlossführung gefällig?«

»Sehr gern.«

Erik nahm Haltung an, lüftete einen imaginären Hut und reichte Lizzy mit einer Verbeugung den Arm, in den sie sich mit einem Kichern einhängte.

»Beginnen wir unseren Rundgang in den oberen Gemächern«, sagte er und führte sie die Treppe hinauf. »Wie du siehst, gibt es hier noch einiges zu tun«, fuhr er in normalem Ton fort, als er über einen Werkzeugkoffer stieg. Im Türrahmen eines der vier Schlafzimmer blieb er stehen. »Eigentlich ist hier alles noch eine Baustelle.«

Lizzy warf einen Blick in den kleinen Raum, dessen Wand an der Längsseite gegenüber der Tür auf Hüfthöhe von einer Dachschräge begrenzt wurde, in die ein Gaubenfenster eingelassen war.

»Das wird sicher mal sehr gemütlich«, sagte sie. »Außerdem

riecht es wunderbar nach frischem Holz.« Sie deutete auf die hellen Bretter aus Fichtenholz, mit denen die Decke verkleidet war. Der Song »Norwegian Wood« der Beatles schoss ihr in den Kopf.

»Viele Möbel habt ihr ja noch nicht«, stellte Lizzy fest, als sie auch im nächsten Zimmer lediglich eine Luftmatratze und einen Schlafsack vorfand.

»Zum Glück haben wir jetzt zehn Tage frei bis zur nächsten Schicht, da können wir ordentlich was wegschaffen und ein paar Sachen zum Einrichten holen«, sagte Erik und führte sie zum Badezimmer. »Hier wollen wir einen Heizstrahler einbauen. Momentan gibt es nämlich außer dem Küchenherd nur den Ofen im Wohnzimmer als Wärmequelle.«

»Brrr«, machte Lizzy und schüttelte sich. »Keine Heizung im Schlafzimmer. Ist das nicht entsetzlich kalt?«

»Unsere Schlafsäcke sind für arktische Temperaturen ausgelegt«, antwortete Erik. »Und es gibt ja auch andere Möglichkeiten, warm zu werden.«

Er nahm sie in die Arme und streichelte ihr den Rücken. Ein Schauer überlief Lizzy, als sie sich an Erik kuschelte und seinen Geruch tief in sich einsog.

»Wo bleibt ihr denn?«, tönte Oles Stimme von unten. »Der Kuchen wartet.«

»Spielverderber«, murmelte Erik. »Aber er hat ja recht. Was ist eine Geburtstagsparty ohne die Hauptperson?«

Während die rundum holzvertäfelte Wohnstube, zu der sie noch einen kurzen Abstecher machten, bis auf einen gusseisernen, mannshohen Ofen und einen alten Holzschrank unmöbliert war, hatte die Küche als einziger Raum bereits eine vollständige Ausstattung. Wie im ganzen Haus waren die Fenster klein und die Decke niedrig – ein Tribut an die kalten Winter, deretwegen es den ehemaligen Erbauern in erster Linie darum gegangen war, die kostbare Wärme zu speichern und weniger um lichtdurchflutete, großzügig geschnittene Zimmer. Das Knistern der Scheite im Herd, die Eisblumen an den Fensterscheiben, der Blick auf die verschneiten Büsche im Vorgarten, der Duft nach frisch gebrühtem Kaffee und nicht zuletzt das Flackern der achtzehn Kerzen auf einer Torte in der Mitte des Tisches mit Eckbank, auf der Ole und die anderen saßen, verliehen dem Raum eine heimelige Atmosphäre.

Nachdem Lizzy Platz genommen hatte und der vielstimmigen Aufforderung nachgekommen war, die Kerzen auszublasen und sich dabei etwas zu wünschen, schnitt Reidun die von ihr gebackene Mandeltorte mit Vanillecremefüllung an. Ole machte Lizzy derweil mit den drei anderen Gästen bekannt. Die beiden Bärtigen waren die Zwillingsbrüder Jan und Anders, wurden jedoch von allen nur Tipp und Topp genannt, wie die Neffen von Mickey Mouse auf Norwegisch hießen. Sie waren ehemalige Schulkameraden von Ole. Die junge Frau, die sich als Kari vorstellte, war mit Anders zusammen und stand an der Universität in Oslo kurz vor ihrem Examen in Mathematik und Englisch. Anschließend wollte sie nach Stavanger zurückkehren und als Lehrerin arbeiten. Ihr Freund hatte kürzlich als frischgebackener technischer Zeichner seine erste Stelle bei einem hiesigen Bauunternehmen angenommen. Sein Bruder Jan hatte zusammen mit Erik und Ole als Öltaucher bei der Phillips Petroleum Company angeheuert und hoffte, dort später eine Karriere bis zum Bohrleiter machen zu können.

Erik entkorkte eine Sektflasche und füllte die Gläser – eine bunte Mischung aus einfachen Wassergläsern, Weinkelchen, Bierflöten und einer Champagnerschale, die er Lizzy reichte.

»Auf dein Wohl!«

»Ich danke euch!«, sagte Lizzy, nachdem sie mit allen angestoßen hatte. »Das ist der schönste Geburtstag, den ich je hatte.« Sie sah Erik in die Augen und wurde von einem Glücksgefühl durchflutet, das ihr die Kehle zuschnürte.

# 22

*Oslo, Mai 1941*

Als Solveig in die Seitenstraße einbog, sah sie gerade noch, wie Roar im Vorgarten eines Wohnhauses verschwand. Sie folgte ihm und hielt ein paar Schritte vor dem Grundstück inne. Sie war unschlüssig, ob sie warten sollte. Wenn sie mit ihrem Verdacht richtiglag, konnte es ewig dauern, bis er wieder zum Vorschein kam. Mittlerweile war sie überzeugt, dass eine Frau hinter seiner Heimlichtuerei stecken musste. Wenn er bei einem Freund aus Studienzeiten vorbeischauen wollte, hätte es keinen Grund gegeben, ihr das zu verschweigen.

Es schadet ja nicht, einen näheren Blick zu riskieren, dachte sie, vergewisserte sich, keine Beobachter zu haben, und musterte das zweistöckige Haus. In der Stille, die in der Seitenstraße herrschte, hörte sie gedämpfte Stimmen. Nach kurzem Zögern öffnete sie behutsam das Gartentor. Würde sie erneut einen Wachhund aufschrecken? Nein, alles blieb ruhig. Rasch eilte sie zum Haus und versuchte, durch die Fenster im Erdgeschoss einen Blick ins Innere zu erhaschen. Wieder drangen Geräusche an ihr Ohr, die offenbar durch ein gekipptes Kellerfenster an der Seite des Hauses kamen. Sie schlich näher heran und beugte sich hinunter. Durch die verstaubte Scheibe konnte sie nichts erkennen, schloss aber aus der Tonhöhe einer der beiden Stimmen, dass es sich um eine Frau handelte. Die zweite, tiefere war ihr wohl vertraut.

Solveig erstarrte. Sie hatte doch recht mit ihrer Vermutung. Auf die Frage, warum sich die beiden im Keller aufhielten, gab es für sie nur eine Erklärung: Die Frau war verheiratet und hatte diesen Ort gewählt, um vor neugierigen Nachbarn sicher zu sein, wenn sie sich mit ihrem Geliebten in Abwesenheit ihres Mannes vergnügte. Vor Solveigs innerem Auge erschien ein behaglich ausgestattetes Liebesnest samt einem breiten Sofa bedeckt mit Kissen und weichen Decken, auf dem Roar in diesem Augenblick …

»Passt das da rein?«, unterbrach die weibliche Stimme Solveigs Phantasie und lieferte dieser zugleich neue Nahrung.

»Klar passt das.«

Roars Antwort folgten undefinierbare Geräusche und ein Keuchen.

»Beeil dich bitte, ich kann es kaum noch halten«, kam es drängend von der Frau.

Wieder ertönten Geräusche, die Solveig nicht zuordnen konnte.

»Uff«, machte die Frau. »Ich hatte vergessen, wie sperrig das Ding ist.«

»Aber jetzt ist es ja geschafft«, antwortete Roar.

Solveig spürte, wie ihr die Röte ins Gesicht stieg. Verdammt! Was hatte sie nur geritten? Sie konnte sich nicht erinnern, jemals in einer ähnlich peinlichen Lage gewesen zu sein. Ich sehe vermutlich aus wie eine Tomate, dachte sie. So sehr sie sich bemühte, sie wurde die Bilder nicht los, die sich ihr gepaart mit einer tiefen Ernüchterung aufdrängten. Es hatte so unromantisch geklungen, nicht so, wie sie sich die körperliche Vereinigung eines Liebespaares vorstellte, das sich nach längerer Trennung wiederbegegnete.

»Vielen Dank. Bis zum nächsten Mal«, hörte sie Roar sagen.

»Gib acht auf dich«, antwortete die Frau.

»Ich finde allein hinaus. Es ist besser, wenn man dich nicht mit mir sieht.«

»Stimmt, wir können gar nicht vorsichtig genug sein.«

Das Klacken von sich entfernenden Schritten ließ Solveig aus ihrer geduckten Haltung in die Höhe schnellen. Rasch, versteck dich im Garten!, befahl sie sich, drehte sich um, rannte zur hinteren Hausecke – und prallte mit Roar zusammen, der gerade aus der Verandatür getreten war. Er trug einen großen Rucksack.

»Hoppla!«

Das ist jetzt bitte nicht wahr! Solveig senkte die Lider und wünschte sich eine Ohnmacht herbei.

»Darf ich erfahren, was du hier treibst?«

Solveig straffte sich. Angriff war die beste Verteidigung. Sie öffnete die Augen.

»Spionierst du mir etwa nach?« In Roars Stimme mischten sich Ungläubigkeit und Argwohn.

»Offen gesagt, ja«, antwortete Solveig und presste Halt suchend ihre Hände ineinander.

Roar hob verblüfft die Brauen.

Solveig holte tief Luft. »Ich werde einfach nicht schlau aus dir«, stieß sie hervor. »In einem Moment gibst du mir das Gefühl, dass ich dir etwas bedeute, im nächsten lässt du mich ohne Erklärung stehen und besuchst eine andere Frau.«

So, jetzt war es heraus. Solveig verschränkte die Arme vor der Brust und sah ihn direkt an. Sollte er doch denken von ihr, was er wollte. Beschämender konnte ihre Situation ohnehin kaum noch werden.

Roar erwiderte einen Atemzug lang stumm ihren Blick mit einem unergründlichen Gesichtsausdruck.

»Du traust dich ja was.« In seinen Augen glomm ein belustigtes Funkeln.

Solveig presste die Lippen aufeinander, drehte sich um und lief zur Straße.

»Du hast recht, hier ist nicht der geeignete Ort für ein Gespräch dieser Art«, hörte sie Roar in ihrem Rücken. Gleich darauf spürte sie, wie sich seine Hand um ihre schloss. »Im Park finden wir sicher ein Plätzchen, wo wir ungestört sind.«

Solveig widerstand dem Impuls, sich loszumachen und in die andere Richtung wegzurennen. Es fühlte sich so gut an, Hand in Hand neben Roar zu gehen. Bist du jetzt vollkommen plemplem? schimpfte ihre vernünftige Stimme. Er hintergeht dich, macht sich lustig über dich – und du hast nichts Besseres zu tun, als …

»Ich fand das gerade ziemlich beeindruckend«, unterbrach Roar ihre Selbstanklage. »So erfrischend direkt und frei heraus.« Er musterte sie von der Seite. »Erinnert mich an diese Filmheldin.«

»Franziska?«

»Genau. Die hat ja auch keine Mördergrube aus ihrem Herzen gemacht.«

»Was man von dir nicht behaupten kann.«

Mittlerweile hatten sie den Rand des Frogner Parks erreicht. Roar steuerte linker Hand auf ein Waldstück zu, durch das das namengebende Flüsschen Frognerelva floss. Es lag abgelegen vom Hauptteil des Parks mit seinen breiten Alleen, weiten Rasenflächen und der Vigelandsanlage, die der Bildhauer seit 1924 nach und nach mit seinen überlebensgroßen Skulpturen gestaltete. Im Schatten einer mächtigen Buche am Bachlauf fanden sie eine Bank, auf der sie sich niederließen.

»Es tut mir aufrichtig leid, dass ich mich vorhin einfach davongemacht habe«, begann Roar, nachdem er den Rucksack auf dem Boden abgestellt hatte. »Es war beileibe nicht meine Absicht, dich zu verunsichern. Aber ich wollte dich nicht belügen.«

Solveig zog die Brauen nach oben.

»Einweihen wollte ich dich auch nicht, das erschien mir zu gefährlich«, fuhr Roar fort. »Außerdem könnte es dich in eine Zwickmühle bringen, wegen deines Arbeitgebers. Und vor allem wegen deiner Freundschaft mit Afra.«

»Das wird ja immer mysteriöser«, stellte Solveig fest. »Kannst du nicht einfach sagen, um was …«

»Entschuldige.« Roar verzog zerknirscht den Mund. »Es steckt mir offenbar tief in den Knochen, alles mit mir allein auszumachen. Und du hast ja gerade bewiesen, dass du nicht ruhen wirst, bis du die Wahrheit kennst.«

»Ganz genau.« Solveig grinste.

»Ich gestehe, dass mich das freut«, sagte er. »Es zeigt mir, dass ich dir nicht gleichgültig bin.«

Solveig wurde es heiß.

»Vermutlich würde ich sogar das Gleiche tun«, sprach er leiser weiter. »Denn du bedeutest mir sehr viel.«

Solveig hob den Kopf und begegnete seinen hellgrauen Augen, die sich für einen Moment tief in ihre versenkten.

»Also, um auf den Punkt zu kommen«, sagte Roar mit belegter Stimme und räusperte sich. »Seit letztem Herbst bin ich Mitglied einer Gruppe, die illegale Schriften verteilt und Informationen für den britischen Geheimdienst beschafft. Außerdem helfen wir Leuten, die außer Landes fliehen müssen, weil sie von den Nazis gesucht werden und ihnen die Inhaftierung oder Schlimmeres droht. Ich soll nun in Stavanger einen weiteren Ableger gründen.«

»Hab ich's doch geahnt!«, rief Solveig, schlug sich erschrocken die Hand vor den Mund und sah sich um. Zu ihrer Erleichterung konnte sie keine Spaziergänger entdecken. »Du hast ein paar Andeutungen fallen lassen, die mich stutzig gemacht haben«, erklärte sie, als sie seine fragende Miene bemerkte. »Ich verstehe aber immer noch nicht, warum du mir das bis jetzt verschwiegen hast. Traust du mir nicht?«

Roar schüttelte den Kopf. »Ich dachte nur, dass es dir widerstrebt, Geheimnisse zu haben. Du bist so ein gerader Charakter.«

»Stimmt schon«, sagte Solveig. »Aber wie meine Patin Ingvill zu sagen pflegt: Man muss zu gegebener Zeit alle fünfe gerade sein lassen, sonst wird aus aufrechter Gesinnung sture Verbohrtheit.«

»Eine kluge Frau, deine Patentante.«

»Abgesehen davon beschäftigt es mich schon eine Weile, wie ich mich im Widerstand gegen die Besatzer einbringen könnte«, sprach Solveig weiter. »Mir macht es zu schaffen, dass ich für sie arbeite und zugleich nichts mehr wünsche, als dass unser Land von ihnen befreit wird.« Sie sah Roar unsicher an. »Klingt nicht sehr logisch, ich weiß. Aber ich …«

»Du bist beileibe nicht die Einzige, der es so geht«, unterbrach Roar sie und nahm ihre Hand. »Ich selbst profitiere ja auch davon, dass die Deutschen so viele Arbeitskräfte benötigen. Nur wenige können es sich leisten, auf Dauer kein festes Einkommen zu haben. Und ich kann verstehen, wenn es nicht jedermanns Sache ist, sich an riskanten Aktionen zu beteiligen.«

»Und mir gegenüber hast du geschwiegen, weil du mich als Mitwisserin nicht in Gefahr bringen wolltest«, stellte Solveig fest.

Roar nickte. »Ich würde es nicht ertragen, wenn du meinetwegen …«

Solveig legte ihm einen Finger auf die Lippen. »Deine Sorge bedeutet mir viel. Aber noch schöner fände ich es, wenn ich mich dir und deinen Mitstreitern anschließen könnte. Du hast doch selbst nach unserem Kinobesuch neulich gesagt, es sei am schönsten, wenn man gemeinsam losziehen und Dinge erleben könne.«

»Dass du dich daran erinnerst.«

Wieder spürte Solveig, wie sie rot wurde. Um von ihrer Verlegenheit abzulenken, erkundigte sie sich, in welcher Mission er eben unterwegs gewesen war. Roar zog den Rucksack heran, öffnete ihn und ließ sie hineinschauen.

»Das ist eine Handpresse«, erklärte er. »Damit will ich Flugblätter vervielfältigen.«

Das also ist das sperrige Teil, das gerade so in den Rucksack gepasst hat, dachte Solveig, die bei der Erinnerung an die Assoziationen, die ihr bei dem belauschten Dialog gekommen waren, schlucken musste. Gott sei Dank konnte Roar ihre Gedanken nicht lesen. Die Aussicht, Seite an Seite mit ihm den Besatzern ein Schnippchen zu schlagen, verscheuchte ihre Beschämung. Seine Beteiligung am Widerstand sah Solveig als Wink des Himmels, ihre Zweifel hinter sich zu lassen und ebenfalls diesen Weg einzuschlagen. Die Stimme in ihr, die zu bedenken gab, die Verliebtheit in einen Mann sei kein gutes Motiv für diesen Entschluss, brachte sie beherzt zum Verstummen. Die Zeit des Grübelns war vorbei, jetzt mussten Taten folgen.

»Wie kann ich mich einbringen?«, fragte sie. »Soll ich beim Verteilen helfen?«

»Hm«, machte Roar und dachte kurz nach. »Hilfreicher wäre es für den Anfang, wenn du Papier beschaffen könntest. Daran fehlt es nämlich an allen Ecken und Enden.«

»Wird gemacht«, versprach Solveig und sah den gut gefüllten Materialschrank in ihrem Büro vor sich. Es würde niemandem auffallen, wenn sie ab und an einen kleinen Stapel Schreibmaschinenbögen mitgehen ließe. »Ich könnte auch Texte tippen oder heimlich …«

»Sei vor allem sehr vorsichtig«, fiel ihr Roar ins Wort.

»Keine Sorge, mir ist bewusst, dass das kein Spiel ist«, beteuerte Solveig. »Ich freue mich einfach nur, dass ich nun einen Weg sehe, wie ich tätig werden kann. Und vor allem, dass die Missverständnisse zwischen uns endlich behoben sind.«

»Darüber bin ich auch mehr als erleichtert.« Roar schaute ihr in die Augen.

Solveigs Magen zog sich zusammen. In seinem Blick erkannte sie das Verlangen, das sie selbst erfüllte.

»Darf ich dich küssen?«

»Ich dachte schon, du fragst nie«, rutschte es Solveig heraus.

»Du bist einfach wundervoll«, murmelte Roar.

Er nahm ihr Gesicht zwischen seine Hände, zog es sanft zu sich und näherte seinen Mund dem ihren. Kurz bevor sich ihre Lippen trafen, hielt er inne. Solveig schloss die Augen. Bunte Lichtblitze zuckten hinter ihren zitternden Lidern. Sie nahm die Wärme von Roars Händen an ihren Wangen wahr, das Klopfen ihres Herzens und den Hauch seines Atems. Nach einer gefühlten Ewigkeit vereinigten sich ihre Münder. Für ein paar Sekundenbruchteile bestand die Welt nur aus Roars Lippen, seinem Duft und seinen Händen, die sanft über ihren Hals glitten und die Konturen ihres Oberkörpers nachzeichneten, bevor sie sich um ihre Taille legten und sie dichter zu ihm heranzogen.

»Warum geht es denn da nicht weiter?«

Gute Frage, dachte Solveig, die neben ihrem Vater und Roar in der langen Schlange stand, die sich auf dem Gehweg der Klingenberggata vor dem »Chat noir« gebildet hatte. Die Sonne, die gut zwei Stunden später untergehen würde, beschien die fast sechshundert festlich gekleideten Menschen – darunter zahlreiche Soldaten in Ausgehuniformen, die der ausverkauften Uraufführung beiwohnen wollten. Solveig hatte das eng geschnittene Kostüm, das sie zu der geschäftlichen Besprechung getragen hatte, gegen einen kornblumenblauen Glockenrock, eine weiße Bluse mit gepufften Ärmeln und dunkelblaue Riemchensandalen ausgetauscht. Eine türkisfarbene Seidenstola mit Fransen, die sie von ihrer Patentante zum Abitur geschenkt bekommen hatte, vervollkommnete ihre Garderobe. Das Aufblitzen in Roars Augen, als sie sich im Restaurant des Hotels zum Essen versammelt hatten, gefolgt von einem geflüsterten »Wunderschön«, hallten noch in ihr nach.

Auch er und ihr Vater hatten sich in Schale geworfen. Während Erling Lund einen schwarzen Smoking und Zylinder gewählt hatte, trug Roar einen hellen, maßgeschneiderten Anzug aus Leinen sowie einen Florentiner Strohhut.

Der Rufer, der ein paar Schritte hinter ihnen auf den Einlass in das Revuetheater wartete, war nicht der Einzige, der Ungeduld zeigte. Es war bereits Viertel nach acht, um halb neun sollte sich der Vorhang für die Premiere des neuen Stück heben.

»Die Türen sind noch geschlossen«, rief eine Stimme weiter vorn.

»Das ist ja merkwürdig«, sagte Solveigs Vater.

»Vielleicht gab es einen Unfall«, mutmaßte Roar und stellte sich auf die Zehenspitzen.«

»Kannst du was sehen?«, fragte Solveig.

»Nein, warte … doch, da tut sich was. Jetzt kommt jemand heraus.«

»Das ist Herr Wiers-Jenssen, der Regisseur«, stellte eine Dame fest, die mit zwei Freundinnen ein paar Schritte entfernt vor ihnen stand.

»Meine sehr verehrten Damen und Herren«, schallte eine Stimme über die Köpfe der Wartenden.

»Sch, sch!«-Laute ertönten, während alle die Köpfe reckten. Roar stellte sich wie unabsichtlich dichter neben Solveig und ließ seine Hand in ihre gleiten. Solveig überlief ein Schauer. Sie äugte zu ihrem Vater, der jedoch gebannt den Worten des Regisseurs lauschte.

»Soeben habe ich erfahren, dass sechs Schauspieler des Nationaltheaters entlassen wurden, weil sie sich standhaft geweigert haben, dem Druck der Nazis nachzugeben und im Radio Propaganda für sie zu machen. Daraufhin hat man ihnen heute sämtliche Bezüge gestrichen und die Arbeitserlaubnis entzogen.«

Unter den Zuhörern machte sich Unruhe breit.

»Ungeheuerlich!«

»Ein Skandal!«

»Die Armen! Von was sollen sie denn jetzt leben?«

In die norwegischen Rufe mischten sich deutsche Kommentare, die die Verbohrtheit der Theaterleute kritisierten sowie deren Rücksichtslosigkeit dem Publikum gegenüber.

»Daher habe ich – in Absprache mit den Kollegen der anderen Osloer Theater – beschlossen, heute aus Solidarität mit den Betroffenen nicht spielen zu lassen«, setzte Herr Wiers-Jenssen seine Rede fort. »Es tut mir leid, dass Sie alle umsonst gekommen sind. Aber ich hoffe auf Ihr Verständnis.«

»Bravo!«

»Gut gemacht!«

Applaus brandete auf, der die Unmutsbekundungen der anwesenden Deutschen und einiger Norweger verschluckte.

Solveig drückte Roars Hand, der im selben Moment seine Finger fester um ihre schloss.

»Mutiger Mann«, sagte er leise.

»Ich fürchte nur, dass die Deutschen das nicht ungestraft durchgehen lassen«, erwiderte Solveig.

Sie tauschten einen besorgten Blick.

»Bedauerlich ist es ja schon.« Erling drehte sich zu Solveig und Roar. »Ich hätte die Revue zu gern gesehen.« Er kratzte sich an der Schläfe. »Was nun? Was fangen wir mit dem angebrochenen Abend an? Sollen wir in den ›Rosenkjelleren‹ gehen?«

Ist mir eigentlich egal, lag es Solveig auf der Zunge. Hauptsache, Roar ist in meiner Nähe. Mehr brauche ich nicht zum Glücklichsein.

»Eigentlich eine prima Idee«, entgegnete dieser. »Ich fürchte nur, wir sind bei Weitem nicht die Einzigen, die das vorhaben.« Er deutete auf die Menschentraube, die sich vor dem Club gebildet hatte, der von Einar Rose unter dem Revuetheater betrieben wurde. »Stattdessen könnten wir ins ›Parkkaféen‹ am Drammensveien gehen«, schlug Roar vor. »Dort ist es auch sehr schön.«

»Stimmt. Und es sind keine zehn Minuten Fußweg dorthin.« Erling nickte Roar und Solveig zu und bahnte sich einen Weg durch die nach wie vor zahlreichen Menschen, die in Grüppchen zusammenstanden und über den Streik der Theaterleute diskutierten.

Das »Parkkaféen« am Drammensveien befand sich direkt gegenüber dem Schlosspark und verfügte über mehrere große Säle mit hohen Stuckwänden, deren Tapeten mit Baummustern bedruckt waren. In einem Raum spielte eine kleine Kapelle gerade einen langsamen Walzer, zu dem sich ein Dutzend Paare auf dem Parkett drehten. Nachdem Solveig und ihre beiden Begleiter an einem Tisch im Zimmer nebenan Platz genommen und Getränke bestellt hatten, erhob sich Roar, verbeugte sich vor Solveig und forderte sie zum Tanz auf.

Strahlend stand sie auf und nahm die Hand, die er ihr hinhielt. Hoffentlich trete ich ihm nicht auf die Füße, dachte sie. Es ist ewig her, seit ich das letzte Mal getanzt habe. Die Aussicht, gleich in seinen Armen vor aller Augen zum Takt der Musik durch den Saal zu wirbeln, versetzte sie in Aufregung.

»Wenn Sie gestatten«, wandte Roar sich an ihren Vater.

»Selbstverständlich, mein Lieber.« Erling lächelte zufrieden. »Was könnte ich dagegen einwenden, wenn mein bester Ingenieur und meine einzige Tochter sich so gut verstehen.« Er zwinkerte ihnen zu.

Solveig sah ihn entsetzt an. Wie konnte er nur so unverblümte Andeutungen machen? Was sollte Roar denken? Verschreckte ihn das Vorpreschen ihres Vaters?

»Entschuldige mich«, murmelte Roar im selben Moment, ließ sie stehen und eilte davon.

Solveig schwankte und fasste nach einer Stuhllehne. Da hast du die Antwort!, schrie es in ihr. Sie rang nach Luft und bemühte sich krampfhaft, Haltung zu bewahren.

# 23

*Stavanger, Januar 1970*

»Jetzt erzählt doch mal«, forderte Reidun ihren Bruder und Ole auf, nachdem sie die Torte verteilt und sich wieder hingesetzt hatte. »Wie läuft so ein Tauchgang ab?«

Sie lächelte Lizzy zu, der dieselbe Frage auf der Zunge gelegen hatte. Sie saß auf dem Stuhl am Kopfende des Tisches, eingerahmt von Erik und seiner Schwester, die sich auf der dreiseitigen Eckbank gegenübersaßen, Letztere neben Kari und Anders, Ole und Jan hatten auf Eriks Seite Platz genommen.

»Letzten Sonntag haben Reidun und ich im Bethania-Saal einen kurzen Film eures Arbeitgebers gesehen, wie es so auf der ›Ocean Viking‹ zugeht. Übers Tauchen kam leider nicht viel«, sagte Lizzy. »Man sah eigentlich nur, wie eine Taucherglocke ins Wasser gesenkt wurde, einen Mann mit Neoprenanzug und Sauerstoffflasche, der ihr entstieg und kurz an irgendeiner Stahlkonstruktion an einem Ventil herumschraubte, und zum Schluss, wie die Glocke wieder an Bord gehievt wurde.«

»Hm, wo fängt man am besten an?« Ole fuhr sich durchs Haar und sah Erik an.

»Vielleicht bei der Technik«, antwortete dieser. »Noch haben wir keine Druckkammer an Bord, es ist also unmöglich, bereits oben den Körperinnendruck der Taucher auf die gewünschte Arbeitstiefe einzupendeln und sie erst danach in der Glocke nach unten zu bringen.«

»Und wie macht ihr das stattdessen?«, fragte Kari.

»Momentan ist das sogenannte *bounce diving* die Technik der Wahl, also das Tauchhüpfen«, antwortete Erik.

»Das heißt: schnell runter und bald wieder hoch«, erklärte

Ole. »Doch damit kommt man nicht sehr tief und hat auch wenig Zeit, unten seine Aufgabe zu erledigen.«

»Nervig ist vor allem, dass man anschließend im Vergleich zum eigentlichen Arbeitseinsatz eine Ewigkeit braucht, bis man peu à peu wieder an Bord gehievt werden kann«, sagte Erik. »Weil das Dekomprimieren so ein langwieriger Prozess ist.«

»Dekompri… was?« Reidun sah ihren Bruder ratlos an.

»Wenn ein Taucher zu schnell zur Oberfläche zurückkehrt, ist sein Körper nicht in der Lage, die Atemgasbläschen, die dabei freigesetzt werden, zu beseitigen«, übernahm Ole die Erläuterung. »Wenn die dann ins Körpergewebe und von dort über die Adern in Herz und Lunge gelangen, können sie die sogenannte Taucherkrankheit hervorrufen, die lebensgefährliche Blutgerinnsel verursacht.«

»Und deshalb muss man beim Auftauchen mehrere Zwischenstopps einlegen, damit man sich an die veränderten Druckverhältnisse anpassen kann«, sagte Erik.

»Klingt kompliziert«, sagte Kari. »Aber eigentlich wollten wir ja wissen, wie so ein Tauchgang …«

»Das ist eigentlich schnell erzählt«, fiel ihr Ole ins Wort. »Erik und ich haben uns in die stählerne Tauchglocke gequetscht, in der gerade Platz für zwei Mann ist, und wurden mithilfe einer Winde in die Tiefe gesenkt. Als wir bei knapp 230 Fuß angelangt waren, das sind ungefähr siebzig Meter, war der Umgebungsdruck natürlich um ein Vielfaches höher als an der Oberfläche.«

»Acht Bar, um genau zu sein«, ergänzte Jan.

»Wir mussten also den Druck in der Kapsel ausgleichen und auf die Wassertiefe einstellen. Dazu wird ein Ventil geöffnet«, sprach Ole weiter.

»Sonst wären ihnen die Trommelfelle geplatzt«, schaltete sich Lizzy ein. »Weiß ich von meinem Vater. Zum Vergleich: in unserer normalen Umgebung herrscht etwa ein Bar, in einem Autoreifen sind es zwei Komma fünf Bar. Das entspricht dem Druck bei einer Wassertiefe von 15 Metern.«

»Außerdem mussten wir zum Atmen Helium anstelle des Stickstoffs zum Sauerstoff mischen«, ergänzte Ole. »Normale Luft wird nämlich ab einer Tiefe von 50 Metern giftig.«

»Von Helium bekommt man doch so kieksige Stimmen.« Kari kicherte. »Das ist sicher spaßig.«

Alberne Gans, schoss es Lizzy in den Kopf. Kapiert die nicht, wie gefährlich dieser Job ist?

»Na ja, der Spaß hält sich in Grenzen«, antwortete Erik, drückte unter dem Tisch sein Knie gegen Lizzys und zwinkerte ihr kaum merklich zu.

Lizzy legte ihre Hand auf seinen Oberschenkel. Es war ein wunderbares Gefühl, sich ohne Worte zu verstehen.

»Da unten ist es irre kalt«, erklärte er Kari. »Und das Helium leitet die Körperwärme viel schneller ab als normale Luft. Ich hab noch nie so erbärmlich gefroren.«

»Habt ihr nicht diese isolierten Anzüge?«, fragte Reidun.

»Doch. Aber das sind sogenannte Trockenanzüge«, antwortete Jan. »Bei denen lässt sich in geringer Tiefe, wo man noch Pressluft atmen kann, durch die zwischen Neoprenschicht und Körperoberfläche befindliche Luft ein wirksamer Kälteschutz erreichen. Bei der Verwendung von Helium funktioniert diese Methode aber nicht mehr.«

Erik nickte und setzte seine Beschreibung des Tauchgangs fort. »Als wir auf Arbeitstiefe waren, öffnete sich die Luke, und die Zeit lief, die ich für meine Aufgabe hatte.«

»Müsst ihr etwa im Akkord schuften?« Lizzy zog die Brauen hoch.

»Das nicht. Aber so eine plötzliche Druckveränderung hält der menschliche Körper nur circa fünfzehn Minuten ohne größere Probleme aus.«

»Und was hattest du zu tun?«, fragte Reidun.

»Eine Schweißnaht überprüfen und eine Schlammprobe nehmen.«

»Und du, Ole, bist in der Glocke geblieben?«, erkundigte sich Anders, der bislang stumm zugehört hatte.

»Ja, ich hab den Atemschlauch nachgeführt und musste dafür sorgen, dass Erik wieder heil zurückkam.«

»Der zweite Mann ist quasi der Assistent des Tauchers«, sagte Jan. »Besser gesagt seine Rettungsleine. Und wenn was schiefgeht, muss er raus und seinem Kameraden helfen.«

»Man kann nämlich nicht einfach so schnell wie möglich auftauchen«, sagte Lizzy zu Reidun. »Bei diesen Tiefen würde man auf der Stelle sterben. Man muss also unbedingt den Weg zurück in die Taucherglocke finden.«

Reiduns Augen weiteten sich. »Guter Gott, das ist ja unfassbar gefährlich!«

»Keine Sorge, Schwesterherz«, sagte Erik. »So was passiert sehr selten.«

Aber es kommt vor, dachte Lizzy und spürte, wie sich ihr Magen zusammenzog.

»Ist die Kapsel denn nicht erleuchtet?« Anders runzelte die Stirn.

»Schon. Aber die Sicht da unten ist extrem schlecht«, antwortete Erik. »Ich bin buchstäblich im Dunkeln getappt. Auch Stirnleuchte und Taschenlampe nützten nicht viel, weil der Untergrund durch den heftigen Seegang sehr aufgewühlt war.«

»Hauptsache, du hast die Naht gefunden«, sagte Jan und prostete Erik zu. »Ich bin letztens völlig umsonst runtergegangen. Bevor ich das gelockerte Ventil, das ich festziehen sollte, gefunden hatte, musste ich wieder zurück in die Tauchglocke.«

Lizzy hatte mit wachsender Beklemmung den Schilderungen von Erik, Ole und Jan gelauscht. Offenbar wurden auf der »Ocean

Viking« junge Männer ohne nennenswerte Erfahrungen in die Tiefe geschickt. In dem Werbetrailer von Phillips Petroleum war die Arbeit auf der Bohrplattform als sicher dargestellt worden. Nun dämmerte es Lizzy, dass sich Erik und seine Kollegen bei jedem Tauchgang in Lebensgefahr begaben. Sie schaute zu Reidun, in deren Gesicht sie ihre eigene Sorge gespiegelt sah.

»Hattest du denn keine Angst?«, wollte diese von ihrem Bruder wissen.

Lizzy, die sich nicht getraut hatte, diese Frage zu stellen, sah ihn gespannt an.

»Nö, nicht wirklich. Man darf einfach nicht drüber nachdenken, was alles schiefgehen könnte.«

»Dazu hat man auch gar keine Zeit«, ergänzte Jan.

»Und wenn einem doch mal mulmig wird, muss man nur an die viele Kohle denken, die man verdient.« Erik grinste. »Mit jedem Tauchgang werden Ole und ich der Realisierung unseres Traums ein gutes Stück näherkommen.«

Lizzy biss sich in die Unterlippe. So sehr sie seine Begeisterung fürs Fliegen teilte, das hohe Risiko, das er dafür einging, belastete sie. Die Wochen, die er in den nächsten Monaten immer wieder offshore verbringen musste, würden schwer auszuhalten sein. Sie unterdrückte ein Seufzen und spürte im selben Moment, wie seine Hand ihren Oberschenkel streichelte.

Erik neigte sich zu ihr. »Mach dir bitte keine Sorgen«, sagte er leise. »Ich verspreche, immer sehr vorsichtig zu sein.«

Lizzy zwang sich zu einem Lächeln und schlang ihren Unterschenkel um seinen.

»Ihr wollt einen Helikopter-Transportdienst gründen, nicht wahr?«, sagte Kari zu Ole. »Das ist echt eine tolle Idee.«

»Aber auch eine große Herausforderung«, meinte ihr Freund. »Habt ihr schon konkrete Pläne?«

»Wir fangen natürlich klein an«, antwortete Ole. »Ich werde

mich ums Geschäftliche und um die technische Wartung kümmern, und Erik wird einen Pilotenschein erwerben.«

»In Hamar auf dem Flughafen Stafsberg wird eine Ausbildung zum Helikopterpiloten angeboten«, ergriff dieser das Wort. »Ich kann es kaum erwarten«, fügte er leiser an Lizzy gewendet hinzu.

»Und einen kleinen Hubschrauber haben wir auch schon in Aussicht.« Ole rieb sich die Hände. »Ein Bekannter von mir hat gute Beziehungen zur Firma Helilift. Er kann uns vielleicht einen gebrauchten zu einem einigermaßen bezahlbaren Preis vermitteln.«

»Das klingt vielversprechend«, sagte Anders.

»Wie sieht's aus?«, fragte seine Freundin. »Gehen wir noch zusammen in den ›Korvetten Pub‹?« Sie drehte sich zu Lizzy. »Der ist gerade schwer angesagt. Eine urige Kneipe, eingerichtet wie ein Schiffsdeck samt Steuerrad. Vor allem aber gibt's da eine gut bestückte Jukebox.«

Lizzy sah auf die Uhr. Kurz nach halb fünf. Sie hatte nicht bemerkt, wie rasch die Zeit verflogen war.

»Ich … eigentlich schon, aber …«, druckste sie herum. »Aber ich sollte mich wohl demnächst mal bei meinen Leuten blicken lassen.«

Mein Gott, ist das peinlich, dachte sie. Jetzt halten die mich sicher für so eine brave Langweilerin, die lieber im Kreis ihrer Familie Geburtstag feiert statt mit Gleichaltrigen. Einen Atemzug lang war sie versucht, die Stimme ihres Gewissens zu ignorieren, mit den anderen in den Pub zu gehen und nicht daran zu denken, dass ihre Eltern gewiss sehr beunruhigt über ihre lange Abwesenheit waren. Sie konnten ja nicht wissen, dass sie hier im Warmen saß.

Lizzy stand auf. »Ein anderes Mal sehr gern. Aber jetzt muss ich es packen.«

Die Enttäuschung auf Eriks Gesicht hätte ihren Entschluss fast zum Wanken gebracht.

»Weißt du was«, sagte Reidun, erhob sich ebenfalls und sah ihren Bruder auffordernd an. »Wir begleiten dich. Anschließend können wir immer noch im ›Korvetten‹ zu den anderen stoßen.«

»Prima Idee!«, rief Erik.

Nachdem sich Lizzy bei Ole und seinen Freunden nochmals für die gelungene Geburtstagsüberraschung bedankt hatte, folgte sie Reidun, die im Flur auf sie wartete.

»Lass mich raten«, wisperte sie. »Du bist ausgebüxt, ohne zu …«

»Ich war so wütend«, erklärte Lizzy. »Aber ich hatte nicht vor, meine Eltern so lange schmoren zu lassen. Nicht, dass die noch die Polizei losschicken, um mich suchen zu lassen.«

»Dachte ich mir.« Reidun reichte Lizzy ihre Jacke, die sie übers Treppengeländer gelegt hatte. »Darum werden Erik und ich ihnen stecken, dass du gar nichts dafür kannst. Ich hab dich ja regelrecht entführt.« Sie grinste verschwörerisch.

»Ein bisschen moralische Unterstützung ist doch nicht verkehrt«, sagte Erik und legte den Arm um Lizzys Schulter.

Diese rang kurz mit sich. War es feige, das Angebot anzunehmen und die Geschwister als Puffer zu benutzen? Ach was, heute ist mein Geburtstag, wischte sie die Bedenken beiseite. Ich hab keine Lust auf eine Gardinenpredigt.

»Das ist echt lieb von euch«, sagte sie. »Vielen Dank!«

Draußen herrschte bereits Dunkelheit. Der vom Fjord her wehende Wind trug den Geruch nach Geräuchertem von der Preserving Corporation herauf, einer großen Fischkonservenfabrik. Lizzy schlang ihren Arm um Eriks Taille und war froh, dass er sie durch die schmale Gasse führte, die nur von vereinzelten Laternen beleuchtet in tiefen Schatten lag, und deren schadhaftes Kopfsteinpflaster sie immer wieder zum Stolpern brachte.

Zu Lizzys Erleichterung waren ihre Eltern nicht vollkommen aufgelöst vor Sorge, als sie im Hotel eintrafen. Vom Portier hatten sie erfahren, dass ihre Tochter mit Reidun fortgegangen war. Cathleen musste sich zwar sichtlich einen Ruck geben, die Vorwürfe unausgesprochen zu lassen, die ihr auf der Zunge lagen. Als ihr Mann Erik und Reidun spontan zum Essen einlud, schloss sie sich jedoch mit einem herzlichen Lächeln an. Chris begann umgehend, Erik über seine ersten Taucherfahrungen auszufragen, während sie zum »Hotel Victoria« liefen, dessen Restaurant laut Stadtführer einen besonders guten Ruf genoss.

Familie Cole und ihre beiden Gäste fanden an einem runden Tisch im Speisesaal Platz, der von drei gläsernen Kronleuchtern erhellt wurde. Lizzy war zunächst etwas unsicher und befürchtete, ihre Eltern könnten Erik »unter die Lupe« nehmen – jetzt, wo er offiziell ihr Freund und nicht länger »nur« ein Chauffeur war. Als weder ihr Vater noch ihre Mutter Anstalten machten, ihm auf den Zahn zu fühlen, entspannte sie sich und genoss es, neben ihm zu sitzen und unter der Damasttischdecke seine Hand zu halten. Wenn jetzt noch Shirley und ihre Großeltern mit am Tisch gesessen hätten, wäre ihr Glück vollkommen gewesen.

»Lizzy hat erwähnt, dass Sie früher schon mal eine Weile in Stavanger gelebt haben«, sagte Reidun zu Roger. »Seit damals hat sich gewiss einiges verändert, oder?«

Lizzy hielt den Atem an. Wie würde ihr Vater auf eine solche Frage reagieren, der er im Familienkreis bislang tunlichst ausgewichen war?

»Wann genau war das denn?«, schob Erik nach.

»Ach, vor Ewigkeiten.« Roger Cole machte eine abwinkende Handbewegung, zog ein Päckchen Camel aus der Brusttasche seines Jacketts, schnippte eine Zigarette heraus und zündete sie mit seinem silbernen Feuerzeug an.

Er schindet Zeit, schoss es Lizzy durch den Kopf und nahm ihn näher in Augenschein. Er tut nur so lässig, stellte sie fest, als sie die Anspannung seines Unterkiefers bemerkte und den festen

Griff, mit dem er die Zigarettenschachtel umschloss. Als würde er Halt suchen. Lizzy schluckte. Waren die bläulichen Schatten unter seinen Augen nur seinem Schlafdefizit geschuldet? Der Dreitagebart gab seinen markanten Gesichtszügen zwar etwas Verwegenes, war jedoch für Lizzy ein weiteres Anzeichen, dass ihr Vater innerlich aus dem Gleichgewicht geraten war. Früher war es ihm auch im größten Stress wichtig gewesen, stets glatt rasiert zu sein. Wurde er nach wie vor von Alpträumen geplagt, von denen ihre Mutter Grandma am Telefon berichtet hatte?

»Damals sah es tatsächlich anders aus, vor allem im Hafenbereich«, sprach ihr Vater weiter, nachdem er tief inhaliert hatte. »Da standen nämlich Fischräucherbetriebe und vor allem Konservenfabriken buchstäblich eine neben der anderen. Stavanger war die Hochburg der Ölsardinen, die von hier in alle Welt exportiert wurden.«

»Was genau genommen falsch ist«, warf Erik ein. »Denn die vermeintliche Sardine war eine Sprotte.«

»Stimmt.« Lizzys Vater schmunzelte. »Die Siddiser nannten sie aber trotzdem ›Sardine‹ oder ›Brisling‹, denn das brachte deutlich mehr Gewinn. Wobei im Krieg der Außenhandel natürlich praktisch zum Erliegen kam. Aber die Deutschen haben weiterhin für gute Umsätze gesorgt.«

»Und auch nach 1945 bis in die fünfziger Jahre hinein war die Fischindustrie, inklusive der Zulieferbetriebe wie Druckereien, Kistenschreiner und Blechdosenfabriken, noch gut im Futter«, sagte Reidun und tauschte einen Blick mit ihrem Bruder. »Für unseren Vater waren das die goldenen Zeiten, die er sich sehnlichst zurückwünscht.«

»Wieso hat sich das geändert?«, fragte Chris. »Dosenfisch gibt's doch immer noch. Und Ölsardinen schmecken gut.«

»Stimmt natürlich«, antwortete Erik. »Aber die Leute kaufen bei Weitem nicht mehr in den Mengen wie früher.«

»Weil immer mehr Haushalte Kühl- und Gefrierschränke haben, und viele Menschen lieber frische oder tiefgekühlte Lebensmittel essen als konservierte«, ergänzte Reidun.

Lizzy sah, wie sich ihr Vater entspannte und in seinem Stuhl zurücklehnte. Hat er es mal wieder geschafft und elegant von einem ihm unangenehmen Thema abgelenkt, dachte sie. Die Enttäuschung auf dem Gesicht ihrer Mutter zeigte ihr, dass sie nicht die Einzige war, die sich andere Antworten erhofft hatte.

»Dazu kam noch, dass der Wettbewerb zwischen den Herstellern immer härter wurde«, fuhr Erik fort. »Sie drückten die Preise und kauften sich gegenseitig auf. Heute sind von ehemals über hundert Fabriken nur noch drei große übrig geblieben. Und auch die halten sich trotz umfangreicher Modernisierungsmaßnahmen nur knapp über Wasser.«

»Man darf nicht vergessen, dass auch die Krise der Fischerei eine Rolle beim Niedergang der Konservenindustrie spielt«, sagte Roger.

Erik nickte. »Deshalb werden schon seit Jahren die Stimmen lauter, die den Stadtvätern vorwerfen, zu einseitig auf die Konservenindustrie zu setzen und nicht längst andere Branchen zu fördern.«

»Da muss ihnen der Ölfund vor der Küste wie ein Wink des Himmels vorkommen«, meinte Lizzys Mutter, die sich mittlerweile gefasst hatte.

»Absolut. Sie sehen die Zukunft darin«, bestätigte Erik.

»Stavanger bleibt also eine Ölstadt«, kicherte Chris. »Halt kein Pflanzenöl mehr, sondern Erdöl.«

»Witzbold.« Lizzy knuffte ihren Bruder in die Seite. »Wenn auch die letzten Konservenhersteller dichtmachen, ist es natürlich auch vorbei mit den Etiketten.«

Chris riss die Augen auf. »Da wird Knuts Vater aber sehr traurig sein.«

»Wieso?« Cathleen hob die Brauen. »Was will er denn mit den Aufklebern?«

»Na, sammeln natürlich«, sagte Chris. »Er hat schon über fünfzig Stück.«

»Knuts Vater sammelt Fischdosenetiketten?« Cathleen rümpfte die Nase. »Was es nicht alles für merkwürdige Hobbys gibt.«

»Da ist er nicht der Einzige«, sagte Reidun. »Ich kenne einige, die diese Leidenschaft teilen.«

»Kann ich verstehen«, sagte Lizzy. »Sie sind wirklich was Besonderes, Mom.«

Auf dem Weg zum Schwimmen hatte sie kürzlich in einem Schaufenster Dutzende Ölsardinendosen gesehen und war beeindruckt gewesen von den originellen Bildern, mit denen sie bedruckt waren. Da hatten sich die unterschiedlichsten Gestalten getummelt: Seeleute, Fischer oder Meerjungfrauen, aber auch berühmte Persönlichkeiten wie die Polarhelden Amundsen und Nansen oder Mitglieder des Königshauses sowie biedere Hausfrauen, die ihren Lieben eingelegten Fisch kredenzten. Auch Ansichten von Landschaften oder bekannten Gebäuden wie dem Dom, von Wikingerschiffen, Dampfern, Tieren und Blumen waren ausgestellt gewesen.

»Habt ihr in eurem Haus nicht eine Schachtel mit alten Etiketten gefunden?«, fragte Reidun ihren Bruder.

»Stimmt. Irgendein Vorbewohner muss sie vergessen haben.« Erik lächelte Chris zu. »Wenn du magst, kannst du gern mal bei Gelegenheit vorbeikommen und sie sichten.«

»Au ja, wo wohnt ihr denn?«

»In der Øvre Strandgata«, antwortete Erik. »Deine Schwester kann dir den Weg dorthin zeigen, sie war ja heute bei uns.«

Er streichelte ihre Hand und Lizzy sah, wie ihr Vater die Stirn runzelte. War er ungehalten über Eriks zärtliche Geste bei Tisch? Das passt aber gar nicht zu ihm, überlegte sie. Er ist doch in der

Hinsicht sehr locker. Sie musterte ihn erneut aufmerksam und bemerkte, dass er zwar in ihre Richtung schaute, jedoch einen abwesenden Eindruck machte. Er ist schon wieder ganz weit weg mit seinen Gedanken, erkannte Lizzy. Was wohl dieses Mal der Grund war? Die Erwähnung der Øvre Strandgata? Oder der Etikettensammlung? Oder ganz allgemein das Thema »alte Zeiten«? Sie öffnete den Mund, um ihn direkt zu fragen, wann er damals nach Stavanger gekommen war, wo er gewohnt und aus welchem Grund er die Stadt wieder verlassen hatte. Als Roger ihren Blick bemerkte, fuhr er sich jedoch durchs Haar, setzte ein Lächeln auf und erkundigte sich bei Reidun, ob sie noch Informationen von ihnen für ihre Reportage benötigte. Lizzy kniff die Lippen zusammen. Es war wie verhext. Langsam bezweifelte sie, jemals etwas Brauchbares über seine norwegische Vergangenheit aus seinem Mund zu erfahren. Die – wenn sie mit ihrem Verdacht richtiglag und es eine Frau aus jenen Tagen gab, zu der er den Kontakt wiederaufgenommen hatte – auch heute noch äußerst lebendig war.

Ein Schauer überlief sie. Einen Moment lang kam sie sich vor wie in einem dieser Filme, in denen jemand von Außerirdischen entführt worden war. Nach seiner Rückkehr hatte er zwar dieselbe Gestalt, war vom Wesen her jedoch stark verändert. Es ängstigte sie, ihren Vater, den Fels ihrer Kindheit, als Fremden wahrzunehmen. Wie musste es da erst ihrer Mutter ergehen?

»Eine Øre für deine Gedanken«, flüsterte Erik ihr zu, als der Kellner kam und die Teller der Vorsuppe einsammelte. »Ist alles in Ordnung? Du schaust so …«

»Alles gut«, unterbrach ihn Lizzy. »Ich erklär's dir später mal. Aber jetzt lass uns den Abend genießen.« Sie drehte ihre Hand, die er umschlossen hatte, und verschränkte ihre Finger mit seinen. »Ich kann dir gar nicht sagen, wie glücklich ich bin, dass du ihn mit mir verbringst.«

# 24

*Oslo, Mai 1941*

»Was er wohl ausheckt?«

Die Frage ihres Vaters riss Solveig aus ihrer Starre. Sie folgte seinem Blick und sah, dass Roar im Nebenraum vor dem Podest stand, auf dem das kleine Orchester eben die letzten Takte des Walzers spielte. Sobald die Musiker den Applaus der Tänzer und der am Rand sitzenden Gäste entgegennahmen, reckte er sich zum Kapellmeister hoch und stellte ihm offenbar eine Frage, die dieser mit einem Nicken beantwortete. Anschließend kehrte Roar zu Solveig zurück und rieb sich mit einem vergnügten Lächeln die Hände.

Solveig wurde flau. Er hatte sie nicht einfach schnöde stehen lassen, wie sie angenommen hatte. Es erschreckte sie, wie sehr sein Verhalten sie beeinflusste.

»Wollen wir?« Roar reichte ihr den Arm. »Oder ist dir nicht nach Tanzen? Du bist ganz blass.«

»Alles bestens!« Solveig hakte sich bei ihm ein. »Ich hatte nur … Mein Vater ist manchmal einfach unmöglich! So direkt und …«

»Du hast befürchtet, dass ich mich davon verschrecken lasse und die Flucht ergreife?« Roar grinste. »Du müsstest mich doch schon ein bisschen besser kennen. So leicht lass ich mich nicht verunsichern.« Er fasste ihre Hand, wirbelte sie einmal um sich selbst, zog sie wieder zu sich und nahm die Tanzposition ein, während das Orchester die Instrumente ansetzte und auf den Auftakt des Dirigenten wartete.

»Abgesehen davon freue ich mich, dass dein Vater offenbar nichts gegen unsere Annäherung hat und wir die Heimlichtuerei beenden können«, fuhr er fort. »Anfangs war es mir falsch vorgekommen, mit der Tochter des Chefs anzubandeln. Deshalb hab ich wohl oft so abweisend gewirkt. Dabei war mir seit unserer ersten Begegnung klar, dass du die Frau bist, auf die ich immer gewartet habe. Auch wenn das jetzt sicher furchtbar kitschig klingt.«

Solveig spürte ihre Augen feucht werden. Die letzten Minuten hatten sie in ein Wechselbad der Gefühle getaucht. Sie zwinkerte die Tränen weg. »Oh, ich liebe Kitsch«, jauchzte sie eine Spur zu laut und schmiegte sich an ihn. »Besonders, wenn er so romantisch ist«, fügte sie leiser hinzu.

Gleich darauf ertönte eine Melodie, die sie aus dem Volksempfänger kannte, der im Büro von Fräulein Schmitt stand. Die deutsche Sekretärin hatte das Radio oft eingeschaltet, um die neuesten Berichte von der Wehrmacht zu hören, vor allem aber die Schlager, für die sie ein Faible hatte und die sie mitsang, wenn sie sich unbeobachtet wähnte.

Dieser stammte von Peter Igelhoff, einem der erfolgreichsten Chansoniers und Komponisten im Deutschen Reich, der auch in Norwegen großen Anklang fand. Nicht zuletzt, weil er dem NS-Regime sehr kritisch gegenüberstand und ein Jahr zuvor den Unmut der Reichsmusikkammer mit dem »Lied ohne Worte« erregt hatte, das den Nazis mit seinem jazzigen Charakter viel zu amerikanisch war. Um ihn fortan von deutschen Bühnen fernzuhalten, steckte ihn das Reichspropagandaministerium in die Truppenbetreuung. Der Beliebtheit seiner Schlager tat das indes keinen Abbruch. Selbst eine überzeugte Nazisse wie Fräulein Schmitt fand nichts dabei, sie weiterhin zu hören.

Nach ein paar einleitenden Takten trat einer der Musiker ans Mikrophon und sang:

*Du hast die schönste Nase,*
*Du hast den schönsten Mund,*
*Doch das ist zur Ekstase*
*Noch lange nicht für mich der Grund.*
*Auch muss ich anerkennen*
*Dein Grübchen unterm Kinn.*
*Ich könnt' noch vieles nennen,*
*Worin verliebt ich bin.*
*Doch ich bin jetzt ganz ehrlich und erklär':*
*Das wäre alles nichts, wenn eins nicht wär':*

*Ich bin ganz verschossen*
*In deine Sommersprossen;*
*Die kleinen und die großen*
*Sind meine Freud'.*

Roar und Solveig wirbelten über die Tanzfläche und hatten zunehmend Mühe, den vielen anderen Paaren auszuweichen, die von der beschwingten Weise angelockt wurden. Den Schlussrefrain sang Roar mit, zog Solveig nach den letzten Klängen näher zu sich und küsste sie auf die Nasenspitze.

»Endlich«, sagte er ihr ins Ohr. »Das hatte ich mir schon lange gewünscht. Dieses Lied spukt mir nämlich ständig im Kopf herum, seit ich dich und deine entzückenden Sprossen zum ersten Mal gesehen habe.«

Solveig lachte ihn atemlos an und begann im Takt der Swingnummer zu wippen, die die Kapelle als Nächstes anstimmte.

»Ich könnte die ganze Nacht mit dir tanzen«, sagte sie. »Ich habe mich schon lange nicht mehr so leicht und frei gefühlt.«

Als ob mir Flügel gewachsen wären, dachte sie. ›Der Liebe leichte Schwingen trugen mich‹, hat das nicht Romeo zu seiner Julia gesagt? Er muss ähnlich empfunden haben wie ich jetzt.

»Geht mir genauso. Es tut gut, dass wir uns endlich offen zueinander bekennen dürfen«, erwiderte Roar. »Auch wenn es vermutlich nicht jedem schmecken wird.«

»Wen meinst du?«

»Nils. Der hat sich dir gegenüber ja mächtig ins Zeug gelegt.«

»Oh, den hatte ich ganz vergessen.«

»Na ja, ich hoffe, er nimmt es sportlich.« Roar zuckte die Schultern. »Außerdem ist er, was das Flirten betrifft, wahrlich kein Kind von Traurigkeit.«

Ich kenne da noch jemanden, der meine Wahl wohl nicht gutheißen wird, fiel es Solveig ein. Sie hatte wieder das überschwängliche Lob im Ohr, mit dem ihre Mutter den Freund von Roar bedacht hatte. Sie würde eindeutig Nils für mich wählen. Na, und wenn schon, wischte Solveig den Gedanken weg. Zum Glück hat sie nicht darüber zu entscheiden, wem ich mein Herz schenke.

»310«, wisperte Solveig zwei Stunden später, als Roar sich von ihr auf dem Treppenabsatz der zweiten Etage verabschiedete, auf der die Zimmer von ihm und Erling Lund lagen, der bereits ein paar Schritte vorausgegangen war. »Gute Nacht«, fügte sie laut hinzu, drehte sich rasch um und lief die Stufen hinauf.

Ich hab es tatsächlich getan, stellte Solveig fest. Ich habe mich getraut, meinem Verlangen Ausdruck zu verleihen. Ihr Herz begann, schneller zu schlagen. Während des Rückwegs zum Hotel »Continental« durch die schattigen Straßen, die wegen der Verdunkelungsanordnungen weder von Laternen noch durch aus Gebäuden dringenden Lichtern erleuchtet wurden, war der Entschluss in ihr gereift, dem Vorbild ihrer Filmheldin Franziska zu folgen und Roar ohne falsche Scham zu signalisieren, dass sie bereit war, ihre Beziehung intimer werden zu lassen. Das komfortable Hotelzimmer in sicherer Entfernung von dem ihres Vaters erschien ihr wie ein Geschenk des Himmels. Wann würden sie und Roar wieder solch eine Gelegenheit haben? Weder im Haus ihrer Eltern noch in der Wohnung, die Roar sich mit seinem Freund Nils und zwei weiteren Angestellten der Werft teilte, wäre ein solches Tête-à-Tête ohne Weiteres möglich. Erling Lund hatte die Etage über seinem Kontor im Gebäude am Hafen gemietet, um Mitarbeitern ein Dach überm Kopf bieten zu können.

Während Solveig die Tür zu ihrem Zimmer aufschloss, das Licht einschaltete und sich überzeugte, dass die Fensterläden vorschriftsgemäß geschlossen waren, war sie innerlich hin und her gerissen. Zur Angst vor der eigenen Courage und der Unsicherheit, ob Roar ihre Botschaft überhaupt verstanden hatte, beziehungsweise wie er darauf reagieren würde, gesellte sich die Stimme ihres strengen Ichs, das ihr Vorpreschen verurteilte. Was, wenn sie sich in Roar täuschte und er es mit ihr nicht so ernst meinte, wie sie glaubte? Wenn sie sich am nächsten Tag in der Masse der Frauen wiederfand, die sich einem Mann hingegeben hatten, der nicht an einer tieferen Beziehung interessiert war, sondern nur »das Eine« wollte und sich anschließend auf die Jagd nach der Nächsten begab, die er erobern konnte?

Das hättest du dir vorher überlegen müssen, beendete sie die Vorhaltungen. Einen Rückzieher kannst du außerdem immer noch machen. Und vielleicht hat Roar ja gar nicht vor, dein Angebot …

Ein leises Klopfen unterbrach Solveigs Überlegungen. Sie holte tief Luft, öffnete die Tür und fand sich mit dem nächsten Atemzug in Roars Armen wieder.

»Du bist einfach großartig und voller Überraschungen«, murmelte er. Seine Stimme klang heiser. »In meinen kühnsten Träumen hätte ich nicht …«

Solveig stellte sich auf die Zehenspitzen und verschloss seinen Mund mit ihren Lippen. Ihr Unterleib zog sich in süßem Schmerz zusammen, als er ihren Kuss erwiderte und sie dabei fester an sich drückte. Ihre Zweifel zerstoben im Strudel der Sinneseindrücke, in den sie eingesogen wurde. Während die Außenwelt zu schemenhaften Konturen verschwamm, nahm Solveig jedes Detail von Roars Körper, seinen Duft, seine Laute und Bewegungen umso deutlicher wahr. Bin wirklich ich es, der dies hier widerfährt? Oder träume ich? Der Gedanke blitzte kurz auf und verschwand im selben Augenblick, in dem Roar sie hochhob, zum Bett trug und sanft ablegte. Solveig schaute ihm in die Augen und sah in ihnen das ungläubige Staunen gepaart mit Verlangen widergespiegelt, das sie selbst spürte. Sie griff nach seinen Schultern und zog ihn zu sich hinab. Während sie sich gegenseitig Bluse und Hemd aufknöpften, versenkten sich ihre Blicke tiefer ineinander, bis sich ihre Münder erneut fanden und sie begannen, den anderen mit den Händen zu erkunden.

»Bist du wirklich sicher?«, fragte Roar nach einer Weile, von der Solveig nicht hätte sagen können, ob sie Minuten oder Stunden gedauert hatte.

Ihr Körper bebte und drängte sich ohne ihr Zutun zu seinem, wollte eins werden mit ihm, ihn in sich spüren.

»Ich möchte nicht, dass du dich zu etwas genötigt …«

Solveig schlug die Augen auf. »Wie könnte ich zu etwas gezwungen werden, das ich schon lange herbeisehne?« Sie umfasste seinen Kopf. Eine tiefe Gewissheit erfüllte sie und ließ sie ganz ruhig werden. »Ich bin die Deine.«

Solveig spürte, wie ein Zittern durch Roars Körper lief und gleich darauf ein Pochen, als er sich auf sie legte und ihre Herzen im Gleichklang pulsierten.

Viel zu früh dämmerte der Morgen, viel zu früh verrieten gedämpfte Geräusche auf dem Flur, dass das Hotelpersonal seine Arbeit aufnahm und sich bereit machte, die Gäste mit Frühstück, frisch geputzten Schuhen, bestellten Weckdiensten und anderen morgendlichen Angeboten zu versorgen.

»Bist du wach?«

Solveig blinzelte. »Nein, ich träume noch«, murmelte sie, schloss die Lider und schmiegte sich an Roars warmen Körper. Sie hatte nicht bemerkt, dass sie irgendwann in einen Schlummer geglitten sein musste, der erfüllt gewesen war von den Bildern und Eindrücken ihrer Zweisamkeit.

»So schwer es mir fällt, ich sollte jetzt wohl langsam in mein Zimmer runtergehen«, sagte Roar und streichelte ihren Kopf, den sie auf seine Brust gebettet hatte.

»So muss sich Julia nach ihrer Liebesnacht mit Romeo gefühlt haben«, seufzte Solveig, strich sich die Haare aus dem Gesicht und richtete sich ein wenig auf. »›Willst du schon gehen? Der Tag ist ja noch fern. Es war die Nachtigall und nicht die Lerche, die eben jetzt dein banges Ohr durchdrang.‹«

»›Die Lerche war's, die Tagverkünderin‹«, setzte Roar das Zitat aus Shakespeares Tragödie mit Romeos Antwort fort. »Zum Glück droht mir nicht der Tod, wenn man mich hier entdecken würde. Dennoch halte ich es für besser, wenn dein Vater nicht mitbekommt …«

»Du hast ja recht«, fiel Solveig ihm ins Wort. »So sehr er unsere Beziehung auch gutheißen mag: die Vorstellung, dass seine einzige Tochter ihr kostbarstes Gut so schnell …«

»Du weißt hoffentlich, dass es bei mir gut aufgehoben ist.« Roar drehte sich auf die Seite, stützte seinen Kopf in die Hand und schaute Solveig in die Augen. »Es ist mir ernst mit dir.«

»Ja, das weiß ich.« Solveig erwiderte seinen Blick und gab ihm einen innigen Kuss. »Und mir mit dir.«

Roar stand auf, schlüpfte in seine Kleider, warf ihr eine Kusshand zu und verließ das Zimmer, nachdem er sich vergewissert hatte, dass sich niemand auf dem Flur aufhielt.

Solveig hatte jede seiner Bewegungen verfolgt, als sähe sie ihn zum ersten Mal. Wir gehören jetzt zusammen, jubelte es in ihr. Der Satz klang so banal – und zugleich verheißungsvoll. Etwas Neues war in ihr Leben getreten, hatte sie buchstäblich über Nacht zu einer anderen gemacht. Zu einer Frau. Nein, zu *seiner* Frau. Solveig sank in die Kissen zurück, schloss die Augen und überließ sich den Erinnerungen an die letzten Stunden.

Zwei Tage später machte sich Solveig in ihrer Mittagspause auf den Weg zum Eiganesveien, wo der Sicherheitsdienst im ehemaligen Altenheim seine Büros eingerichtet hatte. Büroleiter Nägele hatte am Vormittag ihren Chef in der Dienststelle angerufen und gebeten, ihm Fräulein Lund vorbeizuschicken, deren Hilfe er bei einer Zeugenbefragung benötigen würde. Erst als Solveig den Kongsgård verließ, fiel ihr siedend heiß ein, dass der SDler womöglich eine Antwort auf seine Aufforderung erwartete, der NS-Partei von Vidkun Quisling beizutreten. Ihr Vorhaben, sich mit ihrem Vater darüber zu beraten, hatte sie während ihres Oslo-Besuchs vergessen, zu aufwühlend waren die Ereignisse gewesen, die dort ihr Leben in neue Bahnen gelenkt hatten. Bei der Erinnerung daran verzogen sich ihre Mundwinkel zu einem Lächeln, und ein Kribbeln breitete sich in ihrem Magen aus.

»Grüß dich, Solveig! Ich wusste gar nicht, dass du heute schon wieder arbeitest.«

Afras Stimme riss Solveig in die Gegenwart zurück. Ihre Freundin hatte von ihr unbemerkt ebenfalls das Gebäude verlassen.

»Hältst du es mit Karl Valentin?«, fuhr Afra fort und schlug sich im kühlen Wind, der Regenschauer vor sich hertrieb, den Kragen ihrer Uniformjacke hoch.

»Karl wer?«, fragte Solveig, nachdem sie die junge Bayerin umarmt hatte.

»Ein begnadeter Komiker aus München«, antwortete diese. »Der sagte mal: ›Ich freue mich, wenn es regnet, denn wenn ich mich nicht freue, regnet es auch.‹«

»Das gefällt mir.« Solveig schmunzelte. »Aber wie kommst du darauf, dass ich dieses Schmuddelwetter …«

»Weil du so verzückt in dieses ungemütliche Grau gelächelt hast«, erklärte Afra. »Du leuchtest regelrecht.« Sie deutete über den Marktplatz zu einer Straße, die am östlichen Ufer des Hafenbeckens verlief. »Wollen wir unsere Pause im ›Kafé Kløver‹ verbringen? Ich hätte jetzt großen Appetit auf eins von deren köstlichen Krabbenbroten.«

»Ein anderes Mal liebend gern.« Solveig verzog bedauernd den Mund. »Ich muss rauf zum Eiganesveien. Meine neue Arbeit beim …«

»SD, klar.« Afra überlegte kurz. »Was hältst du davon, wenn ich dich begleite? Tut mir nach der vielen Sitzerei gut, mir ein wenig die Beine zu vertreten. Dann kannst du mir erzählen, was dich so glücklich macht.« Sie hakte sich bei Solveig unter. »Es steckt ein Mann dahinter? Genauer, ein gewisser Roar, nicht wahr?«

»Dir entgeht auch nichts«, murmelte Solveig.

Sie dirigierte Afra nach links zum Olavskleivå, der nach der Kreuzung am Løkkeveien in den Eiganesveien überging. Es war ihr ein bisschen peinlich, dass ihr ihre Verliebtheit so deutlich auf die Stirn geschrieben stand. Andererseits brannte sie darauf, ihr Glück mit einer Freundin zu teilen, von der sie wusste, dass sie sich mit ihr freuen würde.

»So, jetzt bist du auf dem neuesten Stand«, schloss sie zehn Minuten später ihren Bericht über den Kurztrip nach Oslo, bei dem sie allerdings die von ihr und Roar geplanten illegalen Aktivitäten unerwähnt gelassen hatte. »Je weniger Leute davon wissen, umso sicherer«, hatte er ihr eingebläut. Nicht, weil er Solveigs Verwandten oder Freunden misstraute, sondern um diese nicht in Gefahr zu bringen.

»Das ist so romantisch«, sagte Afra und drückte Solveigs Arm. »Ich bin sicher, dass ihr beiden sehr glücklich miteinander werdet. So wie ich und mein Kurt.« Ein Schatten flog über ihr Gesicht.

»Was ist?«, erkundigte sich Solveig.

»Ach, wahrscheinlich machen wir uns umsonst Sorgen.« Afra straffte sich. »Erzähl lieber noch ein bisschen, wie genau …«

»Nein, ich sehe doch, dass dich was quält.« Solveig blieb stehen. »Bitte, weih mich ein. Habt ihr Angst, dass ein Vorgesetzter Wind von eurer Liebe bekommen hat? Oder bist du vielleicht schwan…«

»Nein, nichts dergleichen«, fiel ihr Afra ins Wort. »Aber ist dir vielleicht auch aufgefallen, dass es gerade sehr viele Truppenbewegungen gibt?«

»Oh, ja. Auf dem Hinweg war der Zug regelrecht vollgestopft mit Soldaten. Und auch in Oslo hatte ich den Eindruck, mehr Uniformierten als Zivilisten zu begegnen.« Solveig verengte die Augen. »Auf der Rückfahrt dagegen waren kaum Soldaten unterwegs.«

Afra biss sich auf die Lippe. »Also doch«, murmelte sie und sah sich um. Mittlerweile hatten sie Solveigs Ziel fast erreicht, an der nächsten Straßenecke lag die Dienststelle des Sicherheitsdienstes.

»Seit Tagen schwirren Gerüchte herum, was der Grund für die Truppenverlegungen nach Oslo und von dort zu unbekannten Zielorten sein könnte«, sprach Afra weiter, nachdem sie sich überzeugt hatte, keine Mithörer zu haben. »Kurt befürchtet, dass der Führer einen Angriff auf Russland vorbereitet.«

»Was?« Solveig hob eine Hand vor den Mund. »Aber er hat doch einen Nichtangriffspakt mit Stalin geschlossen.«

»Als ob Hitler sich um Vereinbarungen schert«, grummelte Afra. »Es gibt auch andere Vermutungen. Nämlich, dass die Einheiten in den Nahen Osten verlegt werden sollen, um dort eine zweite Front gegen Großbritannien zu eröffnen.« Afra ließ die Schultern hängen. »Jedenfalls ist Kurt in Sorge, dass es ihn auch trifft, und er nun doch bald an der Front kämpfen muss.«

»Das wäre wirklich furchtbar«, sagte Solveig und nahm Afra in die Arme.

Wie nah doch Glück und Sorge beieinanderliegen konnten, dachte sie. Nicht auszudenken, wenn Roar in den Krieg ziehen müsste. Ich würde verrückt vor Sorge. Sie drückte die Freundin fester an sich. Bitte, lieber Gott, mach, dass nichts dran ist an diesen Gerüchten! Hat sich dieser Hitler denn nicht schon genug einverleibt? Gibt es denn nichts und niemanden, der seiner Gier Einhalt gebieten kann?

# 25

*Stavanger, Februar 1970*

»Dad, kann ich bitte kurz mit dir sprechen?«, begann Lizzy und holte tief Luft. »Ich weiß, dass du nicht drüber reden willst, aber ich halte das nicht länger aus. Seit wir vor einem Monat hier angekommen sind, gehst du uns aus dem Weg und weichst aus, wenn wir Fragen nach deiner norwegischen Vergangenheit stellen oder wissen wollen, was dir so zu schaffen macht, dass dich sogar Alpträume plagen. Warum sagst du uns nicht endlich, was los ist? Wie lange soll das noch so weitergehen? Vertraust du uns nicht mehr? Wir sind doch eine Familie! Oder siehst du das mittlerweile anders? Willst du nicht mehr mit uns zusammen leben? Nein, bitte, nicht abwiegeln. Ich bilde mir das nicht nur ein. Natürlich hast du wahnsinnig viel um die Ohren. Aber ich spüre einfach, dass noch etwas anderes als die viele Arbeit dahintersteckt. Nicht nur ich habe diesen Eindruck. Auch Mom macht das ganz …«

»Seit wann führst du Selbstgespräche?«

Lizzy zuckte zusammen und sah im Spiegel über dem Waschbecken ihr erschrockenes Gesicht, hinter dem das ihres Bruders auftauchte. Er war noch im Pyjama und gähnte herzhaft.

»Gehst du kurz raus? Ich muss mal.« Er deutete auf die Toilettenschüssel.

Wortlos verließ Lizzy das Badezimmer und stellte sich vor ihre Hälfte des Kleiderschranks. »Zieh dir alte Klamotten an«, hatte Erik ihr geraten, als sie sich am Abend zuvor verabschiedet hatten. »Beim Schleifen der Dielenböden und Entrümpeln geht es ziemlich staubig zu.« Lizzy griff nach einer älteren Jeans und einem Pullover, der zwar noch so gut wie neu war, ihr wegen seines grün-orangenen Streifenmusters, mit dem eine Tante ihrer Mutter ihn für sie gestrickt hatte, jedoch nicht gefiel. Jetzt würde ihr das ungeliebte Teil endlich gute Dienste leisten.

Gleich nach dem Frühstück wollte sie zur Øvre Strandgata laufen und wie versprochen Erik und Ole beim Werkeln in ihrem Haus helfen. Zuvor wollte sie das Gespräch mit ihrem Vater führen, bei dessen Probe Chris sie gestört hatte. Nachdem ihre Mutter am Vorabend hatte fallen lassen, sich zum Start in den Sonntag eine Maniküre zu gönnen, die im Hotel angeboten wurde, rechnete sich Lizzy gute Chancen aus, ihren Vater kurz vor neun Uhr allein im elterlichen Zimmer anzutreffen und dort ungestört mit ihm reden zu können.

In Gedanken ihre Ansprache durchgehend, zog sie sich fertig an, fasste ihre Haare mit einer ovalen Spange zu einem Pferdeschwanz zusammen und stopfte einen hellgrauen Rollkragenpullover aus weicher Mohairwolle in ihre Umhängetasche – für den Fall, dass Erik nach getaner Arbeit noch Zeit für ein, zwei Stündchen mit ihr allein haben sollte, in denen sie auf keinen Fall das orange-grüne Ungeheuer tragen wollte.

Wenige Minuten später stand sie im Flur vor der Tür ihrer Eltern. Sie hatte bereits die Hand zum Anklopfen erhoben, als sie gedämpfte Geräusche und Stimmen hörte. Das Blut schoss ihr ins Gesicht, als sie nach einem Atemzug erkannte, worum es sich handelte. Hochrot wandte sie sich ab. Nicht auszudenken, wie peinlich es gewesen wäre, wenn sie ins Zimmer geplatzt und ihre Eltern erwischte, wie sie gerade beim …

Lizzy schüttelte sich, wischte die Bilder fort, die sich ihrem inneren Auge aufdrängten, und ging zum Aufzug. War ihre zufällige Entdeckung ein gutes Zeichen? Sie war unentschlossen, wie sie sie einordnen sollte. Noch zwei Monate zuvor hätte sie keine Sekunde gezweifelt, dass es ein Beweis der Liebe ihrer Eltern war, die sich trotz der langen Ehejahre nach wie vor auch körperlich stark zueinander hingezogen fühlten. In diesem Moment war Lizzy sich dessen nicht gewiss. Sie hielt es für möglich, dass ihr Vater seine Frau damit beruhigen und ihr Misstrauen einschläfern wollte. Oder dass ihre Mutter hoffte, ihn durch ihre Hingabe an sich fesseln zu können. Immerhin hatte sie Grandma gegenüber den Verdacht geäußert, ihr Mann könne eine Geliebte haben.

Hör sofort auf, da so viel hineinzugeheimnissen, befahl sich Lizzy. Vielleicht liegst du ganz falsch mit deinen Verdächtigungen. Vielleicht besteht zwischen den beiden gar kein tiefer Graben, und sie nutzen einfach die seltene Gelegenheit, bevor Dad seine Dienstreise fortsetzen muss, die er wegen meines Geburtstages kurz unterbrochen hat. Trotzdem ist es blöd, dass es jetzt wieder ewig dauern wird, bis ich ihn sehen werde, dachte Lizzy. Sie seufzte und betrat den Aufzug, dessen Türen sich soeben mit einem dezenten »Pling« geöffnet hatten. Dafür treffe ich gleich Erik, tröstete sie sich und spürte, wie sich ihre Mundwinkel zu einem breiten Lächeln verzogen.

»Lizzy, darf ich dir meine Mutter vorstellen?«

Oles Stimme riss Lizzy aus ihrer Versunkenheit, in der sie seit einer Stunde eine Holztruhe bemalte, die Erik zuvor mit einem Handschleifgerät von alten Lackresten befreit hatte. Sie hatte sich zum Arbeiten in die Küche verzogen, wo es nicht nur warm, sondern vor allem staubfrei war. Die beiden Jungs waren derweil damit beschäftigt, die Holzdielen in der Wohnstube glatt zu schmirgeln.

Lizzy schaute auf und sah neben Ole eine Frau stehen, die fast so hochgewachsen wie er war und die gleichen hellbraunen Augen und blonden Haare hatte wie ihr Sohn. Letztere trug sie schulterlang mit einer geföhnten Innenrolle, ihre Stirn wurde von einem Pony verdeckt.

Lizzy stand auf. »*God Dag, Fru* … äh …« Sie stockte, als ihr klar wurde, dass sie Oles Nachnamen nicht kannte.

»Sylvi«, sagte seine Mutter und hielt ihr die Hand hin. »Du kannst mich gern duzen«, fügte sie etwas holprig auf Englisch hinzu. »Ich freue mich, dich kennenzulernen. Ole hat mir schon viel von dir erzählt.«

Als Lizzy ihren Blick erwiderte und ihre Hand ergriff, versteifte sich Sylvi kaum merklich und brach den Augenkontakt ab. Lizzy biss sich auf die Lippe. Hatte sie beim Händeschütteln zu fest zugedrückt? Oles Mutter machte zwar körperlich einen robusten Eindruck, strahlte jedoch zugleich etwas aus, das Lizzy schwer einordnen konnte. Zerbrechlichkeit? Nein, eher, als sei etwas in ihr zerbrochen oder aus dem Gleichgewicht geraten. Dazu eine melancholische Anmutung, die sie wie ein zarter Schleier umgab.

»Meine Mutter hat uns *matpakke* vorbeigebracht«, erklärte Ole und hielt zwei große Blechdosen hoch.

Lizzy zeigte mit einem Nicken, dass sie wusste, um was es sich handelte. Seit Chris die Schule besuchte, ließ er sich jeden Morgen in der Hotelküche ein solches Vesperpaket für die Pause zubereiten. Dabei wurden Brotscheiben mit Butter bestrichen sowie mit verschiedenen Belägen, dem sogenannten *pålegg*, versehen, zum Beispiel gepökeltem Schinken, Käsescheiben oder *leverpostei*, also einer Leberpastete. Der wesentliche Unterschied zu einem Sandwich bestand darin, dass keine zweite Brotscheibe folgte, sondern ein Stück Papier, auf das die nächste Schicht drapiert wurde.

»Höre ich da *matpakke*?«

Erik erschien hinter Ole. »Wunderbar, mir knurrt schon eine Weile der Magen.« Er bedachte Sylvi mit einem breiten Lächeln und inspizierte den Beutel, den sie ihm übergab. »Mmmh«, brummte er und holte ein Einweckglas heraus. »Sylvis saure

Gurken sind die besten«, sagte er zu Lizzy. »Und was haben wir hier?« Er stellte eine kleinere Dose auf den Küchentisch ab.

»Haferkekse«, antwortete Oles Mutter.

»Du bist ein Schatz«, sagte dieser und küsste sie auf die Wange. »Isst du mit uns?«

Sylvi schüttelte den Kopf. »Aber einen Kaffee nehme ich gern.« Sie setzte sich auf die Eckbank. »Hier gibt's nämlich *kokekaffe*. Den liebe ich«, erklärte sie Lizzy. »Da mein Mann aber nur Filterkaffee trinkt, komme ich selten in den Genuss.«

Als Lizzy die erste Tasse Kochkaffee probiert hatte, war sie kurz davor gewesen, sie umgehend wieder auszuspucken. Die Stärke und der leicht säuerliche Geschmack dieser norwegischen Spezialität waren doch sehr ungewohnt. Mittlerweile hatte sie jedoch Gefallen an dem Gebräu gefunden und konnte Sylvis Vorliebe nachvollziehen.

Erik setzte einen Wasserkessel auf den Herd und stellte eine Büchse mit grobkörnig gemahlenem Kaffee bereit, Ole holte eine Milchflasche und ein Päckchen Würfelzucker aus der Speisekammer, Lizzy nahm Teller und Becher aus dem Hängeschrank über der Spüle, verteilte sie auf dem Tisch und setzte sich gegenüber von Oles Mutter auf die Bank.

»Ihr seid ja ein prima eingespieltes Team«, stellte diese fest und öffnete die Dosen. »Apropos Team. Wie kommt ihr mit euren Plänen voran?«, fragte sie Erik. »Ich bekomme Ole ja kaum noch zu Gesicht und weiß zum Beispiel gar nicht, was aus dem gebrauchten Helikopter geworden ist, den ihr vielleicht kaufen könnt.«

»Tut mir leid, dass ich …«, begann Ole und setzte sich ebenfalls.

»So hab ich es nicht gemeint«, unterbrach ihn seine Mutter. »Ich weiß, dass du gerade besonders viel um die Ohren hast. Und jetzt könnt ihr mich ja auf den neuesten Stand bringen.«

»Allzu viel Neues gibt es noch gar nicht zu berichten«, sagte Erik und sprang auf, als der Kessel zu pfeifen begann. Er löffelte Kaffee ins siedende Wasser. »Sobald es das Wetter zulässt, werde ich nach Hamar fliegen und mir das gute Teil ansehen.«

»Fliegen?« Lizzy sah ihn erstaunt an. »Ist das nicht irre teuer?«

»Nicht, wenn man mit einem Piloten befreundet ist, der ein kleines Flugzeug besitzt.« Erik grinste verschmitzt. »Sollte eigentlich eine Überraschung werden. Ich hoffe nämlich sehr, dass du mich begleiten wirst.«

»Ich?« Lizzy riss die Augen auf. »Mit dir fliegen? Das ... das ...« Sie schluckte. »Nichts lieber als das!« Sie schlang die Arme um ihn. »Das ist die tollste Überraschung, die ich mir vorstellen kann.«

»He, erdrück mich nicht«, lachte Erik, zog sie auf seinen Schoß und gab ihr einen langen Kuss.

Als Lizzy sich von ihm löste und auf die Bank zurückrutschte, bemerkte sie den Blick von Sylvi, der auf ihnen ruhte und zugleich durch sie hindurchging. Als würden ihre Augen sie gar nicht wahrnehmen, als seien sie auf etwas gerichtet, das sich nicht in diesem Raum befand. In ihnen lag eine Wehmut, die Lizzy einen Stich versetzte. Nein, sie hatte es sich vorhin nicht eingebildet. Oles Mutter war von einer Traurigkeit erfüllt, die tiefer ging als eine vorübergehende Niedergeschlagenheit.

Einen Atemzug später bemerkte Sylvi, dass Lizzy sie ansah. Rasch senkte sie die Lider und stellte ihrem Sohn eine belanglose Frage. Kurz darauf verabschiedete sie sich. Ole begleitete sie zur Haustür.

»Ist sie immer so?«, fragte Lizzy leise.

»Was meinst du?« Erik sah sie ratlos an.

»Ich hatte den Eindruck, dass etwas sie bedrückt.«

»Hm, sie war nicht anders als sonst.« Erik zog die Stirn kraus. »Aber jetzt, wo du es erwähnst: Eigentlich habe ich Sylvi noch nie so richtig ausgelassen erlebt.« Er zuckte mit den Schultern. »Sie ist halt eine von den Stillen.«

»Es liegt also nicht an mir? Ich war mir nicht sicher, ob ich vielleicht was Falsches getan oder gesagt …«

»Meiner Mutter gegenüber?« Ole war zurückgekehrt. »Ganz sicher nicht. Im Gegenteil, sie findet dich sehr nett. Das hat sie gerade gesagt.«

»Es gibt sie eben doch, die Klischee-Norweger.« Erik grinste. »Zurückhaltend, wortkarg und ein bisschen scheu.« Er nahm sich ein mit Schinken belegtes Brot aus einer der Dosen und biss hinein.

»Du musst dir wirklich keine Gedanken machen«, sagte Ole. »Meine Mutter wirkt oft ein wenig abwesend und in sich gekehrt.«

Lizzy verzichtete auf weiteres Nachbohren. Ole kannte seine Mutter schließlich am besten. Außerdem ging deren Gemütsverfassung sie nichts an. Der geplante Ausflug mit Erik dagegen umso mehr.

»Was meinst du, wann wir nach Hamar fliegen können?«

»Bald, hoffe ich«, antwortete Erik. »Möglichst noch, bevor ich wieder zum Einsatz auf die ›Ocean Viking‹ muss. Das Wetter muss halt mitspielen.«

»Ihr habt also ein Zeitfenster von vierzehn Tagen«, stellte Ole fest.

Knapp zwei Wochen später war es so weit. Einen Tag, bevor Erik wieder zur Ölplattform aufbrechen musste, verzog sich der Schneesturm, der mal stärker, mal schwächer über Rogaland gewütet hatte, in östlichere Gefilde und machte kurz vor deren Untergang gegen halb sechs der Sonne Platz, von der Lizzy bereits nicht mehr geglaubt hatte, sie jemals wieder zu Gesicht zu bekommen.

Als sie an diesem Freitagmorgen vom Klingeln ihres Weckers, den sie auf halb sieben Uhr gestellt hatte, aus dem Schlaf geholt wurde, war es draußen zwar noch dunkel, der Himmel war jedoch wolkenlos, und es versprach ein sonniger Tag zu werden. Mit einem Jubelschrei sprang sie aus dem Bett und rannte ins Badezimmer. Erik hatte am Vorabend angekündigt, sie um halb acht abzuholen, sollte das Wetter stabil bleiben.

»Da behaupte noch einer, Freitag, der Dreizehnte, sei ein Unglückstag«, sagte er, als sie sich wenig später umarmten und in den VW-Bus stiegen, an dessen Steuer sein Freund Trond saß, der Besitzer des Privatjets. Eigentlich gehörte er seinem Vater, für dessen Transportunternehmen er seit einiger Zeit als Pilot arbeitete. Den Flug nach Hamar konnte er als Abstecher gut einrichten, da er ohnehin in die Richtung fliegen und drei Geschäftsleute zum Flughafen Oslo-Fornebu bringen sollte.

Als der VW-Bus auf das Gelände des Flughafens fuhr, das für Privatmaschinen reserviert war, beschlich Lizzy beim Anblick der einmotorigen Propellermaschinen, Doppeldecker und kleinen Jets ein mulmiges Gefühl. Bislang war ihr Flugangst fremd gewesen, unzählige Male war sie ohne Zögern in die Passagiermaschinen von Boeing oder Douglas gestiegen, mit denen sie und ihre Familie zu weiter entfernt liegenden Urlaubszielen oder nach Denver zu den Großeltern geflogen waren. Auch die Atlantiküberquerung hatte sie bedenkenlos angetreten. Die Befürchtung, abzustürzen, hatte sie nie geplagt. Ähnlich ging es ihr bei Fähren oder Dampfern im Vergleich zu kleinen Segelyachten oder Motorbooten. Die unmittelbare Nähe zum Element, das sie trug, zugleich aber auch ihren Tod bedeuten konnte, sollte sie kentern, löste Ängste in ihr aus, die sie auf größeren Gefährten offenbar besser verdrängen konnte – so unvernünftig sie das selbst fand.

»So, da wären wir«, verkündete Trond, als er den Wagen in der Nähe dreier Flugzeuge parkte.

»Ist das die Neuanschaffung, von der du erzählt hast?« Erik deutete auf das größte, dessen Nase spitz zulief. Im Unterschied zu den beiden kleineren Maschinen, bei denen vorne ein Propeller befestigt war, verfügte dieses über zwei Triebwerke an den Tragflächen.

»Genau, das ist unsere Cessna 401. Sie bietet bis zu acht Passagieren Platz«, erklärte er mit unüberhörbarem Stolz in der Stimme. »Davor hatten wir ja nur die beiden Cessnas 172.«

Auf der Fahrt hatte er erwähnt, dass die wachsende Nachfrage von Leuten, deren Ziele Flughäfen innerhalb Norwegens waren, die nicht von den regulären Linien angesteuert wurden, seinen Vater kürzlich zur Erweiterung seines Flugparks veranlasst hatte.

»Und damit bringst du uns nach Hamar?« Lizzys Stimme klang dünn.

Trond nickte. »In einen von unseren Skyhawks passen ja gerade mal vier Leute.« Er lief zu dem Jet, vor dem drei Männer in Anzügen warteten.

»Bammel?«, fragte Erik leise.

Lizzy war kurz versucht, ihr Unbehagen zu leugnen. »Ehrlich gesagt, schon etwas«, gestand sie. »Ich bin noch nie mit so einer kleinen Maschine geflogen. Die wirken so zerbrechlich.« Verlegen senkte sie den Blick. »Hältst du mich jetzt für einen Angsthasen?«

»Nein, wieso? Es bedeutet doch nur, dass du ein gutes Vorstellungsvermögen hast.« Erik legte einen Arm um ihre Schultern. »Aber bitte glaube mir: Es ist äußerst unwahrscheinlich, dass uns was passiert. Das Wetter ist ruhig, Trond ist ein erfahrener Pilot, und auf der Strecke herrscht so gut wie kein Verkehr.«

»Du hast recht, ich mach mir mal wieder unnötige Gedanken.« Lizzy gab sich einen Ruck. »Auf geht's.«

Im Dämmerlicht des beginnenden Tages hob das kleine Flugzeug kurz vor acht Uhr von der Startbahn ab und flog nach Osten ins Landesinnere. Die drei Geschäftsreisenden saßen im vorderen Teil, den Trond mit ironischem Zwinkern die Millionärslounge nannte. Er war mit vier lederbezogenen Sesseln samt Fußablagen, flauschigem Teppichboden sowie einer reichhaltig bestückten Minibar ausgerüstet und durch einen dicken Vorhang vom hinteren Drittel getrennt, in dem rechts und links des Durchgangs zum Heck je zwei einfache Sitze montiert waren. Lizzy hatte neben Erik am Fenster auf der einen Seite Platz genommen und sah gebannt nach draußen. Unter ihnen lag der dunkle Byfjord, gesprenkelt mit großen und kleinen weißen Flecken – den unter einer Schneedecke liegenden Inseln und Schären.

»Sieh mal, da ist Åmøy.« Erik zeigte auf eine lang gezogene Insel, deren westlicher und östlicher Teil von einer schmalen Landenge verbunden wurden.

»Kann man euer Haus sehen?«

»Warte ... Das ist die Bucht mit dem Anleger. Unser Haus sehe ich nicht, aber irgendwo da hinten muss der Felsen mit den steinzeitlichen Zeichnungen sein.«

Bei der Erinnerung an den ersten Kuss, den sie dort getauscht hatten, überlief Lizzy ein Schauer. Waren seither wirklich erst vier Wochen vergangen? Sie hätte schwören können, mindestens doppelt so lange mit Erik zusammen zu sein. Seit ihrem Geburtstag hatten sie sich jeden Tag gesehen, allerdings selten allein. Erik und Ole wollten so weit wie möglich mit der Instandsetzung und dem Einrichten des Hauses in der Øvre Strandgata vorankommen, bevor sie wieder für zwei Wochen auf die »Ocean Viking« mussten. Vor allem Erik war daran gelegen, sein Zimmer rasch wohnlich zu machen und für Lizzy und sich einen Ort zu schaffen, an dem sie sich ungestört zurückziehen konnten.

Lizzy war hin und her gerissen. Einerseits wurde der Wunsch, Erik wirklich nahe zu kommen und mehr mit ihm auszutauschen als intensive Küsse, mit jedem Treffen stärker. Andererseits war sie bei aller Verliebtheit auch erleichtert, dass »Es« vorerst noch nicht passieren konnte und gestand sich ein, ein wenig bange vor dem ersten Mal zu sein. Sie genoss die langsame Annäherung und war dankbar, dass Erik sie nicht drängte.

»Wir haben doch alle Zeit der Welt«, war seine Antwort gewesen, als sie ihn einmal zaghaft darauf angesprochen hatte. »Natürlich wünsche ich mir nichts sehnlicher, als dich ganz und gar kennenzulernen und mit dir zu schlafen«, hatte er zugegeben. »Aber ich finde es wichtig, dass du es tust, wenn du dich dazu bereit fühlst, und nicht, weil du glaubst, es mir zuliebe durchziehen zu müssen. Damit käme ich nicht gut klar.«

Lizzy drehte sich zu ihm, nahm seinen Kopf zwischen die Hände und gab ihm einen langen Kuss.

»Wofür war der denn?«, fragte Erik, als sie sich wieder voneinander lösten.

»Für dein Verständnis.« Lizzy sah ihm in die Augen. »Du weißt gar nicht, wie viel mir das bedeutet.«

Als Lizzy wieder aus dem Fenster schaute, stockte ihr der Atem. Die Maschine hatte mittlerweile ihre Flughöhe von 5000 Fuß erreicht, was in etwa 1500 Metern entsprach, wie der Pilot eben per Bordfunk verkündet hatte. Vor ihnen ragte eine lange Gebirgskette empor. Die Gipfel und obersten Ränder der Kämme waren von einem zarten Rotton angehaucht. Nach und nach tauchte die aufgehende Sonne die schwarz-weiße Landschaft in ein goldenes Licht, ließ Felsfalten, Senken und tiefe Schluchten sichtbar werden, gab dem Bild Tiefe, ließ es dreidimensional werden. Lizzy war es, als wohnte sie der Erschaffung einer Welt bei, ihrer Entfaltung von der Skizze zu einer mehrschichtigen, belebbaren Szenerie. Erfüllt von Ehrfurcht verfolgte sie das Schauspiel, das mit immer neuen Farbstimmungen überraschte. Nie hatte sie sich derart klein und zugleich als Teil von etwas Großem gefühlt. Das alles an der Seite von Erik zu erleben, der ihre Hand fest umschlossen hielt und ebenfalls stumm aus dem Fenster starrte, machte ihr Glück vollkommen.

»Wenn wir jetzt abstürzten, würde ich zufrieden sterben.« Die Worte drängten sich ihr kaum hörbar über die Lippen.

»Ich weiß, was du meinst«, erwiderte Erik leise »Noch beglückender finde ich allerdings die Aussicht, noch viele solcher Momente mit dir zu teilen.« Er legte den Arm um ihre Schultern.

»Gleich könnt ihr auf der rechten Seite Kongsberg sehen, die alte Bergwerkstadt«, erklang Tronds Stimme durch den Lautsprecher.

Lizzy schaute nach unten. Hatten sie zuvor weitgehend unberührt wirkende Wälder überflogen, die nur gelegentlich von Straßen durchzogen waren und noch in tiefen Schatten lagen, wurde die Landschaft mittlerweile auch hier von der Sonne beschienen, die die Eiskristalle der Schneeflächen glitzern ließ. Äcker, Viehweiden und Wiesen wechselten mit lichten Baumbeständen, durch die Flüsschen mäanderten. Vereinzelt waren Gehöfte und kleine Dörfer zu sehen. Kongsberg entpuppte sich als Kleinstadt, die zu beiden Seiten eines breiten Flusses erbaut war, der weitgehend zugefroren war und wie ein weißes Band zwischen den Häusern lag.

»Ich war mal mit Ole hier«, sagte Erik. »Der ist ja ein großer Jazzliebhaber und wollte unbedingt auf das Festival, das hier jeden Sommer stattfindet.«

»Jazz ist nicht so meins«, sagte Lizzy. »Mein Dad liebt es, aber ich …« Sie zuckte mit den Schultern.

»Geht mir ähnlich«, sagte Erik. »War aber trotzdem ein netter Trip. Man kann nämlich alte Silberminen besichtigen. Das war spannend.«

»Wird denn noch Silber gefördert?«

Erik schüttelte den Kopf. »Der Abbau wurde vor dreizehn Jahren eingestellt. Hat sich wohl nicht mehr rentiert.«

Kurz darauf setzte Trond zum Landeanflug in Fornebu an, wo die drei Geschäftsreisenden ausstiegen. Weitere dreißig Flugminuten lagen nun noch vor ihnen bis zum Flughafen von Hamar, der mit rund 14 000 Einwohnern größten Stadt Norwegens im Landesinneren. Sie lag am Ostufer des Mjøsa-Sees. In Doddy Hays Norwegenführer hatte Lizzy gelesen, dass dieses Binnengewässer mit seinen 117 Kilometern Länge das größte des Landes war und einige lohnenswerte Sehenswürdigkeiten zu bieten hatte.

»Noch so ein Ziel für einen Sommerausflug, den wir unbedingt mal gemeinsam machen sollten«, sagte Erik.

*Als hätte er meine Gedanken gehört.* Lizzy kuschelte sich an ihn.

»Auf dem See verkehrt nämlich ein alter Raddampfer, der schon seit Mitte des vorigen Jahrhunderts in Betrieb ist.«

»Der Weiße Schwan von Mjøsa«, murmelte Lizzy.

»Genau, so wird er genannt. Auf dem würde ich gern mit dir rauf nach Lillehammer schippern und das Freilichtmuseum auf dem Maihaugen besichtigen. Das muss echt ein Erlebnis sein.« Erik zog sie an sich. »Ach, es gibt so vieles, was ich dir gern zeigen oder mit dir entdecken möchte.«

»Ich freue mich darauf.« Lizzy lächelte. »Schon verrückt: Als ich hier ankam, fand ich alles grässlich und hätte jeden für plemplem erklärt, der behauptet hätte, ich würde dieses Land mal lieben.«

»Du könntest dir also vorstellen, länger hier zu bleiben?«, fragte Erik. »Ich weiß ja, wie sehr du deine Freundin Shirley und deine Großeltern vermisst.«

»Das tue ich nach wie vor«, antwortete Lizzy. »Aber ich merke jeden Tag mehr, dass ich mich hier wirklich zu Hause fühle. Als hätte ein Teil in mir erst hier seine Heimat gefunden.«

»Das liegt vermutlich an deinen norwegischen Wurzeln.«

»Und daran, dass ich mich hier zum ersten Mal richtig verliebt habe«, murmelte Lizzy. »Nicht nur in das Land.«

Eriks Augen leuchteten auf. *»Og jeg er forelsket i deg«*, erwiderte er leise.

Lizzy brauchte keine Übersetzung. Sie strahlte ihn an und versank in dem Kuss, mit dem er sein Bekenntnis besiegelte.

# 26

*Stavanger, Mai 1941*

Am Samstag nach ihrer Rückkehr aus Oslo hatte Solveig nur einen kurzen Einsatz beim Sicherheitsdienst gehabt. Die Zeugenbefragung, deretwegen Büroleiter Nägele sie angefordert hatte, war bereits nach einer halben Stunde beendet gewesen. Die Vernehmung einiger Arbeiter, die auf dem Flugplatz Forus beschäftigt waren, hatte sich als wenig ergiebig erwiesen. Sie sollten zu einem Vorfall aussagen, der am Tag zuvor zur Verhaftung eines Kollegen geführt hatte. Er hatte den deutschen Vorarbeiter als »Nazischwein« beschimpft und versucht, die anderen Arbeiter aufzuwiegeln. Diese gaben jedoch vor, sich an keine derartigen Vorkommnisse zu erinnern – was Herrn Nägele sichtlich verstimmte. »Stures Pack«, hatte er geknurrt und das Verhörzimmer Türe schlagend verlassen.

Solveig dagegen war froh gewesen über die Solidarität ihrer Landsleute. Nachdem sie das Protokoll abgetippt hatte, durfte sie Feierabend machen und sollte am darauffolgenden Dienstag wieder erscheinen, um relevante Neuigkeiten einheimischer Quellen für die *Meldungen aus Norwegen* zu übersetzen und in die übliche Form zu bringen, in der die Situationsberichte aus Stavanger und Umgebung abgefasst wurden.

Dienstags mussten sie in der Abteilung III des Befehlshabers des Sicherheitsdienstes vorliegen, wo sie zur Übermittlung nach Oslo fertiggestellt wurden. Die dortige Zentrale sammelte und redigierte die – als geheim eingestuften – Mitteilungen aus ganz Norwegen und schickte sie nach Berlin, von wo aus sie an einen Verteiler im Reich und den annektierten Gebieten weitergeleitet wurden. Diese Berichte gaben einen Überblick über die wichtigsten Probleme im Zuständigkeitsbereich der Dienststellen und stützten sich nicht nur auf deren eigene Beobachtungen, sondern zusätzlich auf Informationen weiterer deutscher Institutionen wie der Wehrmacht, des Arbeitsdienstes und nicht zuletzt Solveigs Hauptarbeitgebers, der Außenstelle des Reichskommissariats, sowie von norwegischen Polizeibehörden und anderen einheimischen Quellen.

Als Solveig kurz vor neun Uhr den Flur betrat, an dem die Büros des Sicherheitsdienstes lagen, fand sie diesen voller aufgeregt durcheinander redender Angestellter vor. Auch Herr Nägele war unter ihnen. Er machte einen fassungslosen Eindruck – was in Solveig unwillkürlich ein Gefühl der Befriedigung auslöste. Es war nicht das erste Mal, dass sie diesen Reflex hatte. Wenn sich deutsche Amtspersonen über etwas aufregten, beunruhigt zeigten oder gar ratlos und verzweifelt, war das in den allermeisten Fällen ein Zeichen dafür, dass für die Besatzer etwas nicht gut lief.

Den Gesprächsfetzen entnahm sie, dass soeben im Rundfunk der Untergang der »Bismarck« bekannt gegeben worden war. Solveig wusste, dass das deutsche Schlachtschiff eine Woche zuvor vom Grimstadfjord bei Bergen in den Atlantik vorgestoßen war, wo es britische Geleitzüge, die England mit Versorgungsgütern belieferten, vernichten sollte. Die »Bismarck« galt als kampfstärkstes Kriegsschiff, war gut gepanzert und verfügte über das weltweit beste Entfernungsmess- und Artillerieleitsystem. Nachdem es zwei Tage zuvor den Schlachtkreuzer »Hood«, das größte Schlachtschiff der Briten und Stolz der Royal Navy versenkt hatte, war es von dieser mit über fünfzig Kreuzern, Zerstörern, U-Booten und Torpedobooten gejagt worden und nun selbst schwer angeschossen in den Fluten versunken.

»Aber wie ist das möglich?«, stammelte Herr Nägele, zu dem Solveig ging, um seine Anweisungen entgegenzunehmen. Er sah sie mit geröteten Augen an. »Einfach untergegangen. Ausgerechnet unsere ›Bismarck‹.«

»Die arme Besatzung«, entfuhr es Solveig. »Weiß man, ob es Überlebende gibt?«

Die Vorstellung von den Tausenden Männern, die bei solchen Kämpfen auf beiden Seiten umkamen, wog für sie auch dieses Mal schwerer als die Genugtuung über den Verlust der Deutschen.

»Sie haben ihr Leben für Führer und Vaterland hingegeben.« Herr Nägele nahm Haltung an. »Mit wehender Flagge sind sie gesunken – wie es sich für anständige Soldaten gehört.«

Solveig fiel es schwer, ihren Abscheu zu kaschieren. Wie konnte man es gutheißen, zahllose Männer in den sicheren Tod zu schicken, anstatt sie durch eine Kapitulation zu retten? Spätestens, nachdem die »Bismarck« durch einen Torpedotreffer nicht mehr manövrierfähig gewesen war, hätte der Kommandant seine Mannschaft auf diese Weise vor dem Ertrinken bewahren können. Eine Option, die für Hitlers Anhänger offenkundig unter keinen Umständen infrage kam. Bis zur letzten Granate zu kämpfen, war oberstes Gebot – gleichgültig, wie unsinnig es in vielen Situationen sein mochte.

Solveig täuschte einen Niesanfall vor, verbarg ihr Gesicht hinter einem Taschentuch und bat anschließend den Büroleiter, ihr den Schreibtisch zu zeigen, an dem sie ihre Aufgaben erledigen konnte.

»Vorbildliche Einstellung!« Herr Nägele bedachte sie mit einem wohlwollenden Nicken. »Auch wir müssen trotz allem unsere Pflichten erfüllen und dürfen uns nicht von solchen Rückschlägen beeinträchtigen lassen.«

Er ging ihr voraus und führte sie in einen großen Raum, in dem sechs Tische mit Schreibmaschinen standen. An einer davon verbrachte Solveig die folgenden Stunden damit, einen Stapel norwegischer Protokolle und Meldungen zu übersetzen, die sich in der letzten Woche angesammelt hatten und in die *Geheimen Mitteilungen* eingearbeitet werden sollten. Ihr anfängliches Staunen ob der Menge der Delikte, die sich binnen dieser kurzen Zeitspanne ereignet hatten, wich der Verwunderung über die Maßstäbe, die die Deutschen bei der Bewertung der Verstöße ansetzten. Wenn selbst die gelallte Pöbelei eines Betrunkenen, der im Vorbeigehen einen deutschen Zivilisten als »Du kleiner Knirps« bezeichnet hatte, mit vier Wochen Schutzhaft geahndet wurde (hätte er einen Wehrmachtsangehörigen beleidigt, wäre er sogar vor dem Kriegsgericht gelandet, wo derartige Delikte mehrmonatige Gefängnisstrafen nach sich zogen), war der Umfang der Akten schnell erklärt. Die Besatzer waren zweifellos bestrebt, jedweden Hauch von Widerstand im Keim zu ersticken.

Für eine Verhaftung hatte es in einem Fall bereits ausgereicht, dass ein Mann zwei deutsche Offiziere »belästigte«, indem er ihnen auf dem Bürgersteig keinen Platz gemacht und bei deren Vorbeigehen höhnisch gelacht hatte. Die Ausbringung eines Trinkspruchs auf den im Exil weilenden König, das »Beschmieren« einer Wand mit der Parole *Lang lebe König Haakon* oder die Entfernung einer Wehrmachtsanordnung von einem Laternenmast führten zu mindestens vierzehn Tagen Schutzhaft sowie Geldbußen. Bei tätlichen Angriffen auf und erst recht Verletzungen von Soldaten konnten empfindliche Haftstrafen im Zuchthaus oder Gefängnis von mehreren Jahren verhängt werden, ebenso bei unbefugtem Waffenbesitz.

Dazu kamen Polizeiberichte zu laufenden Verfahren, bei denen es häufig um Sabotageakte (Beschädigung von Funkmasten, Schienen oder Kabelleitungen), Diebstähle von Wehrmachtseigentum (zum Beispiel von Benzin) oder Brandanschläge ging. Solveig bemühte sich, nicht weiter über die teils absurd anmutenden Verbrechen nachzudenken, sich ganz aufs Schreiben zu konzentrieren und ihre Aufgabe pünktlich abzuschließen.

Am Nachmittag machte sie sich nach der Arbeit auf den Weg zum Haus ihrer Patentante. Diese hatte am Vorabend angerufen und sie zu Kaffee und Kuchen eingeladen. Offenbar hatte sie ein Anliegen, das sie gern in einem persönlichen Gespräch klären wollte. Solveig freute sich auf das Wiedersehen mit Ingvill, die sie schon länger nicht mehr unter vier Augen gesprochen hatte. In ihrer Tasche hatte sie ein Päckchen mit echtem Bohnenkaffee sowie eine Flasche Cointreau. Ermöglicht wurde ihr dieses Gastgeschenk durch die Sonderzulage, die sie als Angestellte in einer deutschen Behörde erhielt.

Ingvill bat Solveig auf ihre geräumige Veranda an der Rückseite des Hauses, wo sie ein rundes Tischchen mit einem China-Service aus blau gemustertem Porzellan gedeckt hatte. In der Mitte thronte eine dreigeschossige Etagere, die mit Zimtschnecken, Rosinenbrötchen und schokolierten Früchten bestückt war. Schon als Kind hatte Solveig diese »Oase des Südens«, wie Ingvill ihr Idyll nannte, geliebt. Dank der Verglasung gediehen hier in bauchigen Kübeln auch mediterrane Pflanzen wie Orangenbäumchen, Kamelien, Feigen und Zwergpalmen. Es war jedoch in erster Linie eine mannshohe Voliere, die mit Dutzenden Kanarienvögeln, Zebrafinken und Wellensittichen für ein exotisches Gepräge sorgte. Bei ihrem Anblick hatte sich die kleine Solveig – inspiriert von Rudyard Kiplings *Dschungelbuch* – in tropische Länder geträumt, in denen sie als wagemutige Abenteurerin undurchdringliche Regenwälder erkundete, seltene Vögel entdeckte und gefährliche Begegnungen mit Tigern, Piranhas oder riesigen Schlangen meisterte.

Sobald sie Platz genommen hatten und der frisch gebrühte Kaffee in ihren Tassen dampfte, kam Ingvill zur Sache. Sie plante, in den nächsten Tagen ihre Koffer zu packen und mit ihren Freunden aus Trondheim den Sommer in einem Hotel in Risør zu verbringen, einem Ferienort in Sørland. Die Küste dieser südnorwegischen Region war durch unzählige vorgelagerte Schären und Inselchen vor der rauen Nordsee geschützt und erfreute sich dank weißer Sandstrände, einsamer Badebuchten und einer vielerorts südlich anmutenden Vegetation sowohl bei Tagesausflüglern als auch Touristen großer Beliebtheit.

Ingvill und ihre Freunde hatte es vor dem Krieg regelmäßig an die Côte d'Azur oder an die Amalfiküste am Tyrrhenischen Meer gezogen, wo sie oftmals von Juni bis August das südliche Flair genossen hatten. Im Vorjahr war der Urlaub wegen des Einmarschs der Deutschen und der anschließenden Kämpfe gänzlich ins Wasser gefallen. Und auch in diesem Sommer war an eine Auslandsreise nicht zu denken.

»Wir müssen wohl oder übel mit der Riviera des Nordens vorliebnehmen«, erklärte Ingvill mit spöttischem Unterton.

Die Neigung ihrer Landsleute, Landstriche oder Orte mit berühmten Vorbildern zu vergleichen, erheiterte sie immer aufs Neue. So wurde Tromsø, die Stadt hinter dem Polarkreis, seit dem 19. Jahrhundert zum »Paris des Nordens« verklärt, das auf drei Inseln erbaute Ålesund zum »Venedig des Nordens« und die hügelige Landschaft mit grünen Wiesen und urigen Bauernhöfen rund um den Mjøsa-See im Landesinneren zur »Toskana des Nordens«.

»Hoffentlich haben wir Glück mit dem Wetter«, fuhr sie fort. »Meine maroden Gelenke benötigen dringend warmes Wasser und Sonnenschein.« Sie seufzte und nahm sich ein Rosinenbrötchen. »Meine Nachbarin, die sonst immer nach dem Rechten sieht und meine Blumen und Vögel versorgt, ist gerade für längere Zeit in Bergen, wo sie ihre kranke Mutter pflegt.« Sie reichte Solveig das Milchkännchen. »Leider keine Sahne. Aber immerhin Vollmilch und nicht diese mit Wasser gestreckte Plörre, die man jetzt so oft angedreht bekommt.« Sie hielt kurz inne und sah Solveig direkt an. »Könntest du dir vorstellen, für meine Nachbarin einzuspringen? Mir ist bewusst, dass es eine große Bitte ist. Zumal meine Lieblinge«, sie machte eine Geste, die Pflanzen und Vögel einschloss, »einiges an Pflege benötigen. Aber ich wüsste sonst niemanden, dem ich den Schlüssel bedenkenlos anvertrauen kann. Natürlich könnte ich deine Mutter fragen, die nicht müde wird, mir ihre Unterstützung anzudienen.«

»Ach, bloß nicht«, rutschte es Solveig heraus.

Allzu viel sollte man nicht auf diese Angebote geben, fügte sie im Stillen hinzu. Erst kürzlich hatte eine andere Freundin den Unmut von Tuva Lund erregt, als sie deren Aussage »Lass es mich bitte wissen, wenn ich dir behilflich sein kann«, beim Wort genommen und sie gebeten hatte, ihr bei der Vorbereitung eines Wohltätigkeitsbasars unter die Arme zu greifen. »Was für eine Zumutung«, hatte Solveigs Mutter hinterher geschnaubt. »Die glaubt wohl, ich würde den ganzen Tag Däumchen drehend im Lehnstuhl sitzen. Außerdem engagiere ich mich ausreichend für Bedürftige.« Solveigs Bemerkung, ihre Mutter hätte doch selbst ihre Hilfe angeboten, hatte diese mit einer unwirschen Handbewegung beiseite gefegt.

Ingvill schmunzelte kaum merklich. »Aber Tuva hat wohl genug um die Ohren. Außerdem möchte ich unsere Freundschaft ungern überstrapazieren, wenn du verstehst, was ich meine.«

Solveig erwiderte ihr verschmitztes Lächeln.

Ingvill wurde wieder ernst. »Bitte, versteh mich nicht falsch, ich weiß, dass du ebenfalls gut ausgelastet bist. Aber bei dir wäre mein Haus in den besten Händen, und ich …«

»Das mache ich sehr gern«, fiel ihr Solveig ins Wort. »Wirklich, Tante Ingvill.«

»Danke, mein Kind.« Ihre Patin nahm einen Schluck Kaffee. »Am praktischsten wäre es natürlich, wenn du in der Zeit hier wohnst. Dann hättest du zumindest keine zusätzlichen Wege. Meinst du, das kannst du einrichten?«

»Ich wüsste nicht, was dagegenspricht.«

Ingvill beugte sich vor und tätschelte ihre Hand. »Großartig. Nun kann ich beruhigt abreisen.«

»Ich werde gut für alles sorgen«, versprach Solveig. Die Aussicht, viele Wochen ihre eigene Herrin zu sein und ein ganzes Haus für sich zu haben, gefiel ihr. »Pass nur auf. Am Ende will ich gar nicht mehr ausziehen.«

Ihre Patentante drohte ihr spielerisch mit dem Finger und bestrich ihr Rosinenbrötchen mit einer hauchdünnen Schicht Butter. »Aber jetzt erzähl doch mal von Oslo. Und von einem gewissen jungen Mann.«

Hab ich's doch geahnt, dachte Solveig und verkniff sich ein amüsiertes Grinsen. Das ist der wahre Grund, warum mich Ingvill unter vier Augen sprechen wollte.

»Du hast mit Mutter gesprochen«, stellte sie fest. »Lass mich raten, sie hat dir brühwarm von dem Tanzabend erzählt.«

Vor ihrem geistigen Auge erschien der skeptische Ausdruck, zu dem sich das Gesicht ihrer Mutter verzogen hatte, als ihr Mann mit sichtlicher Zufriedenheit erzählt hatte, dass sie in Roar Kjøl vermutlich einen Schwiegersohn in Aussicht hatten. Solveigs Einwand, dass sie sich gerade einmal kennengelernt hätten und es viel zu früh für derartige Zukunftsvisionen sei, hatte ihr Vater mit der Hand weggewedelt. »Ich weiß, was ich gesehen habe. Bei euch beiden stimmt die Chemie, das ist mir nicht erst in Oslo aufgefallen.«

»Also, ich habe davon bislang nichts gespürt«, hatte seine Frau spitz bemerkt. »Ich habe vielmehr den Eindruck, dass Nils Pettersen der Richtige …«

»Da ist wohl eher der Wunsch der Vater des Gedanken«, war ihr Erling ins Wort gefallen und hatte die Diskussion damit beendet. Was seine Frau nicht daran gehindert hatte, an ihrer Überzeugung festzuhalten und ihre alte Freundin umgehend einzuweihen. Wie Solveig ihre Mutter kannte, hatte diese Ingvill gebeten, auf ihr Patenkind einzuwirken und es aufzufordern, seine Wahl zu überdenken. Es wäre nicht das erste Mal gewesen, dass sie sich Schützenhilfe holte, wenn sie bei Solveig auf Granit biss und ihr Mann sich auf die Seite seiner Tochter schlug. So wie damals, als Solveig sich geweigert hatte, nach der neunten Klasse auf eine Haushaltsschule zu wechseln. Was in den Augen ihrer Mutter weitaus sinnvoller gewesen wäre, als nach dem Abitur zu streben. »Wozu soll das gut sein?«, hatte sie gefragt und darauf hingewiesen, dass ihre Tochter nach ihrer Hochzeit und spätestens als Mutter ohnehin ihren Lebensschwerpunkt im Haushalt haben würde. Zu ihrer Enttäuschung war Ingvill jedoch anderer Meinung gewesen und hatte Solveig darin bestärkt, ihren eigenen Weg zu finden, der für eine »moderne junge Frau« nicht zwangsläufig in der Ehe und der finanziellen Abhängigkeit von einem Mann führen musste.

»Keine Sorge«, sagte Ingvill, als habe sie Solveigs Gedanken gelesen. »Ich habe nicht die Absicht, der Bitte deiner Mutter nachzukommen und dir irgendetwas auszureden. Was ja wohl auch wenig Aussicht auf Erfolg hätte.« Ein spitzbübisches Lächeln huschte über ihr Gesicht. »Ich gebe zu, mir kam schon der Gedanke, dass meine Sommerflucht für dich auch einen positiven Nebeneffekt haben könnte. Vielleicht bist du nämlich froh über ein Plätzchen, wo du deinen Roar unbeobachtet empfangen kannst.«

Solveig spürte, wie ihr die Röte ins Gesicht schoss. Gleichzeitig hörte sie sich sagen: »Das würde dich nicht stören?«

»Ganz und gar nicht. Ich war schließlich auch mal jung und hätte in gewissen Zeiten viel um ein verschwiegenes Liebesnest gegeben.« Sie lächelte versonnen. »Außerdem war mir dein Roar auf Anhieb sympathisch. Ich freue mich aufrichtig, dass ihr beide einander gefunden habt.«

»Und ich erst!« Solveig strahlte. »Ich bin so unbeschreiblich glücklich.«

»Das sehe ich, mein Kind. Umso schöner finde ich es, dir mein Haus für den Sommer überlassen zu können. Und danach ... wer weiß, vielleicht sucht ihr ja dann bereits zusammen ein eigenes Heim.«

Solveigs Impuls, das als ferne Zukunftsmusik abzutun, verpuffte. So unwahrscheinlich ist das doch gar nicht, dachte sie. Was stünde einer baldigen Hochzeit im Wege? Hat Roar nicht erst gestern beim Abschied nach unserem Abendspaziergang gesagt, dass er sich ein Leben ohne mich gar nicht mehr vorstellen mag? Ein Jauchzen stieg Solveig in die Kehle. Womit habe ich dieses unfassbare Glück verdient?

# 27

*Stavanger, Februar 1970*

Bevor Erik und Lizzy sich um halb vier wieder mit Trond trafen, der den Aufenthalt in Hamar für einen Besuch des Eisenbahnmuseums nutzte, hatte Erik einen Termin bei einem Lehrer der Flugschule, die auf die Ausbildung von Hubschrauberpiloten spezialisiert war. Er wollte sich nach den notwendigen Voraussetzungen, der Dauer sowie den Kosten erkundigen und klären, ob es während den mehrtägigen Unterrichtseinheiten eine Möglichkeit gab, in der Nähe preiswert unterzukommen.

Bereits als er den zum Verkauf stehenden Helikopter vom Typ Bell 47J Ranger – ein kleineres Modell mit rundum verglaster Schnauze – inspizierte, war in Lizzy ein Entschluss gereift, den sie nicht auf ihre Verliebtheit zurückführte oder der einer Laune geschuldet war. Nein, es war ein innigster Wunsch, der sich nun mit aller Macht Bahn brach: Sie wollte fliegen lernen und als Pilotin ihr Geld verdienen.

Aufmerksam verfolgte sie im Büro, das in einem schlichten Gebäude am Rande des Flugplatzes untergebracht war, das Gespräch der beiden Männer, musste jedoch schnell feststellen, dass sie so gut wie nichts verstand. Der Fluglehrer, ein grau melierter Fünfzigjähriger mit drahtiger Figur und Schnauzbart, hätte ebenso gut chinesisch reden können. Während Lizzy beim Lesen simpler norwegischer Texte mittlerweile einiges begriff, ohne jedes zweite Wort nachschlagen zu müssen, tat sie sich bei gesprochenen Dialogen nach wie vor schwer. Was nicht zuletzt daran lag, dass in Norwegen jedes Dorf seinen eigenen Dialekt zu pflegen schien.

»Hat er schon gesagt, wie hoch die Kosten sind?«, fragte Lizzy leise, als der Fluglehrer von einem Telefonanruf unterbrochen wurde.

»Nein, bislang ging es vor allem um die gesundheitlichen Anforderungen und theoretische Grundlagen«, antwortete Erik. »Tut mir leid, ich hatte nicht dran gedacht, dass du …«

Der Schnauzbärtige legte den Hörer auf und fuhr mit seinen Erklärungen fort.

»Entschuldigung«, unterbrach Erik ihn. »Könnten wir bitte Englisch reden? Meine Freundin lernt erst seit Kurzem unsere Sprache und kann deinen Ausführungen noch nicht so gut folgen.«

Der Mann, der Lizzy bislang kaum eines Blickes gewürdigt hatte, zog die Brauen nach oben.

»Ich möchte ebenfalls eine Fluglizenz erwerben und Pilotin werden«, erklärte Lizzy.

Erik sah sie erstaunt an, während dem Fluglehrer ein Schnauben entfuhr, das besser als alle Worte seine Verachtung zum Ausdruck brachte.

Lizzy spürte, wie sich ihr Zwerchfell anspannte. Was hast du erwartet?, meldete sich ihre innere Stimme. Es ist nach wie vor äußerst selten, dass Frauen fliegen lernen. Und erst recht, dass sie das nicht zum Privatvergnügen tun.

»Du könntest dir im Ernst vorstellen, als Pilotin zu arbeiten?«, fragte Erik.

»Was dagegen?«

»Aber nein, ganz im Gegenteil!« Erik drückte ihre Hand. »Das wäre wundervoll! Dann wären wir schon zu dritt in unserem Unternehmen.«

»Du hättest also keine Vorbehalte? Weil ich …«

»Weil du eine Frau bist und deshalb dafür nicht taugst?« Erik schüttelte den Kopf. »Du müsstest mich mittlerweile eigentlich besser kennen. Und Ole sieht das garantiert ebenso.«

»*Slikt tull!*« Der Ausbilder verzog den Mund.

»Warum ist das Unsinn?« Erik musterte ihn mit gerunzelter Stirn. »Es gibt viele gute Pilotinnen. Auch bei uns in Norwegen. Turi Widerøe zum Beispiel. Die fliegt seit ein paar Jahren als erste Norwegerin für eine kommerzielle Airline.«

»Schlimm genug«, knurrte der Schnauzbärtige. »Aber was soll's. Wenn die junge Dame ihre Dollars für solche Flausen aus dem Fenster werfen will.« Er zuckte mit den Achseln, setzte seine Erläuterungen jedoch auf Englisch fort.

Lizzy verbiss sich die scharfe Entgegnung, die ihr auf der Zunge lag, und schwor sich, es diesem arroganten Schnösel zu zeigen. Von nun an würde sie jede Øre, die sie verdiente, für die Ausbildung sparen, ebenso das Geld, das ihre Eltern ihr für den Führerschein zum Geburtstag angeboten hatten.

»Ich find's klasse«, flüsterte Erik ihr ins Ohr. »Was gibt es Schöneres, als Träume gemeinsam zu verwirklichen?«

Lizzy erwiderte den Druck seiner Hand. Was andere von ihrem Vorhaben hielten, war vollkommen gleichgültig. Eriks Begeisterung und ihre Entschlossenheit würden alles andere aufwiegen. Auch die Geduldsprobe, auf die sie gestellt wurden. Nicht nur, was den Beginn ihrer Ausbildung betraf. Schmerzlicher empfand Lizzy in diesem Augenblick die bevorstehende Trennung von Erik, der bereits am folgenden Morgen zur »Ocean Viking« aufbrechen musste. Auf den Bohrinseln wurde rund um die Uhr gearbeitet, Wochenenden bildeten da keine Ausnahme.

Beim Abschied vor dem »Atlantic Hotel«, an dem Trond sie einige Stunden später absetzte, hätte Lizzy sich am liebsten an Erik geklammert und ihn gebeten, bei ihr zu bleiben. Gleichzeitig schalt sie sich für diese kindische Anwandlung und gab sich Mühe, ein Lächeln aufzusetzen und lässig zu wirken.

Erik zog sie in seine Arme und sang leise:

*Close your eyes and I'll kiss you.*
*Tomorrow I'll miss you.*
*Remember I'll always be true.*
*And then while I'm away, I'll write home everyday*
*And I'll send all my loving to you.*

Mit Lizzys Selbstbeherrschung war es vorbei. Schluchzend schlang sie ihre Arme um seinen Hals, barg ihr Gesicht an seiner Schulter und drückte ihn, so fest sie konnte, an sich.

»Ich würde auch viel drum geben, nicht so lange von dir fortzumüssen«, sagte Erik. »Aber wir haben etwas, worauf wir uns freuen können. Und je mehr ich jetzt ranklotze, umso schneller werden wir diese leidigen Trennungen hinter uns haben.« Er löste sich sanft von ihr und grinste aufmunternd. »Du wirst dich noch nach diesen Zeiten zurücksehnen, wenn ich dir erst einmal täglich auf die Nerven gehen kann.«

Lizzy lächelte und wischte sich über die Augen. »Das wird nie geschehen«, sagte sie. »Und jetzt geh bitte, bevor ich wieder anfange zu heulen.«

Erik küsste sie zärtlich auf beide Augenlider, nahm sie ein letztes Mal fest in die Arme und kehrte zu Trond in den VW-Bus zurück.

Lizzy hätte nicht sagen können, wie lange sie noch auf dem Gehweg stand und in die Richtung starrte, in der der Wagen aus ihrem Sichtfeld entschwunden war. Eine kühle Windböe riss sie schließlich aus ihrer Versunkenheit. Fröstelnd zog sie die Schultern hoch und ging ins Hotel.

*Sonntag, 22. Februar 1970*

*Liebe Shirley,*
*vielen Dank für Deinen letzten Brief, über den ich mich (wie immer) riesig gefreut habe. Du schreibst so anschaulich, dass ich*

*das Gefühl habe, ich wäre bei Deinen Erlebnissen und Begegnungen dabei. Zum Beispiel, wenn Du in den Seminaren von »Professor Soporific« mit dem Schlaf kämpfst oder versuchst, diesen nervigen Typen mit dem scheußlichen Aftershave abzuwimmeln, der sich einbildet, er wäre Dein Mister Right. Schon irre, wie hartnäckig sich manche Leute weigern, ein Nein zu akzeptieren. Umso bedauerlicher finde ich, dass ein gewisser John, den Du nun schon ein paarmal »beiläufig« erwähnt hast, nur einen guten Kumpel in Dir zu sehen scheint. Liege ich vollkommen daneben mit meiner Vermutung, dass Du Dir da durchaus mehr vorstellen könntest? Ich wünsche Dir jedenfalls von ganzem Herzen, dass Dir auch bald »der Richtige« über den Weg läuft.*

*Nein, keine Angst, ich werde Dich jetzt nicht mit rosaroten Endlosergüssen über Erik und meine Verliebtheit nerven. Und nein, wir haben »Es« noch nicht getan. (Gib's zu, das ist es doch, was Dich in erster Linie interessiert.) Bisher war ich froh, dass Erik mir die Zeit lässt, die ich benötige. Seit unserem letzten Abschied vor neun Tagen spüre ich immer deutlicher, dass ich jetzt bereit bin dafür. Klar, ich bin sehr nervös, wenn ich daran denke. Aber mittlerweile überwiegt die Sehnsucht, Erik noch näher zu kommen. Ehrlich gesagt, kann ich es kaum erwarten. Du kannst Dir also denken, dass ich ihn wahnsinnig vermisse und den Tag herbeisehne, an dem ich ihn endlich wieder in die Arme schließen kann. Über eine Woche muss ich mich noch gedulden. SEUFZ!!!*

*Zum Glück habe ich viel zu tun, das lenkt mich meistens ganz gut ab. Auch heute steht einiges auf dem Programm. Nicht nur meine tägliche »Norwegisch-Stunde«, in der ich Vokabeln lerne, die Übungen durchgehe, die uns Frau Holm aufgegeben hat, und norwegische Texte lese. Seit einer Woche darf ich sonntags die Kindergruppe des Schwimmclubs trainieren. Das klappt – trotz meiner noch ziemlich mangelhaften Norwegischkenntnisse –*

*überraschend gut und macht mir großen Spaß. Ich selbst trainiere auch fleißig und hoffe, bei den nächsten Wettkämpfen für das Frauenteam antreten zu können. Außerdem habe ich mir in der Stadtbibliothek Fachbücher rund um das Thema Helikopter ausgeliehen, die es dort zum Glück auf Englisch gibt. Ich bin nämlich wild entschlossen, den Flugschein zu machen!*

*Kommende Woche werde ich Reidun auf einen Kurztrip nach Oslo begleiten. Sie wurde zu einem Vorstellungsgespräch bei der Journalistenschule eingeladen, wo sie sich um einen Studienplatz beworben hat. Ich werde die Gelegenheit nutzen, um diese ominöse Lena Haugen aufzusuchen und ihr auf den Zahn zu fühlen. Drück mir bitte die Daumen, dass ich dieses Mal endlich vorankomme mit meinen Nachforschungen.*

Lizzy hielt inne. Jetzt, wo eine mögliche Begegnung mit der Frau bevorstand, die vielleicht die Geliebte ihres Vaters war, wurde sie von Zweifeln geplagt. Einerseits hätte sie die Sache zu gern auf sich beruhen lassen und glauben wollen, dass sie mit ihrem Verdacht falschlag – schließlich hatte sich ihr Vater in den vergangenen Tagen sichtlich bemüht, seiner Frau zu zeigen, wie viel sie ihm bedeutete. Er hatte sich freigenommen und mit ihr einen Ausflug mit Übernachtung nach Bergen unternommen. Andererseits saß Lizzys Misstrauen mittlerweile zu tief, als dass sie dem vermeintlichen Frieden bedenkenlos getraut hätte. Es war durchaus möglich, dass diese kleine Reise ein Manöver war, um ihre Mutter in Sicherheit zu wiegen. Quasi eine Variante der Blumen, Pralinen oder anderen Präsente, mit denen viele Männer ihr schlechtes Gewissen kompensierten – wie immer wieder behauptet wurde. Dahinter musste ja nicht unbedingt eine Affäre stecken, es konnte auch das Gefühl sein, nicht zu genügen, zu wenig Aufmerksamkeit zu schenken und sich innerlich – aus welchen Gründen auch immer – abzuwenden oder abzukapseln.

Ganz abgesehen jedoch von dem, was zwischen ihren Eltern gut oder schlecht lief, wollte Lizzy endlich herausfinden, was es mit der norwegischen Vergangenheit ihres Vaters auf sich hatte. Je tiefer sie sich selbst diesem Land verbunden fühlte, umso wichtiger war es ihr, ihre Wurzeln zu kennen. Dieser Wunsch überwog auch in diesem Moment alle Zweifel. Reiduns Bitte, sie zur »moralischen Unterstützung« nach Oslo zu begleiten, war eine Gelegenheit, die sie beim Schopfe ergreifen sollte. Lizzy atmete durch und beugte sich wieder über den Briefblock.

*So, jetzt muss ich mich allmählich auf den Weg zum Schwimmbad machen. Ich melde mich spätestens nach meiner Rückkehr aus Oslo wieder. Ach, es wäre so toll, wenn Du mit von der Partie sein könntest! Du und Reidun würdet Euch sicher gut verstehen.*

*Liebe Shirley, ich vermisse Dich wirklich sehr! Du warst, bist und bleibst ein wichtiger Teil in meinem Leben, daran ändert die räumliche Entfernung nicht das Geringste!*

*Ich hoffe sehr, dass wir uns im Sommer sehen können. Da werden wir (also Mom, Chris und ich) ziemlich wahrscheinlich Grandma und Grandpa in Denver besuchen und sicher auch einen Abstecher nach L. A. machen.*

*Noch toller fände ich es allerdings, wenn Du in den Semesterferien hierherkommen könntest. Ich würde dir so gern mein neues Leben zeigen. Wie findest du die Idee? Hättest Du Lust auf eine Norwegenreise?*

*Hjertelig hilsen og klem (herzliche Grüße und Umarmung)*

*Deine Lizzy*

# 28

*Stavanger, Mai 1941*

»Jetzt stell dich gefälligst nicht so an!« Tuva Lund stemmte ihre Fäuste in die Hüften und funkelte ihre Tochter an. »Ingvill ist schließlich deine Patentante. Da sollte es eine Selbstverständlichkeit für dich sein, ihr zu helfen.«

»Aber ich hätte einen viel weiteren Weg zum Kongsgård und erst recht zum SD-Büro«, maulte Solveig und kniff sich unauffällig ins Bein, um das Glucksen zu unterdrücken, das ihr in die Kehle stieg. »Außerdem fürchte ich mich bestimmt so ganz allein in dem Haus.«

»Papperlapapp!« Ihre Mutter runzelte die Stirn. »Du bist kein Kind mehr.«

»Ich werde dir hier kaum noch im Haushalt helfen können«, setzte Solveig nach. »Schließlich muss ich nicht nur die Vögel und Pflanzen versorgen, sondern mich auch um …«

»Ich will keine weiteren Ausreden hören!«, rief Tuva. »Du wirst Ingvills Haus einhüten, und damit basta!«

Solveig schob die Unterlippe vor, nuschelte: »Na gut, wenn es denn sein muss«, und sandte ein stummes Dankeschön an ihre Patin, deren Plan, dass Solveig ihr Haus hüten sollte, soeben aufging. Ihre Befürchtung, sie würde es mit den gespielten Unlustbezeugungen übertreiben, erwies sich als unbegründet. Ihre Mutter hatte den Köder samt Haken geschluckt und sich genau in die Position manövrieren lassen, die Ingvill angestrebt hatte: in die der unnachgiebigen Befürworterin eines Vorhabens, das sie normalerweise sehr wahrscheinlich abgelehnt hätte.

In den verbleibenden Tagen bis zu Ingvills Abreise an Pfingsten wuchs Solveigs Vorfreude auf ihre Zeit als Hausherrin, in der sie nach eigenem Gutdünken schalten und walten konnte und über ein Refugium für ungestörte Stunden mit Roar verfügen würde. Immer wieder ertappte sie sich während ihrer Büroarbeit beim Abtippen von Protokollen oder dem Ablegen von Akten sowie nachmittags zu Hause dabei, wie ihre Gedanken abschweiften. Dabei wurde sie zunehmend auch von der Frage umgetrieben, wie sie ihr Vorhaben umsetzen konnte, Roar bei der Herstellung von illegalen Flugblättern zu unterstützen. Lediglich Papier zu beschaffen, war Solveig zu wenig. Es war ihr ein Bedürfnis, sich umfassender einzubringen. Warum sollten nur die Deutschen von ihrem gekonnten Umgang mit einer Schreibmaschine profitieren? Und auch das bloße Abtippen von Vorlagen, die anschließend mit der Handpresse vervielfältigt werden sollten, schien ihr auf Dauer wenig befriedigend. Was sprach dagegen, dass Roar und sie gemeinsam Texte entwarfen, die ihre Landsleute aufrüttelten?

Solveig brannte darauf, endlich loszulegen, sah sich jedoch vor Probleme gestellt, für die sie noch keine Lösung gefunden hatte. Wo war ein geeigneter und vor allem sicherer Platz für die kleine Druckmaschine? An welchem Ort und zu welcher Zeit konnte sie die Flugblätter unbemerkt schreiben?

Von der anfänglichen Idee, die Schreibmaschine im Kongsgård-Büro nach Dienstschluss zu benutzen, war Solveig schnell abgerückt. Zum einen war das Risiko, erwischt zu werden, viel zu hoch. Es gab zu viele Mitarbeiter, die immer wieder mal länger blieben. Zum anderen waren auf der Dienststelle nur Geräte mit deutscher Tastatur im Einsatz, also ohne die Sonderzeichen å, æ und ø. Das würde rasch Verdacht erregen, da die illegalen Flugblätter in der Regel auf norwegischen Maschinen getippt wurden.

Auch Roar hatte noch keine Antworten auf diese Fragen. Er bat Solveig um Geduld, ihre Sicherheit hatte für ihn oberste Priorität. »Was nützt wagemutiges Handeln, wenn es dich ins Gefängnis bringt oder noch schlimmere Folgen hat?« Solveig hatte ihm, wenn auch zähneknirschend, zugestimmt und sich weiter den Kopf zerbrochen. Die erzwungene Untätigkeit ging ihr auf die Nerven, da war auch der Spruch ihrer Großmutter Miri, der sich ihr aufdrängte, kein Trost: *Hastverk er lastverk* – Gut Ding will Weile haben.

Am Pfingstsonntag hatte Ingvill ihr Patenkind zusammen mit Roar am Spätnachmittag zu einem Abschiedsimbiss eingeladen, bevor sie am nächsten Morgen zu ihrer Reise nach Risør aufbrechen und Solveig in ihr Haus übersiedeln würde. Diese nutzte die Gelegenheit, bereits einen großen Koffer mit Kleidung und Toilettenartikeln zur Høgsfjordgata Ecke Sandsgata zu bringen, und war froh, dass Roar ihr beim Schleppen des schweren Trumms half.

Der 1. Juni war ein wolkenloser Tag. Die Sonne strahlte von einem tiefblauen Himmel und sorgte für hochsommerliche Temperaturen. Ingvill hatte eine Markise über der Veranda aufgespannt und wedelte sich mit einem Fächer Luft zu. Nachdem sie ihre Gäste mit Eistee und dicken Scheiben einer Räucherfischpastete versorgt hatte, kramte sie in ihrer Handtasche, zog ein Blatt Papier hervor und legte es vor sie auf den Tisch.

»Seht mal, davon hat heute jemand während des Pfingstgottesdienstes einige Exemplare unbemerkt im Vorraum der Johanneskirche ausgelegt.«

»Was ist das?« Solveig reckte den Kopf und las die Überschrift: *Norge in rødt, hvitt og blått*, unter der drei Strophen eines Gedichts standen.

»Das Lied war ursprünglich für die neue Theaterrevue *Det skal lyse igjen over byen* im ›Chat noir‹ vorgesehen«, erklärte Ingvill. »Das war doch die Vorstellung, die ihr mit Erling in Oslo ansehen wolltet?«

Solveig nickte.

»Nun, auch wenn die Premiere nicht geplatzt wäre, hättet ihr diese Nummer nicht zu Ohren bekommen«, sagte Ingvill. »Das hat mir unser Kantor zugeraunt. Das Lied wurde nämlich aufgrund der begeisterten Zuschauerreaktionen bei der Generalprobe nachträglich von der Staatlichen Zensurbehörde verboten. Obwohl sie es bei der Vorlage des Revue-Konzepts und der Texte einige Wochen zuvor noch genehmigt hatte.«

»Erstaunlich, dass die Beamten nicht schon da eingeschritten sind«, meinte Roar, der das Blatt überflogen hatte. »Vor allem die letzte Strophe hat es in sich. Da wird unverblümt eine Zeit beschworen, in der Norwegen endlich wieder frei sein und unsere Nationalflagge überall wehen wird.«

Solveigs Gedanken wanderten zu dem Abend, an dem sie mit ihrem Vater und Roar vergeblich auf Einlass ins »Chat noir« gewartet hatten. Mittlerweile hatte sie in den *Meldungen aus Norwegen* gelesen, welche Strafen den streikenden Schauspielern auferlegt worden waren. Sie sollten *bis auf Weiteres von jeder künstlerischen Betätigung und allen sich hieraus ergebenden Einkünften ausgeschlossen werden, da sie sich in demonstrativer Form ständig weigern, ihre Kunst auch in den Dienst des norwegischen Rundfunks zu stellen*«

Unter den Inhaftierten war auch Leif Juster gewesen, ein Schauspieler am »Chat Noir«. Als einer von mehreren Theatervertauensmännern war er ins Visier der Nazis geraten, weil er seinen Einfluss nicht geltend gemacht und nicht versucht hatte, den Theaterstreik zu verhindern. Er war ohne Prozess mit seinen Schicksalsgenossen im Osloer Polizeihäftlingslager Grini bei Bærum gelandet.

»Ich gebe unumwunden zu, dass ich den Mut der Menschen bewundere, die solche Flugblätter oder illegale Zeitschriften herstellen und unter die Leute bringen«, sagte Ingvill. »Ehrlich gesagt, bin ich sogar ein wenig neidisch auf sie. Symbolische Akte der Rebellion wie das Tragen von Büroklammern oder Trauerbinden finde ich auf Dauer wenig befriedigend.« Sie seufzte. »Es muss ein erhebendes Gefühl sein, sich nützlich machen und seine Vaterlandsliebe tatkräftig beweisen zu können. Als alte Schachtel mit Gelenkproblemen wäre ich aber wohl leider keine große Hilfe bei solchen Aktionen.«

Solveig legte die Gabel, die sie eben zum Munde führte, auf den Teller zurück und suchte Roars Blick. Ein Aufblitzen in seinen Augen zeigte ihr, dass Ingvills Bemerkung ihn auf den gleichen Gedanken gebracht hatte wie sie. In stummem Einverständnis nickte er ihr zu.

»Es gäbe da schon eine Möglichkeit, wie du dich einbringen könntest«, sagte Solveig zögernd.

»Heißt das, ihr seid auch …« Ingvill zog die Brauen hoch.

»Wir sind noch in der Planungsphase«, sagte Roar.

»Und stehen vor einem Problem, bei dem du uns vielleicht helfen könntest«, ergänzte Solveig.

»Und das wäre?«, fragte Ingvill.

»Es ist allerdings ziemlich gefährlich.«

»Sonst wäre es ja auch nicht illegal.« Ingvill berührte Solveigs Arm. »Raus mit der Sprache, was kann ich tun?«

»Wir wollen selbst Flugblätter schreiben und verteilen.«

»Uns fehlt aber noch ein geeignetes Versteck für die Handpresse«, fügte Roar hinzu.

»Außerdem eine Schreibmaschine«, sagte Solveig.

»Ein Versteck?« Ingvill rutschte auf ihrem Stuhl nach vorn. »Wie zum Beispiel mein Keller?« Ihre Augen leuchteten. »Und irgendwo muss auch noch eine alte Reiseschreibmaschine herumfliegen, die sich mein Mann vor Ewigkeiten angeschafft hatte.«

»Dir ist hoffentlich bewusst, dass du in Teufels Küche gerätst, sollte die geheime Druckerei auffliegen.« Solveig schüttelte sich bei der Vorstellung, ihre geliebte Patin könnte von den Deutschen verhaftet und in die Mangel genommen werden.

Bereits im März hatte Reichskommissar Terboven bekannt gegeben, dass derjenige, der »Nachrichten sammelt oder zu sammeln versucht und sie anderen mit dem Ziel mitteilt, den Feind zu unterstützen«, zum Tode verurteilt werden konnte. Zuchthaus drohte demjenigen, der »mündlich oder schriftlich unwahre oder grob verzerrende Behauptungen verbreitet, die geeignet sind, das deutsche Volk und insbesondere das Ansehen der deutschen Wehrmacht herabzusetzen«, ebenso dem, der illegale Organisationen gründete, in ihnen mitarbeitete oder sie unterstützte.

»Ich könnte nicht damit leben, wenn dir unseretwegen etwas zustößt«, betonte Solveig.

»Deine Sorge rührt mich«, antwortete Ingvill. »Zumal ich es ebenso unerträglich fände, wenn die Sicherheitspolizei dich oder Roar in die Finger kriegen würde. Trotzdem würden euch meine Bedenken nicht von eurem Vorhaben abbringen, stimmt's?«

»Aber ohne uns wärst du doch gar nicht …«

»… auf diesen Gedanken gekommen?« Ingvill zuckte die Achseln. »Mag sein. Über kurz oder lang wäre mir jedoch schon was eingefallen, wie ich den Deutschen eins auswischen kann.« Sie tätschelte Solveigs Hand. »Außerdem liegt die Verantwortung für mein Tun ganz bei mir. Und ich werde selbstverständlich äußerste Vorsicht walten lassen. So wie ihr hoffentlich auch.«

»Auf jeden Fall!« Solveig drückte ihre Hand. »Deswegen haben wir ja auch noch nichts unternommen.«

»Ein Keller zum Drucken wäre wirklich großartig.« Roar lächelte Ingvill zu.

»Und die Reiseschreibmaschine ebenfalls«, fügte Solveig hinzu.

»Jetzt brauchen wir nur noch ein Versteck, wo wir die Flugblätter vor ihrer Verteilung deponieren können«, sagte Roar. »Sie sollten nämlich keinesfalls hier im Haus lagern. Und auch die Vorlagen und Entwürfe, also zum Beispiel Radioansprachen von unserem König oder Aufrufe zu Streiks und dergleichen müssen sorgfältig verborgen werden.«

»Falls es zu einer Razzia kommt«, stellte Solveig mehr für sich fest.

Der Gedanke an bewaffnete Geheimdienstler oder Polizisten, die das Haus stürmten und auf der Suche nach belastenden Beweisen alles auf den Kopf stellten, Schränke und Kommoden durchwühlten, Kissen und Matratzen aufschlitzten und Wände und Böden nach Hohlräumen abklopften, jagte ihr einen kalten Schauer den Rücken hinunter.

»Für die Vorlagen, die ja nicht so viel Platz brauchen, hätte ich einen ziemlich sicheren Ort.« Ingvill zeigte auf die Vogelvoliere. »Unter der Schublade am Boden, die man zum Säubern und Auswechseln des Sandes herausziehen kann, befindet sich ein flaches Fach, in dem ich alte Zeitungen zum Auslegen aufbewahre.« Sie grinste verschmitzt. »Und neuerdings auch für Fundstücke wie dieses.« Sie tippte auf das Blatt mit dem Lied.

»Das ist wirklich ein prima Versteck«, sagte Solveig. »Aber wohin mit den von uns gedruckten Flugblättern?« Sie rieb sich die Stirn. »Es sollte ein Platz sein, den man nicht ohne Weiteres mit einem von uns in Verbindung bringt.«

»Besonders ausgefuchst wäre es, wenn wir irgendeinen jedermann zugänglichen Ort finden würden«, meinte Ingvill. »Quasi unter den Augen der Öffentlichkeit.«

Ein paar Atemzüge lang versanken die drei in nachdenkliches Schweigen.

»Wir könnten sie in …«, begann Roar, unterbrach sich, schüttelte den Kopf und murmelte: »Nein, zu gefährlich.«

»Wie wäre es zum Beispiel mit der Gedenkstätte für die Gefallenen auf dem Hetland Friedhof?«, schlug Solveig nach einer

Weile vor. »Der ist ohne große Umwege sowohl von hier als auch vom Haus meiner Eltern sowie dem Kontor am Østre Havn zu erreichen.«

»Du meinst das Denkmal für die Besatzungsmitglieder des Torpedoboots ›Æger‹, das die Deutschen letztes Jahr versenkt haben?«, erkundigte sich Ingvill. »Nicht weit davon ist mein Mann begraben.«

Solveig nickte.

»Der Gedenkstein wurde erst letzten Monat enthüllt«, erklärte sie Roar. »Da liegen immer viele Kränze und Blumen, unter denen man unauffällig ein wasserdicht eingepacktes Päckchen verstecken beziehungsweise abholen könnte.«

»Geniale Idee!«, rief Roar und rieb sich die Hände. »So langsam nimmt alles Gestalt an.«

»Dann können wir also demnächst tatsächlich loslegen«, stellte Solveig fest.

»Großartig!« Ingvill strahlte. »Wer hätte das gedacht? Ich werde Teil des Widerstands. Meine Freunde werden Augen machen.«

»Das werden sie nicht!« Roar sah Ingvill beschwörend an. »Wir dürfen niemanden einweihen. Egal, wie blind wir ihm oder ihr vertrauen.« Er drehte sich zu Solveig. »Das gilt auch für deine Afra. Und genauso für meinen Freund Nils.«

»Das weiß ich doch«, sagte Solveig. »Es ist ja zu deren eigenem Schutz. Wenn sie es nicht wissen, können sie sich weder verplappern noch bei Befragungen etwas preisgeben und der Mitwisserschaft angeklagt werden.«

»Entschuldigung. Ihr habt natürlich vollkommen recht.« Ingvill verzog zerknirscht das Gesicht. »Mit mir sind da wohl in der ersten Begeisterung die Pferde durchgegangen. Ich gelobe hiermit absolutes Stillschweigen!« Sie hob ihr Eisteeglas und prostete Solveig und Roar zu. »Auf dass unsere kleine Oppositionsgruppe erfolgreich agiere und vor allem unentdeckt bleibe!«

Solveig hob ihr Glas und sah zu Roar. In das Hochgefühl, Seite an Seite mit ihm den verhassten Besatzern die Stirn zu bieten und endlich etwas gegen die Gewissensbisse unternehmen zu können, die sie wegen ihrer Arbeit in deutschen Dienststellen plagten, mischte sich Angst. Bislang war ihr die Möglichkeit, selbst eines Tages als Täterin in einem der Berichte erwähnt zu werden, die sie für die *Geheimen Mitteilungen* verfasste, abstrakt und unwahrscheinlich erschienen. Je konkreter ihre Pläne jedoch wurden, umso weniger konnte sie die Augen vor den Gefahren verschließen, die von nun an ihre ständigen Begleiter sein würden.

Roar stellte sein Glas ab. »Mach dir bitte nicht so viele Sorgen. Wir sind wirklich sehr vorsichtig. Es müsste schon mit dem Teufel zugehen, wenn man uns auf die Schliche kommt.«

# 29

*Oslo, Februar 1970*

»Wow, was für eine Aussicht!«, rief Reidun, die nach der Rückkehr aus dem Gemeinschaftsduschraum den Rollladen hochzog.

Lizzy breitete ihr feuchtes Handtuch über der Lehne eines Stuhls aus und trat neben sie ans Fenster des Vierbettzimmers, in dem sie die Nacht verbracht hatten. Die beiden jungen Französinnen, die sich das zweite Etagenbett geteilt hatten, waren bereits vor Sonnenaufgang aufgebrochen. Lizzy hatte sie im Halbschlaf flüstern und herumkramen gehört. Mittlerweile war es acht Uhr. Durch Wolkenlücken spitzte hie und da die Sonne und ließ die Schneekristalle der beschneiten Rasenflächen, Büsche und Bäume im benachbarten Park glitzern. Dahinter bot sich von der Anhöhe, auf der ihre Unterkunft stand, ein weiter Blick auf die Stadt und den Oslofjord.

»Das ist echt beeindruckend«, murmelte Lizzy. »Ich habe noch nie eine derart grüne Großstadt gesehen.«

Laut Doddy Hay war Oslo von der Fläche her mit seinen über 450 Quadratkilometern die viertgrößte Kapitale der Welt, hatte aber nur eine halbe Million Einwohner. Es sei ein idealer *place to be* für alle, die zwar in der Stadt lebten und arbeiteten, auf ein ländliches Ambiente sowie auf das von den Norwegern geliebte *friluftsliv* dennoch nicht verzichten wollten, hatte Lizzy in *Your Guide to Norway* gelesen. Neben landwirtschaftlich geprägten Landstrichen bedeckten riesige Wälder das Stadtgebiet, deren Wege im Sommer zu ausgedehnten Wanderungen und im Winter mit von Lichterketten beleuchteten Loipen zum Skilanglaufen einluden. Unzählige Flüsse, Seen und allen voran der Oslofjord lockten im Sommer zum Baden, Bootfahren und Angeln.

»Lass uns frühstücken gehen, bevor das Büfett komplett geplündert ist«, sagte Reidun und zog sich einen ihrer selbst gestrickten Pullover an.

Am Tag zuvor waren sie und Lizzy spätabends mit der Sørlandbahn in der Osloer Vestbanestasjonen eingetroffen und von dort direkt mit einer Straßenbahn zum »Haraldsheim« weitergefahren, einer rund fünf Kilometer von der City entfernten Jugendherberge. Sie war nahezu ausgebucht, womit sie zu dieser Jahreszeit nicht gerechnet hatten. Der Mann, der sie in Empfang genommen und ihnen gegen eine Leihgebühr Handtücher und Bettwäsche ausgehändigt hatte, lieferte die Erklärung. Er ging wie selbstverständlich davon aus, dass auch Lizzy und Reidun wegen des Skifestivals am Holmenkolmen nach Oslo gereist waren, das wie jedes Jahr am ersten Sonntag im März auf dem Berg mit der berühmten Schanze stattfinden sollte. Die Wettkämpfe im Skispringen und Langlaufen lockten jedes Mal über 100 000 Zuschauer aus dem In- und Ausland an.

»Ich weiß nicht, ob ich viel hinunterkriege.« Lizzy verzog den Mund. »Jetzt bin ich doch ganz schön aufgeregt.«

»Wegen des Treffens mit Lena Haugen?«

Lizzy nickte. Sie hatte Reidun auf der Bahnfahrt in ihr Vorhaben eingeweiht – nach anfänglichem Zaudern. Schließlich wog ihr Verdacht schwer, die Frau könnte die Geliebte ihres Vaters sein. Außerdem kam ihre norwegische Freundin aus einem strenggläubigen Elternhaus. Für sie bedeutete ein Ehebruch vielleicht eine unverzeihliche Sünde. Mit welchen Augen würde sie Roger Cole sehen, falls sich Lizzys Befürchtung bestätigte? Ihren Vater eventuell der Verachtung preiszugeben, machte Lizzy zu schaffen. Schließlich hatte das Bedürfnis die Oberhand gewonnen, sich Reidun anzuvertrauen und ihr nichts vorflunkern zu müssen. Diese hatte Lizzys Verunsicherung wegen des Schweigens ihres Vaters über seine Vergangenheit gut verstanden und ihren Plan, Licht ins Dunkel zu bringen, als mutigen Schritt gelobt. Von Befremden oder gar Verurteilung hatte Lizzy nichts gespürt.

»Weißt du schon, wie du es angehen wirst?«, fragte Reidun.

»Hab lang drüber nachgegrübelt«, antwortete Lizzy, während sie ein breites Haarband über der Stirn zurechtzupfte. »Ich denke, ich fahre am besten, wenn ich ohne Umschweife zur Sache komme und mich als Tochter von Roger Cole vorstelle.«

»Das halte ich auch für das Sinnvollste«, meinte Reidun nach kurzem Nachdenken. »Mit Notlügen kommt man ja doch meistens nicht weit.«

»Genau. Außerdem käme ich mir seltsam vor, wenn ich Frau Haugen etwas vormache und mich gleichzeitig darüber aufrege, dass mein Vater nicht mit der Wahrheit rausrückt.«

»Wo wohnt sie denn?«

»Laut Stadtplan ziemlich weit außerhalb«, antwortete Lizzy. »In Grorud, einem Viertel im Nordosten, gut fünfzehn Kilometer vom Zentrum entfernt. Und wenn ich das richtig gesehen habe, gibt's kaum Möglichkeiten, unkompliziert mit öffentlichen Verkehrsmitteln dahin zu kommen.«

»Ist wahrscheinlich eine von den Neubausiedlungen, die derzeit überall aus dem Boden schießen«, meinte Reidun und setzte nach kurzer Pause hinzu: »Hattest du nicht erwähnt, dass Frau Haugen in einer staatlichen Behörde arbeitet?«

»Im Wirtschaftsministerium«, antwortete Lizzy. »Das hat zumindest der Mieter ihres Hauses in Stavanger gesagt.«

»Er meinte sicher das *Nærings- og handelsdepartement*, also das Ministerium für Industrie und Handel«, erklärte Reidun. »Wie wäre es, wenn du Frau Haugen in ihrem Büro aufsuchst? Das ist gut zu erreichen. Außerdem ist die Wahrscheinlichkeit tagsüber größer, sie bei der Arbeit anzutreffen als in ihrer Wohnung. Falls sie nicht krank ist oder Urlaub hat.«

»Gute Idee«, sagte Lizzy.

»Wir könnten nachher dieselbe Tram nehmen«, sagte Reidun. »Ich muss ein paar Stationen vor dir aussteigen. Die Journalistenschule liegt im Trondheimsveien in Grünerløkka. Du musst noch etwas weiterfahren zum Regierungsviertel, wo die ganzen Ministerien untergebracht sind.«

»So machen wir es«, sagte Lizzy.

»Das klingt aber nicht so überzeugt.« Reidun sah sie prüfend an. »Soll ich dich vielleicht begleiten? Mein Vorstellungsgespräch dauert maximal eine Stunde. Danach wäre immer noch ausreichend Zeit, Lena Haugen im Büro zu erwischen. Selbst wenn sie freitags früher gehen sollte.«

»Sieht man mir meine Nervosität so deutlich an?« Lizzy lächelte zerknirscht. »Dabei ist es ja noch nicht mal sicher, ob ich die Frau überhaupt zu Gesicht bekomme. Du dagegen hast wirklich allen Grund, aufgeregt zu sein. Schließlich entscheidet sich heute, ob sie dich nehmen oder nicht.«

»Natürlich bin ich nervös«, sagte Reidun. »Aber ich hab mich, so gut ich konnte, vorbereitet. Nicht zuletzt dank dir. Die Abfragerei auf der Zugfahrt hat mir echt geholfen.«

»Die wäre gar nicht nötig gewesen. Du hast ja alles gewusst.«

Reidun machte eine abwinkende Handbewegung. »Also, was meinst du? Soll ich zur moralischen Unterstützung mitkommen? Und als Dolmetscherin, falls Lena Haugen nicht so gut Englisch kann?«

»Danke, das ist wirklich lieb von dir.« Lizzy zögerte einen Moment. »So verlockend ich dein Angebot finde, ich glaube, es ist besser, wenn ich da allein hingehe.«

»Verstehe, ist schließlich ein heikles Thema.« Reidun schlüpfte in ihre Stiefel. »Wenn wir da zu zweit aufkreuzen, fühlt sich die Gute vielleicht zu sehr bedrängt.«

Lizzy nickte. »Und wegen der Verständigung: Englisch müsste Frau Haugen eigentlich gut sprechen.«

»Natürlich!« Reidun schlug sich mit der flachen Hand vor die Stirn. »Bei ihrer Arbeitsstelle wäre es seltsam, wenn sie es nicht könnte.« Sie lächelte Lizzy zu und ging ihr voraus aus dem Zimmer.

Diese unterdrückte ein Seufzen und folgte Reidun auf den Flur. Vielleicht findest du Lena Haugen ja gar nicht, flüsterte das Stimmchen in ihr, das am liebsten einen Rückzieher gemacht hätte. Sei kein Frosch, zischte ihr strenges Ich. Was kann schon passieren? Schlimmstenfalls weigert sich die Frau, mit dir zu reden. Was im Grunde auch eine Antwort auf deine Fragen wäre.

Lizzy saß auf der Kante eines Sessels, von denen ein halbes Dutzend im Foyer des mehrstöckigen Ziegelsteinbaus am Einar Gerhardsens Platz für Besucher aufgestellt waren, und starrte auf die Tür des Aufzugs. Die Empfangsdame hatte ihre Frage, wo sie Lena Haugen finden konnte und ob es möglich sei, sie kurz zu sprechen, mit dem Griff zum Telefonhörer beantwortet und Lizzy nach einem kurzen Gespräch gebeten, Platz zu nehmen. Frau Haugen hätte gleich Zeit für sie und würde herunterkommen.

Lizzy hatte gar nicht glauben können, wie schnell und unkompliziert sie ans Ziel gelangte. Bereits der Zugang zu einer Regierungsbehörde war in Norwegen nicht schwieriger, als irgendein Geschäft zu betreten. Es gab keine Absperrungen und nur vereinzelt Wachmänner, niemand hatte ihre Ausweispapiere kontrolliert oder sie nach Waffen durchsucht.

Nach fünf Minuten öffnete sich die Aufzugstür, aus der eine Frau in einem blau gemusterten Hosenanzug trat, die Lizzy auf Mitte dreißig schätzte. Sie wechselte einen Blick mit der Empfangsdame, die ihr bestätigend zunickte. Lizzy atmete tief durch und stand auf.

»*Er det sant?*«, stieß die Frau atemlos hervor, als Lizzy gerade den Mund öffnete, um sich vorzustellen. »*Ditt navn er Cole?*«

»Ja, das stimmt«, antwortete Lizzy auf Englisch. »Ich bin Elizabeth Cole.«

»Bist du etwa mit Roger Cole verwandt?« Lena Haugens Augen weiteten sich.

»Er ist mein Vater.«

»Er war es also wirklich«, murmelte Frau Haugen, sank auf einen der Sessel und ließ die Schultern hängen. »Aber warum hat er nicht geantwortet?«

»Entschuldigen Sie, aber ich verstehe nicht …«, begann Lizzy stockend und setzte sich ebenfalls. »Hat sich mein Vater denn nicht bei Ihnen gemeldet?«

Frau Haugen schüttelte den Kopf auf und rang sichtlich um Fassung. »Aber mein Brief ist offensichtlich doch angekommen«, sagte sie mehr zu sich als zu Lizzy. Sie räusperte sich und richtete sich auf. »Hat dein Vater dich zu mir geschickt?«

»Nein, er weiß gar nicht, dass ich …« Lizzy verstummte. Die Erkenntnis, mit ihren Vermutungen komplett auf dem Holzweg gewesen zu sein, brachte sie aus dem Konzept. Im Gesicht von Lena Haugen sah sie ihre eigene Ratlosigkeit gespiegelt.

»Aber warum bist du dann hier?«, fragte diese.

»Er … äh … also ich …«, stotterte Lizzy und wünschte sich weit fort.

»Ist ihm etwas zugestoßen?«, fragte Lena Haugen und sah sie erschrocken an. »Ist er deshalb nicht …«

»Nein, nein, meinem Vater geht es gut«, antwortete Lizzy schnell. »Ich bin auf eigene Faust hier. Ich will wissen, weshalb er nie über seine Vergangenheit spricht«, platzte es aus ihr heraus. Bevor ihre Vernunftstimme sie einbremsen konnte, sprach sie schnell weiter: »Und warum er sich so seltsam benimmt, seit wir in Norwegen sind. Als sei er ein Fremder. Als ich das hier zufällig gefunden habe«, sie zog den zerknitterten Umschlag aus ihrer Umhängetasche, »habe ich beschlossen …«

»… Detektiv zu spielen«, beendete Lena Haugen den Satz. Es klang nicht empört. Eher resigniert. »Ja, Väter und ihre Geheimnisse. Da kann ich ein mehrstrophiges Lied von singen.« Sie atmete durch. »Wann seid ihr denn nach Norwegen gekommen?«

»Anfang Januar«, antwortete Lizzy. »Mein Vater schon ein paar Tage früher.«

»Also zu spät.«

»Zu spät für was?«

Frau Haugen deutete auf den Umschlag. »Meiner Bitte nachzukommen.«

»Es war kein Brief darin, als ich ihn fand«, sagte Lizzy. »Ich habe also keine Ahnung, was Sie meinem Vater geschrieben haben. Ich hatte nur Ihre Adresse in Stavanger. Von Ihrem Mieter habe ich mir Ihre hiesige Anschrift und Arbeitsstelle besorgt.«

»Und dann bist du einfach hergefahren.« Lena Haugen musterte sie aufmerksam. »Ganz schön mutig von dir. Schließlich könnten Dinge ans Licht kommen, die noch belastender sind als die Ungewissheit.« Sie zog eine Braue hoch. »Zum Beispiel, dass ich die heimliche Geliebte deines Vaters bin.«

Lizzy wurde es heiß. Dass Lena Hagen genau ins Schwarze getroffen hatte, was ihren Verdacht betraf, machte sie verlegen.

»Entschuldige, ich wollte mich nicht lustig machen. Im Gegenteil, ich kann mich gut in dich hineinversetzen.«

Lizzy schaute auf. Frau Haugen lächelte sie freundlich an.

»Wenn du wüsstest, was für wilde Phantasien ich schon hatte. So ist das eben, wenn Leute wie unsere Väter eine Mördergrube aus ihrem Herzen machen.«

»Standen Sie und Ihr Vater sich nah?«, fragte Lizzy.

»Nicht besonders«, antwortete Frau Haugen. »Er war ein waschechter Haustyrann, der keine Widerworte duldete und sehr aufbrausend reagierte, wenn man nicht nach seiner Pfeife tanzte.« Sie zuckte die Schultern. »Ich habe nie verstanden, wie meine Mutter es all die Jahre bei ihm ausgehalten hat. Er ließ ihr kaum Luft zum Atmen und hat sie und auch mich ständig kontrolliert. Ich war froh, als ich endlich volljährig wurde und von Zuhause weggehen konnte.«

»Dennoch sind Sie nach Stavanger zurückgekehrt und haben Ihren Vater gepflegt, als er krank wurde«, rutschte es Lizzy heraus. Erschrocken hielt sie die Luft an. War sie zu weit gegangen?

»Ich hab mich wohl trotz allem verantwortlich gefühlt. Wir Menschen sind schon recht widersprüchliche Wesen.« Frau Haugen beugte sich näher zu Lizzy. »Aber genug von mir. Du bist ja gekommen, um etwas über deinen Vater zu erfahren.«

Lizzy nickte.

»Ich fürchte, du wirst enttäuscht sein. Viel kann ich dir nämlich nicht erzählen. Denn, wie bereits gesagt, auch mein Vater hat sich sehr bedeckt gehalten.« Sie lehnte sich zurück. »Also, wo fange ich an? Nach dem Tod meiner Mutter vor ein paar Jahren hatte ich kaum noch Kontakt zu meinem Vater. Aber als er im vergangenen Herbst schwer erkrankte, bin ich oft nach Stavanger gefahren. Und in den letzten Wochen habe ich mich von der Arbeit freistellen lassen, um ihn zu pflegen. Ich hatte wohl insgeheim gehofft, dass er diese letzte Chance ergreifen und mir endlich zeigen würde, dass er mich liebt.« Sie presste kurz die Lippen aufeinander. »Was sich das kleine Kind in einem halt so wünscht, auch wenn der Verstand es besser weiß.«

Lizzy lauschte stumm. Sie wollte den Redefluss ihres Gegenübers nicht zum Erliegen bringen. Intuitiv begriff sie, dass Lena Haugen zum ersten Mal über dieses Thema sprach. Dass es sie erleichterte, sich jemandem anzuvertrauen, obwohl ihre Zuhörerin eine Fremde war. Oder gerade deswegen? Weil sie davon ausgehen konnte, ihr nie wieder zu begegnen?

»Mein Vater schien sich in den letzten Wochen seines Lebens weit in der Vergangenheit zu befinden. Er war oft nur halb bei

Bewusstsein und stöhnte immer wieder, er habe einem Mann gegenüber einst schwere Schuld auf sich geladen und ihn ins Unglück gestürzt. Leider hat er nie einen Namen genannt oder sonst irgendwelche Details preisgegeben.«

»Und wie sind Sie dann darauf gekommen, dass mein Vater damit zu tun haben könnte?«

»Ich erinnerte mich an eine Szene aus meiner Kindheit. Es muss irgendwann Ende der vierziger Jahre gewesen sein. Ich war so sechs, sieben Jahre alt. Da stand eines Tages ein Fremder vor unserer Tür. Mein Vater, der stets erst durchs Küchenfenster spähte, wenn es klingelte, wurde ganz bleich. Ich habe ihn nie davor oder danach so erschrocken, ja panisch gesehen. Er hat sich im Schlafzimmer versteckt und meine Mutter angewiesen, dem Mann zu sagen, er sei verstorben.«

»Boah, das ist krass!« Lizzy rutschte auf ihrem Sessel nach vorn.

»Das fand ich auch. Deshalb hat sich mir die Erinnerung auch so eingebrannt.« Frau Haugen strich sich eine Haarsträhne hinters Ohr. »Danach hat mein Vater meiner Mutter und mir strikt untersagt, den Vorfall jemals wieder zu erwähnen. Und auch er selbst hat nie mehr davon gesprochen. Geschweige denn uns erklärt, warum er solche Angst vor dem Fremden hatte.«

»Kein Wunder, dass das Ihre Phantasie angeregt hat«, meinte Lizzy. »Ich wäre schier geplatzt vor Neugier.«

»Das bin ich auch. Aber ich hätte mich nie getraut, den Befehl meines Vaters zu missachten. Zumal ich nicht den geringsten Anhaltspunkt zur Lüftung dieses Geheimnisses hatte. Bis zu dem Tag, an dem ich den Fremden auf einem Pressefoto entdeckte.«

»Das ist ja spannender als der Krimi, den ich gerade lese«, rief Lizzy.

»Das Bild war in einer der Fachzeitschriften gedruckt, die wir in meiner Abteilung aus aller Welt beziehen«, fuhr Frau Haugen fort. »In einer Artikelreihe wurden im Herbst letzten Jahres ausländische Firmen vorgestellt, die bei der Erdölgewinnung vor Norwegens Küste mitspielen. Bei der der Phillips Petroleum Company wurde ein Roger Cole als leitender Ingenieur präsentiert, den man vermutlich nach Norwegen schicken werde. Ich habe auf Anhieb den Fremden erkannt, vor dem mein Vater sich so gefürchtet hat.«

»Aber woher wussten Sie, dass mein Dad auch derjenige war, dem gegenüber er sich schuldig fühlte?«, fragte Lizzy.

»Sicher war ich mir natürlich nicht«, antwortete Frau Haugen. »Aber ich hatte so ein Bauchgefühl, dass ich auf der richtigen Spur war. Also schickte ich besagten Brief, in dem ich deinen Vater bat, meinen zu besuchen und ihm die Möglichkeit zu geben, seine Schuld zu beichten und vielleicht vor seinem Tod seinen Frieden zu machen.«

»Mein Vater hat aber nie geantwortet, hab ich das richtig verstanden?«

»Genau. Deshalb bin ich davon ausgegangen, dass ich mich doch getäuscht hatte und dem Falschen geschrieben hatte.« Lena Haugen sah Lizzy in die Augen. »Es tut mir leid, dass ich dir nicht mehr sagen kann.« Sie stand auf. »Ich habe gleich einen Termin.« Sie reichte Lizzy, die sich ebenfalls erhoben hatte, die Hand. »Vielleicht kannst du deinen Vater ja doch noch dazu bringen, dir von früher zu erzählen. Das wünsche ich dir jedenfalls sehr.«

»Vielen Dank«, antwortete Lizzy. »Und wenn ich etwas herausfinde, was Ihren Vater betrifft, werde ich es Ihnen mitteilen.«

»Das würde mich wirklich sehr freuen.« Lena Haugen drückte Lizzys Hand ein weiteres Mal. »Viel Erfolg!«

In Gedanken versunken verließ Lizzy das Gebäude. Statt mit der erhofften Klarheit würde sie mit noch mehr offenen Fragen nach Stavanger zurückkehren. Und die konnte nur ein Mensch beantworten.

»Das nächste Mal kommst du mir da nicht raus, Dad«, murmelte sie halblaut. »Ich werde nicht lockerlassen, bis du mir endlich alles erzählst.«

# 30

*Stavanger, Juni 1941*

Am letzten Sonntag im Juni begleitete Solveig ihre Mutter zu deren Eltern, die sie zum Essen in ihr Häuschen oberhalb des Vågen eingeladen hatten. In den engen Gassen staute sich schwüle Hitze. Unter einem wolkenlosen Himmel lastete die Luft – geschwängert vom Räuchergeruch der Fischkonservenfabriken am Hafen. Es war einer der seltenen Tage, an denen es in Stavanger nahezu windstill war. Tuva Lund, die wie Solveig ein knielanges Kleid aus geblümtem Kattun trug, tupfte sich alle paar Schritte die Stirn mit einem Tüchlein und seufzte erleichtert auf, als sie die Tür im weiß getünchten Lattenzaun aufklinkte, der das Grundstück ihres Elternhauses umgab. Auch Solveig, die den Korb mit den Mitbringseln schleppte, war froh, ihr Ziel erreicht zu haben.

Ihr Vater war nicht mitgekommen. Er hatte dringende Geschäfte vorgeschoben und war zu Hause geblieben. Sein Verhältnis zu den Schwiegereltern war seit jeher angespannt, zu unterschiedlich waren ihre Weltanschauungen. Erling Lund konnte mit der Religiosität von Ola und Miri Smed wenig anfangen, diese wiederum missbilligten seine allzu materialistische Einstellung. Seit der Besatzung durch die Deutschen hatte sich der Graben vertieft. Tuvas Eltern machten keinen Hehl daraus, wie sehr ihnen Erlings Arbeit für die Wehrmacht gegen den Strich ging. Um Konflikten aus dem Weg zu gehen, beschränkte dieser seine direkten Kontakte mit seinen Schwiegereltern daher auf das Nötigste. Zumal es auch ohne Erlings Anwesenheit immer schwieriger wurde, heikle Themen zu umschiffen. Solveig kam sich bei den Besuchen, die sie ihren Großeltern ein-, zweimal im Monat abstattete, zunehmend vor wie auf einem Minenfeld. In weite Ferne entschwunden schienen die Zeiten, in denen sie die Aufenthalte in dem behaglich eingerichteten Holzhäuschen unbeschwert genossen hatte, als einziges Enkelkind mit Zuwendung überschüttet und – wie ihre Mutter tadelte – »nach Strich und Faden verwöhnt«. Oder hatte sie als kleines Mädchen die Differenzen der Erwachsenen nicht bemerkt und sich deshalb in einem Idyll der Harmonie gewähnt?

Auf der Schwelle der Eingangstür erschienen ihre Großeltern. Miri Smed hatte die werktägliche Kittelschürze gegen einen knöchellangen Faltenrock aus dunkelblauem Leinen und eine bestickte Rüschenbluse getauscht und ihre weißen Haare zu einem geflochtenen Kranz um den Kopf gelegt. Trotz der vielen Fältchen, die ihr Gesicht überzogen, sah sie jünger aus als 76, was ihrer aufrechten Haltung und ihrer Beweglichkeit geschuldet war, die sie sich dank ihrer Arbeit im Gemüsegarten erhalten hatte. Ihr fünf Jahre älterer Mann Ola erinnerte Solveig an einen windschiefen Baum, der zahlreichen Stürmen getrotzt hatte und dabei im Lauf der Jahre immer krummer geworden war. Er trug ein gebügeltes Hemd mit Stehkragen, das den frischen Geruch nach Stärke verströmte, und hatte sich die grauen Stoppeln sorgfältig von Kinn und Backen geschabt.

Zur Feier des Tages hatte Miri den Tisch in der Stube eingedeckt und nicht wie gewohnt in der Küche. Bevor sie Platz nahmen, stellte Ola den Radioapparat ab. Offenbar hatten auch die Großeltern die Sondermeldungen verfolgt, die seit den frühen Morgenstunden in kurzen Abständen aufeinanderfolgten. Eine Woche zuvor war die deutsche Wehrmacht in Russland einmarschiert – angeblich, um einem sowjetischen Angriff zuvorzukommen.

Die Gerüchte, die seit geraumer Zeit herumschwirrten, hatten sich also bewahrheitet – was auch viele Deutsche überrascht hatte. Solveig hatte am Montag gehört, wie Herr Möller seiner Sekretärin erläutert hatte, warum er sich nicht vorstellen konnte, dass Russland die Absicht gehabt hätte, das Abkommen mit dem Deutschen Reich zu brechen: »Bisher haben die Russen gezittert vor der Aussicht eines Kampfes und den Vertrag bisher restlos erfüllt. Um die darin vereinbarten Getreidelieferungen sicherzustellen, haben sie sogar erhebliche Mengen aus den Beständen und Reserven der Roten Armee geliefert.« Mit einem Achselzucken hatte er hinzugefügt: »Nun ist der Krieg jedenfalls da, und hoffentlich können wir ihn so rechtzeitig zu Ende bringen, dass es noch in diesem Jahr direkt gegen England geht.«

Nachdem in den vergangenen Tagen kaum etwas über die Ereignisse an der neuen Front verlautbart worden war – im Gegensatz zu den ausführlichen Berichten über die Kriegsschauplätze in Afrika, Bombardements englischer Städte oder vom Seekrieg im Atlantik –, wurden am 29. Juni zum ersten Mal Einzelheiten über die Lage im Osten preisgegeben. Wobei der Sprecher nicht müde wurde, den defensiven Charakter der Operation zu betonen: »Zur Abwehr der drohenden Gefahr aus dem Osten ist die deutsche Wehrmacht am 22. Juni, 3 Uhr früh, mitten in den gewaltigen Aufmarsch der feindlichen Kräfte hineingestoßen.«

Einen ähnlichen Tenor hatte am Tag des Einmarsches die ellenlange Proklamation gehabt, mit der sich Adolf Hitler im Radio an das deutsche Volk gewendet und die Aufhebung des deutsch-sowjetischen Nichtangriffspaktes gerechtfertigt hatte. Wobei selbstverständlich jegliche Schuld beim einstigen Verbündeten und dessen Komplizen (insbesondere den Engländern) zu suchen war und der Führer sich genötigt gesehen hatte, seinen Friedenswillen dem Wohl und der Sicherheit seines Landes unterzuordnen. Und so hatte er zum Abschluss den Volksgenossen zugerufen: »Ich habe mich deshalb heute entschlossen, das Schicksal und die Zukunft des Deutschen Reiches und unseres Volkes wieder in die Hand unserer Soldaten zu legen. Möge uns der Herrgott gerade in diesem Kampfe helfen!«

Seither hatten sich die Meldungen über den Russlandfeldzug weitgehend auf Sätze wie diesen beschränkt: *Im Osten verlaufen die Kämpfe des Heeres und der Luftwaffe gegen die Rote Armee planmäßig und erfolgreich.*

Zunehmend ratlos hatte Fräulein Schmitt im Büro des Dienststellenleiters vor der großen Europakarte gestanden und das Kästchen mit den Stecknadel-Fähnchen, mit denen sie den Vormarsch der Wehrmacht dokumentieren wollte, nach jeder Ansprache ungeöffnet in die Schreibtischschublade zurückgelegt.

»Wird auch Zeit«, hatte sie gegrummelt, als am Samstag der Radiosprecher verkündete: »Unsere großen Erfolge auf dem östlichen Kriegsschauplatz werden im Laufe des morgigen Tages durch Sondermeldungen bekannt gegeben.«

»Die wird sich morgen keinen Millimeter von ihrem Rundfunkgerät entfernen«, hatte Frau Sandvik gewispert und Solveig zugezwinkert. »Förmlich hineinkriechen wird sie.«

Solveig hatte bei der Vorstellung, wie die deutsche Sekretärin mit den Beinen zappelnd in einem riesigen Radioapparat hing und begierig die Siege der Wehrmacht aufsaugte, gekichert. Zugleich hatte sie ein mulmiges Gefühl beschlichen. Hitlers Erfolgssträhne schien kein Ende zu nehmen.

»Stimmt es, dass heute eine Norwegische Legion gegründet wird, die auf deutscher Seite gegen die Sowjetunion kämpfen soll?«

Die Frage ihres Großvaters riss Solveig aus ihren Überlegungen. Mittlerweile dampfte die Hauptspeise, Fischpastete mit gedünsteten Karotten, auf ihren Tellern.

»Ja, das stimmt«, beantwortete Solveig die Frage ihres Großvaters. »In den nächsten Tagen sollen Rekrutierungsstellen eingerichtet werden, bei denen sich Freiwillige melden können.«

»Wie kann man nur aus freien Stücken für die Deutschen kämpfen?« Großmutter Miri schüttelte den Kopf. »Reicht es nicht, dass immer mehr unserer Landsleute der Partei von Vidkun Quisling beitreten?«

»Ich bin ganz deiner Meinung«, brummte Ola. »Ich kann diesem gottlosen Bolschewismus zwar auch nichts abgewinnen, aber sich deswegen mit diesen Nazi-Teufeln verbünden und für ihren Führer zur Waffe greifen? Das geht entschieden zu weit.«

Solveig kaute nachdenklich ein Stück Fischpastete, die Miri aus pürierten Dorschfilets sowie Kartoffelmehl, Quark (als Ersatz für die Sahne) und Dill zubereitet hatte. Die Äußerung von Großvater Ola bestätigte teilweise die Überzeugung ihres Chefs. Bei einem Gespräch mit einem Offizier des Versorgungsstabs der Wehrmacht, dem Solveig als Protokollantin beigewohnt hatte, hatte Herr Möller seine Überzeugung geäußert, die Norweger sähen in den Deutschen zumindest im Norden des Landes eine Schutzmacht. Diese würde schließlich die Sowjetunion daran hindern, sich die Finnmark einzuverleiben, was zweifellos schon länger die Absicht der Russen war. Umso erstaunter hatte Herr Möller festgestellt, dass die Mehrheit der norwegischen Bevölkerung der Wehrmacht keineswegs den Sieg wünschte, sondern hoffte, sie würde in den Weiten des Riesenreichs scheitern.

»Warum hören so viele unserer Landsleute nicht auf unseren Bischof?«, setzte Großmutter Miri die Unterhaltung fort. »›Wenn die Macht zuerst kommt und erst nach ihr das Recht, dann sind wir in Satans Reich. Wer schweigt und zustimmt, wird zum Werkzeug Satans. Es ist unsere Pflicht, ungehorsam zu sein‹«, zitierte sie den Oberhirten der norwegischen Staatskirche.

»Du sprichst mir aus der Seele«, sagte ihr Mann. »Vor allem die von der Nazi-Ideologie Verblendeten sind schuld, dass Gott uns nicht beisteht und Hitlers Plan vereitelt, unser geliebtes Vaterland zu einer deutschen Provinz zu degradieren.«

Solveig bemerkte, wie ihre Mutter die Augen verdrehte und unwillig den Mund verzog. Tuvas auf dem Hinweg geäußerte Hoffnung, um heikle Themen herumzukommen, wurde wieder einmal nicht erfüllt. Was hat sie erwartet?, dachte Solveig. Sie kennt ihre Eltern doch gut genug. Mit belanglosem Geplänkel haben sie sich noch nie lange aufgehalten. Und der Bischof ist nun mal eine der wichtigsten Personen in Großmutters Leben.

Eivind Berggrav war seit vier Jahren Bischof von Oslo und formierte den kirchlichen Widerstand gegen die Besatzer. In einem Hirtenbrief hatte er im Februar die Rechtsverletzungen der NS-Behörden verurteilt und unter Berufung auf die lutherische Zwei-Reiche-Lehre die Norweger zum zivilen Ungehorsam ermutigt: *Wo Gottes Ordnung mit Füßen getreten und das Lebensrecht der Mitmenschen von Grund auf bedroht wird, da muss der Christ den Weg des Opfers gehen – wenn es nötig ist, auch durch Aufruhr gegen unrechtmäßige Obrigkeit.*

Solveig bewunderte den Mut, mit dem der Kirchenmann seine Meinung in aller Öffentlichkeit äußerte. Für sie war es nur eine Frage der Zeit, bis die Deutschen beschlossen, ihn zum Verstummen zu bringen. Die Überzeugung ihrer Großeltern, Gottes Eingreifen zu Gunsten Norwegens und der Befreiung von der Nazi-Knechtschaft würde von den Kollaborateuren und Nutznießern der Besatzung torpediert, war Solveig jedoch zu menschlich gedacht. Wenn der Allmächtige der Schöpfer des Lebens und der Erde war, dann umfasste das auch das Böse, das sinnlose Leiden Unschuldiger, die Willkür grausamer Herrscher. Den Wunsch, es möge eine höhere Instanz geben, die schlechte Menschen früher oder später bestrafte und deren Opfern zu Hilfe kam, konnte Solveig allerdings gut verstehen. Auch ihr fiel es schwer, die Ungerechtigkeit auf der Welt zu akzeptieren.

»Fangt nicht wieder damit an!« Tuva Lund ließ ihre Gabel mit einem Klirren auf den Teller fallen und funkelte ihre Eltern an.

Solveig zuckte zusammen. Die letzten Sätze des Gesprächs waren an ihr vorbeigerauscht.

»Ihr könnt doch nicht ernsthaft behaupten, mein Erling sei mitverantwortlich dafür, dass wir in Knechtschaft leben«, rief Tuva.

»Es ist löblich, dass du deinen Mann verteidigst«, sagte Großvater Ola. »Aber er ist nun einmal den Versuchungen des Feindes erlegen und bereichert sich, indem er dessen Kriegsmaschinerie am Laufen hält.«

»Also das …« Tuva wurde bleich und schnappte nach Luft.

Auch Solveig erstarrte. So unverblümt hatte ihr Großvater noch nie seine Meinung geäußert.

»Dann bin ich in euren Augen also auch eine Mitläuferin und mache mich ebenfalls schuldig?« Solveig schluckte trocken.

»So hat dein Großvater das nicht gemeint.« Miri tätschelte Solveigs Arm und warf ihrem Mann einen tadelnden Blick zu. »Uns ist durchaus klar, dass du – wie so viele andere – gar keine andere Wahl hattest, als für die Deutschen zu arbeiten. Sie bieten nun einmal die meisten Stellen an.«

Solveig rang sich ein Lächeln ab. Wenn Miri wüsste, dass ich mit Afra und Kurt befreundet bin, würde sie nicht so verständnisvoll sein, dachte sie. Ihre Enkelin in vertrautem Umgang mit Angehörigen der Wehrmacht – das könnte sie mir nie und nimmer verzeihen.

»Aber für die *tyskes* Kriegsschiffe zu bauen, das ist denn doch etwas anderes«, knurrte Ola und sah Tuva finster an.

»Ihr habt leicht reden«, stieß diese hervor. »Euer Auskommen ist gesichert, ihr müsst nicht in die Zukunft denken.« Sie deutete auf Solveig. »Erling beabsichtigt, seine Werft dereinst in gutem Zustand an die nächste Generation zu übergeben. Außerdem ist sie sein Lebenswerk. Ist es so schwer zu verstehen, dass er sie nicht herunterwirtschaften will?«

Großvater Ola öffnete den Mund.

»Jetzt gebt Frieden, alle beide!«, rief Großmutter Miri, bevor er etwas entgegnen konnte. »Es ist schließlich der Tag des Herrn.« Sie hielt ihrem Mann die Platte mit der Fischpastete hin. »Nimm noch ein Stück, mein Lieber.«

»Danke, mir ist der Appetit vergangen.« Ola verschränkte seine Arme vor der Brust und lehnte sich auf seinem Stuhl zurück.

»Es tut mir leid, dass wir euren hohen moralischen Ansprüchen nicht genügen«, sagte Tuva mit eisiger Stimme. »Aber es kann sich nun einmal nicht jeder leisten, den Deutschen aus dem Weg zu gehen oder ihnen gar aktiv die Stirn zu bieten.«

»Das verlangt ja auch niemand von dir«, sagte Großmutter Miri und bedachte ihren Mann mit einem beschwörenden Blick. »Wir wissen doch, dass ihr keine Kollaborateure seid.«

Ola knurrte etwas, das wie »So, wissen wir das wirklich?« klang.

Solveigs Zwerchfell verhärtete sich. Sie hätte in diesem Moment viel dafür gegeben, von den Flugblättern berichten zu dürfen, die sie im Keller von Ingvills Haus vervielfältigte. Erst zwei Tage zuvor hatte Roar ihr einen handschriftlichen Text zugesteckt, der unter anderem einige Strophen des Gedichts *Du må ikke sove* (Du darfst nicht schlafen) von Arnulf Øverland enthielt, der am 11. Juni von der Gestapo in Oslo verhaftet und ins Polizeihäftlingslager Grini gebracht worden war. Schon vor der Besatzung hatte sich der Schriftsteller gegen fanatische Ideologen jedweder Couleur starkgemacht. Besonders die Strophe, in der Øverland vor der Menschenverachtung von Faschisten warnte, hatte Solveig beim Tippen des Flugblatts einen kalten Schauer über den Rücken gejagt:

*Tilgi dem ikke; de vet hva de gjør!*
*De puster på hatets og ondskapens glør!*
*De liker å drepe, de frydes ved jammer,*
*de ønsker å se vår verden i flammer!*
*De ønsker å drukne oss alle i blod!*
*Tror du det ikke? Du vet det jo!*

Vergib ihnen nicht; sie wissen, was sie tun!
Sie atmen die Glut des Hasses und des Bösen!
Sie töten gerne, sie freuen sich über das Jammern,
sie wollen unsere Welt in Flammen sehen!
Sie wollen uns alle in Blut ertränken!
Du glaubst das nicht? Du weißt es doch!

Das waren keine leeren Worte. Seit dem Beginn des Russlandfeldzuges hatten die Nazis die Daumenschrauben spürbar angezogen. Schließlich hatte die Gestapo auch in Norwegen das sogenannte »verschärfte Verhör« eingeführt – was nichts anderes bedeutete als körperliche Folter.

Solveig schüttelte sich unwillkürlich. Nein, mehr denn je galt es, ihre Keller-Aktivitäten, wie sie ihre nächtlichen Einsätze an der Druckerpresse nannte, für sich zu behalten. Sie würde es sich niemals verzeihen, wenn ihretwegen Menschen, die ihr nahestanden, vom Geheimdienst oder der Polizei in die Mangel genommen wurden. Da war es leichter auszuhalten, als Nutznießerin der Fremdherrschaft zu gelten.

# 31

*Oslo und Stavanger, Februar – März 1970*

Am Samstagmorgen wachten Lizzy und Reidun erst spät auf. Am Abend zuvor waren sie nach ihrer Rückkehr ins »Haraldsheim« spontan von einer Gruppe Jugendlicher aus Bodø zu einer Geburtstagsparty eingeladen worden, die sie in einem Konferenzraum im Erdgeschoss der Jugendherberge hatten ausrichten dürfen. Lizzy hatte das fröhliche Beisammensein genossen und ausgelassen zu aktuellen Hits wie »Let the Sunshine In« von Aquarius, »I Want You Back« von den Jackson 5 sowie Songs von Led Zeppelin getanzt. Als später langsamere Titel aufgelegt worden waren, hatte sie sich mit einer Flasche *brus* auf ein Sofa verzogen, die eng umschlungenen Pärchen beobachtet und sich nicht zum ersten Mal an diesem Tag Erik herbeigewünscht.

Auch beim Bummel durch die Innenstadt, den sie und Reidun am Nachmittag unternommen hatten, nachdem sie deren erfolgreich bestandene Aufnahmeprüfung in einem Café mit Mandelbaisertorte und heißer Schokolade gefeiert hatten, waren Lizzys Gedanken häufig zu Erik gewandert. Während sie die Karl-Johan-Gata hinaufschlenderten, den Dom besichtigten und die Auslagen der Buchhandlungen, Modegeschäfte und anderer Läden betrachteten und schließlich einem Wachwechsel der Soldaten vor dem Schloss beiwohnten, hatte sich Lizzy immer wieder gefragt, was Erik wohl in diesem Augenblick gerade machte. Sie vermisste ihn und zählte die Stunden, die sie noch bis zu ihrem Wiedersehen ohne ihn aushalten musste. Wenn alles nach Plan lief, würde er spätestens am Montag von der Bohrinsel zurückkehren.

»Was wollen wir heute Schönes unternehmen?«, fragte Reidun, als sie aus dem Gemeinschaftsduschraum zurückkam. »Was empfiehlt denn dein *Guide to Norway*? Irgendwelche besonderen Tipps?«

»Eher nicht«, antwortete Lizzy. »Das Freilichtmuseum auf Bygdøy ist ja bei dem kalten Wetter nicht so verlockend. Ansonsten werden noch das Rathaus, das Munch-Museum, das vor sieben Jahren eröffnet wurde, und natürlich die Nationalgalerie genannt. Wenn es nach der Autorin geht, muss man aber vor allem den Frogner Park besuchen.«

»Hm, ist im Winter auch nicht gerade prickelnd.« Reidun verzog den Mund. »Wir könnten doch mit einer Stadtrundfahrt beginnen. Da sitzen wir im warmen Bus und kriegen …«

»Schon gekauft!«, rief Lizzy. »Meine Füße haben gestern eine Ewigkeit gebraucht, bis sie wieder aufgetaut waren.« Sie grinste. »Und später … Hättest du vielleicht Lust, ins Kino zu gehen? Beim Vorbeilaufen ist mir das Plakat zu *Butch Cassidy and Sundance Kid* ins Auge gefallen. Den würde ich gern sehen.«

»Prima Idee. Ich liebe Paul Newman und Robert Redford«, antwortete Reidun. »Aber jetzt brauch ich erst mal einen Kaffee.«

»Wartet mal«, rief der Pförtner, als Lizzy und Reidun wenige Minuten später am Empfangstisch vorbei Richtung Speisesaal liefen. »Ihr seid doch die beiden Mädels aus Stavanger. Für euch ist gerade Besuch gekommen.« Er deutete den Gang hinunter, an dessen Ende sich der große Raum befand, in dem die Geburtstagsparty am Vorabend stattgefunden hatte. »Ich hab ihn gebeten, dort auf euch …«

»Für uns?«, riefen Lizzy und Reidun gleichzeitig und sahen sich verblüfft an.

Lizzys Herz begann schneller zu schlagen. »Das kann doch eigentlich nur Erik sein.«

»Gut möglich«, erwiderte Reidun. »Vermutlich kam er bereits gestern von seiner Schicht zurück und hat den Nachtzug genommen.«

»Was für eine tolle Überraschung!«, jauchzte Lizzy, rannte los und riss die Tür zu dem Konferenzsaal auf.

Es war nicht Erik, der vor der Fensterfront stand und sich nun zu ihr umdrehte.

»Was machst du denn hier?« Lizzy starrte ihren Vater verständnislos an.

Mit drei Schritten war er bei ihr und nahm sie so fest in die Arme, dass ihr die Luft wegblieb.

»Dad!« Lizzy machte sich los. »Was hast du?« Als sie seine ernste Miene sah, wurde ihr kalt. »Ist was mit Mom?«

»Nein. Ihr und Chris geht's gut.«

Der Blick ihres Vaters schweifte kurz über ihre Schulter hinweg zur Tür, in der Reidun stand. Sie zitterte am ganzen Körper.

»Es ist was mit Erik«, hauchte sie tonlos. »Nicht wahr?«

»Ja. Er hatte einen Tauchunfall. Jede Hilfe kam zu spät. Es tut mir leid, er ist tot.«

»Was?« Lizzy wich vor ihrem Vater zurück. »Das ist nicht wahr!«, schrie sie. »Das kann nicht sein!«

Reidun ließ sich auf einen der Stühle sinken, die noch wie am Vorabend an den Wänden aufgereiht standen. »Wie ist es passiert?«, fragte sie tonlos.

Roger Cole legte seinen Arm um Lizzys Schulter, führte sie zum Stuhl neben Reidun, zog sich einen weiteren heran und setzte sich den beiden Mädchen gegenüber.

»Den genauen Hergang kenne ich noch nicht«, begann er. »Ich war gerade in unserer Zentrale in Stavanger, als der Schichtleiter anrief, der zu dem Zeitpunkt auf der ›Ocean Viking‹ Dienst hatte. Er sagte, dass Erik fünf Minuten, nachdem er die Tauchglocke verlassen hatte, plötzlich nicht mehr auf Oles Fragen geantwortet hat. Als Erik nicht reagierte, hat Ole ihn sofort am Seil zurückgezogen, in die Kapsel geholt und versucht, ihn wiederzubeleben. Aber es war nichts mehr …«

Seine Worte gingen in einem Rauschen unter, das in Lizzys Ohren anschwoll. Sie sah, wie sich sein Mund bewegte, konnte ihn aber weder verstehen noch hören, was Reidun sagte, die bleich und starr auf ihrem Stuhl saß, die Hände fest um die Kanten der Sitzfläche gekrallt, als fürchte sie, seitlich wegzukippen. Offenbar hatte sie eine Frage gestellt, auf die Lizzys Vater keine Antwort wusste. Er hob mit einem entschuldigenden Ausdruck die Schultern.

Lizzy schloss die Augen. Wenn ich sie wieder öffne, sitze ich mit Reidun am Frühstückstisch. Das hier ist nicht real. Wie könnte es das auch sein? Dad kommt doch erst morgen von seiner Dienstreise zurück. Er kann unmöglich hier sein. Ich zähle jetzt bis drei, und dann … Eine Berührung an ihrem Knie unterbrach Lizzys Gedanken. Sie öffnete die Augen und sah ins Gesicht ihres Vaters, der sich zu ihr gebeugt hatte und sie besorgt musterte.

»Ich bring euch jetzt nach Hause«, sagte er. »Ich bin mit einem Firmenwagen gekommen.«

»Ich wusste gar nicht, dass Erik immer noch als Chauffeur arbeitet.« Lizzy sprang auf. »Komm Reidun, wir wollen deinen Bruder nicht länger warten lassen.« Sie ging zur Tür.

Reidun schlug sich die Hände vors Gesicht. Roger Cole erhob sich, griff nach Lizzys Hand und hinderte sie, den Raum zu verlassen.

»Liebes.« Er sah ihr direkt in die Augen. »Erik ist nicht hier.«

Lizzy schüttelte den Kopf und versuchte, ihm ihre Hand zu entziehen.

»Wissen es meine Eltern schon?«, fragte Reidun.

Roger Cole nickte. »Ich habe sie sofort informiert.« Er legte seinen Arm um Lizzys Schultern. »Komm, wir fahren jetzt nach Stavanger.«

»Gibt es eine Mög…« Reiduns Stimme brach. »Kann ich meinen Bruder sehen? Ich möchte gern Abschied von ihm nehmen.«

»Ja, natürlich«, antwortete Roger. »Wenn ihr wollt, können wir in Stavanger als Erstes zum Krankenhaus fahren.«

Lizzy wollte protestieren, brachte jedoch keinen Ton heraus. Reidun stand auf und ging zur Tür. Wie von selbst setzten sich Lizzys Füße in Bewegung und folgten ihr hinaus auf den Vorplatz, wo der schwarze Mercedes geparkt war. Ihr Vater öffnete die Hintertür und half ihnen auf die Rückbank.

»Unsere Sachen«, murmelte Reidun. »Die sind noch …«

»Ich hole sie«, sagte Roger Cole und eilte zurück in die Herberge.

Lizzy starrte aus dem Fenster. Nach wie vor kam sie sich vor wie in einem surrealen Traum, in dem man sie glauben lassen wollte, dass Erik tot sei. Das konnte nicht sein. Das durfte nicht sein! »Erik hat mir doch versprochen, dass er vorsichtig ist.«

Reiduns Aufschluchzen machte Lizzy bewusst, dass sie den letzten Satz laut ausgesprochen hatte. Am liebsten hätte sie sich die Ohren zugehalten und ihre Freundin angeschrien, mit dem Weinen aufzuhören. Ihre Tränen machten es ihr unmöglich, sich länger an den Gedanken zu klammern, dass das alles ein furchtbarer Irrtum war. Ihre Brust wurde eng. Sie rang nach Luft und spürte, wie alle Kraft aus ihrem Körper floss. Fühlte es sich so an, wenn man starb? Lizzy schloss die Augen. Ich will sie nie wieder öffnen. Ich will nichts mehr spüren. Ich will nicht mehr da sein.

Roger Coles Vorhaben, Lizzy und Reidun nach ihrer Rückkehr nach Stavanger einen persönlichen Abschied von Erik zu ermöglichen, ließ sich nicht verwirklichen. Der Leichnam war direkt von der Ölbohrinsel nach Bergen zum Haukeland Universitätsklinikum geflogen worden und sollte dort in der Pathologie obduziert werden. Lizzy hatte nichts davon hören wollen. Allein die Vorstellung, dass Erik in einem gekachelten Raum auf einem

Stahltisch lag und aufgeschnitten wurde, verursachte ihr Übelkeit. Auch sonst ertrug sie es nicht, wenn von ihm als Verstorbenen gesprochen wurde.

Am Sonntagvormittag frühstückte Lizzy allein mit ihrer Mutter. Ihr Vater war schon früh mit Chris aufgebrochen, den er zu einem Auswärtsspiel seiner Fußballmannschaft begleitete.

»Die hat mir gerade noch gefehlt«, murmelte Lizzy.

»Wen meinst du?« Cathleen folgte ihrem Blick.

Am Eingang zum Speisesaal war Becky Miller aufgetaucht und sah sich suchend um. Lizzys Impuls, nach der »Los Angeles Times« zu greifen, die sich ihre Mutter geholt hatte, und sich dahinter zu verbergen, kam zu spät. Becky Miller hatte sie entdeckt und winkte ihr zu.

»*My poor darling!*«, rief sie noch auf der Türschwelle, eilte zu ihrem Tisch, beugte sich über Lizzy und drückte sie an ihren Busen. »Was für ein schrecklicher Verlust!«, fuhr sie mit tränenumflorter Stimme fort, sprach ihre zutiefst empfundene Anteilnahme aus und bot Trost und Unterstützung an.

Lizzy wand sich auf ihrem Stuhl. Die anderen Hotelgäste hatten ihre Gespräche unterbrochen und schauten teils verstohlen, teils mit unverblümter Neugier zu ihrem Tisch, an den sich Becky nun unaufgefordert setzte.

»Das ist wirklich lieb von dir«, sagte Cathleen zu ihr. »Aber jetzt braucht meine Tochter vor allem …«

»Ablenkung!«, rief Becky. »Das wird ihr am besten helfen. Darum wollte ich euch vorschlagen, heute mit uns …«

»Nein, danke.« Lizzy rückte von ihr ab.

»Ach, *sweetheart*.« Becky streckte den Arm aus und tätschelte ihre Hand. »Du wirst sehen, das wird schon wieder, und alles wird …«

»Gut?« Lizzy funkelte Becky wütend an. »Wie könnte es das? Nichts wird je wieder gut!«

Sie sah, wie ihre Mutter Becky am Arm fasste, beschwörend den Kopf schüttelte und sie offensichtlich zum Schweigen bringen wollte. Sie hatte keine Chance.

»Die Zeit heilt bekanntlich alle Wunden«, fuhr Becky unbeirrt fort. »Außerdem bist du noch so jung, *honey*. Du findest sicher bald einen neuen Freund und dann …«

»Was für ein Blödsinn!« Lizzy hielt sich die Ohren zu, sprang auf und stürzte aus dem Speisesaal.

In den folgenden drei Tagen blieb sie in ihrem Zimmer und verschanzte sich hinter Büchern, in deren Handlung sie abtauchen und alles um sich herum vergessen konnte. Ein paarmal war der Gedanke in ihr aufgeblitzt, dass es ihr guttun könnte, sich ihren Kummer in einem Brief an Shirley von der Seele zu schreiben. Über das Datum und die Anrede war sie jedoch nie hinausgekommen. Anschließend hatte sie auf den Briefbogen gestarrt und keine Worte gefunden. Es war, als habe jemand in ihr einen Hebel betätigt, der sie in eine Art Sparmodus versetzte und den Zugang zu ihren Gefühlen kappte. Er hatte auch die Stimme weitgehend stumm geschaltet, die sie aufforderte, sich der Realität zu stellen und den Schmerz zuzulassen. Und wenigstens Reidun und Ole zu treffen. Lizzy schämte sich für ihren Rückzug von den beiden Menschen, die ihren Verlust vermutlich am besten nachvollziehen konnten. Die sich vielleicht wünschten, gemeinsam mit ihr zu trauern. Schließlich hatte Reidun ihren einzigen Bruder verloren und Ole seinen besten Freund.

Ich kann das nicht, stellte Lizzy fest. Noch nicht. Die Erinnerung an die Autofahrt von Oslo nach Stavanger versetzte ihr einen Stich. Reidun hatte fast die gesamte Zeit über geweint. Lizzy dagegen hatte sich ausgetrocknet gefühlt und auch später keine einzige Träne um Erik weinen können. Stimmte etwas nicht mit ihr? Sie kam sich vor wie ein Zombie.

Umso dankbarer war sie, dass ihre Eltern ihren Rückzug akzeptierten. Sie versuchten weder, ihr Gespräche aufzunötigen, für die sie nicht bereit war, noch verlangten sie von ihr, unter Leute zu gehen. Sie buchten sogar ein eigenes Zimmer für Chris, damit sie ungestört war. Ihr Verständnis und das Wissen, dass sie jederzeit für sie da waren, taten ihr gut.

Wenn Lizzy nicht las, flüchtete sie in den Schlaf, der sie – zu ihrem eigenen Erstaunen – übermannte, sobald sie sich unter ihre Bettdecke kuschelte und die Augen schloss. An Träume konnte sie sich nicht erinnern. Es war, als würde sie in ein schwarzes Loch versinken, in einen mit Samt ausgekleideten, schalltoten Raum, in dem sie sich auflöste. In der vierten Nacht öffnete sich mit einem Mal die Decke dieser Höhle, und Licht flutete herein. Lizzy hörte Eriks Stimme ihren Namen rufen. »Ich komme«, antwortete sie und schwebte nach oben. Ein unbändiges Glückgefühl pulsierte in ihr, als sich seine Hand um ihre schloss und sie die Wärme seines Körpers neben sich spürte. Gemeinsam flogen sie höher und höher, schwerelos und frei.

»Das ist wunderschön«, murmelte Lizzy, drückte Eriks Finger und schlug die Augen auf. Es war nicht der blaue Himmel, der sich über ihr spannte. Und nicht Eriks Hand, die sie umklammerte. Sie lag in ihrem Hotelbett, starrte an die Decke und hielt einen Zipfel der Bettdecke verkrampft fest. Rasch presste sie die Lider zusammen, wollte zurück in die sonnendurchflutete Welt, in der Erik wartete. Da war nur Schwärze. Und eine Eiseskälte, die sich in ihr ausbreitete und die Wärme des Körpers vertrieb, nach dem sich ihrer mit jeder Faser sehnte. Mit einem Stöhnen öffnete Lizzy die Augen wieder und floh aus dem Bett, das ihr nicht länger Vergessen schenkte.

Am Nachmittag, eine knappe Woche nach dem Unglück, fand der Bestattungsgottesdienst für Erik statt. Roger Cole hatte dessen Familie angeboten, die Überführung aus Bergen sowie anfallende Formalitäten, die mit der Phillips Company zu klären waren, zu regeln – was sie gern angenommen hatte. Reidun hatte vom Hotel freibekommen und sich um ihre Eltern gekümmert, die laut Lizzys Vater am Boden zerstört waren. Ein Eindruck, der sich auch Lizzy aufdrängte, als sie sie in der Kapelle von Austre Åmøy sah, in der sich die Trauergesellschaft versammelte. In sich zusammengesunken saßen sie reglos in der ersten Reihe, umgeben von Reidun, Onkel Ansgar, dem Bootsbauer, und weiteren engen Familienangehörigen. Auch die restlichen der rund 120 Sitzgelegenheiten waren besetzt. Besucher, die dem Ruf der Glocke erst kurz vor dem Beginn der Zeremonie gefolgt waren, mussten mit Stehplätzen im Eingangsbereich des schlichten Holzkirchleins vorliebnehmen. Die Coles hatten in einer der hinteren Bänke Platz gefunden.

Beim Hinsetzen ließ Lizzy ließ ihre Augen durch den Raum wandern. Während die Kapelle außen mit weiß gestrichenen Paneelen verschalt war, war das Innere mit unbehandeltem Holz ausgekleidet. Über dem Altartisch, der von einer runden, kniehohen Balustrade eingefriedet war, hing ein weißes Kreuz vor einem Buntglasfenster. Vor der Apsis standen linker Hand eine kleine Orgel, rechts eine Kanzel. In der Mitte schwebte ein Kronleuchter aus Messing, dessen Lampen den Raum in ein warmes Licht tauchten. Darunter stand der Sarg, der zu Lizzys Erleichterung fast ganz unter Bergen von Blumen und Kränzen verschwand.

Sie zog die Schultern hoch, heftete ihren Blick auf ihre Knie und hob ihn während des gesamten Gottesdienstes nicht, um ja nicht auf diese schreckliche Kiste zu schauen, in der Erik lag. Sie war froh, dass ihre Norwegischkenntnisse noch nicht so gut waren und es ihr nicht schwerfiel, die Worte der Predigt, Lieder und Gebete auszublenden und an sich vorbeirauschen zu lassen. Erst als die Glocke nach dem Schluss-Segen des Pfarrers erneut erklang und sich die Gemeinde erhob, während sechs Männer zum Sarg traten und ihn auf ihre Schultern hievten, hob Lizzy den Kopf und folgte ihren Eltern und Chris hinaus ins Freie, wo sie sich in den Zug der Trauergäste einreihten, die Erik das letzte Geleit zum Friedhof gaben. Dieser lag ein paar hundert Meter südöstlich der Kapelle direkt am Meer, nicht weit von der Bucht mit dem Bootsanleger, wo die Halvorsens lebten.

Reidun hatte Lizzy mal erzählt, dass der Frühling in diesem geschützten Winkel früh kam, bereits Anfang April würden die Narzissen blühen. An diesem Tag jedoch lag die Wiese mit den Grabsteinen noch unter einer dicken Schneeschicht, auf die es unaufhörlich weiterschneite. Es sieht aus wie ein Leichentuch. Das Wort drängte sich Lizzy auf. Und in wenigen Minuten würde auch Erik unter dieser weißen Decke verschwinden. Tief unter der Erde. Er, der nichts so sehr geliebt hatte wie die Weite des Himmels, in die er mit ihr hatte fliegen wollen. Wäre es ihm nicht lieber gewesen, dass seine Asche dem Wind anvertraut wurde? Oder war es ihm wichtig gewesen, im Kreis seiner Vorfahren zur letzten Ruhe gebettet zu werden?

Lizzy starrte auf die Grabsteine, deren Inschriften teilweise bis zur Unleserlichkeit verwittert waren. Sie wusste so wenig über Erik. Warum war ihnen nur so kurze Zeit miteinander vergönnt gewesen? Jetzt würde sie nie wieder die Gelegenheit haben, ihn besser kennenzulernen. Nie wieder. Die Endgültigkeit dieser Worte empfand sie körperlich, sie legte sich wie ein eiserner Ring um ihren Brustkorb und machte ihr das Atmen schwer.

# 32

*Stavanger, Juli 1941*

Am 18. Juli durften die norwegischen Angestellten der Dienststelle im Kongsgård bereits am Mittag das Büro verlassen. Herr Möller wollte ihnen die Möglichkeit geben, an den Feierlichkeiten teilzunehmen, mit denen der Schlacht am Hafrsfjord gedacht wurde, der sich wenige Kilometer südwestlich von Stavanger erstreckte. Im Jahr 872 hatte hier Harald Schönhaar mehrere andere Kleinkönige besiegt und sich anschließend zum ersten Großkönig eines geeinten Norwegen krönen lassen.

Solveig hatte soeben ihre Schreibmaschine mit der Haube abgedeckt und wollte mit ihrer Kollegin das Büro verlassen, als Fräulein Schmitt auf der Türschwelle erschien.

»Fräulein Lund, Herr Möller verlangt nach ihnen.«

Solveig versteifte sich. Sie nickte, stand auf und zupfte ihre kurzärmlige Bluse zurecht, während ihre Gedanken zu rasen begannen. Wie jedes Mal, wenn der Chef sie überraschend am Ende ihrer Arbeitszeit oder in der Mittagspause zu sich zitierte, kam ihr als Erstes ein mögliches Vergehen in den Sinn, dessen sie sich in seinen Augen schuldig gemacht haben könnte. Es war ein Reflex, der sie an ihre Kindheit erinnerte. Damals hatte jeder strenge Blick ihrer Mutter unweigerlich das Schuldbewusstsein der kleinen Solveig aktiviert, die fieberhaft überlegte, was sie jetzt schon wieder ausgefressen haben mochte.

An diesem Tag fragte sich Solveig, ob Herr Möller Wind davon bekommen hatte, dass sie regelmäßig Schreibmaschinenpapier mitgehen ließ, obwohl sie äußerst vorsichtig vorging und stets nur kleine Mengen aus dem Schrank mit den Büromaterialien entwendete. Erst am Vortag hatte sie ein paar Bögen zwischen die Seiten des »Stavanger Aftenblad« gesteckt, die sie als Pausenlektüre dabeihatte. Ingvill hatte ein Abonnement dieser Zeitung, das sie auch während ihrer Abwesenheit weiterlaufen ließ. Solveig genoss es, das Blatt jeden Tag druckfrisch für sich allein zu haben.

»Möllers Vorzimmerdrachen schaut mal wieder drein, als hätte sie gerade in eine Zitrone gebissen.«

Die geflüsterte Bemerkung von Frau Sandvik holte Solveig aus ihren Gedanken. »Die sie zuvor mit ihrer schneidenden Stimme zerteilt hat«, erwiderte sie mit einem Augenrollen, atmete tief durch und ging ins Büro von Fräulein Schmitt, die sie mit einem kühlen Nicken aufforderte, das Zimmer ihres Chefs zu betreten.

Das freundliche Lächeln, mit dem Herr Möller sie begrüßte, vertrieb Solveigs Befürchtungen.

»Fräulein Lund, es tut mir leid, dass Sie noch nicht gehen können«, begann er und bedeutete ihr mit einer Geste, auf dem Stuhl vor seinem Sekretär Platz zu nehmen. »Aber eben habe ich einen Anruf aus Oslo erhalten mit einer Order, die keinen Aufschub duldet.«

Seinem Gesichtsausdruck nach zu schließen, hielt er nicht viel von der neuesten Anweisung seines obersten Dienstherrn. Es wäre nicht das erste Mal, dass Herr Möller die Verordnungen und Befehle des Reichskommissariats kritisch sah, liefen sie doch seiner Meinung nach allzu oft seinen Bestrebungen zuwider, ein möglichst gutes Auskommen mit den norwegischen Verwaltungsbeamten zu pflegen.

»Ihnen ist ja gewiss die sogenannte V-Aktion der Briten ein Begriff.«

»Ja, erst gestern habe ich im Tagesrapport der Sicherheitspolizei gelesen, dass drüben in Sandnes fast in jeder Straße Häuser mit dem V bemalt worden sind«, antwortete Solveig. »Und bei uns wurden aus Blech gestanzte Vs verstreut.« Sie bemühte sich um eine angemessen empörte Miene, während sie insgeheim die Chuzpe der Missetäter bewunderte, die bei ihren Aktionen in den hellen Sommernächten ein hohes Risiko eingingen, entdeckt zu werden.

Die V-Kampagne war ursprünglich im besetzten Flandern geboren worden, wo der Buchstabe für *Vrijheid* (Freiheit) beziehungsweise *Victoire* (Sieg) stand, und hatte sich seit Januar 1941 von dort in anderen besetzten Gebieten ausgebreitet mit dem Ziel, den Deutschen ihren unbeugsamen Freiheitswillen zu demonstrieren. Beeindruckt von der Kampagne hatte die BBC Sendungen konzipiert, in denen die Zuhörer nicht nur aufgefordert wurden, das V sichtbar, sondern auch hörbar zu machen, und zwar mit dem Morsecode für den Buchstaben: kurz-kurz-kurz-lang, oder auch: Ta-ta-ta-taaaa, einer Tonfolge aus dem ersten Satz von Ludwig van Beethovens fünfter Sinfonie, bekannt als Schicksalssinfonie.

Herr Möller, der regelmäßig das deutsche Programm der BBC einschaltete – »Man muss doch wissen, was der Feind für Lügen verbreitet und was er im Schilde führt« –, hatte diesen Coup nicht ohne eine gewisse Bewunderung als ausgefuchsten ironischen Schachzug bezeichnet: Mitten im Krieg machte der britische Rundfunk die markanteste Tonfolge aus dem bekanntesten Werk eines der größten deutschen Komponisten zur Erkennungsmelodie seiner Programme für die besetzten Länder.

»Soeben kam von Terboven der Befehl, die englische V-Propaganda aufzugreifen oder besser gesagt umzudeuten«, erklärte Solveigs Chef. »Das V soll nunmehr als deutsches Zeichen von uns überall angebracht werden, damit es nicht mehr nur als Siegeszeichen der englischen Kriegsführung wahrgenommen werden kann. Churchill hat für die heutige und morgige Nacht den Höhepunkt seiner *Victory*-Aktion angesetzt. Nun sollen wir dem Herrn den Wind aus den Segeln nehmen.« Herr Möller verzog den Mund. »Als ob man einen Krieg mit solchen Kindereien gewinnen könnte«, knurrte er. »Nun denn, Befehl ist Befehl. Allerdings stehen mir nicht genügend Leute zur Verfügung, die ich dafür einsetzen könnte. Schließlich steht das Wochenende vor der Tür.«

Das du selbst gern unbehelligt von Amtskram verbringen willst, dachte Solveig und senkte den Blick. So pflichtbewusst ihr Chef war, Solveig hatte schnell herausgefunden, dass ihm seine freien Tage heilig waren.

»Darum habe ich beim Hird um Amtshilfe gebeten«, fuhr Herr Möller fort. »Man stellt mir ein halbes Dutzend Männer zur Verfügung, die ich damit betrauen will, heute Nacht die Vs an geeigneten Orten mit Farbe anzubringen. Da ich mir nicht sicher bin, ob die Hirdler des Deutschen ausreichend mächtig sind, wollte ich Sie bitten, meine Anweisungen zu übersetzen.« Herr Möller schob Solveig einen Notizzettel über den Tisch. »Außerdem möchte ich die norwegischen Stellen über die Aktion informieren, damit keine Missverständnisse entstehen.«

Nachdem er Solveig das Anschreiben diktiert hatte, kehrte sie an ihren Schreibtisch zurück, wo sie die beiden Texte übersetzte und anschließend abtippte. Während ihre Finger über die Tasten ihrer Schreibmaschine flogen, fragte sie sich, wie sich diese Information für ihre Flugblätter nutzen ließ. Wir könnten das V umdeuten und unseren Besatzern und ihren Sympathisanten erklären, für was es außer für *Victory* noch stehen könnte, überlegte sie. Im Deutschen zum Beispiel für Verloren oder Verlogen. Und auf Quislingisch: Verräter.

Das muss ich unbedingt nachher Roar vorschlagen, nahm sich Solveig vor. Gemeinsam fallen uns gewiss noch viele weitere Varianten ein. Beim Gedanken, ihn bald zu sehen, hoben sich ihre Mundwinkel, und in ihrem Bauch kribbelte es. Sie waren am frühen Abend verabredet, wenn er von einer Dienstfahrt zurück war, die ihn zum dritten Mal innerhalb der letzten vierzehn Tage in den südlichsten Zipfel von Rogaland geführt hatte.

Im Juni hatte der junge Ingenieur nach einem geeigneten Betrieb gesucht, der die von ihm entwickelte Schiffspumpe, die Erling Lund für den Großauftrag der Kriegsmarine benötigte, in großer Stückzahl herstellen konnte. Roar war schließlich in Hauge in Dalane am Fluss Sokno fündig geworden, dessen Wasserkraftwerk eine kleine Fabrik mit Energie versorgte, die unter anderem auf die Produktion von Pumpen und Ventilen spezialisiert war. Dort sollte zunächst ein Prototyp angefertigt werden, dessen Entwicklung Roar bei regelmäßigen Besuchen überwachte und Anpassungen vornahm. Da es sich um eine kriegswichtige Produktion handelte, hatte Erling Lund von den Deutschen ein Dienstfahrzeug bewilligt bekommen sowie für sich und vor allem für Roar Erlaubnisscheine, Stavanger zu verlassen und sich frei in einem Radius von rund 200 Kilometern zu bewegen.

»Eine bessere Steilvorlage hätten uns die Deutschen gar nicht liefern können«, hatte Roar festgestellt. »So habe ich viel bessere Möglichkeiten, unsere Flugblätter im Umland an Mittelsmänner zu überbringen, die sie ihrerseits vervielfältigen und verteilen. So werden wir noch viel mehr Leute erreichen.«

Roar und Solveig waren nach ihrer Rückkehr aus Oslo übereingekommen, ihre illegalen Schriften, deren Herstellung mittlerweile Fahrt aufgenommen hatte, nicht in Stavanger zu verteilen oder auszuhängen, sondern nur außerhalb.

»Wir sollten das Risiko so gering wie möglich halten«, hatte Roar gesagt. »Es sind schon zu viele unserer Mitstreiter geschnappt worden, weil sie zu leichtsinnig oder wagemutig waren. Damit ist niemandem gedient.«

Aus diesem Grund betätigte Solveig die Handpresse im Keller von Ingvills Haus, das sie nun seit gut sechs Wochen einhütete, allein. Es galt, alles zu vermeiden, was die Aufmerksamkeit neugieriger Nachbarn erregen konnte – wozu »verdächtige Besuche« zu nächtlicher Zeit zweifellos gehörten.

Einmal in der Woche spazierte Solveig zum Hetland Friedhof, legte frische Blumen am Denkmal für die Gefallenen nieder und deponierte ein in wasserdichtes Wachstuch eingeschlagenes Päckchen mit Flugblättern unter einem großen Kranz. Bislang hatte ein Bauer, der wöchentlich aus Randaberg in die Stadt kam, um dort sein Gemüse und Obst zu verkaufen, das Päckchen abgeholt und den Inhalt in seinem Umkreis unter die Leute gebracht. Der Landwirt war Roar von der Frau, die ihm in Oslo die Handpresse gegeben hatte, als Kontaktmann genannt worden. Der erste Schritt, sich ein Netzwerk von Leuten zu schaffen, die bereit waren, sich in Stavanger und im Umland im Widerstandsaktionen zu engagieren, war gemacht. Seit Roar die Stadt dank des Dienstfahrzeugs und der Passiererlaubnis ohne Probleme verlassen konnte, sah er sich endlich in die Lage versetzt, ihren Aktionsradius beträchtlich zu erweitern.

Als Solveig schließlich ihr ehemaliges Schulhaus verließ, wehten die Klänge eines Militärmarsches vom Marktplatz herüber. Offensichtlich waren die Feierlichkeiten bereits im Gange, die vom Hird ausgerichtet wurden. Die Vereinnahmung dieses Gedenktages durch die NS-Partei lag nahe, war doch ihr Führer Vidkun Quisling an diesem Datum geboren worden.

Auf dem Weg zur Arbeit hatte Solveig am Morgen uniformierte Hird-Leute gesehen, die bei der Statue Alexander Kiellands ein Podest mit einem Rednerpult zusammenzimmerten. Es hatte Solveig nicht gewundert, dass sie es im Rücken des Dichters aufstellten. Dieser hätte das Treiben zu seinen Füßen sicher nicht gutgeheißen und mit dem ihm eigenen satirischen Ton gegeißelt. Die Ideologie der Nazis hätte er zweifellos ungerecht, menschenverachtend und verlogen gefunden.

Podest und Pult, auf dessen Frontseite ein riesiges Sonnenkreuz prangte, waren mittlerweile mit Laubzweigen verkleidet. Auf dem Sockel des Denkmals lehnte gegen Kiellands Mantelsaum ein Schild, das verkündete: *Ett Rike – Ett Folk*, also: ein Reich – ein Volk. Ein Dutzend Hirdler in dunkelblauen Uniformen stand mit großen Fahnen Spalier, vor ihnen hatte sich eine Menschentraube versammelt. Das Hird-Musikkorps schmetterte eines seiner martialischen Lieder, das mit einem lauten Tusch endete. Ein schmaler Mann mit sorgfältig zurückgekämmten, pomadisierten Haaren erklomm unter dem Applaus der Anwesenden – hauptsächlich Wehrmachtssoldaten und Mitglieder der verschiedenen NS-Organisationen – die Stufen zum Rednerpult.

Solveig erkannte Gulbrand Lunde, der im »Stavanger Aftenblad« als Hauptredner der Veranstaltung angekündigt worden war. Der Mann löste nicht nur bei ihr zwiespältige Gefühle aus. Einerseits hatte er mit seinen Forschungen zur Haltbarmachung von Lebensmitteln die norwegische Konservenindustrie entscheidend vorangebracht. Andererseits war der promovierte Chemiker ein glühender Anhänger Vidkun Quislings. 1933 hatte er an der Gründung einer Ortsgruppe der Nasjonal Samling in Stavanger mitgewirkt mit dem erklärten Ziel, die Stadt zur »Hauptstadt der Bewegung« zu machen – nach dem Vorbild Münchens, das diese Rolle für Adolf Hitler gespielt hatte. Ein Jahr später war er zum Gemeinderatsabgeordneten gewählt worden, als die NS in Stavanger ein Rekordergebnis von zwölf Prozent der Stimmen erzielt hatte. Seit 1935 war Lunde Propagandachef seiner Partei, was ihm den Spitznamen »norwegischer Goebbels« eingebracht hatte.

Solveig erinnerte sich gut an eine seiner Reden, bei der er vor einigen Jahren ebenfalls auf dem Marktplatz unter dem Jubel seiner Anhänger seine Vision von einem nordischen Reich ausgemalt hatte. Unter den neuen Machthabern war er zum Minister für Kultur und öffentliche Bildung ernannt worden und hatte damit eine Position erreicht, in der er das intellektuelle Leben in Norwegen kontrollieren konnte. Dabei ging es ihm in erster Linie darum, bei seinen Landsleuten seine Überzeugung zu verankern, sie seien die direkten Nachfahren der Wikinger und als »Nordmänner« die wahren Germanen. Eine Ansicht, die den Unmut der Deutschen erregte.

Solveig verspürte keinen Drang, sich einen weiteren Sermon über die Überlegenheit der arischen Rasse oder die glorreiche Vergangenheit Norwegens anzuhören. Unwillkürlich wanderten ihre Augen zu dem Fenster im ersten Stock des Kongsgård, von dem aus ihr Chef einen direkten Blick auf den Markt hatte. Kontrollierte er, ob seine Angestellten die ihnen gewährte Freizeit auch tatsächlich bei der Gedenktagveranstaltung verbrachten? Unter den Zuschauern konnte Solveig weder Frau Sandvik noch einen anderen norwegischen Kollegen entdecken. Kein Wunder, dachte sie. Bei dem herrlichen Wetter muss man schon ein sehr überzeugter Quislinger sein, um sich im prallen Sonnenschein die Beine in den Bauch zu stehen und endlose Reden und Gesänge über sich ergehen zu lassen. Solveig schlenderte langsam durch die hinteren Reihen der Zuhörer, bis sie außer Sichtweite des Kongsgård war, und lief anschließend zügig zur Klubbgata. Mit ein wenig Glück konnte sie im Kolonialwarenladen von Allert Middelthon ein oder sogar zwei Dosen *corned beef* ergattern für den Proviantkorb, den sie zusammenstellen wollte. Am Sonntag waren Roar und sie mit Afra und Kurt sowie Nils und dessen aktueller Flamme zu einem Ausflug verabredet.

Roars Prognose, sein Freund werde es sportlich nehmen, dass Solveigs Wahl nicht auf ihn gefallen war, schien zuzutreffen. Als sie Nils nach ihrer Rückkehr aus Oslo zum ersten Mal Hand in Hand gegenübergetreten waren, hatte sich sein Gesicht zwar verdüstert. Im nächsten Augenblick jedoch hatte er seinem Freund mit einem Schulterklopfen gratuliert und bekundet, sich für ihn zu freuen. Bei den folgenden gemeinsamen Unternehmungen war Nils meistens mit wechselnden »Bekannten« aufgetaucht oder hatte unterwegs in Ausflugslokalen, im Kino oder bei anderen Veranstaltungen mit jungen Frauen geflirtet. Dennoch wurde Solveig das Gefühl nicht los, dass Nils mehr an ihrer Zurückweisung knabberte, als Roar wahrhaben wollte. Mehrmals war ihr aufgefallen, dass seine Augen auf ihr ruhten, wenn er sich unbeobachtet wähnte. Oder dass er ihr weiterhin Komplimente machte.

»Du bist eben eine tolle Frau«, hatte Roar gemeint, als sie ihn darauf hingewiesen hatte. »Mach dir seinetwegen nicht so viele Gedanken. Du hast ihm nie falsche Hoffnungen gemacht. Falls er wirklich mehr für dich empfinden sollte, wird er schnell darüber hinwegkommen. So war es jedenfalls während unseres Studiums in Oslo. Da hat Nils sich ständig heftig verliebt und des Öfteren behauptet, nun seine ›große Liebe‹ gefunden zu haben.«

Hoffentlich behält er recht, dachte Solveig, während sie von der Kongsgata in die Klubbgata einbog. Vielleicht ist ja die neueste Eroberung von Nils endlich die Richtige. Er hat sie zumindest Roar gegenüber in den höchsten Tönen angepriesen.

»Halt!«, schnarrte eine Stimme auf Deutsch in ihrem Rücken. »Mitkommen!«

Solveig fror ein. Nun war es also so weit. Sie war aufgeflogen. Oder denunziert worden. Ihre Gedanken begannen zu rasen. Was hatte sie übersehen? Wann war sie unvorsichtig gewesen? War der Bauer aus Randaberg geschnappt worden und hatte geplaudert? Hatte ein Passant verdächtige Geräusche aus dem Keller gehört, als sie dort das letzte Mal die Druckpresse betätigt hatte? War sie von einem Nachbarn ausspioniert worden? Oder hatte jemand aus der Dienststelle Verdacht geschöpft und sie gemeldet?

Immerhin hatten die Schergen gewartet, bis sie sich von der Menge auf dem Torget entfernt hatte, um ihre Verhaftung diskret durchzuführen. Alles in ihr schrie: »Renn weg!«. Ihre Füße gehorchten jedoch nicht, wie festgeklebt blieben sie auf dem Kopfsteinpflaster stehen. So muss es sich anfühlen, wenn einen der sprichwörtliche Blitz aus heiterem Himmel trifft, schoss es Solveig durch den Kopf. Ohne Vorwarnung. Ohne die Möglichkeit, Deckung zu suchen. Ohne Hoffnung, verschont zu bleiben.

# 33

*Stavanger, März 1970*

»Wo ist Ole? Warum ist er nicht gekommen?«

Erst die Frage ihres Bruders machte Lizzy bewusst, dass sie Eriks besten Freund weder in der Kapelle noch hier auf dem Friedhof gesehen hatte. Wieder rührte sich ihr schlechtes Gewissen. Sie hatte sich nicht einmal die Mühe gemacht, nach Ole Ausschau zu halten und sich wie an den Tagen zuvor in ihrem Kokon verkrochen. Es erfüllte sie mit Scham, sich derart selbstsüchtig verhalten zu haben. Ausgerechnet Ole gegenüber, der ihr stets voller Verständnis und Anteilnahme begegnet war. Und der sich mit seiner feinfühligen Art gewiss besonders schwertat, den Verlust seines Freundes zu verkraften.

Laut dem Schichtleiter, mit dem ihr Vater telefoniert hatte, war Ole für ein paar Tage nach Hause geschickt worden. Er hatte nach dem Unfall unter Schock gestanden und war vorerst nicht zu weiteren Einsätzen fähig. Lizzy war davon ausgegangen, dass mit »nach Hause« die Wohnung seiner Eltern gemeint war, wo ihm zumindest seine Mutter beistehen würde. Was aber, wenn er sich in dem Häuschen in der Øvre Strandgata verkrochen hatte? In dem ihn alles an Erik erinnerte? Ganz allein, ohne Ansprache und Trost? Vielleicht sogar zerfleischt von Selbstvorwürfen? Lizzys Magen zog sich zusammen. Was für ein furchtbarer Gedanke! Wie einsam und verloren er sich fühlen musste. Wusste er überhaupt, dass sein bester Freund heute beerdigt wurde? Oder traute er sich nicht her?

Mittlerweile standen sie und Chris hinter ihren Eltern in der Schlange, die die Trauergäste nach der Versenkung des Sargs und dem letzten Segensgebet des Pastors gebildet hatten und die nun an Eriks engsten Angehörigen zum Kondolieren vorbeidefilierte. Lizzy stellte sich auf die Fußspitzen und schaute zu den Halvorsens, die dicht vor dem Grab standen. War es denkbar, dass sie Ole verboten hatten, zur Beerdigung zu kommen? Weil sie ihn für den Tod ihres Sohnes verantwortlich machten? Glaubte Reidun das ebenfalls? Sie musste sich auch ihr gegenüber für ihre Funkstille entschuldigen und sie nach Ole fragen.

Als habe die Sorge um Eriks besten Freund den Nebel weggeblasen, der ihr zuvor die Sicht auf ihre Umgebung verschleiert hatte, nahm Lizzy zum ersten Mal die sie umgebende Trauergesellschaft bewusst wahr. Einige der Anwesenden kannte sie, darunter die Zwillingsbrüder Jan und Anders sowie dessen Freundin Kari, die bei ihrer Geburtstagsparty dabei gewesen waren; Einar Svendsen, den Besitzer des Taucherladens »Pro dykk«, den Piloten Trond sowie einige Leute vom Sehen aus dem »Dickens«, einer Kneipe, die sich bei den Ölarbeitern großer Beliebtheit erfreute.

Langsam rückten die Coles in der Warteschlange nach vorn, bis Lizzy schließlich vor Eriks Eltern stand, ihnen die Hände schüttelte und die Beileidsbekundungen murmelte, die sie in ihrem Norwegischlehrbuch gefunden hatte: *»Kondolerer«* und *»min dypeste medfølelse«*.

Sigrid und Thorvald Halvorsen dankten auch ihr mit einem stummen Nicken. Der Blick ihrer geröteten Augen ging ins Leere. Wenn ich eine Künstlerin wäre und eine Allegorie für Trauer und Leid malen sollte, würde ich diese zerfurchten Gesichter als Vorlage wählen, schoss es Lizzy durch den Kopf, während sie zu Reidun weiterging.

»Ich … ich hätte mich … sorry, dass ich nicht …«, stammelte sie.

»Ich bin so froh, dass du gekommen bist«, fiel ihr Reidun ins Wort und nahm sie fest in die Arme. »Ich hab mir schon Sorgen gemacht.«

Erneut spürte Lizzy einen Stich ihres Gewissens. »Es tut mir echt leid, dass ich abgetaucht bin. Es war alles so … Ich konnte einfach nicht …«

»Mach dir bitte keinen Kopf«, unterbrach Reidun sie. »Ich kann das gut verstehen. Ich war auch froh, mich hier ein Weilchen verkriechen zu können.«

Ein Hüsteln hinter ihnen beendete ihre Unterhaltung.

»Wir reden später weiter«, flüsterte Reidun und wandte sich dem nächsten Kondolierenden zu.

Das *gravøl* (wortwörtlich Grab-Bier), wie der Leichenschmaus in Norwegen genannt wurde, fand in einer großen Scheune oberhalb der Bootsanleger-Bucht statt. In der Wohnstube der Halvorsens hätte nur ein Bruchteil der Trauergäste Platz gefunden, die Erik die letzte Ehre erweisen und seinen Eltern ihre Anteilnahme bezeugen wollten. Lizzy hatte den Eindruck, dass sich die gesamte Inselbevölkerung eingefunden hatte. Während die jüngeren Männer und Frauen teils in schwarzen Anzügen beziehungsweise knielangen Kleidern oder Röcken, teils in Jeans und Strickpullovern erschienen waren, trugen viele der älteren Leute *bunader*. Die traditionellen Trachten bestanden in Rogaland bei den Frauen aus roten oder beigefarbenen Schnürmiedern, bis zum Boden reichenden, dunklen Röcken, mit Blumen bestickten Schürzen sowie weißen Blusen, bei den Männern aus schwarzen Kniebundhosen, hüftlangen Jacken mit Stehkragen sowie grünen Westen. Die Gäste hatten an drei langen Tischen Platz genommen, auf denen Platten mit belegten Broten, Kuchen und Waffeln sowie unzählige Kannen mit Kaffee und heißer Schokolade zum Verzehr einluden. Das der Veranstaltung den Namen gebende Bier dagegen fehlte.

Cathleen hielt am Scheunentor inne. »Sind wir hier wirklich willkommen?«, hörte Lizzy sie wispern. »Ich glaube, wir sind die einzigen Fremden.«

»Eriks Eltern und vor allem Reidun haben uns ausdrücklich

eingeladen«, antwortete Roger, bei dem sie sich eingehakt hatte. »Es wäre unhöflich, gleich wieder zu verschwinden.« Er drückte ihren Arm. »Wir bleiben nicht lang, versprochen.«

Cathleen richtete sich auf, holte tief Luft und nickte ihrem Mann zu.

Kein Wunder, dass sich Mom hier fehl am Platze fühlt, dachte Lizzy. Mit ihrem figurbetonten, schicken Kostüm, dem mit schwarzem Tüll dekorierten Hütchen, den sorgfältig ondulierten Haaren sowie dem dezenten Duft ihres Eau de Toilette kam sie Lizzy wie ein Alien vor, das auf einem unbekannten Planeten gelandet war und weder die Sprache noch die Umgangsformen und Sitten der Bewohner verstand.

Bereits auf dem Weg vom Friedhof zur Scheune hatte Lizzy die erbosten Blicke bemerkt, die ihnen einige der älteren Trauergäste zugeworfen hatten. Gezischelte Wortfetzen, die sie auch in diesem Moment aufschnappte, bestätigten sie in dem Verdacht, dass ihre Familie gemeint war: *Frekke amerikanere* – dreiste Amerikaner – oder *forbannet oljeselskap* – verfluchte Ölfirma – waren noch die harmlosesten Beschimpfungen. Offenbar fanden es manche unverschämt, dass ausgerechnet ein Angestellter des Unternehmens hier aufkreuzte, das den Sohn eines der Ihren auf dem Gewissen hatte.

»Mom, Dad, kommt hierher!«

Lizzy entdeckte ihren Bruder, der ihnen voraus in die Scheune gerannt war und sich an einem der Tische zu Eriks und Reiduns Onkel gesetzt hatte.

»Das ist der Bootsbauer, von dem ich euch erzählt habe.«

Cathleen und Roger folgten der Aufforderung ihres Sohnes. Ansgar Halvorsen rückte ein Stück auf der Bank auf, um ihnen Platz zu machen, und begrüßte sie mit einem Lächeln. Unwillkürlich atmete Lizzy auf. Nicht alle alteingesessenen Insulaner waren ihnen feindlich gesonnen.

»Hast du was von Ole gehört?« Reidun war zu ihr getreten und zog Lizzy am Ellenbogen in eine Ecke der Scheune. »Weißt du, wo er steckt?«

Lizzy schüttelte den Kopf. »Das Gleiche wollte ich dich fragen«, antwortete sie. »Ich hatte eigentlich erwartet, ihn hier zu sehen.«

»Ich mache mir Sorgen um ihn.« Reidun zog einen gefalteten Briefbogen aus ihrer Jackentasche. »Der kam heute Vormittag mit der Post.«

»Von Ole?«, fragte Lizzy und warf einen Blick auf die wenigen norwegischen Sätze, die in fahriger Schrift auf das Papier gekritzelt waren. »Was schreibt er?«

»Dass er untröstlich ist, sich die heftigsten Vorwürfe macht und es nicht wagt, mir, meinen Eltern und dir unter die Augen zu treten«, antwortete Reidun.

»Klingt so, als würde er sich die Schuld an Eriks Tod geben.« Lizzy sah ihre Freundin erschrocken an. »Wie kommt er denn darauf?«

»Ich nehme an, dass er von dem Ergebnis der Autopsie erfahren hat. Meine Eltern haben gestern den Bericht bekommen.«

Lizzy schluckte. Wieder drängten sich ihr Bilder von einem kalten Sezierraum auf, von Sägen, Messern, Schalen für die Organe – und einem Tisch mit Abflussrinnen, auf dem …

»Was hat die Untersuchung ergeben?«, fragte sie heiser und bemühte sich, ihre Phantasie in Schach zu halten.

»Dass eine Unterbrechung der Atemluftversorgung für Eriks Ersticken verantwortlich war«, antwortete Reidun.

»Also denkt Ole, dass Erik noch leben würde, wenn er das rechtzeitig bemerkt hätte.«

»Genau, so verstehe ich seine Worte ebenfalls.« Reidun tippte auf die letzte Zeile. »Und deshalb beunruhigt mich dieser Satz: ›Vielleicht könnt ihr mir irgendwann vergeben. Ich kann es nicht. Lebt wohl.‹«

»Um Gottes willen! Könnte das bedeuten, dass …« Lizzy hob die Hand vor den Mund. »Will Ole sich was antun?«

»Der Gedanke kam mir auch schon«, antwortete Reidun. »Aber vielleicht sehen wir das viel zu schwarz und …«

»Möglich. Aber darauf sollten wir uns nicht verlassen, sondern so schnell wie möglich nach ihm schauen.« Lizzys Puls beschleunigte sich. »Ich will nicht noch jemanden verlieren.«

»Noch jemanden verlieren? Wen meinst du?«

Von Lizzy unbemerkt war ihr Vater hinter ihnen aufgetaucht, in jeder Hand einen Kaffeebecher, die er ihnen hinhielt.

»Ole«, antwortete Reidun. »Wir glauben, dass er sich für den Tod von Erik verantwortlich fühlt.«

»Und so sehr unter dieser Schuld leidet, dass er keinen anderen Ausweg sieht, als sich …«, erklärte Lizzy.

»Aber er ist nicht schuld«, unterbrach sie ihr Vater. »Ich habe gestern mit einem Pathologen in Bergen telefoniert, der bei der Autopsie dabei war.«

»Was? Wieso weiß ich nichts dav…«, rief Lizzy und unterbrach sich. »Sorry, Dad, nicht deine Schuld. Ich hab ja mehr als deutlich gemacht, dass ich nichts von diesen Dingen wissen wollte. Aber damit ist jetzt Schluss. Also, was hast du herausgefunden?«

»Dass der offizielle Bericht eklatant von dem abweicht, was die Gerichtsmediziner festgestellt haben.«

»Was?«, riefen Lizzy und Reidun gleichzeitig.

»Für den Pathologen gab es keinen Zweifel, dass Erik ein hochgiftiges Gasgemisch eingeatmet hat, das erst bei viel größeren Tauchtiefen zum Einsatz kommt, wo es keinen Schaden anrichtet.«

»Wie ist das möglich?« Lizzy runzelte die Stirn.

»Offenbar leichter, als man denken sollte.« Ihr Vater verzog den Mund. »Es muss versehentlich von der Basisstation auf der ›Ocean Viking‹ in Eriks Luftschlauch geschleust worden sein.

Selbst wenn man dort den Fehler sofort bemerkt hätte, wäre es zu spät gewesen. Es reicht ein einziger Atemzug.«

»Ole hatte also mit seiner Rettungsaktion nicht die geringste Chance«, stellte Reidun fest.

Roger nickte. »Sein Freund war binnen einer Sekunde tot.«

»Aber warum behaupten die dann, dass es eine Unterbrechung der Luftversorgung gegeben hat?«, fragte Lizzy.

»Das liegt doch auf der Hand.« Reidun verzog grimmig das Gesicht. »Das war seit Beginn der Ölsuche vor unserer Küste die Strategie der norwegischen Behörden und der Erdölfirmen: ja keine Angriffsfläche bieten, die Schuld wenn möglich auf andere abwälzen und eigene Fehler um jeden Preis vertuschen.«

»Stimmt das?«, fragte Lizzy ihren Vater. »Das wäre doch ungeheuerlich!«

»Deine Freundin hat leider recht«, antwortete er. »So ungern ich es zugebe. Aber der Druck auf allen Seiten ist enorm hoch. Deshalb lautet die Devise: Der Erfolg heiligt die Mittel.«

»Und notfalls geht man über Leichen?« Lizzy starrte ihren Vater entsetzt an. »Das ist menschenverachtend. Wie kannst du da nur mitmachen?«

»Lizzy, bitte.« Reidun berührte sie am Arm. »Dein Vater kann doch nichts dafür, dass Erik tot ist.«

»Das vielleicht nicht. Aber er ist Teil dieses Systems«, rief Lizzy.

Reidun trat von einem Fuß auf den anderen und schielte verlegen zu Roger Cole.

»Das hast du doch selbst gerade gesagt«, schob Lizzy nach. »Schließlich arbeitet Dad für die Phillips Company.«

Es war befreiend, ihrer Empörung Luft zu verschaffen, und die Stimme zu ignorieren, die ihr vorhielt, Reidun in eine peinliche Lage zu bringen und ihrem Vater gegenüber ungerecht zu sein. Schließlich fielen die Taucher, ihre Ausrüstung, Ausbildung,

Betreuung und Arbeitsbedingungen nicht in seinen Aufgabenbereich. In diesem Augenblick war es Lizzy jedoch gleichgültig, ob sie ihn mit ihren Vorwürfen verletzte. Es erleichterte sie, ein Ventil für ihre aufgestauten Gefühle gefunden zu haben. Zumindest für die Wut.

»Verschweigen und unter den Teppich kehren ist ja ohnehin dein Ding, nicht wahr Dad?«, fuhr sie fort.

Während sich auf Reiduns Gesicht Ratlosigkeit breitmachte, spannte Roger Cole Vater seinen Kiefer an. »Lizzy, bitte, lass uns dieses Fass nicht hier aufmachen. Das ist nun wirklich nicht der passende Moment.«

»Den findest du doch nie.« Lizzy funkelte ihren Vater an.

»Elizabeth!« Cathleen hatte offensichtlich den Ausbruch ihrer Tochter bemerkt und war zu ihnen geeilt. »Was fällt dir ein, deinen Vater in aller Öffentlichkeit so anzugehen? Bei allem Verständnis für deine Situation. Aber das geht …«

»Ist schon gut«, sagte Roger und legte einen Arm um die Schultern seiner Frau. »Uns liegen wohl allen die Nerven blank.« Er lächelte Lizzy zu. »Wie wär's mit einem Stück Kuchen? Eine Stärkung ist jetzt sicher nicht verkehrt.«

»Ich hab Wichtigeres zu tun, als mir den Wanst vollzuschlagen«, rutschte es Lizzy heraus.

Zwischen den Augenbrauen ihrer Mutter bildete sich eine steile Falte. Sie öffnete den Mund.

»Komm, Liebling.« Roger zog sie sanft weg, bevor sie etwas sagen konnte.

Lizzy spürte, wie ihr das Blut in die Wangen schoss. Verdammt! Was ritt sie nur? Sie hätte sich selbst ohrfeigen können. Warum konnte sie das Friedensangebot ihres Vaters nicht annehmen, sich in seine Arme werfen und von ihm trösten lassen? So wie früher? Weil eben nicht mehr früher ist, gab sie sich selbst die Antwort. Weil du kein kleines Kind mehr bist, das noch daran glaubt, dass man Schmerzen wegpusten kann. Warum zum Teufel benimmst du dich dann so kindisch? Lizzy schob die Frage ihres strengen Ichs beiseite und drehte sich zu Reidun, die den Wortwechsel stumm und mit sichtlichem Unbehagen verfolgt hatte.

»Wann geht das nächste Schiff nach Stavanger?«, fragte sie und vermied es, ihrer Freundin in die Augen zu schauen. »Ich will so schnell wie möglich zu Ole und nachsehen, ob bei ihm alles in Ordnung ist.«

»Um fünf Uhr.« Reidun schaute auf ihre Armbanduhr. »Also erst in zwei Stunden.«

»Mist!«

»Vielleicht ist er ja bei seinen Eltern«, sagte Reidun. »Ich rufe jetzt gleich dort an.«

»Gibt's hier denn ein Telefon?« Lizzy sah sich um.

»Hier nicht«, antwortete Reidun. »Und auch wir haben noch keinen Anschluss. Aber Ansgar hat einen Apparat in seiner Werkstatt. Die ist ja nicht weit entfernt.«

Sie ging zu dem Tisch, an dem ihre Familie saß, holte ihren Mantel, sprach kurz mit ihrem Onkel und winkte Lizzy mit einem Schlüsselbund zu, den dieser ihr ausgehändigt hatte.

»Er leiht uns sein kleines Motorboot aus«, sagte sie, als Lizzy ihr zum Scheunentor folgte. »Falls wir Ole nicht am Telefon erreichen und in Stavanger nach ihm suchen wollen.«

»Das ist super«, sagte Lizzy. »Aber kannst du jetzt hier weg? Erwarten deine Eltern nicht, dass du bei ihnen bleibst?«

»Und wenn schon.« Reidun zuckte die Schultern. »Mir geht es wie dir. Ich will nicht noch jemanden verlieren.«

»Danke!« Lizzy drückte Reiduns Hand. »Und sorry, dass ich gerade so ein Theater gemacht habe. Das war peinlich.«

»Schon vergessen. Außerdem hat dein Vater recht. Wir sind wohl alle mit den Nerven am Ende.«

Sie öffnete die Tür. Ein kalter Windzug blies ihnen ins Gesicht und ließ Lizzy frösteln. Sie wickelte ihren Schal fester um den Hals und lief an Reiduns Seite den schmalen Weg hinunter, der bei den Häusern nahe dem Bootsanleger endete.

»Außerdem bin ich, ehrlich gesagt, froh, mal für ein paar Stunden hier wegzukommen und Abstand zu gewinnen.« Reidun verzog kurz den Mund. »So gut mir die Abgeschiedenheit getan hat, und so sehr ich meine Eltern auch liebe, ich will keine falschen Hoffnungen bei ihnen wecken.«

»Nämlich?«

»Dass ich den Plan, auf die Journalistenschule zu gehen, aufgebe und wieder in den Schoß der Familie zurückkehre.« Reidun verdrehte die Augen. »Gestern hat mir mein Vater unmissverständlich klargemacht, dass er das von mir erwartet. Dass es egoistisch sei, wenn ich es jetzt nach Eriks Tod nicht tun würde.«

»Das tut mir leid«, murmelte Lizzy. »Echt fies, dich so unter Druck zu setzen.« Sie warf Reidun einen Blick zu. »Sicher nicht einfach für dich, diese Situation.«

»Stimmt. Aber gerade Eriks Unfall hat mich darin bestärkt, Journalistin zu werden. Ich will solche Vorkommnisse aufdecken und verhindern, dass sie vertuscht werden und Leute wie Ole als Sündenböcke herhalten müssen.«

Die Erwähnung seines Namens durchzuckte Lizzy wie ein elektrischer Schlag. »Hoffentlich machen wir uns umsonst Sorgen um ihn.« Sie beschleunigte ihre Schritte. Die Angst, vielleicht zu spät zu kommen, verursachte ihr Übelkeit. Bitte, lieber Gott, lass das nicht zu, flehte sie stumm. Nimm uns nicht noch einen lieben Menschen.

# 34

*Stavanger, Juli 1941*

Langsam drehte sich Solveig um, darauf gefasst, in die Mündung einer Pistole zu schauen oder zumindest in das grimmige Gesicht eines Geheimpolizisten, der sie auffordern würde, ihr ohne Aufsehens zu folgen.

»Überraschung!«

Solveig atmete keuchend aus. Es war Roar, der mit einem spitzbübischen Lächeln vor ihr stand und nach ihrer Hand griff.

»Ich konnte mich früher loseisen und bin so schnell wie möglich hergekommen.«

»Idiot!«, krächzte Solveig und rang nach Luft. Ihre Knie zitterten. »Das war nicht lustig!« Sie schüttelte seine Hand ab.

Seine Miene wurde ernst. »Du hast recht. Das war es nicht. Entschuldige bitte, ich weiß auch nicht, was in mich gefahren ist.« Er verzog zerknirscht das Gesicht. »Es ist nur … Wenn ich dich sehe, fühle ich mich so leicht und unbeschwert. Und lasse mich offenbar zu albernen Streichen verleiten.« Er sah ihr in die Augen. »Es tut mir wirklich leid. Ich wollte dich nicht so erschrecken.«

»Eins muss ich dir lassen«, sagte Solveig, deren Atem mittlerweile wieder gleichmäßig ging. »Du warst überaus überzeugend.«

»Bist du mir noch bös?«

»Aber nein. Im Grunde finde ich es sogar schmeichelhaft, dass du in meiner Gegenwart so gelöst sein kannst. Normalerweise bist du ja immer sehr vernünftig und beherrscht.«

»Du bringst etwas in mir zum Vorschein, das viele Jahre lang tief in mir begraben war«, sagte Roar. »Meine Eltern waren nicht nur sehr liebevoll zu mir, sondern auch miteinander. Auf sie traf die Redewendung ›Was sich liebt, das neckt sich‹ voll und ganz zu. Mein Vater war stets zu einem kleinen Schabernack aufgelegt, meine Mutter konterte mit Frotzeleien.«

»Du hast sie früh verloren, nicht wahr?«, fragte Solveig leise.

Es war das erste Mal, dass Roar seine Eltern erwähnte. Er sprach so gut wie nie von seiner Kindheit und Jugend. Solveig hatte sich bislang nicht getraut, ihn darauf anzusprechen. Sie hoffte, dass er sich eines Tages von sich aus öffnen und ihr mehr Einblick in seine Vergangenheit gewähren würde. Von ihrem Vater hatte sie erfahren, dass nach dem Tod von Roars Eltern ein entfernter Verwandter als Vormund des Jungen eingesetzt worden war, der ihn in ein Internat gesteckt hatte. Dort hatte Roar mit Bestnoten sein Abitur gemacht und ein Stipendium für sein Studium in Oslo erhalten.

»Ja, ich war zwölf, als sie bei einem Fährunglück ums Leben kamen«, antwortete Roar. Er fasste Solveig um die Taille. »Aber nun lass uns überlegen, was wir mit diesem herrlichen Nachmittag anstellen.«

Solveig hielt die Fragen, die ihr auf der Zunge lagen, zurück. Es hatte keinen Zweck, in ihn zu dringen, wenn er das Thema nicht vertiefen wollte. Schließlich hatte er selbst damals im Frogner Park in Oslo zugegeben, dass es ihm tief in den Knochen steckte, alles mit sich allein auszumachen.

»Wir könnten schwimmen gehen«, schlug sie vor.

»Im Strømvig Freibad?«, fragte Roar. »Davon hat mir neulich ein Kollege vorgeschwärmt.«

»Ja, es ist nett dort. Aber heute sicher sehr voll«, antwortete Solveig. »Ich dachte eher an eine Bucht weiter östlich, ebenfalls am Gandsfjord. Unten bei Godalen, da kenne ich ein paar schöne Badeplätze. Zwar nicht zu vergleichen mit dem tollen Sandstrand bei Sola, aber der ist ja leider militärisches Sperrgebiet und mit

Minen vollgepflastert. Dafür findet man in Godalen einsame Fleckchen, wo man ungestört ist.«

»Klingt perfekt«, sagte Roar. »Ich muss nur rasch mein Schwimmzeug holen.«

»Ich will auch noch kurz nach Hause, mich umziehen. Und zuvor noch was einkaufen«, sagte Solveig. »Holst du mich um zwei Uhr ab?«

»Gern.« Roar gab ihr einen Kuss und entfernte sich Richtung Østre Havn, während Solveig zu Middelthons Laden weiterlief.

Die Glocke von Sankt Johannes schlug zweimal zur vollen Stunde. In die tiefen Töne mischte sich das Schrillen einer Fahrradklingel, gefolgt vom Bimmeln der Türglocke. Solveig, die gerade in der Küche belegte Brote in Papier wickelte, schaute aus dem geöffneten Fenster, das zur Straße hinausging, und sah Roar, der neben einem Fahrrad stand.

»Ich bin gleich bei dir«, rief sie und winkte ihm zu.

»Seit wann hast du denn ein Fahrrad?«, fragte sie, als sie zwei Minuten später das Haus verließ.

»Hab ich mir vom Buchhalter deines Vaters geliehen«, antwortete Roar. »So sind wir viel schneller am Ziel.«

»Das stimmt natürlich«, sagte Solveig und beäugte voller Skepsis den schmalen Gepäckträger über dem hinteren Reifen. Wie sollte sie dort mitsamt ihrem großen Korb, in dem sie ihre Badesachen, eine Decke sowie Brote, Erdbeeren und eine Thermoskanne mit Eistee verstaut hatte, Platz finden? Zusätzlich beengt von dem Rucksack, in dem Roar seine Sachen transportierte?

Roar nahm ihr den Korb ab und befestigte ihn mit einem Spanngurt auf dem Gepäckträger.

»Und wo soll ich sitzen?«

»Auf der Querstange.«

Solveig zog die Brauen hoch.

Roar grinste. »Keine Angst, das wird kein zirkusreifer Balanceakt, bei dem dir hinterher alles wehtut.« Er zog ein kleines, dick ausgepolstertes Kissen aus seinem Rucksack. »Damit sollte es gut auszuhalten sein. Und wenn nicht, können wir ja immer noch zu Fuß gehen und schieben.«

Kurz darauf fuhren sie auf dem Nymansveien Richtung Süden, zunächst durch das Stadtviertel Nylund und später durch die kaum besiedelte Hedlandsmarka hinunter zum Gandsfjord.

Und tatsächlich saß Solveig bequem. Leicht gegen Roar gelehnt hielt sie ihr Gesicht in den Fahrtwind, spürte die Wärme seines Körpers und hörte ihn leise die Melodie von »Ich bin ganz verschossen in deine Sommersprossen« summen. Für ein paar Augenblicke gab sich Solveig dem Hier und Jetzt hin. Es gab nur Roar und sie. Keinen Krieg, keine Besatzer mit ihren Verboten und Strafen, keine Furcht vor Verrat, keine Sorgen um die Zukunft. Sie hätte ewig so dahinsausen mögen.

»Man entkommt ihnen nicht«, knurrte Roar und riss Solveig aus ihrer Versunkenheit. »Sogar hier draußen machen sie Werbung.«

Mittlerweile hatten sie das Ende des Nymansveien erreicht und radelten eben am Midjord Stadion vorbei, einem Sportplatz, der erst wenige Jahre zuvor am Stadtrand gegenüber einer Schule eingeweiht worden war. Solveig folgte Roars Blick und sah, dass an einem Baum vor der Schule ein großes Plakat angebracht war. Darauf waren zwei Soldaten abgebildet, die Armbinden mit der norwegischen Nationalflagge trugen und in einer verschneiten Berglandschaft mit Schlittenhunden auf Skiern bergab fuhren. Am oberen Rand wurde verkündet: *Vi seirer!* – Wir siegen! Unten lautete der Text: *Bli med den Norske Legions Skiløperbataljon* – Schließe dich dem Skibataillon der Norwegischen Legion an.

»Das ist ein besonders dreistes Exemplar«, sagte Solveig.

»Wieso? Ich finde die Plakate, auf denen heldische Nordmänner vor Drachenbooten, neben behelmten Wikingerkriegern oder beim Handschlag mit SS-Leuten zu sehen sind, mit denen sie gegen den Bolschewismus kämpfen und Volk und Vaterland verteidigen, nicht weniger aufdringlich.«

»Stimmt. Aber bei diesem werden die Freiwilligen mit falschen Versprechungen zur Waffen-SS und in den Krieg gelockt«, antwortete Solveig. »Das Bild suggeriert ja, dass sie im hohen Norden eingesetzt werden. Das entspräche dem Wunsch von Vidkun Quisling, der gern bis zu 30 000 norwegische Legionäre in Finnisch-Lappland stationieren würde.«

»Aber dem ist nicht so?«

Solveig schüttelte den Kopf. »Vor ein paar Tagen hatte mein Chef eine Unterredung mit einem Versorgungsoffizier der Wehrmacht. Da seine Sekretärin freihatte, habe ich Protokoll geführt. Nachdem das Geschäftliche geklärt war, sprachen Herr Möller und sein Gast über den Russlandfeldzug, wo die Wehrmacht wohl auf sehr viel hartnäckigeren Widerstand stößt als angenommen. Da ging es auch um die neuen Rekruten aus Norwegen, die dort im Einsatz sind.«

»Schon erstaunlich, wie offen die vor dir geredet haben.«

»Für Herrn Möller bin ich so etwas wie die perfekte Verkörperung des arischen Idealmenschen.« Solveig rollte mit den Augen. »Ein zweifelhaftes Kompliment, ich weiß.«

»Es ist aber doch sehr nützlich, dass er dir so vertraut«, sagte Roar. »Auf die Weise kommen wir an brisante Informationen.«

»Stimmt, so gesehen, hat das viel für sich.« Solveig lächelte schief. »Apropos brisant: Ich habe auch erfahren, wo die norwegischen Rekruten bislang gelandet sind.«

»Und zwar?«

»Sie werden zur Heeresgruppe Nord geschickt, die seit Anfang des Monats jenseits der Grenze von Rumänien in der Westukraine vorrückt.« Solveig schnaubte. »Die beiden Herren amüsierten sich königlich über die Dummheit der *norskes*, die ernsthaft den Versprechungen ihres Anführers glauben und sich …« Sie unterbrach sich. »Hier müssen wir abbiegen«, sagte sie und zeigte auf einen Trampelpfad, der über eine große Wiese und später vorbei an Äckern und Waldstücken hinunter zum Fjord führte. »Ich steige jetzt lieber ab, der sieht doch sehr holperig aus.«

»Das wäre doch eine Idee für unser nächstes Flugblatt«, sagte Roar nach kurzem Schweigen, als sie – das Fahrrad zwischen sich – losliefen. »Wir sollten die Verblendeten das unbedingt wissen lassen.«

»Dass sich die Deutschen über sie lustig machen?«

»Nein, das würden sie wohl eher als Propaganda abtun.« Roar zuckte die Schultern. »Ich meine die Lügen, mit denen man sie ködern will.«

»Genial!« Solveig strahlte ihn an. »Wenn wir genau schildern, was die norwegischen Rekruten erwartet, würden wir zumindest Unsicherheit schüren.«

»Am sinnvollsten wäre es, unsere Flugblätter vor der Rekrutierungsstelle und bei den Treffpunkten und Büros der NS-Partei und der Hirdgruppen zu platzieren«, meinte Roar. »Wobei das natürlich unserer bisherigen Taktik widerspricht. Aber in Stavanger können wir nun mal die meisten Quislinger erreichen.«

»Jeder Einzelne, den wir davon abhalten können, auf der Seite Hitlers in diesen verdammten Krieg zu ziehen, ist das Risiko wert.«

»Du bist die Wucht.« Roar sah sie mit leuchtenden Augen an.

»Wieso?«

»Weil du dich so leidenschaftlich für unsere Sache einsetzt.«

»Das tust du doch genauso.«

»Trotzdem. Ich finde dich einfach wundervoll.« Roar blieb stehen, beugte sich über das Fahrrad und gab ihr einen langen Kuss. »Ich habe übrigens gute Neuigkeiten.«

»Ich wollte dich schon die ganze Zeit fragen, wie es in Hauge gelaufen ist«, sagte Solveig und setzte sich wieder in Bewegung. »Entwickelt sich alles so, wie du es dir vorstellst?«

»Ja, mit der Pumpe sind wir auf einem guten Weg. Wichtiger ist aber, dass es mir gelungen ist, einen neuen Mittelsmann zu gewinnen, der unsere Flugblätter im Gebiet von Dalane verteilen will. Er hat mir von einer Widerstandsgruppe erzählt, die hier in Stavanger tätig ist. Mit einem der Mitglieder hatte er in unserer Armee bis zur Kapitulation gegen die Deutschen gekämpft. Hier haben sich offenbar kürzlich einige Gleichgesinnte zusammengetan und setzen ihren Kampf gegen die Deutschen im Untergrund fort. Mit denen könnten wir uns doch in Verbindung treten und uns gegenseitig …«

»Bewaffneter Widerstand?«, rief Solveig und sah sich erschrocken um. Nachdem sie festgestellt hatte, dass sie nach wie vor allein auf weiter Flur waren, fuhr sie leiser fort: »Ganz ehrlich, das geht mir zu weit. Egal, wie sehr man manchen Nazis den Tod wünschen mag. Aber selbst zum Mörder werden?« Solveig schüttelte sich unwillkürlich. »Abgesehen davon wird allein schon der Besitz von Gewehren oder Pistolen mit hohen Gefängnisstrafen geahndet. Manchmal sogar mit dem Tod.«

»Das sehe ich absolut wie du«, sagte Roar und berührte ihre Hand, die neben seiner auf dem Lenkrad ruhte. »Nein, meines Wissens planen diese Männer keine Anschläge auf Einrichtungen der Deutschen oder gar Attentate. Wenn ich es richtig verstanden habe, betreiben sie in erster Linie Spionage für den britischen Nachrichtendienst. Da wäre eine Informantin mit Zugang zu den *Geheimen Mitteilungen* sowie wichtigen Interna der deutschen Sicherheitspolizei gewiss hochwillkommen.«

»Das heißt, ich soll …« Solveig stockte und krauste die Stirn.

»Du weißt, dass ich dich niemals zu etwas drängen werde, das dich in Gefahr bringt«, sagte Roar. »Aber es schadet ja nicht, wenn wir Kontakt zu Doktor Oftedahl aufnehmen, dem führenden Kopf der Gruppe.«

»Ist er Arzt?« Solveig zog die Brauen hoch.

»Ja, er hat eine Praxis in der Pedersgata 40.«

»Das gibt's doch nicht! Bei dem ist Tante Ingvill in Behandlung!«

Solveig lächelte bei der Erinnerung an das verzückte Gesicht ihrer Patin, die ihren Arzt ausgesprochen gut aussehend fand. »Keine Sorge, deine alte Tante macht ihm keine schönen Augen«, hatte sie mit Bedauern in der Stimme gesagt. Er ist schließlich erst Mitte dreißig. »Außerdem ist er verheiratet und Vater eines Kindes.«

Der letzte Satz war Solveig laut herausgerutscht.

»Siehst du«, sagte Roar. »Das klingt doch nach einem besonnenen Mann und nicht nach einem jungen Heißsporn, der sein eigenes und das Leben anderer leichtfertig aufs Spiel setzt.«

»Du hast recht.« Solveig lächelte Roar an. »Es spricht nichts dagegen, sich Verbündete zu suchen.«

Sie spürte, wie sich ihr Puls beschleunigte. Es war ein erhebendes Gefühl, Teil einer verschworenen Gemeinschaft zu sein, die sich wie ein Pilzgeflecht im Verborgenen ausbreitete. Die aus Menschen unterschiedlichster Herkunft bestand, die sich alle derselben Mission verschrieben hatten: Norwegens Freiheit wiederzuerlangen und den Besatzern immer wieder aufs Neue zu zeigen, dass sie hier unerwünscht waren. Am beglückendsten war für sie jedoch das Wissen, sich für dieses Ziel Seite an Seite mit dem Mann einzusetzen, dem ihr Herz gehörte.

»Es ist wirklich wunderschön hier.«

Roars Feststellung holte sie ins Hier und Jetzt zurück. Mittlerweile hatten sie ein Wäldchen durchquert und die Uferlinie erreicht.

»Wo wollen wir uns niederlassen?«

»Da vorne ist eine geschützte Bucht«, sagte Solveig.

Wenig später breiteten sie die Decke auf einem von Büschen und Bäumen eingefriedeten Wiesenstück aus. Weit und breit waren keine anderen Menschen zu sehen oder zu hören. Sanft abfallende Felsen führten zum Wasser, dessen Oberfläche vom Wind gekräuselt wurde.

Roar streckte sich rücklings auf der Decke aus und zog Solveig neben sich. Sie bettete ihren Hinterkopf auf seine Brust und ließ die friedliche Stimmung des Ortes auf sich wirken. Die Luft war erfüllt vom Summen der Bienen und Hummeln, die einen blühenden Schneebeerenstrauch umschwirrten. In den hohen Gräsern zirpten Grillen, und unsichtbare Spatzen tschilpten in einem dicht belaubten Busch. In der Ferne war das Tuckern eines Kutters zu hören. Über ihnen wölbte sich der blassblaue Himmel.

»Was brauche ich Reisen in südliche Gefilde, wenn ich so ein idyllisches Fleckchen vor der Haustür habe?« Roar streichelte Solveigs Scheitel. »Wobei ich es mit dir auch in den unwirtlichsten Gegenden aushalten würde. Deine Eltern haben bei der Wahl deines Namens absolut ins Schwarze getroffen.«

»Wieso das denn?« Solveig drehte sich auf den Bauch und stützte den Kopf auf ihre verschränkten Unterarme. »Mein Vater hat mir mal erklärt, dass Solveig sich aus den altnordischen Wörten *salr* für Haus und *vig* für Herrschaft zusammensetzt und als Hausherrin interpretiert werden kann.« Sie verzog den Mund. »Das finde ich nun nicht gerade berückend.«

»Man kann die beiden Silben aber auch anders deuten«, sagte Roar. »Nämlich als Sonne und Weg, also Weg zur Sonne. Und das bist du für mich. Der Weg ins helle, warme Licht.«

Er nahm ihren Kopf zwischen seine Hände und schaute ihr tief in die Augen, bevor sie in einen innigen Kuss versanken.

»Ich möchte dir etwas geben«, sagte Solveig, als sie sich wieder voneinander lösten.

Die Erwähnung der südlichen Urlaubsziele und der Bedeutung ihres Namens hatten sie an das Beutelchen erinnert, das ihre Patentante mit dem letzten Brief an sie geschickt hatte. Darin hatte sich ein haselnussgroßer, glatt polierter Stein befunden, der eine rötlich-orangene Farbe mit glitzernden Einsprengseln hatte. Auf dem beiliegenden Zettel hatte Ingvill geschrieben:

*Diesen Sonnenstein habe ich gestern von einem Ausflug nach Tvedestrand mitgebracht, wo man besonders viele Exemplare dieser Aventurinfeldspate findet. Die funkelnden Effekte stammen von winzigen kristallinen Einschlüssen von Eisenoxiden. Dieses Leuchten hatte mich sofort an Dich, mein Sonnenkind, denken lassen. Ich hoffe, dass er Dir viel Glück bringt!*

Solveig setzte sich auf und zog das Beutelchen, das sie an einer Schnur um den Hals trug, unter ihrem Kleid hervor und hielt es Roar hin, der sich ebenfalls aufgerichtet hatte. Er öffnete das Säckchen und ließ den Stein in seine Hand kullern.

»Das ist ein Sonnenstein, den mir meine Patentante geschenkt hat«, erklärte Solveig. »Ich möchte, dass du ihn als Glücksbringer bei dir trägst.«

»Das kann ich doch nicht annehmen«, protestierte Roar. »Schließlich ist es ein Geschenk von deiner …«

Solveig legte ihm einen Finger auf die Lippen. »Du bist das Glück meines Lebens. Ich würde es nicht ertragen, wenn dir etwas zustößt.« Sie steckte den Stein zurück in das Beutelchen und hängte es um Roars Hals. »Nimm ihn bitte als Pfand meiner Liebe.«

»Nichts lieber als das.« Roars Stimme klang rau. »Ich weiß gar nicht, womit ich so eine wunderbare Frau verdient habe.« Er rutschte näher an sie heran und umschlang sie mit seinen Armen. »Ich werde dich nie wieder loslassen«, murmelte er.

»Und ich dich nicht«, erwiderte Solveig, schloss die Augen und spürte sein Herz im selben Rhythmus wie ihres schlagen.

# 35

*Stavanger, März 1970*

»Ole! Bitte mach auf!«, rief Lizzy.

»Wir sind es, Lizzy und Reidun«, schob Letztere nach und drückte ein weiteres Mal auf den Klingelknopf.

Die beiden Freundinnen standen schwer atmend vor dem Häuschen in der Øvre Strandgata, zu dem sie vom Hafen hochgerannt waren. Als Reidun in Ansgars Werkstatt bei Oles Eltern angerufen hatte, war dessen Vater am Apparat gewesen. Unwirsch hatte er erklärt, er wisse nicht, wo sich sein Sohn herumtreibe, und deutlich zu verstehen gegeben, dass es ihm gleichgültig war, wie es Ole ging. Bevor Reidun fragen konnte, ob dessen Mutter zu sprechen sei, hatte der Vater aufgelegt.

Lizzy presste ihr Ohr ans Schlüsselloch und lauschte mit angehaltenem Atem. Kein Laut drang aus dem Haus. Sie drückte die Klinke herunter. Es war abgeschlossen.

»Mist!«, entfuhr es ihr. »Was nun?« Sie sah Reidun ratlos an.

»Komm mit«, sagte diese, lief um die Ecke des Hauses und blieb vor einer hüfthohen Blechklappe stehen, die im gemauerten Sockel eingelassen war. »Da geht's zum Keller. Früher wurden hier die Eisblöcke für den Kühlschrank über eine Rutsche ins Innere befördert. Ebenso Holz und Kohlen für die Öfen.« Reidun bückte sich und zog einen rostigen Schlüssel aus einem Mauerspalt hervor. »Das Versteck hat mir Erik gezeigt, als wir Säcke mit Zement in den Keller geschafft haben, mit denen er das Fundament ausbessern wollte.«

Sie schloss auf und klappte die Abdeckung zur Seite. Ein leicht modriger Geruch strömte aus der Luke.

»Na, dann wollen wir mal«, sagte Lizzy

Sie kroch in die schmale Öffnung und ertastete ein Brett, das schräg nach unten führte. Einen Atemzug später landete sie auf dem Boden, dicht gefolgt von Reidun. Immer wieder Oles Namen rufend, liefen sie erst ins Erdgeschoss und suchten in der Küche und der Wohnstube nach ihm, bevor sie nach oben eilten. Sie fanden ihn in seinem Zimmer. Auf seinem Bett, das er aus Holzpaletten und einer Matratze selbst zusammengebaut hatte, lag er eingemummelt in seinem Schlafsack. Nur die Nase schaute heraus.

Lizzy stürzte zu ihm. »Ole!« Sie rüttelte an seiner Schulter. Er rührte sich nicht. Ihr Herz setzte einen Schlag lang aus.

»Gott sei Dank!«, hauchte Reidun, die sich neben ihr auf die Knie niedergelassen hatte. »Er lebt.«

Erst in diesem Moment nahm Lizzy ein leises Schnarchen wahr. Vor Erleichterung wurde ihr flau.

»Er schläft vermutlich einen gehörigen Rausch aus.« Reidun deutete auf mehrere zerdrückte Bierdosen und eine leere Whiskyflasche neben dem Bett.

»Er muss sehr verzweifelt sein«, sagte Lizzy. »Oder hat er sich früher schon mal die Kante gegeben?«

»Nicht, dass ich wüsste. Es sieht ihm wirklich gar nicht ähnlich, seinen Kummer in Alkohol zu ertränken.«

»Sollten wir nicht besser einen Notarzt holen?«

»Nein, keinen Arzt«, krächzte Ole und öffnete mühsam die Lider. Seine Augen waren blutunterlaufen und glasig. »Wo kommt ihr denn her?«

»Wir haben uns schreckliche Sorgen um dich gemacht«, sagte Lizzy. »Wegen des Briefs, den du Reidun geschickt hast.«

»Was für'n Brief?« Ole sah sie verständnislos an und richtete sich auf.

»Den hab ich heute Vormittag bekommen.« Reidun zog den gefalteten Papierbogen aus ihrer Tasche und hielt ihn Ole hin.

»Oh!«, machte er, nachdem er die Zeilen überflogen hatte. »Ähm … ehrlich gesagt kann ich mich nicht erinnern …« Er kratzte sich im Nacken. »Das muss ich irgendwann gestern Nachmittag geschrieben haben. Als ich schon ordentlich was getankt hatte.« Er wandte den Blick ab. »Was müsst ihr jetzt von mir denken«, murmelte er.

»Wir sind vor allem froh, dass du dir nichts angetan hast«, sagte Reidun.

»Absolut!«, rief Lizzy.

»Habt ihr etwa gedacht, ich würde mich …« Ole sank in sich zusammen. »Ich bin echt das Allerletzte. Erst lasse ich meinen besten Freund verrecken, dann schwänze ich seine Beerdigung, suhle mich stattdessen in Selbstmitleid und versetze euch auch noch in Angst und Schrecken.« Er ließ seinen Kopf auf die angewinkelten Knie sinken und schlang die Arme um seinen Kopf.

Reidun und Lizzy tauschten einen Blick.

Letztere berührte Ole an der Schulter. »Hey, alles gut. Du musst dich nicht schämen.«

»Wir machen dir keine Vorwürfe«, sagte Reidun.

»Aber ich! Wenn ich schneller reagiert hätte, würde Erik noch leben«, brach es aus Ole heraus.

»Würde er nicht«, sagte Lizzy. »Der offizielle Totenschein ist eine fette Lüge. Erik ist nicht erstickt, weil seine Luftversorgung unterbrochen war, sondern weil er ein hochgiftiges Gasgemisch eingeatmet hat.«

»Was?« Ole hob den Kopf und fuhr sich durch die zerstrubbelte Frisur. »Das ist nicht … Das behauptest du doch nur, um mich zu beruhigen!«

»Nein, das tue ich ganz sicher nicht!«

»Wir erklären es dir gleich«, sagte Reidun. »Jetzt solltest du aber erst mal ins Badezimmer und dich frisch machen.«

Sie erhob sich und öffnete das Gaubenfenster. Lizzy sog die

kalte Luft, die hereinströmte, begierig ein. Reidun hat recht, dachte sie. Hier drin müffelt es ganz schön.

»Ich setze derweil einen starken Kaffee auf und schau, was an Essbarem da ist«, sagte Reidun zu Ole. »Du hast sicher 'ne Ewigkeit nichts Vernünftiges mehr zu dir genommen.«

Eine halbe Stunde später kam Ole frisch rasiert und mit noch feuchten Haaren in die Küche, in der Lizzy und Reidun den Tisch für ein Vesper gedeckt hatten. In der Speisekammer hatten sie Fisch- und Wurstkonserven, eingelegte Gurken sowie ein Glas Senf gefunden, ein halber Brotlaib hatte auf der Anrichte vor sich hin getrocknet. Reidun hatte etwas von wegen »typische Männerwirtschaft« gegrummelt, den Rest Milch weggeschüttet, der in einer offen herumstehenden Flasche sauer geworden war, und ein paar Brotscheiben auf dem Herd geröstet.

»Ihr seid so lieb«, nuschelte Ole und setzte sich auf die Eckbank. »Es tut mir wahnsinnig leid, dass ich mich derart habe gehen lassen.«

»Schwamm drüber«, sagte Lizzy und goss ihm Kaffee ein. »Ich hab auch ein schlechtes Gewissen, weil ich mich von euch zurückgezogen und tagelang verkrochen habe.«

»Dann sind wir schon zu dritt. Ich war ja ebenfalls abgetaucht.« Reidun stellte einen Teller mit den Brotscheiben auf den Tisch und nahm neben Lizzy Platz. »Aber jetzt bin ich froh, hier mit euch zu sitzen. Bei meinen Eltern war's zuletzt ziemlich schwer auszuhalten. Meine Mutter hat ständig geweint. Und mein Vater war pausenlos am Poltern. Wenn er sich nicht gerade über Erik aufgeregt hat, der sein Leben leichtsinnig riskiert hätte, anstatt brav Fischer zu werden, hat er auf die Ölfirmen geschimpft, die nicht nur das Leben seines Sohnes auf dem Gewissen hätten, sondern die ganze Gegend in den Ruin treiben würden.«

»Kann ich mir lebhaft vorstellen«, sagte Ole leise und sah Reidun teilnahmsvoll an. »Aber jetzt sagt mir bitte, was es mit dem

Totenschein auf sich hat. Wie kommt ihr darauf, dass er manipuliert wurde?«

Nachdem Lizzy ihm von den Erkenntnissen ihres Vaters berichtet hatte, sah Ole sie fassungslos an.

»Das gibt's doch nicht«, stammelte er. »Die wollen das unter den Teppich kehren?«

»Sieht ganz so aus«, sagte Reidun.

»Damit dürfen die nicht durchkommen!« Lizzy schlug mit der flachen Hand auf den Tisch.

»Ich fürchte, wir können nichts dagegen unternehmen.« Reidun zog die Schultern hoch. »Jede Wette, dass der Pathologe, der deinem Vater die wahre Todesursache verraten hat, seine Aussage niemals vor Gericht oder der Presse gegenüber wiederholen wird.«

»Stimmt, er ist garantiert von höherer Stelle zu Stillschweigen verdonnert worden«, meinte Ole. »Wie ich das so mitbekommen habe, wäre es nicht das erste Mal, dass die versuchen, so einen Unfall zu vertuschen oder die Verantwortung dafür von sich abzuschieben.«

»Es ist erstaunlich genug, dass der Arzt überhaupt jemandem vom wahren Befund erzählt hat.« Reidun strich sich mit zwei Fingern die Stirn zwischen den Brauen auf und ab. »Und der dürfte längst vernichtet worden sein, wenn er denn überhaupt schriftlich festgehalten wurde.«

»Aber warum wurde dieses toxische Gasgemisch in Eriks Atemschlauch geleitet?«, fragte Lizzy. »Es gab doch keinen Grund dafür, oder? Ihr wart ja gar nicht so weit unten.«

Ole nickte.

»Auch das wird vermutlich nie aufgeklärt.« Reidun rümpfte die Nase.

»Manchmal beschleicht mich der Verdacht, dass wir Taucher als Versuchskaninchen dienen«, sagte Ole. »Die speziellen Bedingungen bei der Arbeit in großen Tiefen hier in der Nordsee sind schließlich auch für die Erdölfirmen Neuland.«

»Was?«, rief Lizzy. »Du meinst, man hat Erik mit Absicht ein anderes Atemgemisch gegeben, um zu testen, ob …« Sie schnappte nach Luft. »Das wäre eine Riesenschweinerei und ein waschechter Skandal!«

»Wie gesagt, wir haben kaum eine Chance, das herauszufinden und zu beweisen, dass es Absicht war«, sagte Reidun. Sie verzog das Gesicht zu einer finsteren Grimasse. »Wenn ich erst einmal Journalistin bin, werde ich jedoch alles tun, um solche Skandale ans Licht zu bringen.«

»Da wird dir aber ein scharfer Wind ins Gesicht blasen«, sagte Ole. »Wenn mein Verdacht zutrifft, werden sowohl die Ölfirmen als auch die zuständigen Behörden bemüht sein, alles unter den Tisch zu kehren, was die schnelle Erschließung der Erdölvorkommen behindern könnte. Sie haben in den letzten Jahren unglaublich viel Geld investiert und wollen jetzt Gewinne machen.«

»Auf Kosten von Menschenleben?« Lizzy schnaubte empört. »Das ist widerlich!«

»Das sehe ich genauso«, sagte Reidun. »Umso wichtiger ist es, solche Zustände aufzudecken. Und wenn man mir dabei Steine in den Weg legen sollte, wäre das doch nur ein Beweis dafür, dass ich auf der richtigen Spur bin. Das würde mich erst recht anspornen.«

»Ich bewundere dich«, sagte Ole. »Woher nimmst du nur diese Energie? Ich komme mir vor, als habe man bei mir den Stecker gezogen. Total kraftlos und ohne Plan, wie es weitergehen soll.«

Genauso fühle ich mich, dachte Lizzy und presste die Lippen aufeinander. Sie beneidete Reidun, die in der Lage war, aus ihrem Schmerz Kraft zu schöpfen und in die Zukunft zu blicken.

»Du stehst wahrscheinlich noch unter Schock. Schließlich warst du dabei, als …« Reidun räusperte sich und drückte Oles Hand. »Aber du musst da nicht allein durch.«

»Danke!« Ole sah sie und Lizzy an. »Ich bin echt froh, dass ihr gekommen seid.«

»Und ich bin froh, so offen mit euch über meinen Bruder und seinen Tod reden zu können«, sagte Reidun. »Das bedeutet mir viel.« Ihre Stimme zitterte.

Lizzy schluckte trocken. Die Sorge um Ole und das Gespräch über die Umstände von Eriks Unfall hatten sie in den letzten Stunden abgelenkt. Nun wurde sie wieder von ihrer Verzweiflung eingeholt und dem Gefühl der Leere.

»Eigentlich gibt es nichts zu bewundern bei mir«, fuhr Reidun leise fort. »Im Gegenteil, ich fühle mich sehr klein. Und mir graut davor, wieder nach Hause zu meinen Eltern zu müssen. Das hab ich mir bislang nicht eingestehen wollen. Weil es so egoistisch ist. Aber jetzt merke ich …«

»Dann bleib doch hier«, schlug Ole vor. »Platz genug ist ja da.« Er drehte sich zu Lizzy. »Für dich natürlich auch, jederzeit!«

»Ich nehme dein Angebot sehr gern an«, sagte Reidun und blinzelte eine Träne weg. »Ich wüsste nicht, wen ich jetzt lieber um mich hätte als euch beide.« Sie fasste nach Oles und Lizzys Hand.

»Ich … also«, stotterte Lizzy. »Eigentlich 'ne super Idee, aber ich glaub nicht, dass ich hier … wo mich alles an ihn erinnert.« Sie erwiderte Reiduns Händedruck. »Ich bin noch nicht so weit.«

»Verstehe.« Reidun streichelte Lizzys Arm. »Hauptsache, du weißt, dass du immer willkommen bist.«

»Danke!« Lizzy stand auf. »Nehmt es mir bitte nicht krumm. Aber ich möchte jetzt allein sein.«

Sie nickte den beiden zu und machte sich auf den Weg zum Hotel. Sie sehnte sich danach, sich in ihr Bett zu verkriechen, die Decke über den Kopf zu ziehen und in das schwarze Loch zu tauchen, in dem sie in den vergangenen Nächten Vergessen gefunden hatte.

Nachdem sie sich mehrere Stunden herumgewälzt und vergeblich auf den Schlaf gewartet hatte, setzte sie sich in den frühen Morgenstunden an den Tisch und begann den Brief zu schreiben, den sie bereits seit Tagen vor sich herschob.

*Stavanger, Freitag, 6. März 1970*

*Liebe Shirley,*
*vielen Dank für Dein Telegramm. Deine lieben Worte haben mir gutgetan. Ich bin froh, dass Mom Dich über Eriks Tod informiert hat, ich selbst war dazu nicht in der Lage. Ich konnte das alles nicht in Worte fassen, hatte die surreale Angst, dass es damit erst wirklich Realität wird.*

*Chris hat mir erzählt, dass in den USA morgen eine totale Sonnenfinsternis zu beobachten sein wird. Dreieinhalb Minuten lang wird sich die Welt mitten am Tag für Euch verdunkeln. Für mich hat sich das ganze Leben verdunkelt. Ich kann mich nicht erinnern, dass es mir jemals zuvor so beschissen gegangen ist.*

*WARUM? Warum musste er sterben? Diese Frage quält mich Tag und Nacht. Es ist so ungerecht und sinnlos. Selbst wenn es gelänge, einen Schuldigen zu finden und zu bestrafen, würde es nichts an Eriks Tod ändern. Es würde ihn mir nicht zurückbringen. Ich werde ihn nie wieder sehen. Das ist so unbarmherzig endgültig. Ich weiß nicht, wie ich das aushalten soll.*

*Gestern war die Beerdigung. An dem offenen Grab zu stehen und zu verfolgen, wie der Sarg in die Erde gesenkt wurde – das hat mir meinen Verlust erst wirklich greifbar gemacht. Davor gab es in mir noch ein absurdes Fünkchen Hoffnung, das alles sei ein furchtbares Missverständnis, und Erik könnte jeden Augenblick um die Ecke biegen und mich in seine Arme nehmen, so innig wie zuletzt, als er zur »Ocean Viking« aufgebrochen ist. Ich hab noch so deutlich seine Stimme im Ohr, als er mir zum Abschied »Close your eyes and I'll kiss you« vorgesungen hat.*

*Wenn ich damals auch nur im Entferntesten geahnt hätte, dass es ein Abschied für immer sein würde, hätte ich Erik niemals gehen lassen. Ich hätte mich an ihn geklammert und*

Eine Träne tropfte auf den Schreibblock und verwischte die letzten Buchstaben. Lizzy begann zu zittern. Der Kugelschreiber fiel auf den Boden. Sie sank gegen die Rücklehne ihres Stuhls, schlug die Hände vors Gesicht und brach in bitterliches Weinen aus – zum ersten Mal, seit sie die Nachricht von Eriks Tod erhalten hatte.

# 36

*Stavanger, Juli 1941*

Gleich nach ihrer Rückkehr vom Gandsfjord machte sich Solveig am Freitagabend daran, das Flugblatt auf Tante Ingvills Reiseschreibmaschine ins Reine zu tippen, und vervielfältigte es anschließend mit der Handpresse. In der Badebucht, in der sie und Roar die ganze Zeit über allein und ungestört gewesen waren, hatten sie den Text gemeinsam entworfen:

***An die Freiwilligen,***
***die der Norske Legion beitreten wollen***

*Liebe Landsleute, wir werden nicht den Versuch unternehmen, Euch von Eurem Glauben an die NS-Ideologie abzubringen oder von der Überzeugung, man müsse unser Vaterland im Norden vor einer Invasion der Bolschewiken beschützen.*

*Aber wenn Ihr dem Ruf der SS folgt, solltet Ihr wissen, dass sie nicht mit offenen Karten spielt.*

*Bei der Rekrutierung werden sie Euch zusichern, dass Ihr in einer rein norwegischen Einheit mit norwegischen Offizieren, Uniformen und Sprache landen und in Finnland eingesetzt werdet. Das ist eine LÜGE!!!*

*Die WAHRHEIT ist:*

1. *Rekruten der Freiwilligen-Legion der Waffen-SS werden zur Heeresgruppe Nord nach Russland geschickt und kämpfen an der dortigen Ostfront.*
2. *Die Norweger sind im Regiment in verschiedene Kompanien und Batterien eingeteilt. Sie bleiben also mitnichten zusammen und haben auch keine norwegischen Vorgesetzten!*

3. *Viele Eurer Kameraden sind bereits wenige Tag nach ihrer Ankunft in Russland gefallen, vor allem während der Einnahme der ukrainischen Stadt Ternopil (Tarnopol) in den ersten Julitagen.*
4. *Dort wurden sie Mittäter bei einem mehrtägigen, von der Waffen-SS angestifteten Pogrom, bei dem jüdische Einwohner ins Gefängnis getrieben und ermordet wurden.*

***Wollt Ihr wirklich Anteil an solchen unmenschlichen Verbrechen an unschuldigen Kindern, Frauen und Greisen haben?***

*Ihr fragt Euch, warum Euch die Deutschen belügen sollten?*

*Ganz einfach, sie wollen vermeiden, dass die Gebietsansprüche auf die Kola-Halbinsel und die finnische Petsamo-Region, die Vidkun Quisling angemeldet hat, gestärkt werden.*

*Der Traum Eures Anführers von einem unabhängigen Norwegen wird von seinem »Freund« in Berlin keineswegs unterstützt. Hitler will unser Vaterland seinem Reich als Vasallenstaat einverleiben.*

*Überlegt Euch also gut, ob Ihr dafür Euer Leben riskieren und Eure Frauen zu Witwen und Eure Kinder zu Waisen machen wollt.*

***Es lebe Norwegen! Es lebe unsere Freiheit!***

Der Plan, diese Flugblätter so rasch wie möglich unter die Leute zu bringen und in den folgenden Nächten bei der Rekrutierungsstelle, vor den NS-Büros in der Muségata und in der Kirkegata sowie an den Treffpunkten der Hird-Organisationen auszulegen oder an Wände zu pinnen, ließ sich dagegen nicht unmittelbar umsetzen. Eine Ausgangssperre von acht Uhr abends bis fünf Uhr in der Früh machte ihnen einen Strich durch die Rechnung. Sich darüber hinwegzusetzen, wagten sie nicht. In den hellen Sommernächten war das Risiko viel zu groß, dabei erwischt zu werden.

»Warum mussten diese Idioten gerade jetzt Steine auf eine deutsche Kaserne werfen?«, grummelte Roar. »Abgesehen davon, dass es unsere Bewegungsfreiheit beschneidet, ist es doch eine sinnlose Aktion. Was wollten diese Hitzköpfe damit bewirken?«

»Das Übliche, vermute ich«, antwortete Solveig mit einem Achselzucken. »Den Deutschen zeigen, dass sie hier unerwünscht sind.«

Sie saßen an einem kleinen Tisch im »Marnburg Thesalong«, der sich in der dritten Etage des gleichnamigen *varehus* befand. Drei Jahre zuvor war es als erstes modernes Kaufhaus Stavangers eröffnet worden und galt architektonisch als der letzte Schrei mit seinen fünf aus Beton hochgezogenen Stockwerken, den großen Fenstern und dem vollständig verglasten Eingangsbereich mit Vordach, unter dem die Kunden vor Regen geschützt die Waren begutachten konnten. Auch das Innere war im funktionalen Stil mit einem eigens entworfenen Design von den Wandleisten über die Geländer bis hin zu den Vitrinenschränken und Sitzgelegenheiten gestaltet. Ein ovaler Innenhof mit Glasdach und umlaufenden Galerien verlieh dem Laden eine elegante Note sowie gutes Tageslicht.

Von ihrem Platz hatten Roar und Solveig einen Ausblick auf das hinter dem Kaufhaus gelegene schmale Hafenbecken, in dem ein paar Fischkutter am Jorenholmskai ankerten. Roar hatte Solveig nach ihrer Arbeit am Samstagnachmittag am Kongsgård abgeholt und zum Marnburg begleitet, wo sie Nadeln, Knöpfe und andere Utensilien kaufen wollte. Als sie sich anschließend im Teesalon mit Rühreiern und Bratkartoffeln stärkten, erzählte Solveig vom Grund für die Ausgangssperre, über die ihr Chef seine Angestellten kurz vor Dienstschluss informiert hatte. Das nächtliche Ausgangsverbot war »bis auf Weiteres« für Stavanger angeordnet worden, nachdem es in der Stadt wiederholt zu Attacken gegen Wehrmachtseinrichtungen gekommen war. Bislang waren die Bemühungen der norwegischen Polizei und des deutschen Sicherheitsdienstes, die Täter zu fassen, vergeblich.

»Die unbekannten Steinewerfer haben das Fass zum Überlaufen gebracht«, erklärte Solveig. »Deswegen müssen wir nun alle büßen.«

»Wirklich ärgerlich«, brummte Roar.

»Wir sollten froh sein, dass niemand verletzt wurde«, sagte Solveig. »Dann wären die Repressionen noch viel schärfer ausgefallen.«

Dank ihrer regelmäßigen Lektüre der *Geheimen Mitteilungen* wusste sie, dass die Besatzer immer häufiger zu Maßregeln griffen, die eine ganze Stadt oder Region in »Sippenhaft« nahmen. Anordnungen wie die temporäre Schließung von Kinos, Theatern und anderen Freizeitstätten sowie die Verurteilung zu sogenannten Kontributionszahlungen sollten die Bevölkerung dazu bringen, die Schuldigen eines Verstoßes gegen die Vorschriften zu verraten und den Behörden auszuliefern. Zuweilen wurden zusätzlich Geiseln genommen, um den Druck zu erhöhen.

»Damit machen sich diese Herrenmenschen nicht gerade beliebter«, sagte Roar mit gedämpfter Stimme. »Dabei versuchen sie doch permanent, uns weiszumachen, dass sie uns als Angehörige der arischen Rasse schätzen und als Brudervolk sehen.«

»Tja, aber eben nur, wenn wir uns ihnen fügen und ihrer Ideologie folgen.« Solveig verzog den Mund. »Wobei dir zum Beispiel mein Chef ein Stück weit zustimmen würde. Herr Möller ist nämlich der Ansicht, dass sich mit beharrlicher Aufklärungsarbeit und ehrlicher Überzeugung langfristig sehr viel mehr ausrichten ließe. Er verurteilt die gewaltsamen Methoden und drakonischen

Strafen, mit denen mittlerweile auch bei kleinen Delikten durchgegriffen wird.«

»Aber er will im Grunde auch, dass wir die Besatzung akzeptieren und brav tun, was man uns befiehlt«, sagte Roar. »Sonst müssten wir ja nicht aufgeklärt und überzeugt werden.«

»Genau so ist es.« Solveig nickte. »Er findet, dass sich die widerständigen Norweger in gestrige Ideen und Wahnvorstellungen verrannt hätten und auf den rechten Weg zurückgeführt werden müssen. Wobei er uns durchaus schätzt. Nämlich als, halt dich fest, kernigen Menschenschlag.« Sie zog eine Augenbraue hoch. »Er meinte mal, dass wir ihn an die Bauern seiner norddeutschen Heimat erinnern. Die wären genauso dickschädelig und stur. Und sie haben das Lebensmotto ›Lieber tot als Sklave‹.«

»Klingt direkt sympathisch.« Roar grinste.

»Umso seltsamer finde ich es, warum Herr Möller nicht nachvollziehen kann, dass wir unsere Souveränität zurückhaben wollen.« Solveig spießte die letzten Bratkartoffelscheiben auf und steckte sie in den Mund.

»Hoffentlich dauert diese Ausgangssperre nicht allzu lang«, sagte Roar nach kurzem Schweigen. »Ausgerechnet jetzt in diesen lauen Sommernächten sollen wir zu Hause rumsitzen. Dabei hatte ich schon fest eingeplant, mit dir am …« Er unterbrach sich und winkte mit einer resignierten Geste ab.

»Ich hoffe auch, dass der Spuk bald vorbei ist.« Solveig krauste die Stirn. »Wobei die Aufhebung ja bedeuten würde, dass man die Täter geschnappt hat.«

»Hm, das will ich mir natürlich nicht wünschen.« Roar fuhr sich durchs Haar. »Eine vertrackte Situation.«

»Vielleicht stellt sich ja raus, dass es ein Missverständnis war«, sagte Solveig. »Wäre nicht das erste Mal.«

Roar sah sie fragend an.

»Zum Beispiel neulich auf Utsira. Das ist eine kleine Lotseninsel nicht weit von hier draußen vor der Nordseeküste, wo die Deutschen einen Stützpunkt unterhalten. Von dort wurde dem SD gemeldet, dass eine Wehrmachtsstreife aus dem Hinterhalt beschossen worden sei, wobei jedoch niemand getroffen wurde. Daraufhin durfte kein Schiff mehr von der Insel auslaufen, die gesamte Bevölkerung bekam ein Ausgehverbot aufgebrummt, und außerdem wurden mehrere verdächtige Personen vorläufig festgenommen, bis die Täter dingfest gemacht wären.«

»Und, wie ging die Sache aus?«

»Nach einer Woche intensiver Ermittlungen wurde festgestellt, dass in der betreffenden Nacht ein heftiger Sturm gewütet hatte, der unter anderem das blechbeschlagene Dach des Leuchtturmes abdeckte und einen Fensterladen aus den Angeln riss.«

»Lass mich raten«, sagte Roar. »Diese Wehrmachtstreife hat das Scheppern und Krachen für Schüsse gehalten.«

»Genau.« Solveig rollte mit den Augen. »Nach dieser überraschenden Auflösung wurden die verhängten Maßnahmen natürlich sofort aufgehoben.«

»Trotzdem mussten die armen Inselbewohner eine Woche lang unter den Restriktionen leiden.«

»Und eine Entschuldigung gibt es nach solchen Missverständnissen selbstverständlich nicht.« Solveig rümpfte die Nase.

»Erinnert mich an meinen Grundschullehrer«, sagte Roar. »Der hat auch oft die ganze Klasse zum Nachsitzen oder zu Strafarbeiten verdonnert. Und wenn er ein Kind zu Unrecht beschuldigt hatte, hat er sich auch nie entschuldigt, sondern gemeint, irgendwas hätte man sicher ausgefressen oder würde es bald tun.« Ein sarkastisches Lächeln umspielte seine Mundwinkel.

»Also quasi vorsorgliche Willkür.« Solveig schüttelte den Kopf. »Damit hantieren die Deutschen ja auch ganz gern. Tatsächlich sehen sie uns wohl oft als Kinder, die zwar einen guten Kern haben, aber noch in ihrem Sinne ideologisch geformt und auf die richtige Linie gebracht werden müssen.«

»Stichwort richtige Linie.« Roars Miene wurde ernst. »Ich möchte dich in einer etwas kniffligen Angelegenheit um Rat fragen.« Er sah sich zu den Nachbartischen um und fuhr mit gesenkter Stimme fort: »Du hast gewiss von den vielen Austritten aus dem Ingenieurverein gehört. Die meisten sind nicht damit einverstanden, dass er in eine NS-Organisation umgebaut wird.«

Solveig nickte. Seit Wochen berichteten die *Geheimen Mitteilungen* über Einschreiben an die neue, von den Nazis eingesetzte Leitung des Ingenieurverbandes, in denen die Absender – meist ohne Nennung von Gründen – um die Streichung ihrer Namen von den Mitgliederlisten ersuchten. Einen Brief, dessen Verfasser seinen Schritt erklärte, hatte ihr Herr Nägele beim SD zum Übersetzen gegeben. Darin hatte gestanden:

*Als Folge der Übergriffe, die in der letzten Zeit gegenüber dem Ingenieurverein stattgefunden haben, ist der Charakter des Vereins so verändert worden, dass ich nicht mehr wünsche, weiterhin als Mitglied betrachtet zu werden. Ich bitte daher, meinen augenblicklichen Austritt zu notieren.*

»Und du möchtest ebenfalls austreten?«, fragte Solveig.

»Das war mein erster Impuls.« Roar presste die Lippen aufeinander. »Wenn es nur um mich ginge, hätte ich längst meine Mitgliedschaft gekündigt. Aber ich will nicht, dass dein Vater deswegen Ärger bekommt.«

»Weil er dann einen aufmüpfigen Ingenieur beschäftigen würde?«

Roar nickte. »Dem er ausgerechnet bei seinem derzeit wichtigsten Auftrag für die Marine die Leitung übertragen hat.«

»Hm, wirklich nicht leicht.« Solveig rieb sich die Schläfe. »Wie sieht denn dein Freund Nils die Angelegenheit?«

»Der meinte, dass er selbstverständlich im Verband bleibt. Weil er der Werft nicht schaden will.«

»Ich finde, du solltest deinem Gewissen folgen«, sagte Solveig nach kurzem Nachdenken. »Ich bin mir ziemlich sicher, dass mein Vater das ebenso sieht und dir keinen Strick daraus dreht, wenn du austreten möchtest. Außerdem können es sich die Deutschen gar nicht leisten, jeden Berufstätigen zu bestrafen, der sich nicht gleichschalten lassen will. Dann gäbe es zum Beispiel kaum noch praktizierende Ärzte oder Rechtsanwälte. Die haben nämlich in den letzten Wochen massenweise ihre Verbände verlassen. Und dürfen trotzdem weiterhin praktizieren.«

»So hab ich das noch gar nicht gesehen. Du hast natürlich vollkommen recht.« Roar sah sie an. »Weißt du eigentlich, wie unendlich dankbar ich bin, dich gefunden zu haben? Noch vor ein paar Wochen hätte ich mir nicht träumen lassen, jemals eine so kluge und mutige Frau an meiner Seite zu haben.«

Solveig erwiderte seinen Blick. Wieder einmal ging ihr der intensive Ausdruck seiner hellgrauen Augen durch und durch. Das Blut stieg ihr in die Wangen.

»Du übertreibst«, murmelte sie heiser.

»Tu ich nicht.« Roar drückte ihre Hand. »Aber jetzt muss ich leider los. Dein Vater will noch etwas mit mir und ein paar Mitarbeitern in der Werft besprechen. Und wenn ich auf dem Rückweg nicht in die Sperrzeit kommen will, muss ich mich sputen.« Er winkte dem Serviermädchen.

»Geh nur«, sagte Solveig. »Ich zahle.«

Roar öffnete den Mund, schluckte den Protest, der ihm ins Gesicht geschrieben stand, jedoch hinunter und grinste breit. »Das ist wieder einer deiner Franziska-Momente, die ich so an dir mag. Das nächste Mal übernehme ich aber die Rechnung!«

»Gern. Zum Beispiel morgen, wenn wir auf unserem Ausflug vielleicht irgendwo einkehren.« Solveig gab ihm einen Kuss. »Und jetzt mach, dass du fortkommst. Sonst endest du noch in einer Arrestzelle.«

»Zu Befehl.« Roar salutierte gespielt zackig und verließ den Teesalon.

Während Solveig auf die Bedienung wartete, kam ihr Roars Bemerkung zum Ausgangsverbot in den Sinn. Was hatte er gemeint, als er von einem Plan für eine laue Sommernacht gesprochen hatte? Nachdem er sich selbst abrupt unterbrochen hatte, nahm sie an, dass er eine Überraschung vorbereitete. Was kann das sein?, fragte sie sich und spürte ein Kribbeln im Bauch. Der Besuch eines der Tanzfeste, die zurzeit im Freien veranstaltet werden? Die Betrachtung des Sonnenuntergangs am Ufer eines Sees oder Fjords samt Baden im Mondenschein? Gar eine ganze Nacht an einem lauschigen Plätzchen unterm Sternenhimmel? Oder alles zusammen?

Solveig zahlte bei der Bedienung und beschloss, noch in der Abteilung für Bademode vorbeizuschauen. Ihre Rationsmarken für Stoffe und Kleidung würden mit Glück noch ausreichen für einen neuen Schwimmanzug. Der alte war zwar noch in Ordnung, aber mit seinem rot-weiß karierten Muster und dem Schleifchen im Ausschnitt in ihren Augen zu trutschig. Sie wollte sich Roar in einem figurbetonten, einfarbigen Modell präsentieren, ähnlich denen in dem Frauenmagazin, in dem sie und Afra neulich in einer gemeinsam verbrachten Mittagspause geblättert hatten. Bei der Vorstellung von der Bewunderung in seinem Blick wurde ihr heiß.

## 37

*Stavanger, März 1970*

Ein Klopfen drang durch ihr Schluchzen an Lizzys Ohren. Gleich darauf wurde die Tür geöffnet, und Schritte näherten sich.

»Mein liebes, armes Mädchen!« Ihr Vater kniete sich vor ihren Stuhl und zog sie sanft in seine Arme.

Lizzys Weinen verstärkte sich. Sie nahm wahr, wie er ihren Rücken streichelte und sie hin- und herwiegte. Dazu murmelte er leise Worte, die sie nicht verstand, die sie jedoch als tröstlich empfand. Nach einer Weile wurde sie ruhiger. Die Tränen versiegten. Mit einem Aufhicksen löste sie sich von ihrem Vater.

»Es tut mir weh, dich so leiden zu sehen«, sagte er und tupfte ihr mit einem Taschentuch das Gesicht trocken. »Ich würde dir so gern helfen.«

»Ach, Daddy, wie soll ich das nur aushalten?«

»Ich weiß genau, wie dir zumute ist.« Roger sah Lizzy in die Augen. »Es gab mal eine sehr, sehr finstere Zeit in meinem Leben. Da hab ich mich auch hoffnungslos und ausgefüllt von Verzweiflung und Schmerz gefühlt.«

»Damals, als du noch in Norwegen gelebt hast?«

Ihr Vater nickte. »Deswegen bin ich von hier weggegangen. Es gab nichts mehr, was mich hier gehalten hätte.« Er setzte sich Lizzys Stuhl gegenüber auf die Bettkante. »Ich hatte alles verloren. Vor allem meine erste große Liebe.«

Lizzy zuckte leicht zusammen. Aber ist das nicht Mom? Sie schluckte die Frage hinunter, als ihr bewusst wurde, dass ihr Vater das nie behauptet hatte. Für ihre Mutter dagegen war 1950 der Mann in ihr Leben getreten, von dem sie auf Anhieb gewusst hatte, dass er die Liebe ihres Lebens war. Zuvor hatte die damals

25-Jährige nur einige unverbindliche Flirts gehabt. Sie hatte Lizzy einmal anvertraut, dass sie damals Zweifel hatte, ob sie sich jemals richtig verlieben würde, bis sie den knapp zehn Jahre älteren Roger Cole getroffen hatte, der fortan der Mittelpunkt ihres Universums war.

»Wie bist du darüber hinweggekommen?« Lizzy schniefte. »Geht das überhaupt?«

»Das hab ich mich damals auch gefragt und war überzeugt, dass ich niemals aus diesem dunklen Abgrund herausfinden würde. Ich betäubte mich so gut es ging, indem ich mich in Arbeit stürzte.« Roger atmete tief durch. »Dann lernte ich deine Mutter kennen, und die Welt wurde wieder heller. Ich hätte es nicht für möglich gehalten, mein Herz jemals wieder jemandem öffnen zu können. Aber Cathleen hat mir das Gegenteil bewiesen.« Er lächelte Lizzy an. »Und als dann du und dein Bruder geboren wurdet, war mein Glück vollkommen.«

»Aber jetzt ist die alte Geschichte wieder hochgekommen«, stellte Lizzy fest.

Zu gern hätte sie weiter nachgehakt und erfahren, ob auch die alten Gefühle für seine erste Liebe wieder aufgeflammt waren. Wer diese Frau gewesen war. Und warum er sie verloren hatte. War sie gestorben? Sie traute sich nicht, diese Fragen zu stellen, aus Furcht, ihren Vater damit in sein Schweigen zurückzuscheuchen.

»Ich hab das unterschätzt.« Er fuhr sich mit einer Hand über die raspelkurzen Haare. »Ich hatte geglaubt, damit abgeschlossen zu haben.«

»Verdrängt wohl eher«, sagte Lizzy leise und musterte ihn unsicher. War sie zu weit gegangen?

»Ich fürchte, das stimmt.« Er hob die Schultern. »Hätte ich natürlich nie zugegeben.« Er grinste schief.

»Deswegen hast du uns nie von deiner norwegischen Vergangenheit erzählt? Weil du sie vergessen wolltest?«

»Für mich war sie endgültig vorbei. Ich wollte einen radikalen Neuanfang, nach dem Motto: Die Fahrt ins Exil ist eine Reise ohne Wiederkehr. Wer sie antritt und von der Heimat träumt, ist verloren.« Roger verzog den Mund. »Das hat ja auch lange gut hingehauen. Darum war ich überzeugt, Frieden mit meinem früheren Leben gefunden zu haben.«

»Bis der Brief von Lena Haugen kam«, rutschte es Lizzy heraus. Sie hielt die Luft an.

»Woher weißt du denn davon?« Ihr Vater stockte und sah sie überrascht an.

»Ich hab zufällig den Umschlag gefunden.«

»So? Zufällig?« Er hob die Brauen. »Beim zufälligen Wühlen im Papierkorb im Zimmer von deiner Mutter und mir?«

»Äh, das war so … Ich hatte gehört, wie …«, stammelte Lizzy.

Untersteh dich! Zieh Mom da nicht mit rein, zischte ihr strenges Ich. Das würde alles noch schlimmer machen. Lizzy straffte sich.

»Ja, hab ich. Also im Müll nach Anhaltspunkten gesucht.« Sie sah ihrem Vater ins Gesicht. »Für den Grund, warum du dich so seltsam verhalten hast, seit wir hier sind.«

»Im Abfall?« Er verengte seine Augen.

Schnell, lass dir was einfallen, befahl sich Lizzy. Wenn er so schaut, heißt das, dass er dir kein Wort glaubt.

»Was hast du denn gehofft, dort zu finden?«

»Zum Beispiel Hotelrechnungen«, murmelte Lizzy. »Restaurantquittungen. Oder Belege für verdächtige Anschaffungen.«

»Hast du etwa gedacht, dass ich eine Affäre habe?« In Rogers Miene spiegelte sich Verblüffung. Und ein Funke Belustigung. »Du bist mir ja eine.«

»Du musst zugeben, dass der Verdacht nicht vollkommen abwegig war«, wehrte sich Lizzy. »Du bist in den letzten Wochen ständig unterwegs gewesen. Und wenn du mal Zeit mit uns verbracht hast, warst du innerlich ganz woanders. Außerdem hast du ausweichend auf Fragen zu deinem früheren Leben in Norwegen reagiert und deshalb …«

»… hast du messerscharf geschlussfolgert, dass ich Kontakt zu einer alten Geliebten namens Lena Haugen aufgenommen habe und mich heimlich mit ihr treffe?«

»So was in der Art.«

»An dir ist eine Detektivin verloren gegangen.« Er grinste. »Aber ich muss dich enttäuschen, Frau Haugen ist keineswegs …«

»Ich weiß«, sagte Lizzy schnell. »Ich hab mit ihr gesprochen.«

»Du hast … Wie um alles in der Welt hast du sie gefunden?«

»Das war nicht so schwer.« Lizzy zuckte die Achseln. »Der Mann, der jetzt in dem Haus ihres Vaters wohnt, hat mir ihre Adresse in Oslo gegeben.«

»Und als du mit Reidun dort warst, hast du Frau Haugen getroffen.«

»Genau.« Lizzy legte den Kopf schief. »Warum hast *du* eigentlich nicht nach ihr gesucht?«

»Als ich Ende Dezember zum Haus der Haugens ging, stand es leer«, antwortete Roger. »Die Nachbarn wussten so gut wie nichts über Lena und ihren Vater, der wohl sehr zurückgezogen gelebt hat und ein paar Wochen zuvor gestorben war. Ich bin also zu spät gekommen.«

»Wieso hast du Frau Haugen nie auf ihren Brief geantwortet? Sie meinte, dass sie dir schon im Herbst geschrieben und dich gebeten hatte, nach Stavanger zu kommen, weil ihr Vater auf dem Sterbebett sein Herz erleichtern wollte.«

»Als ich ihren Brief bekam, wollte ich zunächst nichts damit zu tun haben. Wie gesagt, die Vergangenheit war für mich ein für alle Mal vorbei. Ich hab versucht, ihn zu ignorieren.«

»Was dir offensichtlich nicht so gut gelungen ist.«

»Als die Konzernleitung beschloss, mich hierherzuschicken, war's vorbei mit dem Verdrängen. Es war wie ein Wink des Schicksals, endlich reinen Tisch zu machen. Von einem Tag auf den anderen war alles wieder da, als wäre nicht über ein Vierteljahrhundert vergangen, seit …« Er seufzte. »Offen gesagt, war ich froh, dass ich zu spät dran war, und unternahm keinen Versuch, Lena Haugen aufzuspüren. Als Vorwand kam es mir ganz gelegen, dass ich beruflich in der Tat sehr eingespannt war.« Er fuhr sich erneut über den Kopf. »Ganz schön feige, dein Dad, nicht wahr?«

»Feige würde ich es nicht nennen.« Lizzy strich sich eine Haarsträhne hinters Ohr. »Ich weiß ja nicht, was du vor deiner Auswanderung erlebt hast. Aber es muss etwas Heftiges gewesen sein. Kein Wunder, dass du davor zurückgescheut bist, es wieder aufzurühren.«

»Du bist wirklich eine sehr kluge und einfühlsame junge Frau«, sagte Roger leise. »Ganz wie deine Mutter.«

»Warum hast du dich uns nicht anvertraut?«, fragte Lizzy nach kurzem Zögern.

»Zuerst, weil ich beschlossen hatte, die alte Geschichte nicht wieder ans Tageslicht zu zerren. Und als ich merkte, dass ich sie nicht länger ignorieren konnte, wollte ich das mit mir selbst ausmachen und euch nicht mit dem Ganzen belasten.«

»Hat nicht wirklich funktioniert.« Lizzy sah ihm in die Augen. »Im Gegenteil, es hat zumindest Mom und mich sehr beunruhigt, weil wir uns deine plötzliche Veränderung nicht erklären konnten.«

Weiß Mom eigentlich, dass es vor ihr eine große Liebe in Dads Leben gegeben hat?, fragte sie sich im Stillen. Nun, sie wird nicht so naiv gewesen sein anzunehmen, dass ein gut aussehender Mann Mitte dreißig ein unbeschriebenes Blatt in Sachen Beziehungen sein würde, gab sie sich selbst die Antwort.

»Das hab ich mittlerweile auch kapiert.« Roger nahm Lizzys Hand. »Es tut mir aufrichtig leid. Ich hatte nie die Absicht, ausgerechnet euch zu verunsichern oder gar zu verletzen. Das ist das Letzte, was ich will.«

»Das weiß ich doch.« Lizzy drückte seine Hand und bemerkte, dass ein Zittern seinen Körper durchlief.

»Verrätst du mir, was du bei Frau Haugen erfahren hast?« Seine Stimme klang rau. Er räusperte sich. »Konnte sie dir sagen, was ihr Vater …«

Lizzy schüttelte den Kopf. »Leider nicht. Er hat nur vage Andeutungen gemacht und wollte offenbar nur dir allein sagen, was er auf dem Herzen hatte. Seiner Tochter gegenüber hat er generell nie etwas Privates von sich preisgegeben. Die beiden hatten kein besonders gutes Verhältnis.«

»Trotzdem hat sie sich zum Schluss um ihn gekümmert«, stellte Roger fest.

»Hat sich wohl verantwortlich gefühlt.«

Lizzy rief sich das Gespräch mit Lena Haugen ins Gedächtnis. War das wirklich erst sieben Tage her? Es schien ihr wie eine Erinnerung an eine andere Zeit. Als ihre Welt noch hell gewesen war, und sie selbst voller Vorfreude auf das Wiedersehen mit Erik hingefiebert hatte. Lizzy schluckte. Nicht daran denken, nicht jetzt, befahl sie sich.

»Frau Haugen hat mir erzählt, dass ihr Vater vor seinem Tod von einer schweren Schuld umgetrieben worden sei, die er einst auf sich geladen habe. Weil er einen Mann ins Unglück gestürzt hätte. Leider hat er aber nie einen Namen genannt oder sonst irgendwelche Details preisgegeben.«

»Und wie ist sie dann darauf gekommen, dass es sich bei diesem Mann um mich handelte?«

»Es gab da einen Vorfall in ihrer Kindheit, irgendwann Ende der vierziger Jahre«, antwortete Lizzy. »Da tauchte eines Tages ein Fremder auf und wollte ihren Vater sprechen. Der ist furchtbar erschrocken, hat sich versteckt und Lenas Mutter angewiesen, den Mann abzuwimmeln mit der Behauptung, er sei verstorben. Und später hat Lenas Vater den Vorfall niemals wieder erwähnt, geschweige denn erklärt, warum er solche Angst vor dem Fremden hatte.«

»Du meine Güte! Das ist unglaublich!«

»So ähnlich hab ich auch reagiert«, sagte Lizzy.

»Und wie hat Frau Haugen mich gefunden?«

»Lange Zeit hatte sie keinen Anhaltspunkt«, antwortete Lizzy. »Bis sie dann dein Gesicht auf einem Pressefoto in einer Fachzeitschrift entdeckt und in dir den Fremden von damals erkannt hat.«

»Verstehe. Vermutlich war das der Artikel, der letzten September über die Phillips Petroleum Company im Zusammenhang mit der Suche nach Erdöl in der Nordsee erschienen ist.« Er kratzte sich im Nacken. »Ich hätte nie damit gerechnet, dass er auch in Norwegen gelesen würde.«

»Ganz sicher war sich Lena natürlich nicht«, sagte Lizzy. »Und als du nie auf ihren Brief geantwortet hast, hat sie angenommen, dass sie sich doch getäuscht und dem Falschen geschrieben hatte.« Sie beugte sich zu ihrem Vater vor und sah ihm in die Augen. »Aber sie hat sich nicht geirrt, richtig? Weißt du, was Herr Haugen dir beichten wollte?«

»Ich denke schon.« Ein Schatten flog über Roger Coles Miene. »Vermutlich war er es, der mich damals denunziert hat. Im Krieg, als Norwegen von den Deutschen besetzt war.« Er holte tief Luft. »Sie haben mich verhaftet und ohne Gerichtsverfahren ins Gefängnis gesteckt. Und später in ein Konzentrationslager im Elsass. Das liegt heute in Frankreich.«

Lizzys Augen weiteten sich. Sie hatte mit allem Möglichen gerechnet, aber nicht mit einer derart finsteren Geschichte. Kein

Wunder, dass Dad das vergessen wollte, schoss es ihr durch den Kopf. Das muss eine traumatische Erfahrung gewesen sein. Sie bemerkte, dass ihr Vater seinen Blick starr auf einen Punkt hinter ihr gerichtet hatte. Bevor sie fragen konnte, woher er Herrn Haugen kannte und warum ihn dieser angeschwärzt hatte, sprach er tonlos und wie zu sich selbst weiter.

»Monatelang hab ich in der Gefangenschaft darüber gegrübelt, warum die SiPo mich abgeholt hat. Mir war schnell klar, dass sie mich aufgrund einer Denunziation ins Visier genommen hatte. Aber wer hatte ihnen gesteckt, dass ich angeblich Waffen beschafft und einen Anschlag geplant hatte? Schließlich stand für mich fest, dass eigentlich nur Haugen infrage kam, der Rache an mir nehmen wollte. Weil ich verhindert hatte, dass er einen schweren Patzer vertuschen und jemand anderem in die Schuhe schieben konnte. Er hat keinen Hehl aus seiner Wut auf mich gemacht. Und mir etwas später offenbar ein paar Revolver und Gewehre untergeschoben, die die Deutschen dann bei der Razzia bei mir fanden, nachdem er mich bei ihnen angezeigt hatte.«

Lizzy lauschte mit angehaltenem Atem und wagte nicht, sich zu rühren. Sie wollte den Redefluss nicht zum Versiegen bringen, der ihr endlich einen Blick in die Geheimnisse ihres Vaters gewährte. Zugleich hatte sie das Bedürfnis, ihn aus seinem tranceähnlichen Zustand zu holen, der ihr Angst einflößte. Alle Farbe war aus seinem Gesicht gewichen, eine tiefe Furche hatte sich zwischen seinen Brauen gebildet, und seine Augen hatten ihren Glanz verloren.

»Als ich den Brief von Haugens Tochter erhielt«, fuhr er nach einer winzigen Pause fort, »war mir klar, dass ich mit meinen Vermutungen weitgehend richtiggelegen haben musste. Dass Haugen diese Schuld beichten wollte.« Roger Cole ballte seine Fäuste. »Und mit einem Mal kam dieser brennende Hass zurück, der mich im Lager am Leben gehalten hatte. Das Bedürfnis, es ihm heimzuzahlen. Das ist der wahre Grund, weswegen ich nicht auf den Brief geantwortet habe. Ich wollte Haugen nicht von seinem schlechten Gewissen erlösen. Ich wollte, dass er leidet und dass …«

»Hier bist du!«

Lizzy zuckte zusammen und fuhr herum. Ihre Mutter stand in der Tür und schaute ihren Mann vorwurfsvoll an.

»Ich hab dich überall gesucht. Deine Sekretärin hat angerufen und gefragt, warum du nicht zu der Sitzung um acht Uhr erschienen bist. Sie klang ziemlich aufgeregt.«

Lizzy sah, wie die Versteinerung aus dem Gesicht ihres Vaters wich. Er rieb sich die Augen.

»Entschuldige, *darling*.« Er stand auf. »Ich werde mich sofort in der Firma melden. Den Termin hab ich vollkommen vergessen.«

»Das sieht dir aber gar nicht ähnlich.« Cathleen sah ihn erstaunt an. »Warum bist du überhaupt hier? Als du vorhin aufgebrochen bist, wolltest du doch direkt zum Büro, weil du ohnehin schon spät …«

»Das ist meine Schuld«, rief Lizzy. »Dad hat mich weinen gehört und wollte mich trösten.«

Ihr Vater nickte ihr kaum merklich zu, formte ein stimmloses »Danke«. »Wir sehen uns heute Abend«, sagte er laut, gab seiner Frau einen Kuss und verließ das Zimmer.

»Lizzy, ich wollte dich fragen, ob du heute vielleicht mal wieder mit mir frühstückst.«

»Gern, Mom. Ich spring nur noch schnell unter die Dusche.«

»Fein, dann bis gleich.«

Kaum hatte sie die Tür hinter sich zugezogen, beugte sich Lizzy über den angefangenen Brief.

*Liebe Shirley, Du glaubst nicht, was ich gerade erfahren habe!*

*Erstens: Mein Vater war im Krieg in einem deutschen KZ!!! Ein rachsüchtiger Kollege hat ihn wohl bei den Nazis verleumdet, die ihn daraufhin wegen illegalen Waffenbesitzes verhaftet haben. Die hatte ihm der Denunziant untergeschoben. Leider ist Mom mitten in Dads Bericht reingeplatzt. Daher weiß ich noch kaum was über die Hintergründe und auch nicht, was er als Häftling durchmachen musste.*

*Es ist so krass! Ich wäre nie im Leben darauf gekommen, dass es auch in unserer Familie Opfer des Hitlerregimes gab. Ich muss gestehen, mir war bis heute gar nicht klar, dass Norwegen von den Deutschen besetzt gewesen war. Ich hatte da in erster Linie Länder wie Frankreich, Polen und Russland auf dem Radar.*

*Zweitens: Meine Mom ist nicht die erste große Liebe meines Vaters, wie ich immer geglaubt habe. Es gab vor ihr eine Frau, die er im Krieg verloren hat, und der er lange hinterhergetrauert hat. Was wäre passiert, wenn die beiden nicht auseinandergerissen worden wären? Mein Dad wäre vermutlich nicht nach Amerika ausgewandert. Er wäre nie mit Mom zusammengekommen. Und natürlich gäbe es dann Chris und mich nicht. Wahnsinn, wenn ich so darüber nachdenke, wird mir ganz schwindelig!*

*Wie Du Dir vorstellen kannst, brenne ich nun darauf, mehr zu erfahren und hoffe, dass sich mein Vater nicht wieder in sein Schneckenhaus zurückzieht, sondern endlich offen über seine Vergangenheit redet. Drück mir die Daumen! Ich halte Dich natürlich auf dem Laufenden.*

*Bis bald, alles Liebe*

*Deine Lizzy*

## 38

*Stavanger, August 1941*

Die Ausgangssperre wurde bereits nach vier Tagen wieder aufgehoben, nachdem zwei zehnjährige Buben als die Steinewerfer dingfest gemacht worden waren. Die beiden kamen mit einer Rüge davon, ihren Eltern wurde ein Bußgeld aufgebrummt sowie die Anweisung, fortan besser auf ihre Kinder aufzupassen und sie von antideutscher Propaganda fernzuhalten.

Eine Kaltfront, die in der letzten Juliwoche für reichlich Regen und kühle Temperaturen sorgte, verhinderte jedoch, dass Solveigs neuer Badeanzug direkt nach dem Aussetzen des Verbots zum Einsatz kommen konnte. Erst am folgenden Samstag besserte sich das Wetter. Als Solveig in ihrer Mittagspause vom Kongsgård zur Kommandostelle des Sicherheitsdienstes lief, wo sie am Nachmittag noch ein paar Stunden gebraucht wurde, passte Roar sie ab und bat sie, gleich nach der Arbeit mit der Straßenbahn hinaus zur Frue Terrasse zu fahren. Bevor sie Fragen stellen konnte, verschloss er ihren Mund mit einem Kuss, schwang sich wieder auf sein Fahrrad und fuhr fröhlich pfeifend davon.

Solveig konnte sich kaum auf die Protokolle konzentrieren, die sie übersetzen und ins Reine schreiben sollte. Immer wieder schweiften ihre Gedanken zu der Überraschung, die Roar offenbar für sie im Sinn hatte. Ob noch Zeit war für einen Abstecher zu Ingvills Haus, um ihre Bürokleidung gegen ihr geblümtes Sommerkleid mit schwingendem Tellerrock und weitem Ausschnitt zu tauschen? Wohl eher nicht, schließlich hatte Roar darauf gedrungen, dass sie sich direkt nach Dienstschluss auf den Weg machen sollte. Also hat er wohl nicht vor, mit mir Schwimmen zu gehen, überlegte sie. Sonst hätte er mich ja aufgefordert, meine

Badesachen mitzubringen. Und auch zum Tanzen geht es eher nicht, mein enger Rock taugt nicht sonderlich gut dafür.

Die Stimme von Herrn Nägele schallte vom Flur her durch die offene Tür ins Büro. Verstohlen sah Solveig sich zu den zwei deutschen Sekretärinnen um, die an diesem Nachmittag den Raum mit ihr teilten; die übrigen drei Schreibtische waren nicht besetzt. Die beiden Frauen, eine brünette Mittzwanzigerin und eine etwas ältere Blondine, waren in ihre Arbeit vertieft und hatten offensichtlich nichts von Solveigs Pflichtvergessenheit bemerkt. Rasch setzte sie sich aufrechter und überflog die Beschreibung des Sachverhalts, der zu den Befragungen geführt hatte, deren norwegische Antworten sie übersetzen sollte.

> *Von den bei dem Neubau des Heeresverpflegungslagers in Aalgaard beschäftigten norwegischen Arbeitern wird ernstlich Klage darüber geführt, daß sie von der Bevölkerung von Aalgaard beleidigt und belästigt werden. Diese Arbeiter stammen aus Egersund, Haugesund und anderen Gegenden, weil von der Bevölkerung Aalgaards keiner an der genannten Baustelle arbeiten will, um sich nicht dem Terror und der systematischen Hetze anderer Bevölkerungskreise in Aalgaard auszusetzen. Da die norwegische Polizeibehörde in Aalgaard trotz wiederholter Hinweise nicht eingeschritten ist, um den deutschfeindlichen Zustand zu beseitigen, wurde durch die Dienststelle des Kommandeurs der Sicherheitspolizei und des SD in Stavanger eine Untersuchung eingeleitet.*

Als Herr Nägele auf seinem Kontrollgang, den er stündlich durch die Büros seiner Abteilung absolvierte, den Raum betrat, war Solveig dabei, die Verhöre der Aufwiegler, die zwei Tage zuvor festgenommen worden waren, zu übersetzen. Letztere waren alle Angestellte bei *De Forenede Ullvarefabrikker*, einem großen Verarbeitungsbetrieb für Schafswolle, der sich in den letzten Jahrzehnten zum wichtigsten Arbeitgeber der Gegend, in der seit jeher Schafe gezüchtet wurden, entwickelt hatte.

»Ah, die Angelegenheit Ålgård«, murmelte Herr Nägele, der bei Solveigs Tisch stehen geblieben war und ihr über die Schulter schaute. »Wenn doch nur all Ihre Landsleute so loyal und fleißig wären wie Sie, Fräulein Lund. Dann bliebe ihnen und uns so mancher Ärger erspart.«

Solveig rang sich ein Lächeln ab, ohne ihre Arbeit zu unterbrechen. Herr Nägele tätschelte ihre Schulter und setzte seinen Kontrollgang fort. Solveig rieb sich unwillkürlich die Schulter, um die Berührung seiner Hand wegzuwischen.

»Alter Grabscher«, zischte die brünette Sekretärin, als er das Büro verlassen hatte. »Am liebsten würde ich dem mal mit Schmackes auf die Finger hauen.«

»Oder seiner Frau stecken, was ihr lieber Ottokar hier so treibt«, flüsterte ihre Kollegin und zwinkerte Solveig verschwörerisch zu.

»Da würde sich so manche Gattin in der fernen Heimat wundern, wie es ihr Angetrauter mit der ehelichen Treue hält«, meinte die Brünette.

»Wobei es umgekehrt wohl auch immer häufiger zu Seitensprüngen kommt.« Die Blondine sah zur Tür und fuhr mit gesenkter Stimme fort: »Herr Ludat aus der Poststelle hat gestern von seiner Frau einen Brief bekommen, in dem sie ihm mitteilt, dass sie die Scheidung wünscht, da sie von einem anderen Mann ein Kind erwartet und mit diesem eine Familie gründen will.«

»Deswegen sah der heute so fertig aus, der Arme.« Die jüngere Sekretärin schürzte die Lippen. »Wobei, eigentlich geschieht es ihm ganz recht. Nach allem, was der Flurfunk so munkelt, lässt er hier auch nichts anbrennen.«

»Pssst«, machte ihre Kollegin und deutete mit dem Kopf zur

Tür, an der eben zwei Uniformierte vorbeiliefen. Das Getuschel verstummte, und die drei Frauen ließen wieder ihre Finger über die Tastaturen fliegen.

Solveig musste an den Dienststellenleiter im Kongsgård denken, der sich kürzlich anlässlich eines ähnlichen Falles wie dem des unglücklichen Herrn Ludats über Seitensprünge in Zeiten des Krieges ausgelassen hatte. Herr Möller zeigte zwar ein gewisses Verständnis für die deutschen Frauen, die ihre Männer oft viele Monate lang nicht mehr gesehen hätten und deswegen »moralisch zermürbt« seien. Dennoch fand er es verwerflich, wenn sie, die immerhin Heim und Kinder und somit die gewohnte Umwelt hätten, fremdgingen. Außerdem würden ihre Männer ja fürs Vaterland, also auch für sie und die Familie, in den Krieg ziehen. Sie hätten ein Recht darauf, dass ihr ruhender Pol unangetastet bliebe. Andererseits dürfe man den Soldaten, die in der Fremde quasi ein Junggesellendasein fristeten, unverbindliche Liebeleien nicht krummnehmen.

Solveig war diese Doppelmoral übel aufgestoßen, die sie nicht nur bei deutschen Männern feststellte. Auch im Bekannten- und Freundeskreis ihrer Eltern wurde bei dem Thema zweierlei Maß angelegt. Seitensprünge wurden als Privileg der Männer gesehen, »ehrbare« Frauen dagegen galten als Eigentum ihrer Gatten und hatten kein Recht, ihren Wunsch nach sexueller Selbstverwirklichung auszuleben – sofern ihnen ein solches Bedürfnis nicht von vornherein abgesprochen wurde.

Endlich schlug die Glocke der nahen Eiganes Kapelle fünf Uhr. Solveig legte die abgetippten Protokolle in den Postkorb, verabschiedete sich von den beiden deutschen Sekretärinnen und eilte zum Marktplatz, wo sie den Bus Richtung Strømvik nahm. An der Haltestelle Frue Terrasse stieg Solveig aus und wurde im nächsten Augenblick an den Hüften gepackt und hochgehoben.

»Ich konnte es kaum erwarten«, rief Roar, wirbelte einmal mit ihr um seine Achse, ließ sie wieder auf den Boden und nahm sie bei der Hand. »Bereit für einen Blick in die Zukunft?«

»Zukunft?« Solveig sah ihn ratlos an.

»Wart's ab«, antwortete Roar.

Er führte Solveig den bewaldeten Abhang hinunter zum Paradisveien, der direkt am Hillevågvannet entlangführte, einer Ausbuchtung des Gandsfjords. An der Uferstraße, die mit Granitblöcken zum Wasser hin abgesichert war, standen vereinzelt schmucke Holzhäuser im Schweizerstil mit vorkragenden Schindeldächern, Balkonen und Erkern. Die meisten Anwesen wurden von weiß getünchten Lattenzäunen eingefasst. Nachdem sie etwa zweihundert Meter Richtung Hillevågsstrømmen gelaufen waren, machte Roar vor einem mit Buschwerk und Bäumen bewachsenen Areal halt.

»Was siehst du?«, fragte er.

»Eine verwilderte Wiese mit Weißdornsträuchern, Hollunder und …« Sie unterbrach sich, als sie bemerkte, wie er lächelnd den Kopf schüttelte. »Nicht?«

»Ich sehe hier unser gemeinsames Zuhause.«

Er bog die Zweige eines Busches beiseite und zog Solveig auf die Wiese. Auf dieser spannten sich Schnüre zwischen in die Erde geschlagenen Pflöcken. Roar sah Solveig in die Augen.

»S-O-L-V-E-I-G«, buchstabierte er. »Diese sieben Buchstaben bedeuten für mich alles, was ich mir von einer Frau nur wünschen kann: Sensibel. Offen. Liebevoll. Vernünftig. Ehrlich. Intelligent. Großartig.«

Bevor Solveig, deren Hals eng wurde, etwas erwidern konnte, kniete Roar vor ihr nieder.

»Du bist meine Sonne und mein Glück.« Er räusperte sich. »Solveig Lund, kannst du dir vorstellen, an meiner Seite alt zu werden? Möchtest du mich heiraten?«

»Ja, das will ich«, rief Solveig, ging ebenfalls auf die Knie und schlang die Arme um seinen Hals. »Von ganzem Herzen!«

Roar erwiderte ihre Umarmung und suchte ihre Lippen, die mit den seinen verschmolzen.

Nach einer Weile löste sich Roar von Solveig, hob sie beim Aufstehen hoch und machte einen großen Schritt über eine der Schnüre. »Willkommen in unserem zukünftigen Daheim.« Er setzte sie ab. »Natürlich nur, wenn du mit der Wahl des Grundstücks einverstanden bist.«

Solveig nickte und wischte sich die Tränen fort, die ihr in die Augen stiegen. »Führst du mich durch unser Haus?« Sie hakte sich bei Roar unter.

»Sehr gern«, antwortete er. »Vom Flur, in dem wir gerade stehen, geht rechter Hand die Küche mit Zugang zum Vorratskeller ab, links ist Platz für eine Abstellkammer und die Garderobe samt Telefontisch.« Er ging ein paar Schritte. »Die Wohnstube, die zum hinteren Garten hinausgeht, könnten wir mit einer Schiebetür mit dem Speisezimmer verbinden.«

»Gute Idee«, sagte Solveig. »Ich fände im Erdgeschoss eine Toilette für Gäste praktisch. Dann müssen sie nicht unser Bad benutzen. Ich nehme doch an, dass wir im ersten Stock schlafen?«

»Genau, oben wäre unser Zimmer.« Roar fuhr sich durch die Locken. »Und die für die Kinder«, fügte er nach einer winzigen Pause hinzu.

»An wie viele hast du denn gedacht?«

»Vier bis fünf … für den Anfang.« Er grinste schelmisch.

»Wenn du mindestens die Hälfte davon zur Welt bringst.« Solveig grinste zurück. »Ich verspreche auch, im Kreißsaal deine Hand zu halten.«

»Spaß beiseite«, sagte Roar. »Wenn wir Kinder bekommen, würde ich gern mindestens zwei haben. Ich fand es nämlich immer sehr schade, dass ich keine Geschwister habe.«

»Ging mir genauso«, sagte Solveig. »Ich habe mir als Kind sehnlichst eine Schwester oder einen Bruder gewünscht. Am besten beides. Zum Spielen. Aber auch, um Verbündete gegen die Erwachsenen zu haben. Als Einzelkind ist man ja für gewöhnlich in der Minderheit.«

Roar legte einen Arm um ihre Schultern und führte sie zur Begrenzungsschnur, die die Rückwand des Hauses markierte.

»Hier hinten schwebt mir eine große Veranda vor mit Zugang durch eine Glastür vom Wohnzimmer aus.«

Solveig nickte zustimmend. »Sie sollte teilweise überdacht sein. Damit wir auch bei Regen draußen sitzen können.« Sie stockte kurz. »Schade nur, dass man von hier aus nicht aufs Wasser schauen kann.«

»Dafür wäre der Balkon geeignet, der im oberen Stockwerk zur Uferstraße und damit nach Westen hinausgeht. Da könnten wir abends bei einem Gläschen Wein den Tag ausklingen lassen und den Sonnenuntergang genießen.«

»Du hast wirklich an alles gedacht.« Solveig schmiegte sich an Roar. »Ich kann es kaum erwarten, unser gemeinsames Leben hier zu beginnen.«

»Das wird unser Garten Eden«, murmelte er in ihr Haar.

Solveig hob den Kopf und sah ihm in die Augen. »Die Adresse passt wirklich wunderbar.«

»Ich muss gestehen, dass mir bei der Suche nach einem geeigneten Grundstück die Angebote am Paradisveien wie ein Omen erschienen sind.« Roar blinzelte verlegen. »Ganz schön kitschig, nicht wahr?«

»Ich finde es romantisch.« Sie stellte sich auf die Zehenspitzen und küsste ihn.

»Einen Augenblick«, sagte er, ließ sie los und beugte sich über ein hohes Grasbüschel.

Gleich darauf ertönte Klacken, gefolgt von einem leisen Schnarren, bevor die Melodie von Peter Igelhoffs Schlager »Sommersprossen« einsetzte. Solveig schaute Roar über die Schulter und entdeckte ein batteriebetriebenes Koffergrammophon, auf dessen Teller sich eine rote Schellackplatte drehte. Roar fasste Solveig um die Taille und tanzte mit ihr auf der imaginären Terrasse.

»Das ist der Vorteil einer Veranda hinterm Haus«, sagte er. »Man ist geschützt vor den Blicken von Passanten. Und dank der dichten Hecken, die die Grundstücke voneinander abgrenzen, auch von neugierigen Nachbarn.«

Nachdem der letzte Refrain verklungen war, holte Roar eine Flasche Sekt und zwei Gläser aus seinem Rucksack, den er im Schatten einer Buche außerhalb des abgesteckten Areals abgestellt hatte.

»Diesen edlen Tropfen hat mir mein Professor zum Examen geschenkt«, erklärte er. »Ich habe ihn mir für einen besonderen Anlass aufgehoben.« Er ließ den Korken knallen. »Und der ist definitiv heute gegeben.« Er befüllte die Gläser.

Sie setzten sich auf die Wurzeln des Baumes und prosteten sich zu.

»Goethes Faust muss einen solchen Moment im Sinn gehabt haben, dem er hätte zurufen mögen: ›Verweile doch, du bist so schön‹«, sagte Solveig leise.

»Ich hoffe doch sehr, dass für uns noch viele weitere folgen werden.« Roar zog die Stirn kraus. »Wenn ich mich richtig erinnere, wäre Faust in dieser Situation bereit gewesen, sich von Mephisto in die Hölle verschleppen zu lassen.«

»Stimmt, meine Deutschlehrerin wäre entsetzt, dass ich das Zitat aus seinem Zusammenhang gerissen habe.« Solveig kicherte. »Ich wollte eigentlich nur sagen, wie unendlich glücklich ich gerade bin.«

# 39

*Stavanger, Frühling 1970*

Lizzys Hoffnung, das Gespräch mit ihrem Vater bald fortsetzen zu können, zerschlug sich bereits am selben Abend. Bei dem Meeting, zu dem er am Morgen verspätet erschienen war, hatte ihn die Konzernleitung mit der Organisation weiterer Bewertungsbohrungen betraut. Mit ihnen sollte untersucht werden, wie groß die Vorkommen an Erdöl und Gas im Ekofisk-Areal waren und wie viel davon gewinnbringend gefördert werden konnte. Da Roger Cole die seismischen Untersuchungen vor Ort leiten sollte, um die geologischen Strukturen zu erkunden, würde er die folgenden Wochen weitgehend auf der Bohrplattform verbringen oder nach Wales fliegen, wo die amerikanische Firma Core Laboratories eine Dependance unterhielt. Dort wurden die Daten analysiert, die Öl- und Gasreserven berechnet sowie Strategien entwickelt, die eine maximale und ökonomisch rentable Rohstoffgewinnung ermöglichen würden.

Beim Abschied am Samstagmorgen hatte er Cathleen und die Kinder mit der Nachricht überrascht, dass ihnen endlich eines der Häuser, die für die amerikanischen Ölarbeiter und ihre Familien gebaut wurden, zugeteilt worden war. Er hatte sich mächtig ins Zeug gelegt und alle Hebel in Bewegung gesetzt, um den Traum seiner Frau von den eigenen vier Wänden zu erfüllen. Zu seinem Bedauern konnte er sie nicht zur ersten Besichtigung ihres künftigen Heims begleiten. Stattdessen bot Becky Miller, der Cathleen die Neuigkeit brühwarm mitgeteilt hatte, ihre Dienste als Chauffeurin an.

Am Sonntag fuhr sie ihre Freundin, Chris und Lizzy hinaus nach Hillevåg, einem Stadtteil südlich des Zentrums, der sich im Westen des Gandsfjords erstreckte. Seit den fünfziger Jahren wurde die Gegend landeinwärts zunehmend für Wohnsiedlungen erschlossen, seit zehn Jahren gab es mit der Hillevåg Kirke zudem ein eigenes Gotteshaus. Das Einfamilienhaus, das Roger Cole für seine Familie ergattert hatte, befand sich an der Ecke Vassåsveien und Brattåsveien inmitten eines Gartengrundstücks. Es grenzte an einen Park, der rund um den Vannåsen angelegt war, einen kleinen See, der sich laut Becky Miller in den warmen Monaten als Naherholungsgebiet großer Beliebtheit erfreute.

»Und ihr habt ihn direkt vor der Haustür«, schwärmte sie, als sie aus dem Wagen stiegen.

»Ja, es ist wirklich ein besonders idyllisches Fleckchen. Aber auch ein bisschen sehr abgelegen.« Cathleen runzelte die Stirn. »Gibt es hier Einkaufsmöglichkeiten?«

»Direkt ums Eck wohl nicht, *sweetheart*«, antwortete Becky. »Aber ihr werdet euch ja sicher ein Auto anschaffen. Damit bist du in wenigen Minuten drüben in Kvalaberg.« Sie deutete Richtung Osten. »Da hat erst vor Kurzem ein großer Supermarkt eröffnet. Außerdem gibt es viele kleinere Läden. Und in die Stadtmitte sind es auch keine zehn Minuten.«

»Und ich kann mit dem Fahrrad zur Schule«, rief Chris, der ihnen voraushüpfte. »Knut wohnt gar nicht weit von hier. Der radelt auch immer. Und wenn das Wetter mal zu schlecht ist, nimmt er den Bus.«

Lizzy musste grinsen. Es war so typisch für ihren Bruder, sich unbekümmert auf die neue Situation einlassen zu können. Lizzy dagegen fühlte sich eher ihrer Mutter verbunden, die dazu neigte, den negativen Aspekten mehr Raum zu geben. »Dann werde ich nicht überrumpelt, wenn etwas nicht nach Plan läuft oder sich schlecht entwickelt«, hatte sie mal gesagt, als ihr Mann sie von ihrer Schwarzseherei abbringen wollte.

»Hier in der Nähe muss der Åsen sein«, sagte Chris.

»Der was?« Lizzy hob die Brauen.

»Eine Anhöhe, auf der die Deutschen im Krieg eine Flakstellung und Bunker gebaut haben. Knut hat mir davon erzählt. Da kann man prima spielen und …«

»Untersteh dich«, fiel ihm Cathleen ins Wort. »Das ist viel zu gefährlich. Wer weiß, was da noch an Munition im Boden steckt. Und wie baufällig diese Gemäuer sind.«

Lizzy sah, wie Chris einen Schmollmund zog. Er wird trotzdem hingehen, schoss es ihr durch den Kopf. Dazu ist der Reiz, Ruinen zu erkunden, viel zu verführerisch. Noch dazu, wenn es sich um militärische handelt.

»Diese deutschen Festungsanlagen sind äußerst stabil«, sagte Becky. »Die sollten schließlich für tausend Jahre halten.« Sie zog eine spöttische Grimasse. »Hier in der Gegend stößt man in Küstennähe überall auf die Überreste des sogenannten Atlantikwalls, der eine Invasion der Alliierten aufhalten sollte. Drüben auf dem Ullandshaug«, sie wedelte mit der Hand Richtung Westen, »hatten die Krauts eine große Flugabwehrbatterie und am Fuß des Berges Kasernen.«

»Stimmt, das hat Knut auch erwähnt.« Chris' Augen leuchteten auf. »Die Luftwaffe hatte dort ein Navigationssystem mit Sendern und Empfängern installiert. Da gibt es auch noch Überreste, die man …«

»Stachle ihn bitte nicht noch an.« Cathleen bedachte Becky mit einem ungehaltenen Blick.

»Es lohnt sich durchaus, mal einen Ausflug dorthin zu machen, *honey*.« Becky tätschelte Cathleens Arm. »Nicht wegen der alten Wehranlagen. Sondern wegen des modernen Funkturms. Der hat nämlich Aussichtsplattformen, von denen man den besten Blick über die Stadt und weit hinein ins Land sowie auf den Fjord hat.«

»Davor hat auf dem Ullandshaug der Haraldsturm gestanden, der an die Schlacht von Hafrsfjord erinnerte.« Chris warf sich in die Brust. »Haben wir gerade im Heimatkundeunterricht durchgenommen. Die hat vor 1100 Jahren stattgefunden. Und Harald war der erste König, der das Land …«

»Wen interessiert das?« Lizzy rollte mit den Augen. »Oder kommt da gleich der Bus mit den Leuten um die Ecke, die das hören wollen?«

»Bist ja nur neidisch, weil du es nicht gewusst hast.« Chris streckte ihr die Zunge raus und rannte seiner Mutter und Becky hinterher, die gerade das Haus betraten.

Lizzy folgte ihnen langsam. Ihre Gedanken wanderten zu ihrem Vater. Wie hatte er die deutsche Besatzung empfunden, bevor er verhaftet worden war? War er viel mit den Soldaten in Berührung gekommen? Es fiel ihr schwer sich vorzustellen, wie ihr Vater dreißig Jahre zuvor in dieser Stadt gelebt hatte. Als junger Mann. Wie hatte Stavanger damals ausgesehen? Gewiss gab es noch viele Straßen und Gebäude, die sich seither kaum verändert hatten. Ich muss unbedingt Ole und Reidun fragen, was sie über die Kriegsjahre wissen, nahm sich Lizzy vor. Wie haben ihre Familien diese Zeit überstanden? Wird bei ihnen darüber gesprochen? Oder gibt es da blinde Flecken, die totgeschwiegen werden? Weil jemand mit den Deutschen kollaboriert hat? Oder gar wie dieser Haugen andere mit falschen Anschuldigungen denunziert hat?

»Was trödelst du denn so?« Cathleen winkte Lizzy zu sich ins Innere. »Sieh nur, wie hell und großzügig der Wohnbereich ist.«

Lizzy ging zu ihr in einen Raum, der L-förmig geschnitten war und an der Längsseite bodenlange Fenster mit Blick auf den Garten hatte. Zwei Stufen führten an der rechten Seite hinauf zu einem Bereich, der durch ein Schiebefenster mit der Küche verbunden war.

»Hier werden wir unseren Esstisch hinstellen«, erklärte Cathleen. »Und den Schrank mit dem guten Geschirr.«

»So eine Durchreiche ist wunderbar praktisch.« Beckys Kopf erschien in der Öffnung.

»Mom, krieg ich oben das Zimmer mit dem Balkon?«

Chris kam ins Wohnzimmer gerannt und sah seine Mutter bittend an.

»Nicht so hastig«, antwortete diese und zauste ihm den rötlichen Lockenschopf. »Ich weiß ja noch gar nicht, was für Räume es da überhaupt gibt. Und deine Schwester hat auch ein Wörtchen mitzureden.« Sie lächelte Lizzy zu und ging ihr voraus in den Flur und zur Treppe, die ins obere Stockwerk führte.

»Ich erkunde schon mal den Keller«, rief Chris und öffnete eine Tür gegenüber der Küche, in der Becky die eingebauten Schränke inspizierte.

»Du, Mom.« Lizzy berührte ihre Mutter an der Schulter, als sie den oberen Treppenabsatz erreicht hatten. »Ich ... also ... Chris kann gern frei auswählen.«

Cathleen drehte sich zu ihr. »Das ist sehr großzügig von dir. Aber willst du dir die Zimmer nicht erst mal ansehen?«

»Ich brauche keins.« Lizzy schluckte. »Ich wollte das eigentlich in Ruhe mit dir und Dad besprechen. Aber der ist ja nicht da.« Sie holte tief Luft. »Mom, ich möchte gern Oles Angebot annehmen und mit ihm und Reidun zusammen in das Haus in der Øvre Strandgata ziehen.«

»Aber hattest du nicht gesagt, dass dich dort alles nur an Erik erinnert?« Ihre Mutter sah sie erstaunt an.

»Ja, das hab ich.« Lizzy hob die Schultern. »Aber mir ist klar geworden, dass ich mich nicht länger verkriechen will. Und wo wäre ich besser aufgehoben als bei den beiden Menschen, die ihm außer mir am nächsten standen?«

Cathleen öffnete den Mund.

»Bitte, nicht falsch verstehen«, fuhr Lizzy rasch fort. »Bei euch bin ich natürlich bestens aufgehoben. Es ist nur ... Ich glaube, es würde Reidun, Ole und mir guttun, diese Zeit zusammen durchzustehen.« Lizzy sah ihre Mutter unsicher an und machte sich auf eine ablehnende Entgegnung gefasst.

»Mein Küken wird flügge«, sagte Cathleen nach einer winzigen Pause und wischte sich über die Augen. »Natürlich schmerzt es mich, dass du nicht mit uns hier wohnen wirst. Du wirst mir fehlen. Aber ich finde deine Entscheidung gut.«

»Echt?«, rutschte es Lizzy heraus. »Du hast nichts dagegen?«

»Warum sollte ich?« Cathleen strich ihrer Tochter über die Wange. »War doch nur eine Frage der Zeit, bis meine Große auf eigenen Beinen stehen und ihren eigenen Weg suchen würde. Das ist wichtig und richtig, so sehr mein Mutterherz auch blutet.«

»Was ist mit Dad?«, fragte Lizzy. »Wird er es erlauben?«

»Davon gehe ich aus. Erst vorgestern hat er festgestellt, wie erwachsen du geworden bist, und dass du nun wohl bald unser Nest verlassen wirst.« Cathleen seufzte. »Ich hätte ihm gern widersprochen. Aber, wie gesagt, ich sehe es genauso.« Sie straffte sich. »Wir sind ja nicht aus der Welt. Du kannst immer zu uns kommen, wenn was ist. Das weißt du hoffentlich.«

»Danke, Mom!« Lizzy flog ihr um den Hals. »Du bist die Allerbeste!«

Noch am selben Nachmittag eilte Lizzy in die Øvre Strandgata, wo Ole und Reidun gerade die Wände im oberen Flur fertig gestrichen hatten und in der Küche vespern wollten. Beide freuten sich sehr, dass sie nun doch zu dritt in dem Haus wohnen würden.

»Das müssen wir feiern«, sagte Ole. »Es müsste noch eine Flasche von dem Sekt übrig sein, den wir zu deinem Geburtstag besorgt hatten.«

»Ich bin, ehrlich gesagt, sehr erleichtert, dass du hier einziehst«, sagte Reidun leise, als Ole in der Speisekammer verschwand. »Nach Ostern werde ich ja nach Oslo auf die Journalistenschule gehen und nur ab und zu am Wochenende herkommen. Ich bin nicht sicher, wie Ole mit dem Alleinsein zurechtkommen würde. Ich fürchte, er könnte wieder in seine Schwermut zurückfallen.«

»Ich pass auf ihn auf, versprochen.« Lizzy drückte ihre Hand. »Ich hab uns ein paar Kartoffelküchlein mit Speck und Käse aus dem Hotel gemopst«, verkündete sie, als Ole wieder auftauchte, und zog eine Dose aus ihrer Umhängetasche. »Besser gesagt, Chris hat sie für mich organisiert. Der lässt sich ständig was in der Küche zustecken.«

»Hab ich auch schon gehört.« Reidun grinste. »Das Personal hat wohl einen regelrechten Narren an ihm gefressen.«

»Sehr nützlich, so ein Bruder.« Ole nahm sich eines der goldgelben, in Öl ausgebackenen Küchlein. »Das kommt jetzt gerade recht.« Er nahm einen großen Bissen. »Köstlich!«

»Das sind sie wirklich.« Reidun griff ebenfalls in die Dose. »Ich stibitze mir auch immer eins, wenn sie auf der Karte im Hotelrestaurant stehen.«

»Du, Lizzy, was ich dich schon längst fragen wollte«, sagte Ole, nachdem er ausgekaut hatte. »Erik hatte nach eurem Trip nach Hamar erwähnt, dass du dir vorstellen könntest, Hubschrauberpilotin zu werden und bei unserem Transportunternehmen mitzumachen. Gilt das noch?«

»Was für eine großartige Idee!«, rief Reidun.

Lizzy zuckte zusammen. Vor ihrem geistigen Auge erschien das nüchterne Büro der Flugschule am Rande des Rollfeldes von Stafsberg, in dem sie Erik von ihrem Vorhaben erzählt hatte. Er hatte so begeistert reagiert und dieses Vorhaben keine Sekunde lang als verrückten Traum verurteilt – im Gegensatz zu dem Fluglehrer.

»Oder siehst du das jetzt anders? Weil es ohne Erik nicht mehr dasselbe ist?«

Das Mitgefühl in Oles Augen rührte Lizzy. Sie würgte den Kloß, der sich in ihrem Hals bildete, hinunter.

»Natürlich ist es nicht dasselbe. Und ich muss gestehen, dass ich bis gerade eben gar nicht mehr daran gedacht hatte. Aber ...«

Sie stockte. Ein Schauer lief ihr über den Rücken. Oles Frage erschien ihr wie ein Wink, als würde er eine Botschaft seines toten Freundes übermitteln: Eriks Wunsch, ihren gemeinsamen Traum vom Fliegen zu verwirklichen. Stellvertretend für ihn, der das nun nicht mehr selbst tun konnte. Für Ole, der ohne einen Piloten keine Chance haben würde, sich selbstständig zu machen. Vor allem aber für sie selbst.

»Aber?«, fragten Reidun und Ole gleichzeitig und sahen sie gespannt an.

»Aber ich könnte mir nichts Schöneres vorstellen«, antwortete Lizzy.

»Großartig!« Ole strahlte sie an, entkorkte die Sektflasche und befüllte drei Gläser.

»Auf euer Unternehmen!«, rief Reidun und stieß mit ihnen an.

»Einfach wird der Weg dahin allerdings nicht«, sagte Ole und fuhr sich durchs Haar. »Erstens ist die Ausbildung nicht ganz billig.« Er stand auf und holte eine Pappmappe, die auf der Anrichte lag. »Und bevor man überhaupt auf die Flugschule darf, muss man ein ärztliches Attest vorlegen und einen Aufnahmetest bestehen.« Er schlug die Mappe auf, in der ein Stapel Formulare, Informationsbroschüren und Lehrmaterialen lagen. »Erik hatte sich das schicken lassen. Es kam am Freitag mit der Post.«

Während sich Lizzy über die Auflistung der Themen beugte, die im theoretischen Teil der Ausbildung behandelt wurden, blätterte Reidun durch einen mehrseitigen Flyer, in dem die Flugschule für sich warb.

»Die einjährige Grundausbildung würde im August beginnen«, sagte sie.

»Da hätte ich noch gut Zeit, mich in die Theorie reinzufuchsen.« Lizzy wedelte mit der Liste. »Ist echt viel Stoff.«

»Nämlich?«, fragte Reidun.

»Luftrecht, allgemeine Luftfahrzeugkenntnisse, Instrumentenkunde, Berechnung von Masse und Schwerpunkt, Flugplanung und Überwachung, Flugleistung, menschliches Leistungsvermögen, Meteorologie, allgemeine Navigation, Funk-Navigation, betriebliche Verfahren, Aerodynamik und Sprechfunkverkehr«, las Lizzy vor.

»O weh, klingt nach viel Büffelei.« Ole verzog den Mund.

»Wenigstens sind die meisten Prüfungsfächer auf Englisch«, sagte Lizzy. »Die richten sich nach amerikanischen Standards und haben wohl auch viele Lehrinhalte von US-Flugschulen übernommen.«

»Und Englisch ist ja *die* Sprache im Luftverkehr.« Reidun lächelte. »Das ist schon mal ein großer Pluspunkt für dich.«

»Na ja, dafür warten genug andere Hürden auf mich. Und damit meine ich nicht die Lernerei.«

»Sondern die Tatsache, dass du eine Frau bist? Und deshalb in dem Beruf nix verloren hättest?« Ole schüttelte den Kopf. »Erik hat mir von den blöden Sprüchen des Ausbilders erzählt. Hat ihn tierisch aufgeregt, dass der dich so von oben herab behandelt hat.«

Erneut spürte Lizzy, wie ihre Brust sich verkrampfte. Die Erinnerung, wie Erik dem Fluglehrer widersprochen und sie verteidigt hatte, machte ihr ihren Verlust besonders deutlich bewusst. In den Schmerz mischten sich Trotz und Dankbarkeit. Trotz allen gegenüber, die ihren Traum belächelten und sie damit erst recht anstachelten, ihn zu verwirklichen. Und Dankbarkeit, dass sie Erik hatte kennenlernen dürfen, der an sie geglaubt und sie ohne Wenn und Aber bestärkt hatte, ihr Ziel zu verfolgen.

»Ich schaffe das«, sagte sie. »Wäre doch gelacht.«

»Auf jeden Fall.« Reidun drückte ihre Hand. »Mein Bruder hat ganz richtig erkannt, dass in dir eine Kämpferin steckt.«

Ole nickte. Wortlos hob er sein Glas und prostete ihnen zu.

»Ich danke euch«, sagte Lizzy. »Es bedeutet mir sehr viel, euch an meiner Seite zu wissen.«

# 40

*Stavanger, Juli 1941*

Am Sonntag holte Roar seine Verlobte am Nachmittag ab und lief mit ihr in die Vinkelgata, wo er bei Erling und Tuva Lund um die Hand ihrer Tochter anhalten wollte. Solveig hätte gern noch mit diesem Schritt gewartet und ihr Glück eine Weile im Stillen genossen – ungetrübt vom Gegenwind, den sie seitens ihrer Mutter befürchtete. Diese haderte nach wie vor mit ihrer Wahl und sah in Nils Petterson den perfekten Schwiegersohn. Was Solveigs Entschluss jedoch keine Sekunde lang ins Schwanken brachte, zumal ihr Vater von Beginn an sein Einverständnis bekundet hatte: Sie würde Roar heiraten. Aber auch wenn sie die förmliche Erlaubnis ihrer Mutter nicht für notwendig hielt, wollte sie diese nicht zusätzlich vor den Kopf stoßen und deren Vorbehalten Roar gegenüber neue Nahrung geben.

»Ich kann dich schon verstehen«, sagte Roar, als Solveig ihm auf dem Weg zu ihrem Elternhaus ihre zögerliche Haltung erklärte. »Aber ich würde gern endlich Nägel mit Köpfen machen. Und sieh es mal pragmatisch: Bald kommt deine Patentante zurück, und du wirst wieder bei deinen Eltern wohnen. Dann ist es vorerst vorbei mit dem heimlichen Liebesnest. Aber wenn wir offiziell verlobt sind, können wir …«

»Du hast ja recht«, unterbrach Solveig ihn. »Außerdem ist es eh besser, den Stier bei den Hörnern zu packen. Bringen wir es also hinter uns.«

Roar blieb stehen. »Wenn es nach mir ginge, würde ich dich vom Fleck weg heiraten.« Er beugte sich zu ihr hinunter und küsste sie.

»Das wäre mir auch das Liebste«, sagte Solveig, als sie sich wieder voneinander lösten. »Auf dieses ganze Tamtam mit Verlobungsfeier, Brautkleid nähen lassen und vor allem auf die gigantische Organisation der Hochzeit könnte ich gut verzichten.« Sie rollte mit den Augen.

»Dein Ernst?« Roar hob die Brauen. »Ein bisschen feierlich darf's schon sein, finde ich. Ist schließlich ein ganz besonderer Tag. Und so ein kleines, feines Fest mit den engsten …«

»Da kennst du meinen Vater aber schlecht«, rief Solveig. »Er schwärmt schon seit Jahren davon, wie prächtig er die Hochzeit seiner einzigen Tochter ausrichten wird. Vom engsten Kreis kann da nicht im Entferntesten die Rede sein.«

»Aber so groß ist eure Familie doch gar nicht.«

»Das nicht. Dafür werden aber jede Menge Freunde und Bekannte meiner Eltern, wichtige Geschäftspartner sowie natürlich die gesamte Klubselskap antraben. Es wird eine Riesenveranstaltung mit endlosen Reden, Dutzenden Trinksprüchen und viel Singerei. Also ein Riesenspektakel, so gar nicht nach meinem Geschmack.« Sie krauste die Nase. »Wenn ich jedoch so darüber nachdenke: Meine Mutter wird es lieben. Sie wird sich mit Begeisterung in die Vorbereitungen stürzen und alles daransetzen, dass sie als die Gastgeberin der prunkvollsten Hochzeit in die Stadtgeschichte eingeht. Wobei sie das alles ungeachtet der Kriegsrationierungen und anderen Restriktionen ohne Zweifel vorbildlich stemmen wird. Darüber wird sie hoffentlich vergessen, dass du nicht ihr Favorit gewesen bist.« Solveig grinste schief.

»Na, siehst du.« Roar legte den Arm um ihre Schulter und zog sie an sich. »Es wird alles ganz wunderbar.«

Solveigs Vorhersage bewahrheitete sich wenige Minuten später, als Roar und sie mit ihren Eltern im Salon um den ovalen Sofatisch saßen. Während ihr Vater seinen Schwiegersohn in spe auf die Schulter klopfte und herzlich in der Familie willkommen hieß, reagierte seine Frau mit kaum kaschiertem Verdruss. Solveig hätte ihrer Mutter am liebsten die säuerliche Miene mit einem gezischten »Reiß dich gefälligst zusammen und freu dich mit mir« aus dem Gesicht gewischt.

Erling ignorierte die schlechte Laune seiner Frau, holte eine Flasche Portwein, die er von einem Zulieferer als Dank für einen lukrativen Auftrag geschenkt bekommen hatte, aus dem Vitrinenschrank und füllte vier Gläschen.

»An welchen Termin hattet ihr denn gedacht?«, fragte er, nachdem sie angestoßen hatten. »Wir brauchen natürlich einigen Vorlauf. Es wird gewiss nicht leicht, einen angemessenen Saal zu finden. Besonders jetzt, wo die Deutschen sich überall breitmachen.« Er rieb sich am Kinn. »Am einfachsten wäre es, wenn wir draußen feiern könnten. Was natürlich gutes Wetter voraussetzt. Also, was haltet ihr von nächstem Mai oder Juni?«

Solveig sah Roar ratlos an. Darüber hatten sie noch nicht gesprochen.

»Klingt gut«, antwortete Roar für sie beide. »Bis dahin müsste auch unser Haus fertig sein. Wir haben nämlich ein schönes Grundstück am Paradisveien im Auge, wo wir uns niederlassen wollen.«

»Das ist ein Mann nach meinem Gusto!« Erling Lund klopfte Roar erneut auf die Schulter. »Nicht lange fackeln, sondern die Dinge anpacken. Ich werde das gern unterstützen, wenn es Engpässe bei der Finanzierung geben sollte.«

»Danke, das weiß ich sehr zu schätzen.« Roar nickte ihm zu. »Ich habe zwar keine nennenswerten Rücklagen, aber mit meinem Gehalt kann ich einen Kredit gut bedienen.« Er wandte sich an Tuva Lund, die mit zusammengekniffenen Lippen auf ihrem Sessel saß. »Aber wir wären sehr dankbar, wenn wir bei der Innengestaltung auf Ihren kundigen Rat zählen dürften.«

Solveig erstarrte. Bist du irre?, hätte sie um ein Haar gerufen.

Das fehlt mir gerade noch: dass Mutter unser Haus einrichtet. Aus den Augenwinkeln nahm sie wahr, wie ihr Vater Roar kaum merklich zunickte.

»Ihr Heim ist so geschmackvoll und behaglich«, fuhr Letzterer fort. »Da steckt eine Menge Erfahrung drin.«

Solveig sah, wie ihre Mutter ihn argwöhnisch musterte. Wahrscheinlich liegt ihr ein »Red du nur« auf der Zunge, dachte sie und beschwor Roar innerlich, seine Charmeoffensive zu beenden.

»Stilsicherheit ist nicht jedem gegeben«, machte dieser unbeirrt weiter. »Und bei Ihnen, gnädige Frau, kommt noch ein besonderes Händchen für das Arrangieren von Details dazu.«

»Aber nein.« Tuva Lund winkte ab. »Das kann doch jeder.«

»Eben nicht«, erwiderte Roar. »Allein die farbliche Abstimmung der Tapeten und Vorhänge in diesem Raum verrät Ihr gutes Auge.«

»Das ist zu viel des Lobs. Ist doch nichts Besonderes.«

»Sagen Sie das nicht! Es sind doch gerade die scheinbar unwichtigen Dinge, die den Ausschlag geben. Wie sagte schon Rousseau: ›Geschmack ist die Kunst, sich auf Kleinigkeiten zu verstehen.‹«

Solveig sah, wie sich das Gesicht ihrer Mutter aufhellte. »Ich gebe euch gern den einen oder anderen Ratschlag.«

»Das wollte ich hören, gnädige Frau.« Roar strahlte sie an. »Herzlichen Dank!«

»Nichts zu danken.« Solveigs Mutter lächelte sichtlich geschmeichelt. »Und nenn mich Tuva. Du gehörst ja nun zur Familie.«

»Sehr gern, Tuva.« Roar drehte sich zu Solveig. »Nicht wahr, wir würden uns glücklich schätzen, wenn uns deine Mutter ein wenig unter die Arme greift.« Er zwinkerte ihr verschwörerisch zu.

»Natürlich«, antwortete Solveig und hoffte, dass sie einigermaßen glaubhaft wirkte. »Aber bis dahin ist ja noch viel Zeit, jetzt müssen wir erst einmal …«

»Genau«, schnitt ihr ihre Mutter das Wort ab. »Die Verlobungsfeier! Die sollten wir möglichst bald ins Auge fassen. Am besten, sobald deine Patentante zurück ist.« Sie rutschte an die Kante ihres Sessels. »Als Erstes müssen wir eine Gästeliste erstellen.« Sie stand auf. »Ich hole rasch einen Notizblock.«

»Ich wusste gar nicht, dass in dir so ein Schmeichler steckt«, flüsterte Solveig, als ihre Mutter das Zimmer verlassen hatte.

»Ich bin schließlich mit einem Meister dieses Fachs befreundet.« Roar grinste. »Und wenn es der Sache dient, bediene ich mich gern seiner Taktik.«

»Gut gemacht«, sagte Solveigs Vater und prostete Roar zu. »Du würdest einen prima Diplomaten abgeben.«

»Ihr seid unmöglich.« Solveig schüttelte den Kopf, pflichtete den beiden Männern jedoch insgeheim bei.

Binnen Minuten hatte Roar ihre Mutter um den Finger gewickelt und die Stimmung zu seinen Gunsten gewendet. Und das ist doch im Moment das Wichtigste, dachte sie. Entspannt lehnte sie sich zurück, griff nach Roars Hand und lauschte ihren Eltern, die nach Tuvas Rückkehr die Köpfe über einer Gästeliste für das Verlobungsessen zusammensteckten und überlegten, welche Speisen sie auftischen und wie sie die dazu notwendigen Lebensmittel und vor allem die »geistigen Getränke« in ausreichender Menge beschaffen könnten.

»Ich muss dir Abbitte leisten«, sagte Roar, als sie einige Stunden später das Haus verließen. »Ich hatte wirklich unterschätzt, wie ernst deine Eltern es mit der Planung unserer Hochzeit nehmen würden. Da könnte mancher General blass werden vor Neid, mit welch strategischer Akkuratesse die das angehen.«

»Ich hatte dich gewarnt.« Solveig hakte sich bei ihm unter.

»Ich hoffe, du bist nicht enttäuscht, dass wir, so wie es aussieht, nur wenig mitzureden haben.« Roar sah sie zerknirscht an. »Und dass das Ganze so aufgeblasen wird.«

»Ach, mach dir keine Gedanken«, antwortete Solveig. »So eine Feier ist wohl immer ein Kompromiss. Ganz frei entscheiden könnten wir ohnehin nicht. Dann würde ich nämlich Afra und Kurt einladen. Und das würde vermutlich nur Tante Ingvill gutheißen.«

»Ich bin froh, dass du es so gelassen nimmst.«

»Es hat ja auch seine positive Seite.« Solveig grinste verschmitzt. »Mit den Vorbereitungen werden wir nur am Rande zu tun haben. So bleibt mehr Zeit für uns.« Sie schmiegte sich an ihn. »Und das bedeutet mir viel mehr.«

»Mir auch.« Roar drückte ihre Hand. »Leider muss ich morgen wieder für zwei Tage nach Dalane.«

»Umso mehr freue ich mich, dich danach wiederzusehen. Wir könnten am Mittwoch ins Kino. Da läuft gerade …«

»Mittwoch? Moment, das hätte ich fast vergessen. Ich habe Carl Oftedahl kontaktiert. Er möchte uns gern kennenlernen. Wir sollen am Mittwoch in seine Arztpraxis kommen, das ist am unverfänglichsten.«

»Als wären wir Patienten?«

»Genau. Für ihn ist es besonders spannend, dass du Zugang zu den *Geheimen Mitteilungen* und anderen vertraulichen Informationen der Deutschen hast. Oftedahl ist überzeugt, dass wir beide die Arbeit seiner Gruppe gut ergänzen können. Auch, weil wir eine Handpresse haben.«

»Das ist großartig. Langsam kommt richtig Bewegung in …« Solveig unterbrach sich. »Apropos Handpresse: Das hätte *ich* fast vergessen.« Sie sah sich um, wartete, bis zwei Frauen sie passiert hatten, die auf der anderen Straßenseite in entgegengesetzter

Richtung unterwegs waren, und klopfte auf ihre Umhängetasche. »Ich habe die Flugblätter dabei. Wir könnten einen kleinen Umweg machen und sie beim Pistolklubb in der Nedre Dalgata aufhängen. Da befindet sich das Rekrutierungsbüro für die Norske Legion.«

Das Vereinsgebäude des Pistolenschießclubs hatte die Wehrmacht beschlagnahmt und sämtliche Waffen konfisziert. Nun war es vorübergehend der SS für die Anwerbung von Freiwilligen zur Verfügung gestellt worden.

»Fabelhaft, dass du daran gedacht hast.« Roar fuhr sich durchs Haar. »Mir sind die Flugblätter vor lauter Antragplanen glatt durchgerutscht.«

Solveig nahm seine Hand und dirigierte ihn bei der nächsten Kreuzung nach rechts in die Store Skippergata, die zur Nedre Dalgata führte. Diese war von ein- bis zweistöckigen Privathäusern gesäumt und um diese abendliche Stunde menschenleer. Die Sonne stand tief im Westen, die Gebäude warfen lange Schatten auf die Gehwege und den Fahrstreifen. Die meisten Fenster waren vorschriftsmäßig verdunkelt, nur hin und wieder blitzte ein Lichtstrahl durch eine Lücke in den Rollläden oder Vorhängen.

An der Kreuzung, wo die St. Hansgata in die Nedre Dalgata mündete, blieben Roar und Solveig stehen. Das Vereinsheim entpuppte sich als ein unscheinbares, weiß getünchtes Holzhäuschen am Fuße einer Anhöhe. Eine kleinere Schießanlage befand sich direkt hinter dem Haus in einem durch ein Metalltor zugänglichen Tunnel, der in den Fels gesprengt worden war und den in dieser Wohngegend notwendigen Schallschutz gewährleistete.

Zur Straße hin hing ein großes Werbeplakat der Norske Legion an der Wand, darunter ein handbemaltes Schild, das auf die Anmeldestelle hinwies mit einem Pfeil zum seitlichen Eingang, der über eine schmale Treppe erreichbar war.

Solveig sah sich um und eilte zu den Stufen, nachdem sie festgestellt hatte, dass das Nachbarhaus zu der Seite keine Fenster hatte. Roar folgte ihr und nahm ein paar Blätter entgegen, die sie aus ihrer Umhängetasche kramte und ihm reichte.

»Damit können wir sie befestigen«, wisperte Solveig und zog eine Schachtel mit Reißzwecken heraus sowie eine Tube Sedinol, einem Klebstoff, den sie aus dem Büro hatte mitgehen lassen.

»Am besten bringen wir welche direkt auf und neben dem Plakat an sowie hier oben am Eingang«, flüsterte Roar.

Er kehrte auf die Straße zurück, während Solveig einen ihrer Aufrufe zum Boykott des Freiwilligenkorps an die Tür pinnte. Als sie die Stufen wieder hinunterging und einen zweiten Zettel am Nachbarhaus aufhängen wollte, hörte sie aus der Ferne Stimmen und Schritte. Vorsichtig äugte sie um die Ecke. Noch waren die Leute nicht zu sehen, die sich vom oberen Ende der Straße her näherten. Das Klacken ihrer Absätze auf dem Kopfsteinpflaster, vor allem aber der zackige Gleichschritt, in dem sie unterwegs waren, brachten Solveigs Herz ins Stolpern. Roar hatte die Gefahr offenbar noch nicht bemerkt und machte sich eben daran, ein weiteres Blatt am verputzten Steinsockel des Hauses anzukleben.

Solveig traute sich nicht, ihn mit einem Zuruf zu warnen. So schnell sie konnte, huschte sie auf Zehenspitzen zu ihm und zog ihn auf die andere Seite des Hauses zu dem kleinen Platz vor dem Eisentor der Schießanlange.

»Was ist …«, begann Roar.

Solveig legte ihm einen Finger auf die Lippen und lauschte. Der alarmierte Ausdruck, der sich auf Roars Gesicht ausbreitete, verriet ihr, dass er nun auch die Schritte vernahm, die sich mittlerweile sehr nah anhörten.

»Lass uns verschwinden«, flüsterte er tonlos.

»Zu spät«, antwortete sie nach einem flüchtigen Blick um die Hausecke. »Sie sind gleich da.«

Vor ihrem geistigen Auge sah sich Solveig Hand in Hand mit Roar die Straße hinunterlaufen, verfolgt von Uniformierten, die das Feuer eröffneten, als sie die Flüchtigen nicht einholen konnten. Einen Atemzug lang wurde ihr schwarz vor Augen. Reiß dich zusammen!, befahl sie sich. Ihr Blick erfasste einen Haufen Brennholz, der in einer Ecke lag. Wie von selbst drückten ihre Hände Roar die Umhängetasche mit den restlichen Flugblättern in die Arme und wiesen ihn durch eine Geste an, sich hinter dem Holzstapel zu verstecken. Zu Solveigs Erleichterung befolgte er ihren Wink. Als sie sich eben neben ihn kauern wollte, hörte sie eine helle Männerstimme, die auf Norwegisch rief: »Was für eine Schweinerei ist das denn?«

»Zur Hölle mit diesen verdammten Quertreibern«, antwortete eine zweite, tiefere.

»Der Klebstoff ist feucht. Sie müssen noch ganz in der Nähe sein.«

»Stimmt, lass uns nachsehen.«

Solveig widerstand dem Impuls, Roar zu folgen, der ihr hektisch Zeichen gab. Nein, das ist dumm, herrschte ihre Vernunftstimme sie an. Selbst wenn ich mich noch reinquetschen kann, ist eine Entdeckung unvermeidlich, weil sie gezielt alles absuchen.

Solveig schickte ein stummes Stoßgebet zum Himmel und trat auf den Gehweg.

»Hände hoch!«, schallte es ihr zweistimmig entgegen.

Sie folgte dem Befehl und sah sich zwei Männern in dunkelblauen Uniformen mit dem Hird-Emblem gegenüber, die sie mit grimmigen Mienen musterten. Der eine hatte seine Pistole aus dem Halfter gezogen und auf sie gerichtet, der andere hatte einen Schlagstock gezückt. Solveig wusste, dass diese paramilitärische Organisation im März polizeiliche Vollmachten erhalten hatte und seither bei Bedarf die Arbeit der offiziellen Ordnungshüter unterstützte.

»Bitte, nicht schießen«, stammelte sie.

Das Beben in ihrer Stimme musste sie nicht vortäuschen ebenso wenig das Zittern ihrer Knie, die jeden Moment unter ihr nachzugeben drohten.

»Ich bin so froh, dass Sie da sind«, krächzte Solveig. »Ich hab drei Männer überrascht, die gerade diese Hetzblätter hier aufhängten.« Sie hielt den Hirdlern den Zettel hin, den sie am Eisentor hatte anbringen wollen. »Sie drohten mir Prügel an, wenn ich auch nur einen Mucks mache. Zum Glück sind sie davongerannt, als sie Sie gehört haben.«

Während sie sprach, ging Solveig auf die Uniformierten zu und stellte sich so vor sie, dass ihre Blicke nicht in die Einbuchtung fallen konnten, in der Roar hinter dem Holzstapel hockte. Und sich hoffentlich ruhig verhielt und nicht versuchte, die Hirdler anzugreifen, um ihr aus der Patsche zu helfen.

»Können Sie sich ausweisen, Fräulein?« Der Mann mit dem Schlagstock sah sie argwöhnisch an.

»Selbstverständlich.« Solveig nestelte das Etui aus ihrer Jackentasche, in dem sowohl der Passierschein steckte, der sie zum Betreten des Kongsgård berechtigte, als auch die Karte, die sie als Angestellte des Sicherheitsdienstes beim Pförtner des Gebäudes am Eiganesveien vorzeigen musste.

»Gott sei Dank sind Sie rechtzeitig gekommen.« Solveig reichte ihm die Papiere. »Ich weiß nicht, wie es mir ergangen wäre, wenn …« Sie sah die beiden mit großen Augen an und hoffte, dass sie einen überzeugend hilflosen Eindruck machte. »Ich hatte solche Angst.«

»Wohin sind die drei denn gerannt?«, fragte der Mann mit der Bass-Stimme und steckte die Pistole zurück in das Halfter an seinem Gürtel, während der andere ihre Dokumente prüfte.

»Die St. Hans runter.«

»Sieh mal«, sagte der Tenor und zeigte seinem Kollegen die Papiere.

»Sie haben zwei Arbeitsstellen?«, erkundigte sich dieser und musterte sie abschätzend.

Solveig nickte. Gleichzeitig vernahm sie ein Rascheln aus Roars Versteck, das ihren Puls nach oben jagte, zumal auch der Hirdler mit der hellen Stimme aufhorchte. Schnell, verwickle sie in ein Gespräch!

»Eigentlich bin ich Schreibkraft von RK-Dienststellenleiter Möller«, begann sie in vertraulichem Ton und trat noch einen Schritt näher an die beiden heran. »Seit ein paar Wochen helfe ich aber auch im Büro von Obersturmbannführer Jennessen, dem Kommandeur des Sicherheitsdienstes, aus. Als Übersetzerin. Zudem bin ich an der Erstellung der wöchentlichen Meldungen an die Zentrale in Oslo beteiligt.«

Die beiden Hirdler tauschten einen Blick. Wie von Solveig erhofft, hatte die Nennung dieser »hohen Tiere« sie beeindruckt. Das Misstrauen in ihren Augen verflüchtigte sich.

»Selbstverständlich werde ich meinen Vorgesetzten berichten, dass Sie beide mir zu Hilfe gekommen sind. Wenn Sie mir also Ihre Namen verraten …« Sie legte eine winzige Pause ein und fuhr mit schüchternem Augenaufschlag fort. »Natürlich nur, wenn Ihnen das recht ist.« Solveig bemerkte, wie die beiden unwillkürlich Haltung annahmen. »Aber ich finde, es sollte unbedingt erwähnt werden, wie vorbildlich Sie Ihre Pflicht erfüllen.«

»Sven Nymann«, sagte der Tenor sichtlich angetan. »Und er heißt Trond Foss. Wir fühlen uns sehr …«

»Wir sollten jetzt weiter.« Sein Kollege stieß ihn mit dem Ellenbogen in die Seite. »Schließlich sind die Schmierfinken noch auf freiem Fuß. Und Sie kommen morgen bitte zur Polizeiwache und …«

»… gebe zu Protokoll, was passiert ist, und wie die Täter aussehen«, beendete Solveig seinen Satz. »Das ist doch selbstverständlich.« Sie reichte den beiden nacheinander die Hand. »Herr Nymann, Herr Foss, ich danke Ihnen nochmals sehr und wünsche Ihnen viel Erfolg.«

Die Hirdler tippten sich wie auf Kommando gleichzeitig an die Schirme ihrer Kappen und liefen die St. Hansgata hinunter.

Solveig wurde es flau im Magen. Sie stützte sich an der Hauswand ab und kämpfte gegen den Würgereiz an, der in ihr hochstieg. Noch nie zuvor hatte sie solche Ängste ausgestanden. Vor allem um Roar. Nicht auszudenken, was passiert wäre, wenn die Hirdler ihn entdeckt hätten. Zweifellos hätten sie ihn abgeführt und den Deutschen übergeben, die ihn höchstwahrscheinlich vor ein Kriegsgericht gestellt und …

»Du warst absolut großartig«, hörte sie seine Stimme leise in ihrem Rücken. »Einfach unglaublich, wie souverän du die Situation gemeistert hast. Ich weiß gar nicht, wie ich dir danken …«

Solveig konnte sich nicht länger beherrschen, beugte sich nach vorn und übergab sich.

# 41

*Stavanger, Frühling 1970*

»Was ich euch gern fragen würde«, ergriff Lizzy das Wort, nachdem sie die letzten Kartoffelküchlein vertilgt hatten und bei frisch gebrühtem Kaffee um den Küchentisch saßen. »Wisst ihr, wie eure Familien die deutsche Besatzung erlebt haben?«

»Wie kommst du jetzt ausgerechnet darauf?« Ole sah sie verdutzt an.

»Ich hab vorgestern erfahren, dass mein Vater während des Krieges in Stavanger gewohnt hat. Leider hat er mir noch kaum was darüber erzählt.«

»Aber immerhin ist er ein bisschen aus seiner Deckung gekommen«, sagte Reidun. »Das ist doch schon mal nicht schlecht.«

Lizzy nickte und zauderte einen winzigen Moment. Sollte sie erwähnen, dass er denunziert und von den Nazis inhaftiert worden war? Sie entschied sich vorerst dagegen. Das hätte nur Fragen aufgeworfen, auf die sie keine Antwort hatte, und von dem abgelenkt, was sie erfahren wollte.

»Jetzt bin ich jedenfalls wahnsinnig neugierig, wie es damals hier gewesen ist«, erklärte sie. »Wie es war, in einem okkupierten Land zu leben. Das kann ich mir nur schwer vorstellen.«

»Das Thema finde ich auch höchst spannend«, sagte Reidun. »Es juckt mich in den Fingern, darüber mal eine Reportage zu schreiben. Titel: Stavanger unter deutscher Besatzung – Erinnerungen von Zeitzeugen.« Sie zupfte sich am Ohrläppchen. »Wobei die Recherche sicher nicht ganz einfach wäre.«

»Wieso?«, fragte Lizzy

»Weil die Leute nicht gern darüber reden. Zumindest nicht dann, wenn es um heikle Themen geht.«

»Du meinst um Kollaborateure, Mitläufer und Profiteure?« Ole verengte die Augen.

Reidun nickte. »Meiner Meinung nach wird zu vieles verschwiegen oder schöngeredet.«

»Ich weiß nicht, wie es bei dir war«, sagte Ole, »aber in meiner Schulzeit wurde im Geschichtsunterricht ein Schwarz-Weiß-Bild vermittelt, das die Norweger in die Guten und die Bösen einteilte.«

»War bei uns immer noch so«, antwortete Reidun. »Auf der einen Seite gab es die ›Quislinge‹ der rechtsradikalen *nasjonal samling*. Das war die einzige Partei, die nach der Kapitulation von den Deutschen noch zugelassen war und ab 1942 eine Art Marionettenregierung von Hitlers Gnaden bildete. Und auf der anderen Seite stand die riesige Mehrheit der anständigen Norweger, die die Besatzungspolitik geschlossen abgelehnt und boykottiert hätten.«

»Wobei bei Lichte betrachtet nur sehr wenige Menschen am aktiven oder gar militärischen Widerstand beteiligt gewesen waren«, ergänzte Ole. »Zu Anfang waren es hauptsächlich symbolische Akte, mit denen unsere Landsleute ihren Abscheu gegen die Okkupanten und ihre ungebrochene Loyalität zu ihrem König ausdrückten, der sich geweigert hatte, sein Land den Nazis zu übergeben. Stattdessen war er mit der Regierung nach England geflohen und versuchte von dort aus, die Norweger gegen die Feinde zu mobilisieren.«

»Was meinst du mit symbolisch?«, erkundigte sich Lizzy.

»Viele haben kleine norwegische Flaggen an der Kleidung oder Schmuck aus Øre-Münzen mit dem H7-Monogramm des damaligen König Haakons VII. getragen sowie Parolen wie ›Lang lebe der König‹ oder ›Weg mit Quisling‹ auf Wände und so gemalt.«

»Meine Mutter hat erzählt, dass im ersten Winter zahlreiche

Norweger rote Zipfelmützen als Zeichen des Widerstandes getragen haben«, sagte Reidun. »Was die Deutschen verboten haben, als sie kapierten, dass sie ein Zeichen des Widerstands darstellten.«

»Rote Zipfelmützen?« Lizzy sah sie amüsiert an. »Was hat es damit auf sich? Ich muss da an die Zwerge aus Walt Disneys *Schneewittchen*-Film denken.«

»Damit liegst du gar nicht so falsch.« Reidun nickte ihr zu. »Also, mit den Zwergen. Bei uns tragen zum Beispiel die *julenisser* rote Mützen, das sind die Weihnachtswichtel. Aber warum Zipfelmützen als Widerstandssymbol galten, weiß ich ehrlich gesagt nicht.« Sie sah Ole fragend an.

»Unsere Geschichtslehrerin meinte, dass das was mit der roten Kopfbedeckung zu tun hätte, die die Jakobiner während der Französischen Revolution als Zeichen ihrer Rebellion und ihres Kampfes für die Freiheit getragen haben.« Er hob die Schultern. »Bei den Büroklammern, die viele an ihre Kleidung hefteten, ist die Erklärung einfach. Damit wurde ausgedrückt: Wir halten zusammen. Auf Norwegisch heißen sie nämlich *binders*«, erklärte er Lizzy.

»Außerdem sind Büroklammern eine norwegische Erfindung«, warf Reidun ein.

»Lass mich raten«, sagte Lizzy. »Die Deutschen haben auch das untersagt.«

»Darauf kannst du wetten.« Reidun grinste.

»Hat aber nicht wirklich was gebracht«, meinte Ole. »Es war ein aussichtsloser Kampf. Sobald ein Symbol verboten wurde, tauchte ein neues auf.«

»Ebenso wenig gelang es den Deutschen, die Berufsorganisationen gleichzuschalten und in NS-Verbände umzuformen«, sagte Reidun. »Als der Befehl dazu gegeben wurde, folgten die meisten der sofort unter der Hand ausgegebenen Parole: ›Raus

aus den Verbänden‹. Und so standen deren neue Führer fast ohne Mitglieder da.«

»Stimmt, das hat einer unserer älteren Lehrer auch erzählt«, sagte Ole. »Er selbst war gerade in den Schuldienst getreten, als Vidkun Quisling 1942 anordnete, dass alle Lehrer eine Verpflichtungserklärung unterschreiben sollten, in der sie die Prinzipien der nationalsozialistischen Erziehung anerkannten. Über 90 Prozent der Betroffenen widersetzten sich dieser Aufforderung und ließen sich auch nicht einschüchtern, als ihnen mit Entlassung gedroht wurde.«

»Ganz schön mutig«, sagte Lizzy.

»Ja, aber auch riskant. Denn die Nazis statuierten an 1000 von ihnen ein Exempel und steckten sie in Straflager oder KZs. Gebracht hat das unterm Strich zwar nichts, für die Gefangenen war es aber natürlich ein hoher Preis.«

»Bei uns auf Åmoy gab es einen Pastor, der in einem Konzentrationslager gelandet ist.« Reidun nahm einen Schluck Kaffee. »Die überwiegende Mehrheit der Geistlichen weigerte sich nämlich, mit einer Regierung zusammenzuarbeiten, die zur Gewalt auch noch das Unrecht hinzufügte. Die Nazis lösten die Staatskirche auf, um die Bischöfe und Pfarrer unter Druck zu setzen. Die haben sich jedoch nicht darum geschert und ihre Schäfchen weiterhin seelsorgerisch betreut.«

»Und wurden deswegen inhaftiert?« Lizzys Augen weiteten sich. »Das ist doch Wahnsinn!«

»Natürlich nicht alle, man wollte schließlich die Gläubigen nicht vollends vergrätzen. Aber wie bei den Lehrern wollte man mit abschreckenden Maßnahmen gegensteuern. Genauso erfolglos übrigens.«

»Was wurde aus eurem Pastor?«, fragte Lizzy.

»Der hat das KZ zum Glück überlebt, kam aber sehr geschwächt und krank zurück und ist früh gestorben.«

»Wie schrecklich.« Lizzy schüttelte den Kopf. »Solch drastische Strafen, nur weil man seine Überzeugung nicht verraten wollte.«

»Einige zahlten sogar mit ihrem Leben«, sagte Ole.

»Hier wurden welche ermordet?« Lizzy sah ihn entgeistert an und fragte sich, wo diese Hinrichtungen stattgefunden hatten. Womöglich in aller Öffentlichkeit auf dem Marktplatz, um die Bevölkerung einzuschüchtern?

»Nein, das nicht, soweit ich weiß. Schwere Fälle landeten meistens in Grini, dem Polizeihäftlingslager von Oslo, wo ihnen der Prozess gemacht wurde.« Ole fuhr sich durchs Haar. »Besonders eingeprägt hat sich mir eine elfköpfige Gruppe aus Stavanger, die sich ›Die 11‹ nannte. Vor neun Jahren wurde hier im Dezember eine große Gedenkfeier anlässlich ihres zwanzigjährigen Todestages abgehalten. Sie wurden alle nach monatelanger Haft und Folter in Grini zum Tode verurteilt und erschossen. Das Schicksal dieser Männer hat mich damals sehr berührt.«

»Mich auch«, sagte Reidun. »Als ich mit der Schulklasse in Oslo war, haben wir die Gedenkstätte und die Gräber im Wald von Trandum besucht, wo die dort von den Nazis ermordeten Freiheitskämpfer lagen. Darunter auch die elf aus Stavanger.«

»Besonders stark fand ich die Haltung des Arztes Carl Oftedahl, einem der Gründer der Gruppe«, sagte Ole. »Durch den Gefängnispfarrer hat er seine letzte Botschaft an die Nachwelt übermitteln lassen: ›Sagen Sie unseren Landsleuten, dass sie nicht hassen sollen. Bitten Sie sie, Norwegen in Liebe wieder aufzubauen.‹«

»Beeindruckend«, sagte Lizzy, die gebannt zugehört hatte. »Ich glaube nicht, dass ich angesichts meiner bevorstehenden Hinrichtung so versöhnlich wäre.« Sie strich sich eine Haarsträhne aus der Stirn. »Weswegen wurden sie denn so grausam bestraft?«

»Die Gruppe hatte die deutschen Luftwaffenstützpunkte in Sola und Forus für die Alliierten ausspioniert, diese über die Werftaktivitäten der hier ansässigen Reedereien informiert und wohl auch Industriesabotage geplant. Viel ausrichten konnten sie allerdings nicht, denn bereits kurz nach ihrer Gründung wurde Oftedahl im August 1941 zusammen mit ein paar anderen Mitgliedern von der Gestapo geschnappt. Die übrigen machten trotzdem weiter, sind aber wenige Wochen später ebenfalls aufgeflogen, weil es der Sicherheitspolizei gelungen war, einen Verräter in ihre Gruppe einzuschleusen.«

»O nein, wie schrecklich!« Lizzy hob eine Hand vor den Mund. »Das ist bitter. Von den eigenen Leuten ans Messer geliefert zu werden.«

So wie es Dad passiert ist, fügte sie im Stillen hinzu. Der zudem gänzlich unschuldig im Gefängnis landete. Nur weil dieser Haugen sich an ihm rächen wollte und ihn mit einer fetten Lüge angezeigt hat.

»Stell ich mir auch grässlich vor.« Reidun schüttelte sich.

»Wie du siehst, wissen wir relativ viel über Widerstandskämpfer und mutige Menschen, die sich den Befehlen der Besatzer verweigerten«, sagte Ole.

»Jetzt wo du es sagst.« Reidun nickte. »Von der schweigenden Mehrheit der Mitläufer, die sich irgendwie mit der Situation arrangiert hatten, ist von offizieller Seite kaum die Rede.«

»Und unterm Strich sind ja bei Weitem nicht nur ausgewiesene Nazi-Anhänger gut mit den Besatzern ausgekommen«, führte Ole weiter aus. »Und damit meine ich nicht in erster Linie die Norwegerinnen, die sich in Wehrmachtssoldaten verliebt haben und deswegen bis heute als Landesverräterinnen verdammt werden.«

»Stimmt«, sagte Reidun. »Schlimmer als die sogenannten Deutschenmädchen waren doch diejenigen unserer Landsleute, die an den Besatzern kräftig verdient haben. Allen voran staatliche Behörden wie die Norsk Hydro, das Straßenverkehrsamt oder die Eisenbahngesellschaft, die mithilfe von Zwangsarbeitern, die die Nazis aus den eroberten Gebieten herbrachten, viele neue Fabriken, Straßen und Eisenbahnlinien bauen konnten. Die sind nach dem Krieg weitgehend unbehelligt geblieben.« Sie verzog das Gesicht. »Unseren Geschichtslehrer hat das ziemlich gefuchst. Darum hat er sich bei dem Thema nicht streng an den Lehrplan gehalten, sondern darüber hinaus viele dieser unbequemen Wahrheiten angesprochen.«

»Und wie war das nun in euren Familien?« Lizzy sah die beiden gespannt an.

»Bei uns wird gar nicht über die Jahre der deutschen Besatzung gesprochen«, antwortete Ole. »Mein Vater reagiert ohnehin gereizt, wenn es um die Vergangenheit geht. Er bügelt solche Vorstöße ab mit Floskeln wie: Wir leben im Hier und Jetzt, was soll das Wühlen in alten Klamotten, oder: Was geschehen ist, ist geschehen.« Ole zog die Nase kraus. »Was für mich ein untrügliches Zeichen ist, dass mein Vater eben nicht mit seiner Vergangenheit im Reinen ist. Wobei ich aber nicht weiß, ob das speziell mit den Kriegsjahren zu tun hat.«

»Und deine Mutter?«, nahm Reidun die Frage vorweg, die Lizzy auf der Zunge lag.

»Bei ihr ist es anders«, antwortete Ole zögernd. »Offen gestanden, traue ich mich nicht, sie danach zu fragen. Nicht, weil ich denke, dass sie was Schlimmes zu verbergen hat, sondern weil sie immer so wahnsinnig traurig wirkt, wenn an alte Zeiten erinnert wird.« Er rieb sich das Kinn. »Vielleicht sollte ich sie trotzdem mal darauf ansprechen. Interessieren würde es mich nämlich schon sehr, wie es ihr damals ergangen ist.« Er sah Reidun an. »Und wie ist das in deiner Familie? Erik hat mal angedeutet, dass es da zwei Lager gab.«

»Das trifft es ganz gut«, sagte Reidun. »Onkel Ansgar hat sich als blutjunger Mann mit ein paar Gleichgesinnten zusammengetan, die im Untergrund gegen die Deutschen vorgehen wollten. Sie haben britischen Spionen geholfen, sich zu verstecken und die Besatzer mit frechen Sprüchen provoziert, die sie nachts an die Wände ihrer Kasernen schrieben. Irgendwann hat ihnen das aber nicht mehr gereicht. Sie wollten sich zu Kämpfern ausbilden lassen und als Partisanen weitermachen.«

»Wow, das klingt ja aufregend«, rief Lizzy. »Und sehr gefährlich.«

»Das war es auch. Ansgar hat als Einziger seiner Freunde überlebt. An dem Tag, als ihr Boot von der Küstenpatrouille aufgebracht und versenkt wurde, lag er krank im Bett. Sie wollten nach Schottland, wo die Kompanie Linge während des Zweiten Weltkriegs für ihre Einsätze im okkupierten Heimatland trainierte.«

»Linge?«, fragte Lizzy. »Ist das ein Ort oder ein Name?«

»In diesem Fall Letzteres«, antwortete Ole. »Martin Linge war der erste Anführer der Norwegian Independent Company No. 1, die die Alliierten im Kampf gegen die Wehrmacht unterstützen sollte, indem sie Sabotageakte verübte und militärische Geheiminformationen besorgte. Nachdem Linge im Dezember 1941 von den Deutschen bei einer Partisanenaktion getötet worden war, wurde die Truppe ihm zu Ehren Kompanie Linge genannt.«

»Dein Onkel muss sich furchtbar gefühlt haben«, sagte Lizzy. »Hört man ja öfter zum Beispiel von Soldaten, dass sie Schuldgefühle haben, wenn sie überleben, während ihre Kameraden …« Sie verstummte und sah Ole erschrocken an. »Sorry, ich wollte dich nicht …«

»Schon okay«, sagte er leise. »Ich weiß doch, dass du mir keine Vorwürfe machst wegen Erik.« Er drehte sich zu Reidun. »Was ist mit eurem Vater? Hat der sich ebenfalls am Widerstand beteiligt?«

Reidun schüttelte den Kopf. »Er fand illegale Aktionen verantwortungslos. Nicht nur, weil die Deutschen nicht lange fackelten, wenn sie einen Widerständler schnappten. Dann wurden oft auch die Angehörigen bestraft, manchmal sogar das ganze Dorf. Mein Vater fühlte sich außerdem als Erbe des Fischkutters für den Unterhalt der Familie verantwortlich. Das wollte er nicht aufs Spiel setzen.«

»Verständlich«, murmelte Lizzy. »Und ganz schön vertrackt. Keine Ahnung, wie ich in so einer Situation gehandelt hätte.«

»Gut zu sprechen war mein Vater aber ganz und gar nicht auf die Deutschen«, fuhr Reidun fort. »Die gingen ihm und den anderen Fischern mit ständig neuen Vorschriften und Verboten mächtig auf die Nerven und machten ihnen das Leben schwer.«

»Wieso den Fischern? Brauchten die Deutschen nicht auch Fisch zur Versorgung ihrer Leute?«

»Das schon. Aber dagegen stand das Bedürfnis, immer wieder deutlich zu zeigen, wer Herr im Hause war. Und alles im Keim zu ersticken, was nach Aufsässigkeit oder gar Aufwiegelung roch. Und die wurde massiv von der Exilregierung betrieben, die von London aus nicht müde wurde, die Norweger gegen Hitler zu mobilisieren. Deshalb beschlossen die Nazis, die Radiogeräte zu konfiszieren. Nur die Mitglieder der NS-Partei durften ihre behalten.«

»Krass!«, stieß Lizzy aus.

»Besonders für die Fischer. Bis dahin waren sie vom Rundfunk über günstige Fanggebiete informiert worden und konnten diese gezielt ansteuern. Von nun an waren sie gezwungen, mit ihren Booten erst langwierig nach Fischschwärmen zu suchen, was viel Zeit und Treibstoff verbrauchte.«

»Echt schwer vorstellbar, wie sich das Leben damals angefühlt haben muss.« Lizzy krauste die Stirn und nippte an ihrem Sekt.

»Apropos Kompanie Linge«, sagte Ole nach einer kurzen Pause, in der sie in Schweigen versunken ihren Gedanken nachgehangen hatten. »Reidun, warst du auch in dem Film *Helter i Telemark*? Der lief vor fünf Jahren im Kino und hat diesen Mythos von Norwegen als Hort des Widerstands gegen die Besatzungsherrschaft nochmals bekräftigt. Er kam genau zum richtigen Zeitpunkt in die Kinos, denn im selben Jahr hatte das norwegische Parlament einen Schlussstrich unter die Debatten über Besatzung und Nachkriegsprozesse gezogen und die strafrechtliche Abrechnung als gelungen bezeichnet.«

»Ich erinnere mich gut an den Film«, antwortete Reidun. »Wir waren mit der Schulklasse drin. Kurz nach der Fahrt nach Oslo.« Sie kicherte. »Wir Mädels hatten allerdings nur Augen für Richard Harris, der neben Kirk Douglas die zweite Hauptrolle spielte.«

»Ah, jetzt klingelt's auch bei mir«, rief Lizzy. »*The Heroes of Telemark*. Meine Mom hat ihn gesehen. Sie liebt Kirk Douglas und geht immer ins Kino, wenn er irgendwo mitspielt. Der Film handelt von einer Sabotageaktion, nicht wahr?«

»Genau.« Ole nickte. »Es geht um die Bemühungen norwegischer Widerstandskämpfer, genauer der besagten Kompanie Linge, die Produktion und den Transport von schwerem Wasser zu verhindern, das die Nationalsozialisten zur Herstellung von Atombomben im Wasserwerk der Norsk Hydro im südnorwegischen Rjukan herstellen ließen.«

»Unser Geschichtslehrer war ziemlich enttäuscht von dem Film«, erzählte Reidun weiter. »Er hatte geglaubt, dass die Handlung die historischen Ereignisse viel exakter darstellen würde. Deswegen ist er ja mit uns reingegangen. Anscheinend hat sich der Regisseur aber sehr große Freiheiten erlaubt.«

»Ich hab auch gehört, dass mehrere ehemalige Widerstandskämpfer der Meinung waren, der Film sollte boykottiert werden«, ergänzte Ole.

Das Schellen der Türglocke unterbrach ihre Unterhaltung.

»Wer mag das sein?« Ole sah Reidun ratlos an. »Erwartest du Besuch?«

Reidun schüttelte den Kopf, stand auf und sah aus dem Fenster. »Der Wagen deiner Eltern steht vor dem Haus.« Ehe Ole sich erheben konnte, ging sie auf den Flur und kehrte gleich darauf mit seiner Mutter im Schlepptau zurück.

»Sylvi hat uns netterweise ein paar Haushaltsgegenstände für unsere Einrichtung gebracht«, erklärte sie.

»Und die ausrangierten Sachen, die du im Speicher für hier ausgesucht hattest, Ole«, erklärte Sylvi.

»Wir können sie nachher aus dem Auto holen«, schlug Reidun vor. »Jetzt setz dich doch bitte erst einmal.« Sie holte einen weiteren Becher aus dem Schrank und schenkte Kaffee ein.

»Ich will euch gar nicht lang stören.« Sylvi war auf der Türschwelle stehen geblieben und trat unschlüssig von einem Fuß auf den anderen.

Lizzy fiel auf, dass sie sehr blass war und dunkle Augenringe hatte, was ihre ohnehin melancholische Ausstrahlung verstärkte. Ole sprang auf, umarmte seine Mutter zur Begrüßung und zog sie zum Tisch.

»Ich wollte sehen, wie es dir mittlerweile geht«, sagte sie leise. »Ich bin froh, dass du nicht allein bist.« Sie sah Reidun und Lizzy sichtlich verlegen an. »Ich möchte mich bei euch entschuldigen, dass ich nicht zu Eriks Beerdigung gekommen bin. Aber in den letzten Tagen hat mich eine böse Migräne geplagt. So schlimm hat es mich schon lang nicht mehr erwischt. Ich lag praktisch die ganze Zeit flach.« Sie setzte sich auf die Eckbank. »Es ist tut mir aufrichtig leid. Ich wollte …«

»Du musst dich doch nicht entschuldigen«, fiel ihr Reidun ins Wort.

»Du kommst wie gerufen«, sagte Ole gleichzeitig. »Wir sprechen gerade von den Jahren, in denen Norwegen von den Deutschen besetzt war. Wobei es uns vor allem interessiert, wie es damals hier in Stavanger war.«

Lizzy sah, wie Sylvi kaum merklich erzitterte. Ein Schleier legte sich über ihre Augen. Wenn Ole die Absicht hatte, seine Mutter von ihrer Verlegenheit abzulenken, hat er definitiv das falsche Thema angeschnitten, schoss es ihr in den Sinn. Was mag da vorgefallen sein?

Lizzy umfasste ihren Kaffeebecher mit beiden Händen. Dieses Schweigen und Tabuisieren ist wie eine Seuche, dachte sie. Es lähmt nicht nur die, die es verhängen. Sondern auch alle, die näher mit ihnen zu tun haben. Sie suchte Oles Blick und nickte ihm unauffällig zu. Na los, beschwor sie ihn stumm. Lass nicht locker. Vielleicht wirst du endlich erfahren, warum deine Eltern nie über die Vergangenheit reden.

# 42

*Stavanger, August 1941*

Drei Tage nach der Flugblattaktion las Solveig im Büro im Kongsgård in den Meldungen, die für die nächste Ausgabe der *Geheimen Mitteilungen* gesammelt wurden, folgenden Bericht:

> *Durch die Dienststelle des Kommandeurs der Sicherheitspolizei und des SD in Stavanger wurde am Montag, 28.7.41, der norwegische Staatsangehörige Doktor Carl Oftedahl (geb. am 18.1.1906 in Stavanger, wohnhaft in Stavanger) festgenommen, weil er in dringendem Verdacht steht, für den englischen ND gearbeitet zu haben. Die Ermittlungen dauern an.*

Ungläubig starrte Solveig auf den Namen, dessen Buchstaben vor ihren Augen verschwammen. Das darf nicht wahr sein!, schrie es in ihr. Wir wollten den Arzt doch heute nach Roars Rückkehr treffen. Wie konnte das passieren? Die Vorstellung, dass Oftedahl bereits seit zwei Tagen im Gefängnis saß und nicht in seiner Praxis Patienten behandelte, mutete Solveig surreal an. Wie war er ins Visier des Sicherheitsdienstes geraten? Hatte man ihn schon länger verdächtigt? War er beim Ausspionieren einer militärischen Einrichtung oder einer ähnlich verbotenen Tätigkeit erwischt worden? Oder war er – in Solveigs Augen der furchtbarste Grund – das Opfer einer Denunziation?

Eine Antwort konnte sie erst erhalten, wenn sie wieder in den Eiganesveien gerufen würde. Wobei es heikel war, sich nach dem Schicksal des Inhaftierten zu erkundigen, ohne Aufsehen oder gar Misstrauen zu erregen. Ein Risiko, dass Solveig dieser Tage mehr denn je vermeiden wollte. Sie zwang sich, tief durchzuatmen. Erneut fühlte sie das kalte Grauen, das sie am Sonntag übermannt hatte, als die Hirdler sie und Roar um ein Haar auf frischer Tat überrascht hätten. Sie wären vermutlich nicht wie Dr. Oftedahl im Bezirksgefängnis gelandet, sondern in einer der Arrestzellen im Polizeigebäude am Nytorget, da sie von norwegischen Ordnungshütern verhaftet worden wären und sich ihre Aktion in erster Linie gegen eine Initiative ihrer Landsleute richtete. Bei dem Arzt lag die Sache dagegen anders. Sollte er tatsächlich der geheimen Tätigkeit für den britischen Nachrichtendienst überführt werden, drohte ihm die Verlegung ins Häftlingslager Grini bei Oslo, wenn er nicht sogar in ein KZ in Deutschland deportiert würde. Schlimmstenfalls würde ihn das Kriegsgericht, vor dem solche Fälle verhandelt wurden, zum Tode verurteilen.

Den Schrecken über ihre Begegnung mit den beiden Hird-Männern hatte Solveig schnell überwunden und sich zusammen mit Roar, der aus seiner Bewunderung für ihre Geistesgegenwart und ihren Mut keinen Hehl gemacht hatte, im Nachhinein köstlich über die Episode amüsiert. Das gemeinsame Abenteuer hatte sie noch enger zusammengeschweißt, und in Solveig ein Gefühl der Unverwundbarkeit hervorgerufen. Gemeinsam konnten sie so viel erreichen und den Feinden der Freiheit ein Schnippchen schlagen.

Die Nachricht von Oftedahls Verhaftung versetzte ihrer Euphorie jedoch einen Dämpfer und legte sich in den folgenden Tagen wie ein grauer Schleier über Solveig. Sie kam sich zweigeteilt vor: gespalten in eine Hälfte, die sich auf das gemeinsame Leben mit Roar freute, das mit der Verlobungsfeier seinen offiziellen Anfang nehmen würde. Und in die andere Hälfte, die hin- und hergerissen war zwischen dem Bedürfnis, den Besatzern die Stirn zu bieten und der Angst, aufzufliegen und der Willkür ihrer Gerichtsbarkeit ausgeliefert zu sein. Wobei der Wille, weiterhin Flugblätter zu verfassen und gegen die NS-Kollaborateure mobil zu machen, ihre Furcht überwog. An der Seite ihres Liebsten wuchs ihr eine Kraft zu, die sie mit Zuversicht erfüllte, alle Herausforderungen meistern zu können.

Als Ingvills Rückkehr aus der Sommerfrische näher rückte, hielt Roar Ausschau nach einem Ersatz für deren Haus, das ihnen in den vergangenen Wochen als Ort für ihre heimlichen Stelldicheins gedient hatte. Nach einem konspirativen Treffen mit dem Bauern aus Randaberg und weiteren Verbündeten, die ihre Flugblätter im Umland verteilten, lud er Solveig an einem Sonntag zu einem Ausflug zu ihrem neuen Liebesnest ein. Mit den Fahrrädern – Solveig hatte mittlerweile ein gebrauchtes gegen eine Flasche Whisky sowie mehrere Päckchen Zigaretten getauscht – ging es eine Viertelstunde hinaus in den nördlichen Teil von Jæren. Nachdem sie die letzten Häuser von Stavanger hinter sich gelassen hatten, fuhren sie auf holprigen Feldwegen zwischen Kornfeldern und Viehweiden hindurch zu einem windschiefen Heuschober, der abgelegen auf einer Wiese stand.

»Hier sind wir ungestört«, verkündete Roar und öffnete das Tor. »Die Widerständler kommen ab und zu vorbei, allerdings nur bei Dunkelheit«, erklärte er, als sie ihre Fahrräder hineinschoben. »Und sonst verirrt sich niemand hierher, der Bauer benutzt mittlerweile eine neu gebaute Scheune.«

»Das ist wirklich ein perfekter Ort«, stellte Solveig fest. »Gut zu erreichen und einsam. Vor allem aber benötigen wir keine Passagierscheine, weil wir uns offiziell noch auf Stadtgebiet befinden.« Sie sah sich in dem dämmrigen Schuppen um, der von einzelnen Sonnenstrahlen, die durch die Ritzen zwischen den Holzlatten der Wände fielen, erhellt wurde. »Und dort können wir uns ein gemütliches Eckchen einrichten.« Sie deutete auf einen Heuhaufen.

»Genau das war der Plan.«

Roar grinste vergnügt und baute aus einigen Strohballen, die in einer Ecke gestapelt waren, ein ebenes Lager, das er mit Heu aufpolsterte. Solveig breitete zum Schluss die Picknickdecke darüber.

»Wie heißt es so schön: Raum ist in der kleinsten Hütte für ein glücklich liebend Paar.« Roar sah Solveig tief in die Augen.

Sie versanken in einen langen Kuss, aus dem sie sich weder lösten, als sie sich auf der Decke niederließen, noch als sie begannen, sich gegenseitig von ihren Kleidungsstücken zu befreien. Sobald sie sich aneinanderschmiegten und ihre Hände den Körper des anderen mal sanft, mal fester streichelten, schloss Solveig die Augen und nahm den süßen Duft des Heus noch intensiver wahr, in den sich der vertraute Geruch des Geliebten mischte.

»Hoffentlich lässt der Winter dieses Jahr lange auf sich warten«, murmelte sie, als sie später rücklings in Roars Armen lag. »Das hier ist mit Abstand das romantischste Plätzchen, das ich mir vorstellen kann.«

Mitte August fand das Verlobungsessen an einem Samstagabend im Haus ihrer Eltern statt. Nach einigem Hin und Her waren sie übereingekommen, dieses Ereignis in kleinem Kreise zu feiern, wobei dieser ungewollt noch mehr schrumpfte. Geladen waren neben Solveigs Patin Ingvill die besten Freunde von Erling und Tuva Lund, Apotheker Kvan und Tuchfabrikant Endresen mit ihren Ehefrauen sowie Schiffsreeder Hansen, der mit seiner Gattin bei der Einladung zum 17. Mai kurzfristig abgesagt hatte. Roars Freund hingegen konnte zu seinem Bedauern nicht kommen. Über dieses Wochenende war Nils zu Besuch in seiner Heimatstadt, wo der runde Geburtstag eines Onkels gefeiert wurde. Auch Tuvas Eltern hatten sich entschuldigt. Vorgeblich, weil sie wegen des Verdunkelungsgebot nicht gern spätabends auf unbeleuchteten Straßen unterwegs waren. Solveig vermutete jedoch, dass Ola und Miri ihrem Schwiegersohn und dessen Geschäftsfreunden aus dem Weg gehen wollten. Das junge Paar dagegen hatten sie herzlich eingeladen, sie demnächst zu einem gemeinsamen Essen zu besuchen, und so den Verdacht ihrer Enkelin zerstreut, sie würden deren Verbindung mit dem Ingenieur nicht gutheißen.

Solveig war einerseits traurig über die Abwesenheit ihrer Großeltern, die den tiefer werdenden Riss in der Familie sichtbar machte, andererseits jedoch erleichtert. Sie wollte diesen freudigen Anlass so unbeschwert wie möglich genießen und sich ihr Glücksgefühl nicht durch eine angespannte, latent aggressive Stimmung oder düstere Gesprächsthemen trüben lassen. Die Ereignisse der vergangenen Tage machten ihr jedoch einen Strich durch die Rechnung.

Ingvill war tags zuvor aus ihrem Urlaub zurückgekehrt und hatte am selben Nachmittag versucht, sich einen Untersuchungstermin wegen einer schmerzhaften Gelenkentzündung bei ihrem Hausarzt geben zu lassen. Die Bestürzung über das Schicksal von Doktor Oftedahl stand ihr noch ins Gesicht geschrieben, als sie vor den anderen Gästen im Lund'schen Haus in der Vinkelgata eintraf. Von seiner Sprechstundenhilfe hatte sie erfahren, dass der Arzt seit seiner Inhaftierung niemanden hatte sehen dürfen.

»Nicht einmal seine Frau Marie haben sie vorgelassen«, erzählte sie aufgebracht, nachdem sie Solveig und Tuva umarmt hatte und ihnen ins Speisezimmer folgte, wo sich Erling Lund an der Anrichte lehnend mit seinem künftigen Schwiegersohn unterhielt.

»Wie kann man auch so verantwortungslos sein«, sagte Tuva und rümpfte die Nase. »Er ist schließlich Familienvater. Er hätte sich niemals derart in Gefahr begeben dürfen. Jetzt müssen es Frau und Kind ausbaden.«

Solveigs Zwerchfell spannte sich an. Wieder einmal wurde ihr bewusst, dass sie eine Art Doppelleben führte. Weder ihre Eltern und Großeltern noch ihre Freundin Afra, geschweige denn ihre Arbeitgeber ahnten etwas von ihrer heimlichen Flugblattdruckerei. Während es Solveig vor allem ihrer Freundin gegenüber schwerfiel, sich nicht zu verraten, erfüllte es sie bei den deutschen Kollegen und Vorgesetzten mit Genugtuung, sie an der Nase herumzuführen und sich als das zu präsentieren, was diese gern in ihr sehen wollten: ein durch und durch arisches Mädel, etwas naiv vielleicht, aber loyal, vertrauenswürdig und von der »richtigen« Gesinnung beseelt.

Um ihnen die verlässliche Angestellte noch überzeugender zu präsentieren, nahm Solveig seit einiger Zeit an »außerdienstlichen« Veranstaltungen teil. Herr Möller lud hin und wieder auch seine norwegischen Angestellten ein, wenn Künstler aus dem Reich auftraten, die zur Unterhaltung der Truppen auf Tourneen durch die besetzten Länder geschickt wurden. Erst am Vorabend hatte Solveig zusammen mit Afra und Kurt ein Konzert des Berliner Rundfunkchors besucht, der vor rund tausend Soldaten im Rogaland Teater gesungen hatte.

»Wer muss was ausbaden?«, erkundigte sich Erling Lund, der den letzten Satz seiner Frau aufgeschnappt hatte.

»Die Angehörigen von Doktor Oftedahl, den die SiPo vor zwei Wochen verhaftet hat«, antwortete Tuva. »Sie können noch von Glück reden, wenn das Besuchsverbot die schlimmste Konsequenz bleibt. Man hört ja allzu oft von harten Strafmaßnahmen, die über die Familien von Dissidenten verhängt werden.«

Solveig schielte zu Roar und Tante Ingvill. Sie wusste, dass auch die beiden sich immer wieder die Frage stellten, ob sie das Recht hatten, durch ihr Engagement im Widerstand ihnen nahestehende Personen zu gefährden. Eine endgültige Antwort hatte keiner von ihnen gefunden. Ingvill zwinkerte ihr kaum merklich zu, und Roars Lippen formten ein lautloses »Denk dir nichts«. Solveigs Verspannung löste sich. Es tat gut, Verbündete zu haben.

»Ich finde es rücksichtslos«, schimpfte Tuva weiter. »Zumal diese illegalen Aktionen unterm Strich kaum etwas ausrichten. Außer die Deutschen zu verärgern. Was, bitte schön, bringt das?«

»Dass wir alle darunter leiden«, brummte ihr Mann. »Die *tyskes* neigen in letzter Zeit ja immer häufiger zu Rundumschlägen.« Er wedelte mit der Hand Richtung Wohnzimmer. Durch die geöffnete Schiebetür war das Schränkchen zu sehen, auf dem bis vor Kurzem ein wuchtiges Röhrenradio mit Holzummantelung gestanden hatte. Anfang des Monats waren alle privaten Rundfunkgeräte eingezogen worden. Viele Menschen hörten seit der Okkupation illegal die Nachrichten der BBC, vor allem die »Stimme aus London«. Dahinter standen Mitarbeiter des NRK, des norwegischen Rundfunks, die der Regierung ins Exil gefolgt waren. Täglich gab es drei Sendungen mit aus dem Englischen übersetzten Nachrichten der BBC, Berichten über Einsätze der norwegischen Streitkräfte an der Seite der Alliierten, Ansprachen des Königs und von Politikern sowie verschlüsselten Botschaften an die Widerstandsgruppen.

»Wann bekommen wir unsere Radios zurück?«, fragte Erling und sah seine Tochter an. »Hat dein Chef in der Dienststelle des RK dazu was verlauten lassen?«

»Ich fürchte, aus einer Rückgabe wird so bald nichts.« Solveig hob mit bedauernder Miene die Schultern. »Im Gegenteil. Es gibt Gerüchte, dass es nur eine Frage von Wochen ist, bis nicht nur im Norden sowie an der Westküste, sondern alle Haushalte in Norwegen ihre Radioempfänger abgeben müssen. Ausgenommen sind nur regimetreue Mitglieder der *nasjonal samling.*«

»Eine bodenlose Unverschämtheit ist das!«, fauchte ihre Mutter. »Ich wette, unser schönes Radio sehen wir nie wieder. Das steht gewiss längst in einer Kaserne oder einem privaten …«

Das Klingeln der Türglocke unterbrach sie. Sie eilte hinaus, um die nächsten Ankömmlinge in Empfang zu nehmen.

Erling Lund zuckte die Achseln. »Jetzt wollen wir aber diese unerfreulichen Themen vergessen.« Er tätschelte Solveigs Wange und klopfte Roar auf die Schulter. »Schließlich geht es heute um euch und eure Zukunft. Und die wird weitgehend in einer Zeit stattfinden, in denen unser geliebtes Vaterland wieder frei sein wird. Davon bin ich fest überzeugt.«

»Dein Wort in Gottes Ohr«, sagte Ingvill. Sie kramte in ihrer Handtasche. »Bevor hier der Trubel losgeht, möchte ich euch beiden mein Verlobungsgeschenk geben«, fuhr sie an Solveig und Roar gewandt fort und reichte jedem eine kleine Schachtel. »Bestücken müsst ihr sie selbst.«

Solveigs Augen weiteten sich, als sie den Deckel abhob und ein ovales Amulett aus Silber mit eingravierten Ornamenten erblickte. Sie ließ es aufspringen und sah, dass beide Hälften verglast waren.

»Was für eine schöne Idee«, sprach ihr Roar aus dem Herzen. »Gleich nächste Woche gehen wir zu einem Fotografen und lassen Porträtbilder von uns machen.«

»Vielen Dank!« Solveig küsste ihre Patin auf die Wange. »Das ist wirklich ein ganz besonderes Geschenk.«

»Jetzt hab ich dich immer bei mir«, flüsterte Roar und legte seinen Arm um Solveigs Schulter. »Vor allem auf meinen Dienstfahrten, wenn ich dein liebes Gesicht besonders schmerzlich vermisse.«

Solveig drückte sich kurz an ihn, bevor ihre Mutter die drei Ehepaare ins Speisezimmer führte und verkündete, dass nun gleich die Vorsuppe serviert würde.

Das regnerische, kühle Wetter, das seit ein paar Tagen herrschte, hatte Tuvas Plan vereitelt, die Gäste auf der Terrasse hinter dem Haus zu bewirten. Stattdessen hatte sie den Tisch im Speisezimmer ausgezogen und mit Damastdecken und -servietten, Kristallgläsern, dem »guten« Geschirr sowie Silberbesteck eingedeckt und mit kleinen Blumengestecken dekoriert. Für den feierlichen Anlass hatte sie eine Zugehfrau engagiert, die das Essen servieren, die leeren Teller abräumen sowie dafür sorgen sollte, dass die Gläser stets gefüllt waren.

Sobald auch der Pastor von der St. Petri Kirche eingetroffen war, der Solveig bereits getauft und konfirmiert hatte und ihre Hochzeit zelebrieren würde, dirigierte Tuva Lund ihre Gäste zu den Stühlen, die sie ihnen zugedacht hatte: Die Verlobten nebeneinander an der Längsseite mit dem Rücken zum Fenster, flankiert von Ingvill und dem Pfarrer. Die drei Ehepaare saßen ihnen gegenüber, an den Kopfenden nahmen Erling und sie selbst Platz.

Der Wunsch von Solveigs Vater, unangenehme Themen an diesem Abend zu meiden, erfüllte sich nicht. Nachdem die Zugehfrau das Hauptgericht aufgetragen hatte und sich alle an den gebratenen Dorschfilets und den dazu gereichten Salzkartoffeln und geschmorten Fenchelknollen bedient hatten, entschuldigte sich Tuva Lund für die Qualität der Soße, die sie mit fettarmer Milch und Kartoffelstärke hatte zubereiten müssen, da sie allen Bemühungen zum Trotz keine Sahne hatte ergattern können. Das Gleiche galt für die Kapern, die laut Rezept in die Soße gehörten. Tuva hatte sich mit Kapuzinerkresseknospen beholfen. Wie aufs Stichwort begannen die Damen, sich über die neuesten Rationierungen zu ereifern und insbesondere über die strenge Reglementierung bei der Ausgabe von Milch und anderen Molkereiprodukten, die den ohnehin kärglichen Speisezettel empfindlich schmälerte.

»Neulich wollte ich falschen Honig machen«, erzählte die Frau von Tuchfabrikant Endresen. »Mit aufgekochter Buttermilch, Zucker und geriebenen Äpfeln. Das Gemisch hat zumindest eine ähnliche Konsistenz wie Honig und einen annehmbaren Geschmack. Aber Pustekuchen, Buttermilch war nirgendwo zu bekommen.«

»Ich weiß oft gar nicht mehr, wie ich meinen Mann bei Laune halten soll«, klagte Apothekersgattin Kvan mit gesenkter Stimme. »Ständig muss man improvisieren und schmackhafte Gerichte aus faden Zutaten zaubern.«

Auch Tuva seufzte. »Langsam gehen mir die Ideen aus, wie ich die ewigen Kartoffeln und Steckrüben einigermaßen abwechslungsreich auf den Tisch bringe.«

»Ja, es ist ein wahres Kreuz.« Frau Hansen schüttelte bekümmert den Kopf. »Ich habe gestern den letzten Rest einer Wurst mit Haferflocken, Kartoffeln und Wasser verlängert. Ich kann gar nicht sagen, wann wir das letzte Mal ein ordentliches Steak oder Schnitzel auf dem Teller hatten.«

Solveig hörte Ingvill leise neben sich schnauben. Sie drehte sich zu ihr und sah, dass in ihrem Gesicht spöttische Belustigung und Ärger miteinander rangen.

»In der Nähe von Kristiansand habe ich sowjetische Kriegsgefangene gesehen, die dort beim Straßenbau schuften mussten«, erklärte sie, als sie Solveigs Blick bemerkte. »Diese armen Männer sahen buchstäblich aus wie lebende Skelette und wären gewiss überglücklich, wenn man ihnen die kärglichen Speisen vorsetzen würde, über die sich die Damen echauffieren.«

Solveig nickte geistesabwesend. Eine Berührung von Roar, der im Schutze der Tischdecke ihr Knie streichelte, lenkte sie ab. Ein Glücksimpuls schoss durch ihren Körper. Die Redensart »Auf einer Wolke schweben« musste von einem Menschen geprägt worden sein, der sich in einem ähnlichen Zustand befunden hatte. In Solveigs Augen verbildlichte er perfekt ihre glückselige Verliebtheit.

Während die Damen »Notrezepte« austauschten, drehte sich das Gespräch von Erling Lund und seinen drei Freunden um die Zukunft der Klubselskap. Wie befürchtet, drohte auch der Handelsforening, in deren Räumlichkeiten in der Kongsgata der Club provisorisch Unterschlupf gefunden hatte, die Vertreibung durch die deutschen Besatzer. Solveig hatte ihrem Vater unter dem Siegel der Verschwiegenheit anvertraut, dass das Reichskommissariat die Beschlagnahmung noch im Laufe des Herbstes plante. Erling Lund hatte diese Information – ohne seine Quelle zu verraten – an die anderen Vereinsmitglieder weitergegeben, bei denen die Nachricht jedoch wenig Überraschung auslöste. Wie Apotheker Kvan bereits im Mai vermutet hatte, rissen sich die Besatzer nach und nach fast alle repräsentativen Gebäude der Stadt unter den Nagel. Tuchfabrikant Endresen berichtete von dem Vorschlag des Vorstands, angesichts der neuerlichen Obdachlosigkeit der Clubgesellschaft bis auf Weiteres keine offiziellen Zusammenkünfte mehr zu organisieren.

»Was uns ja nicht davon abhält, uns in privatem Rahmen zu treffen«, beendete Reeder Hansen das Thema.

Mittlerweile war der Hauptgang verzehrt, und die Zugehfrau sammelte die Teller ein. Bevor sie den Nachtisch servierte, klopfte Ingvill mit einem Dessertlöffel gegen ihr Weinglas und erhob sich. Die Gespräche der anderen verstummten.

»Keine Angst, ich beabsichtige nicht, euch mit einer langen Rede zu langweilen«, begann sie. »Aber als Patentante der Braut möchte ich doch ein paar Worte sagen.« Sie nickte Solveig und Roar zu. »Vor ziemlich genau drei Monaten hat es in diesem Zimmer gewaltig gefunkt. Auch wenn das kaum jemand bemerkt haben dürfte. Aber ich wäre bei eurem ersten Zusammentreffen ohne zu zögern eine hohe Wette eingegangen, dass an jenem Abend etwas seinen Anfang nahm, das wir heute gemeinsam feiern: eure tiefe gegenseitige Zuneigung.« Ingvill wartete ab, bis der Zwischenapplaus verklungen war. »Als ich dir, liebe Solveig, damals andeutete, dass ein gewisser junger Mann sein Auge auf dich geworfen hätte, war dir deutlich anzumerken, dass du diese Beobachtung für ein Hirngespinst deiner verschrobenen Tante gehalten hast. Wobei mir dein Erröten verriet, dass dir dieses mögliche Interesse nicht gleichgültig war.« Sie zwinkerte Solveig zu. »Umso mehr freut es mich, dass ich mit meiner Vermutung goldrichtig gelegen habe, und gratuliere euch beiden von Herzen zu eurer Verbindung.« Sie hob ihr Glas. »Lasst uns auf das Wohl des jungen Paares anstoßen.«

Die anderen folgten ihrer Bitte und prosteten Roar und Solveig zu, die sich in die Augen schauten und ein paar Atemzüge lang ganz in sich versanken.

# 43

*Stavanger, Frühling 1970*

»Lizzy hat kürzlich erfahren, dass ihr Vater als junger Mann Anfang der vierziger Jahre in Stavanger gewohnt hat«, erklärte Ole seiner Mutter, hörbar um einen beiläufigen Ton bemüht.

»Und nun bin ich sehr neugierig, wie es damals hier war«, sprang Lizzy ihm bei. »Wie es sich angefühlt hat, in einem besetzten Land zu leben, wie sich der Alltag gestaltet hat, und wie der Umgang mit den Deutschen war.«

»Warum lässt du dir das nicht von deinem Vater erzählen?« Sylvi zog die Brauen zusammen.

»Äh, ich … weil er …«, stammelte Lizzy und schlug die Augen nieder.

»Weil er wohl ähnlich verschwiegen ist wie meiner, wenn es um die Vergangenheit geht«, sagte Ole rasch.

»Ich würde auch wahnsinnig gern mehr über das Leben damals erfahren.« Reidun sah Sylvi bittend an. »Meine Familie hat auf Åmoy nicht so viel von den Zuständen hier in der Stadt mitgekriegt. Aber du warst mittendrin und könntest uns sicher interessante Einblicke geben.«

»Davon bin ich auch überzeugt«, sagte Ole. »Bitte, gib dir einen Ruck.«

Lizzy sah, wie es in Sylvis Gesicht arbeitete. Ihr Körper machte einen angespannten Eindruck, alles in ihr schien auf Abwehr getrimmt. Sie wird uns mit belanglosen Anekdoten abspeisen, dachte Lizzy. Wenn sie überhaupt auf unsere Fragen eingeht.

»Stavanger war regelrecht überschwemmt von Deutschen«, begann Sylvi heiser und räusperte sich. »Hauptsächlich von Soldaten aller Waffengattungen, aber auch von vielen Verwaltungsbeamten und anderen zivilen Kräften. Die mussten natürlich irgendwo untergebracht werden und ihre Büros einrichten.«

»Also haben sie Gebäude beschlagnahmt, nehme ich an«, sagte Ole.

»Genau, vor allem Schulen, Hotels, Gemeindehäuser, Sporthallen und so weiter. Sie haben aber auch selbst Kasernen gebaut, meistens provisorische, die nach dem Krieg schnell wieder abgerissen wurden.«

»Aber nicht alle«, warf Reidun ein. »Ich weiß von einer Tante, dass ein paar noch als Unterkünfte für die deutschen Kriegsgefangenen genutzt wurden, die hier unter anderem die von ihnen verlegten Bodenminen räumen mussten.«

Sylvi nickte. »Hitler hat fest damit gerechnet, dass die Alliierten einen Angriff an Norwegens Seeseite planten. Deshalb ließ er die Küsten zum sogenannten Westwall aufrüsten mit Marinestützpunkten, Bunkeranlagen, Artilleriefestungen, Panzersperren und eben auch Tausenden Landminen.«

»Weißt du, wie viele Deutsche hier stationiert waren?«, fragte Lizzy.

»Nicht genau. Man schätzt, dass es in Rogaland um die 15 000 Soldaten gab. Wie viele davon in Stavanger einquartiert waren, weiß ich nicht. Und auch nicht, wie groß die Zahl der zivilen Angestellten des Reichskommissariats, der Sicherheitsdienste und so weiter war. Aber mir kam es so vor, als wären die Deutschen allgegenwärtig. In unserer Stadt lebten damals gerade mal 50 000 Bürger.« Sie nahm einen Schluck Kaffee. »Ab 1943 standen im Durchschnitt fast 380 000 deutsche Soldaten in Norwegen, das damals knapp 2,8 Millionen Einwohner hatte.«

»Wahnsinn! Das bedeutet ja, dass auf sieben Norweger ein Besatzer kam«, kommentierte Ole. »Mir war nicht klar, dass das Zahlenverhältnis so krass gewesen ist.«

»Stavanger gehörte zu den Orten, die strategisch als besonders wichtig galten«, fuhr seine Mutter fort. »Deshalb wurde es auch gleich am ersten Tag der Invasion, die die Deutschen *Unternehmen Weserübung* nannten, eingenommen. Die haben dann umgehend damit angefangen, die Stadt zur sogenannten Festung Stavanger auszubauen, um einem Angriff der Alliierten abwehren zu können, die ebenfalls großes Interesse an ihr hatten. Allein schon wegen der beiden Flughäfen Sola und Forus. Wobei letzterer erst von den Deutschen gebaut wurde. Und auch für die Marine war die Stadt mit ihrem geschützten Seehafen ein wichtiger Stützpunkt. Der Seekommandant hatte hier sein Stabsquartier.«

»Du hast die Sicherheitsdienste erwähnt«, ergriff Lizzy das Wort. »Gehörte dazu auch die Gestapo?«

»Nicht direkt, wobei sie natürlich eng zusammengearbeitet haben«, antwortete Oles Mutter. »Denn diese sogenannte *Statspolitiet*, also Staatspolizei, war eine bewaffnete norwegische Einheit nach nationalsozialistischem Vorbild. In Stavanger wurde sie im Juli 1941 etabliert. Deren Beamte mussten selbstverständlich stramme Nazis und Mitglieder der Quisling-Partei sein und möglichst ein Jurastudium absolviert haben.«

»Ich hab mal gehört, dass sich die Stapo im Seniorenheim oben in Eiganes breitgemacht hatte«, sagte Reidun. »Stimmt das?«

»Ja, im Herbst 1942«, antwortete Sylvi. »Die alten Leute waren schon im Jahr zuvor kurzerhand rausgeschmissen worden, als die Sicherheitspolizei dort ihre Büros einrichtete. Ein paar Monate nach ihrer Gründung machte die Stapo das Gebäude dann ebenfalls zu ihrem Hauptquartier, mit Zellen und einem Verhörraum im Keller sowie Büros in ehemaligen Bewohnerzimmern.«

»Gruselig!« Lizzy schüttelte sich.

»Entsetzlich«, sagte Reidun gleichzeitig. »Die Vorstellung, dass da im Keller Leute gefoltert wurden.«

»Nicht von ungefähr wurde das Gebäude *fryktens hus* genannt«, sagte Sylvi. »Also Haus der Angst«, übersetzte sie für Lizzy.

»Kennst du jemanden, der von der Staatspolizei verhaftet wurde?«, fragte Ole.

Lizzy sah, wie seine Mutter zusammenzuckte und sich ihre Miene verschloss. Jetzt ist er zu weit gegangen, jetzt macht sie dicht. Zu ihrer Überraschung holte Sylvi jedoch nur tief Atem, bevor sie seine Frage beantwortete.

»Ja, deinen Großvater.«

»Was?« Oles Augen weiteten sich. »Das ist ja unglau… Hast du deshalb nie über diese Jahre reden wollen?«

»Ich wollte diese Zeit am liebsten aus meinem Gedächtnis radieren. Aber jetzt ist alles wieder hochgekommen.«

»Wegen unserer Fragerei?«

Sylvi schüttelte den Kopf. »Schon davor. Ich denke, Eriks Tod war der Auslöser. Besser gesagt euer schrecklicher Verlust. Wenn von einem Tag auf den anderen ein geliebter Mensch von einem weggerissen wird. Ich weiß genau, wie sich das …« Sie fuhr sich über die Augen. »Plötzlich war der Schmerz wieder da, so unerträglich wie damals, als … als für mich die Erde aufhörte, sich zu drehen und alles so …« Sie stockte.

Lizzy spürte ihre Kehle eng werden. Sylvis Worte beschrieben genau die Verzweiflung, die sie selbst bei der Nachricht von Eriks Unfall übermannt hatte. Oles Mutter musste ihrem Vater sehr nah gestanden haben. Oder sprach sie gar nicht nur von ihm? Hatte sie noch jemanden anderen verloren, den sie geliebt hatte?

»Darf ich fragen, was dein Vater verbrochen hatte?« Reidun sah Sylvi teilnahmsvoll an. »War er im Widerstand?«

Sylvi schüttelte den Kopf. »Er hat nichts Illegales getan. Das machte die Sache ja besonders schlimm.« Sie seufzte. »Damals brauchte es nicht viel, um den Argwohn der Besatzer und ihrer Helfer zu wecken. Mein Vater stand sich wohl in ihren Augen zu gut mit einigen Leuten, die sich mehr oder weniger offen gegen das Regime gestellt hatten. Alles angesehene Unternehmer, die wie er Mitglieder des *Klubben* waren.«

»*Klubben*?« Lizzy sah fragend in die Runde.

»Die Clubgesellschaft«, erklärte Ole. »Ein altehrwürdiger Verein, in dem auch heute alle wichtigen Geschäftsleute und sonstigen Honoratioren der Stadt versammelt sind.«

»Damals hat sich eine Reihe von ihnen im Widerstand engagiert«, erzählte Sylvi weiter. »Viele landeten in Grini. Es soll dort sogar ein Ableger der *Stavangerske Klubselskab* gegründet worden sein.«

»Dein Vater kam auch dorthin?«, fragte Reidun.

»Das nicht, zum Glück«, antwortete Sylvi. »Aber er wurde wochenlang von der Stapo festgehalten und verhört. Schließlich haben sie ihn laufenlassen, weil sie ihm rein gar nichts nachweisen konnten, und er auch nichts über die Aktivitäten seiner Freunde wusste. Trotzdem hatte das Ganze noch ein böses Nachspiel. Er verlor nämlich deswegen einen wichtigen Auftrag. Bald darauf musste er Konkurs anmelden und sein Unternehmen verkaufen. Das hat ihn endgültig gebrochen.«

»Ist er deshalb so früh gestorben?«, fragte Ole leise. »Er war doch gerade einmal Mitte fünfzig, als er einen Herzinfarkt erlitt.«

»Gut möglich.« Sylvi tupfte sich mit einem Taschentuch die Augen. »Er schien keinen Lebensmut mehr zu haben.«

Lizzy schluckte. Er war so alt, wie Dad jetzt ist, dachte sie. Allein sich auszumalen, ihren Vater zu verlieren, jagte ihr einen eiskalten Schauer über den Rücken.

Lautes Hupen ertönte auf der Straße. Sylvis Wagen, der vor dem Haus parkte, versperrte einem anderen Auto die Durchfahrt in der schmalen Straße. Alle sprangen auf und eilten nach draußen. Während Ole, Reidun und Lizzy die Kisten und Tüten, die Sylvi für sie gepackt hatte, sowie mehrere Regalbretter und eine große Korbtruhe, die innen mit Wachstuch ausgeschlagen war und einen Stapel Bettwäsche und Handtücher enthielt, die aus Sylvis Mitgift stammten und nie benutzt worden waren, aus dem Kofferraum und dem Fond räumten, setzte sich Oles Mutter hinters Steuer und ließ den Motor an.

»Macht's gut, ihr drei«, sagte sie.

»Warte!«, rief Ole. »Willst du nicht einen Parkplatz suchen und noch ein bisschen bleiben?

»O ja, bitte«, sagte Reidun. »Es war gerade so spannend.«

»Wir würden gern mehr erfa…«, ergänzte Ole.

»Ein anderes Mal, versprochen«, fiel ihm seine Mutter ins Wort. »Jetzt muss ich mich sputen. Höchste Zeit, Essen zu machen. Dein Vater fragt sich gewiss schon, wo ich bleibe.«

Lizzy sah, wie Ole enttäuscht das Gesicht verzog und zu einer Erwiderung ansetzte, die er sich jedoch verbiss.

»Dann hoffe ich, dass du uns bald wieder besuchst«, sagte Reidun.

»Schade«, brummte Ole, als sie die Sachen ins Haus schleppten. »Endlich hat sie mal den Mund aufgemacht. Und ausgerechnet da kam der blöde Huper und hat sie wieder zum Verstummen gebracht.«

»Ich weiß genau, wovon du sprichst.« Lizzy verdrehte die Augen. »Mit meinem Dad ist es ganz ähnlich. Ab und zu wirft er mir ein Puzzleteilchen hin, um sich dann wieder in sein Schweigen zu hüllen.«

»Ich bin überzeugt, dass Sylvi ihr Versprechen halten wird«, sagte Reidun. »Ich hatte den Eindruck, dass es ihr zwar schwerfällt, in die Vergangenheit zurückzuschauen. Aber auch, dass es sie erleichtert, darüber zu sprechen.«

»Hoffen wir, dass du richtigliegst.« Ole ging ihnen voraus in die Wohnstube, wo sie die Kisten und Tüten abstellten. »Ich hol noch schnell die Regalbretter.«

»Ich weiß nicht, wie du das siehst«, sagte Lizzy, als Ole den Raum verlassen hatte. »Aber mich hat vorhin der Verdacht beschlichen, dass Sylvis Vater nicht der einzige Mensch war, den sie im Krieg verloren hat.«

»Verrückt, das ging mir genauso.« Reidun schaute sie verblüfft an.

»Und weil sie es nicht erwähnt hat, könnte es doch sein, dass sie sich als junge Frau in einen Wehrmachtssoldaten verliebt hat«, fuhr Lizzy zögernd fort. »Der dann irgendwann aus Norwegen abgezogen wurde und später gefallen ist.«

»Das wäre absolut möglich. Solche Verbindungen gab es ziemlich häufig, auch wenn das heute natürlich niemand mehr wahrhaben will und die Betroffenen schief angesehen werden.«

»Was ein starkes Motiv wäre, warum Sylvi das verschweigt.«

Lizzy und Reidun wechselten einen nachdenklichen Blick.

»Ich hab mich immer wieder mal gefragt, warum ihr Mann so eine unterkühlte Beziehung zu Ole hat«, sagte Reidun nach kurzem Schweigen.

»Du meinst ... Ole ist vielleicht gar nicht sein leiblicher Sohn?«

»Vermutlich geht nur meine Phantasie mit mir durch. Aber völlig undenkbar ist es nicht.«

»Stimmt, es wäre außerdem wirklich eine gute Erklärung für sein distanziertes Verhalten«, sagte Lizzy. »Wenn Ole nicht sein Fleisch und Blut ist ...« Sie zog die Stirn kraus. »Käme es denn zeitlich hin?«

»Ja. Ole wird dieses Jahr achtundzwanzig, ist also Jahrgang 1942.« Reidun schob ihre Unterlippe vor. »Aber wenn ihr Mann wusste, dass Ole nicht von ihm ist, warum hat er Sylvi dann geheiratet?«

»Vielleicht, weil er erst später erfahren hat, dass sie ein Kind von einem anderen Mann erwartete?«

»Und es erst nach der Hochzeit rauskam?« Reidun rieb sich die Schläfe.

»Wann hat die denn stattgefunden?«, fragte Lizzy.

»Keine Ahnung.« Reidun zuckte die Achseln. »Aber wenn Sylvi zu dem Zeitpunkt von einem anderen schwanger war, würde das ja bedeuten, dass sie ihrem Mann das Kind unterschieben wollte. Das passt irgendwie nicht zu ihr. Sie mag zwar verschlossen sein, aber ich habe sie immer als grundehrlich empfunden.«

»Wahrscheinlich hast du recht, und unsere Phantasie spielt uns einen Streich«, räumte Lizzy ein. »Sieht Ole ihm denn ähnlich?«

»Wem sehe ich ähnlich?« Ole stand in der Tür und stellte die Bretter an die Wand. »Redet ihr von meinem Vater?« Er sah sie verdutzt an. »Wie kommt ihr denn jetzt auf den?«

»Äh, wir haben …«, stammelte Lizzy.

»Wir haben festgestellt, dass deine Eltern im Krieg geheiratet haben«, sprang Reidun ihr bei.

»Und uns versucht auszumalen, wie es wohl war, unter solchen Umständen eine Familie zu gründen«, übernahm Lizzy.

»Dabei ist uns aufgefallen, dass Lizzy deinem Vater noch nie begegnet ist.«

»Daher meine Frage, ob du ihm ähnlich bist.« Lizzy biss sich auf die Unterlippe und hoffte, dass Ole ihre Erklärung schluckte. Es wäre ihr sehr unangenehm gewesen, ihn in ihre wilden Spekulationen einzuweihen.

»Aha, verstehe.« Ole klang nicht überzeugt. »Es kann nicht zufällig sein, dass ihr auch über mögliche Gründe für unser schlechtes Verhältnis nachgedacht habt?«, schob er nach einer winzigen Pause nach. »Zum Beispiel, ob er überhaupt mein leiblicher Vater ist?«

Lizzy spürte, wie ihr das Blut in die Wangen schoss. Auch Reidun senkte verlegen den Kopf.

»Muss euch nicht peinlich sein«, sprach er weiter. »Schon als kleiner Junge habe ich daran gezweifelt. Dann wäre seine Ablehnung leichter zu ertragen gewesen.« Er hob die Schultern. »Aber in meiner Geburtsurkunde ist er als mein Vater eingetragen. Und als ich mich mit sechzehn getraute, meine Mutter direkt zu fragen, ob das stimmt, hat sie beteuert, dass dem so sei. Unsere schlechte Beziehung hat also keinen geheimnisvollen Hintergrund. Wahrscheinlich bin ich einfach nicht die Art von Sohn, die er sich gewünscht hat.« Er grinste schief. »Und jetzt lasst uns schauen, ob was Brauchbares dabei ist«, wechselte er das Thema und zeigte auf die Kisten und Tüten.

Lizzy war einerseits froh, so glimpflich aus der peinlichen Situation gekommen zu sein. Andererseits waren ihre Zweifel nicht vollends beseitigt. Nach wie vor war sie überzeugt, dass Sylvi etwas Wichtiges verheimlichte.

# 44

*Stavanger, Herbst 1941*

Im Laufe des Herbstes setzte sich fort, was Solveig bereits im Sommer beobachtet hatte: Die Deutschen reagierten zunehmend nervös auf jedwede Unbotmäßigkeit in der norwegischen Bevölkerung und steigerten deren Unmut mit ihren immer drastischer ausfallenden Gegenmaßnahmen und Strafen. Den Anfang machte der sogenannte Michlstreik in Oslo.

Die ohnehin prekäre Versorgung mit Lebensmitteln im Reich sowie in den von den Nazis besetzten Ländern wurde durch eine schlechte Getreide- und Kartoffelernte vielerorts noch schwieriger. Auch in Norwegen wurden weitere Rationierungen angeordnet, was das Murren in der Bevölkerung lauter werden ließ. Zu einer Eskalation kam es im September, als die Rationen von Molkereiprodukten reduziert und die bis dahin übliche tägliche Milchausgabe in den Betrieben eingestellt wurde. Aus Protest traten in der Hauptstadt 25 000 Arbeiter in Streik. Da Reichskommissar Josef Terboven einige Wochen zuvor verkündet hatte, dass Arbeitsniederlegungen zur Ausrufung des Ausnahmezustands und zur Anwendung des Standrechts führen würden, fiel die Reaktion hart aus. Die führenden Gewerkschaftler wurden verhaftet, zwei von ihnen sofort hingerichtet, die anderen zu lebenslangem Zuchthaus verdonnert.

Nicht minder drakonische Strafen drohten mittlerweile Norwegern, die das Programm der BBC im Radio hörten. Von Afra wusste Solveig, dass aber auch viele Deutsche – darunter nicht wenige überzeugte Hitleranhänger – »Englisch inhalierten«, wie das Hören von Feindsendern genannt wurde. Wer im Dritten Reich wissen wollte, was wirklich geschah, schaltete den Deutschen Dienst der BBC ein, ungeachtet der Gefahren. Er genoss Vertrauen, weil er auch die Niederlagen der alliierten Truppen nicht verheimlichte. Die Hörer erfuhren hier von Militäroperationen, aber auch von den Massenmorden in psychiatrischen Einrichtungen und Konzentrationslagern. Die Männer und Frauen in der Londoner Zentrale wollten den Eindruck vermeiden, der deutsche Dienst sei ein Propagandainstrument der britischen Regierung. Sie verzichteten auf direkte Aufforderungen zum Widerstand oder zur Sabotage, verfolgten eine Strategie der Wahrheit und glaubten an die Kraft des Wortes: sowohl an die Macht der unverfälschten Nachricht als auch an die aufklärerische Wirkung von Satire. Besonderer Beliebtheit erfreuten sich bei den »Schwarzhörern« die kabarettistischen Einlagen, in denen unter anderem die haltlosen Übertreibungen der deutschen Propaganda durch den Kakao gezogen und entlarvt wurden.

Es wunderte Solveig nicht, dass Joseph Goebbels, der Reichsminister für Volksaufklärung und Propaganda, alles daransetzte, das Hören der Feindsender zu verhindern, sei es durch Störfrequenzen, sei es durch abschreckende Bestrafungen. Volksgenossen, die durch den BBC-Empfang »seelische Selbstverstümmelung« betrieben, landeten im Gefängnis oder wurden exekutiert, wenn sie die Nachrichten weiterverbreitet hatten.

Vom ersten norwegischen Opfer dieser restriktiven Haltung las Solveig im Oktober in einem Tagesrapport. In Bergen war der Lehrer und Vater Ingvald Garbo festgenommen und von einem Kriegsgericht wegen der Herstellung von illegalen Flugblättern zersetzenden Inhalts (*versuchte Untergrabung der inneren Stärke der deutschen Streitkräfte*) in deutscher Sprache und deren Verbreitung an Wehrmachtsangehörige zum Tode verurteilt worden.

Kurz zuvor hatten Solveig und Roar beschlossen, sich für ihre Flugblätter von den BBC-Beiträgen inspirieren zu lassen. In der

Dienststelle des Reichskommissariats konnte Solveig das deutsche Programm der BBC mithören, das Herr Möller nach wie vor regelmäßig einschaltete. Während seine Sekretärin sich über die Lügenpropaganda ereiferte und die satirischen Einlagen mit säuerlicher Miene als seichten Quatsch abtat, hatte Solveig bei ihrem Chef den Eindruck, dass ihn manche Beiträge nachdenklich stimmten oder amüsierten. Besonders die Auftritte der Waschfrau Wernicke hatten es ihm angetan. Diese Verkörperung einer typischen »Volksjenossin« aus Berlin sprach ohne Punkt und Komma über Lebensmittelknappheit, gefallene Soldaten und arrogante »Nazi-Bonzen«, sprang von der Politik zum Tratsch über Nachbarn oder gab Erlebnisse von ihrer Arbeit als Zugehfrau bei einem Rundfunkredakteur zum Besten, der in seinem Büro sitzend vorgab, sich mitten im Gefecht in einem Schützengraben zu befinden und von dort unter Lebensgefahr zu berichten. Auch die fiktiven Briefe des Gefreiten Hirnschal an seine Frau brachten ihn zum Schmunzeln. Sie entlarvten die Sprüche der NS-Kriegspropaganda als Lügen, indem sie diese in schlichter Einfalt wörtlich nahmen und so ad absurdum führten.

Die Reaktionen von Herrn Möller hatten Solveig auf den Gedanken gebracht, dass es sich lohnen könnte, das hohe Risiko einzugehen und brisante Informationen oder besonders provokante Beiträge der deutschen BBC-Sendungen auf kleine Handzettel zu drucken, die sich schnell und unkompliziert vor Kasernen, Dienstgebäuden und anderen von den Deutschen genutzten Gebäuden auslegen ließen.

Roar war von der Idee begeistert, hatte jedoch darauf bestanden, dass sie die Verteilung nicht selbst übernahm. Er fand es schon gefährlich genug, dass sie sich während der Sendungen heimlich Notizen machte oder – wenn möglich – Auszüge daraus mitstenographierte. Solveig widersprach ihm nicht. Im Grunde war sie erleichtert über seinen Vorschlag, die Flugblätter von ihren Mittelsmännern im Umland bei den Stützpunkten der dort stationierten Soldaten deponieren zu lassen. Die Begegnung mit der Hird-Patrouille steckte ihr noch tief in den Knochen.

Als Erstes hatte Solveig die parodierte Version des Schlagers »Lili Marleen« gedruckt, den die Schauspielerin Lucie Mannheim, die 1933 nach London geflüchtet war, in der BBC sang. Das Original erfreute sich nicht nur bei den deutschen Soldaten großer Popularität. Auch ihre Gegner liebten den Schlager, dessen Verse der junge Soldat Hans Leip bereits im Ersten Weltkrieg geschrieben hatte, beseelt von der Sehnsucht nach seiner Freundin und der Hoffnung, sie nach dem Krieg wiederzusehen. Die letzten beiden Strophen des neuen, satirischen Textes aus der Sicht der wartenden Geliebten lauteten:

*Vielleicht fällst Du in Russland,*
*Vielleicht in Afrika,*
*Doch irgendwo da fällst Du,*
*So will's Dein Führer ja.*
*Und wenn wir doch uns wiederseh'n,*
*Oh möge die Laterne steh'n*
*In einem ander'n Deutschland!*
*Deine Lili Marleen.*

*Der Führer ist ein Schinder,*
*Das seh'n wir hier genau.*
*Zu Waisen macht er Kinder,*
*Zur Witwe jede Frau.*
*Und wer an allem schuld ist,*
*den will ich an der Laterne seh'n!*
*Hängt ihn an die Laterne!*
*Deine Lili Marleen.*

Eines dieser Flugblätter, die Roar bei seiner letzten Dienstfahrt nach Dalane mitgenommen hatte, kam Solveig wenig später wieder zu Gesicht, als sie Ende Oktober an einem Mittwochnachmittag nach der Arbeit mit Afra im »Kafé Bolla« am Skagen saß. Draußen war es duster. Ein scharfer Wind pfiff um die Häuser, und aus der grauen Wolkendecke fiel Regen, in den sich zunehmend Schneeflocken mischten. Am Nebentisch drehte sich die Unterhaltung dreier Frauen – einer hageren Mittvierzigerin, einer etwa gleichaltrigen Brünetten und einer etwa zehn Jahre jüngeren molligen Blondine – um den frühen Wintereinbruch und die Sorge, nicht genug Heizmaterial ergattern zu können.

Nachdem die Kellnerin zwei Tassen Ersatzkaffee und Hefeknoten mit einer Füllung aus Marzipan (das freilich nicht aus Mandeln, sondern einem Gemisch aus Grieß, Zucker und Bittermandelöl bestand) serviert hatte, beugte sich Afra zu Solveig, zog nach einem sichernden Rundumblick ein Kuvert aus ihrer Tasche und hielt es ihr unter der Tischplatte hin.

»Sieh mal, was mir Kurt mitgebracht hat«, sagte sie leise. »Er war ein paar Tage bei einer Truppenübung an der Küste. Ein Kamerad von einer anderen Kaserne hatte welche dabei.«

Solveig öffnete den Umschlag und holte zwei gefaltete Blätter heraus. Auf einem war der Liedtext der Lili-Marleen-Parodie abgedruckt, auf dem anderen stand in Frakturschrift:

***BEKANNTMACHUNG!***
***Weihnachten 1941 fällt aus!***

***Begründung:***
*Josef ist bei der Wehrmacht.*
*Maria ist beim Roten Kreuz.*
*Die Weisen aus dem Morgenlande haben keine Einreisegenehmigung bekommen.*

*Der Stern von Bethlehem darf wegen Verdunkelung nicht mehr scheinen.*
*Das Kind ist wegen Fliegeralarm evakuiert worden.*
*Die Krippe befindet sich bei der NSV. (Nationalsozialistische Volkswohlfahrt)*
*Heu und Stroh hat die Wehrmacht beschlagnahmt.*
*Im Stall liegt die Flack.*
*Die Hirten sind zum SHD (Sicherheits- u. Hilfsdienst) eingezogen, und die Engel an die Front kommandiert.*
*Wegen des Esels allein lohnt es sich nicht.*

»Bist du von Sinnen?«, zischte Solveig leise und steckte die Zettel hastig in den Umschlag zurück. »Mit so was läuft man doch nicht herum und präsentiert es in aller Öffentlichkeit.«

Sie schaute zum Nebentisch. Zu ihrer Erleichterung waren die drei Frauen weiterhin in ihre Unterhaltung vertieft. Hoffentlich verstehen sie kein oder nur wenig Deutsch, dachte Solveig.

»Wenn Eier fehlen, behelfe ich mich mit Quark«, verkündete eben die Hagere ihren Freundinnen. »Der sorgt dafür, dass Gebäck schön locker und mürbe wird.«

»Ich schwöre ja auf fein geraspelte Kartoffeln oder Karotten«, erwiderte die Brünette. »Die machen den Kuchen saftig und halten ihn lange frisch.«

»Entschuldige bitte«, wisperte Afra, die blass geworden war. »Ich war so beeindruckt von dem Mut der Leute, die so etwas in Umlauf bringen, und wollte dir das unbedingt gleich zeigen. Da hab ich wohl nicht gescheit nachgedacht.« Sie sah Solveig zerknirscht an und ließ den Umschlag wieder in ihrer Tasche verschwinden. »Ich würde so gern auch etwas tun, um die Soldaten wachzurütteln. Dieser Wahnsinn muss doch endlich aufhören.«

»Du hast vollkommen recht.« Solveig berührte ihre Freundin am Arm. »Ich wollte dich nicht anfauchen. Ich bin nur so erschrocken.« Sie nahm einen Schluck Kaffee und verzog den Mund. Das Gebräu war bitter und vermutlich aus gerösteten Eicheln. »Es sieht ja ganz und gar nicht danach aus, dass dieses Jahr der größte Sieg in Deutschlands Geschichte vollendet wird. Wie Hitler so vollmundig versprochen hat.«

»Vor drei Wochen konnte man das durchaus noch annehmen«, sagte Afra. »Aber jetzt ...« Sie hob die Schultern.

Solveig stimmte ihr mit einem Nicken zu. Anfang Oktober hatte die Offensive der Wehrmacht gegen Moskau begonnen. Aufgrund der gewaltigen Erfolge meldete das Oberkommando wenige Tage später auf einer Pressekonferenz, dass der Feldzug im Osten gewonnen sei. Die deutsche Bevölkerung glaubte, dass die Soldaten noch vor dem Winter zu Hause sein könnten. Doch wenig später begannen anhaltende Niederschläge, Straßen und Wege aufzuweichen. Für Fahrzeuge, zumal schwer beladene oder gepanzerte, war kaum noch ein Durchkommen. Die deutsche Offensive blieb buchstäblich im Schlamm stecken.

»Ins Verderben wird er uns alle stürzen.« Afra schnaubte unterdrückt. »Und das sollte man den Soldaten immer wieder vor Augen führen.« Sie klopfte auf ihre Tasche. »Solche Zettel sind dafür prima geeignet.« Sie lehnte sich zu Solveig vor. »Kurt hat mir erzählt, dass seine Kameraden vor allem die Parodie auf Lili Marleen toll finden«, sagte sie mit gedämpfter Stimme. »Er hat auch gehört, dass der Originalschlager bei den Briten so beliebt ist, dass sie ihn an der afrikanischen Front lauf mitpfeifen und den Deutschen zurufen, die Radios in ihren Schützengräben lauter zu stellen, wenn er läuft. Ist das nicht unglaublich? Das zeigt doch, dass sie im Wesentlichen genauso sind wie unsere Jungs.«

Solveig verengte die Augen. Das ist die Idee, dachte sie. Beim nächsten Flugblatt für Soldaten sollten wir zum Schluss Aufrufe drucken, die Waffen nicht länger gegen Menschen zu richten, die ebenfalls Mütter, Ehefrauen und Kinder haben. Und die dieselben Lieder lieben wie sie. Das muss ich unbedingt nachher gleich mit Roar besprechen.

»Wir könnten auch einen berühmten Menschen zitieren. Zum Beispiel Albert Einstein: ›Ein kluger Kopf passt unter keinen Stahlhelm.‹«

Das erstaunte Gesicht Afras verriet ihr, dass sie den letzten Gedanken laut ausgesprochen hatte. Sie erstarrte und hob die Hand vor den Mund.

»Heißt das, du und Roar verfasst …« Afras Augen weiteten sich. »Das ist ja wunder…«

Solveig schüttelte heftig den Kopf, schaute zum Nebentisch und stellte aufatmend fest, dass die drei Damen ihnen nach wie vor keine Beachtung schenkten.

Solveig räusperte sich. »So was in der Art würde ich schreiben, wenn wir … also …«, stammelte sie.

»Keine Angst«, flüsterte Afra. »Ich werde schweigen wie ein Grab. Von mir erfährt ganz sicher niemand etwas.«

»Das weiß ich doch.« Solveig legte ihr eine Hand auf den Arm. »Es ist nur … ich hab Roar versprochen, keiner Menschenseele etwas zu sagen. Nicht einmal unseren besten Freunden. Nicht, weil wir euch nicht vertrauen, sondern weil …«

»Ich verstehe schon«, sagte Afra. »Du musst mir nichts erklären. Aber wenn ich euch irgendwie unterstützen kann, dann sag es mir bitte.« Sie schaute Solveig in die Augen. »Ich meine das ernst.«

Solveig nickte und spürte, wie sich ihre Anspannung löste. Erst in diesem Moment wurde ihr bewusst, wie sehr sie die Geheimniskrämerei Afra gegenüber belastet hatte.

»Neulich hatte ich nicht einmal Milch, um Ersatzsahne herzustellen«, hörte sie die Brünette am Nachbartisch sagen. »Da habe ich Apfelsaft genommen, den ich mit Zucker und einem Eiweiß verrührt habe.« Sie verzog den Mund. »Das Resultat war nicht besonders.«

»Die Sorgen möchte ich haben.« Afra rollte mit den Augen.

Solveig musste an die Empörung ihrer Patentante denken, die beim Anblick der halb verhungerten russischen Kriegsgefangenen wenig Verständnis für die Klagen ihrer Mitbürger aufgebracht hatte. Das Rascheln von Papier lenkte Solveigs Aufmerksamkeit wieder auf Afra, die einen weiteren Umschlag aus ihrer Tasche hervorgeholt hatte.

»Manchmal komme ich mir schäbig vor, dass ich es hier so gemütlich habe«, sagte sie. »Mein älterer Bruder Ferdl ist doch seit September in Russland. Gestern bekam ich endlich mal wieder einen Brief von ihm, den er vor zehn Tagen losgeschickt hatte. Ich mache mir große Sorgen um ihn. Und ich habe nun noch mehr Angst, dass auch Kurt an die Ostfront muss.« Sie hielt den Briefbogen Solveig hin. »Ferdl konnte recht offen schreiben, weil er den Brief einem Kameraden mitgegeben hat, der ein paar Tage auf Heimaturlaub war und ihn in Deutschland zur Post brachte. So ist er nicht durch die Zensur gelaufen.«

Solveig beugte sich über den eng beschriebenen Papierbogen. Nachdem sich Ferdl bei seiner Schwester für deren letztes Paket bedankt hatte, beschrieb er seine neuesten Erlebnisse:

*Fünfzehn Tage Marsch liegen hinter mir. Was das bedeutet bei dieser Kälte (Anfang des Monats kamen Frost und Schnee), kannst Du Dir ja vorstellen. Da wir bisher keine Winterausrüstung erhalten haben, hilft sich jeder Soldat auf seine Art. Viele »organisieren« sich Stoffe und Pelze bei der Bevölkerung oder nehmen den Gefangenen Handschuhe und andere noch brauchbare Kleidung weg. Und das ist noch das Harmloseste, was wir diesen armen Menschen antun. Der Anblick verwester und verstümmelter Leichen in zerstörten Dörfern, die starren Gesichter der erhängten Partisanen, die Massengräber mit den erschossenen Politkommissaren der Roten Armee – das sind grauenvolle Bilder, die sich in meine Seele einbrennen. Ach, Afra, das vergisst man nie wieder, so sehr man es auch möchte.*

*Jetzt haben wir wenigstens wieder ein festes Dach über dem Kopf, wenn auch ein sehr beengtes, voller Ungeziefer. Meine Einheit ist bei einem Bauern einquartiert. Mit der Verpflegung ist es nach wie vor recht mau, denn die Fahrzeuge mit dem Nachschub kommen nur sehr schlecht durch, wenn überhaupt. Also müssen wir auch das Essen selbst »beschaffen«. Die russische Bevölkerung wird nicht viel gefragt, ob sie die Sachen hergeben will. Wir nehmen sie uns einfach. Von Humanitätsduselei wird man langsam frei. Es heißt zuerst: Essen und Trinken und ein warmes Lager für die Soldaten, und dann kommt die Zivilbevölkerung. Anders geht das natürlich auch gar nicht, wenn man Krieg führen will. Anfangs fällt einem das nicht leicht, aber man gewöhnt sich daran in eigenem Interesse.*

Solveig lief ein Schauer über den Rücken. Es erschreckte sie zutiefst, wozu Menschen fähig waren. Wenn sogar ein Mann wie Afras Bruder, von dem sie wusste, dass er wie ihre Freundin fest im christlichen Glauben verankert war, binnen weniger Wochen seines Mitgefühls verlustig ging, war es schwer, auf den Sieg der Menschlichkeit zu hoffen.

*Ein ziviles Leben können wir uns kaum mehr vorstellen. Einmal richtig saubere Wäsche anzuziehen, nachdem man gebadet hat, in einem weißen Bett zu schlafen, an einem schön gedeckten Tisch zu sitzen, ein warmes Zimmer und eine ordentliche Wohnung zu haben, das sind Vorstellungen, die für uns etwas Traumhaftes haben. Man wird zum Glück langsam gegen alles gleichgültig. Nur Essen, Trinken und Schlafen spielen neben dem*

*Dienst eine Rolle. Solches Leben würde ich wirklich manchem Großmaul zu Hause gönnen, das hinter dem warmen Ofen hervor und vom gut gedeckten Tisch aus sich groß tut über Nationalsozialismus und Vaterlandsliebe. Hier lernt man die tönenden Worte und ihre Verursacher zu verachten, so weit das nicht vorher schon der Fall war.*

*Liebe Afra, was würde ich nicht darum geben, Dich an Weihnachten zu Hause zu sehen! Viel zu lange schon hatten wir keine Gelegenheit, uns gründlich auszutauschen. Meine Hoffnung, über die Feiertage Heimaturlaub zu bekommen, ist leider äußerst gering. Familienväter haben Vorrang. Wie lange wird dieser Saukrieg noch dauern? Mit Russland hätten wir nicht in den Krieg kommen dürfen, dann wäre vielleicht jetzt Friede. Was nützt uns jedoch das Wenn und das Aber. Für uns heißt es aushalten und durchhalten.*

*Für heute mache ich Schluss, es ist Zeit zum Schlafengehen. Ich freue mich auf Deinen nächsten Brief und wünsche Dir von Herzen alles Gute. Sei gegrüßt von Deinem Ferdl.*

»Ich kann dich gut verstehen«, sagte Solveig und reichte Afra den Brief zurück. »Wenn man das liest, erscheint einem das Leben hier geradezu paradiesisch.«

»Dabei ist das vermutlich nur ein blasses Bild von dem, was die Soldaten dort tagtäglich durchmachen und sehen«, erwiderte Afra.

»Ganz zu schweigen von der permanenten Lebensgefahr, in der sie schweben.«

»Aber am schlimmsten finde ich es, dass Ferdl so resigniert klingt. Er war immer so fröhlich und voller Zuversicht.«

Solveig streichelte Afras Arm. Vermutlich können wir uns das Grauen nicht mal ansatzweise vorstellen, dachte sie. Wie werden die Überlebenden aus diesem Krieg zurückkehren? Von welchen

Schäden werden nicht nur ihre Körper, sondern auch ihre Seelen gezeichnet sein? Und wie werden sie sich wieder in die Gesellschaft einfügen? Solveig sandte ein stummes Gebet gen Himmel und dankte Gott, dass Roar nicht Gefahr lief, wie Kurt an die Front geschickt zu werden. Das würde ich nicht aushalten, dachte sie.

## 45

*Stavanger, Frühling 1970*

*Samstag, 21. März 1970*

*Liebe Shirley,*
*vielen Dank für Deinen letzten Brief. Eigentlich säße ich jetzt im Flugzeug nach Denver. Mom hat nämlich beschlossen, in Chris' Osterferien zu ihren Eltern zu fliegen. Sie will unsere dort eingelagerten Möbel und anderen Sachen für den Transport nach Stavanger fertig machen und anschließend noch Freunde in L. A. besuchen.*

*Ich sehe Dich empört eine Flunsch ziehen, weil ich nicht mit an Bord bin. Bitte, Shirley, nicht böse sein! Ich hab lang mit mir gerungen, ob ich mitfahren soll. Schon allein Deinetwegen, denn ich vermisse dich sehr. Aber hier ist so viel zu tun: die Lernerei für die Aufnahmeprüfung bei der Pilotenschule, das Fertigrenovieren und Einrichten des Hauses, bei dem ich Reidun und Ole ungern im Stich lassen möchte, und die Schwimmkurse, mit denen ich ganz gut Geld verdiene, das ich für die teuren Flugstunden spare. Ich tröste mich mit dem Gedanken, dass Du im Sommer während Deiner Semesterferien hierherkommen wirst. Das war die schönste Neuigkeit seit Langem!!!*

*Ein weiterer wichtiger Grund hierzubleiben, ist mein Dad. Ich werde nämlich in den nächsten Tagen (wenn hoffentlich nicht wieder was dazwischenkommt) Gelegenheit haben, ihn zu sehen. Es stehen ausnahmsweise mal keine Offshore-Einsätze oder Dienstreisen nach England oder Oslo an, sondern »langweilige« Büroarbeit hier in Stavanger. Das will ich unbedingt ausnutzen, um Zeit mit ihm zu verbringen und dabei mehr über seine Vergangenheit herauszufinden. Jetzt gleich treffen wir uns im Hotel (da wohnt er noch, solange er Strohwitwer ist) und lassen eine alte Tradition aufleben: gemeinsam auf der Couch vor dem Fernseher fläzen mit einer Riesenschüssel Popcorn oder Tortillachips – so wie früher, wenn Mom abends unterwegs war, um Freundinnen zu treffen. Das war die Gelegenheit, Shows, Comedys und andere Sachen zu gucken, die Mom »niveaulos« fand. Eigentlich war es mir damals egal, was da lief. Ich hab es einfach genossen, meinen Dad ganz für mich zu haben, wenn Chris bereits im Bett war.*

*Heute wollen wir uns unter anderem ›Du milde måned‹ ansehen (wörtlich übersetzt: Du sanfter Mond). Reidun und Ole haben mir davon vorgeschwärmt. Diese Comedy mit Sketchen und musikalischen Darbietungen hat wohl einen ziemlich schrägen Humor und ist eine Art Fortsetzung einer gleichnamigen Radiosendung. Da kann ich gleich mal testen, wie gut mein Norwegisch mittlerweile ist. Die auftretenden Künstler sind hierzulande wohl sehr bekannt und beliebt, mir sagen ihre Namen aber natürlich nichts.*

*Ich schreibe nachher weiter. Drück mir die Daumen, dass mein Vater heute mehr rauslässt und meine Neugier endlich stillt.*

Eine Stunde später saß Lizzy im Hotelzimmer ihrer Eltern vor dem kleinen Antennenfernseher, den ihr Vater für diesen Abend von einem Kollegen ausgeliehen hatte. Außerdem hatte er auf einem Tischchen zwischen den beiden bequemen Sesseln die Sachen bereitgestellt, die er extra für diesen Abend bei Middelthon's besorgt hatte: vier Dosen A&W Root Beer sowie einige Tüten mit Cheetos und Taco-Doritos.

Nachdem das *Filmmagasinet*, in dem die aktuellen Kinofilme vorgestellt wurden, vorbei war, flimmerte der Vorspann zu der Unterhaltungssendung *Du milde måned* über den Bildschirm. Als der erste Sketch begann, bemerkte Lizzy, wie ihr Vater, der sich zuvor entspannt in seinem Sessel zurückgelehnt hatte, zusammenzuckte und sich aufsetzte.

»Das gibt's doch nicht«, murmelte er und starrte auf den Fernseher.

»Was denn?«

»Ich kenne den«, antwortete Roger und deutete auf einen etwa sechzigjährigen Schauspieler, der in einem Bett saß und eine Geburtstagstorte entgegennahm. »Aber nicht aus dem Fernsehen oder einem Film.«

»Sondern?«

»Von der Bühne. Genauer gesagt dem ›Chat Noir‹ in Oslo, in dem ich mir 1941 die Premiere einer neuen Revue ansehen wollte. Zusammen mit ...« Er unterbrach sich, presste Daumen und Zeigefinger an die Nasenwurzel und krauste die Stirn. »Offenbar hat Leif Juster Grini gut überstanden. Er war noch dort, als ich abtransportiert wurde.«

Lizzy stellte das Körbchen, das sie sich mit Knabbereien gefüllt hatte, auf dem Beistelltisch ab und sah ihren Vater gebannt an. Eine bessere Steilvorlage hätte sie sich nicht wünschen können.

»Du warst in Grini?«

»Ja, das war das Polizeihäftlingslager in ...«

»Oslo, ich weiß. Ole und Reidun haben mir davon erzählt.« Lizzy rutschte auf ihrem Sessel nach vorn. »Warum wurde dieser Schauspieler inhaftiert?«

»Leif Juster war damals nicht nur Schauspieler am ›Chat noir‹, sondern zudem ein Vertrauensmann der Gewerkschaft. Und das wurde ihm wie einigen anderen zum Verhängnis. Im Sommer 1941 traten nämlich viele Theaterschaffende in Oslo und anderen Städten in einen Streik, um ihre Solidarität mit einigen Kollegen zu demonstrieren. Die waren entlassen worden, weil sie sich geweigert hatten, sich im Radio für die Propaganda der Nazis einspannen zu lassen. Und weil Juster seinen Einfluss nicht geltend gemacht hatte, um den Streik zu verhindern, landete er in Grini.« Lizzys Vater schaute einen Moment kopfschüttelnd vor sich hin. »Es ist verrückt. Ich hatte das ganz vergessen«, fuhr er fort. »Aber seit ich angefangen habe, mich der Erinnerung an diese Zeit zu stellen, verfolgt sie mich auf Schritt und Tritt. Bei den unmöglichsten Anlässen ploppt etwas hoch, das mich in jene Jahre zurückkatapultiert. So wie diese TV-Sendung.«

Während Lizzy ihm zuhörte, rang sie mit sich, in welche Richtung sie die Unterhaltung lenken sollte. Einerseits brannten ihr seit dem letzten Gespräch, das durch das Auftauchen ihrer Mutter abgewürgt worden war, die Fragen zu seinen Erlebnissen in dem Gefängnis und später im Konzentrationslager unter den Nägeln. Andererseits wollte sie endlich ihre Neugier über seine erste Beziehung stillen. Letztere überwog.

»Und in dieses Revuetheater wolltest du damals mit deiner großen Liebe gehen«, sagte Lizzy so beiläufig wie möglich, in der Hoffnung, damit den Satz zu vollenden, den ihr Vater zuvor abgebrochen hatte.

Rogers Mundwinkel verzogen sich zu einem winzigen Lächeln. »Du lässt nicht locker«, stellte er fest. Es klang nicht genervt, eher anerkennend. »Und nun willst du wissen, was aus ihr geworden ist, und warum wir nach meiner Befreiung aus dem KZ nicht wieder zusammengekommen sind.«

»Ähm, ja«, nuschelte Lizzy. »Wenn es nicht zu schmerzlich für dich ist.«

»Schon okay.« Roger nahm einen Schluck Rootbeer. »1948 bin ich, als ich wieder einigermaßen bei Kräften war, nach Stavanger zurückgekehrt, um nach ihr zu suchen. Doch ich traf nur ihre Mutter an, die aus allen Wolken fiel, als sie mich sah. Sie hatten geglaubt, dass die Nazis mich getötet hätten. Meine Verlobte wäre daran fast zerbrochen, alle hatten Angst, dass sie sich etwas antun würde. Doch irgendwann hatte sie sich wohl wieder einigermaßen gefangen, Trost in den Armen eines anderen Mannes gefunden und ihn geheiratet. Sie waren einige Monate zuvor mit ihrem gemeinsamen Kind von Stavanger weggezogen, um woanders unbelastet von Erinnerungen neu anzufangen. Die Mutter beschwor mich, es gut sein zu lassen, und die kleine Familie nicht zu zerstören.« Roger hob die Schultern.

»Aber warum haben alle gedacht, dass du tot wärest?«, fragte Lizzy. »Warum hat deine Verlobte nicht auf dich gewartet?«

»Das hab ich mich natürlich auch gefragt und sehr damit gehadert«, antwortete ihr Vater. »Zumal ich selbst all die Jahre nie einen Zweifel daran hatte, dass sie die Frau meines Lebens war. Es wäre mir gar nicht in den Sinn gekommen, mich nach einer anderen umzusehen.« Er fuhr sich durchs Haar. »Um ehrlich zu sein: Es hat mich zutiefst verletzt, dass sie sich mit einem anderen eingelassen hat. Für mich hat das den Ausschlag gegeben, Norwegen den Rücken zu kehren und mein Leben dort für immer hinter mir zu lassen.«

»Das muss sich furchtbar angefühlt haben.« Lizzy sah ihn aufmerksam an. »Wenn einen ausgerechnet der Mensch fallenlässt, der einem am …«

»Sie hatte keine Chance, etwas über mein Schicksal zu erfahren«, unterbrach er sie. »Das ist mir allerdings erst viele Jahre später klar geworden.« Roger griff zu dem Päckchen Camel, das wie stets in seiner Brusttasche steckte, und zündete sich eine Zigarette an. »Ich war einer der ersten sogenannten NN-Häftlinge. Anfang Dezember 1941 hatten die Nazis den Nacht-und-Nebel-Erlass verfügt, eine besonders perfide Unterdrückungs- und Abschreckungsmaßnahme gegen die zivile Bevölkerung der annektierten Gebiete. Jeder, der verdächtigt wurde, Widerstand gegen die deutsche Besatzungsmacht zu leisten, konnte von nun an ohne Gerichtsverfahren festgenommen und nach Deutschland deportiert werden, wo viele – so wie ich – in einem Konzentrationslager landeten. Vor allem aber sollten wir systematisch isoliert und totgeschwiegen werden, also buchstäblich spurlos verschwinden.«

»Was bedeutete das konkret?«, fragte Lizzy, die ihm zunehmend fassungslos lauschte. In ihren Ohren klang seine Beschreibung wie ein Szenario aus einem düsteren Mafiafilm, in dem missliebige Konkurrenten ohne viel Federlesen beseitigt wurden und im Betonfundament auf Baustellen landeten.

»Das heißt, unsere Angehörigen erhielten keine Auskunft über unseren Aufenthaltsort und konnten weder Kontakt zu uns herstellen noch etwas über unser Schicksal in Erfahrung bringen.« Ihr Vater inhalierte tief und stieß den Rauch heftig aus. »Und das über den Tod hinaus. Denn NN-Häftlinge, die hingerichtet wurden oder an Krankheiten, Hunger oder Erschöpfung starben, wurden eingeäschert und meistens irgendwo an einem unbekannten Ort verscharrt. Man konnte sie also später nicht exhumieren und identifizieren.« Er drückte die Kippe im Aschenbecher aus. »Es ist kein Wunder, dass mich alle für tot gehalten haben.«

Lizzys Hals wurde eng. Der nüchterne Tonfall ihres Vaters wurde durch den Schmerz in seinen Augen Lügen gestraft.

»Ich glaube, ich kann jetzt besser verstehen, warum du nie darüber reden wolltest«, sagte sie leise. »Es tut mir leid, dass ich dich so bedrängt habe. Das hätte ich nicht ...«

»Mach dir bitte keine Vorwürfe.« Roger sah ihr in die Augen. »Im Gegenteil, ich bin dir dankbar. Ich hab viel zu lange geschwiegen.« Er rieb sich die Stirn. »Es ist wie bei Fässern mit Giftmüll, die man verbuddelt. Irgendwann werden sie undicht, und der toxische Inhalt verseucht schleichend und zunächst unbemerkt das Erdreich. Wenn man Pech hat, kann man das irgendwann nicht mehr eindämmen.« Er seufzte. »Ja, es ist schmerzhaft, sich das alles wieder ins Gedächtnis zu rufen. Aber eben auch wichtig. Ich will nicht, dass die Nazis doch noch siegen und mein Leben zerstören. Und damit auch das von den Menschen, die ich liebe.«

Lizzy nickte. Sie war sich unschlüssig, ob sie weiter nachbohren und ihn nach seinen Erlebnissen im Konzentrationslager fragen sollte. Er machte einen erschöpften Eindruck, als habe ihn das Reden über die furchtbaren Erfahrungen körperlich ausgelaugt. Sie beschloss abzuwarten, bis er von sich aus darauf zu sprechen kam. Nicht zuletzt, weil sie zuversichtlich war, dass er sich nicht wieder hinter der Mauer des Schweigens verschanzen würde.

»Aber jetzt lass uns endlich fernsehen.« Ihr Vater angelte sich eine Handvoll Cheetos aus der Tüte und lehnte sich zurück. »Das haben wir beide schon viel zu lange nicht mehr gemacht. Und wer weiß, wann wir jemals wieder eine Gelegenheit dazu finden werden. Jetzt, wo du nicht mehr bei uns wohnen wirst.«

»Hat Mom denn nie nach deiner Vergangenheit gefragt?«, rutschte es Lizzy heraus. »Weiß sie wirklich gar nichts von dieser Zeit?«

»Natürlich wollte sie erfahren, wie mein Leben vor unserem Kennenlernen ausgesehen hat.«

»Aber du hast es ihr nicht gesagt?«

»Doch, selbstredend. Sie war und ist schließlich die Frau, mit der ich alt werden möchte. Das war mir schon bei unserem zweiten Date klar. Da hab ich ihr dann auch alles erzählt. Auch wenn ich beschlossen hatte, die Vergangenheit ruhen zu lassen, wollte ich sie Cathleen nicht vorenthalten. Lügen und Geheimnisse sind keine gute Grundlage für eine vertrauensvolle Partnerschaft.«

»Aber warum wissen Chris und ich dann nichts davon? Mom tut auch immer so, als könne sie darüber nichts sagen.«

»Weil wir gemeinsam beschlossen haben, dieses finstere Kapitel euch Kindern gegenüber nicht zu erwähnen. Ich hatte ja ehrlich geglaubt, es ein für alle Mal abgeschlossen zu haben. Ich wollte nicht, dass die Schatten der Vergangenheit unser Glück trübten.«

Lizzy versteifte sich. Sie war enttäuscht, fühlte sich zurückgesetzt und ausgegrenzt. Sie kaute auf ihrer Unterlippe und wich dem Blick ihres Vaters aus.

»Mir ist klar, dass das für dich schwer nachzuvollziehen ist«, sagte er leise. »Schließlich haben deine Mutter und ich euch Kindern gegenüber immer wieder betont, wie wichtig Ehrlichkeit ist. Dass ohne sie kein tiefes Vertrauen entstehen kann.« Er verzog den Mund zu einem schuldbewussten Grinsen. »Mir kommt es im Nachhinein selbst seltsam vor, dass ich da nie einen Widerspruch gesehen habe. Ich hatte schlicht nicht das Gefühl, euch zu belügen.«

»Streng genommen hast du das ja auch nicht«, überlegte Lizzy laut. »Du hast halt einfach vieles nicht erzählt.«

»Trotzdem, es war nicht in Ordnung. Und in den letzten Wochen habe ich durchaus gespürt, dass ich euch beide mit meinem Verhalten verunsichere. Das kann auf Dauer nicht gutgehen.« Er schaute Lizzy in die Augen. »Ich werde dir all deine Fragen beantworten. Aber wenn es okay für dich ist, würde ich damit gern warten, bis Chris zurück ist.«

»Geht klar. Er ist alt genug und sollte unbedingt eingeweiht werden.« Lizzy holte tief Luft. »Und mit Mom solltest du dich auch mal richtig aussprechen. Der ging es in letzter Zeit immer wieder ganz schön mies«, sagte sie leise und hatte erneut die verzweifelte Stimme ihrer Mutter im Ohr, als diese ihrer Ma am Telefon ihr Herz ausgeschüttet hatte.

»Ich weiß.« Roger fuhr sich durchs Haar. »Das hab ich lange nicht wahrhaben wollen. Weil sich an meinen Gefühlen für Cathleen nicht das Geringste geändert hat. Darum war es mir gar nicht in den Sinn gekommen, dass sie daran zweifeln könnte.«

»Du solltest auf jeden Fall mit ihr reden«, wiederholte Lizzy. »Ich weiß, dass sie manchmal ziemlich ratlos ist und sich einsam fühlt. Auch wenn sie sich immer sehr bemüht, sich nichts anmerken zu lassen.«

»Das werde ich. Und zwar noch heute Abend. Wenn ich gegen zehn Uhr in Denver anrufe, hab ich gute Chancen, dass sie zu Hause ist. Da haben sie gerade zu Mittag gegessen.« Roger drückte Lizzys Hand. »Danke, dass du so einfühlsam bist und dir so viele Gedanken machst.«

»Das ist doch selbstverständlich.«

»Ist es ganz und gar nicht. Zumal du selbst gerade eine schwere Zeit durchmachst.« Er strich ihr über die Wange. »Apropos schwere Zeit. Ich hab da was für dich. Eigentlich wollte ich dir das später geben. Als Glücksbringer für deine Prüfung.« Er ging zu seiner Seite des Doppelbetts und holte etwas aus der Schublade seines Nachttisches. »Aber ich finde, jetzt ist genau der richtige Zeitpunkt.« Er hielt Lizzy einen kleinen Lederbeutel hin. »Den hat mir Solveig einst als Unterpfand ihrer Liebe geschenkt.«

»Solveig? Das war also der Name deiner Verlobten.«

Roger nickte.

»Hast du eigentlich versucht, Kontakt mit ihr aufzunehmen, seit du wieder in Norwegen bist?«

»Nein.« Er setzte sich wieder. »Erstens sehe ich keinen Grund dafür. Und zweitens wüsste ich auch gar nicht, wo ich nach ihr suchen sollte. Ich hab ja nicht einmal ihren jetzigen Nachnamen.« Er deutete auf das Säckchen. »Willst du es nicht öffnen?«

Lizzy verzichtete auf weitere Fragen, kam seiner Aufforderung nach und ließ den Inhalt in ihre Hand gleiten: einen polierten, rötlich-orangenen Stein von der Größe einer Haselnuss mit glitzernden Einsprengseln.

»Der ist wunderschön«, sagte Lizzy mit belegter Stimme. Sie räusperte sich. »Und fühlt sich so warm und glatt an.«

»Das ist ein Sonnenstein«, erklärte ihr Vater. »Wie durch ein Wunder haben ihn die Nazis damals nicht entdeckt und mir abgenommen. Er hat mich durch die finstersten Jahre meines Lebens begleitet. Und mir später viel Glück gebracht.« Er lächelte Lizzy an. »Nicht zuletzt deine Mutter, dich und Chris.«

»Bist du sicher, dass du ihn wirklich mir vermachen willst?«

»Ganz sicher.« Roger schloss seine Hand um Lizzys mit dem Stein. »Durch das Gespräch mit dir ist mir klar geworden, was für ein reich beschenkter Mann ich bin. Du hast mir die Augen geöffnet. Und nun hoffe ich, dass dir dieser Stein ebenfalls auf deinem Weg zur Seite steht.«

»Ach, Dad«, rief Lizzy und warf sich in seine Arme. »Das ist so wahnsinnig lieb von dir. Vielen, vielen Dank!« Sie drückte ihn fest an sich und schloss ihre Augen, die sich mit Tränen füllten.

# 46

*Stavanger, Winter 1941*

Afra und Kurt hatten über die Weihnachtsfeiertage Heimaturlaub bewilligt bekommen und wollten diesen nutzen, um sich gegenseitig ihren Familien vorzustellen und sie über ihre Verlobung zu informieren. Afra rechnete mit Gegenwind. Kurt war weder Landwirt noch Katholik, obendrein überzeugter Sozialdemokrat. Vor einem Jahr hätte ihr eine negative Reaktion ihrer Eltern sehr zu schaffen gemacht, wie sie Solveig gestand, nun war ihr deren Einverständnis zwar nicht gleichgültig, aber nicht mehr ausschlaggebend. Sie hatte ihre Wahl getroffen und würde dazu stehen. »Denn eines hat mich dieser vermaledeite Krieg gelehrt«, hatte sie festgestellt. »Nämlich wie zerbrechlich das Leben und das Glück sind.«

Vor ihrer Abreise war sie noch einmal mit Solveig verabredet. Seit ihrem Cafébesuch am Skagen hatte sich die Freundschaft der beiden weiter vertieft, nachdem Solveig keine Geheimnisse mehr vor Afra hatte, was dazu führte, dass auch diese ihr mehr über ihre Sorgen und Gedanken anvertraute. Sie wollten ins Kino gehen, wo *Tanz mit dem Kaiser* lief, ein offenbar eher anspruchsloses Liebes- und Verwechslungsgeplänkel zur Zeit der Kaiserin Maria Theresia.

Als Solveig ihre Freundin am Mittwochnachmittag nach der Arbeit abholte, fand sie sie in Tränen aufgelöst auf einer Bank in der Eingangshalle der St. Svithun Schule vor, die von den Deutschen zur Unterbringung ihrer Leute requiriert worden war.

»Um Gottes willen! Was ist passiert? Ist etwas mit deinem Bruder?«, fragte Solveig erschrocken und setzte sich neben Afra. Sie wusste, dass diese seit Tagen auf einen Brief von Ferdl wartete. Den letzten hatte sie Anfang Dezember erhalten. »Ist er etwa gef…«

Afra schüttelte den Kopf. »Er wurde angeschossen. Sein Knie wurde von einem Schrapnell zerschmettert.«

»Wie schrecklich! Der Arme!«

»Der Glückliche«, schniefte Afra.

»Der Glückliche?« Solveig zog die Stirn kraus.

»Er ist aus der russischen Hölle raus und liegt jetzt in einem Lazarett in Polen. Für die Front werden sie ihn da wohl nicht mehr zusammenflicken können. Wahrscheinlich müssen sie das Bein amputieren.«

Solveig sah ihre Freundin ratlos an. Es sah dieser gar nicht ähnlich, so zynisch über einen solchen Schicksalsschlag zu reden, zumal er ihren geliebten Bruder betraf. Vielleicht steht sie unter Schock, überlegte Solveig und legte vorsichtig einen Arm um Afra.

Diese drückte ihren Kopf gegen Solveigs Schulter. »Kurt wird an die Ostfront verlegt«, schluchzte sie. »Gleich nach Weihnachten soll er nach Russland aufbrechen.«

»O nein, das ist furchtbar«, rief Solveig.

»Gerade jetzt, wo es dort besonders schlimm für unsere Soldaten ist. Kurt wird in den sicheren Tod geschickt.«

Solveig wagte es nicht, Afra zu widersprechen. Die Nachrichten der letzten vierzehn Tage zeichneten ein düsteres Bild. In der Schlacht um Moskau war ein Sieg der Deutschen in unerreichbare Ferne gerückt. Zu den widrigen Wetterbedingungen bei Temperaturen bis zu minus 30° Celsius kam seit dem 5. Dezember eine massive sowjetische Gegenoffensive mit Einheiten, die im Gegensatz zu den Deutschen ausgeruht waren, nur kurze Distanzen zu ihren Versorgungsdepots zu überwinden hatten und vor allem für den Winter gut gerüstet waren. Seither vermeldeten die Wehrmachtsberichte im Radio, dass auf weiten Strecken der

Ostfront nur noch »örtliche Kampfhandlungen« stattfänden. Die kargen Informationen ließen vor allem auf Abwehrmaßnahmen schließen, was bedeutete, dass es keine nennenswerten Offensiven mehr gab.

Nachdem sich die Truppen der Wehrmacht am 3. Adventssonntag vor der vorrückenden Roten Armee aus der Stadt Kalinin hatten zurückziehen müssen, war zwei Tage später der Befehl des Führers an die Kommandanten an der russischen Front ergangen, die übrigen Stellungen durch »fanatischen Widerstand« zu halten. Gleichzeitig hatte er jegliche Rückwärtsbewegung verboten, um ein Auseinanderfallen der gesamten Front zu vermeiden. Herrn Möller, der diese Information tags zuvor bei einem Telefonat mit der Zentrale des Reichskommissariats in Oslo erhalten hatte, war es anschließend nicht gelungen, seinen Unmut über diese unvernünftige Anordnung zu kaschieren. Besagte sie doch seiner Meinung nach nichts anderes, als ohne Rücksicht auf eigene Verluste und wider jede militärische Sinnhaftigkeit Menschenleben zu opfern.

»Kurt spielt mit dem Gedanken, zu desertieren und nach dem Urlaub nicht zur Truppe zurückzukehren.«

Afras Flüstern holte Solveig aus ihren Gedanken. Sie schrak zusammen.

»Nicht mal so sehr wegen der desolaten Situation dort«, fuhr ihre Freundin fort, nachdem sie sich vergewissert hatte, dass niemand in Hörweite war. »Sondern weil er um keinen Preis bei den Verbrechen mitmachen will, die die Waffen-SS, aber auch unsere Soldaten dort verüben.«

»Wie stellt er sich das vor?«, fragte Solveig leise. »Er kann doch nicht einfach bei seinen Eltern bleiben. Man würde ihn schnell ausfindig machen, vor ein Kriegsgericht stellen und zum Tode verurteilen. Und selbst wenn er ein gutes Versteck fände, seine Familie würde …«

»Das war auch mein erster Gedanke«, unterbrach Afra sie. »Und das kommt für Kurt auch gar nicht infrage. Er will niemanden in Gefahr bringen.« Sie ließ den Kopf hängen. »Es ist so trostlos.«

Solveig streichelte Afras Schulter. Ihre Gedanken rasten. Es musste doch eine Möglichkeit geben, Kurt vor der Ostfront zu bewahren.

»In seiner Verzweiflung hat er sogar überlegt, sich selbst zu verstümmeln, um nicht mehr tauglich für den Kriegsdienst zu sein«, wisperte Afra und brach erneut in Tränen aus. »Aber wenn das aufflöge, wäre er auch ein toter Mann.«

»Dann bleibt eigentlich nur eine Möglichkeit«, sagte Solveig nach einer Pause, in der sie schweigend vor sich hingestarrt hatten.«

Afra richtete sich auf und sah sie an.

»Er müsste nach England oder Schweden fliehen.«

»Wie denn?« Afra sackte wieder in sich zusammen. »Er kennt niemanden, der ihn übers Meer bringen könnte. Und um zur schwedischen Grenze zu gelangen, bräuchte er Passagierscheine und jemanden, der sich dort auskennt und ihm Schleichwege zeigen könnte.« Sie schniefte. »Wenn er auf der Flucht geschnappt wird, erschießt man ihn ebenfalls.«

Solveig nickte. Das galt nicht nur für Soldaten, sondern seit ein paar Wochen per Edikt von Reichskommissar Terboven auch für Norweger, die sich in »feindliches Gebiet« absetzen wollten oder anderen dabei halfen.

»Trotzdem ist es von allen Optionen noch diejenige, die am ehesten machbar ist«, sagte sie nach kurzem Nachdenken. »Vielleicht können wir dabei helfen«, setzte sie zögernd hinzu.

Sie sah sich wieder mit Roar im Frogner Park sitzen, wo er ihr anvertraut hatte, während seines Studiums in Oslo Mitglied einer Gruppe gewesen zu sein, die neben anderen illegalen Aktionen auch Leuten geholfen hatte, die vor den Nazis außer Landes fliehen mussten. Er war mit dem Auftrag verabschiedet worden, in Stavanger weitere Mitstreiter zu finden und das Netzwerk des Widerstandes auszuweiten. Zwar hatte er seither nie erwähnt, ob er Kontakte zu Fluchthelfern hatte knüpfen können, was jedoch nicht bedeutete, dass er es nicht getan hatte. Nach wie vor verfolgte er die Strategie, Solveig nicht in Dinge einzuweihen, die sie nicht unbedingt wissen musste. Mittlerweile hatte er einige vertrauenswürdige Mittelsmänner im Umland gefunden, die ihnen – so ihre Hoffnung – weiterhelfen konnten oder zumindest wussten, an wen sie sich wenden konnten.

»Ihr?« Afra hob die Brauen.

»Ich komme im Büro an Blanko-Reiseerlaubnisse ran«, erklärte Solveig. »Und Roar …« Sie brach ab. »Das muss ich erst noch klären. Ich will keine Versprechen machen, die ich nicht halten kann.« Sie stand auf. »Lass uns morgen gegen fünf Uhr wieder treffen. Bis dahin hab ich herausgefunden, ob meine Idee funktionieren könnte.« Sie zog sich ihre selbst gestrickten Fäustlinge an. »Am besten im Kontor meines Vaters. Da ist am späten Nachmittag niemand mehr, und wir können ungestört alles besprechen.«

»Viel Zeit bleibt uns nicht gerade«, sagte Afra und sah Solveig verzagt an. »Am 21. Dezember beginnt unser Urlaub. Und bereits am Abend davor fährt unser Nachtzug nach Oslo, von wo es dann per Truppentransporter nach Deutschland weitergeht. Bis dahin müssten wir einen Ausweg für uns …«

»Uns?« Solveig sah Afra verdutzt an. »Heißt das, du willst ebenfalls nicht mehr zu deiner Fernmeldezentrale zurückkehren?«

»Ja, ich werde Kurt nicht allein fortlassen«, sagte Afra. »Wir gehören zusammen. Und wenn es bedeutet, dass wir gemeinsam zugrunde …«

»So weit wird es nicht kommen!«, fiel ihr Solveig ins Wort. »Kopf hoch!«, sagte sie mit mehr Überzeugung in der Stimme, als sie verspürte. »Irgendeine Lösung werden wir finden.«

»Das ist so … Ich weiß gar nicht, was ich …« Afra nahm Solveig in die Arme. »Danke!«

»Dazu ist es noch zu früh.« Solveig löste sich von ihrer Freundin.

»Nein, ist es nicht. Allein schon, dass du uns helfen willst.« Afra wischte sich die Augen. »Ist es recht, wenn ich Kurt mitbringe?«

»Selbstverständlich. Falls alles gut läuft, ist es ohnehin notwendig, dass er bei der Planung dabei ist.«

Solveigs Hoffnung erfüllte sich. Roar kannte tatsächlich zwei junge Männer, die bereits mehrere Male erfolgreich Menschen zur Flucht verholfen hatten. Im Sommer per Fischerboot zur schottischen Küste – was jedoch angesichts der rauen See im Dezember nicht möglich war. Stattdessen hatten die beiden seit einigen Wochen eine Möglichkeit aufgetan, in Zusammenarbeit mit ortskundigen Widerständlern im Grenzgebiet zu Schweden gefährdete Leute oder junge Männer, die sich den alliierten Streitkräften anschließen wollten, ins neutrale Nachbarland zu bringen.

Als sich Afra, Kurt und Solveig am Donnerstagabend mit Roar in der Verksgata am Østre Havn trafen, unterbreitete ihnen dieser folgenden Plan, den er in Absprache mit den Fluchthelfern ausgetüftelt hatte: Afra und Kurt sollten sich am Samstag, den 20. Dezember, offiziell in den Urlaub verabschieden und angeblich den Nachtzug nach Oslo nehmen. Stattdessen würden sie zum Hetland Friedhof gehen, wo Solveig zuvor ein Paket mit Zivilkleidung sowie gefälschten Passagiererlaubnissen für sie deponiert hätte. Anschließend sollten sie zu dem Heuschober außerhalb der Stadt aufbrechen, der Solveig und ihm bis in den November hinein als Liebesnest gedient hatte, bevor das Wetter endgültig zu kalt und ungemütlich geworden war. Dort wollte Roar sie abholen. Er selbst würde bereits einen Tag vorher eine außerplanmäßige Dienstfahrt antreten, angeblich nach einem dringenden Anruf von der Fabrik in Dalane, wo ein Problem seine Anwesenheit erforderte. Er wollte tatsächlich dort vorbeischauen, um sich ein Alibi zu verschaffen und bei der Gelegenheit Weihnachtspräsente zu überbringen. Auf dem Rückweg würde er Afra und Kurt einsammeln und zu einem der jungen Männer bringen, der sie zur schwedischen Grenze fahren und einem Schleuser anvertrauen sollte. Spätestens am späten Nachmittag des 4. Advents wäre Roar zurück und könnte wie geplant an der kleinen Weihnachtsfeier teilnehmen, zu der Solveigs Eltern ein paar Freunde und Bekannte eingeladen hatten, darunter auch Nils als besten Freund ihres Schwiegersohnes in spe.

»Ich weiß gar nicht, wie ich das jemals vergelten kann«, sagte Afra zu Roar, als sie sich verabschiedete. »Dass du bereit bist, dieses Risiko für uns einzugehen. Willst du das wirklich tun?«, fragte sie. »Ich würde es gut verstehen, wenn du es dir doch anders überlegst.«

Kurt hatte sich bereits ein paar Minuten zuvor auf den Weg gemacht, um rechtzeitig vor dem Zapfenstreich in seiner Kaserne einzutreffen und vor allem, um nicht zu zweit mit Afra gesehen zu werden. Nichts sollte später den Verdacht aufkommen lassen, sie wären gemeinsam ausgebüxt.

Roar schüttelte den Kopf. »So riskant ist es nun auch wieder nicht. Außerdem würde ich es mir nicht verzeihen, nicht zu helfen, obwohl ich die Möglichkeit dazu habe. Es geht schließlich um eure Leben.«

»Ich bin dir unendlich dankbar.« Afra wischte sich die Augen. »Und dir natürlich auch.« Sie nahm Solveig fest in die Arme. »Ich werde dich furchtbar vermissen.«

»Du wirst mir auch sehr fehlen.« Solveig seufzte. »Irgendwie kann ich es noch gar nicht glauben, dass du nicht mehr da sein wirst.«

»Wann wir uns wohl wiedersehen?« Afra sah Solveig in die Augen.

»Ich fürchte, das wird erst möglich sein, wenn wieder Frieden herrscht.«

»Dann hoffen wir, dass dieser schreckliche Krieg bald vorbei ist«, sagte Roar. »Ewig kann der Spuk doch nicht mehr dauern.« Er nickte Afra zu. »Also, bis Samstagnacht.«

»Passt gut auf euch auf«, sagte Solveig und umarmte ihre Freundin noch einmal.

Nachdem Afra aus dem Kontor geschlüpft und im Schutz der Dunkelheit den Rückweg angetreten hatte, warteten Solveig und Roar noch etwas, bevor sie ebenfalls aufbrachen.

»Ehrlich gesagt, ich hab schreckliche Angst«, sagte Solveig nach einer Weile leise. »Bist du wirklich sicher, dass du …«

»Das bin ich«, antwortete er. »Wie gesagt, das Risiko hält sich in Grenzen. Die bisherigen Aktionen der beiden Jungs sind immer reibungslos verlaufen. Und ich hab den hier.« Er zog das Beutelchen mit dem Sonnenstein, das er an einem Lederband um den Hals trug, unter seinem Pullover hervor. »Mit deinem Glücksbringer kann mir gar nichts passieren.« Er beugte sich zu Solveig hinunter, gab ihr einen Kuss und öffnete die Tür. »Ich bin ja nicht lange weg. Mach dir bitte keine Sorgen. Ich werde wie immer sehr vorsichtig sein.«

Solveig folgte ihm zögernd auf den Gang hinaus. Ein knarzendes Geräusch ließ sie zusammenschrecken. »Hast du das auch gehört?« Sie lauschte angestrengt. »Ist da jemand?«

Roar schüttelte den Kopf. »Das war nur das alte Gebälk. Hier knackt es häufig mal.« Er legte den Arm um Solveig. »Hier ist niemand. Die beiden Angestellten, mit denen wir uns die Wohnung oben teilen, sind bereits in die Weihnachtsferien gefahren. Und Nils ist mit seiner aktuellen Flamme im Kino.«

»Du hast sicher recht«, murmelte Solveig. »Meine Nerven haben mir einen Streich gespielt.« Ich werde trotzdem heilfroh sein, wenn die Sache gut überstanden ist, fuhr sie im Stillen fort. Und Roar wieder wohlbehalten in Stavanger ist.

Nachdem Solveig am Sonntag nach einer unruhigen Nacht aufgewacht war, kreisten ihre Gedanken unablässig um Afra, Kurt und Roar. Immer wieder schaute sie auf die Uhr und ging den Fluchtplan durch, den sie ausgetüftelt hatten. Es machte sie schier wahnsinnig, nicht dabei sein zu können und sich zu überzeugen, dass alles reibungslos über die Bühne ging. Ab dem späten Vormittag steigerte sich ihre Nervosität. Um diese Zeit wollte Roar die beiden Deutschen beim Heuschober abholen, wo diese seit den frühen Morgenstunden auf ihn warteten.

Die Erinnerung an die zweisamen Stunden, die sie dort in Roars Armen verbracht hatte, entlockte ihr ein Seufzen. Wann sie sich wohl wieder in ihrem Liebesnest treffen konnten?

»Wo bist du nur mit deinen Gedanken?«

Die vorwurfsvolle Stimme ihrer Mutter holte Solveig in die Küche zurück, in der sie die Einladung zum Adventskaffee vorbereiten.

»Der Gugelhupf backt sich nicht von selbst.«

Solveig murmelte eine Entschuldigung, fettete die Kuchenform ein und füllte den Teig hinein. Wenn alles glattgegangen ist, sind die drei nun auf dem Weg zu dem Mittelsmann, der Afra und Kurt zur schwedischen Grenze bringen soll, überlegte sie, als sie die Ofentür öffnete.

Während ihre Mutter später einen Punsch aufsetzte, füllte Solveig Weihnachtsplätzchen in eine Schale und versuchte auszurechnen, wann Roar wieder in Stavanger eintreffen würde. Er hatte ihr nicht verraten, wo sich der Treffpunkt befand. Da er jedoch zuversichtlich war, am Nachmittag zurück in Stavanger zu sein, musste dieser Ort in einem Umkreis von maximal 30 bis 50 Kilometern von der Stadt entfernt liegen. Hoffentlich sind die Straßen nicht vereist, dachte Solveig und sah unwillkürlich zum Fenster, vor dem jedoch bereits die Läden geschlossen waren, wie es die Verdunkelungspflicht beim Einsetzen der Dämmerung vorschrieb.

»Was ist nur los mit dir?« Tuva Lund musterte sie ungehalten. »Es gibt noch viel zu tun.« Sie machte eine scheuchende Handbewegung. »Sieh nach, ob in der Anrichte im Esszimmer ausreichend gebügelte Servietten liegen. Wenn nicht, holst du bitte welche oben aus dem Wäscheschrank.«

Solveig eilte aus der Küche und warf erneut einen Blick auf ihre Uhr. Wenn nichts dazwischengekommen war, musste Roar eigentlich auf dem Rückweg sein, vielleicht parkte er in diesem Moment sogar den Dienstwagen in der Garage beim Kontor. Sie sah ihn vor sich, wie er in sein Zimmer lief, in seinen Sonntagsanzug schlüpfte und sich auf den Weg zur Vinkelgata machte.

Als Solveig und ihre Mutter gegen vier Uhr den Kaffeetisch eindeckten, klingelte es.

»Wer mag das sein?«, fragte Tuva. »Unsere Gäste kommen doch erst in einer halben Stunde.«

»Das ist sicher Roar«, jubelte Solveig und rannte aus dem Zimmer. Vor dem Spiegel bei der Garderobe hielt sie kurz inne und richtete ihre Frisur, bevor sie die Tür aufriss. Ihr freudiges »Endlich, ich hab's kaum noch ausgehalten« erstarb auf ihren Lippen. Vor ihr stand der Vorarbeiter von der Werft.

»Einen Augenblick, ich hole meinen Vater«, sagte sie.

»Nicht nötig, ich bin schon da«, hörte sie dessen Stimme in ihrem Rücken. »Herr Haugen, was führt Sie zu mir? Gibt es doch gravierendere Probleme bei der Reparatur?«

»Nein, das Schweißgerät funktioniert jetzt einwandfrei und ist morgen einsatzbereit.«

»Wunderbar.« Erling Lund warf seinem Vorarbeiter einen irritierten Blick zu. »Aber um mir das mitzuteilen, hätten Sie sich doch nicht extra hierherbemühen müssen. Noch dazu am Sonntag.«

»Ähm, ich … Es ist etwas …«, stotterte Herr Haugen und drehte verlegen seinen Hut in den Händen.

»Heraus mit der Sprache.« Die Ungeduld in Erling Lunds Stimme war nicht zu überhören.

Der Vorarbeiter nahm Haltung an. »Ich fürchte, ich habe schlimme Neuigkeiten. Als ich gerade von der Werft zurückgekommen war und das Boot am Anleger vor dem Kontor festmachte, fuhren dort zwei Autos vor – voll mit bewaffneten Sicherheitspolizisten, von denen einige ins Haus stürmten. Gleich darauf wurde im ersten Stock, wo die Wohnung der Angestellten ist, ein Fenster aufgerissen. Herr Kjøl sprang hinaus und …«

»Was reden Sie da?« Solveigs Vater runzelte die Stirn. »Sie können unmöglich von unserem Ingenieur sprechen. Sie haben da gewiss in der Dunkelheit etwas ver…«

»Als er wegrannte, haben die Beamten mehrmals seinen Namen gerufen und ihn aufgefordert, stehen zu bleiben«, sagte der Vorarbeiter. »Ich täusche mich leider nicht.«

»Aber das ist unmöglich«, entfuhr es Solveig, die mit wachsendem Entsetzen zugehört hatte. Sie schwankte. Ihr Vater griff nach ihrem Oberarm.

»Das ist ein Missverständnis«, sagte er zu ihr »Was könnte Roar schon getan haben, das die SiPo auf den Plan ruft?«

Wie haben die Wind davon bekommen, dass er Afra und Kurt bei ihrer Flucht geholfen hat? Was an dem Plan hat nicht funktioniert? Welche Schwachstelle haben wir übersehen? Solveigs Gedanken rasten. Hat uns doch jemand neulich Abend beim Verlassen des Büros belauscht? Aber da haben wir ja gar nicht mehr über den Plan gesprochen.

»Er hatte Waffen versteckt«, beantwortete der Vorarbeiter die Frage seines Chefs. »Die Beamten haben mehrere Gewehre und Pistolen aus dem Haus getragen und ihrem Vorgesetzten gemeldet, sie hätten diese in Herrn Kjøls Zimmer gefunden.«

»Waffen?« Erling Lund sah seine Tochter entgeistert an. »Weißt du etwas davon?«

»Nein«, hauchte Solveig, während sie sich zugleich fragte, ob es denkbar war, dass Roar – ohne sie einzuweihen – derart gefährliche Aktionen unternahm. Solveig schüttelte unwillkürlich den Kopf. Das würde er mir nie antun. Er hat mir hoch und heilig versprochen, vorsichtig zu sein und kein unnötiges Risiko einzugehen.

»Wo ist Roar jetzt?«, fragte sie Herrn Haugen. »Ich muss sofort zu ihm.«

»Ich fürchte, das ist nicht möglich.« Der Vorarbeiter schlug die Augen nieder. »Als Herr Kjøl nicht stehen blieb, haben die Polizisten das Feuer eröffnet. Er wurde getroffen und war sofort tot«, stieß er hervor.

»Tot?«, riefen Vater und Tochter wie aus einem Mund.

Solveig spürte, wie eisige Kälte in ihr hochkroch. Das ist nicht wahr, dachte sie. Das ist vollkommen verrückt. Niemals wäre Roar so leichtsinnig gewesen, in seinem Zimmer Waffen zu verstecken! Und kopflos davonzurennen, passt auch nicht zu ihm. Nein! Ihr Vater hatte recht. Das alles musste ein furchtbares Missverständnis sein. Klapperten da nicht Schritte auf dem Kopfsteinpflaster? Sie reckte den Kopf und sah zur Straße. Gleich würde Roar kommen, sie in seine Arme ziehen und sich köstlich über diese Schauergeschichte amüsieren.

Solveig presste ihre Hände ineinander. Bitte, lieber Gott! Lass nicht zu, dass mir der wichtigste Mensch in meinem Leben genommen wird. Das ertrage ich nicht. In ihrem Kopf setzte ein Dröhnen ein, das alle anderen Geräusche ausblendete. Gleichzeitig versank die Welt in tiefes Schwarz. Sie spürte noch, wie ihr Vater den Griff um ihren Arm verstärkte, bevor ihre Knie nachgaben, und sie in sich zusammensackte.

# 47

*Stavanger, Frühling 1970*

## Lizzy

In der Woche vor Ostern vollendeten Ole, Reidun und Lizzy die letzten Renovierungsarbeiten und – so weit wie möglich – die Einrichtung ihres Hauses. Lizzy, die sich Eriks Zimmer gewählt hatte, musste noch auf einige Möbel warten, darunter ihren geliebten Ball Chair mit den roten Polstern, die ihre Mutter in Denver auf den Weg bringen wollte. Die Wohnstube dagegen hatte sich mittlerweile in eine behagliche Oase verwandelt. Der gusseiserne Ofen war von Rostflecken befreit und schwarz lackiert, der alte Holzschrank abgeschliffen und mit Gläsern und Geschirr befüllt, für die in der Küche kein Platz mehr gewesen war. Ole hatte Regale aufgestellt, in denen Bücher, Schallplatten und Fotoalben Platz fanden, sowie seine Stereoanlage installiert. Auf dem Sperrmüll hatten er und Erik schon Wochen zuvor eine alte Couch und zwei Sessel gefunden, über die Reidun selbst genähte Patchwork-Decken ausbreitete und mit dazu passenden Kissen bestückte. Umgedrehte Obstkisten aus Holz, die Lizzy bunt angestrichen hatte, dienten als Beistelltischchen. Ein farbenfroher Flickenteppich lag auf den frisch gewachsten Holzdielen, und an der Decke war eine schlichte, runde Glaslampe montiert.

Am Mittwochnachmittag hatten Ole und Lizzy gerade im Flur einen Garderobenspiegel sowie Haken für Mäntel angeschraubt, anschließend in der Küche den Tisch gedeckt und Wasser aufgesetzt, als Reidun die Treppe herunterkam.

»Du bist zu früh«, sagte Lizzy. »Der Kaffee ist noch nicht fertig.«

»Bist du schon fertig?«, fragte Ole gleichzeitig. »Oder haben die Sachen doch Stockflecken und können nicht mehr verwendet werden?«

»Weder noch«, antwortete Reidun.

Sie wollte im oberen Stockwerk die Bettwäsche und Handtücher sichten, die Sylvi ihnen überlassen hatte und einen Teil zum Waschen mitnehmen. Die Sachen waren zwar unbenutzt und noch mit den Originalschleifen des Marnburg-Kaufhauses zusammengebunden, nach ihrer jahrzehntelangen Einlagerung hatten sie jedoch einen leicht muffigen Geruch angenommen.

»Ich wollte dir die hier zeigen«, sagte sie zu Ole. »Die lag zuunterst in der Korbtruhe.« Sie reichte ihm eine viereckige Blechdose und setzte sich auf die Eckbank. »Wie die da wohl hineingeraten ist?«

»Und wem hat sie gehört?« Lizzy kam neugierig näher.

»Vielleicht meinen Großeltern«, meinte Ole und nahm ebenfalls Platz. »War schließlich früher mal ihr Haus.« Er klappte den Deckel zurück. »Schätze scheinen sich leider nicht darin zu befinden.« Er grinste und hielt einen Sektkorken in die Höhe.

»Die muss uralt sein.« Lizzy deutete auf eine kleine Schallplattenhülle. »Ist das Deutsch?«

»›Sommersprossen‹. Gesungen von Peter Igelhoff«, las Ole vor. »Ja, das ist ein deutscher Schlager. Von 1936, wie hier steht.«

»*Sommersprossen*?« Reidun sah ihn fragend an. »In der Schule war ich leider nicht besonders gut in Deutsch.«

»Das sind *fregner*«, übersetzte Ole und fuhr an Lizzy gewendet fort: »Auf Englisch *freckles*.«

»Seltsamer Titel.«

»Hier ist doch was Wertvolles«, sagte Reidun, die eine kleine Schachtel aus der Dose gefischt hatte, in der ein silbernes Amulett mit feinen Ziselierungen schimmerte. Sie nahm es heraus und ließ es aufspringen.

»Ist was drin?«, fragte Lizzy.

»Fotos«, antwortete Reidun. »Von deinen Großeltern?« Sie zeigte Ole das Schmuckstück.

»Nein, das sind meine Mutter und …«

»… dein Vater«, beendete Lizzy seinen Satz.

Zu ihrer Überraschung schüttelte er den Kopf.

Reidun warf einen prüfenden Blick auf die Schwarz-Weiß-Bilder. »Stimmt, keinerlei Ähnlichkeit. Aber dafür mit … Nein, das kann nicht sein.« Sie schaute Lizzy an. »Ich kann mir nicht helfen. Aber der Mann sieht aus wie dein Vater.«

»Mein Vater?« Lizzy riss ihr den Anhänger aus der Hand. »Ich glaub, mich laust der Affe! Das ist ja echt mein Dad in Jung.«

Die drei sahen sich verdattert an.

»Ist sonst noch was Interessantes in der Dose?«, fragte Lizzy. »Was uns Aufschluss geben könnte? Vielleicht Briefe oder so?«

»Nur noch die hier«, antwortete Reidun und klaubte eine vergilbte Karte heraus. »Das ist ein Eintrittsbillett vom 21. Mai 1941 für die Premiere von *Det skal lyse igjen over byen*«, verkündete sie. »Im ›Chat noir‹. Das ist ein …«

»… Revuetheater in Oslo.« Lizzy rieb sich die Schläfe. »Ich fasse es nicht. Das hat mein Dad erst vor ein paar Tagen erwähnt. Und nicht nur das, da wollte er genau in dem Jahr reingehen. Mit seiner damaligen Verlobten.«

»Die später geglaubt hat, dass er von den Nazis ermordet wurde«, stellte Ole mehr fest, als dass er fragte.

Lizzy nickte. Sie hatte ihren beiden Freunden mittlerweile von der Geschichte ihres Vaters erzählt und seinem Verdacht, dass er von Lena Haugens Vater denunziert und daraufhin von der Sicherheitspolizei verhaftet worden war.

»So verrückt es klingt, aber bei dieser Verlobten hat es sich doch sehr wahrscheinlich um deine Mutter gehandelt«, sagte Reidun zu Ole.

»Aber die heißt doch Sylvi und nicht Solveig«, warf Lizzy ein.

»Das ist unmöglich«, murmelte Ole gleichzeitig. »Meine Mutter und Lizzys Vater? Hört sich nach einem sehr unwahrscheinlichen Zufall an.«

»Finde ich auch.« Lizzy schaute erneut auf das Amulett. »Die Ähnlichkeit ist zwar verblüffend, aber ob das wirklich ...«

»Es gibt nur einen Weg, das herauszufinden«, sagte Reidun. »Wir müssen Sylvi fragen, ob sie früher einen Roger Cole kannte.«

»Der Name ist nicht gerade typisch norwegisch.« Ole runzelte die Stirn. »Kann es sein, dass dein Vater seinen Namen anglisiert hat, als er in die USA emigriert ist?«

»Möglich wär's.« Lizzy zuckte die Schultern.

»Das war und ist ja nicht selten der Fall«, bemerkte Reidun. »Eine entfernte Verwandte von uns, die Anfang des Jahrhunderts nach Minnesota ausgewandert ist, hat das gemacht, weil die Amis ihren Namen unaussprechlich fanden.«

Eigentlich würde es bei Dad ganz besonders gut passen, überlegte Lizzy. Schließlich wollte er einen radikalen Neuanfang. Da wäre eine Namensänderung fast schon ein Muss gewesen. Um quasi als ein anderer Mensch in das Leben in dem fremden Land zu starten.

»Apropos Namen«, fuhr Reidun fort. »Sylvi ist eine Koseform von Solveig. Wäre es denkbar, dass ihr Taufname Solveig ist?« Sie sah Ole an, ehe sie sich zu Lizzy drehte. »Hat dein Vater erwähnt, wie sie mit Nachnamen hieß?«

Lizzy schüttelte den Kopf.

Ole dachte kurz nach. »Wenn meine Mutter mit Lizzys Vater verlobt war, müssten doch ihre Namen oder wenigstens ihre Initialen in die Aussteuerstücke genäht sein. Vielleicht hilft uns das weiter.«

»Fehlanzeige«, antwortete Reidun. »Ich habe nichts dergleichen entdeckt.«

»Seltsam, gerade früher war es doch üblich, dass man die Wäsche kennzeichnet.«

»Ich denke mal, dass das Zeug lange vor dem Hochzeitstermin angeschafft wurde«, sagte Lizzy. »Und das Verschwinden meines Vaters, wenn er denn der Verlobte von Sylvi war, der Kennzeichnung zuvorkam.«

»Stimmt, das klingt plausibel.« Reidun nickte. »Wobei … Warum hat Sylvi die Sachen dann nicht in ihrer Ehe mit deinem Vater verwendet und die entsprechenden Kürzel eingestickt?« Sie sah Ole fragend an.

»Weil sie sie vermutlich nicht brauchten«, antwortete er. »Zuerst haben sie nämlich etliche Jahre im Haus von seinen Eltern gewohnt. In Høyanger, einer Kleinstadt in Vestlandet, wo er aufgewachsen ist. Und als sie in den späten Fünfzigern nach dem Tod meiner Großmutter mütterlicherseits nach Stavanger zurückkehrten, übernahmen sie deren Haus, das ebenfalls bestens ausgestattet war.« Ole sprang auf. »Ich weiß nicht, wie es dir geht, Lizzy. Aber ich will so schnell wie möglich rausfinden, was Sache ist. Kommst du mit?«

»Wo willst du hin?«, fragte Reidun, bevor Lizzy antworten konnte.

»Na, wohin wohl? Zu meiner Mutter. Sie ist jetzt ziemlich sicher zu Hause. Mein Vater praktischerweise nicht, der wollte sich neue Ski kaufen und Vorräte für die Feiertage, die er mit Freunden auf einer Hütte in den Bergen verbringen wird.«

»Willst du deine Mutter wirklich so überrumpeln?«, fragte Reidun.

»Ich werde behutsam sein, versprochen.« Er ging zur Tür. »Ich geh nur noch rasch auf die Toilette, dann können wir los«, sagte er zu Lizzy und verließ den Raum.

»Ich halte das für keine gute Idee«, sagte Lizzy leise.

»Geht mir ebenso.« Reidun zupfte an einer Haarsträhne.

»Wenn unser Verdacht doch richtig war, und Oles Vater nicht sein leiblicher ist …«

»Sondern Sylvi bereits von ihrem Verlobten schwanger war und …«, setzte Lizzy den Satz fort und hob die Hand vor den Mund. »Aber das würde ja bedeuten, dass Ole von meinem Vater …«

Sie schnappte nach Luft.

»Genau, dann wärest du seine Halbschwester«, stellte Reidun fest.

Lizzy starrte ihre Freundin perplex an.

»Kommst du?« Ole stand in der Tür.

»Äh, ich …«, stotterte Lizzy.

»Wir sind der Meinung, dass es besser ist, wenn du erst mal allein mit deiner Mutter sprichst«, sprang ihr Reidun bei. »Unter vier Augen fällt es ihr gewiss leichter.«

»Du hast wahrscheinlich recht.« Ole nahm die Blechdose vom Tisch. »Hoffentlich ist sie bereit, mit mir über ihre Vergangenheit zu reden. Drückt mir die Daumen!«

»Wenn wir richtig liegen, hat Sylvi ihn all die Jahre belogen«, sagte Reidun, sobald die Haustür hinter Ole ins Schloss gefallen war. »Er hat doch erzählt, dass sie ihm versichert hat, ihr Mann sei sein Vater.«

»O weh, das würde ihn ganz schön beuteln.«

Reidun seufzte. »Hoffen wir mal, dass er nicht wieder in das schwarze Loch fällt, aus dem er sich gerade erst hochgerappelt hat.«

Lizzy nickte. Ihre Gedanken wanderten zu ihrem Vater. Wie wird er es aufnehmen, wenn es stimmt, dass er einen weiteren Sohn hat?, fragte sie sich. Und was wird Mom dazu sagen? Und überhaupt, was wird passieren, wenn Dad und sie erfahren, dass seine einstige Verlobte in Stavanger lebt? Dass sie ihr quasi täglich zufällig über den Weg laufen könnten? Vielleicht ist das sogar schon passiert. Lizzy rieb sich die Stirn. Was für ein Schlamassel! Und ich habe es in Gang gesetzt.

## Solveig

An diesem Nachmittag ruhte Solveig in eine Wolldecke gemummelt auf einer gepolsterten Chaiselongue, die schräg in einer Ecke neben dem Fenster stand und von einer Stehlampe beleuchtet wurde. Nach der Rückkehr in ihr Elternhaus nach dem Tod ihrer Mutter hatte sie sich ihr ehemaliges Mädchenzimmer als Rückzugsort zum Lesen eingerichtet. Sie genoss die Ruhe im Haus und in ihrem Kopf – wofür sie besonders dankbar war. Der letzte Migräneanfall hatte sie drei Wochen zuvor mehrere Tage lang geplagt. Ausgelöst worden war er durch Eriks Tod, der ihr ihren eigenen Verlust wieder vor Augen geführt hatte. Als wären seither nicht fast drei Jahrzehnte vergangen, hatte sie den Schmerz gespürt, der sie damals fast um den Verstand gebracht hätte. So leid ihr die betroffenen Angehörigen und vor allem ihr Sohn auch taten, sie hatten ihren geliebten Toten immerhin bestatten und so Abschied von ihm nehmen können. Ein Trost, der ihr bei Roar verwehrt geblieben war. Und der die quälende Ungewissheit beendet hätte, er sei vielleicht doch noch am Leben. Dieser Rest Hoffnung war fast noch schwerer auszuhalten gewesen als die Trauer.

Damals hatte sie begonnen, sich in Romane zu flüchten, um der Realität zu entkommen. Dieser Tage las sie *Reisen mit meiner Tante*, den neuesten Roman von Graham Greene, der vor Kurzem auch auf Norwegisch erschienen war. Der Romanheld hatte gerade seine Mutter verloren. Auf der Beerdigung lernte er zum ersten Mal seine 74 Jahre alte Tante kennen, die umgehend damit begann, sein Leben gehörig durcheinanderzubringen. Aus dem langweiligen Ex-Bankdirektor und Frührentner wurde erst ein Reisender und dann ein Komplize für dubiose Geschäfte. Solveig gefielen sowohl der heitere Grundton des Buches als auch dessen Botschaft, die das Alter umdeutete: Nicht die kurze Zeit, die noch blieb, stand im Zentrum der Überlegungen, sondern der Schatz des Erlebten, der sich im Lauf der Jahre ansammelte.

Sie war gerade an der Stelle, als Auguste ihrem Neffen, der sich über ihren Hang zum Luxus wunderte, riet, darin zu schwelgen, um für dunkle Zeiten gute Erinnerungen parat zu haben, als ein Klopfen Solveigs Lektüre unterbrach.

»*Mamma?*«, ertönte Oles Stimme hinter der Tür. »Darf ich reinkommen?«

»Sehr gern«, rief Solveig, die einen Moment lang befürchtet hatte, ihr Mann sei früher als angekündigt zurückgekehrt. Mit ihrem Sohn dagegen hatte sie an diesem Tag nicht gerechnet. Sie wusste, dass er zusammen mit Reidun und Lizzy jede freie Minute beim Werkeln im Haus seiner Großeltern verbrachte. Sie war traurig über seinen Auszug gewesen, hatte jedoch zugleich vollstes Verständnis für sein Bedürfnis gehabt, sich endlich ein eigenes Heim zu schaffen. Und den Wunsch, nicht länger mit einem Mann unter einem Dach zu leben, der ihn täglich seine Ablehnung spüren ließ.

Solveig legte das geöffnete Buch mit dem Rücken nach oben auf das niedrige Tischchen neben der Chaiselongue. Ole kam herein. Sie richtete sich auf, streckte ihm die Arme entgegen und drückte ihn an sich, als er sich zu ihr hinunterbeugte und auf die Wange küsste.

»Ich freue mich sehr, dich zu sehen.« Solveig deutete auf einen Sessel, der mit dem gleichen taubenblauen Samtstoff bezogen war wie das Liegesofa. »Setz dich doch.«

Ole folgte ihrer Aufforderung. »Ich glaube, die gehört dir.« Er hielt ihr eine Blechdose hin.

»Das gibt's doch nicht!« Solveigs Augen weiteten sich. »Woher hast du die?«

»Sie lag in der Korbtruhe unter der Aussteuerwäsche.« Er sah sie aufmerksam an. »Das ist doch deine, oder?«

»Ich hätte nie gedacht, dass sie noch …« Sie schüttelte den Kopf. »Meine Mutter muss sie vor mir versteckt haben. So wie alles, was mich an …«

Sie unterbrach sich erneut, öffnete den Deckel und warf einen Blick hinein. Sie spürte, wie ihr Hals eng wurde. Ihr war, als wäre eine Tür in ihrem Gedächtnis aufgesprungen, die sie fest verriegelt und verrammelt hatte. Sie massierte sich die Schläfe, hinter der es angefangen hatte zu pochen. Einen Moment lang fürchtete sie, von einem der Migräneanfälle heimgesucht zu werden, unter denen sie in den letzten drei Jahrzehnten häufig litt.

»Der Mann in dem Amulett«, drang Oles Stimme an ihr Ohr. »Bist du seinetwegen oft so traurig? Weil er von dir gerissen wurde, bevor ihr heiraten konntet?«

Sie hob den Kopf. »Ja, aber das war vor sehr langer Zeit.«

»Als man dich noch Solveig genannt hat?«

Solveig fror einen Moment lang ein. Wie lange war es her, seit jemand sie so genannt hatte?

»Wie kommst du darauf?«, fragte sie.

»Weil Lizzy sicher ist, dass dieser Mann ihr Vater in jungen Jahren ist. Und der war in Stavanger mit einer Solveig verlobt.«

»Das ist unmöglich.« Solveig zog die Brauen zusammen. »Der Mann auf dem Foto ist seit fast 30 Jahren tot. Erschossen von der SiPo, also der …«

»Sicherheitspolizei, ich weiß«, sagte Ole. »Lizzys Vater hat ihr erzählt, dass er von denen verhaftet wurde und in einem deutschen KZ landete. Es hat wohl nicht viel gefehlt, dass er dort gestorben wäre. Aber er hat es überlebt.«

»Wie gesagt, Lizzy muss sich täuschen. Mein Verlobter wurde ermordet.«

»Wäre es denkbar, dass man dich das glauben lassen wollte?«, fragte Ole nach kurzem Zögern.

»Wie meinst du das?«

»Lizzy hat erwähnt, dass ihr Vater einer der Ersten war, die damals Opfer eines neuen Erlasses wurden. Mit dem war ein besonders hartes Vorgehen gegen Widerstandskämpfer möglich, um andere abzuschrecken. Irgendwas mit Doppel-N.«

»*Nacht und Nebel*«, sagte Solveig auf Deutsch.

»Genau. NN-Häftlinge wurden ohne Gerichtsverfahren weggesperrt und sollten spurlos verschwinden. Das heißt, sie hatten keine Chance, sich bei Angehörigen zu melden. Und diesen wurde umgekehrt auch nichts über ihr Schicksal verraten. Sie wussten also nicht, ob der Gefangene noch lebte. Und deshalb wäre es doch möglich, dass …«

»Nein, wäre es nicht«, schnitt Solveig ihrem Sohn das Wort ab.

Am liebsten hätte sie sich die Ohren zugehalten. Nicht, um seine Stimme auszublenden. Sondern die des Mannes, der ihre Welt zum Einsturz gebracht hatte. Als wäre es gestern gewesen, hörte sie ihn hastig von »Feuer eröffnet«, »getroffen« und »sofort tot« berichten. Sie rang nach Luft.

»*Mamma*, was ist mit dir?«, fragte Ole und nahm ihre Hand. »Du bist ganz bleich.«

Die Berührung holte Solveig in die Gegenwart zurück. »Es gab einen Augenzeugen«, erklärte sie tonlos. »Der hat alles aus nächster Nähe beobachtet. Nicht mal Abschied nehmen konnte ich von Roar. Denn man hat mich nicht zu seiner Leiche gelassen.«

»Vielleicht weil es keine gab. Das war Teil dieser NN-Verfügung«, sagte Ole. »Die Angehörigen wurden bewusst im Unklaren über das Schicksal der Gefangenen gelassen.«

»Ich weiß«, sagte Solveig. »Ihnen wurde obendrein die Möglichkeit verwehrt, Abschied von dem Toten zu nehmen und ihn selbst zu bestatten. Das war besonders perfide und grausam.«

Sie hatte wieder die Szene vor Augen, als Nils ihr von seinem Besuch im Leichenschauhaus berichtet hatte. Ihr Flehen am Tag nach Roars Erschießung, ihn ein letztes Mal sehen zu dürfen, war brüsk abgelehnt worden. Seinem Freund war es gegen Abend in letzter Minute gelungen, einen Gehilfen zu bestechen, ihm die Leiche zu zeigen, die noch in derselben Nacht eingeäschert worden war. Nils hatte Solveig sichtlich erschüttert gestanden, froh zu sein, dass ihr die furchtbare Erfahrung erspart geblieben war und sie ihren Verlobten so in Erinnerung behalten konnte, wie sie ihn zuletzt gesehen hatte. Die Schüsse der Polizisten hätten dessen Gesicht so schrecklich zugerichtet, dass der Anblick Solveig für immer traumatisiert haben würde.

Roars sterbliche Überreste waren nicht freigegeben worden, sondern irgendwo verscharrt worden. Als gelte die Höchststrafe über den Tod hinaus, wurde dem Delinquenten das Recht auf ein würdiges Grab verweigert und seinen Angehörigen die Möglichkeit, dieses zu besuchen und zu pflegen. Solveig stöhnte leise auf und massierte sich die Schläfe.

»Entschuldige, ich wollte dich nicht quälen«, hörte sie ihren Sohn leise sagen. Nach einer winzigen Pause ergriff er erneut das Wort und wechselte das Thema. »Warum hast du eigentlich deinen alten Namen abgelegt? Solveig ist doch sehr schön.«

»Neuer Name, neues Leben.« Solveig zuckte die Schultern. »Als ich deinen Vater heiratete, war ich fortan Sylvi.«

Sie wich Oles Blick aus. Die Erklärung klang selbst in ihren Ohren schal. Lud geradezu zu weiteren Fragen ein, die unweigerlich in Bereiche vorstoßen würden, die sie um jeden Preis meiden wollte. Die sie seit Jahren umschiffte, weil sie es ihrem Mann versprochen hatte.

»*Mamma*, sieh mich an«, sagte Ole. »Bitte, sei ehrlich mit mir. Ich spüre doch, dass du mir etwas verheimlichst. Und damit meine ich nicht nur jetzt gerade.«

Solveig stieß den Atem, den sie angehalten hatte, zitternd aus, hob den Kopf und begegnete dem Blick ihres Sohnes. Jetzt ist sie also da, die Stunde der Wahrheit, dachte sie. In ihre Angst mischte sich Erleichterung. Endlich konnte sie sich der Last der erzwungenen Geheimniskrämerei entledigen.

»Ich hab dich das schon mal gefragt, vor langer Zeit«, sprach Ole weiter. »Damals hast du beteuert, mir die Wahrheit zu sagen. Aber inzwischen bin ich mir da nicht mehr sicher.«

Wie gefasst er ist, stellte Solveig fest. Obwohl es ihn zweifellos seit geraumer Zeit quält, mit dieser Ungewissheit zu leben. Sie schluckte. Höchste Zeit, ihm reinen Wein einzuschenken. Was sie längst hätte tun müssen, Schweigeversprechen hin oder her.

Sie straffte sich. »Du hast recht. Ich habe dich belogen.«

»Du warst bereits schwanger, als du geheiratet hast«, stellte Ole fest. »Von dem Mann in dem Amulett.«

Solveig nickte. »Ich will mich nicht rausreden. Mir ist bewusst, dass es ein furchtbarer Fehler war, nicht ehrlich mit dir zu sein. Ich mache mir schon lange große Vorwürfe deswegen.« Sie sah ihm in die Augen. »Und kann mir vermutlich nur ansatzweise vorstellen, wie sehr ich dich verletzt habe. Du musst furchtbar enttäuscht und vor allem sehr zornig auf mich sein.«

»Das wäre ich vielleicht noch vor einiger Zeit gewesen«, sagte Ole leise. »Natürlich hätte ich mir gewünscht, dass du mir die Wahrheit über meinen leiblichen Vater anvertraust. Es ist schließlich wichtig zu wissen, woher man kommt. Welche Wurzeln man hat.« Er atmete tief durch. »Aber ich hab ja immer gespürt, dass es dir selbst zu schaffen macht. Dass du es mir vermutlich schon lange gesagt hättest, wenn du das allein zu entscheiden …« Er unterbrach sich.

Solveig hatte die Hände vors Gesicht geschlagen. »Ich schäme mich so«, flüsterte sie. »Womit habe ich so einen wunderbaren Sohn verdient? Du hättest allen Grund, mich zu hassen. Stattdessen bist du verständnisvoll und mitfühlend.«

»Vielleicht liegt es daran, dass ich in gewisser Weise erleichtert bin«, sagte Ole nach kurzem Nachdenken. »Ich hab mich immer gefragt, warum Vater so kühl zu mir ist. Warum ich es ihm nie recht machen kann. Wenn ich gar nicht sein Sohn bin, wäre das eine Erklärung, die nichts mit mir persönlich zu tun hat. Damit könnte ich besser leben.« Er sah Solveig direkt ins Gesicht. »Wusste er eigentlich, dass du von einem anderen schwanger warst, als ihr geheiratet habt?«

Solveig nickte. »Meine Mutter hat mich beschworen, es ihm zu verheimlichen. Sie hatte wohl Angst, dass er es sich dann anders überlegen würde.«

Sie strich sich mit dem Zeigefinger über den Nasenrücken zwischen die Augenbrauen. Die Erinnerungen an die Zeit nach Roars Tod stürmten auf sie ein. Wochenlang hatte sie mit einer schweren Migräne im Bett gelegen und sich nichts sehnlicher gewünscht, als zu sterben. Bei einer Untersuchung hatte ihr Hausarzt festgestellt, dass sie schwanger war. Das Wissen, Roars Kind unter dem Herzen zu tragen, hatte sie ein Stück weit wachgerüttelt. Es war wie ein letzter Gruß aus dem Jenseits, die Aufforderung ihres Geliebten, sich nicht aufzugeben. Sie war es seinem Andenken schuldig, durchzuhalten und ihr gemeinsames Kind großzuziehen. Keine Sekunde lang hatte sie dabei in Erwägung gezogen, aus diesem Grund einen Mann zu heiraten, den sie nicht liebte. Es wäre ihr wie ein Verrat vorgekommen, an ihm, an sich und an dem Ungeborenen.

Ihre Mutter dagegen hatte mit Unverständnis und Empörung reagiert, als sie ihr das mitgeteilt hatte. Täglich hatte sie ihr in den Ohren gelegen. Solveig sah sich wieder im Salon ihrer Mutter ge-

genübersitzen, die sie abwechselnd mit dem Vorwurf, selbstsüchtig zu sein, und der Bitte, sich ihre Zukunft und vor allem die ihres Kindes nicht zu verbauen, traktiert hatte. »Wie werde ich dastehen, wenn meine Tochter ein uneheliches Balg zur Welt bringt?«, hatte sie gepoltert. »Mit dem Finger werden sie auf mich zeigen und bestenfalls bemitleiden, wenn sie mir nicht gänzlich den Rücken kehren.«

Bei der Rückschau auf diese Gespräche spürte Solveig erneut die Kraftlosigkeit, der es geschuldet war, dass sie schließlich nachgegeben hatte. Und nicht ihrem Wunsch, ihrem Geliebten zu folgen und sich zu töten. Der Frage, ob sie dem Ungeborenen sein Recht auf Leben verweigern durfte, konterte sie in düsteren Momenten mit der Gegenfrage, was sie dem Kind würde bieten können: eine todunglückliche Mutter, die ständig von unerträglichen Kopfschmerzattacken heimgesucht wurde, die sie oft tagelang aufs Bett in ihrem abgedunkelten Zimmer zwangen. Dort war sie den Gedanken ausgeliefert, die unablässig um ihren Verlust kreisten, die immer und immer wieder die Szene beschrieben, in der Roar im Kugelhagel der Polizisten buchstäblich zerfetzt wurde.

»Aber du wolltest nicht mit einer Lüge in die Ehe starten.« Oles Feststellung holte Solveig ins Jetzt zurück.

»Genau.«

»Er muss dich sehr geliebt haben, wenn er dich dennoch geheiratet hat«, sagte Ole. Die Skepsis in seiner Stimme war nicht zu überhören.

Kein Wunder, dass er sich das nicht vorstellen kann, dachte Solveig. Er hat uns ja nur als sehr distanziertes Paar erlebt und früh mitbekommen, dass Nils sich immer wieder außerhalb unserer Ehe vergnügt. Und dass mich das nicht sonderlich berührt oder gar verletzt.

»Auf seine Weise vermutlich schon.« Solveig schürzte die Lippen. »Aber nicht so sehr mich als Person, sondern als Tochter meines Vaters.«

»Einem erfolgreichen Geschäftsmann und angesehenem Mitglied der Clubgesellschaft.«

»Und Besitzer einer Werft, deren Leitung sein Schwiegersohn später übernehmen sollte.«

»Wenn Großvater sie nicht hätte verkaufen müssen, weil ihm sein wichtigster Auftrag entzogen wurde. Das hattest du neulich erwähnt.« Ole rieb sich mit Daumen und Zeigefinger das Kinn. »Hatte das auch was mit deinem Verlobten zu tun? Ich meine, dass dein Vater von den Nazis verhaftet wurde. Und nicht nur mit den befreundeten Geschäftsleuten, die im Widerstand tätig waren?«

»Auf jeden Fall. Erst da ist er so richtig ins Visier der Nazis geraten. Als künftiger Schwiegervater von Roar haben sie ihn verdächtigt, zumindest von dessen illegalen Tätigkeiten gewusst zu haben. Und allein das war schon strafbar, wenn man es nicht meldete.«

»Was ist mit dir? Haben sie dir ebenfalls die Hölle heißgemacht?«

»Nicht wirklich«, antwortete Solveig. »Sie haben natürlich unser Haus durchsucht, fanden jedoch nichts Belastendes, keinen noch so winzigen Anhaltspunkt, ich wäre in Roars Aktivitäten eingeweiht oder gar an ihnen beteiligt gewesen. Meine Mutter wurde darüber hinaus nicht müde, ihnen meinen kläglichen Zustand damit zu erklären, dass ich keine Ahnung von den Machenschaften meines Verlobten gehabt und von seinen Heimlichkeiten zutiefst verletzt einen Zusammenbruch erlitten hätte.«

»Wie kam es eigentlich, dass du Vater so bald nach Roars Tod geheiratet hast?«, fragte Ole. »Woher kanntest du ihn?«

»Die beiden waren eng befreundet, hatten zusammen in Oslo studiert und anschließend gemeinsam bei der Lund-Werft ihre erste Stelle angetreten. Ich habe beide zur gleichen Zeit kennengelernt.« Solveig hielt kurz inne. »Nils war selbst schwer getroffen vom Verlust seines besten Freundes und hat sich bemüht, mich zu trösten. Ich war zu der Zeit ziemlich auf mich allein gestellt. Mein Vater war in Haft, meine beste Freundin in Schweden, und meine Patentante, zu der ich immer ein sehr enges Verhältnis hatte, war ebenfalls nicht da.«

Nachdem sich Ingvills rheumatische Beschwerden drastisch verschlimmert hatten, war sie Anfang 1942 in die Osloer Rheumaklinik überwiesen worden. Damals hatte es noch keine wirksamen Arzneimittel gegen diese schmerzhafte Krankheit gegeben, die Patienten wurden oftmals wochenlang eingegipst und bekamen Schwermetalle in die Gelenke gespritzt. Nach ihrer Entlassung hatte Ingvill das Angebot ihrer Trondheimer Freunde angenommen, zu ihnen zu ziehen. Sie fühlte sich nicht mehr imstande, den Alltag allein zu meistern und war froh, dort umsorgt und umgeben von vertrauten Gesichtern leben zu können.

»Und deine Mutter?«, fragte Ole.

»Machte mich verantwortlich für das Unglück ihres Mannes. Sie war von Anfang an gegen meine Beziehung gewesen und sah sich nun bestätigt. Roar hatte in ihren Augen verantwortungslos gehandelt, ohne Rücksicht auf seine Verlobte und deren Familie.«

Solveig schlang die Arme um ihren Oberkörper. Sie sah wieder ihren Vater vor sich, als er nach wochenlanger Haft endlich nach Hause zurückgekehrt war. Abgemagert, mit grauen Haaren und leeren Augen – ein gebrochener Mann. Über seine Erlebnisse schwieg er sich aus, wurde jedoch nachts von Alpträumen heimgesucht, die Schlimmes vermuten ließen. Der Verlust seines Lebenswerks, der Werft, hatte ihm schließlich den Rest gegeben. Im Frühling 1942 war er einem Herzinfarkt erlegen. Das Haus der Familie und ein beträchtliches Vermögen waren ihrer Mutter geblieben – sie war also versorgt. Und der Verkauf der Werft an einen großen Konkurrenten hatte Erling Lund in die Lage versetzt, seine Tochter mit einer stattlichen Mitgift auszustatten.

»Für meine Mutter war Nils Pettersen der Retter in der Not«, berichtete Solveig weiter. »Sie hatte sich ihn von Anfang an als Schwiegersohn gewünscht und war überglücklich, als er um meine Hand anhielt. Meinen Einwand, dass ich ihn nicht liebte, wischte sie beiseite. Ihrer Meinung nach sollte ich auf Knien dankbar sein, in meiner Lage einen ehrbaren Mann zu bekommen, der mir einen Neuanfang ermöglichte. Er wollte in Høyanger, seiner Heimatstadt, ein eigenes Geschäft aufziehen.« Sie zuckte die Schultern. »Ich war gern bereit, aus Stavanger wegzuziehen, wo mich alles an mein früheres, glückliches Leben erinnerte.«

»Warum seid ihr dann hierher zurückgekehrt?«

»Nils' Erfolg als Unternehmer blieb aus, sein Geschäft dümpelte eher schlecht als recht dahin«, erklärte Solveig. »Das hat sehr an seinem Selbstbewusstsein gekratzt. Außerdem haderte er damit, sich auf Dauer keine eigenen vier Wände leisten zu können. Daher sind wir nach dem Tod meiner Mutter in den späten fünfziger Jahren zurück nach Stavanger gezogen und haben ihr Haus übernommen. Nils bekam eine Stelle bei der Großwerft, an die mein Vater sein Unternehmen verkauft hatte.« Sie atmete durch und sprach stockend weiter: »Für mich waren das Jahre der inneren Taubheit, in denen ich kaum etwas von meiner Umwelt mitbekam. Du warst der einzige Mensch, der zu mir durchdringen konnte, der von Belang für mich war.« Solveig beugte sich zu Ole vor. »Umso unerträglicher empfand ich die Ablehnung, die dir Nils entgegenbrachte. Das hat mich immer sehr belastet. Dabei hatte er mir vor unserer Hochzeit geschworen, dass er dich wie sein eigen Fleisch und Blut lieben würde. Nur deswegen bin ich letztendlich auf seinen Antrag eingegangen. Ich hatte gehofft, dass er dir als bester Freund von Roar ein guter Vater sein würde.« Solveig schüttelte den Kopf. »Als ich merkte, dass dem nicht so war, hätte ich ihn verlassen müssen. Aber dazu fehlte mir die Kraft.«

»Wieso habt ihr eigentlich keine Kinder bekommen?«

»Ich war noch zweimal schwanger, erlitt jedoch immer eine Fehlgeburt«, antwortete Solveig. »Es war, als würde sich mein Körper weigern, weiteres Leben – zumal von einem ungeliebten Mann – auf die Welt zu bringen. Nils hat seine Versuche zu meiner Erleichterung bald aufgegeben und bei anderen Frauen Befriedigung gesucht. Mir war das recht, es hat mein schlechtes Gewissen ihm gegenüber ein bisschen entlastet.« Sie sah Ole verlegen an. »Was musst du nur von mir halten?«

»Dass du einer der traurigsten Menschen bist, die ich kenne«, sagte er leise. »Und zugleich der liebevollste. Du hast mir immer das Gefühl vermittelt, ohne Wenn und Aber zu mir zu stehen und mir eine Geborgenheit geschenkt, die mich über vieles hinweggetröstet hat.«

Solveig blinzelte die Tränen weg, die ihr in die Augen stiegen. »Du bist wirklich das wertvollste Geschenk, das ich je erhalten habe.« Sie nahm ihren Sohn in die Arme und drückte ihn fest an sich.

## Lizzy

Kurz nachdem Ole das Haus verlassen hatte, brach auch Lizzy auf. Die neuen Fragen, die sich aufgetan hatten, ließen ihr keine Ruhe. Sie wollte so rasch wie möglich mit ihrem Vater sprechen, der hoffentlich bereits von der Arbeit ins Hotel zurückgekehrt war. Sie fand ihn an der Bar, wo er einen Whisky trank. Sichtlich erfreut, sie zu sehen, lud er sie ein, ihm Gesellschaft zu leisten und sich einen Cocktail zu bestellen. Nachdem der Barkeeper sie mit einem süß-sauren Mai Tai versorgt hatte, ignorierte Lizzy die

Frage ihres Vaters, ob sie Lust hätte, an Ostern mit ihm einen Ausflug in die Berge zu machen und kam direkt zur Sache.

»Entschuldige, Dad, wenn ich mit der Tür ins Haus falle. Aber du hast mir doch neulich erzählt, dass du mit deiner Verlobten 1941 ins ›Chat noir‹ in Oslo gehen wolltest.«

Roger nickte.

»Stell dir vor, Reidun hat in einem Wäschekorb von Oles Mutter eine alte Blechdose entdeckt, in der sich unter anderem eine Premieren-Eintrittskarte vom Mai 1941 befand.«

»Aha, und daraus schließt du was?« Roger zuckte die Schultern. »Das ›Chat noir‹ war schon damals legendär, da sind viele hingepilgert und haben …«

»Es war noch mehr in der Dose«, fiel ihm Lizzy ins Wort. »Du besitzt nicht zufällig ein silbernes Amulett mit Porträtfotos von dir und deiner norwegischen Verlobten?«

»Woher um alles in der Welt …« Ihr Vater hob die Augenbrauen. »Ich hatte tatsächlich mal eines. Das haben mir aber die Gefängniswärter abgenommen.«

»Ich bin mir ziemlich sicher, dass das Gegenstück all die Jahre in dieser Dose gelegen hat«, sagte Lizzy. »Als ich das Bild des jungen Mannes darin gesehen habe, hat mich fast der Schlag getroffen. Denn er sieht dir wahnsinnig ähnlich.«

»Und die Frau?«, fragte Roger.

»Ist ohne Zweifel Oles Mutter.«

»Solveig?«, flüsterte Roger. »Das ist doch nicht möglich.«

»Alle nennen sie Sylvi«, sagte Lizzy. »Aber von Reidun weiß ich, dass das eine …«

»… Koseform von Solveig ist«, murmelte ihr Vater wie zu sich selbst.

»Wir halten es daher für möglich, dass sie ihren Namen geändert hat.«

»Und sie wohnt hier, in Stavanger?«

Lizzy nickte.

»Weißt du, seit wann?«

»Sie und ihr Mann sind wohl in den späten Fünfzigern nach dem Tod von Oles Großmutter hierher zurückgekehrt und haben deren Haus übernommen. Davor haben sie in Høyanger, einer Kleinstadt in Vestlandet, gelebt.«

»Høyanger?« Roger sah Lizzy verblüfft an. »Bist du sicher?«

»Ja, bin ich. Was ist damit?«

»Da kam mein bester Freund Nils her.«

»Du meinst …« Lizzys Augen weiteten sich. »Er hat Solveig geheiratet?«

»Sieht ganz so aus.« Ihr Vater war blass geworden. »Wo steht denn das Haus von Oles Großmutter?«

»In der Vinkelgata. Muss irgendwo in Storhaug sein. Ich war noch nie dort.«

»Ich kenne die Adresse«, presste Roger hervor. »Solveig hat da mit ihren Eltern gewohnt.«

Lizzy spürte, wie sich ihr Zwerchfell anspannte. Es war eine Sache, über die Hintergründe von Geheimnissen zu spekulieren, eine ganz andere jedoch, sie tatsächlich aufzudecken und mit Wahrheiten konfrontiert zu werden, die ihr Leben auf den Kopf stellten. Und bei Weitem nicht nur ihres. Der entgeisterte Ausdruck ihres Vaters schnitt ihr ins Herz.

»Warum hat Solveigs Mutter dir denn nicht gesagt, wen ihre Tochter geheiratet hat? Wenn Nils doch dein bester Freund war?«

»Tuva Lund hatte sich ihn immer als Schwiegersohn gewünscht. Sie hätte sich vermutlich lieber die Zunge abgebissen, als …« Er fasste sich mit Daumen und Zeigefinger an die Nasenwurzel und schloss kurz die Augen. »Weißt du, wann Ole geboren wurde?« Seine Stimme klang dünn.

Jetzt fällt bei ihm der Groschen, schoss es Lizzy durch den Kopf.

»Er wird im Sommer achtundzwanzig.«

»Also 1942.« Roger schloss die Hand so fest um seinen Whiskyschwenker, dass Lizzy befürchtete, dieser würde zerspringen. »Tuva Lund hat mich glauben lassen, dass ihre Tochter erst geraume Zeit nach meinem angeblichen Tod mit ihrem Mann zusammenkam und deren gemeinsames Kind demnach viel später geboren wurde. Und nicht schon 1942 wie Ole!«

Lizzy sah, wie ein Beben durch den Körper ihres Vaters lief. Er sah sie mit geweiteten Augen an.

»Das kann doch nicht … Das würde ja bedeuten, dass …«

»… Ole der Halbbruder von Chris und mir ist«, vollendete Lizzy den Satz, den auszusprechen ihn offenbar zu große Überwindung kostete.

»Ich habe noch ein Kind?«, flüsterte er heiser. »Aber warum hat Solveig dann Nils geheiratet? Hat sie erst nach der Hochzeit entdeckt, dass sie guter Hoffnung war? Oder ist Ole doch von Nils? Das ergibt alles keinen Sinn.«

»Wenn jemand die Antworten kennt, dann Solveig«, unterbrach Lizzy die Gedankengänge, die ihr Vater vor sich hinmurmelte.

Er hob den Kopf und sah sie an, als habe er ihre Anwesenheit vollkommen vergessen. »Stimmt. Ich sollte mit ihr sprechen.« Er leerte sein Whiskyglas, machte jedoch keine Anstalten, sich zu erheben. Er stützte seine Ellbogen auf den Tresen und legte seinen Kopf in die Hände.

»Ich kann mir denken, wie verwirrend und aufwühlend das alles für dich sein muss.« Lizzy streichelte seinen Oberarm. »Ich jedenfalls stünde an deiner Stelle wahrscheinlich ganz schön unter Schock.« Sie hielt kurz inne. »Aber je schneller du Klarheit hast, umso besser wirst du dich …«

»Du hast mal wieder recht.« Roger richtete sich auf. »Aufschieben ist keine gute Idee. Es gibt viel zu klären. Auch mit Nils.«

»Wieso hattest du eigentlich zu ihm keinen Kontakt mehr nach dem Krieg? Wenn er doch dein bester Freund war?«

»Ich hab durchaus versucht, Nils zu finden«, antwortete Lizzys Vater. »Da er nicht in Stavanger war, habe ich ihm einen Brief an die Adresse seiner Eltern geschickt. Der kam jedoch zurück mit dem Vermerk, der Empfänger sei unbekannt verzogen.« Roger zuckte die Schultern. »Das war für mich ein weiteres Zeichen des Schicksals, dass ich in Norwegen wirklich nichts mehr verloren hatte.« Er zog die Brauen zusammen. »Aber wenn ich mir das jetzt überlege: Zu der Zeit wohnte er ja mit Solveig in dem Haus in Høyanger. Also hat er vielleicht selbst dafür gesorgt, dass ich die Suche nach ihm aufgebe.« Er holte tief Luft. »Ich mach mich am besten sofort auf den Weg.«

»Nils wirst du vermutlich nicht antreffen, der macht wohl Besorgungen«, sagte Lizzy. »Dafür aber Ole, der ist gerade bei seiner Mutter. Wäre doch 'ne prima Gelegenheit, ihn kennenzulernen.« Lizzy stieg von ihrem Barhocker.

»Weiß er, dass er sehr wahrscheinlich mein Sohn ist?«, erkundigte sich Roger, bevor Lizzy fragen konnte, ob sie mitkommen durfte.

»Von mir nicht, ich wollte erst handfeste Beweise haben.« Sie presste kurz ihre Lippen aufeinander. »Aber mittlerweile ist es ihm vermutlich schon selbst gedämmert. Er hat nämlich seiner Mutter vorhin die Dose gebracht.«

Roger stand ebenfalls auf.

»Ich würde dich gern begleiten, wenn es okay ist für dich«, sagte Lizzy zögernd. »Ich will wissen, wie es Ole geht. Reidun und ich befürchten, dass es ihm ganz schön zusetzt, wenn er erfährt …«

»Na, klar«, sagte ihr Vater. »Ohne dich hätte ich das alles nie herausgefunden. Und ich nehme an, dass das für alle Beteiligten gilt.«

## Solveig

»Weißt du noch, wer der Augenzeuge war?«, fragte Ole, als sie sich wieder voneinander lösten. »Vielleicht können wir ihn ausfindig machen und befragen. Es wäre doch möglich, dass er sich getäuscht hat.«

»Das halte ich für sehr unwahrscheinlich«, antwortete Solveig. »So sehr ich es mir auch gewünscht hätte. Aber Harald Haugen war ganz in der Nähe und hat alles genau beobachtet.«

»Haugen?«

»Der Vorarbeiter meines Vaters.«

»Einen Herrn Haugen hat Lizzy ebenfalls erwähnt.« Ole rutschte an die vordere Kante seines Sessels. »Das kann unmöglich ein Zufall sein.«

»Haugen ist kein seltener Name«, wandte Solveig ein. »In welchem Zusammenhang hat Lizzy ihn denn genannt?«

»Herr Haugen wollte letzten Herbst kurz vor seinem Tod unbedingt mit ihrem Vater sprechen, um sich eine schreckliche Schuld von der Seele zu reden. Laut seiner Tochter muss es um etwas gegangen sein, das während des Krieges passiert ist.«

»Und was hat er Lizzys Vater gebeichtet?«

»Gar nichts. Er war bereits gestorben, als Roger Cole im Dezember in Stavanger eingetroffen ist.«

»Roger Cole?« Solveig schüttelte den Kopf. »Ich kenne niemanden, der so heißt.«

»Wir gehen davon aus, dass Lizzys Vater seinen Namen amerikanisiert hat, als er in die USA ausgewandert ist«, sagte Ole. »Lizzy wird ihn so bald wie möglich danach fragen.«

»Wie sieht er denn aus?«

»Kann ich leider nicht sagen, wir sind uns noch nie begegnet«, antwortete Ole. »Erik hat mal erzählt, dass Lizzy mit ihren schwarzen Haaren und hohen Wangenknochen ganz nach ihrer Mutter kommt. Nur die Augen hat sie wohl von ihrem Vater.«

Solveig zuckte zusammen. Lizzys hellgraue »Wolfsaugen« mit dunkler Umrandung waren ihr sofort aufgefallen, als sie sich zum ersten Mal getroffen hatten. Es waren genau die gleichen, die sie dreißig Jahre zuvor in ihren Bann gezogen hatten. In ihrem Kopf begannen die Gedanken durcheinanderzuwirbeln. Oles Ausführungen klangen plausibel. Und wenn Lizzys Vater tatsächlich einen neuen Namen angenommen hatte, dann war er seinem ursprünglichen in gewisser Weise treu geblieben. Roar und Roger hatten dieselben altnordischen Wurzeln und setzten sich aus den Worten *hruod* für Ruhm und *ger* beziehungsweise *arr* für Speer zusammen, was sich als ruhmreicher Speerkämpfer übersetzen ließ. Der Nachname Kjøl war für Amerikaner vermutlich wegen des ø zu fremd, da bot sich Cole als leicht zu merkender Ersatz an.

Sie sog scharf die Luft ein. War es denkbar, dass Roar tatsächlich lebte? Aber warum hatte Haugen dann seine Erschießung bezeugt? War diese Falschaussage die Schuld, die er Lizzys Vater hatte beichten wollen? Aber es war ja keine Lüge gewesen. Sie hatte sich damals an die Hoffnung geklammert, Roar hätte schwer verletzt überlebt und sei von der SiPo nach seiner Genesung in ein Gefängnis geworfen worden. Doch auch Nils hatte Roars Tod bestätigt.

Für einen Moment setzte ihr Herzschlag aus. Ein furchtbarer Verdacht keimte in ihr. Sie schlug die Wolldecke zurück und stand auf.

»Wo willst du hin?« Ole sah sie empört an. »Du kannst mich doch jetzt nicht einfach so …«

»Ich muss etwas prüfen«, sagte Solveig. »Komm mit.«

Sie eilte ins Arbeitszimmer ihres Mannes und tat etwas, was sie nie zuvor getan hatte: Sie durchforstete seine Unterlagen. Sie öffnete den zweiflügeligen Aktenschrank und begann, die darin befindlichen Ordner, Schuber und Mappen zu sichten. Fieberhaft blätterte sie in Kontoauszügen, Verträgen, Urkunden und anderen Dokumenten.

»Wenn du mir verrätst, wonach du suchst, könnte ich dir helfen«, sagte Ole, nachdem er sie eine Weile stumm beobachtet hatte.

»Genau weiß ich es selbst nicht«, antwortete Solveig. »Nur, dass es irgendetwas geben muss, das auf eine Verbindung zwischen Nils und Harald Haugen hindeutet.«

Ole ging zu dem wuchtigen Schreibtisch in der Mitte des Raumes. »Die hier ist immer abgeschlossen.« Er zeigte auf die unterste von drei Schubladen an der rechten Seite unter der Schreibplatte. »Den Schlüssel hat er stets bei sich. Da sind also vermutlich Sachen drin, die er verbergen will.«

»Dann wird es eben damit gehen müssen«, sagte Solveig.

Sie griff zu einem massiven Brieföffner aus poliertem Edelstahl und setzte ihn als Hebel am Schloss an. Sie hörte ein scharfes Einatmen und bemerkte, dass Ole sie ungläubig musterte. Er muss mich für komplett durchgedreht halten, schoss es ihr durch den Kopf. So kennt er mich schließlich überhaupt nicht. Dabei bin das endlich wieder ich. Die Erkenntnis durchfuhr sie wie ein frischer Windstoß. Sie konnte sich nicht erinnern, wann sie sich das letzte Mal so lebendig gefühlt hatte. Als sei ihr altes Ich aufgewacht – mit all seinem Schmerz und seiner Trauer, aber auch mit seiner Stärke und Zielstrebigkeit.

Nach einigen Versuchen knirschte es, Holz splitterte, und die Schublade ließ sich herausziehen. In einer Fächermappe wurde Solveig fündig. Als Erstes erregte ein Briefumschlag ihre Aufmerksamkeit mit einer Marke, auf der unter dem Portowert *Deutsche Post* stand. 1946 war sie in Bochum abgestempelt worden. Als Absender war Afra Schulze angegeben.

»Ich werd verrückt«, entfuhr es ihr.

»Was ist?«, fragte Ole.

»Das ist ein Brief von einer alten Freundin aus Deutschland.«

Vor Solveigs geistigem Auge tauchte das runde Gesicht mit den zu Schnecken über den Ohren gerollten dunkelbraunen Zöpfen auf. Auf dem Scheitel dazwischen thronte keck die Schiffchenmütze, die die Blitzmädel zu ihren Uniformen getragen hatten. Wie Afra wohl heute, drei Jahrzehnte später, aussah?

Der Umschlag, auf dem die Adresse ihrer Eltern stand, war geöffnet. Da er bei Nils' weggeschlossenen Unterlagen war, nahm Solveig an, dass er ihn von ihrer Mutter hatte. Er sollte wohl entscheiden, ob es ratsam war, ihn seiner Frau zu geben und alte Wunden aufzureißen. Es sah sowohl ihrer Mutter ähnlich, sich einzubilden, zu wissen, was das Beste für ihre Tochter war, als auch Nils, ihr den Brief tatsächlich vorzuenthalten. Er konnte es nicht ertragen, wenn andere Menschen eine wichtige Rolle in ihrem Leben spielten.

Solveig zog einen gefalteten Bogen heraus, der auf Deutsch mit einer ordentlichen, kindlich anmutenden Schrift bedeckt war.

*Bochum, den 5. September 1946*

*Liebe Solveig,*

*so viele Jahre sind vergangen, seit wir uns im Kontor Deines Vaters verabschiedet haben. Wenn ich damals geahnt hätte, wie naiv unsere Hoffnung auf ein baldiges Wiedersehen war, wäre ich noch viel schwereren Herzens fortgegangen. Als dieser schreckliche Krieg endlich vorüber war, konnte ich es kaum erwarten, wieder in Kontakt mit Dir zu treten. Mein erster Versuch ist leider gescheitert, mein Brief, den ich an Solveig Kjøl im Paradisveien geschickt hatte, kam als unzustellbar zurück. Ich war vermutlich zu blind davon ausgegangen, dass Du und Roar in der Zwischenzeit dort wie geplant ein Haus gebaut hattet. Daraufhin versuchte ich mithilfe des Roten Kreuzes, Eure Anschrift herauszufinden – nur um zu erfahren, dass in Stavanger kein Ehepaar Roar Kjøl und Solveig, geborene Lund, gemeldet war. Und so unternehme ich nun einen neuen Anlauf, indem ich dieses Mal an die Adresse Deiner Eltern schreibe, in der Hoffnung, dass sie Dir meine Zeilen weiterleiten.*

*Täglich schließe ich Dich und Roar in meine Gebete ein und hoffe, dass ihr wohlauf seid und ebenso glücklich wie ich mit meinem Kurt (der natürlich herzlich grüßen lässt!).*

*Anfang des Jahres sind wir in seine Heimatstadt Bochum im Ruhrgebiet gezogen. Für mich war es ein waschechter Schock, nicht nur, weil ich zuerst kaum ein Wort von dem Dialekt verstanden habe, der hier gesprochen wird. Es waren vor allem die allgegenwärtigen Trümmer der zerbombten Häuser, Fabriken, Kirchen, Brücken und Straßen, die mich sehr niederdrückten. Auf der Fahrt durch Deutschland hatten wir zwar auch viel Zerstörung gesehen, aber vom Zug aus ist es doch etwas anderes, als wenn man mittendarin wohnt.*

*Eigentlich wollten wir uns ja in Bayern niederlassen, mein Heimweh war im schwedischen Exil immer größer geworden. Ach, wie oft hatte ich mir das Wiedersehen mit meiner Familie in den schönsten Farben ausgemalt. Es wurde eine bittere Enttäuschung. Meine Eltern haben uns einen eisigen Empfang bereitet. Sie haben uns erst gar nicht ins Haus gelassen. Sie gaben uns die Schuld, dass ihnen der Krieg einen Sohn genommen und den anderen (Ferdl) zum Krüppel gemacht hat. Kurt, weil er als fahnenflüchtiger Drückeberger überlebt hatte, und ich, weil ich diesen gottlosen Kerl in Schweden, ohne ihren Segen zu erbitten, geheiratet habe. Sie haben uns vom Hof gejagt wie räudige Hunde!*

*Kurts Familie dagegen hat mich herzlich aufgenommen, was mir die Eingewöhnung ins fremde Umfeld enorm erleichtert hat. Wir bauen gerade ein Häuschen neben dem seiner Eltern und erwarten unser erstes Kind.*

»Schau mal«, unterbrach Ole ihre Lektüre.

Während Solveig in den Brief vertieft gewesen war, hatte er die Fächermappe durchsucht. Er hielt ihr ein paar Dokumente hin, die sie hastig überflog: Einen Kaufvertrag für ein Haus mit Grundstück in der Sigurdsgata, das Nils 1942 erworben hatte, und das laut einem angehefteten Grundbuchauszug kurz darauf an Harald Haugen überschrieben worden war; ferner einen Kreditvertrag sowie alte Kontoauszüge.

»Darf ich erfahren, was hier vor sich geht?« Nils war unbemerkt von ihnen nach Hause gekommen und stand auf der Türschwelle. »Du durchwühlst meine Sachen? Wie kannst du es wagen?« Er sah sie entrüstet an. »Sylvi? Ich höre.«

»Wie konntest *du* es wagen, das ist die Frage!«, schleuderte sie ihm entgegen. »Und nenn mich nicht länger Sylvi, der Name hat mir nie gefallen. Ich bin Solveig! Ich bin es, die hier Erklärungen verlangt!« Sie hielt den Kaufvertrag hoch. »Warum hast du Harald Haugen 1942 ein Haus in bester Lage geschenkt? Und als Sicherheit für den Kredit, den du für den Kauf aufnehmen musstet, meine Mitgift eingesetzt?«

Nils erbleichte und wich ein paar Schritte zurück. »Ich kann das erklären«, stammelte er.

»Daran zweifle ich nicht.« Solveig schnaubte. »Du warst schon immer sehr kreativ beim Ausreden- und noch besser im Geschichtenerfinden. Lass es mich mal versuchen, diese geht vermutlich so: Du hast Haugen dazu angestiftet, Roar die Waffen unterzuschieben, die die Nazis bei der Razzia gefunden haben. Wahrscheinlich hat er der SiPo auch den Tipp gegeben, wann sie zuschlagen sollten. Denn wie ich dich kenne, wolltest du dir nicht selbst die Hände schmutzig machen. Zu guter Letzt hast du Haugen dann noch bei mir und meinen Eltern als Zeugen von Roars Erschießung auftreten lassen.«

»Warum um alles in der Welt hätte ich das tun sollen?« Nils

hatte sich wieder gefasst. »Deine Phantasie geht mit dir durch.« Auf seinem Gesicht machte sich ein Ausdruck breit, der wohl nachsichtiges Verständnis signalisieren sollte. »Ich nehme an, das sind die Wechseljahre«, fuhr er an Ole gewandt fort. »Alle Welt spricht ja heutzutage davon, dass sie nicht nur körperliche Veränderungen mit sich bringen, sondern auch die Gefühlswelt alternder Frauen ordentlich durcheinanderbringen.«

Solveig sah, wie sich Oles Gesicht angewidert verzog. Sie konnte förmlich seine Gedanken hören. Wie erbärmlich er es fand, dass Nils ausgerechnet ihn als Verbündeten wählte. Ihn, dem er von jeher die kalte Schulter gezeigt und den er gedemütigt und kleingemacht hatte. Weil Ole als Sohn von Roar all das verkörperte, was Nils nie besessen hatte oder erreichen konnte: Talent, echtes Mitgefühl und allem voran ihre, Solveigs, uneingeschränkte Liebe.

Es klingelte an der Tür. Bevor sie Ole davon abhalten konnte, war er bereits aus dem Zimmer geeilt. Vermutlich ist er froh, der unangenehmen Situation zu entkommen, dachte Solveig. Verdenken kann ich es ihm nicht.

## Lizzy

Lizzy hatte Mühe, mit ihrem Vater Schritt zu halten, der mit gesenktem Kopf durch die Straßen eilte. Das nasskalte Schmuddelwetter der letzten Tage herrschte auch an diesem Spätnachmittag und ließ Lizzy die Schultern hochziehen. Den Blick auf den Rücken ihres Vaters geheftet, versuchte sie sich auszumalen, was in wenigen Minuten passieren würde, wenn er nach fast dreißig Jahren auf seine erste große Liebe traf und seinen Sohn kennenlernte.

Würden die Gefühle für Solveig wieder aufflammen und ihn derart überwältigen, dass er sich ein weiteres Leben nur noch an ihrer Seite vorstellen konnte? Würde ihre Familie zerbrechen? Diese Fragen schnürten Lizzy die Kehle zu. Sie war erleichtert, als ihr Vater in eine schmale Gasse mit Kopfsteinpflaster einbog und vor einem einstöckigen weiß getünchten Holzhaus mit Walmdach haltmachte. Das Spekulieren hatte ein Ende.

Roger drehte sich zu Lizzy. »Bereit?«

Als sie nickte, holte er tief Luft und drückte auf den Klingelknopf. Keine zwei Sekunden später wurde die Tür aufgerissen, und Ole stand vor ihnen. Verblüfft sah er sie an, wobei sein Blick an Roger Cole hängen blieb. Dieser starrte zurück. Fasziniert beobachtete Lizzy, wie die beiden sich nach einer Schrecksekunde synchron durchs Haar fuhren und gleich darauf ein amüsiertes Zucken ihre Mundwinkel umspielte. Rein vom Äußeren her wäre Lizzy nie der Verdacht gekommen, die beiden könnten Vater und Sohn sein, ihre Mimik und Gestik jedoch verrieten ihre Verwandtschaft.

»Sorry, dass wir einfach hier aufkreuzen«, ergriff sie das Wort. »Aber mein … äh, unser Dad wollte …«

»Hereinspaziert! Ihr kommt genau richtig.« Ole trat einen Schritt beiseite. »Nils ist kurz vor euch aufgetaucht«, erklärte er. »Also sind jetzt alle Beteiligten des Dramas versammelt.«

Die Neigung, sich in emotional aufwühlenden Situationen in Sarkasmus zu flüchten, kannte Lizzy ebenfalls von ihrem Vater. Vorsichtig schielte sie zu ihm. In diesem Moment machte er nicht den Eindruck, als sei ihm nach humorigen Bemerkungen. Eine steile Falte stand zwischen seinen Brauen, und seine Hände waren zu Fäusten geballt. Lizzy erschrak. Er wird doch nicht auf Nils losgehen?, dachte sie und legte unwillkürlich ihre Hand auf seinen Arm.

»Keine Sorge«, sagte er leise, als habe er ihre Gedanken gelesen. »Ich hab mich im Griff.«

»Dann erklär mir gefälligst, was dich dazu bewogen hat, Herrn

Haugen ein Haus zu schenken!«, rief eine Frauenstimme in einem Zimmer, das sich rechts neben der Garderobe befand.

»Die Erklärung würde auch mich brennend interessieren«, sagte Lizzys Vater und ging ihr und Ole voraus in den Raum.

»Du?«, gurgelte eine tiefere Stimme mit hörbarem Entsetzen.

Sie kam von einem untersetzten Mann in Roger Coles Alter, der vor Oles Mutter neben einem Schreibtisch stand. Sein strohblondes Haar war noch voll und lief an den Schläfen in Koteletten aus. Ein gepflegter Schnauzbart zierte seine Oberlippe. Sein heller Teint lief tiefrot an.

»Das ist ein abgekartetes Spiel!«, schrie er. »Ihr wollt mich fertigmachen.«

Er sieht aus wie eine Ratte in der Falle, die keinen Ausweg mehr sieht, dachte Lizzy. Ihr Herz begann schneller zu schlagen. Wer weiß, wozu dieser Mann fähig ist, wenn er gewahr wird, dass er nichts mehr zu verlieren hat? Unsicher sah sie zu Ole, der jedoch kein Auge für Nils hatte, ebenso wenig wie Roger und Solveig, die er gebannt beobachtete. Sie standen sich ungläubig staunend gegenüber, vertieft in den Anblick des anderen und in einem wortlosen Austausch begriffen. Lizzy hielt die Luft an und vermied jede Bewegung. Sie wollte diesen Moment nicht stören.

Es war Nils, der die beiden aus ihrer Versunkenheit riss.

»Verschwinde aus meinen vier Wänden!«, schrie er und fuchtelte mit ausgestrecktem Zeigefinger in Rogers Richtung. »Sonst rufe ich die Polizei wegen Hausfriedensbruchs.«

»Gute Idee.« Solveig musterte ihn kühl. »Denn du bist derjenige, der hier verschwindet. Und zwar für immer.«

»Das wagst du nicht«, keuchte Nils. »Du kannst mich nicht einfach rauswerfen!«

»Und wie ich das kann«, entgegnete Solveig. »Das Haus gehört mir allein. So hat es mein Vater in seinem Testament verfügt.«

»Dein Vater.« Nils' Stimme triefte vor Verachtung. »Der war doch zum Schluss nicht mehr klar im Oberstübchen.«

»Er mag ein gebrochener Mann gewesen sein«, schnitt Solveig ihm das Wort ab. »Aber geistig umnachtet war er keineswegs. Es war ihm wichtig, dass ich gut abgesichert bin. Daher hat er mir dieses Haus vererbt und meiner Mutter lediglich ein lebenslanges Wohnrecht eingeräumt. Und in unserem Ehevertrag steht ausdrücklich, dass es nicht Teil des gemeinsamen Vermögens ist.«

Nils wurde blass. Der Ausdruck blanken Hasses in seinen Zügen jagte Lizzy einen tiefen Schrecken ein.

»So dankst du es mir also, dass ich dich damals vor Schande bewahrt und deinen Bankert wie meinen eigenen Sohn aufgezogen habe? Die besten Jahre meines Lebens habe ich damit vergeudet, deine Zuneigung zu erlangen und alles getan, damit du glücklich wirst.«

Lizzy tat sich schwer, dem Gespräch in allen Details zu folgen. Sie verstand Norwegisch mittlerweile ganz gut, ein schneller Schlagabtausch wie dieser brachte sie indes an ihre Grenzen. Ich werde mir manches später von Ole oder Dad noch mal in Ruhe berichten lassen, beschloss sie.

## Solveig

Solveig sah ihre eigene Fassungslosigkeit angesichts Nils' Unverschämtheit in den Mienen der drei anderen gespiegelt. Wie musste man gestrickt sein, sich die Wahrheit so zurechtzubiegen? Sich als Retter in einer Situation aufzuspielen, die man selbst böswillig herbeigeführt hatte? Glaubte Nils am Ende selbst, was er da faselte?

»Damit *du* glücklich wirst, das trifft es wohl eher«, sagte Roger, der als Erster wieder Worte fand. »Ich hatte offenbar unterschätzt, wie sehr es dich verletzt hat, dass du bei Solveig abgeblitzt bist. Aber dass du in deiner Eifersucht so weit gehen würdest, hätte ich niemals für möglich gehalten.« Er musterte seinen ehemaligen Freund mit undurchdringlicher Miene. »Fast könnte man Mitleid mit dir haben. Es muss schrecklich sein, sich so minderwertig zu fühlen, dass man das Leben anderer zerstören muss, um an ihrer Stelle eines führen zu können. Anstatt sich selbst …«

»Ah, da ist sie wieder«, geiferte Nils. »Diese unerträgliche Arroganz!« Er stierte Roger aus blutunterlaufenen Augen an. »Schon während des Studiums warst du stets der talentierte Überflieger, der sich anschließend dazu herabgelassen hat, beim alten Lund ein gutes Wort für mich einzulegen, damit er mich ebenfalls einstellt. War ja klar, dass du mir seine Tochter vor der Nase wegschnappen würdest.«

»Ich wäre nie auf die Idee gekommen, dass du das so siehst. Ich habe dich wirklich für meinen Freund gehalten.« Roger fuhr sich durchs Haar. »Mit meiner Menschenkenntnis war es offenbar nicht weit her«, fuhr er an Solveig gewandt fort. »Ich kann gar nicht sagen, wie leid mir das tut. Wenn ich auch nur im Entferntesten geahnt hätte, dass er mich als Nebenbuhler wahrnimmt und nicht davor zurückschreckt, einen perfiden Racheplan auszutüfteln, um dich doch noch …«

»Anscheinend ist die ansteckend, diese Fabulierlust«, fiel Nils ihm ins Wort. »Einfach mal drauflos spekulieren. Wilde Behauptungen aufstellen, ohne jeden Beweis.« Er verschränkte die Arme vor der Brust.

»Das hätte rein gar nichts geändert«, sagte Solveig leise zu Roger, ohne Nils Beachtung zu schenken. »Seit unserer ersten Begegnung wusste ich, dass mein Herz dir gehört.«

Einen Atemzug sahen sie sich innig an. Solveig spürte, wie ein Zittern ihren Körper durchlief. Konnte das wahr sein? Stand sie wirklich dem Mann gegenüber, den sie drei Jahrzehnte lang für tot gehalten hatte? Sie streckte den Arm aus, wollte sich durch eine Berührung vergewissern, dass sie nicht träumte. Auf halbem Weg traf sie auf seine Hand, die sich warm und fest um ihre Finger schloss. Ihr Hals wurde eng. Es fühlte sich so vertraut an, als hätten sie sich erst gestern in den Armen gelegen. Sie musste sehr an sich halten, ihm nicht um den Hals zu fallen und nie, nie wieder loszulassen. In ihren Ohren rauschte es. Sie zwang sich, tief durchzuatmen.

»Und wenn wir beide damals nicht zusammengekommen wären, hätte ich mich nie für Nils entschieden.« Solveig biss sich auf die Lippe. »Das hätte ich auch später nicht tun dürfen. So verzweifelt ich auch war. Nie hätte ich dem Drängen meiner Mutter nachgeben dürfen.«

Sie sah Ole an, der stumm die Szene verfolgte, Seite an Seite mit Lizzy. Beide machten einen mitgenommenen Eindruck. »Ich will mich auch nicht damit herausreden, dass ich Nils' Versicherung Glauben geschenkt habe, dich wie sein eigen Fleisch und Blut zu behandeln.«

»Deine Mutter hat mich geradezu angebettelt, dich zu nehmen.«. Ein gehässiger Ausdruck verzerrte Nils' Gesicht. »Und du warst gar nicht in der Lage, ein Kind zu versorgen. So, wie du dich hast gehen lassen. Was sich ja bis heute nicht geändert hat.« Er wandte sich an Roger. »Im Grunde solltest du mir dankbar sein, dass du sie nicht …«

»Schweig!«, donnerte Lizzys Vater. »Dass du noch in den Spiegel schauen kannst.« Er atmete aus und fuhr ruhiger fort: »Du scheinst dir deiner Sache ja sehr sicher zu sein. Aber selbst, wenn der Fall vor Gericht keine Aussicht auf Strafverfolgung hat oder verjährt ist, können wir ja einfach den Spieß umdrehen und deine Machenschaften unter die Leute bringen. Was ordentlich an deinem Image als Saubermann kratzen dürfte.«

»Gesellschaftliche Ächtung würde Nils ohnehin am meisten treffen«, pflichtete Solveig ihm bei.

»Und wie«, sagte Ole. »Es ist ihm nämlich äußerst wichtig, als ehrenwertes Mitglied der oberen Zehntausend zu gelten.«

»Was denkst du, Nils?«, fragte Solveig. »Wie werden deine Freunde reagieren, wenn der Verdacht aufkommt, du hättest einen Konkurrenten bei den Nazis denunzieren lassen, um dessen Stelle einzunehmen?«

»Warum sollten sie solche Gerüchte ernst nehmen?« Nils gab sich sichtlich Mühe, seine Verunsicherung mit einem höhnischen Grinsen zu kaschieren.

»Irgendwas bleibt immer an einem hängen«, sagte Roger.

Nils zuckte betont lässig mit den Schultern, seine angespannten Kiefernmuskeln verrieten jedoch seine wahre Gemütslage.

Wir sind auf dem richtigen Weg, dachte Solveig. Provokationen haben ihn schon immer aus der Reserve gelockt.

»Ehrlich gesagt, hätte ich dir dieses schauspielerische Talent und die Raffinesse, so einen komplexen Plan auszutüfteln, nicht zugetraut«, sagte sie.

Roger zwinkerte ihr kaum merklich zu. Solveigs Zwerchfell zog sich zusammen. Da war es wieder, das beglückende Gefühl der Konspiration. Die Gewissheit, gemeinsam allem und jedem die Stirn bieten zu können.

»Das war schon immer eure Schwachstelle«, fauchte Nils. »Mich zu unterschätzen. In dem Fall jedoch sehr nützlich, denn wie sich herausstellte, musste ich mir keine Sorgen machen, jemand würde mich verdächtigen.«

Solveig hielt die Luft an. War ihm klar, dass er soeben bestätigt hatte, Dreck am Stecken zu haben?«

»Verrätst du uns, wie du es angestellt hast?«, fragte Ole. »Und wie du auf Herrn Haugen als Komplizen für deine abartige Intrige gekommen bist?«

»Das war einfach. Ich bin nicht der Einzige, den der da«, Nils warf Roger einen giftigen Blick zu, »mit seiner selbstherrlichen Überheblichkeit genervt hat.«

Solveig sah ihn verblüfft an. Sie hatte befürchtet, Oles direkte Frage würde Nils zur Besinnung bringen, und mit weiterem Leugnen oder Schweigen gerechnet. War das seine pervertierte Form, Anerkennung und Aufmerksamkeit zu erlangen? So wie manche Kriminelle geradezu erleichtert waren, wenn man sie schnappte. Weil dann alle Welt von ihrem Verbrechen erfahren und erkennen konnte, welch genialer Kopf dahintersteckte? Roar hat recht, dachte sie. Der Mann kann einem wirklich leidtun.

»Ich hatte mitbekommen, dass der Vorarbeiter wütend auf Roar war«, sagte Nils. »Dieser hatte Haugen bei einem schweren Fehler erwischt und verhindert, dass die Sache einem anderen Mitarbeiter in die Schuhe geschoben wurde. Unser Mister Unfehlbar hat großzügig darauf verzichtet, die Sache dem Chef zu melden. Was Haugen als zusätzliche Demütigung empfunden hat.«

»Etwas in der Art hatte ich vermutet«, sagte Roger halblaut. »Haugen war der perfekte Verbündete, zumal er keine Skrupel haben würde, jemanden bei den Nazis anzuschwärzen, mit deren Ideologie er sympathisiert hat«, erklärte er Solveig, die mit wachsendem Befremden den Ausführungen ihres Mannes lauschte.

Sie war hin und her gerissen zwischen dem Wunsch, sich die Ohren zuzuhalten, um dieses widerwärtige Geständnis nicht anhören zu müssen, und der Faszination des Grauens. Sie konnte kaum glauben, dass Nils – ohne erkennbare Zeichen der Reue oder Verlegenheit – ihnen einen Blick in seine Abgründe gewährte.

»Als ich Haugen gegenüber andeutete, dass auch ich ein Hühnchen mit Roar zu rupfen hätte und einen Verbündeten gut gebrauchen könne, rannte ich offene Türen ein«, setzte Nils seinen

Bericht fort. »Ich musste ihn nicht lang überreden, bei meinem Plan mitzumachen.«

»Das glaub ich sofort, schließlich hast du dem Typ ein Haus als Belohnung versprochen«, merkte Solveig an.

»Wie bist du darauf verfallen, mich ausgerechnet als Waffenschmuggler zu denunzieren?«, fragte Roger gleichzeitig.

»Vermutlich, weil darauf die Todesstrafe stand«, sagte Solveig leise und spürte, wie sich die Härchen auf ihren Unterarmen aufstellten.

»Mir war schon länger aufgefallen, dass irgendetwas mit deinen Dienstfahrten nach Dalane nicht stimmen konnte«, antwortete Nils auf Rogers Frage. »Du wolltest nie, dass dich jemand begleitet. Und auf dem Kilometerzähler waren regelmäßig deutlich längere Strecken dokumentiert als die knapp 100 Kilometer nach Hauge. Wo genau und aus welchem Grund du dich stattdessen herumgetrieben hast, hab ich nie herausgefunden. Aber das brauchte ich auch gar nicht. Diese Unregelmäßigkeiten boten die perfekte Steilvorlage, um den Argwohn der SiPo zu wecken.«

Solveig hätte nicht sagen können, was sie mehr abstieß: die Selbstzufriedenheit in seinem Gesicht oder die Kaltblütigkeit, mit der er das Verderben seines Freundes geplant hatte.

»Als ich an jenem Winterabend kurz im Kontorhaus war, wo ich meinen Geldbeutel vergessen hatte, bekam ich zufällig euren Abschied mit. Da hörte ich, wie Roar versicherte, er werde nicht lang unterwegs sein und sich wie immer vorsichtig verhalten. Das war für mich das Stichwort, dass der ideale Zeitpunkt gekommen war.«

Also habe ich mich damals doch nicht geirrt, und es war jemand im Treppenhaus, dachte Solveig. Hätte Nils seine Intrige auch in Gang gesetzt, wenn wir ihn entdeckt hätten? Vielleicht nicht zu dem Zeitpunkt, beantwortete sie ihre Frage. Aber aufgegeben hätte er gewiss nicht.

»Um ganz sicher zu gehen, dass du nicht nach Roar suchen würdest, hat Haugen dir und deinen Eltern verklickert, dass er beim Fluchtversuch erschossen wurde«, beendete Nils seine Ausführungen.

»Und als ich unbedingt seine Leiche sehen wollte, hast du mir weisgemacht, Roar wäre von den Schüssen völlig entstellt worden, und ich solle froh sein, dass mir der Anblick erspart geblieben sei.«

Solveig stöhnte auf. Ich war mit dem Teufel zusammen. Die Erkenntnis durchfuhr sie wie ein elektrischer Schlag. All die Jahre hatte sie Nils gegenüber ein schlechtes Gewissen. Dabei hatte er alles darangesetzt, Roars Leben und damit auch ihres zu zerstören. Solveig schwankte. Jetzt nicht ohnmächtig werden, befahl sie sich. Verschaffe ihm nicht auch noch diese Genugtuung.

Im selben Moment fühlte sie sich rechts und links unter die Arme gegriffen. Ole und Roger hatten sich neben sie gestellt. Die Nähe der beiden Männer, die ihr so viel bedeuteten, gaben ihr Kraft. Sie richtete sich auf, machte zwei Schritte auf Nils zu und wies mit der Hand zur Tür.

»Geh jetzt«, sagte sie. »Verschwinde aus unserem Leben.«

Ihr Mann war bleich geworden, warf ihnen einen zornigen Blick zu und nuschelte etwas, das wie »Nachspiel haben« klang, und verließ türschlagend das Haus. Solveig, Roger, Ole und Lizzy atmeten gleichzeitig auf und lächelten sich an. Solveig sah, wie sich Letztere wortlos verständigten und sich gleich darauf verabschiedeten.

Solveig war dankbar für das Feingefühl der beiden. Die ganze Zeit über hatte sie darauf hingefiebert, allein mit Roar zu sein. Sie drehte sich zu ihm und sah in seinen Augen ein freudiges Aufblitzen. Wie von einem Magnet angezogen, gingen sie aufeinander zu und fielen sich in die Arme. Solveig schloss die Augen. Ein paar Atemzüge lang war sie wieder die junge Frau, die fest daran geglaubt hatte, sie würde an der Seite dieses Mannes durchs Leben gehen und mit ihm alt werden. Und einen verrückten Moment lang übermannte sie die Hoffnung, sich wieder im Jahr 1941 zu befinden, wenn sie die Lider aufschlug. Sie sog seinen Geruch ein und nahm die Note eines ihr unbekannten Rasierwassers wahr. Die Illusion war gebrochen. Zögernd löste sie sich von ihm.

»Ich kann es immer noch nicht glauben, dass du wirklich vor mir stehst«, sagte Roger leise.

»Bis vorhin dachte ich, dass du tot bist«, entfuhr es Solveig im selben Moment.

Wieder versanken sie im Anblick des anderen, unzählige Fragen stumm austauschend.

»Wenn mich deine Mutter damals nicht …«

»Wenn ich geahnt hätte, dass du …«, begann Solveig gleichzeitig, unterbrach sich und erwiderte sein Lächeln. »Du zuerst.«

»Als ich dich 1948 hier gesucht habe, hat mir deine Mutter sehr überzeugend vorgemacht, du hättest dich nach einer jahrelangen Trauerphase endlich wieder aufgerappelt und wärest einige Monate vor meinem Erscheinen mit einem anderen Mann und eurem gemeinsamen Baby in eine andere Stadt gezogen.« Er schüttelte den Kopf. »Wenn ich auch nur den leisesten Verdacht gehegt hätte, dass es ganz anders war, und du schon kurz nach meinem angeblichen Tod mit Nils zusammen …«

»Bitte glaub mir!«, rief Solveig. »Ich hätte mich niemals, um keinen Preis auf ihn eingelassen, wenn ich auch nur noch ein Fünkchen Hoffnung gehabt hätte, dass du lebst.«

»Das weiß ich doch!« Roger fasste nach ihrer Hand. »Ich wollte damals auch mit deiner Patentante sprechen, denn sie hätte mir auf jeden Fall gesagt, wo du lebst, wie es dir geht und ob du wirklich glücklich bist. Aber sie war 1942 wohl schon aus Stavanger weggezogen. Und ich konnte nicht herausfinden, wohin.«

»Nach Trondheim, zu Freunden«, sagte Solveig. »Sie war krank und nicht mehr in der Lage, allein zu wohnen. Das Kriegsende hat sie nicht mehr erlebt.«

»Das tut mir sehr leid«, sagte Roger. »Sie war eine wunderbare Frau. Gerade für dich muss das ein weiterer schwerer Verlust gewesen sein.« Er sah ihr in die Augen. »Wenn ich gewusst hätte, dass Nils dieser neue Mann in deinem Leben war, hätte ich nicht lockergelassen, bis ich dich gefunden hätte, um mich zu überzeugen, dass du nichts mehr von mir ...«

»Ich hätte ihn auf der Stelle verlassen«, schluchzte Solveig, die ihre Tränen nicht länger zurückhalten konnte. »Wie konnte Mutter mir das antun? Und ihrem Enkel?«

Wie hätte unser Leben ausgesehen, wäre Roar in Høyanger aufgetaucht, um mich und Ole zu holen? Die Frage machte Solveig schwindelig.

»Ich glaube ja nicht an höhere Schicksalsmächte, die in unser Leben eingreifen«, sagte Roger leise. »Aber bei uns fühlt es sich schon so an, als hätte sich irgendetwas gegen uns verschworen.«

Doch jetzt haben wir uns wiedergefunden, jetzt können wir doch gemeinsam glücklich werden, lag es Solveig auf der Zunge. Sie schluckte die Bemerkung hinunter und senkte den Blick.

»Vor zwanzig Jahren hätte ich keine Sekunde gezögert, mit dir da anzuknüpfen, wo wir auseinandergerissen wurden«, hörte sie ihn flüstern und erschauerte. Er konnte noch immer mühelos ihre Gedanken lesen. »Und ich gestehe, dass ich auch jetzt total verwirrt bin. Wie soll es weitergehen? Ich habe schreckliche Angst, dich erneut zu verlieren.«

»Aber du liebst deine Frau«, sagte Solveig und hob den Kopf. »Das spüre ich. Und ich freue mich aufrichtig für dich, dass du nach allem, was du durchmachen musstest, mit ihr und euren Kindern ein neues Leben aufbauen konntest.«

»In dem du von nun an eine wichtige Rolle spielst«, sagte er leise. »Wenn du dir das vorstellen kannst.« Er sah ihr in die Augen. »Aber auch wenn das zu viel verlangt ist. Du wirst immer den festen Platz in meinem Herzen behalten, den du dort bei unserer ersten Begegnung eingenommen hast.«

»Das bedeutet mir viel«, antwortete Solveig. »Aber ich werde wohl eine Weile brauchen, bis ich mich sortiert habe und herausfinde, wie es für mich weitergeht.«

Noch während sie das sagte, verspürte sie eine ungeheure Leichtigkeit, die sie durchströmte. Ihr war, als hätte sich eine Tür geöffnet, hinter der ein Weg lag. Sie wusste nicht, wohin er sie führen würde. Aber es war *ihr* Weg. Endlich würde sie ihr Glück nicht von einem anderen Menschen abhängig machen. Sondern es selbst suchen. Ihre Gedanken schweiften zu Graham Greens Roman und dessen Botschaft, es sei nie zu spät für einen Neuanfang. Schließlich war der Held sieben Jahre älter als sie, als er beschloss, sein langweiliges Dasein als Dahlien züchtender Frührentner aufzugeben und die Welt zu bereisen.

Solveig lächelte. »Ich bin deiner Tochter unendlich dankbar. Sie ist eine tolle junge Frau. Wenn sie nicht so hartnäckig gewesen wäre, …«

»… hätte ich weder dich gefunden noch je von unserem gemeinsamen Sohn erfahren«, ergänzte Roger ihren Satz.

»Allein schon seinetwegen werde ich unbedingt ein Teil eures Lebens hier sein«, sagte Solveig. »Er soll keinesfalls denken, er dürfe keine Beziehung zu dir aufbauen, weil er mich damit verletzen könnte.«

»Das bedeutet mir viel.« Rogers Stimme klang belegt. »Ich lass dich jetzt allein.«

Solveig nickte, reckte sich zu ihm hoch und küsste ihn auf die Wange.

# Epilog

*Freitag, 15. Mai 1970*

*Liebe Shirley,*
*herzlichen Dank für Deinen letzten Brief und vor allem die Nachricht, dass Du Nägel mit Köpfen gemacht und einen Flug nach Stavanger gebucht hast. Ich zähle die Tage, bis wir uns endlich wiedersehen!*

*Ich habe ein ganz schlechtes Gewissen, weil ich Dir letztens nur ein paar Zeilen geschickt hatte. An Ostern war ich schlicht zu aufgewühlt, um mich richtig aufs Schreiben konzentrieren zu können. Aber jetzt will ich Dich auf den neuesten Stand bringen.*

*Mir ging und geht es wie Dir: Ich hätte es nie für möglich gehalten, dass sich binnen weniger Stunden in einem einzigen Menschenleben so viel ereignen kann, dass es locker für drei bis vier reichen würde. Nach wie vor gibt es Momente, in denen ich mich frage, ob das alles wirklich passiert ist. Mittlerweile haben sich die Wogen etwas geglättet und die Gemüter beruhigt.*

*Solveig hat ihren Mann Nils ein für alle Mal in die Wüste geschickt. Früher hätte man so jemanden zumindest geteert und gefedert aus der Stadt gejagt – eine Vorstellung, die mir in seinem Fall sehr gefallen hätte. Aber der Mann ist auch so gestraft genug, wie mein Vater findet. Dessen Rachegelüste haben sich verflüchtigt, er hat seinen Frieden mit der Vergangenheit gemacht und ist sehr glücklich und dankbar, dass Mom seinen ältesten Sohn bereitwillig und mit aufrichtiger Offenheit als Teil unserer Familie willkommen geheißen hat.*

*Auch mit Oles Mutter versteht sie sich gut, wobei sie mir ge-*

*standen hat, eine Weile sehr unsicher und eifersüchtig gewesen zu sein. Es hätte ja auch anders ausgehen können. Da hat sie mir aus der Seele gesprochen, denn ich hatte ebenfalls Riesenschiss, dass die alte Leidenschaft zwischen Dad und seiner ehemaligen Verlobten wieder aufflammen könnte. Man hört ja immer wieder von Leuten, die nach Jahrzehnten der Funkstille ihrer ersten großen Liebe wiederbegegnen und ihr aufs Neue verfallen. Wobei ich mich da oft frage, was in solchen Menschen abgeht. Es gab ja doch meistens einen triftigen Grund, warum diese Beziehung nicht gehalten hat. Aber bei Dad und Solveig war das keineswegs so. Sie wurden gegen ihren Willen getrennt und hatten keine Chance, wieder zueinanderzufinden und ein gemeinsames Leben aufzubauen.*

*Beide waren zunächst verständlicherweise sehr aufgewühlt. Dad hat jedoch schnell erkannt, dass er die Zeit nicht zurückdrehen kann und vor allem auch nicht will. Er ist nicht mehr Roar Kjøl, sondern schon lange Roger Cole, der an der Seite von Mom, Chris und mir ein erfülltes Leben führt. Deshalb hat er auch keine Sekunde den Wunsch verspürt, seinen alten Namen wieder anzunehmen.*

*Sylvi ist zwar wieder zu ihrem Taufnamen Solveig zurückgekehrt, aber nicht, weil sie die Zeit zurückdrehen will, um mit meinem Dad dort anzuknüpfen, wo sie einst auseinandergerissen worden waren. Sie hat Ole anvertraut, dass sie sich das zwar einen Moment lang erhofft hätte, ihr sei aber schnell klar geworden, dass das ein nostalgischer Wunschtraum war, der der Realität nicht lange standhalten würde. Bei Lichte betrachtet, hätte es sich bei aller Sehnsucht einfach falsch angefühlt. Auch sie ist nicht mehr die junge Frau von damals. Die Begegnung mit der Vergangenheit hätte ihr aber den lang verschütteten Zugang zu ihrem alten Ich geöffnet und zu dem Bedürfnis, endlich wieder die Regie in ihrem Leben zu übernehmen.*

*Du kannst dir vorstellen, wie erleichtert und glücklich ich darüber bin!*

*Eine Sache finde ich übrigens besonders schön: Dass sowohl Dad als auch Mom jetzt mit mir auf Augenhöhe reden. Das fühlt sich einfach nur großartig an.*

*Dad will Ole einen guten Job als Ausrüstungsprüfer oder Ähnlichem bei der Phillips Petroleum Company vermitteln, damit er nie wieder einen gefährlichen Tauchgang machen muss, um Geld zu verdienen. Er hätte uns auch ein zinsloses Darlehen für unsere Geschäftsgründung gegeben, aber wir wollen das aus eigener Kraft schaffen – was unseren Vater (ist immer noch ungewohnt, dieses »unser«) sehr beeindruckt hat. Er meinte, dass er wahnsinnig stolz auf seine drei Kinder sei.*

*Chris hat ja immer schon zu Ole aufgeschaut und ist begeistert, dass er in ihm nun einen älteren Bruder hat. Da kann ich ihm ausnahmsweise mal voll und ganz zustimmen, ich finde das ebenfalls wunderbar. Du wirst Ole ja in den Sommerferien kennenlernen, ich kann es kaum erwarten, ihn Dir vorzustellen.*

*Seine Mutter wirst du da leider nicht sehen können, die will nämlich zu einer alten Freundin und ihrem Mann nach Deutschland fahren, denen mein Dad während der Besatzung zur Flucht nach Schweden verholfen hat. Nils hatte auch bei ihnen verhindert, dass sie nach dem Krieg wieder Kontakt zu seiner Frau aufnehmen konnten. Während ihres Besuchs will Solveig herausfinden, wie sie ihr Leben künftig gestalten will. Wenn ich an sie denke, kommt mir immer eine Passage aus einem Beatles-Song in den Sinn:*

*She's leaving home, after living alone, for so many years.*
*Something inside, that was always denied, For so many years,*
*She's leaving home.*

*Morgen wollen wir alle zusammen nach Oslo fahren, wo am 8. Mai, dem 25. Jahrestag der Befreiung von den Deutschen, ein Widerstandsmuseum eröffnet hat. Das wird sicher spannend, nicht nur, weil mein Dad und Solveig selbst gegen die Nazis agitiert haben. Sondern vor allem, weil wir quasi als Großfamilie unterwegs sein werden.*

*Ich werde Dir davon berichten. Für heute schließe ich mit einem dicken Bussi und schicke Dir tausend liebe Grüße*

*Deine Lizzy*

**Ende**

## Anmerkungen

Seite 9: *Kapos* waren sogenannte Funktionshäftlinge, die für die Ordnung in den Straflagern sorgen mussten. Im Gegenzug erhielten sie gewisse Privilegien. Sie wurden von der SS überwiegend unter den kriminellen Häftlingen, die im Ruf standen, besonders brutal und skrupellos zu sein, als Aufseher oder Blockälteste ausgewählt.

Seite 24: Lied der *russ* (Abiturienten) *Chickelacke, chickelacke, show, show, show!* Besteht aus einem Nonsenstext ohne Inhalt. Die letzte Zeile *Julekake, julekake, hjembakt brød!* bedeutet: Weihnachtskuchen, Weihnachtskuchen, hausgebackenes Brot.

Seite 171: Kinderlied zum Nationalfeiertag: *Vi ere en Nation, vi med* (Wir sind eine Nation, auch wir)

Seite 213: Die *SS-Standarte Nordland* setzte sich aus Freiwilligen der nordeuropäischen Staaten zusammen.

Seite 215: Revue *Det skal lyse igjen over byen* (Es soll wieder leuchten über der Stadt)

Seite 291: *Soporific* (engl.) bedeutet einschläfernd, Schlafmittel

Seite 296: *Norge in rødt, hvitt og blått* (Norwegen in Rot, Weiß und Blau), also die Farben der norwegischen Nationalfahne.

Seite 377: Auf dieser Seite verwende ich ein Originalzitat aus Heinrich Christens Tagebuch: *»Wenn die Norskes uns schon nicht lieben, …« – Das Tagebuch des Dienststellenleiters Heinrich Christen im besetzten Norwegen 1941–1943*, hrsg. von Dorothee Wierling, Reihe: Hamburger Beiträge zur Sozial- und Zeitgeschichte, Quellen; Bd. 5, 2021
Heinrich Christen, der reale Dienststellenleiter, der 1941 in Bergen stationiert war, diente als Vorlage für die Figur des Herrn Möller.

Seite 463: Der Brief von Afras Bruder basiert auf verschiedenen Feldpostbriefen von Wehrmachtssoldaten, die im Herbst 1941 an der Ostfront stationiert waren. (Die Briefsammlungen der Museumsstiftung Post und Telekommunikation: https://www.briefsammlung.de/feldpost-zweiter-weltkrieg/)

Außerdem tauchen folgende historische Figuren auf:

| | |
|---|---|
| Allert Middelthon | Kaufmann, der 1936 einen Kolonialwarenladen eröffnete. |
| Einar Svendsen | Besitzer des Taucherladens »Pro dykk« |
| Gulbrand Lunde | Chef des Hermetikklabors, NS-Minister für Kultur und Bildung |
| Doktor Carl Johan Oftedahl und Borgen Bøe | Widerstandskämpfer in Stavanger |
| Wiers-Jenssen | Regisseur der Revue im »Chat noir«, Oslo |

## Vielen Dank – tusen takk!

Auch dieses Buch möchte ich mit einem herzlichen Dankeschön abschließen, das ich an alle richte, die mich bei seiner Entstehung und Veröffentlichung unterstützt haben.

Auf Verlagsseite danke ich an erster Stelle meiner Lektorin Christina Weiser, die mich dazu inspirierte, schreibender Weise nach Norwegen zurückzukehren, und die sich meines Textes in gewohnt sorgfältiger Weise angenommen hat; des Weiteren den Mitarbeitern, die den Roman fit für seinen Weg in die Buchhandlungen und zu den Lesern machen – was insbesondere in diesen angespannten Zeiten eine Herausforderung ist. Ich schätze mich daher glücklich, auch zukünftig die Chance zu bekommen, weitere Geschichten für den Aufbau-Verlag entwickeln zu können.

Für die Unterstützung meiner Agentin Lianne Kolf und ihres Teams bin ich nach wie vor dankbar und freue mich über unsere bewährte Zusammenarbeit.

Liebe Lilian, auch dieses Mal gebührt Dir mein ganz besonderer Dank! Ich bin unsagbar glücklich über Deine unermüdliche Bereitschaft, mein Schreiben mit kritischen Anmerkungen und wohlwollendem Feedback zu begleiten und anzuspornen. Ich kann nicht genug betonen, wie sehr ich das schätze!

Nicht zuletzt sorgt die fortwährende Ermutigung durch Dich, lieber Stefan, dafür, dass ich nie aufgebe, mich nicht von Zweifeln und Unsicherheiten überwältigen lasse und mit Deiner Hilfe immer wieder den Weg ins Licht finde. Dafür bin ich Dir aus tiefstem Herzen dankbar!

ISBN 978-3-7466-3826-3